1859-1878

MACHADO

EDITORA
NOVA
FRONTEIRA

E ASSIS

AQUARELAS¹
e outras crônicas
1859-1878

PREFÁCIO Henrique Marques Samyn

Direitos de edição da obra em língua portuguesa no Brasil adquiridos pela Editora Nova Fronteira Participações S.A. Todos os direitos reservados. Nenhuma parte desta obra pode ser apropriada e estocada em sistema de banco de dados ou processo similar, em qualquer forma ou meio, seja eletrônico, de fotocópia, gravação etc., sem a permissão do detentor do copirraite.

Editora Nova Fronteira Participações S.A.
Rua Candelária, 60 — 7º andar — Centro — 20091-020
Rio de Janeiro — RJ — Brasil
Tel.: (21) 3882-8200

Imagens de capa: ilustrações extraídas de charges e anúncios das publicações O mosquito (dos anos de 1872, 1873, 1874 e 1875) e O Mequetrefe (do ano de 1878) de autoria não identificada, pertencentes ao arquivo digital da Biblioteca Nacional.

Dados Internacionais de Catalogação na Publicação (CIP)

A848t   Assis, Machado de
           Todas as crônicas : volume 1/ Machado de Assis.
     - Rio de Janeiro : Nova Fronteira, 2021.
         512 p. ; 15,5 x 23cm

        ISBN 978-65-5640-328-1

      1. Crônicas. I. Título.

                           CDD: B869.93
                           CDU: 82-94

André Queiroz – CRB-4/2242

SUMÁRIO

PREFÁCIO

Machado, o cronista 11

AQUARELAS

Aquarelas I - Os fanqueiros literários 16
Aquarelas II - O parasita 18
Aquarelas III - O empregado público aposentado 23
Aquarelas IV - O folhetinista 26

COMENTÁRIOS DA SEMANA

Eu devia escrever estas linhas em cima de um capitel antigo 30
Decisão do oráculo 32
O fato que mais deu que falar 34
O que há de política? 37
Vagou uma cadeira no Senado 41
Ó pachorra! 45
Começo por uma raridade 47
Está acabada a questão do reconhecimento da Itália 50

Quero escrever e a pena se me acanha 53
Dizia um filósofo antigo 56
Mais um! 59
Houve ontem muito quem se admirasse 62
Bem se podia comparar o público àquela serpente 65
Os atenienses riram-se muito 68
Começo retificando 70
Será alguma vez tarde para falar de uma obra útil? 76
Tenho à vista dois livros oriundos da academia de São Paulo 81
É amanhã a inauguração da memória do Rocio 84
Está inaugurada a estátua equestre do primeiro imperador 87
Era um dia 89

CRÔNICAS

Tirei hoje do fundo da gaveta 94
O acadêmico Viennet 98
Contos do serão 100
Abre-se o ano de 63 103
A questão das reclamações inglesas 106
Houve sempre incúria 110
Cinco ou seis dias depois da abertura da exposição 112
Entre os poucos fatos desta quinzena 115
Falei na minha crônica passada de uma reunião literária 117
Um livro de versos nestes tempos 120
O mavioso Petrarca da Vila Rica 122
Os extremos tocam-se 124
Se me fosse dado escrever uma crônica política 126
O *Jornal do Recife* deu-nos duas notícias importantes 127
Os homens que se ocupam seriamente das coisas do Brasil 130
Confirma-se a notícia da morte de João Francisco Lisboa 132

AO ACASO

Suponham os leitores que o folhetim é uma trípode de ouro 136
Também o folhetim tem cargo de almas 140
Quero tratar os meus leitores a vela de libra 144
São João na cidade é como carnaval na roça 149
Um jornal desta corte 152
O folhetim não aparece hoje lépido e vivo 157
Devia começar hoje por uma lauda fúnebre 161
Visitei há dias um canteiro de rosas 166
A semana que findou teve duas festas 171
Fui ver duas coisas novas em Casa do Pacheco 175
Antes de começar estas páginas consultei alguns amigos 180
Hoje é dia de gala para o folhetim 185
Mais alguns dias e está o Ministério em férias 194
Poucas semanas terão sido como a passada 199
Subamos à trípode 204
Crise! Crise! Crise! 208
Antes tarde do que nunca 213
O Brasil acaba de perder um dos seus primeiros poetas 217
Dai-me boas semanas 222
O Rio de Janeiro está em festas 225
Se há nesta boa cidade do Rio de Janeiro algum Homero disponível 230
Houve domingo dois eclipses 234
Quisera lembrar-me neste momento 239
O boato recebeu esta semana um desmentido solene 244
As primeiras linhas desta revista são dirigidas a Teixeira de Melo ... 248
A questão Kelly não ficou na rua e na imprensa 253
Volto com o novo ano 258
Temos Teatro Lírico? Não temos Teatro Lírico? 262
Quereis que vos fale de Coimbra e Paissandu? 266

ALELUIA! COMEÇOU O REINADO DA VIRTUDE 270

DEDICO ESTE FOLHETIM ÀS DAMAS 274

QUINTA-FEIRA PASSADA 278

O DEUS MOMO NOS PERDOARÁ 282

OS TRÊS ÚLTIMOS DIAS DA SEMANA PASSADA FORAM DE FESTA 287

A ESTRELA DO PARTIDO LIBERAL DESMAIA 291

DEVEMOS COMEÇAR ESTA REVISTA POR UMA REPARAÇÃO 295

SÁBADO PASSADO FEZ ANOS A CONSTITUIÇÃO 303

O *CORREIO MERCANTIL* 306

DAMOS TODO O ESPAÇO DA REVISTA 309

OS POVOS DEVEM TER OS SEUS SANTOS 314

QUE DIRÁ O IMPERADOR? 318

CORRE-NOS O DEVER DE EXPLICAR AOS LEITORES A NOSSA AUSÊNCIA 322

HISTÓRIAS DE QUINZE DIAS

DOU COMEÇO À CRÔNICA NO MOMENTO EM QUE O ORIENTE SE ESBOROA 328

INAUGUROU-SE A BOLSA 332

HOJE POSSO EXPECTORAR MEIA DÚZIA DE BERNARDICES 335

NO MOMENTO EM QUE ESCREVO ESTAS LINHAS 339

NÃO SERÁ POR FALTA DE SUCESSOS 342

ESTE ANO PARECE QUE REMOÇOU O ANIVERSÁRIO DA INDEPENDÊNCIA 346

NÃO REINARAM SÓ AS VOZES LÍRICAS 349

PARA SUBSTITUIR O *CRI-CRI* 353

ABRA O LEITOR O LIVRO DO ÊXODO 356

NOUS L'AVONS ÉCHAPPÉ BELLE! 358

A COISA QUE EU MAIS DESEJAVA NESTE MOMENTO 361

DESTA VEZ A HISTÓRIA DOS QUINZE DIAS DURA APENAS CINCO MINUTOS 365

A S. EXª. REVMA. SR. BISPO CAPELÃO-MOR 366

AGORA, SIM, *SENHOR* 371

    LIVRO I – ALELUIA! ALELUIA! 371

Livro II – Aquiles, Eneias, Dom Quixote, Rocambole 372

Livro III – Supressão do estômago 373

Não sei se na ocasião em que lanço mão da pena................................. 374

O Carnaval morreu.. 376

Esta quinzena pertenceu quase toda aos trabalhos parlamentares... 379

Mais dia menos dia 381

Não há meio de dar hoje dois passos 384

Chumbo e letras 386

Agora, sim, senhor. Custou, mas chegou 388

Este mês de maio, que é o mês das flores 392

Anuncia-se um congresso farmacêutico... 394

Achei um homem 397

Se este mês de julho não for um mês de rega-bofe............................. 400

Quem não fala hoje.. 402

Cada um conta da festa como lhe vai nela..................................... 404

A vocação do telégrafo.. 406

O que mais me impressionou nesta quinzena 408

Esta quinzena não pertence só à cidade....................................... 411

Há cinco dias estão de volta a esta capital 412

O Rio de Janeiro teve um respiro 414

Há um meio certo de começar a crônica.. 417

E foi-se... 420

A quinzena teve um assunto máximo.. 423

Toda a história destes quinze dias 426

Não quis acabar este ano... 427

HISTÓRIAS DE TRINTA DIAS

Assim como as árvores mudam de folhas................................ 432

O prazo é longo 435

Se soubessem o desejo que eu tinha................................... 436

NOTAS SEMANAIS

Há heranças onerosas 440
Aquele pobre Gomes... 444
Estrugiram os últimos foguetes de Santo Antônio............................ 449
Somos entrados na quadra dos prodígios 454
A sociedade fluminense... 459
Hoje é dia de festa cá em casa 464
O tópico essencial da semana.. 470
Um recente livro estrangeiro 475
A semana começou com Rothschild...480
Hoje, sim; posso pôr as manguinhas de fora 485
Supôs-se por muito tempo 489
A vida humana... 494
Esta foi a semana militante 500
O fato culminante da semana 505

PREFÁCIO

Machado, o cronista

A produção cronística de Machado de Assis se estende por quatro décadas: são mais de seiscentos textos, assinados por diversos pseudônimos (Manassés, Eleazar, Lélio, Boas Noites...) ou mesmo não assinados, abrangendo uma vasta amplitude temática. Desse modo, mergulhar nas centenas de crônicas que nasceram de sua pena oferece uma oportunidade não apenas para conhecermos as várias faces do escritor – o que medita sobre o próprio ofício; o que experimenta sua escrita, testando recursos e buscando soluções; o que reflete acerca do contexto político e cultural em que se inscreve –, mas também permite compreender o próprio desenvolvimento desse gênero entre nós. Com efeito, Machado começa a escrever crônicas no fim dos anos 1850, em um momento próximo daqueles que entraram para a história como pioneiros cronistas brasileiros – Francisco Otaviano e José de Alencar, por exemplo; por outro lado, as últimas crônicas machadianas são obra de um escritor que já sedimentou seu lugar nas letras nacionais. Assim, faço um convite para que acompanhemos, mesmo que sucintamente, a trajetória de Machado de Assis como cronista, desde as primícias até seus escritos de maturidade.

Comecemos recuando àquele momento, entre 1854 e o princípio de 1855, no qual se deu um encontro cujas consequências para a história literária e cultural brasileira seriam determinantes. Em certa ocasião, nesse breve intervalo temporal, Francisco de Paula Brito – homem negro de origem pobre que, tendo inicialmente trabalhado como aprendiz na Tipografia Nacional, tornou-se o primeiro editor brasileiro, atuando também como jornalista e tradutor –, então em meados de sua quarta década de vida e proprietário de uma importante livraria na Praça da Constituição (atual Praça Tiradentes), conheceu um jovem nascido no morro do Livramento, filho de um "pardo" pintor de paredes, chamado Joaquim Maria Machado de Assis. Aos quinze anos, Machado publicara apenas um soneto, no *Periódico dos Pobres* ("À Ilma. Sra. D. P. J. A"); não obstante, já em janeiro de 1855, duas outras composições se somariam à sua obra publicada: os poemas "Ela" e "A Palmeira", estampados nas páginas da *Marmota Fluminense* – título ostentado desde 1852 pelo periódico fundado em 1849, por Paula Brito, como *Marmota na Corte*, e que a partir de 1857 se tornaria apenas *A Marmota*.

Paula Brito seria uma figura capital na trajetória machadiana. É nas páginas de seus periódicos que Machado publica quase todas as suas primeiras poesias (à exceção do soneto já mencionado e do encomiástico "A Madame Arsène Charton Demeur", publicado no *Diário do Rio de Janeiro*) e estreia como prosador, assinando a efêmera seção "Ideias Vagas", em 1856. Cerca de dois anos depois, Machado começa a trabalhar como revisor de provas na casa de Paula Brito. É n'*O Espelho*, a "revista semanal de literatura, modas, indústria e artes" de Francisco Eleutério de Sousa – cujo primeiro número foi distribuído em 1859, junto d'*A Marmota* – que Machado publica suas "Ideias sobre o teatro"; e em que, a partir de 11 de setembro desse ano, estreia como cronista, assinando a seção "Aquarelas". Um dos mais instigantes textos da cronística machadiana faz parte dessa série: em 30 de outubro de 1859, o escritor, então com vinte anos, disserta sobre "o folhetinista", suas origens francesas e sua função social, equivalente ao "lugar do colibri na esfera vegetal" (metáfora evocada meia década antes por José de Alencar): "Todo o mundo lhe pertence; até mesmo a política".

O Machado que começa a produzir crônicas já havia publicado poemas e debutado como contista ("Três tesouros perdidos" fora publicado n'*A Marmota* em 5 de janeiro de 1858); logo viriam à luz suas primeiras obras dramáticas, mas seria preciso aguardar mais de uma década até que emergisse o romancista, assinando *Ressurreição* (publicado em 1872). Explorando intensamente a versatilidade do gênero, Machado utiliza sua extensa produção cronística para abordar os mais diversos assuntos (transformações urbanísticas, a busca pelo "progresso", mudanças de modas e costumes, polêmicas intelectuais e práticas religiosas), exercitando sua escrita (seja aderindo à composição das crônicas em verso, seja produzindo textos virtualmente inclassificáveis, como várias das "Histórias de Quinze Dias", das "Histórias de Trinta Dias" e das "Notas Semanais" publicadas entre 1876 e 1878; não raro, meditando sobre a própria natureza da crônica ou questões literárias) e manifestando seu olhar crítico sobre o cenário político nacional. A respeito desse último ponto, demandam destaque as crônicas que evidenciam o olhar machadiano sobre a escravidão. Mesmo que não tenha participado ostensivamente da militância abolicionista, Machado não deixou de posicionar-se criticamente – denunciando, inclusive, a "farsa da abolição", para falar nos termos empregados pela militância negra. A esse respeito, são sobretudo interessantes a crônica publicada no volume único da *Imprensa Fluminense*, de 20 e 21 de maio de 1888 (note-se a irônica referência à "mão delicada e superna" com que a Regente, a princesa Isabel, assina o projeto de lei "aprovado no meio de flores e aclamações") e a crônica de 26 de junho deste mesmo ano, publicada na *Gazeta de Notícias* (que ironiza a proposta de indenização aos ex-proprietários de escravizados).

Machado de Assis começara a escrever para a *Gazeta de Notícias* no início dos anos 1880. Nesse periódico, publica diversas séries de crônicas – inclusive a mais extensa, mais ambiciosa e mais enaltecida pela crítica: a série "A Semana", veiculada ao longo de meia década, entre 1892 e 1897. Machado é, nesse momento, uma figura importante no cenário intelectual brasileiro: publicara os romances *Memórias póstumas de Brás Cuba*s (na

Revista Brasileira, de março a dezembro de 1880, e em livro, em 1881) e *Quincas Borba* (n'*A Estação*, de 1886 a 1891, e em livro neste último ano), bem como seus principais volumes de contos (*Papéis Avulsos*, em 1882; *Histórias sem data*, em 1884; e *Várias histórias*, em 1896), e estava envolvido com a fundação da Academia Brasileira de Letras (inaugurada em julho de 1897). Isso ajuda a explicar por que, ao mesmo tempo em que atinge o ápice de sua carreira como cronista, Machado se afasta do gênero: as quase 250 crônicas que constituem "A Semana" serão sucedidas apenas por dois textos publicados n'*A Gazeta de Notícias*, em novembro de 1900. A crítica tem evocado motivos que, provavelmente, convergiram para que isso acontecesse: ao excesso de trabalho e às turbulentas circunstâncias políticas, somou-se a possibilidade de que Machado incorporasse aos romances um conjunto de elementos e recursos que vinha explorando nas crônicas, o que teria favorecido um direcionamento de suas forças criativas. Não obstante, as centenas de crônicas publicadas sob nomes diversos (ou mesmo sem assinatura) permitem que conheçamos o escritor que, esvoaçando como um colibri "sobre todas as seivas vigorosas", afincadamente se dedicou a "catar o mínimo e o escondido".

Henrique Marques Samyn

AQUARELAS
O Espelho (1859)

Aquarelas I

Os fanqueiros literários

Não é isto uma sátira em prosa. Esboço literário apanhado nas projeções sutis dos caracteres, dou aqui apenas uma reprodução do tipo a que chamo em meu falar seco de prosador novato — fanqueiro literário.

A fancaria literária é a pior de todas as fancarias. É a obra grossa, por vezes mofada, que se acomoda à ondulação das espáduas do paciente freguês. Há de tudo nessa loja manufatora do talento — apesar da raridade da tela fina; e as vaidades sociais mais exigentes podem vazar-se, segundo as suas aspirações, em uma ode ou discurso parvamente retumbantes.

A fancaria literária poderá perder pela elegância suspeita da roupa feita — mas nunca pela exiguidade dos gêneros. Tomando a tabuleta por base do silogismo comercial é infalível chegar logo à preposição menor, que é a prateleira guapamente atacada a fazer cobiça às modéstias mais insuspeitas.

É um lindo comércio. Desde José Daniel, o apóstolo da classe — esse modo de vida tem alargado a sua esfera — e, por mal de pecados, não promete ficar aqui.

O fanqueiro literário é um tipo curioso.

Falei em José Daniel. Conheceis esse vulto histórico? Era uma excelente organização que se prestava perfeitamente à autópsia. Adelo ambulante da inteligência, ia *farto como um ovo,* de feira em feira, trocar pela azinhavrada moeda o frutinho enfezado de suas lucubrações literárias. Não se cultivava impunemente aquela amizade; o folheto esperava sempre os incautos, como a Farsália hebdomadária das bolsas mal avisadas.

A audácia ia mais longe. Não contente de suas especulações pouco airosas, levava o atrevimento ao ponto de satirizar os próprios fregueses — como em uma obra em que embarcava, diz ele, os tolos de Lisboa, para uma certa ilha; a ilha era, nem mais nem menos, a algibeira do *poeta.* É positiva a aplicação.

Os fanqueiros modernos não vão à feira; é um pudor. Mas que de compensações! Não se prepara hoje o folheto de aplicação moral contra os costumes. A vereda é outra; exploram-se as folhinhas e os pregões matrimoniais e as odes chovem em louvor deste natalício ou daqueles desposórios. Nos desposórios é então um perigo; os noivos tropeçam no intempestivo de uma rocha Tarpeia antes mesmo de entrar no Capitólio.

Desposório, natalício ou batizado, todos esses marcos da vida são pretextos de inspiração às musas fanqueiras. É um eterno *gênesis* a referver por todas aquelas almas (*almas!*) recendentes de zuarte.

Entretanto, essa calamidade literária não é tão dura para uma parte da sociedade. Há quem se julgue motivo de cuidados no Pindo — assim com pretensões a semideus da Antiguidade; é um soneto ou uma alocução recheadinha de divagações acerca do *gênesis* de uma raça — sempre eriça os colarinhos a certas vaidades que por aí pululam — sem tom nem som.

Mas entretanto — fatalidade! — por muito consistentes que sejam essas ilusões caem sempre diante das consequências pecuniárias; o fanqueiro literário justifica plenamente o verso do poeta: *não arma do louvor, arma do dinheiro.* O entusiasmo da ode mede-o ele pelas probabilidades econômicas do elogiado. Os banqueiros são então os arquétipos da virtude sobre a terra; tese difícil de provar.

Querendo imitar os espíritos sérios lembra-se ele de colecionar os seus disparates, e ei-lo que vai de carrinho e almanaque na mão — em busca de notabilidades sociais. Ninguém se nega a um homem que lhe sobe as escadas convenientemente vestido, e discurso na ponta dos lábios. Chovem-lhe assim as assinaturas. O livrinho se prontifica e sai a lume. A teoria do embarcamento dos tolos é então posta em execução; os nomes das vítimas subscritoras vêm sempre em ar de escárnio no pelourinho de uma lista-epílogo. É, sobre queda, coice.

Mas tudo isso é causado pela falta sensível de uma inquisição literária! Que espetáculo não seria ver evaporar-se em uma fogueira inquisitorial tanto ópio encadernado que por aí anda enchendo as livrarias!

Acontece com o talento o mesmo que acontece com as estrelas. O poeta canta, endeusa, namora esses pregos de diamante do dossel azul que nos cerca o planeta; mas lá vem o astrônomo que diz muito friamente — nada! isto que parece flores debruçadas em mar anilado, ou anjos esquecidos no transparente de uma camada etérea — são simples globos luminosos e parecem-se tanto com flores, como vinho com água.

Até aqui as massas tinham o talento como uma faculdade caprichosa, operando ao impulso da inspiração, santa sobretudo em todo o seu pudor moral.

Mas cá as espera o fanqueiro; nada! o talento é uma simples máquina em que não falta o menor parafuso, e que se move ao impulso de uma válvula onipotente.

É de desesperar de todas as ilusões!

Em Paris onde esta classe é numerosa há uma especialidade que ataca o teatro. Reúnem-se meia dúzia em um café e aí vão eles de colaboração alinhavar o seu *vaudeville* quotidiano. A esses milagres de faculdade produtiva se devem tantas banalidades que por lá rolam no meio de tanto e tão fino espírito.

Aqui o fanqueiro não tem por ora lugar certo. Divaga como a abelha de flor em flor em busca de seu *mel* e quase sempre, mal ou bem, vai tirando suculento resultado.

Conhece-se o fanqueiro literário entre muitas cabeças pela extrema cortesia. É um tique. Não há homem de cabeça mais móbil, e espinha dorsal mais flexível; — cumprimentar para ele é um preceito eterno; e ei-lo que o faz à direita e à esquerda; e coisa natural! sempre lhe cai um freguês nessas cortesias.

O fanqueiro literário tem em si o termômetro das suas alterações financeiras; é a elegância das roupas. Ele vive e trabalha para comer bem e ostentar. Bolsa florescente, ei-lo dândi apavoneado — mas sem vaidade; lá protesta o chapéu contra uma asserção que se lhe possa fazer nesse sentido.

A Buffon escapou esse animal interessante; nem Cuvier lhe encontrou osso ou fibra perdidos em terra antediluviana. Por mim, que não faço mais que reproduzir em aquarelas as formas grotescas e *sui generis* do tipo, deixo ao leitor curioso essa enfadonha investigação.

Uma última palavra.

O fanqueiro literário é uma individualidade social e marca uma das aberrações dos tempos modernos. Esse moer contínuo do espírito que faz da inteligência uma fábrica de Manchester, repugna à natureza da própria intelectualidade. Fazer do talento uma máquina, e uma máquina de obra grossa movida pelas probabilidades financeiras do resultado, é perder a dignidade do talento, e o pudor da consciência.

Procurem os caracteres sérios abafar esse *estado no estado* que compromete a sua posição e o seu futuro.

M.-as.
O Espelho, Rio de Janeiro, nº 2, 11 de setembro de 1859

Aquarelas II

O parasita

I

Sabem de uma certa erva que desdenha a terra para enroscar-se, identificar-se com as altas árvores? É a parasita.

Ora, a sociedade que tem mais de uma afinidade com as florestas, não podia deixar de ter em si uma porção, ainda que pequena, da parasita. Pois tem, e tão perfeita, tão igual, que nem mesmo mudou de nome.

É uma longa e curiosa família a dos parasitas sociais; e fora difícil assinalar na estreita esfera das aquarelas uma relação sinótica das diferentes variedades do tipo. Antes sobre a torre, agarro apenas na passagem as mais salientes e não vou mergulhar-me no fundo e em todos os recantos do oceano social.

Há, como disse, diferentes espécies de parasitas.

O mais vulgar e o mais conhecido é o da mesa; mas há-os também em literatura, em política, e na igreja. É praga antiga, e raça cuja origem se prende à noite dos tempos, como diria qualquer historiador *en herbe*. Da Índia, essa avó das noções, como diz um escritor moderno, são poucas as noções a respeito; e não posso marcar aqui com precisão o desenvolvimento dessa casta curiosa no velho país. Em Roma, onde lemos como num livro, já Horácio, comia as sopas de Mecenas, e banqueteava alegremente no *triclinium*. É verdade que lhe pagava em longa poesia; mas, nesse tempo, como ainda hoje, a poesia não era ouro em pó, e este é a grande estrofe de todos os tempos.

Mas, tréguas à história.

Tenho aqui como alvo esboçar em traços ligeiros as formas mais proeminentes da individualidade; entremos pois no estudo — sem mais preâmbulo.

Devo começar pelo parasita da mesa, o mais vulgar? Há talvez pouco a dizer — mas esse pouco mesmo revela altamente os traços arrojados desta fisionomia social.

Debalde se procuraria conhecer as regiões mais adaptadas à economia vital desse animal perigoso. Inútil. Ele vive por toda parte em que há ambiente de porco assado.

Também é aí onde ele desenvolve melhor todas as suas faculdades; — onde se sente a *son aise,* como diria qualquer babel encadernada em paletó de inverno.

Perfeito parasita deve ser perfeito gastrônomo; mesmo quando não goze essa faculdade por vocação do berço, é um resultado da prática, pela razão de que o *uso do cachimbo faz a boca torta.*

Assim, o parasita jubilado, o bom parasita, está muito acima dos outros animais. Olfato delicado adivinha a duas léguas de distância a qualidade de um bom prato; paladar suscetível — sabe absorver com todas as regras de arte — e não educa o seu estômago como qualquer aldeão.

E como não ser assim, se ele não tem outro cuidado nesta vida? e se os limites da mesa redonda são os horizontes das suas aspirações?

É curioso vê-lo na mesa, mas não menos curioso é vê-lo nas horas que precedem às seções gastronômicas. Entra em uma casa ou por costume ou *per accidens,* o que aqui quer dizer intenção formada com todas as circunstâncias agravantes da premeditação, e superioridade de armas. Mas suponhamos que vai a uma casa por costume.

Ei-lo que entra, riso nos lábios, chapéu na mão, o vácuo no estômago. O dono da casa a quem já fatiga aquela visita diária saúda-o constrangido e com um riso amarelo. Mas isso não é decepção; tão pouco não desarma um bravo daquela ordem. Senta-se e começa a relatar notícias do dia, entremeadas de algumas de própria lavra, e curiosas — a atrair a afeição vacilante do hóspede. Daqui um criado que vem dar o sinal de combate. É o alvo a que visava o alarve, e ei-lo que vai imediatamente pagar-se de uma tarefa de almanaque, tão custosamente exercida.

Se porém ele entra *per accidens* — não é menos curiosa a cena. Começa por um pretexto que deve lisonjear as pessoas da casa conforme os seus fracos. Assim, se há aí um autor dramático, o pretexto é dar um parabém sobre a última peça representada dias antes. Sobre esse molde, tudo o mais.

Se às vezes não há um pretexto sério, não trepida ainda o parasita; há sempre um de lado, como substitutivo: *saber da saúde do amigo.*

Mas, entra ele; dado o pretexto, senta-se e começa a desenrolar toda a retórica que pode inspirar um estômago vazio, um Jeremias interno. Segue-se depois, pouco mais ou menos, a mesma cena. No fim está sempre como orla de horizonte uma mesa mais ou menos apetitosa, onde a reação se opera largamente.

Há, porém, pequenas desgraças, acidentes inesperados na vida do parasita da mesa.

Entra ele em uma casa onde espera almoçar folgado; — faz as primeiras saudações e vai corar a pílula ao seu caro hóspede. Um certo ranger de dentes, porém, começa a agitá-lo, um ranger particular que indica um estado mais calmo aos estômagos da casa.

— Então como vai? Sinto que chegasse agora, se mais cedo viesse almoçava comigo.

O parasita fica de cara à banda, mas não há remédio; é necessário sair com decência e não dar a entender — o fim que o levou ali.

Estas eventualidades, estas pequenas misérias, longe de serem decepções, são como o cheiro da pólvora inimiga para os soldados, um incentivo na ação. É uma índole miserável a desse corpo leviano em que só há animalidade e estômago; mas, entretanto é necessário aceitar essas criaturas tais como são — para aceitarmos a sociedade tal como ela é. A sociedade não é um grupo de que uma parte devora a outra? Eterno antagonismo das condições humanas!

O parasita da mesa uniformiza o exterior com a importância do hóspede; um cargo elevado pede uma luva de pelica, e uma botina de polimento. À mesa não há ninguém mais atencioso; — e como um conviva alegre, aduba os guisados com punhados de sal mais ou menos saborosos.

É uma retribuição razoável — dar de comer ao espírito de quem lhe dá comer ao corpo.

Aqui não há desaire, há uma troca recíproca que prova que o parasita tem suscetibilidades em alto grau.

Estes traços, mais ou menos exatos, mais ou menos distintos, dão aqui uma pequena ideia do parasita da mesa; mas esta variedade do tipo é absorvida por outras de uma importância mais alta. Aqui é o parasita do corpo, os outros são os do espírito e da consciência; — aqui são os epicuristas à custa alheia, os outros são as nulidades intelectuais que se agarram à primeira tela de propriedades suculentas que lhe vai ao encontro.

São imperceptíveis talvez esses lineamentos — e acusam a aceleração do pincel; passemos às outras variedades do tipo onde achamos formas mais amplas e proeminências mais distintas.

II

O parasita literário tem os mesmos traços psicológicos do outro parasita, mas não deixa de ter uma afinidade latente com o fanqueiro literário. A única diferença está nos fins, de que se afastam léguas; aquele é porventura mais casto, e não tem mira no resultado pecuniário — que parece inspirar o fanqueiro. Justiça seja feita.

A imprensa é a mesa do parasita literário; senta-se a ela com toda a sem-cerimônia; come e distribui pratos com o sangue-frio mais alemão deste mundo — diante da paciência pública — que vacila sobre os seus eixos. Um amigo meu define perfeitamente esse curioso animal; chama-o *Vieirinha da literatura*. Vieirinha, lembro ao leitor, é aquele personagem que todos têm visto em um drama nosso.

De feito, esse parasita é um Vieirinha sem tirar nem pôr; cortesão das letras cerca-as de cuidados, sem alcançar o menor favor das musas.

Segue-as por toda a parte, mas sem poder tocá-las. Só não sobe ao monte sagrado, porque é uma excursão difícil, e só dada a pés mais de ferro, e a vontades mais sérias. Ali, ficam eles nas fraldas, soltando uma orquestra de gemidos, até que o velho cavalo os vem despedir com uma amabilidade de pata sofrivelmente acerba.

Um coice é sempre uma resposta às suas súplicas... Represália no caso.

Eterna lei das compensações!

Entre nós o parasita literário é uma individualidade que se encontra a cada canto. É fácil verificá-lo. Pegai em um jornal; o que vedes de mais saliente? uma fila de parasitas que deitam sobre aquela mesa intelectual, um chuveiro de prosa ou verso, sem dizer — água vai!

Verificai-o!

O jornal aqui não é propriedade nem da redação nem do público, mas do parasita. Tem também o livro, mas o jornal é mais largo, e mais fácil de contê-los.

Às vezes o parasita associa-se e cria um jornal próprio.

Aqui é que não há escapar-lhe.

Um jornal todo entregue ao parasita, isto é, um campo vasto todo entregue ao disparate! É o rei Sancho na sua ilha!

Ele pode parodiar o dito histórico: *l'état c'est moi!* porque as quatro ou seis páginas, na verdade, são dele, todas dele. Ele pode gritar ali, ninguém lho impedirá, ninguém; uma vez que não ofenda a moral pública. A polícia para onde começa o intelectual e o senso comum: não são crimes no código as ofensas a esses dois elementos da sociedade constituída.

Ora, sustentado assim pelos poderes, o parasita literário invade, como o Huno moderno, a Roma da intelectualidade, com a decência moral nos lábios, mas sem a decência intelectual.

Tem pois o jornal, próprio ou não próprio, onde pode sacudir-se a gosto, garantido pelas leis. Se desdenha o jornal tem ainda o livro.

O livro!

Tem ainda o livro, sim. Meia dúzia de folhas de papel dobradas, encadernadas, e numeradas é um livro; todos têm direito a esta operação simples, e o parasita por conseguinte.

Abrir esse livro e compulsá-lo, é que é heroico e digno de pasmo. — O que há por aí, santo Deus! Se é um volume de versos — temos nada menos que uma coleção de *pensamentos* e de notas arranhadas laboriosamente em harpas selvagens como um tamoio. Se é prosa — temos um amontoado de frases descabeladas que se prendem entre si, segundo a opinião do autor. É muitas vezes um drama, um romance misterioso, de que o leitor não entende pitada. Se eu quisesse ferir individualidades, tocar em suscetibilidades, desenrolaria aqui um sudário dessas invasões na literatura; mas o meu fim é o indivíduo, e não um indivíduo.

O parasita literário vai ainda aos teatros. Esta invenção de recitar nos teatros, tirada da antiguidade grega, que levantava um bardo em um festim, como nos mostra a *Odisseia,* abriu um precedente, e deu azo ao abuso. A autoridade que é ainda a polícia, não indaga do mérito da obra, e quer apenas saber se há alguma coisa que fira a moral. Se não, pode invadir a paciência pública.

Todos os leitores estão de posse desse traço do parasita literário. As salas dos nossos teatros têm repercutido imensas vezes com esses arranhamentos de lira. Basta bater palmas de um camarote e ter alguns exemplares para distribuição; a plateia deve receber aquele aguaceiro intelectual.

O parasita está debaixo do código.

Ora, o que admira no meio de tudo isto, é que sendo o parasita literário o vampiro da paciência humana, e o primeiro inimigo nacional, acha leitores, o que digo? adeptos, simpatias, aplausos!

Há quem lhes faça crer que alguma coisa lhes rumina pela cabeça como a André Chénier; eles, a quem já não faltava vontade de crer, aceitam como princípio evidente, essa solução do impossível, que a parvoíce lhe dá de boa vontade.

Que gente!

Os traços fisiológicos do parasita são especiais e característicos. Não podendo imitar os grandes homens pelo talento, copiam na postura e nas maneiras o que acham pelas gravuras e fotografias. Assumem um certo ar pedantesco, tomam um timbre dogmático nas palavras; e ao contrário do fanqueiro que tem a espinha dorsal mole e flexível — ele não se curva nem se torce; a vaidade é o seu espartilho.

Mas por compensação, há a modéstia nas palavras ou certo abatimento, que faz lembrar esse *ninguém elogiado* da comédia. Mas ainda assim vem a afetação; o parasita é o primeiro que está cônscio de que é alguma coisa, apesar da sinceridade com que procura pôr-se abaixo de zero.

Pobre gente!

Podiam ser homens de bem, fazer alguma coisa para a sociedade, honrar a massa nacional, contendo-se na sua esfera própria; mas nada, saem uma noite da sua nulidade e vão por aí matando a ferro frio...

É que têm o evangelho diante dos olhos...

Bem-aventurados os pobres de espírito.

O parasita ramifica-se e enrosca-se ainda por todas as vértebras da sociedade. Entra na Igreja, na política e na diplomacia; há laivos dele por toda a parte.

Na Igreja, sob o pretexto do dogma, estabelece a especulação contra a piedade dos incautos, e das turbas. Transforma o altar em balcão e a âmbula em balança. Regala-se à custa de crenças e superstições, de dogmas ou preconceitos, e lá vai passando uma vida de rosas.

A história é uma larga tela dessas torpezas cometidas à sombra do culto.

O parasita da Igreja, toda a Idade Média o viu, transformado em papa vendeu as absolvições, mercadejou as concessões, lavrou as bulas. Mediante o ouro aplanou as dificuldades do matrimônio quando existiam; depois, levantou a abstinência alimental, quando o crente lhe dava em troco uma bolsa.

É um desmoronamento social. O parasita teve uma famosa ideia em embrenhar-se pela Igreja. A dignidade sacerdotal é uma capa magnífica para a estupidez que toma o altar como um canal de absorver ouro e regalias.

Assim colocado no centro da sociedade, desmoraliza a Igreja, polui a fé, rasga as crenças do povo. Entra, todos o consentem, no centro das famílias, sem haver sacudido o pó das torpezas que lhe nodoa as sandálias. Dominou moralmente as massas, os espíritos fracos, as consciências virgens.

Esta transformação do parasita não tende por ora a desaparecer; a fogueira de J. Huss, não queimou só o grande apóstolo, devorou também o vestíbulo desse edifício de miséria levantado por uma turba de parasitas, parasita da fé, da moralidade e do futuro.

A nós o derrocar a cúpula

Em política, galga, não sei como, as escadas do poder, tomando uma opinião ao grado das circunstâncias, deixando-a ao paladar das situações, como uma verdadeira maromba de arlequim. Entra no Parlamento com a fronte levantada, votado pela fraude, e escolhido pelo escândalo.

Exíguo de luz intelectual, — toma lá o seu assento, e trata de palpar para apoiar, as maiorias. Não pensa mal! quem a boa árvore se encosta...

Alguns sobem assim; e todos os povos têm sentido mais ou menos o peso do domínio desses boêmios de ontem.

Deixá-los subir às mesas supremas do festim público. Mas tenham cuidado na solidez das cadeiras em que se sentarem.

Na diplomacia, é mais fácil o ingresso ao parasita. Encarta-se aí em qualquer legação ou embaixada, e vai saltitar em Paris ou em Viena. Lá representam tristemente a pátria que os viu nascer, na massa coletiva da embaixada ou da legação. O que faz de melhor, esse *parvenu* sem gosto, é brilhar na arte das roupas como corifeu da moda que é. Já é muito.

Podia, se não temesse fatigar, fazer uma enumeração mais longa das famílias de parasitas que irradiam destas espécies cardeais. Seria, entretanto, uma longa história que demandaria mais largo espaço; e não caberia nestas ligeiras aquarelas.

O parasita é tão antigo, creio eu, como o mundo, ou pelo menos quase.

Em economia política é um elemento para estacionar o enriquecimento social; consumidor que não produz, e que faz exatamente a mesma figura que um zangão na república das abelhas.

Extinguir o parasita não é uma operação de dias, mas um trabalho de séculos. Os meios não os darei eu aqui. Reproduzo, não moralizo.

M.-as.
O Espelho, n°s 3, 18 de setembro de 1859 e 6, 9 de outubro de 1859

Aquarelas III

O EMPREGADO PÚBLICO APOSENTADO

Os egípcios inventaram a múmia para conservarem o cadáver através dos séculos. Assim a matéria não desapareceria na morte; triunfava dela, do que temos alguns exemplos ainda.

Mas não existiu só lá esse fato. O empregado público não se aniquila de todo na aposentadoria; vai além, sob uma forma curiosa, antediluviana, indefinível; o que chamamos empregado público aposentado.

Espelho *à rebours*, só reflete o passado, e por ele chora como uma criança. É a elegia viva do que foi, salgueiro do carrancismo, carpideira dos velhos sistemas. Reforma, é uma palavra que não se diz diante do empregado público aposentado. Há lá nada mais revoltante do que reformar o que está feito! abolir o método! desmoronar a ordem!

Atado assim ao poste do carrancismo, eterno lábaro do que é moderno, o empregado público aposentado é um dos mais curiosos tipos da sociedade. Representa o lado cômico das forças retroativas que equilibram os avanços da civilização nos povos.

É o tipo que hoje trago à minha tela. São variáveis o caráter e as feições desta individualidade, mas eu procurarei dar-lhe os traços mais finos, os mais vivos.

Conceber um aposentado sem caixa de rapé é conceber o sol sem luz, o oceano sem água. Uma pertence ao outro, como a alma pertence ao corpo; são inseparáveis. E têm razão! O que vale uma caixa de rapé não o compreende qualquer profano. É o adubo oportuno de uma conversa árida e suada sobre qualquer reforma de governo. É o meio de conhecimento com um potentado de quem se espera alguma coisa. É a boceta de Pandora. É tudo, quase tudo.

E não parece. Aquele utensílio tão mesquinho, em um outro qualquer está circunscrito na estreita esfera do nariz; nas mãos do aposentado, transforma-se; em vez de se tornar o depósito de um vício, torna-se o instrumento de certos fatos políticos que muitas vezes parecem nascer de causas mais altas.

Esse prestígio do empregado público aposentado não para só na boceta, estende-se por todos os acessórios daquele curioso indivíduo. Na gravata, na presilha, na bengala, há certo ar, uma nuança especial, que não está ao alcance de qualquer. Ou natureza, ou estudo, a aposentadoria traz ao empregado público esses dotes, como um presente de núpcias.

Ora apesar desse metódico das formas, não estão limitadas aí as vistas do aposentado. Há naquele cérebro alguma finura para se não entregar exclusivamente a essas ninharias. E a política? A política lá o espera; lá o espera o governo; lá o espera o teatro, as modas, os jornais, tudo o espera.

Não é maledicente, mas gosta de cortar o seu pouco sobre as coisas do país. Não é um vício, é uma virtude cívica: o patriotismo.

O governo, não importa a sua cor política, é sempre o bode expiatório das doutrinas retrógradas do empregado público aposentado. Tudo quanto tende ao desequilíbrio das velhas usanças é um crime para esse viúvo da secretaria, arqueólogo dos costumes, antiga vítima do ponto, que não compreende que haja nada além das raias de uma existência oficial.

Todos os progressos do país estão ainda debaixo da língua fulminante deste cometa social. Estradas de ferro! é uma loucura do modernismo! Pois não bastavam os meios clássicos de transporte que até aqui punham em comunicação localidades afastadas? Estradas de ferro?

Desta sorte todas as instituições que respiram revolução na ordem estabelecida das coisas — podem contar com um contra do empregado público aposentado. Este meio mesmo de retratar à pena, como faço atualmente, revoltaria o espírito tradicional da grande múmia do passado. Uma inovação de mau gosto, dirá ele. É verdade; não representa apenas a superfície da epiderme, vai às camadas mais íntimas da matéria organizada.

O empregado público aposentado poderá deixar de comer, mas lá perder um jornal, lá perder um jubileu político ou sessão do Parlamento, é tarefa que não lhe está nas forças.

O jornal é lido, analisado com toda a finura de espírito de que é ele capaz. Devora-o todo, anúncios e leilões; e se não vai ao folhetim, é porque o folhetim é frutinha do nosso tempo.

No Parlamento, é um espectador sério e atencioso. Com a cabeça enterrada nas paredes mestras de uma gravata colossal ouve com toda a atenção, até os menores apartes, vê os pequenos movimentos, como profundo investigador das coisas políticas.

Ao sair dali, o primeiro amigo que encontra tem de levar um aguaceiro de palavras e invectivas contra a marcha dos negócios mais interessantes do país.

De ordinário o aposentado é compadre ou amigo dos ministros, apesar das invectivas, e então ninguém recheia as pastas de mais memoriais e pedidos. Emprega os parentes e os camaradas, quando os emprega, depois de uma longa enfiada de rogativas importunas.

É sempre assim.

No sarau o empregado público aposentado é pouco cortês para com as damas; vai procurar emoções nas alternativas de um lindo baralho de cartas. Mas para não faltar ao programa, lá vai tachando de imoral aquele divertimento que tanto dinheiro absorve; fica-lhe a consciência.

Onde poderemos encontrar ainda o aposentado? Ele vai por toda a parte onde é lícito rir e discutir, sem ofensa pública.

O leitor conhece decerto a individualidade de que lhe falo, é muito vulgar entre nós, e de qualidades tão especiais que a denunciam entre mil cabeças. Que lhe acha? Quanto a mim é inofensiva como um cordeiro. Deixem-no mirar-se no espelho dos velhos usos, falar em política, discutir os governos; não faz mal.

Em uma comédia do nosso teatro, há uma reprodução desse tipo, o sr. Custódio do *Verso e Reverso*. Mirem-se ali, e verão que apesar do estreito círculo em que se move, faz pálidos e mirrados estes ligeiros e mal distintos lineamentos.

M.-as.
O Espelho, nº 7, 16 de outubro de 1859

AQUARELAS IV

O FOLHETINISTA

Uma das plantas europeias que dificilmente se têm aclimatado entre nós, é o folhetinista.

Se é defeito de suas propriedades orgânicas, ou da incompatibilidade do clima, não o sei eu. Enuncio apenas a verdade.

Entretanto eu disse — *dificilmente* — o que supõe algum caso de aclimatação séria. O que não estiver contido nesta exceção, vê já o leitor que nasceu enfezado e mesquinho de formas.

O folhetinista é originário da França, onde nasceu, e onde vive a seu gosto, como em cama no inverno. De lá espalhou-se pelo mundo, ou pelo menos por onde maiores proporções tomava o grande veículo do espírito moderno; falo do jornal.

Espalhado pelo mundo, o folhetinista tratou de acomodar a economia vital de sua organização às conveniências das atmosferas locais. Se o tem conseguido por toda a parte, não é meu fim estudá-lo; cinjo-me ao nosso círculo apenas.

Mas comecemos por definir a nova entidade literária.

O folhetim, disse eu em outra parte, e debaixo de outro pseudônimo, o folhetim nasceu do jornal, o folhetinista por consequência do jornalista. Esta íntima afinidade é que desenha as saliências fisionômicas na moderna criação.

O folhetinista é a fusão admirável do útil e do fútil, o parto curioso e singular do sério, consorciado com o frívolo. Estes dois elementos, arredados como polos, heterogêneos como água e fogo, casam-se perfeitamente na organização do novo animal.

Efeito estranho é este assim produzido pela afinidade assinalada entre o jornalista e o folhetinista. Daquele cai sobre este a luz séria e vigorosa, a reflexão calma, a observação profunda. Pelo que toca ao devaneio, à leviandade, está tudo encarnado no folhetinista mesmo; é capital próprio.

O folhetinista, na sociedade ocupa o lugar do colibri na esfera vegetal; salta, esvoaça, brinca, tremula, paira e espaneja-se sobre todos os caules suculentos, sobre todas as seivas vigorosas. Todo o mundo lhe pertence; até mesmo a política.

Assim aquinhoado pode dizer-se que não há entidade mais feliz neste mundo, exceções feitas. Tem a sociedade diante de sua pena, o público para lê-lo, os ociosos para admirá-lo, e a *bas-bleus* para aplaudi-lo.

Todos o amam, todos o admiram, porque todos têm interesse em estar de bem com esse arauto amável que levanta nas lojas do jornal, a sua aclamação hebdomadária.

Entretanto apesar dessa atenção pública, apesar de todas as vantagens de sua posição, nem todos os dias são tecidos de ouro para os folhetinistas. Há os negros, com fios de bronze; à testa deles está o dia... adivinhem? o dia de escrever!

Não parece? pois é verdade puríssima. Passam-se séculos nas horas que o folhetinista gasta à mesa a construir a sua obra.

Não é nada, é o cálculo e o dever que vêm pedir da abstração e da liberdade — um folhetim! Ora quando há matéria e o espírito está disposto, a coisa passa-se bem. Mas quando à falta de assunto se une aquela morbidez moral, que se pode definir por um amor ao *far niente*, então é um suplício...

Um suplício, sim.

Os olhos negros que saboreiam essas páginas coruscantes de lirismo e de imagens, mal sabem às vezes o que custa escrevê-las.

Para alguns não procede este argumento; porque para alguns há provimento de matéria, certos livros a explorar, certos colegas a empobrecer...

Esta espécie é uma aberração do verdadeiro folhetinista; exceções desmoralizadoras que nodoam as reputações legítimas.

Escritas porém as suas tiras de convenção, a primeira hora depois é consagrada ao prazer de desforrar-se de uma maçada que passou. Naquela noite é fácil encontrá-lo no primeiro teatro ou baile aparecido.

A *Túnica de Néssus* caiu-lhe dos ombros por sete dias.

Como quase todas as coisas deste mundo, o folhetinista degenera também. Algumas das entidades que possuem essa capa, esquecem-se de que o folhetim é um confeito literário sem horizontes vastos, para fazer dele um canal de incenso às reputações firmadas, e invectivas às vocações em flor, e aspirações bem cabidas.

Constituindo assim *cardeal-diabo* da cúria literária, é inútil dizer que o bom senso e a razão friamente o condenam e votam ao ostracismo moral, ausência de aplausos e de apoio.

Não é este o único abuso que se dá. É costume de outros levantarem o folhetim como a chave de todos os corações, como a foice de todas as reputações indeléveis.

E conseguem...

Na apreciação do folhetinista pelo lado local, temo talvez cair em desagrado negando a afirmativa. Confesso apenas exceções. Em geral o folhetinista aqui é todo parisiense; torce-se a um estilo estranho, e esquece-se nas suas divagações sobre o *boulevard* e *Café Tortoni*, de que está sobre *mac-adam* lamacento e com uma grossa tenda lírica no meio de um deserto.

Alguns vão até Paris estudar a parte fisiológica dos colegas de lá; é inútil dizer que degeneraram no físico como no moral.

Força é dizê-lo: a cor nacional, em raríssimas exceções tem tomado o folhetinista entre nós. Escrever folhetim e ficar brasileiro é na verdade difícil.

Entretanto como todas as dificuldades se aplanam, ele podia bem tomar mais cor local, mais feição americana. Faria assim menos mal à independência do espírito nacional, tão preso a essas imitações, a esses arremedos, a esse suicídio de originalidade e iniciativa.

M.-as.
O Espelho, nº 9, 30 de outubro de 1859

COMENTÁRIOS DA SEMANA

Diário do Rio de Janeiro (1861-1862)

Eu devia escrever estas linhas em cima de um capitel antigo

Eu devia escrever estas linhas em cima de um capitel antigo, ou diante de um livro de velha poesia grega. Pedem-mo o assunto e a disposição de meu espírito, que, ingênuo, se volta para as singelas crenças antigas, enjoado da filosofia deste século desabusado.

Há dias falou a imprensa de duas mulheres, que existem nesta corte, e cuja profissão é adivinhar os sucessos do futuro. O tom com que a imprensa tratou as pobres sibilas calou-me profunda mágoa no coração. Pobres sibilas profetisas do que há de vir, não vos compreenderam, e escarneceram de vossa inspiração! Eu que professo a crença do maravilhoso, e que não duvido da capacidade humana, no tocante a devassar o futuro, zombei dos jornais e do século, e orei comigo mesmo pelas pobres vítimas.

A vossa avó de Cuma, se hoje vivesse, sem dúvida teria melhor do que eu apostrofado o blasfemo. O que poderia fazer a minha linguagem pálida, hoje, que nem é possível falar dos deuses, nem adubar uma increpação com as singelas, mas brilhantes, expressões pagãs? Valha a desculpa, se não vale o canto, como diz o poeta.

Por direito de nascimento pertenço à vossa clientela; e o fim particular que levo nas linhas que aí ficam escritas é pedir-vos que, com o auxílio da vossa poderosa lente moral, me designeis qual a sorte destes comentários que vou fazer aos acontecimentos da semana. Se for boa a predição, tornar-me-ei forte; se contrária me for, quebrarei a pena e me recolherei à tenda, como o velho guerreiro, sem me queixar de ninguém. Não podia melhor encabeçar o meu escrito; mas o que é doloroso é o salto mortal que sou obrigado a dar do prefácio às ocorrências do dia. Escolherei a menos prosaica, e direi mesmo a mais poética: falo da Companhia francesa de ópera cômica, que acaba de estrear no Teatro Lírico, na ópera de Auber, *Les Diamants de la Couronne*.

Modesta se apresentou ela: portanto, seria exigência demasiada pedir-lhe que furasse paredes. O público foi sensato, como sempre; ouviu a ópera, e aplaudiu. Os artistas viram que pisavam em terra de gente que sabe apreciar todos os méritos, absolutos ou relativos, e sem dúvida se lhes desvenceram as impressões que lhes haviam de produzir as críticas sensaboronas dos Biards e Saint-Victors.

Não me cansarei, nem cansarei a paciência dos leitores em falar da ópera em si; todos sabem que a música de Auber é lindíssima, e que o libreto de Seribe, à parte os atentados contra a história, é uma não mal enredada e bem escrita composição.

O que se nota nos *Diamantes da Coroa*, como em todas as peças de Seribe, é abundância de assunto. Um escritor português diz que uma cena de Seribe basta para uma comédia dos novíssimos escritores; assim é; Seribe não fez pretexto para a música; a ação interessa como aquela, sem que uma descore a outra.

A ópera era já conhecida do nosso público, e esse inconveniente para a nova companhia desapareceu com a execução que teve a partitura.

A primeira-dama da ópera cômica pode-se dizer que é a primeira artista no sentido dramático e musical; dispondo de uma voz pequena, sabe contudo vocalizar com gosto, e tem a graça do gesto e os conhecimentos precisos para desempenhar a parte dramática do papel. Campo Mayor teve por intérprete um artista que, sem possuir voz, é todavia um ator muito de ver. Acentua e gesticula com graça e naturalidade.

Os outros artistas obtiveram da plateia a justa paga de seu trabalho, exceto o que fez de 2º tenor, que na realidade não merece muita animação.

Os coros e a orquestra distinguiram-se por uma regularidade e precisão notáveis. Não falo, aos leitores, da regata e do mero achado no dique, por serem coisas velhas; a regata ainda ocuparia um lugar nestes comentários, se tivesse tido lugar; mas a opinião dos que gastaram dinheiro e foram a Botafogo é que não houve semelhante divertimento. Não posso contrariar o dito de testemunhas *oculares*.

Felizmente uma sociedade organizou-se para nos dar verdadeiras corridas de escaleres, e pelo que promete, podemos contar com o divertimento predileto dos ativos súditos de Sua Majestade a Rainha.

Consequentemente à notícia do mero vinha a da comenda de Aviz, outorgada pelo Governo ao sr. ministro das Obras Públicas, anfíbio que achou o meio de ser ao mesmo tempo paisano e militar, e gozar das regalias dessas duas condições sem sair (na opinião dele) dos preceitos constitucionais.

Não quero, porém, aguardar o prazer que esta hora desfruta o ilustre brigadeiro por ver que o Governo galardoou os seus méritos. Repouse em paz.

O paquete que chegou da Europa este mês trouxe mais vistas do *Álbum pitoresco* do sr. Victor Frond. Essas, como as outras, distinguem-se pela delicadeza e nitidez com que o artista litógrafo reproduziu os resultados fotográficos obtidos pelo sr. Victor Frond.

É essa uma parte da propaganda que nos faz bem, e que pôde mostrar aos olhos da Europa o que é a nossa terra, fisicamente, como moralmente nos havia fotografado o finado Carlos Ribeyrolles.

E deixemos falar os críticos do rodapé da *Presse*.

Os leitores hão de admirar-se de me ver já no fim destas linhas, sem ter dado minha opinião sobre *A história de uma moça rica*, drama do sr. dr. Guimarães, que se representa atualmente no Ginásio. De propósito procurei calar-me a esse respeito; defender esse belo drama contra as censuras dos virtuosos é tarefa que não comporta uma simples menção. Supondo que o meu leitor não comunga com os sentimentos exagerados que por aí se alardeia contra *A história de uma moça rica*, aconselho-o que vá hoje verificar com os seus próprios olhos se a crítica tem razão.

Gil
Diário do Rio de Janeiro, 12 de outubro de 1861

Decisão do oráculo

Decisão do oráculo — *A história de uma moça rica*: comentários dos beatos e comentários de Gil — Copacabana, a baleia e a chuva — Um capitão de Solferino e o príncipe Maximiliano — Recusa de funeral a Cavour — Batuta a Carlos Gomes — O rebequista Winen, e os *Mosqueteiros da rainha*.

Consultei e encomendei-me às sibilas. Fiz bem, acho eu. Cada qual, na ocasião de cometer uma empresa, encomenda-se à sua devoção, e o próprio bandido italiano não sai a matar sem ter queimado duas velas à madona de sua fé. Eu creio nas sibilas, por isso as preferi.

Suponho que o meu leitor arde por saber da decisão das boas adivinhas. Serei franco. O oráculo não me aconselhou as *casas de madeira*, como aos atenienses; não era caso disso; aconselhou-me simplesmente uma casa de ferro, o que traduzi assim: — rijo baluarte contra todas as suscetibilidades e azedumes. Mais perspicaz do que eu, nem o profeta Daniel. Portanto, seguindo à risca o conselho das sibilas, cá me fico de ferro para todos e para tudo.

E deve ser assim. Não que tenha de introduzir desaforos nestes singelos e inocentíssimos comentários, mas porque a tolice humana sempre se rebelou contra tudo o que não a lisonjeia, e eu não me acho disposto a tecer loas a essa deusa de todos os tempos.

Dito isto passemos à grande questão do dia.

As almas beatas e pudicas dormiam pacificamente, daquele sono que Deus dá aos que se provaram, na austeridade e na penitência, quando o Teatro Ginásio anunciou a primeira representação de um drama nacional — *A história de uma moça rica*.

A natural curiosidade levou-os ao teatro: mais ou menos eles se interessam pelas coisas pátrias e folgo de crer que de boa-fé foram dessa vez apreciar a nova produção na musa brasileira. Pede a verdade, porém, que eu diga que eles persignaram antes de lá entrar.

Destino ou traição? Esperavam uma peça em que o vício se apresentasse decente, ou por assim dizer, casto, a bem de não ofender o pudor público, sem que essa decência suprimisse a prédica final que absolve a plateia, e em vez disso, apresentam-lhe um drama onde o vício anda desenvolto, mostra-se como é, caminha o seu caminho e chega a um termo que não é de certo o que exige a *boa* e *rígida* moral.

Pena que tal escreveste! Por que havia o poeta de devassar o interior das famílias, e abrir as portas das salas dos hotéis? Se ao menos, dizem uns, não nos desse ele o segundo ato, contando simplesmente o que nele se passa... Acodem outros: se ao menos o poeta suprimisse o terceiro ato, e fizesse relatar as cenas de que ele se compõe... Mas, senhores, então não havia um drama, havia uma crônica, havia um sermão!

Acharam verdadeiras as cenas do poeta, mas diziam que não eram convenientes para o teatro. Não se dignavam dizer a razão por que e isso porque supunham a tal moral tão clara que devia luzir para todos, como o sol, no antigo sistema astronômico e hoje nas tabuletas das charutarias. É verdade, mas não convém dizê-la. A minha afouteza não tolera tais conveniências, e eu se fosse o autor da peça tê-la-ia composto pior, mas não teria transigido com o vício, nem com os beatos.

Há uma parte sensata nas censuras e essa não pertence às boas almas. É a que julga que Amélia não deve deixar o teto conjugal, e condena a reabilitação que o poeta faz da mulher perdida. Outros melhores do que eu já deslindaram essas coisas, de modo a não deixar que dizer. Mas lembrarei que o poeta quando escreveu o seu 2º ato não quis dizer às Amélias da nossa sociedade: suportai e resignai-vos; mas sim mostrar à sociedade a consequência das torpezas de Magalhães. Amélia hesitou diante da morte; não hesitou diante do erro; a moral queixou-se, a religião queixar-se-ia; o dilema era atroz, e eu a condenaria por ter afrontado a fé ou a moral, se tivesse a certeza de que ela naquele momento supremo estava tão tranquila como eu ao escrever estas linhas.

Mostrar as consequências do mal, lá me parece que é torná-lo antipático e repugnante. Não acrescentarei uma palavra só ao que se tem dito e escrito sobre a reabilitação da mulher perdida; confesso-me fraco e não quero repetir. Mas, honra aos poetas que fazem cobrir o opróbrio e avilta das mulheres que erraram e se arrependeram, pelo perdão dos justos e pela condolência dos bons. Não serão poetas beatos, mas evidentemente são poetas cristãos.

Apesar de se ter absorvido em parte com a peça e os seus comentários, a população fluminense, lesta e folgazã, agitou-se domingo último e enviou um sem-número de seus membros à festa que nesse dia se celebrou na Copacabana.

Se o leitor se lembra, deu lugar a essa romaria anual a presença de um cetáceo naquelas praias, aqui há dois ou três anos. De Copacabana só tinham notícia exata os pescadores que lá moravam, e algum intrépido passeador, fatigado com a vista da cidade. Mas, levados pela baleia, encantaram-se pelo lugar; viram uma capela abandonada e arruinada; o sentimento religioso fez de uma porção de crianças curiosas um grupo de homens devotos; organizou-se uma irmandade para reparar a capela e festejar o seu antigo orago; e a primeira festa teve lugar domingo.

Todas essas circunstâncias reunidas levaram imenso povo à festa de Copacabana; os alugadores de carros compreenderam que o dia também era deles e carregaram na pimenta aos romeiros; consta que depois da festa de domingo houve mais de um alugador que lastimou a tibieza da fé do nosso povo, que não erige uma capela e não institui uma romaria em cada arrabalde, a bem da glória de Deus e mais da sua.

Não se tinha contado com a chuva, e a chuva, que tem as suas impertinências de velha, caiu sem ser esperada sobre as costas dos incautos peregrinos.

Eu não fui a Copacabana, e não perdi com isso. Tive ocasião de apanhar uma notícia que prudentemente guardei para dá-la hoje.

Acha-se entre nós, um capitão austríaco, vencido em Solferino, onde viu coisas melhor de ouvir que presenciar.

Retirado do exército, e assinada a paz, o capitão recolheu-se à pátria, donde questões de família o determinaram a sair. Não sabia bem para onde se dirigisse quando, não sei como, pôde ler o livro que o príncipe Maximiliano escreveu a nosso respeito, e de tais amores se tomou pelo Brasil que na primeira ocasião cá veio ter.

Oxalá que o livro de sua alteza possa convencer a todos de que não somos o que os nossos caluniadores propalam, e que podemos oferecer alguma coisa de bom a quem nos procura. Tempo virá em que um governo ilustrado há de dar aos emigrantes dissidentes todas as garantias religiosas que eles tanto pedem.

A pressão dos beatos é grande, mas eu acho que maior é a força das coisas. Ah! os beatos! É ainda deles que vou falar. Conta-se que foi negada aos italianos a licença de celebrar um ofício fúnebre ao conde de Cavour. É bonito isto? Pode ser, eu acho que não serve à Igreja nem ao pontífice, nem ao Império. Queremos passar por civilizados, e darmos dessas amostras de fanatismo e atraso, é colocar uma montanha no caminho que pretendemos atravessar.

Há tempo noticiou-se que algumas senhoras haviam mandado fazer uma batuta para oferecer ao compositor da *Noite do castelo*. Dizem-me que a entrega desse mimo deve ter lugar na primeira noite em que se executar aquela ópera. Confesso, e nisto não há cumprimento, que é uma das coisas que me tocam ver a mulher acompanhar, com a sua interessante presença os triunfos, como acompanha os reveses.

E ponho ponto final, dizendo aos apreciadores de música que se dividam e vão hoje aos *Mosqueteiros da rainha*, no Lírico, e ao concerto de Carlos Winen, no Ginásio.

Não falei da primeira representação dos *Mosqueteiros*, por um simples motivo, é que não fui ouvi-la; prometo notícia comentada dessa segunda representação.

Gil
Diário do Rio de Janeiro, 18 de outubro de 1861

O FATO QUE MAIS DEU QUE FALAR

Crônica do *Jornal* — A ópera francesa — Um compositor brasileiro — Casimiro de Abreu.

O fato que mais deu que falar, durante a semana que finda hoje, foi um folhetim insolente e sensaborão. Discutiu-se, comentou-se e sobretudo admirou-se esse conjunto de banalidade que, com o título de *Crônica da Semana*, se publicou domingo último nas colunas da folha oficial.

A favor da importância do *Jornal*, o cronista atirou à admiração pública meia dúzia de facécias, que pelo tom se pareciam com aquelas que, tendo sido intercaladas fraudulentamente em um folhetim do sr. dr. Macedo, obrigaram a este a deixar aquele trabalho especial de que se achava encarregado. Nem mais nem menos, o escritor acusava os moços que fazem profissão da pena de uma liga, tendo por fim o louvor mútuo e todo o transe. Atacava ao mesmo tempo a dignidade moral e intelectual da mocidade brasileira. E isso no rodapé da folha oficial. Sem descer à refutação dessa censura, porque fora duvidar da sensatez do leitor, que sem dúvida se riu dela, como se haviam de rir os ofendidos, noto apenas que para um redator, de uma folha que goza de conceito, vir dizer aquelas amenidades em público, é preciso que algum motivo sobre ele tenha atuado. Digo isso no pressuposto de que as faculdades mentais do escritor a que aludo ainda não sofreram desarranjo algum. Pelo menos não consta, e isso seria uma razão que faria desaparecer todas as outras.

Que motivo, portanto, foi esse? Talvez eu atinasse deduzindo consequências de fatos anteriores conhecidos do público, mas não devidamente apreciados. Não adivinha o leitor através daquelas linhas um dos beatos de que falei nos meus comentários de sábado?

Ardeu-lhe o zelo no coração e veio à praça pública fazer alarde das suas virtudes e dos vícios alheios. Vacquerie falando de um crítico de Molière (o autor de Tartufo) diz que com ele se devia fazer o mesmo que se faz com certo animal doméstico inimigo do asseio; esfregar-se-lhe o rosto na própria prosa. Tenho razões para não aconselhar o mesmo expediente neste caso, mas não deixo de reconhecer que o exemplo seria proveitoso e a lição exemplar.

O cronista abre o seu escrito com uma citação do padre José Agostinho de Macedo. A aproximação é característica. Todos os meus leitores sabem que papel representou o padre José entre os demais escritores e poetas de seu tempo, e hoje o crítico consciencioso que estuda os caracteres daquele período aponta o padre José como o tipo do aviltamento moral e político. Alguns nem mesmo lhe querem dar as honras de considerá-lo o Aretino português, por não enxergarem naquilo que se chamou padre José Agostinho de Macedo o traço arejado que fazia no escritor italiano a grandeza do vício e da venalidade.

O padre José, como o seu modelo da Itália, não poupou ninguém; escreveu contra todos e contra tudo; a sua frase de arrieiro não reconhecia caracteres imaculáveis nem talentos legítimos. Era a hidrofobia da sátira. Na política almoedou a consciência, que estava tão imunda como a sua pena.

Tal é a autoridade que o escritor foi buscar, e o *Motim literário* que nenhum crítico consciencioso pode olhar, se não como lima obra da inveja e do despeito, foi a fonte onde o cronista encontrou alguns maus versos para aplicar aos escritores desta parte da América.

Felizes que eles são, em apanharem com o mesmo látego que nos tempos da Arcádia serviu para mostrar até que ponto podem chegar a tolice e o desvario humano!

Todo o comentário que eu fizesse mais a este respeito me levaria, leitor, a considerações em que eu, nem por sombras, quero pensar.

Passemos, pois, a outra coisa; repousemos os olhos na primeira representação do *Domino Noir*, dada pela Companhia francesa da ópera cômica.

Não me enganei, nem se enganaram os que saudaram com palavras de benevolência a companhia francesa, em sua primeira exibição. O bom aproveitamento de seus recursos, a igualdade das suas forças, o estudo completo das suas partituras tornaram a companhia uma coisa simpática e atraente; eu direi mesmo como um amigo que ainda não perdeu uma só das representações francesas — a companhia está acima do medíocre.

E se não, vão ver o *Domino Noir*.

A sra. Marti Almonti, bem que mal convalescida ainda, representou com aquela graça e talento de que já tivemos ocasião de falar. A canção aragonesa do 2º ato e a ária do 3º ato merecem especial menção. O sr. Duchaumont cantou bem, e representaria do mesmo modo, se porventura tivesse contraído mais fortemente o hábito de estar presente ao que faz. Apesar disso não deixou a desejar em muitos pedaços, e tem verdadeiro sentimento e paixão.

A sra. Grille, e os mais artistas agradaram e foram justamente aplaudidos. Dois artistas estrearam no *Domino Noir* que revelaram veia cômica da melhor, os srs. Fernando e Ablet, aquele no papel do inglês, e este no de Gil Perez.

A música escuso dizer o que é; todos a conhecem; mas o que é preciso dizer, apesar de saber-se, é que a execução por parte da orquestra acompanha a execução dos artistas, do que resulta o mais harmonioso *ensemble*. Dirige os professores o sr. Grille, que tem mostrado saber de sua arte.

Enquanto louvamos a arte estrangeira não esqueçamos a arte nacional. Foi, ou está para ir ao Pará um novo compositor brasileiro, filho daquela província, ultimamente chegado da Europa onde foi estudar por espaço de dez anos. Já se vê que ele ouviu o que há de melhor. Parece que muito aproveitou, ao que dizem, porquanto trouxe quatro medalhas de honra dadas pelas sumidades de lá, o que é já alguma coisa.

Tanto melhor! Apareçam os compositores, animem-se os artistas e apareçam novos, e a arte nacional ganhará.

O novo compositor pretende, ao voltar do Pará, fazer representar uma ópera, das quatro que teve ocasião de compor na Itália. Esperemos a obra.

Da música à poesia não há senão um passo; mas da vida à morte há mais, há a eternidade.

Falei de esperanças abertas em flor; falarei de esperanças mortas também em flor.

Fez no dia 18 deste mês um ano que um poeta de verdadeiro talento baixou à sepultura. Casimiro de Abreu morreu no verdor dos anos, tangendo a lira que a musa apenas lhe havia dado. A sua curta vida foi um hino que se interrompeu no melhor da melodia.

Dorme já na terra de Nova Friburgo o cadáver daquele que as musas do Brasil reclamavam como um dos seus mais prezados e esperançosos alunos; as brisas daquelas paragens apenas lhe podem hoje repetir em redor de seu túmulo as notas místicas e suaves da poesia que ele sonhara e que tinha realmente em si.

Parece que ele adivinhava o seu fim prematuro quando, cantando diante da sepultura de um colega, pronunciou esta sentida e profética estrofe:

> *Descansa! se no céu há bem mais puro,*
> *De certo gozarás nessa ventura*
> *Do justo a placidez!*

> *Se há doces sonhos no viver celeste,*
> *Dorme tranquilo à sombra do cipreste ...*
> *— Não tarde a minha vez?*

Gil
Diário do Rio de Janeiro, 26 de outubro de 1861

O QUE HÁ DE POLÍTICA?

Prefácio político — Exposição — *Ensino Praxedes* — Coroa ao dr. Pinheiro Guimarães — O mágico Filipe — Regata — Comemoração de defuntos.

O que há de política? É a pergunta que naturalmente ocorre a todos, e a que me fará o meu leitor, se não é ministro. O silêncio é a resposta. Não há nada, absolutamente nada. A tela da atualidade política é uma paisagem uniforme; nada a perturba, nada a modifica. Dissera-se um país onde o povo só sabe que existe politicamente quando ouve o fisco bater-lhe à porta.

O que dá razão a este marasmo? Causas gerais e causas especiais. Foi sempre princípio do nosso governo aquele fatalismo que entrega os povos orientais de mãos atadas às eventualidades do destino. O que há de vir, há de vir, dizem muitos ministros, que, além de acharem o sistema cômodo, por amor da indolência própria, querem também pôr a culpa dos maus acontecimentos nas costas da entidade invisível e misteriosa, a que atribuem tudo.

Dizem, é verdade, que há tal ministro que, adotando politicamente aquele princípio, descrê da sua legitimidade quando se trata da sua pessoa, e que, longe de esperar que a chuva lhe traga água, vai à própria fonte buscar com que estancar a sede. O leitor vê bem o que há de profundamente injurioso em semelhante proposição, e facilmente compreenderá o sentimento que me leva a não insistir neste ponto.

Mas, seja ou não assim, o que nos importa saber é que os nossos governos são, salvas as devidas exceções, mais fatalistas que um turco da velha raça. Seria este Ministério uma exceção? Não; tudo nele indica a filiação que o liga intimamente aos da boa escola. É um Ministério-modelo; vive do expediente e do aviso; pouco se lhe dá do conteúdo do ofício, contanto que tenha observado na confecção dele as fórmulas tabelioas; dorme à noite com a paz na consciência, uma vez que de manhã tenha assinado o ponto na secretaria.

Está dada a razão por que subiu no meio das antífonas e das orações dos amigos, apesar dos travos de fel com que alguns quiseram fazer-lhe amargar a taça do poder. Diziam estes: "É um Ministério medíocre"; mas, por Deus, por isso mesmo é que é sublime! Em nosso país a vulgaridade é um título, a mediocridade um brasão; para os que têm a fortuna de não se alarem além de uma esfera comum é que nos fornos do Estado se coze e tosta o apetitoso pão de ló, que é depois repartido por eles, para glória de Deus e da pátria. Vai nisto um sentimento de caridade, ou, direi mesmo, um princípio de equidade e de justiça. Por toda a parte cabem as regalias às inteligências que se aferem por um padrão superior; é bem que os que se não acham neste caso tenham o seu quinhão em qualquer ponto da terra. E dão-lho grosso e suculento, a bem de se lhes pagar as injúrias recebidas da civilização.

Não se admire, portanto, o leitor se não lhe dou notícias políticas. Política, como eu e o meu leitor entendemos, não há. E devia agora exigir-se de um melro o alcance do olhar da águia e o rasgado de seu voo? Além de ilógico fora crueldade. Estamos muito bem assim; demais, não precisa o império de capricórnio.

É sob a gerência deste Ministério que vai efetuar-se em nossa capital uma festa industrial, a exposição de 2 de dezembro.

Se o leitor acompanhou as discussões do Senado este ano, deve lembrar-se que quase no fim da sessão o sr. senador Pena, que ali ejaculou alguns discursos *notáveis*, entre eles o dos pesos e medidas do sr. Manuel Felizardo, levantou-se e pediu a opinião do sr. ministro do fomento acerca da conveniência de representar o Brasil na próxima exposição de Londres. O sr. ministro, que por uma coincidência, que não passou despercebida, havia previsto os sentimentos do honrado senador, levantou-se e declarou que já havia pensado nisso, e que dentro de quatro dias tinham de aparecer as instruções regulamentares das exposições parciais no Brasil, para delas extrair-se o melhor, e enviar-se à exposição de Londres. Portanto, os dois heróis da exposição são os srs. Pena e ministro do fomento, a quem, em minha opinião, devem ser conferidas as primeiras medalhas, a não ser que se olhe como prêmio comemorativo a presidência de Mato Grosso e as ajudas de custo, que, por eleição do sagrado concílio, couberam ao sr. Herculano Pena. Em todo o caso há uma dívida contraída com o sr. ministro do fomento.

As instruções apareceram, um pouco sibilinas e indigestas, como salada mal preparada, mas dignas do ministro e do Ministério. E imediatamente as ordens se expediram, com uma presteza cuja raridade não posso deixar de comemorar, e em toda a parte se preparam a esta hora as exposições parciais.

A da corte tem lugar no dia 2 de dezembro, no edifício da escola central. A decoração está a cargo do sr. dr. Lagos, que é um dos mais importantes expositores. Disse-me alguém que àquele nosso distinto patrício se entregou uma soma fabulosa... *mente* mesquinha, o que é realmente digno de censura, se não atendermos à divisa do Ministério, e a que é impossível fazer uma exposição e ao mesmo tempo mandar uma jovem comissão estudar à Europa os sistemas postais. A exposição é uma coisa bonita; mas há muito moço que ainda não foi a Paris, e é preciso não deixar que esses belos espíritos morram abafados pela nossa atmosfera brasileira. Ora, a economia...

A exposição corresponderá aos esforços dos seus diretores, se a atenção pública não for desviada pela nova obra *Ensino Praxedes,* de que dá notícia a folha oficial. É um novo método de ensino, fundado sobre a filosofia do A.B.C. Ouço já o meu sôfrego leitor perguntar-me o que é a filosofia do A.B.C.

Eu ainda não li o precioso livro; mas diz-me um boticário, que o folheou entre duas receitas, que essa filosofia cifra-se em demonstrar que não há entre as letras do alfabeto a diferença que geralmente supõe-se, e que o A e o G se parecem como duas gotas de água. Talvez o meu leitor não ache muito clara a identidade; mas é aí que está a sutileza do novo método.

Ocorre-me lembrar uma coisa. Este livro deve figurar na exposição de Londres. Ali se reserva uma sala para a exposição de planos, livros e métodos pedagógicos de ensino primário. Vê-se que o novo *Ensino* está correndo para lá como um rio para o mar.

A matéria do ensino é grave e profunda; não se deve perder material algum que possa servir à organização da instrução pública, como ela deve ser feita. Ora, compreende-se bem que o sistema do *Ensino Praxedes* vem dar um grande avanço, porque, se pela analogia, ou antes identidade dos caracteres, chegamos a converter o alfabeto em uma só letra, é evidente que teremos feito mais que todos os que têm estudado e desenvolvido a matéria, e, se é dado crismar o novo método, proponho que se desdenhe o título de *método-vapor,* e que se lhe dê o que lhe compete, *método-elétrico.*

A obrigação de comentar leva-me a fazer transições bruscas; por isso passo sem preâmbulo do novo livro à oferta que por parte de alguns amigos e admiradores acaba de ser feita ao sr. dr. Pinheiro Guimarães, autor do drama *História de uma moça rica*.

Afirmo que o leitor, se não é beato, está tão convencido como eu da justiça daquela oferta. Ela significa, além disso, um desmentido solene às censuras que, em mal da composição do novo dramaturgo, haviam levantado os que sentem em si a alma daquele herói de Molière, que *pecava em silêncio e se acomodava com o céu.*

As palmas que acompanharam a entrega da coroa ao sr. dr. Pinheiro Guimarães confirmaram ainda uma vez a boa opinião que nos espíritos desprevenidos e sinceramente amantes das letras, tem criado o poeta. Estou certo de que elas valem mais que a alma devota dos censores.

Tem outro alcance a coroa do autor da *História de uma moça rica*; é um incentivo à mocidade laboriosa, que, vendo assim aplaudidas e festejadas as composições nacionais, não se deixará ficar no escuro, e virá cada operário por sua vez enriquecer com um relevo o monumento da arte e da literatura.

A nossa capital tem sido visitada por mais de um mágico, e sem dúvida está ainda fresca a impressão que produziu o distinto Hermann, que fazia coisas com aquelas bentas mãos de pôr a gente a olhar ao sinal. No tempo em que Hermann divertia a curiosidade infantil do nosso povo, chegou aqui um colega, que, reconhecendo não poder competir com tão distinto mestre, resolveu esperar melhores dias, e foi exercer a sua arte pelo interior.

Agora aparece ele, o sr. Filipe, filho de um mágico célebre de Paris. Trabalha com destreza e habilidade, e faz passar ao espectador algumas horas de verdadeira satisfação. Se o meu leitor quiser verificá-lo deve ir ao Ginásio sempre que o sr. Filipe trabalhar.

Efetua-se hoje à tarde a grande regata de que falei em um dos meus *Comentários* passados, e cujo programa as folhas publicaram ontem.

Ao que parece, o divertimento será em regra, e amadores e espectadores terão uma tarde deliciosa a passar. Compreende-se bem que os ingleses se distraiam das suas graves preocupações para tomar parte ou presenciar uma regata, hoje que o divertidíssimo soco inglês é punido pelas leis da Grã--Bretanha. Vejam se não excita a fibra ver quatro escaleres rasgando com as quilhas cortadoras o seio de um mar calmo e azul, e os remeiros, com o estímulo e o entusiasmo nos olhos, empregando toda a perícia, a ver quem primeiro chega ao termo da carreira, que é a terra da promissão!

Diga-se o que se quiser dos ingleses, mas confesse-se que nesta predileção pela regata e outros divertimentos do mesmo gênero mostram eles que Deus também os dotou da bossa do bom gosto. Honra àqueles graves insulares!

Os moços que hoje tomam parte na regata são pela maior parte oficiais da nossa jovem marinha, mas entram no divertimento, franceses e ingleses que não deviam faltar a ele. A festa é, portanto, completa, e desta vez é deveras uma regata, pois que os escaleres devem correr próximos à praia, para que todos possam ver.

Depois da festa do mar, vem a festa dos cemitérios, a comemoração dos mortos, piedosa ramagem que a população faz às pequenas e solitárias necrópoles, onde repousam os restos do irmão, do pai, do consorte, da mãe e do amigo.

É uma peregrinação imponente. Os romeiros vão de luto orar pelos que repousam no último jazigo, e derramar à vista de todos as lágrimas da saudade e da tristeza. É esta uma das práticas dos povos cristãos que mais impressiona a alma do homem verdadeiramente religioso, embora a vaidade humana macule, como acontece em todas as coisas da vida, a grave e melancólica cerimônia, com as suas suntuosas distinções.

Dizem os que têm visitado a antiga cidade de Constantino que há uma grande diferença entre um cemitério turco e um cemitério cristão. Aquele não inspira o sentimento que se experimenta quando se entra neste. O turco entrelaça a morte à vida, de modo que não se passeia com terror ou melancolia entre duas alas de túmulos. A razão desta diferença parece estar na própria religião. O que quereis que seja a morte para um povo a quem se promete na eternidade a eternidade dos gozos mais voluptuosos que a imaginação mais viva pode imaginar? Esse povo, que vive no requinte dos prazeres materiais, só entende o que lhe fala aos sentidos, e considera bem--aventurados os que morreram, que já gozam ou estão perto de gozar os prazeres prometidos pelo profeta.

Mas, filosoficamente, terão razão eles ou nós filhos da igreja cristã? Há razão para ambas as partes, e cumpre acatar os sentimentos alheios, para que não desrespeitem os nossos.

Gil
Diário do Rio de Janeiro, 1º de novembro de 1861

Vagou uma cadeira no Senado

Vaga senatorial — Agências do correio — Companhia italiana; *Norma* — Compositores nacionais — Condecorações — Batuta — Associação de caridade — Aventura inglesa — Uma volta de artistas.

Vagou uma cadeira no Senado. É a que pertenceu ao eleito por Mato Grosso João Antônio de Miranda, que acaba de falecer, levando consigo a experiência e o conhecimento do egoísmo de um partido político. Tão gorda posta fez arregalar o olho a mais de um; e eis que todos quantos gozam da inefável ventura de andarem entradetes no outono da vida começam a fazer valer os seus direitos e os seus serviços.

Fala-se de muitos, e chega-se até a indicar todas as probabilidades. A folha oficial, que toma o seu papel a sério, sem reparar que encanta mais *par son plumage que par son ramage,* não se arreceou de comprometer no futuro o queijo do experiente, e abriu o largo bico para dizer que entre muitos candidatos um havia que merecia exclusivamente os sufrágios dos eleitores.

Deve supor-se que é esse o escolhido do partido do governo, que é sempre o legítimo partido. Um outro candidato, ministro como o que foi apresentado por *maitre corbeau,* não fará concorrência, porquanto, depois de ter naufragado em dois diques, no Maranhão e no do Rio de Janeiro, não quer arriscar-se a fazer uma figura triste neste país, que é o das lindas figuras. Além destes dois, havia um que se o governo quisesse podia fazê-lo triunfar, o sr. Sérgio de Macedo, homem que, afora a missão diplomática, o cargo de ministro e o exercício de deputado, tem dado conta da mão, saindo-se brilhantemente de toda a empresa que comete.

Tais e outros são os ovos que estão incubando, agasalhados pelas asas protetoras daquela remota e passiva província de Mato Grosso: estão sim, mas a ansiedade da surpresa não se dará no fim do termo legal da incubação; já se conhece o ovo que há de gerar, e a mim até me parece ver já o pinto no poleiro. A tal ponto chega a ciência política!

É tão bom ter uma cadeira no Senado! A gente faz o seu testamento, e ocupa o resto do tempo em precauções higiênicas, a bem de dilatar a vida e gozar por mais tempo das honrarias inerentes ao posto de príncipe do Império. Alguns não observam tão salutar preceito, e esfalfam-se em orações políticas contra os abusos do poder; por isso vão mais depressa à sepultura, onde ninguém é senador nem tem honrarias de príncipe.

Com a questão da vaga senatorial veio naturalmente a questão da presidência da província, que há de ser a presidência da eleição. Estava nomeado antes da vaga o sr. conselheiro Pena; mas s. ex., que é exímio em ordenar um expediente e em fazer o seu discursozinho sobre questões de ordem, não se abalançará a presidir uma eleição em província que não conhece, e tão longe do governo central.

Trata-se, portanto, segundo ouvi dizer a mais de um, de substituir o nomeado, o que eu acho que é uma coisa muito justa. Pois falta com que distrair os tédios do sr. conselheiro Pena no intervalo da sessão legislativa?

Não haverá outro ponto do Império onde s. ex. vá tomar ares? Por força que há de haver.

Tais são as notícias importantes do mundo político que chegaram ao meu conhecimento. Quanto ao sr. ministro da Agricultura, que é o meu predileto, está fazendo *amende honorable* de um erro administrativo: restabelece as agências postais do interior, que em um dia de sestro econômico lembrou-se de suprimir. Deus o conserve em tão boas disposições!

Apesar da importância dos fatos que muito singela e rapidamente acabo de referir, o que mais deu que falar nestes últimos dias foi a companhia italiana, que aqui está de passagem para Buenos Aires.

Falou-se muito antecipadamente na primeira-dama, a sra. Parodi, que trazia consigo um diploma de reputação europeia. Tinha ela de cantar a *Norma* diante de um público que ainda conservava as impressões de mme. Lagrange. Por isso todo o mundo diletante se agitou, e na noite da representação da *Norma* lá estavam os antigos entusiastas do canto italiano a esperar.

A sra. Parodi confirmou o que dela se tinha pela novidade.

Dito: tem muito talento e profundos conhecimentos da arte a que se dedicou; é ao mesmo tempo uma eminente cantora e uma trágica eminente. O seu gesto é nobre, os seus movimentos largos e desembaraçados, as suas posições belas, como as das estátuas antigas. Aquilo é que era a sacerdotisa gaulesa. Depois de Lagrange ninguém viu melhor. Quando experimentava um sentimento exprimia-o com a voz, com o gesto, com a fisionomia, sem procurar agradar aos basbaques com os recursos das mediocridades. Amava-se, odiava-se e sentia-se com ela. Ah! é que possui a flama sagrada e consumiu o tempo em uma escola europeia, que eu peço licença para considerar melhor que as nossas, se me é dado falar dos ausentes.

O tenor Mazzis conhece a arte e canta bem; acrescentai a isto uma bela figura, e compreendereis, leitor, que Norma se apaixonasse por Polion.

Bela e fresca é a voz do baixo Rossi, que foi aplaudido com justiça, e que muito mais o deve ser no *Ernani,* que sobe hoje à cena.

Coube o papel de Adalgisa a uma moça, quase diria menina, tanto o seu ar ingênuo e tímido me pareceu aquele da criatura que passa da infância à adolescência. A sua voz, fresca e melodiosa, corresponde perfeitamente ao seu todo virginal; começa agora, mas tem condições para ocupar uma bela posição no teatro.

Tal é a companhia que se destina a Buenos Aires. Só tenho palavras de inveja para os nossos vizinhos, que bem podiam ceder-nos a sua companhia por alguns meses.

Assim não há de acontecer, entretanto; e, ao que ouço, a *voluptuosa coqueta del Plata* tem em breve de ouvir e *ver* esses artistas, a quem os *dilettanti* bonaerenses animarão e pagarão com entusiásticos aplausos.

O período é musical; três companhias de canto, a italiana, a francesa, e a nacional, alternam as suas representações no mesmo teatro. Os compositores nacionais aparecem. Acha-se nesta corte, vindo de São Paulo, o sr. Elias Álvares Lobo, autor da *Noite de são João*; retirado à sua província natal, o sr. Álvares Lobo escreveu uma nova ópera, cujo libreto é devido à pena de um dos nossos jovens escritores dramáticos: o sr. Gurjão está no Pará, e deve voltar brevemente, para fazer cantar uma de suas quatro óperas, compostas na Itália, terra da música e dos mestres: um jovem professor, o sr. J. Teodoro de Aguiar, está a concluir uma ópera, cujo libreto tem por assunto um episódio da nossa história indígena, coisa que para alguns espíritos rabugentos é enormemente ridícula. Não sou dessas suscetibilidades que fazem caretas ao ver um indígena em cena; não quero saber a que nação e a que civilização pertencem os personagens; exijo simplesmente que eles sejam verdadeiros, porque invariavelmente hão de ser belos; *rien n'est beau que le vrai,* disse Boileau, que, se me concedem, era uma pessoa de muito critério e siso e pensava nestas coisas um pouco melhor que os censuristas.

Por último está a vir da Europa o sr. Henrique Alves de Mesquita, talento de uma grande esfera, que mais se ampliou e fortaleceu com a aquisição de sérios estudos, condição essencial do bom compositor, sem a qual fica-se em risco de não passar da antecâmara da glória, que é esquiva e exigente como ninguém.

O sr. Mesquita já ligou o seu nome à nossa história musical, compondo algumas daquelas peças em que José Maurício se mostrou mestre. As suas missas trazem o cunho da verdadeira música religiosa. Como compositor de outro gênero, todos conhecem até que ponto chegam a sua caprichosa imaginação e a sua instrução musical. Será o digno chefe de tão distinta plêiade.

Creio que podemos dizer: — temos música. E mais: — temos animação para os principiantes. Não acaba o chefe do Estado de ornar o peito do sr. A. C. Gomes, para quem lhe foi pedida pela Academia das Belas-Artes uma condecoração? Este ato, olhado como estímulo, deve garantir os operários da ideia de que serão sempre acolhidos, não só pelas graças do público, como pelos favores dos poderes do Estado.

Devo dizer, falando de condecorações, que um artista de outro ramo, o sr. Vítor Meireles, autor do belo quadro *A primeira missa no Brasil,* obteve da própria inspiração imperial uma condecoração honrosa, em prova de apreço pelo seu trabalho. O favor honorífico caiu para a pintura como para a música.

O autor da *Noite do Castelo* recebeu, finalmente, das mãos de uma senhora, em pleno teatro, por ocasião de executar-se a sua ópera, a batuta de ouro com que o brindaram várias representantes do sexo amável. O trabalho artístico é de um perfeito acabado e honra bem as ofertantes.

Na apoteose dos talentos, bem como no conforto dos que padecem, a mulher exerce sempre a sua alta missão; tanto galardoa como consola. Reúnem-se muitas, associam-se para fazer caridade, e por meio de uma noite de folgares e risos tiram o óbolo, que vão depois depositar no regaço da indigência.

É o que deve efetuar-se na noite de 12 deste mês. A associação de caridade das senhoras anuncia para essa noite um concerto vocal e instrumental no salão do Cassino Fluminense, cujo produto deve ser empregado no desempenho dos fins da sociedade. Honra e glória para essas almas evangélicas!

Algum filósofo esquisito poderá dizer que um egoísmo que infecciona os homens faz com que estes só abram a bolsa em troca de um prazer, e que o dinheiro que compra o pão dos pobres comprou antes o divertimento dos abastados. Guarde esse as suas moedas de Pompeia, que não têm valor na circulação; se não quer parecer egoísta, não vá lá; a humanidade é assim; as abstrações quiméricas não é que a hão de modificar, responderemos eu e o meu século.

Muita gente fala em egoísmo, sem definir propriamente o que ele é. Em minha opinião, que não dou como infalível, ele vale tanto como o instinto de conservação, que reside nas organizações animais; é por assim dizer, o instinto moral, que procura para o espírito o que o instinto animal procura para os sentidos. Vão lá pregar contra o egoísmo aos ingleses; verão como eles os escovam. O egoísmo é a divisa dos súditos de sua majestade a rainha, recentemente imperatriz das Índias; e tanto a observam que fazem muitas vezes profundas modificações no direito das gentes e no código social das nações, parecendo que os respeitam.

Para prova do que digo, deu-se ultimamente em nosso porto, um fato que é nada menos que uma grave ofensa à soberania nacional. Mal saía a visita da polícia de um vaso brasileiro, apresentou-se um oficial inglês no escaler de sua nação, exigindo a sua introdução a bordo! Está me parecendo este caso igual ao *Charles Georges* em Portugal. Nações fracas devem sofrer tudo, dizem as potências de primeira ordem; e, sem atender que, como dizia o conceituoso Camões, é fraqueza ser leão entre ovelhas, fazem alarde de sua importância e força material. Benza-os Deus, antes querem um aleijão no moral que uma quebra desse poder que atemoriza os fracos, indignando a consciência. Vamos ver o que fará o nosso governo. Dizem que somos colônia da Inglaterra; não sei se somos, mas é preciso provar que não.

Esta questão da visita marítima tolhe-me a palavra e irrita-me a pena. Creio que não poderei continuar naquele estilo descuidoso e calmo com que comento as coisas. Tenho uma última notícia a dar. Vi nas mãos de um amigo uma carta da Bahia, em que se anuncia a próxima vinda de alguns artistas, muito conhecidos do nosso público, que ali faziam parte da companhia dramática, que, na frase do vice-presidente daquela província em seu relatório, satisfazia perfeitamente as necessidades da civilização baiana.

Declinando-se-lhes os nomes, faz-se-lhes a apologia: falo de Gabriela da Cunha e Moutinho de Sousa, a criadora de Marco e Margarida Gauthier, e o intérprete feliz do marinheiro da *Probidade*.

Colocada na primeira plana dos nossos artistas (e poucos são), a sra. Gabriela tem sempre um lugar na capital, em que seus triunfos foram mais celebrados, e onde criou a sua carreira. Além dela e do sr. Moutinho, disse-se que deve também chegar um novo ator, galã de muita aptidão, e, ao que ouço, o primeiro depois de Furtado Coelho.

Uma não vem, talento em flor, que amanhecia cheio de esperança, e que lá fica debaixo do chão, livre dos amargores da vida, mas também sem os louros que a esperavam. Aos que a viram ensaiar aqui os seus primeiros passos sem dúvida se confrangerá o coração quando não lerem entre os nomes de sua família o nome da Ludovina Moutinho.

Gil
Diário do Rio de Janeiro, 10 de novembro 1861

Ó PACHORRA!

Cavaco — Caridade — Teresa Parodi — Coros do teatro lírico — *A Resignação*.

Ó pachorra! tu és a Circe mais feiticeira que conheço, contra quem não valem todas as advertências de duas Minervas juntas! Adormeci em teu seio, *amiga velha*, como te chamava aquele bom Filinto, que, além desse, tinha outro ponto de contato comigo, na predileção pelas trouxas de ovos; adormeci, digo eu, em teu seio, e deixei passar a semana sem vir dizer em letra redonda o que pensava das ocorrências dela.

Não faltou, porém, quem se encarregasse de comentar, como eu, e com um brilho de que não é capaz um escritor novel, ou já por *crônica*, ou já *a propósito de música e de caridade*.

E de música foram os últimos dias. De tudo mais, porém, passou estéril a semana. Música nos teatros, música nos concertos, por caridade e por prazer.

Pretende Eugênio Pelletan que a mulher, com o andar dos tempos, há de vir a exercer no mundo um papel político. Sem entrar na investigação filosófica da profecia, a que dá uma tal ou qual razão a existência de certas mulheres da sociedade grega e da sociedade francesa, eu direi que é esse um fato que eu desejava ver realizado, em maior plenitude do que pensa o autor da *Profession de foi*. Eu quisera uma nação, onde a organização política e administrativa parasse nas mãos do sexo amável, onde, desde a chave dos poderes até o último lugar de amanuense, tudo fosse ocupado por essa formosa metade da humanidade. O sistema político seria eletivo. A beleza e o espírito seriam as qualidades requeridas para os altos cargos do estado, e aos homens competiria exclusivamente o direito de votar.

Que fantasia! Mas, enquanto esperamos a realização dessa linda quimera, à mulher cabem outros papéis, que, se não satisfazem a inspiração de um humorista, podem contentar plenamente o espírito de um filósofo e de um cristão. É, por exemplo, o da mãe de família e o do anjo da caridade; adoçar os infortúnios da indigência e preparar cidadãos para a pátria, que missão!

Cresce o número das associações de caridade, e as principais organizadas são compostas de senhoras, que, no meio da abastança, não se esquecem de que há mães de família, a quem a fortuna não favorece com esses dons, que permitem às primeiras os gozos e os cômodos da vida. Essas fazem grossa coleta de donativos, e, sem temer empoeirar o sapato de cetim no lar do pobre, vão repartir aos famintos o pão da subsistência que a indigência lhes negou.

A *Associação de caridade das senhoras* e a *Congregação de Santa Teresa de Jesus* merecem os mais sinceros encômios pelos fins santos a que se propõem. Se há glória verdadeiramente real e verdadeiramente cristã, é essa.

Ao lado do concerto que deu no Cassino a *Associação das senhoras*, chamaram a atenção dos *dilettanti*, nestes últimos dias, os espetáculos líricos da companhia italiana, que nos deu *Ernani* e *Favorita*.

Tive ocasião, nos meus últimos *Comentários*, de falar em Teresa Parodi e seus companheiros. Acabava de ouvir a *Norma*, e trazia no espírito as impressões recebidas pela execução da famosa partitura de Bellini. A representação de *Ernani* confirmou-me na primeira opinião, ou mais, deu-me melhor opinião. Nessa peça Teresa Parodi ostentou os mesmos esplendores de seu talento, que já haviam dado ao papel de sacerdotisa gaulesa o cunho das belas criações na *cavatina* do primeiro ato, e no *tercetto* do terceiro, sobretudo, seus belos dotes de canto e de arte foram empregados de um modo, não a satisfazer, mas a entusiasmar a plateia.

Dizem que Teresa Parodi ouviu cantar a *Norma* à Pasta, de quem recebeu proveitosas lições. O fato é que o mesmo juízo feito pelos críticos eminentes à célebre cantarina podem ser aplicados a Teresa Parodi, guardadas as respectivas distâncias. Nesta, como naquela, a cantora descora diante da trágica; ambas deram à sua arte esse tom dramático que é o caráter da escola clássica, em ambas se encontra *esse culto inteligente da plasticidade*, de que fala Blaze de Bury a respeito da primeira.

Vendo e ouvindo Teresa Parodi, nós, que tivemos duas brilhantes amostras da grande escola em Stoltz e De-Lagrange, apreciamos e dispensamos àquela artista os aplausos com que, honra de um público inteligente, a arte, a grande arte, a verdadeira arte, costuma ser festejada.

Depois de *Ernani* e de *Norma* foi anunciada a *Favorita*. As palmas com que ao terminar a execução da ópera de Donnizetti foi Teresa Parodi chamada à cena foram a manifestação de um público que, sem curar de comparações, mostrou apreciar o talento, que, sem pregão nem motim, veio receber no fundo da América uma confirmação ao batismo que recebera na Europa.

Os outros artistas, à parte alguns senões, satisfizeram o público, com especialidade o sr. Walter.

Dizem que a gente experimenta uma certa mudança moral de sete em sete anos. Consultando a minha idade, vejo que se confirma em mim a crença popular, e que eu entrei ultimamente no período lírico. É isso o que explica hoje a minha preferência pelas representações deste gênero, e que me faz um adepto fervente da música. Como se vê, não me devo em parte lastimar, porque com esta mudança coincidiu o movimento lírico, que se vai observando na atualidade.

Oxalá que, a par do bom que se me dá no velho Provisório, figurassem sempre os coros. Diz Alexandre Dumas que para os ouvidos se fizeram *Guilherme Tell*, os pianos de Erard e as trompas de Sax; evidentemente não se fizeram também os coros do teatro lírico, pelo menos tratando-se de ouvidos bem-educados. Há ocasiões em que é preciso muito boa vontade para ouvi-los a sangue-frio.

Uma novidade dramática aguarda o público: um novo drama do dr. Aquiles Varejão, autor da *Época*. Como estas coisas não são secretas, e mais ou menos transparecem, pela louvável indiscrição dos que, conhecendo uma peça, não se eximem de antecipar a opinião, fazendo o seu juízo, direi que não tenho ouvido a respeito da *Resignação* senão palavras de louvor e de ardente aplauso.

É uma composição escrita nesse tom familiar, que torna notáveis muitas das composições modernas. Deve subir à cena esta semana; nos meus próximos *Comentários* farei detalhada análise.

Gil
Diário do Rio de Janeiro, 21 de novembro de 1861

Começo por uma raridade

Itália — Por que não foi um embaixador a Koenigsberg? — Uma heresia científica — Dois livros — A companhia italiana — Uma carta.

Começo por uma raridade, não uma dessas raridades vulgares de que fala um personagem de teatro, mas uma raridade vulgarmente rara: — o governo de acordo com a opinião.

Os complacentes e os otimistas hão de rir; não assim os julgadores severos; esses dirão consigo: — é verdade! A opinião havia acolhido com entusiasmo a unificação da Itália; o governo acaba de reconhecer *com prazer* e sem delongas acintosas o novo reino italiano. Não é caso de milagre, mas também não é comum.

Afez-se o país por tal modo a ver no governo o seu primeiro contraditor, que não pôde reprimir uma exclamação quando o viu pressuroso concluir o ato diplomático a que aludo. E por que não havia de fazê-lo? perguntará o otimista. Eu sei! por descuido, por cortesania, por qualquer outro motivo, mas a regra é invariável: o governo sempre contrariou a opinião.

Mas a Itália, ouço eu dizer, assenta hoje a sua existência política nas mesmas bases da nossa; uniu-se para ser a Itália, e escolheu o governo que achou melhor, como o Império se unira para ser Império, e como escolheu por uma revolução o governo que achou mais compatível consigo e com os tempos. Quereria o governo brasileiro ser ilógico ou ridículo, não alcançaria ele a clareza e a firmeza destes princípios?

Tudo isso é verdade, mas não menos verdade é que este absurdo, que por tamanho não parece entrar na cabeça de ninguém, existe na de muita gente. Não há ainda quem espere pela volta do absolutismo a Nápoles? Quem conte, para confusão dos maus, com a destituição de Vítor Manuel, e do herói de Marsala?

Podem, é verdade, todas essas coisas acontecer; as vicissitudes humanas concluem muitas vezes pelo absurdo, e pelo aniquilamento dos mais sãos princípios, mas as ideias ficam de pé, e o espírito, abatido, embora, não abdica de si.

Não creio, ninguém pode crer, para honra nossa, que no espírito do governo imperial existisse nunca uma convicção contrária ao ato do reconhecimento. Mas nem por isso se pode contestar, que, por motivos fúteis embora, o governo poderia, como em outras vezes, comprometer a opinião do país com uma nação estrangeira.

E que nação, a Itália! Uma das que a providência das nações destina para ser um guia da raça latina, e conduzi-la através dos séculos ao aperfeiçoamento moral e intelectual de que ela é capaz. Seria lamentável, mas seria possível, e daqui vem que a imprensa e o país louvam todos os atos do governo.

Existirá nesse elogio, contra as intenções do país, que o fez de coração, um amargo epigrama? De quem a culpa? Do governo e só do governo. Avezado a remar contra a opinião, este mau timoneiro, se alguma vez volta o batel à feição da corrente dos espíritos, é logo objeto de mil cumprimentos, que lhe devem doer mais do que dobradas chufas.

E ele anda agora em maré de epigramas; alguns bem bons nos lançaram os alemães, a propósito de não haver na coroação do rei Guilherme um embaixador brasileiro, bem que aquele soberano não esperasse nem meio minuto à espera de que o Brasil tomasse parte na função.

Ora, o Império foi realmente descortês e não praticou um ato de boa política. Abstraindo da importância da farsa de Koenigsberg, tratava-se de uma potência de primeira ordem, de um soberano amigo, e de uma fonte onde vamos procurar colonos quando precisamos lavrar nossas terras. Se não bastavam as duas primeiras considerações, a última devia de ser digna de reparo do governo. Por que não atendeu a ela?

Já ouvi, por suposição, que o governo não quis sem dúvida fazer gastos enormes, a bem de manter convenientemente um embaixador nosso naquela estrondosa cerimônia. Mas, se é preciso atender a essa tristíssima contingência, se o bom senso do governo imperial chega a descobrir estas dificuldades, por que não o ilumina a providência, detendo-lhe a mão quando, com largueza, envia certas comissões à Europa, e dá ajudas de custas a presidências de províncias, despesas improdutivas, e diametralmente opostas ao programa do gabinete? Essas migalhas fariam um pecúlio para dar que gastar ao nosso embaixador, que demais, não precisava dar saraus estrondosos, nem ostentar a suntuosidade com que a França se representou na pessoa do duque de Magenta.

A conclusão forçada de tudo isto é que o governo foi descortês.

Vale-lhe, porém, a inspiração com que se apressou a respeito da Itália, a negação que fez das regras comezinhas de polidez internacional.

Outro tanto pudesse eu opor à negação da ciência em favor do empirismo, que no meio de uma corporação fez o diretor da academia de medicina. Ouvi bem, ó vindouros, o diretor de uma academia de medicina! *Où la direction d'une académie va-t-elle se nicher!*

Mas não pasmemos, leitor amigo. Negar a ciência é negar a esposa, com que se contraiu, depois de longo estudo, o consórcio íntimo do espírito e dos princípios. Mas negar a publicidade, negar a discussão, que são a alma do sistema representativo, equivale a negar a liberdade, a negar a própria mãe.

Ora, se o leitor recorrer ao *Anais* da sessão legislativa deste ou do ano passado, há de ler no discurso de um membro da Câmara vitalícia a mais extravagante proposta, onde se suprimiam ou restringiam profundamente aquelas duas condições de um sistema livre. Depois disto há que admirar? Lembra-me aquele quimérico de Jules Sandeau, que vendo a causa da queda dos governos nos próprios governos, suprimia-os, para acabar com este inconveniente, bem como suprimia as leis, a fim de se não atentar mais contra elas...

Felizmente o senso comum faz ouvidos de mercador, e o senador-diretor prega debalde aos peixinhos.

Os tipos deste gênero são mais vulgares do que muita gente pensa: — espíritos medíocres, não podendo abraçar a amplidão do espaço em que a civilização os lançou, olham saudosos para os tempos e as coisas que já foram, e caluniam, menos por má vontade que por inépcia, os princípios em nome dos quais se elevaram.

Deixando de parte esses entes passivos que não podem servir de tropeço à marcha das coisas, acho melhor voltarmos folha nas ocorrências da semana.

Representou-se, há tempos, um drama no Teatro Ginásio intitulado *Sete de Setembro,* em que o sr. dr. Valentim Lopes apareceu no nosso mundo das letras. Esse drama acaba de ser publicado agora em volume. Postos de parte certos pontos de composição, contra os quais se oferecem muito boas razões, mas que não constituem defeitos capitais, contém essa peça beleza de estilo e de arte digna de menção. Mas fora inútil repetir agora e discutir a composição de que a maioria de meus leitores sem dúvida terá velho conhecimento pela exibição cênica.

Também um outro trabalho, que só é novo na forma por que acaba de ser publicado, é o Pequeno Panorama do sr. dr. Moreira de Azevedo, coleção de pequenos artigos que vieram à luz pela primeira vez nas colunas do *Arquivo Municipal.* É um volume precioso, onde a história de muitas cidades e monumentos nossos se acha escrita, sem pretensão, mais com visos de apontamentos que de brilhantes monografias.

Não é o primeiro serviço deste gênero que o sr. dr. Moreira de Azevedo presta às letras pátrias.

Nisto cifra-se o movimento da literatura propriamente dita da semana anterior.

Tivemos no sábado a *Norma* pela companhia italiana. Foi a noite da despedida. Já se havia dado o *Ernani* por última récita, mas como verdadeiras moças em visita, o público e a companhia quiseram trocar os últimos amplexos no topo da escada. Também foram os mais ardentes e entusiásticos. Posso dizer, em minha consciência de comentarista sincero, que foi essa a melhor representação da companhia italiana. Em nenhuma das vezes anteriores a sra. Parodi elevou-se a tanta altura no papel da sacerdotisa gaulesa.

O paquete do Prata levou ontem esses artistas que de passagem nos fizeram gozar algumas noites de verdadeiro e completo prazer. Ouço dizer que devem voltar em maio e passar aqui o inverno: Deus o queira.

Tenho em mão uma carta de um amigo a propósito dos meus penúltimos *Comentários.* Em dicção castigada, e com aquela energia dos observadores severos, fez o meu correspondente algumas considerações, que, se devo penetrar no vago da carta, são aplicadas à situação em que se acha a nossa arte dramática.

Bem que a magnanimidade do mestre o levasse a dizer que de minhas migalhas se sustenta, declaro aqui, que não migalhas, mas sim escolhida e boa iguaria traz ele à mesa do pobre operário, sem prestígio, sem saber, e talvez sem talento.

Agradeço-lhe a carta e as atenções.

Termino anunciando a próxima publicação de uma revista semanal — a *Grinalda* — onde cada um pode levar a sua flor e a sua folha a entrelaçar.

Redige-a o sr. dr. Constantino Gomes de Sousa, cujas aptidões se acham já reconhecidas pelo público, e que deve cumprir o programa a que se propõe.

Gil
Diário do Rio de Janeiro, 25 de novembro de 1861

Está acabada a questão do reconhecimento da Itália

O que ficou provado a respeito da Itália? — Exposição nacional — Morte de um general — *A Resignação* — *La Dame Blanche* — Comissão para teatro — Ainda o sr. senador Jobim.

Está acabada a questão do reconhecimento da Itália. Evidenciou-se pela discussão da imprensa que o governo quis atenuar um pouco a coragem com que reconheceu a Itália, trazendo à imprensa considerações que não respiravam a dignidade nem estavam revestidas da lógica que deve assistir aos atos de um governo livre.

Em bom e leal português chama-se a isto — acender uma vela a Deus e outra ao diabo. Ou, se se quiser ainda recorrer à filosofia popular — desmanchar com os pés o que se fez com as mãos.

Supunha-se que o gabinete tivesse olhado as coisas políticas da Europa de um ponto de vista justo, e portanto elevado. Era caluniá-lo; e para não haver dúvida veio ele próprio declarar que faz a sua apreciação do movimento do espírito humano do alto da varanda do palácio imperial.

Qualquer que seja o respeito que mereça aquele ponto de vista, palpita-me que o mundo é alguma coisa mais largo, e que as ideias pairam um pouco mais acima dos augustos telhados da monarquia.

Se o governo é dos que, como o rei Guilherme I, ainda andam embebidos pela ideia de que Deus se ocupa em fazer coroas para constituir direitos que têm outra fonte real, bem pode renunciar a querer fazer do Império uma coisa que preste, e desde já fica habilitado a tirar diploma de imbecilidade ou de especulação.

Para isso tem amplo e indisputável direito.

Será mais um episódio da sua biografia, já opulenta destes e quejandos.

A festa industrial que se vai inaugurar amanhã é uma das coisas boas que hão de tirar a triste monotonia da história do gabinete de 2 de março.

Bem que ao governo não caiba o primeiro viço de originalidade desta ideia, que, como se devem lembrar todos, foi iniciada na Assembleia provincial, há anos, pelo sr. dr. Macedo, todavia o mérito da execução é também um mérito, e eu, nos meus princípios de inteira justiça, não lho negarei.

A exposição não se abre completa, por falta de tempo; muitos objetos chegados e por chegar esperam ainda um lugar nessa primeira e grande étalage das nossas forças agrícolas, industriais e artísticas.

Do Pará temos ainda as belas madeiras e os magníficos produtos naturais, que fazem daquela província uma das primeiras do Império. De Minas há ainda que expor, e, como desta, de outras.

O exemplo do governo, ao que parece, será fecundo. Já em Minas Gerais se havia feito em setembro uma exposição industrial, que apresentou os melhores resultados. O paquete do norte nos trouxe a notícia de que na Bahia se organizara uma sociedade, com os fins de promover cada ano uma exposição provincial.

Ainda bem que por toda parte vai ganhando terreno esta bela usança, que é uma verdadeira força de progresso e de civilização.

Mercê de Deus, não é capacidade que nos falta; talvez alguma indolência e certamente a mania de preferir o estrangeiro, eis o que até hoje tem servido de obstáculo ao desenvolvimento do nosso gênio industrial. E, pode-se dizê-lo, não é uma simples falta, é um pecado ter um país tão opulento e esperdiçar os dons que ele nos oferece, sem nos prepararmos para essa existência pacífica de trabalho que o futuro prepara às nações.

Poupo ao leitor uma dissertação que tinha muito lugar agora sobre essa existência, que é o sonho dourado dos filósofos verdadeiramente amigos da humanidade.

Quero antes voltar folha, e convidar o leitor a acompanhar-me na dor que, à sua classe particularmente, e ao país em geral, acaba de causar a morte de um distinto militar — o general Pereira Pinto.

Há uma coisa de particular e de tocante nos passamentos como este; quando um companheiro de perigos, com quem se correu os azares da fortuna da guerra, deixa o campo para refugiar-se na morte, a dor dos membros dessa classe tem alguma coisa de mais profundo, e infunde maior emoção nos ânimos. É simples: a comunhão do perigo, a partilha dos reveses ligam mais profundamente os homens, e afluem mais intimamente as almas.

A classe militar perdeu um membro valente; chora-o por isso; e, com ela, o país, de quem foi um honrado servidor.

....

Esta linha de pontinhos indica que vou passar a assuntos de outro gênero, para os quais não achei uma transição capaz.

A franqueza não será das minhas menores virtudes.

Fui ao Ginásio ver o drama do dr. Varejão, *A Resignação*. Bem escrito, contendo lances dramáticos de efeito, esta composição está no caso de merecer o aplauso dos que sinceramente apreciam o desenvolvimento literário do país, naquela especialidade.

Há incerteza e incorreção nos traços das suas personagens, pode-se mesmo dizer que elas pela maior parte estão apenas esboçadas; mas este é o resultado legítimo das proporções acanhadas que o autor deu ao seu drama, e o descorado das partes ressente-se do campo estreito em que aprouve ao poeta fechar-se.

Aconteceu com a *Resignação* o contrário do que se deu com a *Época*. Nesta, a ação está rarefeita, diluída nos cinco atos em que o autor a dividiu; na *Resignação*, a ação aperta-se, acanha-se, concentra-se.

Mas, se há pontos vulneráveis na peça, há também belezas dignas de apreço. Do autor da *Época* e da *Resignação* podemos, portanto, esperar composições, em que, desaparecidos os senões dos seus primeiros ensaios, se reproduzam e porventura centupliquem as qualidades superiores que lhe serviram de valioso diploma ao entrar na literatura dramática.

A companhia francesa deu-nos no Lírico a ópera de Boieldieu *La Dame Blanche*, com uma execução que excedeu à expectativa dos *dilettanti*. Mme. Marti e mr. Emon foram os primeiros entre todos os artistas. Mme. Marti é sempre a artista elegante e gentil, cuja presença enche a cena de vida e de animação. Ainda desta vez obteve aplausos merecidos. Mr. Emon conseguiu, por seu talento reconhecido, dar-nos um tipo completo no rendeiro Dikson. Na assinatura que vai começar daquela companhia temos de apreciar mais outras belas partituras do melhor repertório.

Estou no capítulo dos teatros; cabe mencionar aqui a nomeação de uma comissão que o governo acaba de fazer para examinar o contrato com o teatro subvencionado, e dar a sua opinião sobre a celebração de um que encaminhe o teatro a melhoramentos mais reais.

Essa comissão, composta dos srs. conselheiro José de Alencar e drs. Macedo e João Cardoso de Meneses e Sousa, acha-se com a iniciativa de uma verdadeira organização teatral. Os seus membros dispõem de talento e conhecimentos próprios a bem de completar um trabalho desta ordem.

Fora inútil apontar aqui os títulos do dr. Macedo, a pena, já vigorosa, já faceta, que tanto tem enriquecido o teatro, e o escritor dos mais populares da literatura nacional; os do sr. conselheiro José de Alencar, romancista e dramaturgo elegante; e os do sr. dr. João Cardoso, poeta mavioso e prosador correto.

O teatro é uma coisa séria, carece de muito trabalho e de muita constância. Em uma terra onde tudo está por fazer, não seria o teatro, cópia continuada da sociedade, que estaria mais adiantado. A este respeito não nos iludamos, é preciso trabalhar ainda muito, e trabalhar inteligente é conscienciosamente.

Aproveite-se dos esforços já tentados e construa-se um edifício sólido e duradouro.

Antes de pingar o ponto final, permita-me o leitor que eu retifique um erro que me escapou nos *Comentários* últimos. Quando falei de um personagem que preferia a ciência dos selvagens à ciência das academias, o que prova bem que lhe assiste o direito de ser colocado entre os primeiros, disse diretor da academia de medicina em vez de diretor da faculdade.

E, já que falo no diretor, lembra-me esse trecho de um discurso de s. ex., em que a palavra *cloaca* era repetida, sem embargo da presença das augustas personagens, em sessão pública e solene. Nem ao menos o sexo delicado, que ali tinha um régio representante, mereceu de s. ex. uma consideração de deferência e atenção.

Se o bom do homem é retrógrado em ciência, em cortesia mostra uma simplicidade rústica, digna dos primeiros tempos da humanidade.

E é senador, e é diretor de uma faculdade!

Ou la science et la pairie vont-elles se nicher!

Gil
Diário do Rio de Janeiro, 1º de dezembro de 1861

Quero escrever e a pena se me acanha

Morte de dois príncipes — Naufrágio do *Hermes* — Exposição — Artistas para o teatro — Gonçalves Dias.

Quero escrever e a pena se me acanha, vacila-me o espírito, e não acho uma palavra para começar.

Bem errada é essa crença de que a intensidade do sentimento inspira o escrito, e que a impressão dá mais vigor à pena.

Entendia o contrário, e entendia bem, aquela *menina e moça* quando dizia que falava desordenadamente de suas mágoas, porque desordenadamente aconteciam elas; e que não era possível pôr ordem onde a má ventura pôs a desordem.

As impressões ainda vivas dos casos tristes de que se entremeou a tela da semana atuam em mim, como no leitor, e ambos maldispostos, nem um escreve, nem o outro lê a atenção e a placidez habituais.

De lutos e alegrias foi a semana; alegrias e lutos simultâneos: o minuto de prazer casado ao minuto da dor, nessa triste sucessão em que a providência, por lição ou por escárnio, aprouve encadear os sucessos da vida humana.

A página lúgubre da semana reza de duas catástrofes. Uma nos paços de uma família real, outra, sobre os recifes de uma costa.

Um terrível flagelo invadiu os aposentos da Monarquia portuguesa, fez sucumbir a dois príncipes e deixou o terceiro à beira da sepultura. Todos eles moços; o mais velho, o rei, era um homem de bem, que cingira a coroa, como o penhor da felicidade do povo, o que até o seu último momento não havia atraiçoado a escritura constitucional de que era filho; o outro, quinze anos apenas, talvez um sábio, talvez um guerreiro, uma esperança ontem, que hoje dorme na necrópole dos reis.

Não só a população portuguesa, mas ainda a brasileira, sentiu esse falecimento prematuro de duas vidas amadas, pelo que valiam já, pelo que haviam de valer depois, e nessa comunhão do mesmo sentimento está a grandeza dos finados e a intimidade dos dois povos irmãos.

Ainda não restaurado o espírito do abalo que sofrera com essas más notícias, uma outra ocorrência, a confirmação de uma notícia alterada, veio redobrar tão dolorosas impressões.

Pereceram, como é sabido, no naufrágio do *Hermes* em viagem para Campos, trinta e tantas vidas, bem perto de terra, aos primeiros clarões da madrugada.

Levantava-se o dia para tantos, quando a noite eterna descia sobre aquelas malfadadas vítimas do erro ou da incúria.

Cada família que ali perdeu um membro chora hoje esse infortúnio sem remédio. A dor da literatura é das mais intensas e das mais legítimas; também a família dos escritores perdeu ali um dos seus filhos que maior honra e mais firmes esperanças lhe dava. Morreu ali um grande talento, um grande caráter e um grande coração.

No vigor dos anos, amado por todos, por todos festejado, alma nobre, espírito reto, abrindo o coração a todas as esperanças, caiu ele para sempre, terminando por um naufrágio a vida que não se embalara nunca nos braços da fortuna.

É essa a triste simetria da fatalidade.

Pode-se afirmar que não deixou uma desafeição e muito menos um ódio. Os mais indiferentes sentiram essa perda que, afetando o país em geral, feriu particularmente o coração de seus numerosos amigos.

Pertencia a essa mocidade ardente e cheia de fé, que põe olhos de esperança no futuro, e aspira contribuir com o seu valioso contingente para o engrandecimento da pátria.

O que pela sua parte podia dar era muito. O seu talento, aferido por um cunho superior, era de alcance grande e seguro; o seu espírito era observador; os seus escritos estão cheios das melhores qualidades de um escritor formado.

Perdeu a pátria um dos seus lutadores, os amigos o melhor dos amigos, a família — duas irmãs apenas — um braço que as sustinha, e um coração que as amava.

Para que escrever-lhe o nome? Todos hão de saber de quem falo. O seu nome tem sido lembrado com dor, por quantos se têm ocupado com esse terrível desastre.

Eu era seu amigo em vida; na sua morte dou-lhe uma lágrima sentida e sincera.

....

A parte alegre da semana foram em primeiro lugar as festas da exposição, que como o leitor sabe ou deve de saber, estiveram brilhantes.

Já falei na importância e nas vantagens de uma reunião anual de produtos agrícolas e industrial; e fui talvez o milionésimo que tratou disso.

É possível que o ardor manifestado este ano chegue a arrefecer-se, como se arrefeceu o entusiasmo patriótico no grande dia nacional, e que essa bela tentativa não passe de um exemplo sem repetição.

É esse o nosso defeito principal. Falta-nos a constância de uma prática, a perseverança de uma ideia. Se hoje nos sopra o vento do entusiasmo, vamos com ele até onde pudermos chegar, mas cesse a causa, cessará o movimento.

Deus queira que desta vez uma esplêndida exceção desminta a regra constante, ou antes a confirme, mas de modo a confiar nos resultados do pensamento patriótico que deu origem a esta brilhante festa.

A melhor propaganda é a dos fatos. Sempre entendi assim.

Quando pudermos fazer figura com a nossa indústria na galeria dos produtos europeus, então começaremos a convencer aos incrédulos de lá, de que a nossa aptidão é uma realidade, e não havemos de conseguir isto assalariando a quem vá tecer louvores mentirosos esquecendo o que realmente temos de bom.

Na maior parte dos casos os Biards que nos sugam dinheiro desandam em espremer o fel da maldade e do ridículo contra o Império, que, tirado o negócio a limpo, merece por fim à pancada do asno.

Pondo de parte a tentativa de exposição industrial, passo a outra tentativa, não menos bela, e segundo as minhas teorias, não menos proveitosa.

É mais velha, essa, data de alguns anos, mas o que pesam alguns anos na ampulheta do progresso?

A sociedade dramática nacional organizou-se sobre os destroços da empresa do antigo Ginásio. O antigo Ginásio foi o começo desta bela tentativa.

Reunir os principais artistas em um mesmo grupo, dar animação à literatura dramática, corrigir os talentos e as plateias, tal é o primeiro caminho para organizar o teatro. A sociedade dramática esforça-se por isto. Aos artistas que ali existiam acabam de reunir-se mais quatro, as sras. Gabriela e Leolinda, e os srs. Moutinho e Amoedo.

A sra. Gabriela é quem tem de estrear em primeiro lugar.

A superioridade do seu talento vem de certo realçar o grupo de companheiros laboriosos e inteligentes. Foi a primeira que nos revelou os belos trabalhos do teatro moderno francês, e de modo a encher de orgulho a cena brasileira.

Ao seu grande talento reúne ela essas qualidades físicas da figura, da expressão fisionômica, que se procura encontrar sempre nos artistas de primeira ordem.

A sua aquisição para o teatro foi de bom aviso, e nisto vejo o tino da sociedade dramática que não quis que a sra. Gabriela, como a Dorval, andasse de cena em cena mendigando um lugar a que o talento lhe dava legítimo direito.

Também louvarei a sociedade pela aquisição dos outros artistas. O sr. Moutinho é um ator inteligente e observador, e que foi muito aplaudido nesse mesmo teatro por alguns tipos de perfeito acabado.

Faltava um galã-sério à companhia por que o artista que ali desempenha esses papéis, indo bem nos de galã-cômico, não pode satisfazer na outra especialidade; por essas considerações, acho boa a aquisição do sr. Amoedo, que já estava naquele teatro.

A sra. Leolinda é para mim uma artista estranha; no tempo em que representou no Ginásio não tive ocasião de vê-la. Todavia, confio em que a sociedade, que vai acertando, não terá deixado de acertar admitindo-a no teatro.

Vou fechar os *Comentários* de hoje, e é a poesia que me oferece uma chave de ouro. Voltou Gonçalves Dias, o poeta mavioso, o filho predileto da musa lírica de nossa terra, da viagem que com os outros membros da comissão científica fizera ao norte do Império.

É esse um motivo de prazer para os que, como o poeta, se entregam ao cultivo e amanho dessa terra abençoada por Deus, que os homens chamam— inteligência, e que muito figurão boçal denomina — superfluidade.

Consagro nestas ligeiras palavras o meu contentamento pela presença do escritor elegante, e do melindroso poeta que o Brasil conta como uma das suas glórias mais legítimas e mais brilhantes.

Gil
Diário do Rio de Janeiro, 11 de dezembro de 1861

Dizia um filósofo antigo

A lei das condecorações — O sr. ministro do Império — O fim do decreto — Escola normal de teatro — Nada de concorrência — Os fins do teatro — Sufrágios pelo rei de Portugal.

Dizia um filósofo antigo que as leis eram as coroas das cidades.

Para caracterizá-las assim deve supor-se que elas sejam boas e sérias. As leis más ou burlescas não podem ser contadas no número das que tão pitorescamente designa o pensador a que me refiro.

A folha oficial deu a público um decreto que reúne as duas condições: de abusivo e de ridículo; é o decreto que regula a concessão de condecorações. A imprensa impugnou o ato governamental, e à folha oficial foram ter algumas respostas, com que se procurou tornar a coisa séria.

Mas se a coisa era burlesca e má, má e burlesca ficou; as interpretações dos sacerdotes não trouxeram outra convicção ao espírito do vulgo. Devo todavia notar que a má impressão produzida pelo regulamento das condecorações diminuiria se se tivesse atendido para o nome do ministro que firmou o decreto.

Benza-o Deus, o sr. ministro do Império não é, nunca foi, e muito menos espera ser uma águia. Adeja na sua esfera comum, tem por horizonte a beira dos telhados da sua secretaria, e deixa as nuvens e os espaços largos a quem envergar asas de maiores dimensões que as suas.

Isto no gabinete, isto na tribuna; o homem da palavra luta de mediocridade com o homem da pena, e, força é dizer, quando este parece que suplanta aquele, aquele vence a este, para de novo ser vencido.

Por isso há de dar água pela barba a quem quiser descobrir qual dos dois é mais vulgar.

Se se tivesse atendido a esta circunstância, o pasmo não teria sido tão grande, porque está escrito que o fruto participa das qualidades da árvore, e o tal decreto é a fotografia moral do ministro que o lavrou.

A triste recepção, ou antes a recepção jovial que teve o decreto devia doer mais ao sr. ministro do que se pensa. S. ex. levou seu tempo a trabalhar naquela obra, não comunicou a ninguém a novidade que ia dar, pelo menos não houve esse *zum-zum* que precede, às mais das vezes, aos atos do poder, e um belo dia disse consigo: — "Vou causar uma surpresa a estes queridos fluminenses: amanhã pensam ler na folha oficial uma cataplasma árida do expediente dos meus colegas, e eu dou-lhes este acepipe preparado por minhas bentas mãos". E publicou-se o regulamento.

Ora, cuidar que depois da sua obra a musa da história o receberia nos braços, e ver que ela teve o mais triste dos acolhimentos, o acolhimento do ridículo, é um transe duro de sofrer, e maior do que se houvesse ligado pouca importância ao resultado das suas lucubrações.

Cada ministro gosta de deixar entre outros trabalhos, um que especifique o seu nome no catálogo dos administradores. A matéria das condecorações seduziu o sr. ministro do Império; datavam de longe os decretos que a regulavam, o sr. ministro quis reunir esses retalhos para fazer o seu manto de glória, e organizou um regulamento geral.

O primeiro artigo desse regulamento espantou a todos, porque exigir 20 anos de serviços não remunerados, para concessão de uma condecoração, era murar a grande porta das graças, e fazia admirar que o governo com as próprias mãos quebrasse uma das suas boas armas eleitorais.

O art. 9.º restabeleceu os ânimos; muravam a grande porta, é verdade, mas abriam um largo corredor, ou antes reconheciam e legalizavam essa via de comunicação aberta pelo abuso.

O governo quis ser esperto, mas o público não se deixou cair no laço armado à sua boa-fé.

Não vá agora o leitor pensar que me pronuncio assim porque considero a concessão de graças o sumo bem que pode desejar toda a ambição do coração humano. Deus me absolva se peco, mas eu não penso assim. O que, porém, cumpre dizer em honra da verdade, é que o decreto de 7 de dezembro é uma lei manca e burlesca.

Entre os atos de nulo valor do governo ocupa esse um lugar distinto.

Oxalá que ande ele melhor avisado na organização de uma escola normal de teatro, sobre o que está uma comissão encarregada de dar o seu parecer.

Espera-se com ânsia, e pela minha parte, com fé, o resultado do estudo da comissão, porque a matéria apesar de importante, não foi até aqui estudada.

Entretanto, antes que tenha aparecido o trabalho oficial, já uma opinião se manifestou nas colunas do *Correio Mercantil*.

Essa opinião, sinto dizê-lo, devia ser a última lembrada, se merecesse ser lembrada.

A doutrina liberal de concorrência aplicada à espécie prejudica o ponto essencial da questão, e que se tem em vista atingir.

Criar no teatro uma escola de arte, de língua e de civilização, não é obra da concorrência, não pode estar sujeita a essas mil eventualidades que têm tornado, entre nós, o teatro uma coisa difícil e a arte uma profissão incerta.

É na ação governamental, nas garantias oferecidas pelo poder, na sua investigação imediata, que existem as probabilidades de uma criação verdadeiramente séria e seriamente verdadeira.

Uma legislação emanada da autoridade, a reunião dos melhores artistas, a escolha dos mestres de ensino, a criação de escolas elementares, onde se aprenda arte e língua, duas coisas muitas vezes ausentes de nossas cenas, a boa remuneração ao trabalho dos compositores, um júri de julgamento de peças, em boas bases, ficando extinto o conservatório, tudo isto sem cuidar-se na flutuação das receitas, tais são os fundamentos, não de um teatro-escola, mas do teatro, na sua acepção mais abstrata.

Virá o estímulo, os outros aprenderão no primeiro, e a arte tornar-se-á um fato, uma coisa real.

Mas deixar à luta individual a criação de uma escola nas condições exigidas, equivale a não criar coisa nenhuma. E se alguma coisa se fizer há de ser em demasia lento.

Não, o teatro não é uma indústria, como diz a opinião a que me refiro; não nivelemos assim as ideias e as mercadorias. O teatro não é um bazar, e se é, que estranhas mercadorias são estas, chamadas *Otelo, Atalia, Tartufo, Marion Delorme* e *Frei Luís de Sousa,* e como devem soar mal nos centros comerciais os nomes de Shakespeare, Racine, Molière, Vítor Hugo e Almeida Garrett.

Não é o teatro uma escola de moral? Não é o palco um púlpito? Diz Víctor Hugo no prefácio da *Lucrécia Bórgia*: "O teatro é uma tribuna, o teatro é um púlpito. O drama, sem sair dos limites imparciais da arte, tem uma missão nacional, uma missão social e uma missão humana. Também o poeta tem cargo d'almas. Cumpre que o povo não saia do teatro sem levar consigo alguma moralidade austera e profunda. A arte só, a arte pura, a arte propriamente dita, não exige tudo isso do poeta; mas no teatro não basta preencher as condições da arte".

Estou certo de que a comissão e o governo não entregarão à concorrência a criação de uma escola normal de teatro. Isto no pressuposto de que a nomeação da comissão não foi uma fantasia do autor do decreto das graças.

Dito isto, passemos a outras coisas. Mas o quê? Depois da minha última revista nada se deu que mereça uma menção ou um comento. O que de mais notável sei, é que se continua a celebrar missas e ofícios fúnebres pelo rei D. Pedro V; na sexta-feira foi o do cônsul de Portugal, hoje é a da sociedade Portuguesa de Beneficência *Dezesseis de Setembro,* o da *Dezoito de Julho,* o da *Igualdade e Beneficência,* e de uma comissão da Prainha.

Folgo por ver que nestas homenagens prestadas à majestade morta, fala menos o ânimo dos vassalos que o coração dos amigos e admiradores das virtudes daquele ilustre soberano.

M. A.
Diário do Rio de Janeiro, 16 de dezembro de 1861

Mais um!

Paula Brito — Questão diplomática — Palinódia do Ministério — O sr. ministro do Império e a gazeta da tarde — Os *homens sérios;* reentrada da artista Gabriela — Partida da companhia francesa — O sr. Macedo Soares — Colégio da Imaculada Conceição.

Mais um! Este ano há de ser contado como um obituário ilustre, onde todos, o amigo e o cidadão, podem ver inscritos mais de um nome caro ao coração ou ao espírito.

Longa é a lista dos que no espaço desses doze meses, que estão a expirar, têm caído ao abraço tremendo daquela leviana, que não distingue os amantes, como diz o poeta.

Agora é um homem que, pelas suas virtudes sociais e políticas, por sua inteligência e amor ao trabalho, havia conseguido a estima geral.

Começou como impressor, como impressor morreu. Nesta modesta posição tinha em roda de si todas as simpatias.

Paula Brito foi um exemplo raro e bom. Tinha fé nas suas crenças políticas, acreditava sinceramente nos resultados da aplicação delas; tolerante, não fazia injustiça aos seus adversários; sincero, nunca transigiu com eles.

Era também amigo, era sobretudo amigo. Amava a mocidade, porque sabia que ela é a esperança da pátria, e, porque a amava, estendia-lhe quanto podia a sua proteção.

Em vez de morrer, deixando uma fortuna, que o podia, morreu pobre como vivera, graças ao largo emprego que dava às suas rendas, e ao sentimento generoso que o levava na divisão do que auferia do seu trabalho.

Nestes tempos, de egoísmo e cálculo, deve-se chorar a perda de homens que, como Paula Brito, sobressaem na massa comum dos homens.

....

Nas colunas do *Jornal do Commercio* continuam a aparecer os contendores da questão diplomática *Scoevola,* depois de ter feito sacrifício da mão direita diante de Porsena, anda mostrando que é capaz ainda de outras coisas muito mais asseadas.

O que é divertido é ver perturbados o remanso e a paz da igreja de Elvas. No *dize tu, direi eu,* declarações de alta importância vieram à tona do debate, o que prova desconfianças, e eis que um novo personagem, com o seu próprio nome, aparece na discussão, a tomar contas aos indiscretos.

Não entra nas condições exíguas deste escrito, nem que entrasse, faria uma mais larga apreciação do debate a que aludo. Menciono apenas como obrigação, e para prevenir o leitor menos perspicaz de que a coisa vai tomar um aspecto mais importante do que até agora.

De política é isso o que oferece algum interesse; no mais, mar morto e calmaria podre.

Não deixarei de consignar mais uma palinódia do Ministério, que pode chamar-se bem o Ministério das palinódias. Já o sr. Manuel Felizardo cantou uma na questão dos correios. Suprimiu umas tantas agências, e depois foi restabelecendo-as, já se sabe, com o aplauso dos beneficiados.

Dizia não sei que homem de estado, que é de boa política fazer o mal, porque depois toda a concessão é considerada um bem de valor real. Este preceito não foi mal compreendido pelo atual chefe da nação francesa, que depois de arrecadar todas as liberdades públicas, vai agora concedendo, hoje, uma largueza à imprensa, amanhã, outra ao Parlamento, e depois outra no sentido da autonomia provincial, e a cada pedaço que larga à nação faminta, esta aceita agradecida e tece louvores a seu protetor.

Também por cá dá-se o mesmo. Preceito tão salutar não podia deixar de ser observado neste país. Semelhante à dos correios, houve ultimamente uma do sr. ministro da Justiça, que acaba de restabelecer por um aviso as prisões que competem aos oficiais da guarda nacional.

Como sempre acontece, a reparação foi considerada um benefício extremo; a guarda nacional agradeceu ao Ministério o seu ato, e choveram os louvores.

Isto provaria contra o país, se não fosse fato observado em outros países. Por conhecerem da eficácia do sistema, é que os políticos o empregam; lembremo-nos de que já na Antiguidade, Sócrates sentia prazer em coçar a perna depois do arrocho.

A este respeito, os nossos ministros são de boa massa.

O sr. ministro do Império, esse, depois do longo e laborioso trabalho da parturição moral, relativamente ao regulamento das condecorações, ficou abatido; a crise foi tremenda, as consequências não podiam ser menos. Acha-se em convalescença; o pequeno está bom.

A propósito lembra-me de uma gazeta que se publica nesta corte, ao bater das trindades, e que teve a bondade de ocupar-se de passagem com a minha humilde pessoa. Foi a propósito da apreciação dos meus últimos *Comentários* acerca do sr. ministro do Império.

Acha ela que o sr. ministro do Império, longe de ser vulgar na tribuna e no gabinete, é uma figura eminentíssima tanto neste como naquela; acredite quem quiser na sinceridade da gazeta do lusco-fusco, eu não; sei bem que ela... ia escrevendo um verbo que ainda não adquiriu direito de cidade; direi por outro modo: sei que ela faz a corte ao sr. ministro. Está no seu direito; mas agora, querer encaracolar os cabelos de s. ex. à minha custa, isto é que é um pouco duro.

Passemos, leitor, ao teatro.

O Ginásio representou domingo um drama do repertório português, *Os homens sérios*, de Ernesto Biester, para reentrada da sra. Gabriela da Cunha.

A reentrada de uma artista como a sra. Gabriela não é um fato comum e sem valor; corre-me, portanto, o dever de mencioná-lo nesta revista.

O drama de Ernesto Biester é para mim uma composição de bom quilate. Bem travado e bem deduzido, interessa, comove, oferece lances bem preparados, e cenas traçadas por mão hábil. Dos dramas que conheço deste autor é este o que se me afigura mais completo.

Desapareceram nos *Homens sérios* os defeitos que eu sempre achei no *Rafael*. Há na peça de que trato mais movimento que nesta última, e menos expansão da fibra lírica, que tornava o *Rafael* uma elegia, bem escrita é verdade, mas uma elegia, que não pode ser um drama.

Não menos pelo escrito se recomendam *Os homens sérios*; o estilo brilhante e conciso, o diálogo travado sem esforço, o epigrama fino, a frase sentimental, a expressão sentenciosa, cada coisa no seu lugar, tudo a propósito, tais e outras belezas, são atestados que Ernesto Biester dá de seu talento, e que não podem ser recusados por falta de reconhecimento legal.

O papel de Amélia, a protagonista, é um belo, mas difícil papel: a sra. Gabriela deu-lhe esse tom dramático que caracteriza as suas melhores criações. Os que confiavam no seu talento (e não há duas opiniões a respeito) não se admiraram; aplaudiram, e sabiam que haviam de aplaudir.

Não esqueceu o menor toque exigido pelo original do poeta; no 2º e 4º atos, principalmente, esteve brilhante.

Um poeta dizia que eram flores que a artista deitava à sua antiga plateia. Flores por flores, também o público as teve, e muitas, para pagar as que lhe deu.

Se eu fizesse crítica de teatros entraria em apreciação mais detida do desempenho. Mas não é assim. Só me cabe apontar muito de leve os fatos. O sr. Joaquim Augusto acompanhou bem a sra. Gabriela, no papel de Luís Travassos, marido brutal no interior, e delicado e solícito em público. Estas duas figuras foram as principais. No papel da condessa a sra. M. Fernanda fez progressos.

Devia responder agora aos dois artigos que, a respeito do *Teatro, a concorrência e o Governo,* publicou no *Correio Mercantil* o sr. Macedo Soares. Macedo Soares é o verdadeiro nome das iniciais M. S., com que saiu o primeiro artigo.

Permitirá o meu ilustrado e talentoso contendor que eu fuja ao debate; por convicção de erro, não; por medo, fora possível, se eu atendesse só à minha inferioridade pessoal, e não à consideração de que estou no terreno da verdade.

Mas a que chegaremos nós? O sr. Macedo Soares, nos seus dois últimos artigos, não pôde, apesar do seu talento e da sua ilustração, demonstrar que o teatro não escapa à lei econômica que rege as corporações industriais; eu continuo convencido do contrário. E pelas condições deste escrito não me é dado estabelecer uma discussão sobre a matéria; com as minhas espaçadas aparições o debate seria fastidioso.

Tenho uma observação a fazer: quando eu disse que a *opinião do sr. Macedo Soares devia ser a última lembrada, se merecesse ser lembrada,* não quis de modo algum exprimir um desdém, que tomaria as proporções do ridículo, partindo de mim para com o sr. Macedo Soares.

Termino mencionando os belos resultados obtidos no colégio da Imaculada Conceição, do sexo feminino, em Botafogo. As meninas mostraram, perante o numeroso concurso que assistiu aos exames, um grande adiantamento, mesmo raro, entre nós.

Folgo sempre de mencionar destas conquistas pacíficas da inteligência; são elas, hoje, os únicos proveitos para o presente e para o futuro.

Fazer mães de família é encargo difícil; por isso também, quando há sucesso, compensam-se os espinhos.

M. A.
Diário do Rio de Janeiro, 24 de dezembro de 1861

Houve ontem muito quem se admirasse

Créditos extraordinários — *Scoevola* — O sr. Pena em missão — *Cinna* — O ano novo.

Houve ontem muito quem se admirasse ao ler na folha oficial o decreto abrindo um crédito suplementar de setecentos e tantos contos ao Ministério da Fazenda.

Isso prova que a boa-fé patriarcal ainda conta neste mundo raros e preciosos exemplos.

Admirar-se de quê, façam favor? É coisa de admirar que o governo brasileiro abra créditos extraordinários?

Deu-se, é verdade, um fato. Fould, o ministro das Finanças de Luís Napoleão, acabava de condenar esse sistema de créditos suplementares, achando nele a origem da crise por que passa atualmente a França.

Este fato fez com que o imperador Napoleão declinasse de si a prerrogativa que lhe havia concedido o ato de 1851.

A imprensa fluminense, apreciando essas coisas, estranhou com razão que um país constitucional, como o nosso, andasse inteiramente ao avesso do que se acabava de praticar em um país onde a liberdade não existe.

O tom moderado da apreciação da imprensa não pôde disfarçar o contraste que resultava do paralelo.

O governo devia sentir-se tocado pelo ecúleo da consciência, e ver que de fato a situação desgraçada a que chegamos procedia também das despesas inúteis a que havia ocorrido com os créditos suplementares.

Se a causa da doença era a mesma, idêntico devia ser o remédio.

Contava-se, portanto, que o governo ia estudar mais profundamente a situação e as necessidades, e que não apelaria para os créditos suplementares, tão de fresco condenados por um governo que nada tem de simpático às constituições, e que procedeu como não procedem os governos constitucionais.

Contava-se mal. E a prova é que, ou por convicção da necessidade do crédito, ou por *pirraça* (expressão novissimamente introduzida no vocabulário político pelo sr. Sérgio), apareceu ontem na folha oficial um decreto abrindo um crédito extraordinário de setecentos contos.

Quereria o governo com o seu ato contrariar o memorial Fould, fazendo crer que nos créditos suplementares é que está o ideal financeiro, e que só neles repousam a paz pública e a felicidade nacional?

Aqui hão de me perdoar. De um ato do nosso governo só a China poderá tirar lição. Não é desprezo pelo que é nosso, não é desdém pelo meu país. O país real, esse é bom, revela os melhores instintos; mas o país oficial, esse é caricato e burlesco. A sátira de Swift nas suas engenhosas viagens cabe-nos perfeitamente. No que respeita à política nada temos a invejar ao reino de Liliputo.

Scoevola, que é hoje o compadre indiscreto, anda fazendo revelações dignas de toda a consideração do país.

É preciso notar que este valente romano mora modestamente nos *A pedidos*, já sem aquela gala do *entrelinhado*, que lhe dava ares de filho direto do Olimpo.

Com esta aparência continua ele a protestar que as suas opiniões não partem de origem oficial.

A revelação de ontem é de peso.

Trata-se de uma missão diplomática, confiada em segredo, *entre outras incumbências*, ao sr. conselheiro Pena, que partiu para Mato Grosso, província que vai presidir.

A missão é *conversar* com o presidente López, e também tocar em Montevidéu, Buenos Aires e Rosário, *para refrescar e ver terra.*

O *Scoevola* pergunta se é verdade isso. A filiação íntima que o herói romano tem com os pater-famílias dá o direito de responder afirmativamente.

Aqui temos, portanto, o sr. conselheiro Pena estreado na diplomacia, bossa que até aqui não se lhe havia descoberto, e que o governo, que é capaz de descobrir palpitações em um defunto, acaba de apresentar aos olhos do país.

Há certas fortunas políticas de nossa terra que não têm explicação. A do sr. conselheiro Pena é uma delas.

S. ex. pertence à parte medíocre do Senado, onde tem mostrado que é um dos poucos capazes de desbancar o sr. ministro do Império, e tirar-lhe as honras de vulgaridade, a que aliás tem um título incontestável e incontestado, exceção feita do *Correio da Tarde* e da consciência de s. ex.

Homem de minúcias e observações limitadas sobre um ou outro ponto ínfimo, s. ex. estaria tão bem em uma secretaria quanto se acha mal na grave curul de pai da pátria.

No Senado, sempre esteve alistado na milícia que tem por ofício esmerilhar a conveniência da expressão, o cabimento da vírgula, a necessidade do período; as naturalizações de estrangeiros, a criação de paróquias, a concessão de loterias eram o seu forte. A apreciação moral das leis, o exame filosófico dos atos do Parlamento, a avaliação política dos atos do governo, nada disso existiu nunca para s. ex.

Entretanto, a fada política do sr. Pena tem sido constante em protegê-lo, e como que vive da mediocridade do afilhado.

Conta Hoffmann de um anão que, protegido por uma fada que se compadecera dele, elevou-se às mais altas posições do Estado. Cinabre, era o seu nome, recebeu de sua madrinha a faculdade de fazer passar as suas inconveniências e defeitos físicos e morais para os outros, recebendo dos outros todas as boas qualidades, já do corpo, já do espírito.

Graças a esta troca obtinha tudo e não havia concorrência com ele.

Não creio que a fortuna do presidente de Mato Grosso provenha deste milagre; mas, a julgar pelas aparências, faz crer que é assim.

Seja como seja, as palavras de *Scoevola* merecem toda a confiança, e é certo que temos um diplomata de mais.

Este incidente da conversa com o presidente López tira-me o prazer de ocupar-me um pouco com o *Scoevola*, a respeito do interesse que S. S. está tomando pela sorte das repúblicas vizinhas, tornando-se até procurador das Altezas em disponibilidade.

Outros tratarão melhor do que eu.

Passemos a outra coisa.

Representou-se quinta-feira, no Teatro de São Pedro, a tragédia *Cinna*, de Corneille.

A tradução é do sr. dr. Antônio José de Araújo. Pareceu-me, tanto quanto pude ouvir na primeira representação, um trabalho cuidado e feliz. E, bem que o emprego de versos agudos traga algumas vezes a desarmonia e o enfraquecimento à poesia, há trechos de um completo acabado, já na harmonia poética, já na fidelidade da tradução.

O sr. João Caetano, no desempenho do papel de *Augusto,* deu mostra dos melhores dias do seu talento. O seu gesto foi sóbrio e adequado, a sua declamação justa e grave.

Esta justeza da declamação não teve a sra. Ludovina no papel de *Emília*. Se acompanhasse com a declamação o seu gesto, sempre nobre e acadêmico, teria satisfeito às exigências do papel.

Os outros papéis couberam a diversos artistas; ao sair do teatro, depois da representação, trouxe um pesar n'alma: lamentei que Corneille não se tivesse conservado a advogar na sua província, sem se lembrar de escrever tragédias.

O porquê direi depois.

No mesmo teatro representa-se hoje um drama novo de autor nacional, intitulado *Os grandes da época* ou *A febre eleitoral*.

Devo despedir-me dos leitores até para o ano. O de 1861 está a retirar-se, e o de 1862 bate à porta.

Como todo ano novo, este antolha-se rico de esperanças, com uma cornucópia inesgotável de felicidades.

Como todo o ano velho, o de 1861 desaparece coberto de maldições. Poupo à humanidade umas apreciações satíricas que vinham muito a propósito nesta ocasião.

Quero antes acompanhar os desejos gerais, e crer que o ano novo há de ser melhor que o de 1861, e à fé que acharei razão para dizê-lo.

Em sinal de regozijo pela chegada do ano novo, aconselho aos pais, aos maridos, e... aos namorados, um passeio pela rua do Ouvidor, onde encontrarão nos mostradores dos armazéns com que presentear as respectivas metades de suas almas.

Não incorram naquele crime, crime sim, do avarento, de que reza este epitáfio:

> *Ci-gist, sous ce marbre blanc,*
> *Le plus avare homme de Rennes,*
> *Que trépassa le jour de l'an*
> *De peur de donner des étrennes.*

Comprar por um presente, neste dia especial, o silêncio dos satirizadores deste mundo, crede-me, ó pais de família, é a mais barata das permutas deste mundo.

Entretanto, a uns e a outros, presenteados e presenteadores, desejo de coração felicíssimas estreias, e vida, para nos vermos no fim do que vai entrar, eu aqui, a comentar a semana, e vós, leitores, a dar-me um pouco da vossa atenção.

M. A.
Diário do Rio de Janeiro, 29 de dezembro de 1861

BEM SE PODIA COMPARAR O PÚBLICO ÀQUELA SERPENTE

O que é o público — Guerra da Inglaterra e Estados Unidos — O publicista dos comunicados — A pedra fundamental e o *Correio da Tarde* — O sr. Cândido Borges.

Bem se podia comparar o público àquela serpente — deus dos antigos mexicanos — que, depois de devorar um alentado mamífero, prostra-se até que a ação digestiva lhe tenha esvaziado o estômago; então o flagelo das matas corre em busca de novo repasto, emborca novo animal pela garganta abaixo e cai em nova e profunda modorra de digestão.

Esquisita que pareça a comparação, o público é assim. Precisa de uma novidade e de uma grande novidade; quando lhe aparece alguma, digere-a com placidez e calma, até que desfeita ela, outra lhe fica ao alcance e lhe satisfaz a necessidade imperiosa.

Como o réptil monstro de que falei, o público não se contenta com os manjares simples e as quantidades exíguas; é-lhe preciso bom e farto mantimento. Nada de notável havia ocorrido ultimamente que satisfizesse esta *boa* coletiva que tudo devora. Os comunicantes do *Jornal do Commercio* é que faziam as despesas da curiosidade pública; mas facilmente se compreende quanto isso era mesquinho para ocorrer às necessidades daquele estômago voraz.

O paquete trouxe com que dar que fazer ao espírito público: a notícia de uma guerra iminente, entre duas grandes potências, caiu como uma bomba no meio das nossas inocentes e ligeiras preocupações.

Era uma notícia cheia, como se quer; uma guerra homérica que fará acordar os tritões adormecidos nas suas cavernas seculares, desde os últimos poetas das Arcádias. Nem mais nem menos. Dois rivais em face; dois dragões marinhos, que, depois de haverem refeito as forças, cada um na sua região, se encontram afinal, no meio do oceano, para uma luta de morte. Há assunto para inspirar as liras dos Homeros.

Compreende-se bem que, com uma nova destas, o público deixaria de parte os ligeiros *entremets* que a nossa política lhe oferecia. Haverá guerra? Não haverá guerra? Eis a preocupação geral; as consequências da luta, a gravidade dos fatos, o exame do direito, tudo isso dá que fazer ao espírito público.

Parece que os arautos políticos da parte não oficial do *Jornal do Commercio* compreenderam bem a situação, porque, desde então, nenhum mais apareceu no posto do costume.

Um dia antes *Scoevola* havia começado uma série de artigos sobre o casamento da princesa imperial, prometendo discorrer para diante acerca da conveniência de diversos partidos de casamento, que se possam oferecer à herdeira da coroa brasileira. Até agora, nada.

Pois é pena! Estava divertido com os seus protestos de queimar a mão, e com as mesuras repetidas que fazia diante do augusto assunto de que tratava. A mim, se me afigurou ver o cabeçalho de um *Manual de civilidade cortesã*.

Valha-os Deus! Nisto primam eles, e à fé que não é mérito pequeno. Já não é pouco saber um homem como se há de haver nestas contingências e cortesias obrigadas. Pelo menos não se corre o risco daquele fidalgo da sociedade beata de D. João V, de que fala uma biografia-romance, o qual perdera muito no conceito dos seus por ter dado a toalha, em vez das galhetas, ao oficiante a quem servia de acólito.

Esperemos, entretanto, pelo final do discurso de *Scoevola*, que, como o de Tarquínio, na comédia portuguesa — *Roma exige e tem de ser litografado*.

Efetuou-se no dia 1º o lançamento da pedra fundamental no baseamento da estátua do primeiro imperador. O Rocio nesse dia esteve de gala. A cerimônia correu como estava no programa.

As folhas desse dia tinham feito uma apreciação retrospectiva dos acontecimentos políticos do ano, cujas conclusões eram muito desfavoráveis ao partido político que mantém, há alguns anos, uma ordem de coisas contrária à essência do sistema que nos rege.

Não convinha que esse juízo rude, mas sincero, fosse para a caixa de cedro do pedestal, sem um conveniente tempero. Encarregou-se o *Correio da Tarde* da obra.

Apareceu como nota festiva no meio do coro lúgubre da imprensa. Como as vítimas indianas, queria ser inumado radiante de plumas e miçangas. Estava realmente vistoso. Nada esqueceu; biografou os ministros, fez rápida estatística do que há hoje de mais notável, sem esquecer os principais advogados do foro.

O *Correio da Tarde* embalou-se na ideia de que há de ser aquela arca santa do arcediago de *Notre-Dame,* capaz de revelar, depois de um cataclismo universal, a ideia do mundo velho, à humanidade que sobre as ruínas deste aparecer.

Para o *Correio da Tarde* tudo neste país vai bem, menos a oposição. Os ministros são feitos por um só molde que se perdeu, sendo de notar que possuem as mesmas virtudes dos passados, virtudes que naturalmente o *Correio da Tarde* há de encontrar nos que hão de vir.

É um paladar como há poucos. A posteridade o apreciará.

Cai-me agora debaixo dos olhos o expediente do Ministério do Império, publicado ontem na folha oficial.

Vejo ali que o respectivo ministro oficia ao seu colega da Fazenda, *declarando que o conselheiro Cândido Borges Monteiro, jubilado em uma das cadeiras da Faculdade de Medicina desta cidade, tem direito ao ordenado por inteiro, por ter mais de 25 anos de serviço efetivo.*

Parece estranho isto. A que vem esta declaração? Deve-se supor que se pôs dúvida em fazer efetiva a determinação dos respectivos estatutos. Não consta, porém, que o tesouro caísse em equívoco aritmético.

Onde está a chave deste enigma?

Uma declaração mais franca e mais sincera teria obstado a propagação de certos boatos que não fazem a apologia do governo.

Deus ponha longe de meu espírito a ideia de crer em tais coisas, mas o vulgo quer os pontos nos *ii.*

Não falta quem dê à língua e diga que o lente, a que se refere o ofício do sr. ministro do Império, tendo sido aposentado antes da abertura das câmaras, não completou os 25 anos, que só se terminaram depois de fechado o Parlamento.

Como não podia acumular os dois lugares, lente e senador, é ainda o boato que fala, julgou-se que se satisfazia o direito e a conveniência antecipando-se a jubilação.

Vê o governo quanto isto tem de grave? Em resumo o lente acumulou.

O boato é um ente invisível e impalpável, que fala como um homem, está em toda a parte e em nenhuma, que ninguém vê donde surge, nem onde se esconde, que traz consigo a célebre lanterna dos contos arábicos, a favor da qual se avantaja em poder e prestígio, a tudo o que é prestigioso e poderoso.

Trate o governo de desfazer as suspeitas do boato, restabelecendo a verdade.

M. A.
Diário do Rio de Janeiro, 7 de janeiro de 1862

Os atenienses riram-se muito

Diógenes e o cronista — Falta de notícias — O publicista casamenteiro — Ainda o sr. Cândido Borges.

Os atenienses riram-se muito um dia ao ver que Diógenes, um doido que vivia em um tonel, saíra com uma lanterna na mão, à cata de um homem. Era para rir. E aquele povo não deu o cavaco, porque via no ato do velho filósofo um arroto de vaidade com visos de desdém pelos contemporâneos.

Rir-se-ão os fluminenses se me virem atravessar (perdoa-me, ó Diógenes!), não as ruas da cidade, mas os dias da semana, com uma lanterna na mão à cata de notícia?

Aqui a coisa é inteiramente diversa.

Acreditando que o leitor me procura por desfastio, não ousando pensar que inspiro avidez ou curiosidade, acho-me sinceramente vexado quando apareço de alforje vazio, e mais vazia a alma, de com que entreter os ócios do leitor.

Creio que faço o mesmo efeito que um *touriste* ao voltar do Oriente, sem uma nota, sem um desenho, na sua caderneta de viagem. Tão impossível parece voltar das regiões do berço do sol, sem uma impressão, como atravessar sete dias sem haver-se colhido uma notícia para comentar.

Pois a última hipótese não é nenhuma coisa de admirar.

Um elegante folhetinista dos nossos, achando-se nas mesmas circunstâncias que eu, encabeçou o seu escrito hebdomadário com esta expressão do gordo Sancho: "Diz-me o que semeaste, dir-te-ei o que colherás." Aproveito a lembrança, e pergunto se alguma coisa se pode colher deste terreno que se chamou a semana passada, onde nada foi semeado?

Eu podia, é verdade, entreter o leitor com o imortal romano da mão queimada, que jurou aos deuses fundir as repúblicas confinantes ao sul do Império em uma Monarquia e dá-la em presente a um príncipe da família imperial, não esquecendo de casá-lo com a sra. D. Leopoldina.

O publicista casamenteiro não é das coisas que menos riso excitam; pelo contrário, é divertido a mais não poder.

Já declarou que não quer ser mordomo do novo rei, nem aspira a ser senador no Estado criado por ele próprio; mas já me parece generosidade demais, isto de fazer monarquias pelo simples e honestíssimo prazer de ver a realeza aliada à liberdade.

Sou um pouco audaz nas minhas investigações, e não poucas vezes tenho visto que a audácia acaba muitas vezes por dar na cabeça, bem que em alguns casos seja uma virtude preciosa.

Assim, cheguei a pensar que *Scoevola* queria tirar desta solicitude pelas augustas princesas e pelos Estados do Prata as vantagens a que visam todos aqueles que só veem este mundo pelo ponto de vista das armarias heráldicas.

A declaração em contrário de *Scoevola* em seu último escrito avulta tanto como um caracol. *Scoevola,* pelos modos, pertence a certo partido político que não tem sacrificado muito à sinceridade, e tem como regra de diplomata que a palavra foi dada ao homem para esconder os conceitos e as convicções.

Terá ele lido no futuro que a forma monárquica há de vir a estabelecer-se no Rio da Prata, e quererá desde já mostrar-se o propugnador extremoso dessa ideia, que considera a única salvadora daquelas repúblicas? A sua vaidade far-lhe-á ver-se desde já vazado em bronze a figurar no meio de uma praça do novo reino?

Este meio de perpetuidade alcança longe e alto demais para supô-lo no espírito de *Scoevola*.

Opto antes pela primeira impressão.

Já o governo fez ver, em *comunicado*, ao publicista oficioso quanto têm de inconvenientes os seus escritos a respeito das repúblicas do Sul. Realmente não me parece patriotismo de boa índole a enunciação de projetos que significam apenas desejos muito individuais, e que não respondem à opinião feita do país.

Por não poucas vezes, o Império tem encontrado da parte daqueles povos agressões relativamente à política usada com eles, e é verdade inconcussa nos Estados do Sul que o Império tem pretensão de conquistá-los.

Ora, a conquista digna deste século de mútuo respeito entre os povos é aquela que resulta de certas identidades e afinidades tão flagrantes que a divisão se torna uma anomalia e a união uma necessidade de vida. Em tal caso não é conquista, é reparação.

Se fosse este o caso do Império e das repúblicas do Sul, ao tempo caberia o trabalho da realização.

Não é de um patriota sincero, como se apregoa aquele, caluniar as intenções de seu país com o estrangeiro, deixando entrever, ou antes, falando resolutamente em uma fundação dinástica que a ninguém passou ainda pela cabeça, suponho eu.

Por outro lado, não me parece muito bonito tomar por pretexto de invasões pela terra alheia as augustas princesas, cujos cuidados versam ainda entre os estudos próprios de sua educação e as distrações próprias da sua idade.

Scoevola tem a boca doce. Pertence a um partido que não cochila quando quer fazer triunfar (sabe o país por que meios) uma conveniência; mas ilude-se quando supõe que a opinião argentina há de fazer sacrifício da sua independência. Os Vera-Cruzes são raros.

O sr. Cândido Borges reclama agora a minha atenção.

Veio o governo em resposta ao dizer do boato, que eu denunciei nos meus últimos *Comentários,* e declarou o *Diário* em completa ignorância dos fatos a que aludi.

Devo observar que apenas fui eco de um boato, e que foi com uma franqueza e uma singeleza talvez proverbiais que transferi para letra redonda o que andava na praça pública, pedindo ao governo uma explicação que restabelecesse a verdade.

O *comunicante* oficial declarou desconhecer a importância da censura que corria pela boca pequena em detrimento do crédito do governo. Sem dúvida que não é problema social ou político, não se trata da questão da escravidão ou de qualquer outra de máximo alcance; mas presumo que a acusação surda ao governo de uma infração da lei não é lá tão ínfima assim que mereça escárnio e o pouco caso da imprensa.

Dizia-se isto; a imprensa pergunta ao governo se isto é verdade. Creio que é a coisa mais curial do mundo.

Explicou-se o governo, ainda bem. Da explicação se conclui que o boato não era tão inteiramente infundado como se quis fazer supor; houve de fato uma pequena acumulação, ou antes pretendeu-se realizá-la.

O ato do sr. ministro do Império não merece louvor, como bem diz o *comunicante*, porquanto, proporcionar a gratificação aos dois anos e meio que servira o lente além dos 25 da jubilação com ordenado somente, quando a lei diz que o que se jubilar aos trinta anos é que tem direito à metade da gratificação, seria um sofisma flagrante e de fazer arrepiar ao mais desiludido deste mundo.

Felizmente, segundo diz o comunicante, a decisão do governo, sendo contrária ao sr. Cândido Borges, não fez com que este senhor conselheiro lhe retirasse a sua amizade.

Suponho que há nisto motivo para alegrarem-se os ânimos e expandirem-se os corações. Este fato não perturbou o remanso e a paz da igreja d'Elvas. *Ambos conformes, o bispo e o deão, continuarão a dar e a receber o santo hissope.*

Para alguma coisa há de servir a amizade política, e ninguém se lembraria de pensar que, por uma questão de vinténs, o partido conservador sofresse amputação em um de seus membros; e que membro! eloquente quando fala, e eloquente quando não fala!

M.A.
Diário do Rio de Janeiro, 14 de janeiro de 1862

Começo retificando

Retificação do título — Encerramento da exposição — Poetas e utopias — Morte do príncipe Alberto — Morte do duque de Beja — O badalo da igreja — Petição do sacristão — *De ladrão a barão,* drama.

Começo retificando: devia dizer comentários da quinzena e não da semana. Com efeito, pela primeira vez em minha vida de cronista deixei passar uma semana sem vir dar aos leitores a minha opinião acerca das ocorrências dela.

Razões que não podem ser devassadas, e que me tocam particularmente, ocasionaram esta falta de dever. Como na peça poética de Elmano, se o canto não vale, valha pelo menos a desculpa.

A sinalefa não deixou de trazer um lado conveniente, e foi que, se, como costumo, tivesse vindo no prazo competente comentar e apreciar a semana que findou, com bem pouco teria de me haver.

A semana passada foi das mais fartas em notícias. Encerrou-se a exposição nacional, mas este fato passou tão despercebido, tão em família, que nada deixava a dizer a respeito. O que havia dizer, nos limites estreitos da crônica, já o disse em outra ocasião.

Caberia aqui exortar o tribunal julgador dos objetos apresentados a bem cumprir o seu dever, tendo principalmente em vista os interesses e o crédito do país? Seria isto antepor uma dúvida, que o conhecimento pessoal de alguns jurados me não consente, e que o crédito da totalidade deles tornaria intempestiva.

Tenho para mim que esta primeira participação séria que o Brasil toma na festa industrial de Londres é de alcance elevado, e suponho que, como eu, estarão todos convictos disso.

Também estou certo que, se tempo houvesse, se faria uma exposição da escolha dos objetos enviados a Londres, de forma a dar a conhecer ao público, e de um modo patente, os serviços do júri.

Infelizmente, tão apressada foi esta primeira exposição, tão tarde se lembrou o sr. Pena de propor aquilo que já o sr. ministro da Agricultura trazia no interior, que não se podia exigir mais do que foi feito.

Sem dúvida, nas exposições posteriores, das quais uma deve efetuar-se, ao que me parece, antes da universal de Paris em 1865, o governo porá mais cuidado em que nada seja esquecido, para que melhor se alcance o fim destas reuniões anuais de produtos e forças do país.

Uma coisa ficou patente com esta primeira exposição, é que as ideias mudam de natureza com as pessoas e com os tempos. A mesma ideia que agora se realizou, proposta pelo sr. dr. Macedo na Assembleia provincial, há anos, foi tida por utopia, e granjeou ao digno deputado o nome de poeta. Com o sr. Pena mudaram as coisas; a utilidade prática da proposta foi reconhecida, e ninguém se lembrou de castigar aquele senador com chascos afrontosos.

Também o que faltava era admitir a hipótese de um consórcio entre a poesia e o sr. Pena, coisas que, na ordem moral, representam aqueles dois pontos que, na ciência humana, são chamados eixos do mundo.

Ainda bem que a ideia enunciada por um patriota sincero, e só poeta daquela poesia que não pode ser compreendida pelas mediocridades prosaicas que o cercavam, acaba de ser posta em prática de um modo que mostrou bem a sua realidade.

Além deste fato, outro se deu, de que me ocuparei mais adiante, e que pertence especialmente à ordem literária.

O paquete da Europa, que aqui chegou a semana passada, trouxe a notícia da morte de dois príncipes: o príncipe Alberto, de Inglaterra, e o infante D. João, de Portugal.

Tinham ambos a estima sincera do seu país. O primeiro, na posição difícil em que se achava, e que Edmond Texier não hesita em chamar quase ridícula, soube conquistar essa estima pela iniciativa tomada nos progressos materiais e morais do Reino Unido, e pela solicitude e vigilância com que sempre se houve ao pé da rainha, sua esposa, a bem de amparar o sistema constitucional que faz a primeira força do povo inglês.

Dava arras do seu amor pelo país até este ponto: "Se os povos, diz Edmond Texier, gostam do licor açucarado da lisonja, também os reis não deixam de dá-lo a beber. Uma manhã de inverno, com um frio de doze graus, um capitão que acabava de jogar e perder a capa, foi encontrado em Newski pelo czar Nicolau: — Por que não trazes a tua capa? — Senhor, porque não faz frio nos Estados de vossa majestade. O imperador, lisonjeado, passou sem insistir. Tinha encontrado um homem que não acreditava no inverno russo. Também o príncipe Alberto respondia com as suas calças brancas à calúnia propagada pelos estrangeiros contra o clima da velha Inglaterra."

A morte do príncipe consorte foi sentida e chorada com sinceridade. A Inglaterra compreendeu que havia perdido um amigo, e como tal o pranteou.

Não menos sentida foi a morte do duque de Beja. Somente, a nação portuguesa acabava de prantear a morte de dois príncipes, um deles seu chefe político, e a sucessão dos casos tristes, trazendo ao espírito suspeito do povo umas desconfianças infundadas, posto que sinceras, de tal sorte o havia abatido, que a dor foi mais automática que estrepitosa, mais íntima do que pública.

Tais foram os fatos de que mais se ocupou o espírito público durante a semana finda.

Transtornarei a ordem cronológica dos fatos e tomarei agora um que, de fresco, acaba de ser comunicado à curiosidade pública.

Quero falar da portaria do sr. Presidente da província do Rio de Janeiro a certo vigário, resolvendo umas dúvidas suscitadas por um sino sem badalo.

Na dúvida de quem havia de tanger o sino a recolher, s. ex. tomou o partido de incumbir isso ao sacristão ou a outro qualquer empregado da igreja.

Para os que não leram o aviso a que aludo, poderá parecer isto invenção minha, com o intuito de criar um novo plano de *Hissope,* e assim inspirar as liras cômicas dos Boileaus e dos Dinises. Protesto contra uma tal suspeita. O fato é real. Parece questão idêntica à que trouxe muito tempo separados o bispo e o deão da igreja d'Elvas, é verdade; mas com isso o que tenho eu, e o que tem a imprensa?

Algum observador aparentado com Demócrito poderá achar razão nestas bernardices administrativas, invocando o princípio dos contrapesos e das compensações, e assim dizer que em país tão grande, territorialmente falando, como este, é bem que a direção das coisas públicas apresente este aspecto de ninharias e ridiculidades, a fim de estabelecer o *alto e malo* das coisas humanas...

Deixo aos filósofos a discussão deste dito.

E pondo de parte a apreciação do aviso inserirei aqui a petição que me foi comunicada, e que, segundo me afirmam, foi ou vai ser dirigida pelo sacristão da paróquia ao sr. Ministro do Império.

Vejam os leitores as razões dadas pelo peticionário:

Consinta Vossa Excelência
Que a boca de um sacristão,

Com aquela reverência
Devida à alta função
De uma sagrada eminência,

Exponha um arrazoado
Contra o aviso recente
Da inteligência emanado
Do mais sério presidente
Que ainda foi nomeado.

Senhor, este caso é novo
Faz dar voltas ao juízo;
Nem há memória entre o povo;
De modo que é este aviso
Menos aviso que um ovo.

Presume Sua Excelência
Que, por dar bem ao badalo
No sino da presidência,
Hei de eu agora imitá-lo
Ermo da mesma ciência?

E quer, ajudando o fado
Na minha tribulação,
Tornar-me mais onerado
Fazendo de um sacristão
Um sineiro despachado?

E hei de eu, deixando o leito,
O leito doce e macio,
A que me acho tão afeito,
Ir apanhar ao ar frio
Uma doença de peito?

E se um dia, ainda tonto,
Deixando o fofo colchão,
As horas erradas conto,
E vou bater o *aragão*,
Já à meia-noite em ponto?

Ah! se ao menos um badalo
Tivesse o citado sino,
Então cantara outro galo!
O fado, menos mofino,
Não me dera tanto abalo!

Por certos meios arteiros,
De maior ou menor fama,
Satisfaria os *parceiros*;
E sem tirar-me da cama,
Fora o melhor dos sineiros.

Uma cordinha bastava,
Presa ao badalo em questão,
E a ponta que lhe ficava
Tê-la-ia em minha mão,
E tudo se conciliava.

E um dia, se Deus clemente
Permitisse à freguesia,
A vista do presidente,
Como um pouco d'água fria
A sequioso doente;

Unido ao prazer geral,
Livre já do antigo abalo,
À entrada triunfal
Iria dar ao badalo
Um repique original.

Seria prêmio mofino
Do mais pobre dos bedéis
Ao funcionário ladino
Que no código das leis
Abriu capítulo ao sino!

Nem seria a mão da inveja
Que havia de despojá-lo
Da glória que tê-lo almeja,
E que há de enfim proclamá-lo
Sólon de torre de igreja.

Mas para isso, Excelência,
Para tal apoteose,
Carecia a presidência
Gastar uma nova dose
De estudo e de paciência.

Então, deixando aos vulgares
Os cediços monumentos,
Cortando por novos mares,

Teriam os seus portentos
Novos, melhores altares.

Coisa séria, imponente,
Capaz de matar a inveja,
Poder contemplar a gente
Em cada sino da igreja
A efígie do presidente.

E, se a mente não erra,
Mostraria à presidência,
(Que tanta beleza encerra)
Que, além de Vossa Excelência,
Inda há mais gente na terra!

❊ ❊ ❊

Passarei agora a coisas sérias.

Um novo drama nacional foi levado à cena no teatro Ginásio. O autor, o sr. Álvares de Araújo, é um estreante, cuja inteligência se dirigiu sempre a outra ordem de aplicação, e que acaba de entrar no teatro aos aplausos dos amigos da arte e da literatura dramática.

A crítica com os estreantes deve empregar uma solicitude materna, mostrar-lhes o mau e o bom caminho, ensinar-lhes a evitar os precipícios e a alcançar o alvo a que todas as inteligências se dirigem; isto para com o poeta. Para com o público, serve ela de intérprete da ideia do poeta, defensora mesmo da sua composição, a fim de animá-lo a tomar voo mais seguro. Deve ser amiga e, segundo diz Chateaubriand, empregar mais o louvor que a censura.

Se este último conceito se dá para a crítica destinada a construir com o poeta o edifício da sua reputação, até poder um dia, desligando-se dele, ir tomar lugar entre os espectadores e pedir-lhe conta das suas lições, é ainda o dever da crônica, cujas atribuições se estreitam na menção das obras, e na manifestação da impressão recebida.

Ora, só deixam impressão, mais ou menos viva, aquelas obras, que, encerrando alguma coisa, recomendam-se por não espúrias, senão legítimas filhas do talento.

De ladrão a barão, repousando sobre uma tese, usada já, qual a de origem criminosa de muita fidalguia empavesada, revela primeiro que tudo a indignação expansiva de uma consciência diante da corrupção social. Antes do poeta mostra-se o homem, antes do talento o caráter.

A tese não é nova, disse eu. Assim é. Não é novo no teatro remontar à origem das fortunas e dos pergaminhos para encontrar os meios reprovados das dilapidações forçadas e escandalosas. Mas a insistência dos poetas em tratarem do assunto é tanto mais necessária quanto a sociedade precisa mais e mais dessas correções vivas e constantes.

Todavia, escolhendo tal assunto, o sr. Álvares de Araújo criou-se uma dificuldade. Como haver-se com ela, logo da primeira vez que entrava em terra nova? Mediu o esforço pelo dever do combate e atirou-se ao campo.

Venceu a dificuldade? Venceu e não venceu. Saiu-se bem no plano geral da peça, mas nos detalhes a sua mão acusa a inexperiência de primeiro trabalho; as suas figuras, exceto a do protagonista, que acho vigorosa, todas as mais revelam frouxidão e incerteza.

A energia máscula de Elvira dá-se mais a conhecer por tradição que por exibição. E entretanto, que belo pensamento não foi o do poeta, dando à mulher o exemplo do castigo dos maus, e que bela criação, toda ideal embora, não ficaria, com mais algum cuidado, aquela figura imponente de mulher.

Gustavo Pereira foi o papel mais cuidado da peça, e era natural que assim fosse. É comum a todos os que estreiam, tendo personificado a sua ideia em uma personagem, concentrar todo o esforço e trabalho nessa figura principal, de modo a empalidecer as outras que vão entrelaçadas na ação.

O sr. Álvares de Araújo estreou bem. Os aplausos que o receberam devem servir-lhe de animação. Se lhe faltam as qualidades próprias da experiência e do tempo, sobram-lhe outras, as principais, as que nascem da intuição, e que são, por assim dizer, o óbolo e a bênção que a musa dá ao poeta, para começar a sua romaria.

Deu este drama lugar a que aparecesse um ator que, até aqui, além do papel de escrivão na *Torre em concurso,* não se havia podido revelar.

Falo do sr. Flávio, a quem coube o papel de André, uma das vítimas do *ladrão-barão.* Representou de modo a receber merecidos aplausos.

O sr. Joaquim Augusto tem desempenhado com relevo o papel de Gustavo Pereira, hipócrita brutal.

O papel de Elvira coube à sra. Gabriela, cujo elevado e vigoroso talento sabe dar-lhe brilho e realce; no quarto ato, principalmente, tem merecido vivos aplausos.

O papel do nobre e sincero Emílio da Veiga deve ao sr. Amoedo apropriada interpretação.

M. A.
Diário do Rio de Janeiro, 26 de janeiro de 1862

Será alguma vez tarde para falar de uma obra útil?

Compêndio de gramática portuguesa, por Vergueiro e Pertence — À memória de Pedro V, por Castilho, Antônio e José — Memória acerca da 2ª égloga de

Virgílio, por Castilho José — *Mãe*, drama do sr. conselheiro José de Alencar — Desgosto pela política.

Será alguma vez tarde para falar de uma obra útil? Tenho que não, e se o público é do mesmo parecer, certamente me desculpará, julgando, como eu, que ainda não é tarde para falar do *Compêndio de gramática portuguesa* dos srs. Pertence e Vergueiro.

Sou dos menos competentes para avaliar pelo justo e pelo miúdo a importância e superioridade de uma gramática. Essa franqueza não me tolhe de escrever as impressões recebidas por alto, e habilita-me a não dar conta da pobreza e nudez de minha frase.

Sempre achei que uma gramática é uma coisa muito séria. Uma boa gramática é um alto serviço a uma língua e a um país. Se essa língua é a nossa, e o país é este em que vivemos, o serviço cresce ainda e a empresa torna-se mais difícil. Quando se consegue o resultado alcançado pelos srs. Pertence e Vergueiro, tem-se dado material para a estima e a admiração dos concidadãos.

Há na gramática dos srs. Pertence e Vergueiro aquilo que é necessário às obras dessa natureza, destinadas a estabelecer no espírito do aluno as regras e as bases, sobre as quais se tem de assentar a sua ciência filológica: o método do plano e a limpidez e concisão das definições.

Metódico no plano e claro na definição, não sei que haja outros requisitos a desejar no autor de uma gramática, a não ser o conhecimento profundo da língua que fala, e esse, pela parte do sr. dr. Pertence, a quem conheço, é dos mais raros e incontestados.

Na análise sintáxica, principalmente, os autores do *Compêndio* trataram com minuciosidade todas as questões, expuseram todas as regras, esclareceram todas as dúvidas, com uma precisão e uma autoridade raras em tais livros.

Julgo que o mérito do *Compêndio* está pedindo a sua adoção imediata nas escolas; vulgariza preceitos de transcendente importância, e que, pelo tom do escrito, acham-se ao alcance das inteligências menos esclarecidas.

....

Aproveito a ocasião, e tocarei em algumas obras ultimamente publicadas. Cai-me debaixo dos olhos o monumento que, à memória de el-rei D. Pedro V, ergueram os srs. Castilho, Antônio e José.

Abre essa brochura por uma peça poética do sr. Castilho Antônio. Não há ninguém que não conheça essa composição que excitou pomposos e entusiásticos elogios. Antes de conhecer esses versos ouvi eu que nestes últimos era a melhor composição do autor da *Noite do Castelo*. A leitura da poesia pôs-me em divergência com essa opinião.

Como obra de metrificação, acredito que há razão para os que aplaudem com fogo a nova poesia do autor das *Cartas de eco,* e nem é isso de admirar da parte do poeta. É realmente um grande artista da palavra, conhecedor profundo da língua que fala e que honra, um edificador que sabe mover os vocábulos e colocá-los e arredá-los com arte, com o que tem enriquecido a galeria literária da língua portuguesa.

Na poesia de D. Pedro v esse mérito sobressai e admira-se sinceramente muitas belezas de forma, agregados com arte, bem que por vezes venham marear a obra lugares-comuns dessa ordem:

> Cá tudo é fausto e sólido;
> Cada hora é de anos mil;
> De idade a idade, medra-nos
> Sempre mais verde abril.

Não há na parte da metrificação muito que dizer, mas falta à poesia do sr. Castilho Antônio o alento poético, a espontaneidade, a alma, a poesia, enfim. O pensamento em geral é pobre e procurado, e na primeira parte da poesia, a das quadras esdrúxulas, a custo encontramos uma ou outra ideia realmente bela como esta:

> Limpa o suor da púrpura
> Ao fúnebre lençol;
> Vai receber a féria;
> Descansa; é posto o sol.

Nem só o pensamento é pobre, como às vezes pouco admissível, sob o duplo ponto de vista poético e religioso. A descrição do paraíso feita pela alma do príncipe irmão parece mais um capítulo das promessas maométicas do que uma página cristã.

Creio eu que a ideia cristã do paraíso celeste é alguma coisa mais espiritual e mística, do que a que se nos dá nas estrofes a que me refiro. Não supõe por certo um poeta cristão que o criador de todas as coisas nos acene com *salas de ouro e pórfiro, tetos azuis, tripúdios entre prados feiticeiros, colinas e selvas umbríferas* e outros deleites de significação toda terrena e material.

Se descrevendo os gozos futuros por este modo quis o poeta excitar as imaginações, adquiriu direito somente às adorações daqueles filhos do Corão a quem o profeta acenou com os mesmos deleites e os mesmos repousos. Em nome da poesia e em nome da religião, o autor de *Ciúmes do bardo* devia lisonjear menos os instintos e as sensualidades humanas e pôr no seu verso alguma coisa de mais puro e de mais elevado.

Há ainda na primeira parte da poesia certas imagens singulares e de menos apurado gosto poético.

Tal é, por exemplo, esta:

> Onde, entre as frescas árvores
> Da vida e da ciência,
> Nos rulha a pomba mística
> Ternuras e inocência.

Ou esta outra:

> E foi, entre os heroicos,
> Teus dons fascinadores,
> Como um argênteo lírio
> Em vasos de mil flores.

A segunda parte da poesia é escrita em verso alexandrino.

Aqui a forma cresceu de formosura e de arte, e porventura o pensamento apareceu menos original.

O verso prestava-se e o poeta é nele eminente e único. O alexandrino é formosíssimo, mas escabroso e difícil de tornar-se harmonioso, talvez porque não está geralmente adotado e empregado pelos poetas da língua portuguesa.

O autor das *Cartas de eco* vence todas essas dificuldades dando-lhe admirável elasticidade e harmonia.

Esta estrofe merece ser citada, entre outras, como exemplo de poesia:

> Quem, entre tão geral, tão mísera orfandade,
> Se atreve a mendigar, em nome da saudade,
> Um frio monumento, um bronze inerte e vão!
> Temem deslembre um pai? Que pedra iguala a história?
> Um colosso caduco é símbolo da glória?
> Se a pirâmide assombra, os faraós quem são?

Acompanham essa poesia algumas estrofes; umas, a D. Fernando, outras, ao rei atual. As primeiras, duas apenas, estão bem rimadas, mas trazem a mesma indigência de pensamento que fiz notar na primeira parte da poesia a D. Pedro V. As segundas, sobre serem bem metrificadas e harmoniosas, respiram alguma poesia, e estão adequadamente escritas para saudarem um reinado.

O que aí vai escrito são rápidas impressões vertidas para o papel sem ordem, nem pretensão a crítica. Se me estendi na menção daquilo que chamo defeitos da poesia do sr. Castilho Antônio, mestre na literatura portuguesa, é porque pode induzir em erro os que forem buscar lições nas suas obras; é comum aos discípulos tirarem aos mestres o mau de envolta com o bom, como ouro que se extrai de envolta com terra.

A parte do livro que pertence ao sr. Castilho José é uma biografia do rei falecido. Louvando o ponto de vista patriótico e a firmeza do juízo do biógrafo, quisera eu que, em estilo mais simples, menos amaneirado, nos fosse contada a vida do rei. Estou certo de que seria mais apreciada. Entretanto deu-nos o sr. Castilho José mais uma ocasião de apreciar os conhecimentos profundos da língua que possui.

....

Outro trabalho do sr. Castilho José é uma *Memória* publicada há dias, para provar que não havia em Virgílio hábitos pederastas. A *Memória* é escrita com erudição e proficiência; o sr. Castilho José é induzido a negar a crença geral por ser a 2ª égloga do Mantuano uma imitação de Teócrito, por nada ter de pessoal e por parecer uma alegoria, personificando Córidon o gênio da poesia e Aléxis a mocidade.

Diante dessa questão confesso-me incompetente; todavia há uma observação ligeira a fazer ao sr. Castilho José. O confronto entre Teócrito e Virgílio não leva a concluir do modo por que o sr. Castilho José conclui. Teócrito trata do amor entre Polifemo e Galateia, e Virgílio deplora os desdéns de Aléxis por Córidon. Isso parece antes provar que Teócrito estava limpo dos defeitos que a égloga virgiliana acusa.

O trabalho do sr. Castilho José, no ponto de vista moral e de investigação, tem um certo e real valor.

....

Acaba de publicar-se o drama do sr. conselheiro José de Alencar intitulado: *Mãe,* já representado no teatro Ginásio.

Por esse meio está facilitada a apreciação, a frio e no gabinete, das incontestáveis belezas dessa composição. O autor das *Asas de um anjo* é um dos que melhor reúnem os requisitos necessários a um autor dramático.

Ponho ponto final a estas ligeiras apreciações, desejando que outras obras vão aparecendo e distraindo a apatia pública.

....

Hoje é necessário que alguma coisa assim satisfaça e entretenha o espírito público, desgostoso e enjoado com as misérias políticas de que nos dão espetáculo os homens que a aura da fortuna, ou o mau gênio das nações, colocou na direção, patente ou clandestina, das coisas do país.

Causa tédio ver como se caluniam os caracteres, como se deturpam as opiniões, como se invertem as ideias, a favor de interesses transitórios e materiais, e da exclusão de toda a opinião que não comunga com a dominante. Para esse resultado nem os mais altos escapam, e é tecendo defesas gratuitas ao príncipe que se procura provar a má-fé alheia e os próprios fervores.

Nem fazem rir como D. Quixote, porque o namorado de Dulcineia, investindo para os moinhos de vento, nem armava à recompensa, nem queria medir amor por lançadas. Tinha a boa-fé da sua mania, e a sinceridade do seu ridículo. Esses não.

M. A.
Diário do Rio de Janeiro, 22 de fevereiro de 1862

Tenho à vista dois livros oriundos da academia de São Paulo

Haabás, drama do sr. R. A. de Oliveira Meneses — *Ensaios literários,* do sr. Inácio de Azevedo — *Almanaque administrativo, mercantil e industrial,* do Maranhão — *O terremoto de Mendoza,* drama lírico do major Taunay — O carnaval.

Tenho à vista dois livros oriundos da academia de São Paulo. A sua publicação não data da semana que findou ontem, mas data de poucos dias o conhecimento que tenho deles. Não me foi preciso demorada leitura para avaliá-los; de relance se lhes pode ver a importância e o alcance, ainda mesmo quando não há fundo de erudição que dê a uma apoucada inteligência foral de juiz.

O sr. Rodrigo Antônio de Oliveira Meneses escreveu um drama em um prólogo e dois atos que intitulou *Haabás.* É um livro tosco pela forma e brilhante pelo fundo; é uma bela ideia mal afeiçoada e mal enunciada, o que não tira ao livro certo mérito que é forçoso reconhecer!

Haabás é um escravo que mata o feitor em um desforço de honra por haver-lhe aquele seduzido a mulher. É perseguido por este motivo. Seu senhor é implacável. Haabás consegue escapar. Entretanto, apanha uma criança, fruto de amor criminoso de sua senhora moça, leva-a consigo, fá-la educar, até entregá-la a seus pais vinte anos depois.

Tal é, em poucas palavras, a trama de *Haabás.* O autor fundou o seu drama sobre duas ideias, ou antes sobre dois fatos: primeiro, a condição precária dos cativos; depois, a generosidade que pode existir nessas almas, que Herculano diria atadas a cadáveres.

O intento foi nobre, e não lhe diminui o alcance moral a rusticidade da forma; mais cuidado e mais conhecimento das regras dramáticas, *Haabás* seria então uma bela realidade, não passando, como está, de uma generosa intenção.

A ação não se acha desenvolvida; a travação das cenas é irregular; estas parecem antes os trechos restantes de uma tradição, acumulados para base de uma obra que não foi escrita, e que a outro caberá desenvolver.

Por mim, quisera antes que o autor a desenvolvesse; que importa existir já esta tentativa? Tome o seu pensamento e trate de ampliá-lo; escreva um drama, ou mesmo um romance, sobre a larga base que desaproveitou com aquela frágil e acanhada construção.

O que lhe faltaria para isto? Linguagem, não; a de *Haabás,* se não é de pureza exemplar, acusa raras qualidades que a prática desenvolverá.

E nessa nova composição apareceria decerto aquela 2ª cena do 2º ato, delicioso idílio, escrito com arte e espontânea suavidade. Nem faltariam expressões felizes, como muitas das que ornam as páginas desta tentativa.

Não creio que, no que levo dito, me pareça com o empertigado crítico que visitou o autor em sonhos, como ele conta espirituosamente no prólogo.

Uma coisa que ele não lhe reconheceu, e que eu julgo dever mencionar, tanto mais quanto se eu o não fizesse, *Haabás* encarregar-se-ia de fazê-lo, é que possui um belo talento e que poderá com vantagem aplicar-se ao teatro para honra da literatura nacional.

❊ ❊ ❊

Passo agora aos *Ensaios literários* do sr. Inácio de Azevedo. O sr. Inácio de Azevedo é irmão daquele autor dos *Boêmios* e de *Pedro Ivo,* cuja perda choramos ainda hoje.

É talvez a esta consanguinidade, além da assistência na academia, onde Álvares de Azevedo deixou imitadores, que se deve a cor sombria e fantástica que o autor procurou dar a quase todas as páginas deste livro.

O sr. Inácio de Azevedo é uma inteligência a formar-se; participa dos defeitos do que se chamou *escola azevediana*, sem todavia empregar nos seus escritos os toques superiores que o estudo mais tarde lhe há de dar. *As almas na eternidade* é uma revista de espíritos, uma imprecação minuciosa de alcance secundário.

Os contos revelam imaginação, mas estão em alguns pontos descarnados demais, e se o autor me permite individuar, lembro-lhe, entre outros exemplos, aquela página 98.

Com a imaginação e a inteligência que tem, o sr. Inácio de Azevedo deve procurar no estudo e na reflexão as qualidades indispensáveis de escritor, e estou certo que da vontade e do cabedal que possui nascerão obras de mais significação literária que os *Ensaios*.

❊ ❊ ❊

Não riam as imaginações poéticas e as almas seráficas se passo a falar de um almanaque, e menos me acusem de lisonjear os utilitários. Em geral, um almanaque é um livro importante, mas este de que vou falar tem ainda outro valor; por isso descansem que não me ocuparei com a exatidão e divisão da estatística, nem com outras matérias próprias destas obras.

O almanaque administrativo, mercantil e industrial para 1862, do Maranhão, entra agora no seu 5º ano.

Como é natural em obras de utilidade geral, a publicação vai tomando maiores e mais sérias proporções. Fecha-se o deste ano com alguns artigos relativos à lavoura e uma das *brasilianas* do sr. Pôrto-Alegre.

O primeiro daqueles artigos é uma página bem lançada, escrita com reflexão e proficiência, na qual se demonstra a necessidade de pôr termo à rotina que impede o desenvolvimento da agricultura. Aconselha o escritor aos lavradores que, em bem de tornar a lavoura outra coisa que não é, façam dar a seus filhos uma educação agrícola nas escolas europeias. Enunciado este conselho, o escritor passa a examinar a conveniência oferecida por cada um dos países onde se podem ir buscar esses estudos, e decide-se pela escola de Grignon, em França, cujas condições oferecem mais vantagens e melhores esperanças de resultado.

Acompanham este artigo diversas transcrições relativas ao mesmo assunto, e por fim a *brasiliana*, do sr. Pôrto-Alegre, *Destruição das matas*. A raridade da edição das *Brasilianas*, e o grande mérito da composição do nosso épico, torna mais importante a inserção destes versos no *Almanaque do Maranhão*.

※ ※ ※

Está ainda fresca na memória, pela proximidade do acontecimento, a terrível catástrofe que destruiu a cidade de Mendoza. Entre os que foram salvos do terremoto notam-se mr. Teisseire e sua filha de quatro anos que se acham nesta capital. Mr. Teisseire era um antigo tenor de Paris que se havia estabelecido naquela cidade. A catástrofe sucedeu quando ele começava a construir uma pequena fortuna.

Veio esta menção para anunciar a publicação de um drama lírico fundado sobre o episódio da catástrofe relativo àquelas duas ressurreições e que traz o nome do major Taunay.

Esta composição é destinada a favorecer a mr. Teisseire e sua filha, restos de uma família numerosa que pereceu na destruição de Mendoza.

Esse é o seu principal mérito; a obra não é notável, mas o autor aproveitou nela o que podia aproveitar do fato a que aludiu.

E com isto deixo o leitor, que arderá por ir tomar parte na folgança destes três dias, a não ser que, como eu, olhe para estas coisas de mascarados como uma distração muito vulgar. Em verdade, será preciso esperar o carnaval para ver mascarados? Há muita gente que, apenas o sr. Laemmert publica as suas folhinhas, corre a ver em que época é o carnaval. Essa gente é de patriarcal simplicidade. O carnaval desta terra é constante, e é a política que nos oferece o espetáculo de um contínuo disfarce e *dançatriz faróf̧ia*, como dizia Filinto.

Se pensas como eu, ó sério leitor, limita-te a ver passar os que se divertem, e vai depois entreter o resto da noite com a leitura do livro que imortalizou Erasmo.

M. A.
Diário do Rio de Janeiro, 2 de março de 1862

É AMANHÃ A INAUGURAÇÃO DA MEMÓRIA DO ROCIO

O dia 25 de março — A revolução — Toleima ou esperteza? — Os gansos — Sá de Miranda — A pólvora — Publicações literárias: *Biblioteca Brasileira* e o *Futuro* — Publicação política: *O Jornal do Povo*.

É amanhã a inauguração da memória do Rocio. É também amanhã o aniversário da proclamação da nossa carta política. Por último, na opinião do Ministério, é amanhã a realização de uma revolta popular, preparada pelos chefes liberais a bem de se apossarem do governo.

Nada direi do aniversário que festejamos, mesmo por não entrar na apreciação dos atos pecaminosos que hão desvirtuado o nosso código político. Não me autorizarei mesmo de uma circunstância que alguém notou, a de estar a figura do primeiro imperador, que hoje se há de descobrir, com a constituição estendida para o lado do teatro, querendo daí concluir o malévolo que o pacto fundamental é uma comédia.

Tampouco me ocuparei com a estátua que se vai inaugurar.

Fora preciso recorrer aos fastos da história e cotejar atos e apreciações, talvez em detrimento de opinião aceita, e por mal das constituições públicas e solenes, que o sol da manhã vai presenciar.

Já não pratico assim com o boato da revolução. Devo investigar se o Ministério com estas precauções que toma, e com estes boatos que assoalha, tende à parvoíce ou à esperteza. É difícil o problema. Existem ambos os elementos no gabinete, e decidir qual deles prepondera na questão, é um trabalho de minuciosa análise.

Por onde descobriria o Ministério que o dia 25 seria ensanguentado pelos dentes do tigre popular? Onde encontrou sintomas denunciantes? Na imprensa? Não. Nunca ela foi mais moderada, nem mais sóbria no apontar os erros administrativos.

Nenhuma doutrina que cheire a subversão tem sido alardeada e proclamada nas folhas liberais. Nos clubes? Onde existem eles? Onde se reúnem? Ninguém os conhece. O Ministério compreende bem que uma revolução, no sentido literal da palavra, pede o concurso da maioria, e que esse concurso não deve ser eventual e filho do momento.

Pouco depois das eleições o ministro do Império do gabinete Ferraz exigiu mudança de política para uma política de reação, em vista da situação que, na opinião dele, tendia à anarquia. Esta exigência, que era simplesmente uma *pose* do ministro novato, tinha uma razão de ser; acabava-se de uma eleição altamente pleiteada, e o nobre ministro, depois do que havia presenciado, concluiu que o país estava fora dos eixos. Aproveitou a circunstância e quis fazer figura. E fez.

Hoje, porém, que a situação está calma, ou para me servir do vocabulário do sr. ministro da Marinha, está em calmaria podre, será admissível, sem querer passar por tolo, a suspeita de uma revolução?

Não suponho que o Ministério ande de boa-fé nestes sustos e temores de revolução; creio em outros motivos menos inocentes, mas porventura menos humilhantes.

Reza a história de uns gansos que salvaram por seus grasnos a integridade da cidade eterna. Também vigiam gansos o nosso Capitólio? Mas estes, cansados há tanto de espreitar, sem nada verem chegar, e querendo a todo custo dar testemunho de sua vigilância, gritam um belo dia por socorro e clamam pela salvação de Roma. Mas Roma está tranquila, nenhum inimigo lhe assoma às portas; César dorme tranquilo no afeto e na dedicação da cidade-rainha. Nada acontecerá, mas a suspeita pode ficar para o futuro, e os gansos terão feito uns bonitos papéis.

Que tal? O meio é seguro para ganhar conceito em ânimos augustos. É assim que estes piolhos se metem pelas costuras. Mas os príncipes devem ser versados e sabedores das coisas passadas. Foi a respeito desses tais enliçadores que Sá de Miranda escreveu estes versos na sua carta a D. João III:

> Senhor, hei-vos de falar
> (Vossa mansidão me esforça)
>
> Claro o que posso alcançar;
> Andam para vos tomar
> Per manhas, que não per força.

Alguns fatos poderiam demover-me da opinião em que estou de que o Ministério quer provar amores assoalhando calculadas fantasias. Tal é, por exemplo, o da apreensão de alguns barris de pólvora em várias casas.

Mas a *Atualidade* explica a origem desta apreensão que tanto alarma causou, e com as quais quer o Ministério afetar que descobriu os conspiradores. Foi apenas uma denúncia de proprietário incomodado pela vizinhança de fabricantes de fósforos.

Demais, fazem-se durante o ano tantas apreensões de pólvora, que estas não devem por modo nenhum merecer o mais leve reparo.

Insisto na minha apreciação; o Ministério estéril, tacanho, ramerraneiro, como é, busca a confiança imperial na prevenção de revoltas imaginárias.

E o jogo é bonito e fino. Passando, como há de passar, o dia 25 sem demonstração alguma, é ao terror das medidas anteriormente tomadas que se atribuirá a tranquilidade da festa.

Voltemos, porém, de rumo.

Deixemos de vez essas demências políticas que, por justo título, fazem do nosso país a fábula dos folhetinistas do resto do mundo.

Outra parte nos chama, amigo leitor, a da mocidade estudiosa, trabalhadeira, esperança de melhor futuro.

Pode dizer-se que o nosso movimento literário é dos mais insignificantes possíveis. Poucos livros se publicam e ainda menos se leem. Aprecia-se muito a leitura superficial e palhenta, do mal travado e bem acidentado romance, mas não passa daí o pecúlio literário do povo.

É no meio desta situação que se anunciam duas publicações literárias: *Biblioteca Brasileira*, publicação mensal de um volume de literatura ou de ciência, de autores nacionais, e o *Futuro*, revista quinzenal e redigida por brasileiros e portugueses.

Vamos por partes. A *Biblioteca* é dirigida por uma associação de homens de letras. Tem por fim dar publicidade a todas as obras inéditas de autores nacionais e difundir por este modo a instrução literária que falta à máxima parte dos leitores.

Como se vê, serve ela a dois interesses: ao dos autores, a quem dá a mão, garantindo como base da publicação de suas obras uma circulação forçada; e ao do público, a quem dá, por módica retribuição, a posse de um bom livro cada mês.

Com tais bases, não há como negar que entra nesta instituição de envolta com o sentimento literário muito sentimento patriótico. Em que pese aos que fazem limitar a pátria pelo horizonte das suas aspirações pessoais, é assim. E são destes serviços ao país que mais fecundam no futuro.

Esclarecer o espírito do povo de modo a fazer ideias e convicções disso que ainda lhe não passa de instintos é, por assim dizer, formar o povo.

Do esforço individual e coletivo dos que se dão ao cultivo das letras é que nascerão esses resultados necessários. O plano da *Biblioteca Brasileira*, cômodo e simples, oferece um bom caminho para ir ter aos desejados fins, e é já um auxiliar valente de ideias que se põe em campo.

O *Futuro*, revista que aparecerá cada quinzena, é mais um laço de união entre a nação brasileira e a nação portuguesa. Muitas razões pedem esta intimidade entre dois povos, que, esquecendo passadas e fatais divergências, só podem, só devem ter um desejo, o de engrandecer a língua que falam, e que muitos engenhos têm honrado.

O *Futuro*, concebido sobre uma larga base, é uma publicação séria e porventura será duradoura. Tem elementos para isso. A natureza dos escritos que requer um folheto de trinta páginas, publicado cada quinzena, muitos dos nomes que se me diz farão parte da redação, entre os quais figura o do velho mestre Herculano, e a inteligência diretora e proprietária da publicação, o filho dileto do autor do *Bilhar*, F. X. de Novais, dão ao *Futuro* um caráter de viabilidade e duração.

Este abraço literário virá confirmar o abraço político das duas nações. Não é por certo no campo da inteligência que se devem consagrar essas divisões que são repelidas hoje.

Os destinos da língua portuguesa figuram-se-me brilhantes; não individuemos os esforços; o princípio social de que a união faz a força é também uma verdade nos domínios intelectuais e deve ser a divisa das duas literaturas.

Para 7 de abril anuncia-se a publicação de um jornal político que terá por título *Jornal do Povo*.

É redigido por dois talentos jovens, mas que já fizeram as suas primeiras armas nesta liça da imprensa. O *Jornal do Povo* não representa escola alguma, não acompanha princípios estatuídos de nenhuma parcialidade política. É simplesmente um jornal consagrado a doutrinar o povo e a pugnar pelos interesses dele.

Sendo assim o *Jornal do Povo* será logicamente conduzido a pôr-se ao lado liberal que corresponde imediatamente às aspirações populares.

E o concurso dele será tanto mais valioso quanto que não pode haver dúvida sobre as opiniões liberais de seus redatores.

M. A.
Diário do Rio de Janeiro, 24 de março de 1862

ESTÁ INAUGURADA A ESTÁTUA EQUESTRE DO PRIMEIRO IMPERADOR

Inauguração da estátua — O adjetivo e a imprensa oficial — Substantivos sem adjetivos — Tranquilidade pública — Jantar em honra da estátua.

Está inaugurada a estátua equestre do primeiro imperador.

Os que a consideram como saldo de uma dívida nacional nadam hoje em júbilo e satisfação.

Os que, inquirindo a história, negam a esse bronze o caráter de uma legítima memória, filha da vontade nacional e do dever da posteridade, esses reconhecem-se vencidos, e, como o filósofo antigo, querem apanhar mas serem ouvidos.

Já é de mau agouro se à ereção de um monumento que se diz derivar dos desejos unânimes do país precedeu uma discussão renhida, acompanhada de adesões e aplausos.

O historiador futuro que quiser tirar dos debates da imprensa os elementos do seu estudo da história do Império, há de vacilar sobre a expressão da memória que hoje domina a praça do Rocio.

A imprensa oficial, que parece haver arrematado para si toda a honestidade política, e que não consente aos cidadãos a discussão de uma obra que se levanta em nome da nação, caluniou a seu modo as intenções da imprensa oposicionista.

Mas o país sabe o que valem as arengas pagas das colunas anônimas do *Jornal do Commercio*.

O que é fato, é que a estátua inaugurou-se, e o bronze lá se acha no Rocio, como uma pirâmide de época civilizada, desafiando a ira dos tempos.

O Rocio vestia anteontem galas e louçanias desusadas.

As ruas por onde passou o préstito estavam ornadas de bandeiras e colchas, e juncadas de folhas odoríferas, segundo as exigências oficiais.

Mas sabe o leitor quem teve grande influência na festa de anteontem? O adjetivo. Não ria, leitor, o adjetivo é uma grande força e um grande elemento! E ninguém melhor que os publicistas do *Jornal do Commercio* compreende o valor que ele tem, e nem o emprega melhor.

Foi o adjetivo quem fez as despesas das arengas escritas anteriormente em defesa da estátua. Na apoteose, o adjetivo serviu de óleo cheiroso com que se incensou todas as virtudes duvidosas. Na censura, o adjetivo foi, por assim dizer, o suco venenoso com que aqueles bugres ungiram a ponta das suas flechas.

Bem empregado, com jeito e a tempo, como do ferro aconselha o poeta para tornar mezinha, o adjetivo fez nos artigos ministeriais um grande papel. Veja o leitor como esta palavra — *imortal* — veio sempre em auxílio de um substantivo desamparado de importância intrínseca. Se, por cansado, não podia ele aparecer mais vezes, lá vinha um ínclito, lá vinha um *magnânimo*, lá vinha um substancial *augusto*. E outros e outros da mesma valia e peso.

Os artigos ministeriais reduzidos a verso podiam figurar entre as produções da Arcádia, do Caldas, sem quebra nem descor.

Não ria o leitor demasiado sério da importância destas considerações. Desconhecer o adjetivo, monta o mesmo que desconhecer a luz.

O adjetivo foi introduzido nas línguas como uma imagem antecipada dos títulos honoríficos com que a civilização devia envergonhar os peitos nus e os nomes singelos dos heróis antigos.

Exemplo: um homem que usa do nome recebido na pia, é um substantivo. Se esse homem passa a ter uma adição honorífica fica sendo um substantivo e um adjetivo.

A festa de anteontem deixou muitos substantivos de boca aberta. Contava-se que os adjetivos chovessem. Mas houve só um.

E os substantivos desconsolados tiveram de ver-se desadjetivados, com a esperança de uma adjetivação para mais tarde.

Oh dor!

É o mesmo que acontece às moças, que são substantivos, e andam à procura de maridos que são adjetivos. Para algumas passam os dias, os meses, os anos, sem que Himeneu, o grande escritor, venha ligar aquelas duas partes distanciadas.

E assim em muitas outras coisas da vida humana.

A festa não foi perturbada por nenhum movimento ainda o mais individual e alheio aos motivos propalados. Os sustos do Ministério tiveram bem positivo desmentido diante da placidez com que este povo assistiu à inauguração da estátua.

Diante de algumas coragens, levantadas nestes dias de abatimento, fizeram crer que se tramava contra a ordem social. Não sei bem se isto é ridículo ou imoral. Em todo caso é uma dessas calúnias com que se vão servindo para os seus acatamentos e bajulações.

Diante da festa inaugural que outro fato poderá vir tomar parte nestes comentários? Não sei de nenhum. A festa encheu todo o tempo e todos os espíritos.

Continuou ela ontem e termina hoje. Tem o povo com que regalar-se. E bom é quando lhe concedem à farta a segunda parte da exigência do povo romano.

É verdade que também não se lhe nega a primeira. Anuncia-se para hoje um grande jantar no salão do teatro lírico, para o qual são convidadas as pessoas de todas as classes que concordam com as arengas da folha oficial, a bem de concluir a festa pelos prazeres da boca.

Mas nem isto defenderá melhor a ideia.

Os jantares pertencem ao número das coisas mais transitórias que é dado ao homem encontrar.

Ao meu leitor, se lá for, peço um brinde em desconto do desalinho destes comentários.

M. A.
Diário do Rio de Janeiro, 1º de abril de 1862

Era um dia

Cavaco — O que vai a Câmara fazer? — Uns versos.

Era um dia...

Não vou bem. Este exórdio dá ares de história de criança, dessas que eu ouvia à ama, nos tempos que lá vão, quando não me lembrava de fazer comentários, e nem de ser lido pelos leitores do *Diário,* no pressuposto de que sou lido.

O que queria dizer, e que tão mal encabecei, era que havia há tempos uma revista semanal que eu publicava mais ou menos regularmente, comentando inocentemente as ocorrências notáveis de cada semana.

Motivos que não entram no domínio do público interromperam por longas semanas a publicação dos *Comentários* que de novo tomo e por cuja regularidade respondo.

Não será por falta de matéria que eu deixe de comunicar todas as segundas-feiras ao meu leitor a opinião que formar acerca das ocorrências da semana anterior.

Abrangendo o escrito, por sua natureza, muitos fatos e muitas esferas, à política cabe a parte principal, atenta à gravidade da situação e das questões a ventilar.

Em um país onde às censuras da imprensa oposicionista se responde com a personalidade, não é por certo fora das câmaras que a vida política se pode manifestar. Mas as câmaras se abriram. O país por meio de seus órgãos vai perguntar ao governo o que há feito na ausência do corpo legislativo, de que questões tratou, que problemas resolveu, se tem planos financeiros estudados e formulados; até onde lança as suas vistas políticas e administrativas.

Por sua vez o corpo legislativo é chamado a contribuir por si para que se defina esta situação confusa, marasmática, sem cor, nem alcance.

Este trabalho é longo e pede o concurso do patriotismo. É questão de ser ou não ser. Cabe às câmaras provar que o gabinete por inepto não pode continuar na gerência do país, e que não é para fazer um regulamento de condecorações e outras ridicularidades que se põem sete homens à testa da governança de um Império.

Não é assim de um assalto que se tomam graves e importantes funções. A glória tem seus percalços e é preciso ganhá-la à custa de vigílias e estudos, e não (passem-me pela frase que é de boa laia e adequada) à barba longa.

Se o exame do corpo legislativo não for profundo e patriótico, renunciemos à esperança de termos um país e um governo, porque com ministérios tais, não há país que prospere, nem situação que resista.

É diante de tais deveres, mais urgentes agora, que o corpo legislativo se abriu.

Isto quanto à parte política, e como vê o meu leitor, é vasto e farto o campo, se for olhado do seu verdadeiro ponto de vista.

Não falta onde se vá buscar matéria para comentário, e além das ocorrências acidentais e imprevistas, há muito onde ceifar à larga, se me permitem esta expressão roída pelo uso.

Estas linhas que aí deixo não deviam vir encabeçadas pelo título que lhes pus, porque na realidade de nada da semana me ocupo. Isto é uma espécie de prefácio, uma como que oração de romeiro que se dispõe a atravessar o deserto depois de uma estação.

Alá me seja propício e arrede da minha cabeça e da minha caravana os flagelos do tempo e o encontro dos beduínos.

Ponho fecho a estas linhas com a transcrição de uma carta e de uma poesia que me enviou um cultor das musas:

> *Meu amigo. — Abandonado no caminho da vida com o coração vazio das louras crenças que nos povoam a alma, quando o céu é para nós todo de um azul sem nuvens e o horizonte dessa cor de rosa de que vestimos todas as aspirações do espírito, apraz-me às vezes em trazer à memória os dias do meu passado, desse passado que vi cair na imensidão do nada, como essas centelhas de luz que morrem na escuridão das trevas.*
>
> *É triste este viver assim, quando ainda em meia vida, o espírito cansado se volve ao passado procurando embeber-se dele, porque o futuro está morto, ou pelo menos despido de todas as ilusões da juventude!*
>
> *Em um desses momentos atirei sobre o papel estas linhas, que te envio...*

Ei-las:

Amei n'aurora da vida,
E morro da vida em flor,
É sempre assim a existência,
Ao riso sucede a dor.

Desfolhei rosas sem conta,
Perfumes mil respirei;
E nessa luta de afetos
Nem um sincero encontrei!

Minha alma descreu de tudo,
Dos sonhos de que viveu,
Centelha de luz perdida,
Suspiro que além morreu!

Bethencourt da Silva

M. A.
Diário do Rio de Janeiro, 5 de maio de 1862

CRÔNICAS

O Futuro (1862-1863)

Tirei hoje do fundo da gaveta

Tirei hoje do fundo da gaveta, onde jazia, a minha pena de cronista. A coitadinha estava com um ar triste, e pareceu-me vê-la articular por entre os bicos, uma tímida exprobração. Em roda do pescoço enrolavam-se-lhe uns fios tenuíssimos, obra dessas Penélopes que andam pelos tetos das casas e desvãos inferiores dos móveis. Limpei-a, acariciei-a e, como o Abencerragem ao seu cavalo, disse-lhe algumas palavras de animação para a viagem que tínhamos de fazer. Ela, como pena obediente, voltou-se na direção do aparelho de escrita, ou como diria o tolo de Bergerac, *do receptáculo dos instrumentos da imoralidade.* Compreendi o gesto mudo da coitadinha, e passei a cortar as tiras de papel, fazendo ao mesmo tempo as seguintes reflexões, que ela parecia escutar com religiosa atenção:

— Vamos lá; que tens aprendido desde que te encafuei entre os meus esboços de prosa e de verso? Necessito mais que nunca de ti; vê se me dispensas as tuas melhores ideias e as tuas mais bonitas palavras; vais escrever nas páginas do *Futuro*. Olha para que te guardei eu! Antes de começarmos o nosso trabalho, ouve, amiga minha, alguns conselhos de quem te preza e não te quer ver enxovalhada. Não te envolvas em polêmicas de nenhum gênero, nem políticas, nem literárias, nem quaisquer outras; de outro modo verás que passas de honrada a desonesta, de modesta a pretensiosa, e em um abrir e fechar de olhos perdes o que tinhas e o que eu te fiz ganhar. O pugilato das ideias é muito pior que o das ruas; tu és franzina, retrai-te na luta e fecha-te no círculo dos teus deveres, quando couber a tua vez de escrever crônicas. Sê entusiasta para o gênio, cordial para o talento, desdenhosa para a nulidade, justiceira sempre, tudo isso com aquelas meias tintas, tão necessárias aos melhores efeitos da pintura. Comenta os fatos com reserva, louva ou censura, como te ditar a consciência, sem cair na exageração dos extremos. E assim viverás honrada e feliz.

E havendo dito estas coisas à minha pena, tinha eu acabado de preparar o papel, e eis que ela começou, entre os meus já desacostumados e emperrados dedos, a mencionar que no dia 4 deste mês efetuou-se o encerramento da Assembleia Legislativa, cerimônia sobre a qual nada há que dizer, porque foi conforme os estilos que por sua natureza nada oferecem de notável. Os membros do Parlamento foram procurar no remanso da paz o repouso das lutas da tribuna e dos trabalhos com que auxiliaram a administração durante a sessão finda. Entre os serviços prestados este ano pela representação nacional, convém não esquecer o de haver habilitado o governo a fazer o serviço financeiro de 63 a 64 por meio de um orçamento definido e discutido.

Passo às letras e às artes.

O maior acontecimento literário da quinzena foi o poema de Tomás Ribeiro, *D. Jaime,* cujos primeiros exemplares chegaram pelo paquete. A fama chegou com o livro, e assim, todos quantos estimam a literatura, militantes ou amadores, correram à obra mal os livreiros a puseram nos mostradores. Dizia-se que *D. Jaime* era uma obra de largas proporções, e que Tomás Ribeiro, como raros estreantes, deitara a barra muito além de todos os estreantes; dizia-se isto, e muitas coisas mais. O poema foi lido, e uma só vírgula não se alterou aos louvores da fama. O poema *D. Jaime* é realmente uma obra de elevado merecimento, e Tomás Ribeiro um poeta de largo alento; a sua musa é simultaneamente simples, terna, graciosa, épica, elegíaca; ensinou-lhe ela a ser *poeta de poesia,* expressão esta que não deve causar estranheza a quem reparar que há *poetas de palavras,* mas Tomás Ribeiro não é poeta de palavra, certo que não!

Não me demorarei em referir os episódios mais celebrados do poema, nem em analisar as páginas mais lidas, que o são todas, e no mesmo grau; mas muito de passagem perguntarei com o sr. Castilho, onde mais pura e doce poesia do que naquele fragmento poético — *Os filhos do nosso amor?* Aquele fragmento publicado isoladamente bastaria para cingir na cabeça de Tomás Ribeiro a augusta e porfiada coroa de poeta.

Antes da chegada do paquete que nos trouxe aquele presente literário, havia sido publicado o terceiro volume da *Biblioteca Brasileira,* interessante publicação do meu distinto amigo Quintino Bocaiúva. Este terceiro volume é o primeiro de um novo romance do autor do *Guarani.* Vejamos o que se pode desde já avaliar nas primeiras cento e vinte páginas do romance, que tantas são as do primeiro volume.

E antes de tudo notarei o apuro do estilo com que está escrito este livro; a pena do autor do *Guarani* distinguia-se pela graça e pela sobriedade; essas duas qualidades dobraram na sua nova obra. O romance intitula-se *As Minas de prata*, e é por assim dizer uma investigação histórica. Serve de base ao romance a descoberta de Robério Dias, no ano da graça de 1557, de umas minas de prata em Jacobina. O romance abre por uma rápida descrição da Bahia de São Salvador, no dia primeiro de janeiro de 1609. É dia duplamente de festa: dois motivos traziam a população alvorotada; o primeiro, o dia de ano bom; o segundo, a festa que se preparava para celebrar a chegada à Bahia do novo governador D. Diogo de Meneses e Siqueira.

O autor faz assistir o leitor à entrada das devotas para a igreja da Sé onde devia ser cantada a missa; em ligeiras penadas dá ele amostra dos costumes do tempo, e é por uma cena pitoresca que ele prepara a entrada de alguns dos principais personagens do romance, Estácio Correia, Cristóvão d'Ávila, elegante do tempo, Elvira e Inesita. O namoro destes quatro dentro da igreja é contado em algumas páginas graciosas.

Não acompanharei capítulo por capítulo o primeiro volume; tenho medo de reduzir à prosaica e seca narrativa a exposição interessante das *Minas de prata*. Notarei que neste volume, que, como acabo de dizer, é uma exposição, as personagens destinadas a figurar no primeiro plano da história são introduzidas em cena com a importância que as caracteriza: Vaz Caminha, o jesuíta Fernão Cardim, o jesuíta Gusmão de Molina. Se alguma observação me pode sugerir a leitura que fiz do volume, é relativamente a uma simples questão de pormenor. Este padre Molina entra em cena com a cara fechada de um conspirador; deixa-se adivinhar que ele vem em virtude das questões levantadas pela ingerência da Companhia de Jesus nos negócios da administração. Um simples secular que trouxesse uma missão secreta seria reservado; com um jesuíta, não se dá a plausibilidade de suspeitar o contrário; seria prudentíssimo e reservadíssimo. Ora, não me parece próprio de um jesuíta o conselho dado no lance do xadrez na biblioteca do convento, conselho que, aludindo às suas intenções relativamente ao governador, faz olhar de esguelha o licenciado Vaz Caminha. Talvez esta observação não tenha a importância que eu lhe acho; mas qualquer que seja a insignificância do pormenor a que aludo, lembrarei que é do conjunto das linhas que se formam as fisionomias, e que não sei de fisionomia de jesuíta descuidada e indiscreta.

Entretanto, demos fim à observação e consignemos, ao lado da grata notícia do primeiro volume, o desejo que nos fica, a mim e aos que o leram, da próxima publicação dos dois volumes complementares.

Falemos agora de Artur Napoleão que acaba de chegar ao Rio de Janeiro. Em 1857, aquele prodigioso menino inspirou verdadeiro entusiasmo nesta corte, onde acabava de chegar cercado pela auréola de uma reputação. Criança ainda, o prestígio dos tenros anos dava ao seu talento realce maior. Com ele acontecera o mesmo que com Mozart, de quem diz um escritor, aludindo à primeira manifestação do talento na idade pueril: — *C'est ainsi que Mozart apprit la musique, comme en se jouant, ou plutôt la musique se reveillait dans son âme avec le sentiment de la vie.* Desde os primeiros anos, Artur revelou-se, e desde logo começou para ele essa série não interrompida de triunfos de que se tem composto a sua existência.

Os amigos e patrícios poderiam desconfiar do seu entusiasmo, e indagar entre si se ele não era efeito de um amor sem exame nem reserva, ou pela interessante criança, ou pelo patrício artista. Essa dúvida, se alguma vez se apresentou no espírito dos patrícios e dos amigos dissipou-se sem dúvida quando Artur Napoleão entrando nos grandes centros da arte e dos artistas, recebeu deles a confirmação solene do batismo da pátria. Aplausos, ovações, abraços fraternais o receberam, e cada nome que passava, Rossini, Meyerbeer, Verdi, Talberg, Vieux-Temps, Sivori deixaram uma nota sua, uma linha, uma palavra, no álbum do menino artista.

Assim cresceu Artur Napoleão na idade, na glória e no talento: de cidade em cidade, a sua viagem foi um triunfo não interrompido; mas, como verdadeiro artista, não se deixou adormecer nos louros e nas delícias de Cápua; estudou viajando e buscou pelo estudo a perfeição. Nem só executa inspirações alheias; tem-nas suas e das mais originais; e deve-se ao seu estro musical algumas composições esparsas de muito merecimento. Sei mesmo que Artur Napoleão busca voar mais alto e escrever seu nome em uma obra duradoura: dois poetas ingleses deitaram mãos à obra, a pedido do compositor, e cada um foi depor-lhe nas mãos um poema dramático, tirado um da comédia de Shakespeare, *Como Queira,* e o outro de uma novela de Fenimore Cooper.

Quisera falar de teatros, mas os teatros não me dão largo campo para falar deles, ou, arrisquemos antes a verdadeira expressão, não me dão campo absolutamente nenhum. Nenhuma nova de vulto, digna de menção, foi dada nos dias da quinzena; e a não ser a reprise dos Íntimos no Ateneu Dramático, para solenizar o grande dia nacional, na presença da imperial família, e cujo desempenho esteve na altura dos melhores dias daquela comédia, não tenho que comentar entre mim e o público. No horizonte aparece notícia de novidades dramáticas, e talvez à hora em que os leitores lerem estas páginas alguma delas esteja na tela da publicidade. Dessas novidades são as principais um drama original no Ginásio, e uma tradução no Ateneu; o drama original é do sr. dr. Macedo, e intitula-se *Lusbela*; a tradução é uma comédia do feliz e talentoso Sardou, o autor dos *Íntimos* e das *Garatujas*, intitulada *O borboletismo*. O que é o *borboletismo*? É a necessidade que os maridos têm de variar de ocupações, de hábitos e... de mulheres. *Borboletear* é o verbo, e nesta época em que os costumes sofrem suas mais ou menos profundas facadas, estou certo que esta comédia desafiará a curiosidade angustiosa de muitas esposas. Eu li o original da comédia francesa, e posso afirmar que não há posição mais ridícula do que a do marido *borboleteador*, e que as conclusões de V. Sardou são de consolar as mulheres desventurosas.

Ocorre-me agora que também o Ateneu Dramático anuncia uma nova comédia, original brasileiro, cujo título é uma interrogação: *O que é o casamento*? O autor chama-se ***. Este sinal abriu já campo às conjeturas. A comédia é para estreia do distinto artista Joaquim Augusto, que acaba de chegar da cidade de São Paulo.

Nenhuma ocasião mais azada do que esta para lançar ao papel algumas reflexões que trago incubadas relativamente à situação dos teatros. Para os que, como eu, veem no teatro uma tribuna e uma escola, é triste contemplar o abandono em que ele jaz, sem que a iniciativa oficial intervenha com a sua força e com a sua autoridade. Assim, vemos hoje duas cenas regulares entregues a seus próprios recursos; a primeira, o Ateneu Dramático, onde uma reunião dos nossos melhores artistas trabalha com ardor por desempenhar uma tarefa árdua, gloriosa embora, marcando a cada exibição notável aproveitamento dos seus recursos; a segunda, o Ginásio, onde o grupo de artistas que lhe ficara depois do último desmembramento, procura e se esforça por continuar as tradições passadas. Não sei qual o meio de resolver a situação, ou antes, não me quero estender no exame dela; mas o que é fato é que o trabalho fecundo e os recursos bem aproveitados têm direito à atenção do governo, e mais que tudo as duas missões do teatro, a moral e a poética, demandam dos poderes superiores alento e iniciativa. Dito isto ponho ponto final a esta crônica, e passo a ralhar com a minha pena, que tão esperançosa me surgiu da gaveta, e tão desalinhada e sensaborona se houve nestas páginas.

Machado de Assis
O Futuro, 15 de setembro de 1862

O ACADÊMICO VIENNET

O acadêmico Viennet, voltando depois de algum tempo ao campo da publicidade, escreveu estas palavras no prefácio do seu livro: *Me voilà cependant, me voilà encore!* Guardando todas as proporções, e sem pretender o contentamento e a sensação que o livro do autor da *Ligue* devia naturalmente produzir, escrevo aquilo mesmo, e acrescento: — *Me voilà pour toujours!*

Para sempre. Neste aposento construído no fundo do edifício que o leitor acabou de percorrer instalo-me eu, e aqui praticarei mansamente com o leitor sobre todas as coisas que nos fornecer a quinzena, sem fadiga para mim, nem mágoa para ninguém. Durarão as nossas palestras o intervalo de um charuto, mais infelizes nisto que as rosas de Malherbe. Olhe o leitor: à roda da mesa estão jornais de todo o Império; sentemo-nos como bons e pacíficos amigos, e comecemos por encarar afoitamente aqueles estouvados peruanos.

O leitor sabe já de todas as ocorrências de que foi testemunha o velho Amazonas; sabe que ali troou o canhão e que fomos ludibriados no começo, no meio e no fim. O atentado não se podia revestir de circunstâncias mais agravantes, nem a arrogância peruana podia manifestar-se em mais larga proporção, e sob melhor luz. Arrogância, disse eu, e não se pense que foi por me não ocorrer outro termo; arrogância ingênita, filha deste preconceito, que naturalmente os peruanos hão de ter, de que são realmente filhos do Cid e do sol.

Seja como seja, o fato é que a dignidade da nação brasileira foi vilipendiada e que só uma enérgica intimação poderá ter lugar depois daquelas ocorrências; o país espera ser bem defendido pelo governo nesta deplorável questão.

No meio de todas as preocupações, esta me parece a principal, a que deve ocupar mais lugar e tempo nas lucubrações íntimas do gabinete. Creio que o sentimento do governo é o mesmo; certos atos demonstram que ele não quer protelar a questão, e sem dúvida as ordens levadas pela expedição do Pará hão de ser no sentido de nos desagravar honrosamente.

O que eu não posso é saber já o que se tem passado e serei desculpado por não dar notícia, sobre os fatos dos navios peruanos e da esquadrilha brasileira. Mas, a não dizer mais alguma coisa sobre a questão, como encher o espaço que me resta? Ir ao Castelo assistir à exumação dos ossos de Estácio de Sá? Melhor sorte me dê Deus! Dispenso o leitor dessa viagem e com isso me dispenso a mim mesmo. Direi, já que falo nos ossos do fundador da cidade, que quaisquer que fossem os inconvenientes do modo por que se procedeu à exumação, e os houve, ainda assim aquela empresa revela que, entre nós, já se quer cuidar de certas coisas que até hoje pareciam não merecer séria atenção. Ainda bem. Segundo se acha anunciado efetua-se no dia 1º o ato de inumação dos restos de Estácio de Sá, convenientemente arranjados, e entregues aos cuidados de pessoas vigilantes.

Para alguns é duvidosa a autenticidade dos ossos achados na sepultura do Castelo; devo dizer que esta dúvida só a ouvi articular pessoas que duvidam de tudo, pela razão de terem sido enganadas muitas vezes, o que é um procedimento assisado. Eu não sei se a dúvida tem lugar, mas louvo-me na opinião geral e na dos professores que dirigiram a exumação, para a qual não faltaram, segundo nos disse a imprensa, todas as instruções arqueológicas.

Lembra-me agora que Méry estando em Roma, encontrara um dia alguns sujeitos a cavar em certo lugar, animados por dois lordes que de quando em quando atiravam uma moeda aos trabalhadores. Méry, apaixonado pelas ruínas, parou e assistiu à exumação do quer que fosse. Finalmente apareceram uns fragmentos de estátua, a cujo aspecto um olhar experimentado não daria menos de mil anos.

Grande contentamento dos ingleses, que fizeram conduzir até o carro as preciosidades encontradas no solo romano. Méry pediu humildemente para ajudar a carregar parte daqueles preciosos achados, e com toda a veneração foi depositar a sua carga no carro dos patrícios de lorde Palmerston.

Compreendo a satisfação que deve ter um homem apaixonado pela Antiguidade, ao ver diante de si os restos de uma obra que supõe haver encantado os olhos de todo o patriciado romano. E compreendo também o desgosto que havia de ter o autor da *Florida* quando à noite em uma reunião de pessoas distintas, depois de haver contado o fato da manhã, soube que os restos achados eram obra da véspera, preparados de modo a parecer que datavam de longe, acrescentando o carrasco das suas ilusões que o Museu de Londres está cheio destas tais antiguidades, coisa que eu creio um pouco dura.

Não presuma o leitor malicioso que eu trouxe este conto para diminuir a idade aos ossos encontrados na sepultura de Estácio de Sá. Creio que são autênticos, e na verdade é isso que devemos crer todos, porque não podemos crer noutra coisa. Compensa isso a fadiga dos que lá foram ao Castelo assistir ao ato. Eu não fui e creio que fiz mal. De mais, se é verdade, como eu creio, que além desta vida há uma vida melhor, e que portanto Estácio de Sá nos está olhando talvez por um destes óculos do Céu, que nós chamamos estrelas, e dumas faíscas dos pés do Onipotente; se é verdade isto, sejam ou não aqueles os ossos autênticos, uma vez que a intenção é boa, Estácio ficará agradecido e aceitará lá de cima a fé, a intenção, se não puder aceitar os ossos.

Estas reflexões sobre ossos e ruínas levam-me naturalmente ao teatro, que está ameaçado de passar ao estado de monumento curioso, a despeito dos esforços individuais. Mas parece que a força da corrente é superior a todos os esforços, e que não há regime preventivo contra o efeito dos elementos deletérios. Eu não acho culpa do que sucede senão nos poderes do Estado, que ainda se não convenceram de que a matéria de teatros merece uns minutos ao menos da sua atenção, como tem merecido nos países adiantados. Quando eu vejo que em França, em março de 48, um mês depois da revolução, decretava-se sobre teatro, no meio das preocupações políticas, lastimo deveras que no Brasil o poder executivo tenha limitado a sua ação a dar e a retirar subvenções, e a incomodar uma comissão, de cujas opiniões escritas fez depois pasto às traças da secretaria.

Voltarei a esta matéria mais tarde, ou talvez faça dela objeto de estudo especial; por agora, cumpre-me mencionar as novidades anunciadas, e que sem dúvida serão novidades realizadas no momento em que o leitor me ler.

O Ateneu anuncia uma comédia de Emílio Augier e Ed. Foussier, *As leoas pobres*. Esta comédia deve a sua celebridade em Paris a duas coisas: ao seu mérito intrínseco, que é de primeira ordem, e às discussões havidas por ocasião de ser apresentada à comissão de censura. Parece que a comissão saiu um pouco fora dos seus deveres, deixando de fazer censura dramática para fazer censura literária; e a não ser o imperador, ainda hoje a comédia estaria interditada.

Anuncia também a Sociedade Dramática uma representação da *Herança do Chanceler*, no Teatro Lírico.

Em cata de notícias procuro lembrar-me se durante os últimos quinze dias houve alguma publicação literária, ou mesmo iliterária, de que dar parte. Em outra parte não haveria necessidade de procurar; com certeza o revisteiro encontraria, ao começar o seu trabalho, a mesa cheia de publicações. Tudo porém é relativo, e o movimento das publicações entre nós ainda é, como outras coisas, lento e raro.

Vejo agora um exemplar de um novo romance do *Museu Literário*, intitulado *A lamparina*. É a segunda obra que o *Museu* publica, e ainda do mesmo autor. Para os que leram a *Lenda do alfinete* esta é a melhor recomendação que se lhe possa dar.

Eu só desejo que publicações como o *Museu Literário* e a *Biblioteca Brasileira* sejam compreendidas e festejadas pelo público, doce remuneração aos esforços conscienciosos.

Se fosse possível a comunicação de todos os fatos da vida particular entre o cronista e os seus leitores, eu daria aqui as razões do desconchavo em que vai esta revista, escrita a todo o vapor, para satisfazer as exigências da tipografia. Mas, como não é possível, limito-me a lamentar que assim seja, e a despedir-me para a quinzena seguinte.

Machado de Assis
O Futuro, 30 de novembro de 1862

Contos do serão

Contos do serão é o título de um pequeno volume...

Cuida o leitor ao ver-me começar por este modo, que tenho uma crônica farta e volumosa de notícias, e que para ganhar tempo é que entro logo em matéria? Antes assim fosse. Eu comecei assim, não só para usar de todas as deferências para com um talento modesto, mas ainda para fugir a este lugar-comum que me ia saindo dos bicos da pena.

Suponha o leitor, queria eu dizer, que está em uma Assembleia Legislativa. Discute-se... o orçamento da receita e despesa, matéria de máxima importância, como se vê logo pela designação. Há grande alvoroço; pedem a palavra, sobem à tribuna os melhores oradores, a lógica e a retórica andam em pleno exercício; a palavra humana torna-se nesse momento, para usar da expressão de Montalembert, o tipo supremo da beleza, a arma irresistível da verdade. Sobre que se discute? Sobre o orçamento? Não, senhor; os oradores cansam-se, elevam-se, lutam, fazem prodígios da língua, sobre tudo, menos o objeto da discussão. As questões de política especulativa, as recriminações dos partidos, as invectivas pessoais, o inventário parcial do passado, as conjeturas arbitrárias do futuro, tudo o que pode ser alheio ao orçamento entra em pleno serviço; o orçamento, esse ouve falar em seu nome por duas outras vozes mais moderadas, que entrando no terreno prático, desdenham o palavreado estéril e procuram utilizar o tempo malbaratado.

A imagem diminuída, mas aproximada deste fato anual, queria eu acrescentar, acha-se nesta palestra de hoje com os meus leitores, na qual poderemos tratar de tudo, menos do objeto principal que nos reúne. Vê o leitor que, apesar de usado por boas autoridades, isto é um lugar-comum perfeitamente comum. Tive razão em retrair a pena. Afinal de contas o leitor não tem culpa que o Rio de Janeiro ande a competir com a chuva em aborrecimento e que mesmo lhe leve a palma. Em míngua de notícias forja-se, ou enche-se papel com qualquer coisa.

Dada esta ligeira explicação, volto aos *Contos do serão*. É um livrinho do sr. Leandro de Castilhos, composto de três contos: "Uma boa mãe", "Otávia" e "Um episódio de viagem". O título do livro, modesto e simples, corresponde à natureza da matéria. Trata-se de ligeiros contos, escritos sem pretensão, visando menos a glória literária do que as impressões passageiras e agradáveis do lar. Entretanto fora injustiça ler o volume do sr. Castilhos fora do terreno literário. Dá-lhe o direito de assistir aí a um talento que, se se não apresenta com maior fulgor, nem por isso é menos real e menos esperançoso.

Por que não ensaia o sr. L. de Castilhos um romance de largo fôlego? Não lhe falta invenção, as qualidades que ainda se não pronunciaram e que são reservadas ao romance, hão de por certo tomar vulto e consistência nas composições posteriores, feitas com meditação e trabalhadas conscienciosamente.

O romance, de que temos apenas dois mais assíduos cultores, os srs. Macedo e Alencar, espera por novos porque tem ainda muitos recantos não investigados e talvez fontes de boa riqueza.

Do romance ao teatro é um passo e eu não tenho grande dificuldade em dá-lo.

Duas novidades que devem ser contadas como literárias apareceram na quinzena: as *Leoas pobres*, de Emílio Augier, e a *Herança do chanceler*, do sr. Mendes Leal. Todavia, esta segunda, por já conhecida de todos, não ofereceu outra novidade além da representação pelos artistas do Ginásio. Farei eu a injustiça de crer que os leitores não conheçam a *Herança do chanceler*?

Há uma terceira novidade; esta, porém, não me cabe avaliar, que a não vi, e a julgar pelo que me assegura pessoa de conceito, está fora das condições literárias assinaladas às duas primeiras. É a comédia *Os Amores de Cleópatra* que entretanto preenche o dever a que os nomes dos autores estão obrigados: faz rir. Foi também representada no Ginásio.

Pelo que respeita às *Leoas pobres*, é essa uma comédia que assusta os espíritos menos ousados e faz recuar à primeira vista. Todavia, quem tiver a força de conservar-se alguns momentos diante dela e meditá-la, verá que nem há motivo para os terrores, mas que ainda há muito boas razões para julgá-la uma das composições mais bem-acabadas do teatro contemporâneo, todas as reservas de parte, entenda-se.

Não fatigarei a paciência do leitor relatando o entrecho das *Leoas pobres*, que o leitor viu, ou leu, ou soube pelos jornais. Vinha a propósito, é verdade, desenvolver um ponto que na imprensa foi apenas tocado, o do desenlace da peça, mas eu ainda não quero fazer injustiça a ninguém que me lê, repetindo princípios de arte comezinhos, expostos por todos os autores, e quase objeto de compêndio hoje.

De duas representações a que assisti, uma pouco me agradou, foi a do Teatro Lírico, onde só se podem acomodar os sopranos e tenores de força, e impróprio para fazer sobressair uma composição dramática. Levada ao Ateneu Dramático, cujas proporções me parecem perfeitamente acomodadas à cena moderna, a comédia pôde aparecer melhor, e satisfez-me a representação com pouquíssimas reservas.

Para voltar ainda à comédia, pois que a pressa com que vai este escrito me obriga a estas marchas retroativas, direi que, como concepção e execução, as *Leoas pobres* honram o talento de E. Augier, que não pode ser acusado nem de falta de vigor dramático, nem de certo critério que resulta da observação e da meditação. Há, como indiquei acima, pontos de reserva, mas eu que não faço crítica, e apenas dou relação comentada dos fatos da quinzena, poderei entrar na apreciação desses lados que me parecem fracos sem, por um retorno justo, avaliar uma por uma as muitas belezas da comédia? Bem veem que me levaria longe, e eu prefiro não sair das raias marcadas pelas exigências tipográficas.

Houve outra novidade no teatro, que eu de propósito deixei para o fim; é uma comédia que tem por título *O Protocolo* e que traz o meu nome. Os escrúpulos que me fazem não dizer palavra sobre este pequeno ato são bem compreendidos do leitor. Não foi porém pelo simples prazer de falar da minha peça que eu citei esta novidade. Foi para deixar escrito desde já, que muito a meu contento a representaram os artistas do Ateneu.

E para terminar direi que, ao passo que esta revista escrita dentro de uma casa solidamente construída, é lida pelo leitor no seu gabinete fechado e na sua casa não menos solidamente construída, anda por alto mar o pianista Artur Napoleão, que daqui se foi a mostrar-se aos nossos vizinhos do Prata.

Para não fazer esquecer a fraseologia mitológica e o cunho de certas figuras poéticas, ponho ponto final dizendo que Eolo há de por certo respeitar aquele que, com harmonias mais brandas, fá-lo-ia encerrar-se cativado nas grutas sombrias de sua morada incógnita.

Machado de Assis
O Futuro, 15 de dezembro de 1862

Abre-se o ano de 63

Abre-se o ano de 63. Com ele se renovam esperanças, com ele se fortalecem desanimados. Reunida a família em torno da mesa, hoje mais galharda e profusa, festeja o ano que alvorece, de rosto alegre e desafogado coração. 62, decrépito, rugado, quebrantado e malvisto, rói a um canto o pão negro do desgosto que lhe atiram tantas esperanças malogradas, tantas confianças iludidas. Pobre ano de 62! Deverei eu entrar no coro dos acusadores? Que podias fazer? Tiveste contra ti os elementos, o céu e a terra, os homens e as coisas; a tua vontade era sincera, mas a tua força era comparativamente nula. Toma o bordão e segue o caminho da eternidade; olha sem desgosto as festas com que é recebido teu jovem irmão; daqui a doze meses, estará como tu, velho, rugado, malvisto e apupado. É a eterna ordem das coisas.

63 alvorece entre palmas e beijos. Será teu horizonte límpido e sereno, nenhum ponto negro, ao longe, fará estremecer os espíritos? Não; 62 lega a 63 uma pesada herança; guerras, perturbações, descrenças, ódios, malquerenças, pirraças; nações sem rei, à cata de rei; reis sem trono, à cata de trono; reis constitucionais sem constituição; luta de irmãos, rusga de primos; papa-rei em Roma, rei-papa em França; o Oriente tempestuoso, o Ocidente enublado; o argumento em duelo com o sofisma; a mentira com a verdade, a boa-fé com a velhacaria; mitragens políticas no sul, no norte, no oeste, de um polo a outro, da parte de Aquiles, da parte de Heitor; a indecência triunfante, o decoro vilipendiado, a sinceridade mal-entendida; a loucura no fastígio, o bom senso ao sopé; imagem do caos, enfim, onde se abalroam, procurando solução, *duro e mole, o que é leve e o que é pesado.*

Tal é o fardo que 62 põe nos ombros de 63. Terá 63 força para pôr ordem a esta balbúrdia? Duvido; é tarefa superior às forças de um ano; mas ele fará o que puder, estou certo.

E entre todas as sérias questões, a do Amazonas não tem lugar distinto? Certo que sim. Que resultará desta pendência entre o Império e a República peruana? Confesso que não sei, nem a ninguém é dado prever o futuro nas coisas do meu país. Mesmo confessando as boas intenções dos que vão ao leme do Estado, há razão para abstrair da lógica e contar com o imprevisto e com o absurdo. As últimas notícias do Amazonas não são animadoras; é com receio que espero as notícias próximas; afigura-se-me que hão de ser piores, por mal da nação, e por glória do nosso rixoso corribeirinho.

Não é raro fazermos triste figura nas nossas pendências internacionais; anda nisto uma fatalidade, quero crê-lo; a ideia de um Império enguiçado é menos desanimadora que outra, fácil de compreender, e que eu deixo ficar tranquilamente no tinteiro. As lições do passado servem de espelho ao presente e ao futuro, e o nosso receio é deste modo natural.

Às leitoras parecerão diminuídas desta importância as considerações que acabo de fazer. E realmente como poderiam esses tenros espíritos apreender-se destes receios e destas angústias? No momento do perigo, do perigo palpável, do perigo visível, eu sei, a mãe manda seus filhos à batalha, a esposa separa-se facilmente do esposo, a irmã do irmão. Mas por agora, que estamos nos preliminares e em pleno verão, que ideia terá suspenso o coração da leitora? Ir para Petrópolis ou para a Tijuca, fugir ao fogo que toda a cidade respira, ir beber nas auras das montanhas o ar puro e fresco que insinua a paz e o descanso no espírito. Que impedimento a detém? que razão lhe fechará o caminho, que revista da quinzena a obrigará a estar presente na corte? Nada dessas coisas; escolhido o ponto da emigração, pronta a mala, escolhidos os livros... Ah! por falar em livros escolhidos, aconselho às leitoras que, juntinho ao abade Smith, simples e cândido escritor, levem um livrinho modesto, cândido pela forma e pelo fundo, páginas escritas, reunidas por um talento que alvorece, terno e ingênuo, o *Lírio branco* de Luís Guimarães Júnior.

Leia a história de Coração (é o nome da heroína) que ganhará boas e doces impressões; valerá o mesmo que passear o olhar por um horizonte azul e puro, tal é a inocência dos amores do par de que trata o livrinho. Maria da Conceição é um nome que eu acho lindo e que compete a certas criaturas entre a terra e o céu; o sentimento geral é que é um nome ridículo e prosaico; pois veja a leitora com que arte o autor sabe dizer que a heroína da história, a menina dos quinze anos, chama-se Maria da Conceição, de maneira a não repugnar aos paladares comuns. Coração, explica depois o autor, era o nome dado entre família.

Depois ajunte a leitora alguns versos queridos, escritos por despedida, com lágrimas, com sentimento, alguma flor seca rescendendo o perfume da mão que primitivamente a teve, aí está uma bagagem que há de fazê-la passar um verão feliz.

Quanto a mim, cá fico para assistir de perto aos acontecimentos; para ir ver os acrobatas da Guarda Velha e do Teatro de São Pedro; para assistir aos aplausos que hão de saudar dois jovens talentos dramáticos, os autores da *Túnica de Néssus* e da *Mancenilha*, anunciados pelo Ateneu, e mais os que aparecerem; cá fico, no meio do pó, do calor, condenado a não arredar pé do cepo fatal.

Sem pó e sem calor, e pelo contrário, debaixo de copiosa chuva, foram alguns intrépidos amantes da boa música e dos bons talentos a São Domingos no dia 27, para onde os convidaram por carta os srs. capitão de mar e guerra José Secundino Gomensoro, brigadeiro M. E. de Castro Cruz e Antônio Inácio de Mesquita Neves, promotores de um concerto dado por Antônio Luís de Moura.

Moura é um distinto professor de clarineta, devendo ao seu merecimento a sua infelicidade, consórcio quase infalível no nosso país.

Os intrépidos que puderam atravessar a baía para ir assistir ao concerto não eram em grande número. Nem por isso a reunião deixou de ser animada, ou talvez que por essa circunstância tivesse mais animação. A pouca gente dá certo ar de família e põe mais a gosto convidados e concertistas. Foi o que aconteceu em São Domingos.

A escolha de um sítio camparesco foi bem avisada, e, a não ser a chuva, o que a festa perdeu ganharia em dobro. Pena é que por estes tempos se deva forçosamente contar com a chuva, o que infelizmente não entra nos cálculos de ninguém.

Tomaram parte no concerto vários amadores de mérito, e para não estender-me em mais detalhada apreciação, que não posso, à míngua de espaço, citarei entre todos o nome da Exma. sra. D. Maria Leopoldina de Melo Neves, esposa de um dos signatários das cartas de convite.

Hoje há uma reunião, não musical, mas literária e musical, no salão da Phil'Euterpe. É dada pela sociedade *Ensaios Literários,* que completa quatro anos de existência. Os membros desta modesta associação seguem assim o exemplo salutar do Grêmio e do Retiro literário. Deus queira que a chuva não afugente ninguém.

Acabo de receber um novo volume da *Biblioteca Brasileira;* mal deitei os olhos ao rosto do livro; é um romance traduzido que se intitula *Lady Clare*. Na próxima crônica direi o que pensar da obra.

Passarei a mencionar a inauguração do retrato de Francisco de Paula Brito, na sala das sessões da Sociedade Petalógica. Paula Brito foi amigo desta associação, que em sua casa se fundou; durante longos anos os membros da Petalógica tiveram nele um dedicado companheiro, de amigo velho e provado que era. O dia 15, aniversário da morte de Paula Brito, foi escolhido para a cerimônia da inauguração do seu retrato. Esta foi simples e modesta, como pedia o caso. Reunidos os amigos do finado, vários pronunciaram algumas palavras de saudade, e assim ficou realizada a tocante ideia. Paula Brito merecia estes sinais de gratidão saudosa que dão à sua memória seus amigos de tantos anos.

Para terminar, convido a leitora a pôr de parte o *Futuro*; o que me resta mencionar nada tem de imaginoso, é de natureza positiva, há de enfadá-la, aborrecê-la, coisa que nem suspeitar é bom. E para entrar bruscamente em matéria dir-lhe-ei: — trata-se do Lóide Brasileiro. O que é o Lóide? É uma associação, cujos estatutos dependem da aprovação do governo. O governo, que afere a importância das coisas pelo seu maior ou menor caráter positivo, não tem razão para dormir sobre a solução pedida. Ora, tanto quanto posso ver nesta matéria, parece-me que as relações comerciais ganham com a organização do Lóide, que estabelece a segurança nos transportes por mar, e põe termo a muitos inconvenientes que existem hoje. Cabia descer a maiores explicações, mas nem tempo nem espaço tenho para isso. Leitor, boas festas, a ti e a

Machado de Assis
O Futuro, 1º de janeiro de 1863

A QUESTÃO DAS RECLAMAÇÕES INGLESAS

A questão das reclamações inglesas ocupou exclusivamente a atenção do público durante esta quinzena. A população da corte nos primeiros dias do ano ofereceu o mais nobre e consolador espetáculo; a ansiedade ao princípio, e depois, uma vez conhecida toda a correspondência diplomática, a indignação moderada, prudente, sensata; o desafio tácito do direito à força, da legalidade ao abuso, sem desvarios, sem ataques individuais. Os dias 5 e 6 principalmente foram os de maior agitação; o imperador com toda a família imperial desceu ao paço da cidade; a confraternização do povo com o Chefe do Estado foi a mais cordial, a mais expansiva, a mais verdadeira. Às aclamações populares respondia o imperador com protestos vivos de que era brasileiro, e que a sua coroa respondia pela dignidade da nação.

Em tal situação, e correspondendo a tão patrióticas manifestações, o governo imperial teve coragem precisa para responder às exigências britânicas com firmeza e energia, pondo acima de todas as mesquinhas considerações, a ideia nobre e augusta do decoro nacional. A correspondência diplomática é uma página viva de patriotismo. A razão é nossa, o direito é nosso; se os resultados de um ataque não forem igualmente nossos, que importa isso? A consciência da nossa causa deve dar-nos bastante tranquilidade diante da vitória da força, que será a vitória da imoralidade. Tal é o transunto das notas do gabinete.

O representante da Inglaterra cedeu de todas as suas anteriores pretensões; e as condições da nota de 20 de dezembro prevaleceram, mais extensas talvez, e portanto com mais honra para a nação. Levada a questão ao gabinete de Londres, resta saber se o grupo de homens que dirige os destinos da Grã-Bretanha imitará o procedimento do seu representante nesta corte. Há uma dignidade convencional que consiste em desconhecer o dever e a justiça para dar satisfação ao orgulho do poder. Esta dignidade há de se achar ferida com a altivez do nosso governo; a submissão teria dado à Grã-Bretanha mais uma razão de apertar os vínculos de amizade com o Império!

Prevendo todas as consequências futuras, o país achar-se-á disposto a depor o que houver de resistência no altar da pátria. Nesta corte as manifestações desta natureza não se têm feito esperar; recursos de que o governo carece, sem que este tenha reclamado uma subscrição nacional, já vão aparecendo; a Câmara municipal já recebeu o nome de muitos voluntários. Uma sociedade que tomou o nome de *União e Perseverança* formou-se na Câmara Municipal, domingo último. Mais de duas mil pessoas concorreram aos convites feitos nos jornais. Foi aclamado presidente o sr. dr. Saldanha Marinho, e bem assim um diretório composto daquele ilustre jornalista e dos srs. Teófilo Otôni e conselheiro Antônio José de Bem. Outra sociedade foi também organizada nesse dia no Pavilhão Fluminense. O mesmo entusiasmo patriótico reina por toda a parte sem distinção de classes.

Se me é dado conjeturar as emergências ulteriores em relação ao *Futuro*, deixe o leitor que eu revele a incerteza em que eu estou, os temores que me assaltam, porque não suponho que os ingleses, em caso de ataque, tenham simpatia por coisa nenhuma. Já não é desta opinião o redator principal, que tem entre mãos um romance do sr. Camilo Castelo Branco, matéria de um grosso volume, e que o redator pretende dar todo no *Futuro,* capítulo por capítulo, sem receio de bala inglesa. Uma coisa que ele não pode compreender é que a publicação de um romance do sr. Camilo Castelo Branco dependa da vontade de lorde Palmerston. Acho-lhe até certo ponto alguma razão. O romance, escrito expressamente para o *Futuro,* e propriedade desta revista, tem por título um provérbio: *Agulha em palheiro.* O palheiro é este século e a sociedade onde o poeta escreveu; o que o poeta procura é um homem, que chega a encontrar, mais feliz nisto que o vaidoso ateniense. De mulheres é que não há palheiro no século; o próprio poeta o declara referindo-se à sua heroína: "Paulinas decerto há muitas. As senhoras, em geral, são, como ela, todas, todas, quando encontram homens como aquele." Não sei se esta regra tão absoluta pode ser admitida, mas, feitas algumas exceções de que rezam até os noticiários, acho que é uma verdadeira regra geral.

Passo a falar da peça do sr. S. B. Nabuco de Araújo, ultimamente representada no Ateneu, com fervoroso aplauso. Esse aplauso, creio eu, tem duas significações: uma pelo talento do poeta, outra pela nacionalidade da obra. Em uma terra onde a literatura dramática balbucia apenas, os aplausos públicos não podem deixar de ter esta dupla significação; e nesse sentido é que a crítica deve apreciar.

Sempre que um novo sacerdote se apresenta à porta desta igreja, tão despovoada ainda, deve ser recebido com palmas e cânticos. Transmitir à geração futura os preliminares de uma obra que seja completada com proveito é a ocupação de alguns espíritos amantes das letras e do progresso do país. Sem a solidez intelectual e a capacidade que a esses distingue, mas com o mesmo amor e a mesma perseverança, trabalharei eu, conforme me permitirem as forças de que disponho.

O autor da *Túnica de Néssus* merece todas as simpatias, e tem direito a ser recebido no seio da literatura dramática. É assim que o aplaudo e saúdo. Entenda-se, porém, uma coisa: nas minhas observações literárias nunca levo pretensão a crítico. Tal não me suponho, mercê de Deus. A crítica é uma missão que exige credenciais valiosas, de cuja míngua me não coro de vergonha em confessar, como não tenho vaidade em referir as pouquíssimas coisas que sei.

O que eu confesso é que sou moço, e que, como tal, vou ao encontro dos moços com entusiasmo de camarada. Entre os que são da mesma idade é natural e fácil a comunicação das impressões recebidas, e do mútuo conselho sempre resulta emenda e progresso.

Entre mim e o autor da *Túnica de Néssus* não podem haver senão mútuos e cordiais conselhos. Toca-me a vez, e declaro que o faço com tanto prazer quanta sinceridade, e que a independência, de que não posso prescindir no meu juízo, em nada prejudica o desejo que nutro de lhe aplaudir muitas vitórias dramáticas.

Começarei pelas belezas ou pelos defeitos da *Túnica de Néssus?* O próprio poeta impõe-me a escolha destes, visto que, pelo que me consta, é seu principal desejo que lhe apontem as falhas da obra.

Direi, portanto, que me pareceu descobrir o principal defeito da *Túnica de Néssus,* na ação, que não é suficiente para as proporções da peça, nem caminha sempre pela razão lógica das coisas. No intuito de simplificá-la, fê-la o poeta exígua, diluída nos seus quatro atos; eu a quisera — e, dizendo *eu* suponho falar em nome de uma teoria —, eu a quisera mais complexa, mais dramática. Preocupado com a pintura do principal caráter, o poeta esqueceu de opor o bem ao mal, estabelecer uma luta, que, satisfazendo as condições da cena, desse explicação a muitas passagens obscuras. Adélia gasta, perde-se, infama-se, sem combate; não é combate a queixa desanimada de Máximo e a exposição de algumas teorias muito sãs de Oliveira. Esta ausência de luta entre os sentimentos tira à peça, apesar de vários lances de muito efeito, a necessária vitalidade dramática.

Mas o tipo de Adélia, tão exclusivamente tratado, satisfaz as intenções do poeta? Cuido que não. Parece-me indeciso, contraditório às vezes, às vezes *tocado* demais. A sua exigência de que o marido se dispa dos hábitos modestos e renegue a arte, é tão cruel, tão arrebatadamente feita, que nos leva insensivelmente a indagar que relações existem entre a verossimilhança e esse ruim capricho.

No segundo ato, prevendo a miséria, foge com um visconde, a quem pouco antes deixa ver que não ignora todo o horror de uma situação equívoca. Perdida, os seus sentimentos parecem ora bons, ora maus, ora filhos de um espírito indiferente e frio. A filha, que levara da casa de seu marido, está a expirar em um quarto; Adélia parece amá-la, tanto que não tivera forças de a deixar, fugindo da casa de seu marido; mas, entre o leito da moribunda e a mesa de um festim, Adélia prefere esta, sendo de notar que nenhuma consideração impede a contiguidade do lugar da ceia e do lugar da morte. Este contraste, trazido para efeito cênico, derrama mais obscuridade e confusão no caráter de Adélia.

Nesse ato, porém, refere-se que durante dezesseis anos Adélia não assistira Inês de suas carícias de mãe; em tal caso, trazer consigo a filha da casa de seu marido foi um capricho sem explicação. Mas, posta assim a situação, é preciso atribuir às palavras de Oliveira, na penúltima cena, o aparecimento da ternura maternal no coração de Adélia. Pode-se, sem violência, aceitar esta solução? Pois o que não fizeram longos dias de martírio da enferma, fazem algumas palavras mais ou menos veementes do médico? E aquela alma que recua por vaidade, ao ir, por extrema prova, despedir os banqueteadores, estava acaso preparada para receber a divina faísca do amor maternal?

Máximo é também um caráter pouco seguro. É um homem fraco, passivo, sem vontade, sem decisão; tudo isto é natural; mas essa passividade que ele afeta no interior conjugal durante anos não exclui, e até tem sua razão de ser na extrema delicadeza de sua alma, na bondade de seu coração, no profundo amor que vota à sua mulher. Tais qualidades não se pervertem pelo sofrimento, apuram-se; e quando uma cela monacal é o teatro das dores íntimas, o espírito ganha forças, não de combate, mas de clemência e perdão.

Esse espírito misericordioso é que eu quisera ver nas palavras de Máximo no último ato. Máximo, a uma frase de sua filha, que maldiz o pai desconhecido, conta-lhe a história de suas desventuras conjugais, no ponto de vista interessado de marido; esta represália é própria de Máximo do primeiro ato, e sobretudo de Máximo religioso? Estabelecer no espírito da moribunda um duelo de sentimentos; opor, nessa hora suprema, às dolorosas invenções da mãe, revelações não menos dolorosas do pai; lançar a dúvida naquela alma que se ia embora ignorante das tormentas da vida, eis o que falseia o caráter de Máximo e desmente a sua missão evangélica. Dezesseis anos, a solidão do claustro, as letras divinas, a convivência de Deus, não teriam apaziguado naquela alma as paixões da terra e posto termo aos ódios do passado?

Resta Oliveira; é um homem nobre e dedicado; a sua estima por Máximo e a sua aversão por Adélia são extremas; esse extremo explica a sua áspera e indiscreta pergunta no final da peça, quando a situação pedia uma complacente concessão.

Do visconde e de Fernando nada direi; passam na peça como meteoros; mas a passagem do segundo está justificada? Que faz à peça a presença desse Armando passageiro? Sem o amor de Fernando a peça existia, e quanto ao caráter de Adélia, que o poeta quis melhor definir com essa circunstância, torna-se mais confuso ainda.

Para rematar estes senões que me parecem existir na *Túnica de Néssus*, direi que o estilo peca por demasiadamente lírico; as figuras, os tropos, as parábolas surgem sobreposse em cada diálogo, até nas falas de Inês, menina moribunda, em cuja boca destoa semelhante linguagem. Será isto um *partido tomado*, ou resulta da própria tendência do poeta? Seja como seja, o poeta dá-nos algumas figuras bonitas, veste ideias novas em roupas originais, o que não impede por vezes figuras como estas condenadas por sua vulgaridade: — *Para que fazer-me subir nas asas brancas da esperança até ao céu das ilusões e depois cair no abismo da realidade?*

Indaguemos agora das qualidades do poeta. A primeira é, sem dúvida, a dos efeitos; feitas as reservas que apontei já, a última cena do primeiro ato impressiona muito; é escrita com fogo e cheia de movimento; no segundo ato, a cena em que Oliveira vem encontrar Adélia em colóquio amoroso com o visconde é habilmente trazida; a transição, uma das feições típicas de Adélia, inspira interesse e é conduzida com engenho.

As cenas da enferma com Oliveira e com Adélia são tocadas com sentimento; há nelas o tom plangente da elegia, e a mais de um tenho ouvido o que eu próprio sinto; são imensamente comoventes. O quarto ato, que é para mim o melhor, no ponto de vista do movimento dramático, inspira nas suas poucas cenas muito interesse; a aparição de Máximo sob a veste monacal, o desespero de Adélia aos pés da filha, a figura calma de Oliveira dominando aqueles diversos sentimentos, tudo isso traz suspenso o espírito do espectador; o lance do encontro de Máximo e Adélia é hábil e interessante; no desenlace, Adélia enlouquece, é o complemento da sua desgraça, o termo de sua vida malbaratada.

Do que levo dito, deve concluir-se uma coisa: que ao autor da *Túnica de Néssus* falta certo conhecimento da ciência dramática, mas que lhe sobejam elementos que, postos em ação e dirigidos convenientemente, dar-lhe-ão eminente posição entre os nossos poetas dramáticos.

A intuição dos efeitos, a imaginação viva, a paixão abundante, tais são os seus meios atuais; a observação e a perseverança se encarregarão de aplicá-los discretamente, desenvolvê-los, completá-los, e abrir ao poeta no futuro uma carreira que eu profetizo segura e gloriosa.

Expus com franqueza e lealdade, sem exclusão do natural acanhamento, as minhas impressões; os erros que tiver cometido provarão contra a minha sagacidade literária, nunca contra o meu caráter e a minha convicção.

Esta glória, que não reputo exclusiva, havia de tê-la o autor da *Túnica de Néssus,* se, em iguais circunstâncias, tivesse de julgar uma obra minha.

Machado de Assis
O Futuro, 15 de janeiro de 1863

Houve sempre incúria

Houve sempre incúria em fazer o Brasil a sua propaganda na Europa, conveniência fácil de compreender por todos, mas que o governo nunca compreendeu ou tratou por alto. É cabido portanto mencionar com louvor a fundação do *Brésil,* jornal escrito em francês pelos redatores da *Atualidade,* e publicado à entrada e saída dos paquetes transatlânticos. Trata-se de se nos apresentar na Europa com imparcialidade e justiça; os redatores da *Atualidade* não deixam dúvida alguma a este respeito e há até a esperar muito deles. Partindo de alguns cidadãos, esta medida que o governo deverá iniciar, há de produzir mais efeito do que se partirá do governo. É positiva a diferença que vai da propaganda por convicção e por amor do país à outra propaganda menos espontânea embora tão convicta.

O *Brésil* entra no 3º número à hora em que escrevo. As empresas desta ordem merecem ordinariamente os sorrisos da incredulidade, atento o exemplo mais que muito repetido, de não passarem, como as crianças mofinas, do período de dentição. A *Atualidade,* porém, pode atestar a força de vontade dos redatores do *Brésil.* Começada no ano de 1857, atravessou ela cinco anos sem descorar diante das dificuldades, e dando um grande exemplo de perseverança. O irmão mais moço da *Atualidade* não há de ser menos opulento de vida e de tenacidade.

Um dos últimos paquetes trouxe um livro português, que na sua pátria teve grande aceitação, graças principalmente ao assunto de que trata. É a paródia do *D. Jaime,* feita pelo sr. Roussado, intitulada *Roberto ou a dominação dos agiotas.* É um verdadeiro poema cômico? Não; não se pode dizer isso na literatura que possui o *Hissope* e as sátiras de Tolentino, que são outros tantos poemas; mas, como amostra de um poeta de futuro, acho que deve de ser lido o *Roberto.* O sr. Roussado mostra ter facilidade e, algumas vezes, graça na locução; mas a designação de poema herói-cômico só poderia caber ao livro, quando todas as condições necessárias ao gênero estivessem preenchidas; no poeta cômico devem concorrer qualidades tão superiores como no poeta épico, porque ambos os gêneros se tocam, e daqui vem chamar Victor Hugo ao *D. Quixote* a Ilíada cômica. Estas qualidades superiores não se nos descobrem no *Roberto*. Todavia, ocultar o que o sr. Roussado tem de bom fora injustiça clamorosa; já assinalei a facilidade e graça do seu verso, acrescentarei que alguns pedaços do poema de D. Jaime foram parodiados com acerto e certa originalidade.

No Ateneu e no Ginásio deu-se uma comédia em 3 atos de Lambert Tiboust e Théodore Barrirèe. É uma composição burlesca, mas verdadeiramente chistosa, cheia de interesse e de lances cômicos, trazidos com sacrifício de verossimilhança, mas tratados com uma *verve* inesgotável. Uma crítica, que não for muito exigente pode até achar no caráter de Pincebourde algum estudo. O desempenho no Ateneu, onde a vi, pareceu-me, certas reservas de parte, muito satisfatório.

Para terminar a história da quinzena perguntarei ao leitor: — Conhece uma árvore, *que Alá pôs em Java,* como diz o Jao, por nome *mancenilha,* tão maléfica que dá a morte a quem procura a sombra dela? O nome dessa árvore, tomou-o para título de uma comédia em um ato, um jovem estreante na carreira dramática, o sr. J. Ferreira de Meneses. Qual é o objeto simbolizado no arbusto asiático? É o casamento, não na expressão absoluta, mas na prática especialíssima da união de um rapaz incauto com uma mulher fria, vaidosa, preferindo as rendas e o carmim às santas carícias do matrimônio. Que assunto comum! é a história de todos os dias, dirá o filósofo imberbe ou o marido nas mesmas circunstâncias. Seja, embora; comum não é decerto a comédia do sr. Ferreira de Meneses, onde se perdoam as faltas ao par das muitas promessas e algumas boas realidades.

É evidente que um casamento nas condições apontadas não podia ser estudado em todas as suas fases, dentro dos limites de um ato. O sr. Ferreira de Meneses não quis mais que traçar uma silhueta, sem pretensão a fazer um estudo, o menos profundo que fosse, da hipótese que figurou. Para apreciar a obra do sr. Ferreira de Meneses é preciso não perder de vista esta circunstância.

Mas esta circunstância livra-o de culpa e pena? Sou amigo do poeta, e tenho, portanto, dois motivos para dizer francamente que não. Por desambiciosas que fossem as suas intenções, há condições rigorosas a que o poeta não se podia esquivar, e essas, entre as quais avulta a de precisar e definir os caracteres, não as teve o poeta como essenciais. Talvez que, desbravada a comédia das imaginações e fantasias, apareça uma ou outra feição característica das personagens, mas como ir procurá-la através de tanta folha e flor enredada, ao capricho de um pensamento ainda não regulado pela arte?

O que resulta é que o espectador, sem deslembrar a linguagem pouco amorosa de Margarida, não acha, em resumo, que houvesse motivo para as lamentações de Vítor e as prédicas de Ernesto; porquanto há uma coisa a notar: Margarida é mais *mancenilha* pelas asserções de Ernesto e Vítor do que por seus próprios atos; e quando na cena de conversão ela se defende, tornando-se acusadora, se o espectador lhe não dá razão, também não dá razão ao poeta.

Este inconveniente, junto ao de cenas muito longas, tira à peça, não o interesse do espectador culto e paciente, mas o interesse da massa geral do público, com o qual se deve contar.

Feitos estes reparos, cumpre-me acrescentar que o autor da *Mancenilha*, com a sua comédia, obrigou-se solenemente a escrever novas peças; esta é apenas um ensaio, mas um ensaio onde o poeta, ao lado dos defeitos, mostrou verdadeiras qualidades. Sabe travar o diálogo, dar-lhe mesmo certo sabor e torneado que não são comuns em nossa cena; falta-lhe muitas vezes a concisão, tão necessária ao efeito do teatro, de modo que lhe acontece diluir um pensamento em muitas palavras, ou vesti-lo de formas tais que escapa ao espírito da maioria dos espectadores.

A sua composição há de parecer melhor no livro, onde as delicadas fantasias do poeta podem entrar mais livremente no espírito, onde as suas qualidades serão melhor apreciadas, onde até, estou certo, aparecerá certa limpidez que na exibição cênica me pareceu nula.

O Ateneu, levando à cena a *Mancenilha*, deu mais uma prova de que toma a sua missão como um empenho de honra, e que procura contribuir para o engrandecimento do teatro nacional com verdadeiro desvelo.

Machado de Assis
O Futuro, 31 de janeiro de 1863

Cinco ou seis dias depois da abertura da exposição

Cinco ou seis dias depois da abertura da exposição fui à Academia das Belas-Artes. Cuidava encontrar ali uma diminuta concorrência, a dessa pouca gente que neste país conhece e preza as artes. Calcule o leitor o meu espanto quando tive de atravessar aquelas salas desertas, onde as telas, as estátuas e os baixos-relevos pareciam olhar-se mutuamente como que desolados por tão cruel abandono.

Provará este fato contra a Academia? Ter-se-ão desfeito as esperanças postas naquela escola tão custosamente criada?

As proporções deste escrito não permitem uma séria e detida análise deste ponto; mas não deixarei de atestar duas coisas, uma contra, outra a favor da Academia; a primeira, é que realmente os resultados da Academia estão abaixo das esperanças e das legítimas previsões; a segunda, é que esse malogro procura hoje a Academia atenuá-lo por meio de alguns esforços. Todos os esforços serão poucos, e se a Academia não se convencer disto, demite-se de uma posição que pode vir a ser gloriosa, se for fecunda.

A exposição este ano foi aumentada com algumas cópias de obras-primas que estão nos museus da Europa. Entre essas cópias avulta a do *Corpo de Hércules*, desenterrado em Roma, no *Campo di fiori* e guardado hoje no museu do Vaticano. É o resto de uma estátua que devia ser admirável, à vista do tronco mutilado e carcomido; nota-se mais o *Antinoo*, cujo original existe no Capitólio; o *Apolônio*, da galeria de Florença; a *Vênus d'Arles* da mesma; a *Amazona* e outras.

São também dignos de atenção os trabalhos litográficos oferecidos à Academia pelo próprio autor o sr. Brasscsat. São dois quadros: o primeiro representa *Uma luta de touros,* o segundo *Touros defendendo uma vaca.*

Acham-se esses quadros na sala do vestíbulo, onde também se encontram duas gravuras delicadas de execução, representando uma *A destruição de Jerusalém,* e outra *A dispersão dos povos,* cópias ambas de painéis existentes no museu de Berlim.

Se penetrarmos na sala de pintura encontraremos em primeiro lugar alguns retratos do sr. Carlos Luís do Nascimento, conservador da Pinacoteca, dos quais dois apenas me pareceram completamente bons. Isto deve ser dito acompanhado de um louvor ao sr. Nascimento pelos seus excelentes trabalhos de restauração que o tornam artista notável e indispensável naquela escola.

O sr. Vítor Meireles de Lima tem alguns quadros nessa sala, os quais, parecendo bons, não são notáveis, pelo menos quanto é notável a sua *Cabeça de estudo* sob nº 7. O mesmo artista tem na exposição o seu quadro *A primeira missa no Brasil,* obra já conhecida, e que, a não ter desses defeitos sutis que não se revelam à minha incompetência, me parece um painel excelente.

A exposição do sr. Agostinho José da Mota peca por pequena e medíocre; os seus retratos não são obras tais que o sr. Mota, talentoso professor da Academia, preferisse às paisagens que tão bem sabe pintar; quem o não conhecer e quiser julgar pela exposição deste ano, fica com uma ideia muito aquém daquilo a que o seu talento tem direito.

Do sr. Arsênio da Silva existem na exposição algumas paisagens onde há toques delicados e verdadeiramente artísticos; mas é pena que o seu pincel se escape em outros toques, por vezes tão carregados, que fazem destacar no conjunto de seus painéis.

A exposição do sr. Emílio Bauch pareceu-me insignificante. *A volta do casamento, no Norte do Brasil,* é um quadro de muito repreensível execução; o vagalhão sobre que se levanta o batel do noivado parece solidamente construído de madeira, tal o seu aspecto pesado e duro; se examinarmos a vela, a flâmula e as roupas dos tripulantes da barca, acharemos que muitos ventos sopram naquele sítio; ao passo que um impele o barco em uma direção, outro em direção oposta faz tremular brandamente a flâmula; e um terceiro brinca ao capricho do pintor com os colarinhos e as japonas da tripulação.

O quadro do sr. Júlio Le Chevrel, *Paraguaçu e Diogo Álvares Correia,* tem coisas boas e coisas más. A figura de Diogo Correia recebendo Paraguaçu das águas, não tem expressão alguma; é uma cara morta; o mesmo acontece com a indígena. Como esteja Paraguaçu quase toda fora d'água, quis-lhe o pintor espalhar pelo corpo umas gotas, mas tão infeliz se houve no trabalho, que trazida a figura ao tamanho natural, ficam aquelas gotas do tamanho de grandes ovos, sendo que já o seu aspecto é o de enormes pérolas; dissera-se que ao salvar-se no bote de Correia, Paraguaçu rompera um colar de pérolas que lhe vão rolando pelo corpo abaixo. Há além destes outros defeitos que não posso enumerar por me ir faltando espaço e não tê-los neste momento de memória.

Na exposição de escultura há um grupo do sr. Léon Deprez de Cluny, representando *Uma família de selvagens atacada por uma serpente.* Os animais mortos que jazem no chão são o que há de mais notável neste grupo: o mais ou é regular ou falso; na ordem do falso está a indígena, cuja cara com uma leve correção fica puro caucasiano.

É digno de nota o busto em mármore do sr. conselheiro T. G. dos Santos, e digno de animação o artista que o fez, que é o sr. José da Silva Santos. É um dos melhores trabalhos da Academia.

Na exposição dos artefatos da indústria nacional sobressaem os trabalhos de fundição de ferro e bronze do sr. Miguel Couto dos Santos e a encadernação da *Constituição Belga,* obra do sr. J. B. Lombaerts.

Naturalmente, escrevendo alguns dias depois da minha visita à exposição, deixo de mencionar alguma coisa que talvez mereça essa distinção; mas nem já agora é dado remediar o mal, se mal há nisto, nem eu quisera por modo algum tornar estes simples apontamentos da minha crônica em revista crítica de artes liberais.

A quinzena que findou foi puramente artística e literária. Passo às notícias literárias. Tenho em primeiro lugar nas minhas notas as *Produções poéticas* de Francisco José Pinheiro Guimarães, grosso volume contendo o *Child-Harold* e o *Sardanapalo,* de Byron, o *Roubo da Madeixa,* de Pope, e o *Ernani,* de Victor Hugo.

O nome de F. J. Pinheiro Guimarães é conhecido por quantos estimam e prezam as letras; mas sinceramente creio que a nomeada do finado poeta não está na altura de seu brilhante talento. É que esse talento curava pouco de publicidade; e poetizava por natureza, como as flores dimanam cheiros, como uma necessidade fatal, sem que o pensamento de glória o preocupasse e fizesse pensar detidamente no futuro. Desta desambição, tão rara quanto funesta, deriva o nenhum caso que o poeta parecia fazer de seus versos, mal os acabava, como nos comunica o sr. dr. Otaviano no prefácio do livro.

Se as *Produções Poéticas* são, portanto, uma revelação para muita gente, para todos quase, é certo que essa revelação é das mais indisputáveis. Uma locução menos branda, um verso menos correto, são defeitos esses que o leitor perspicaz não deixará de notar nas *traduções* mais de uma vez; mas o poeta não desceu às terras chãs de revisão literária, e essa é a explicação da ausência de outras belezas que a obra viria a ter. Em qualquer caso serve a declaração do autor do prólogo de que o poeta nacionalizou brasileiros a três poetas.

As dores da pátria inspiram sempre as almas poéticas; e a musa, nas crises nacionais, sabe erguer a sua voz como um protesto solene e uma suprema consolação. Revelação para mim e para muita gente foi o folheto de versos patrióticos publicados em São Paulo, por L. Varela. Dizem ser este moço um estudante de direito, e ter já escrito e publicado outros versos. Não me lembro de os ter lido; o talento que escreveu os versos patrióticos, onde quer que se revelasse, devia deixar um perfume próprio para se não esquecer.

Os *cantos patrióticos* merecem, pois, de minha parte uma dupla atenção, por seu mérito intrínseco e por serem os primeiros versos do poeta que conheço.

Essa atenção já eu lha dei, lendo-os, relendo-os, conservando-os entre os livros mais do meu gosto. Segue-se daqui, que os *cantos* sejam obra perfeita, que não haja ali certa pompa extrema e afetada, defeitos de forma às vezes, e às vezes vulgaridade de pensamento? Dizer que não, seria enunciar o que não está no meu espírito; e eu antes de tudo devo a verdade ao poeta. Mas, a par dos defeitos dos seus *cantos patrióticos*, há belezas dignas de apreço; moço como é, o sr. Varela tem adiante de si um futuro que a aplicação e o estudo dos mestres tornará glorioso.

Com a publicação do IX volume da *Biblioteca Brasileira,* termino a parte literária da quinzena.

Contém este volume a primeira parte do romance do meu finado amigo dr. Manuel Antônio de Almeida, *Memórias de um sargento de milícias.* A obra é bem conhecida, e aquela vigorosa inteligência que a morte arrebatou dentre nós, bastante apreciada, para ocupar-me neste momento com essas páginas tão graciosamente escritas. Enquanto se não reúne em volume os escritos dispersos de Manuel de Almeida, entendeu Quintino Bocaiúva dever fazer uma reimpressão das *Memórias,* hoje raras e cuidadosamente guardadas por quem possui algum exemplar. É para agradecer-lhe esta piedosa recordação do nosso comum amigo.

Machado de Assis
O Futuro, 15 de fevereiro de 1863

Entre os poucos fatos
desta quinzena

Entre os poucos fatos desta quinzena um houve altamente importante: foi a supressão da procissão de Cinza. Em 1862, logo ao começar a quinzena, publicou uma das folhas diárias desta corte um artigo pequeno, mas substancial, no qual uma voz generosa pedia mais uma vez a supressão das procissões, como nocivas ao verdadeiro culto e filhas genuínas dos cultos pagãos. Nem o autor, nem o mais crédulo de seus leitores, acreditou que essa usança fosse suprimida; e a mesma grosseria, o mesmo fausto, o mesmo vão e ridículo aparato passou aos olhos do povo sob pretexto de celebrar os sucessos gloriosos da igreja.

Em um jornal político, publicado então, e cujo 2º número acertou de sair na sexta-feira da Paixão, veio inserta uma carta ao nosso prelado, menos eloquente e erudita, mas tão indignada como o artigo a que me referi. Assinavam essa carta umas três estrelas, ocultando o verdadeiro nome do autor, que era eu. O desgosto que me comunicara o primeiro articulista, aumentando o que eu já tinha, deu nascimento a essas linhas em que eu fazia notar como prejudiciais ao espírito religioso essas grosseiras práticas, mais que próprias para produzir o materialismo e a tibieza da fé. Era simplesmente um protesto, sem pretensão de sucedimento.

Para acreditar possível uma reforma completa que faça do culto uma coisa séria, tirando-lhe o aparato e as empoeiradas usanças, era preciso admitir no clero certa elevação de vistas que infelizmente não lhe coube na partilha da humanidade. Sem exageração, o nosso clero é tacanho e mesquinho; nada enxerga para fora das paredes da sacristia, metade por ignorância, metade por sistema. Notem bem que eu não digo fanatismo ou excesso de fé.

Neste desânimo, foi uma verdadeira e agradável surpresa a resolução tomada pela respectiva ordem, de suprimir a procissão de Cinza, principalmente pelas razões em que se fundou a resolução e que concluem do mesmo modo que as censuras dos verdadeiros católicos.

Esta novidade, tanto mais admirou, quanto de que a *Cruz*, jornal religioso desta corte, órgão do clero, dando a notícia, aliou-se um tanto às ideias que tinham determinado a resolução.

Não há louvor bastante para essa resolução; as procissões, não as atura um ânimo religioso e civilizado; não fazem vir, desgostam à verdadeira fé, e, em troca disso, é positivo que não dão proveito algum.

Vinha a propósito refletir sobre a educação religiosa do nosso povo; apreciar a maneira por que se lhe incute a fé, fazendo o espetáculo e o fausto profano aquilo que é serviço do ensino e da palavra cristã. Não há melhor caminho para o materialismo, para a indiferença e para a morte da fé.

Deve instalar-se brevemente uma utilíssima associação de homens de letras. É coisa nova no país, mas de tal importância que me parece não encontrar o menor obstáculo. Trata-se de instituir leituras públicas de obras originais; para isso convidam-se os homens de letras residentes nesta corte; talvez a esta hora a instalação seja coisa feita.

A iniciativa pertence a um distinto e erudito escritor que afaga a ideia de há muito e que uma vez por todas lembrou-se de praticá-la ou abandoná-la, se não tivesse aceitação.

Não creio que tão nobre esforço seja sem efeito.

Naturalmente na próxima crônica estarei habilitado a falar dessa associação e das bases que houver adotado; até lá fico pedindo ao Deus dos escritores, se há um especial para eles, que ampare e dê vida a tão proveitosa ideia. Afazer o povo às leituras sãs, educá-lo no culto do belo, ir-lhe encaminhando o espírito para a reflexão e concentração, trocando as diversões fáceis pela aplicação proveitosa, eis aí em resumo os grandes resultados desta ideia.

A direção do Ateneu Dramático fez há tempos uma excelente aquisição. Para dar começo ao ensino prático que faz base do seu programa, convidou o sr. Emílio Doux, que vai ensinar aos artistas ali contratados os preceitos da arte, acompanhando esse ensino as diferentes peças que se forem representando.

É claro que nas circunstâncias em que nos achamos relativamente a teatro, este ato pode ser fecundo de resultados, e é digno de menção. Ele prova que a direção do Ateneu Dramático aceita o cargo que se impôs, como uma missão de progresso, e que procura por todos os meios a seu alcance chegar a resultados definitivos.

Não são, portanto, auxiliares que faltam ao governo, se ele quiser tomar a peito a criação de um teatro normal; a insistência da iniciativa individual, que dá tão acertadas providências, está indicando que o pensamento do governo pode encontrar hábeis mãos executoras.

O Ateneu Dramático, se perecer no meio dos esforços, ficará como um grande exemplo de coragem, de trabalho, de amor ao progresso, e o que é mais, um exemplo de verdadeiro progresso.

É força terminar; termino, não sem convidar o leitor a ir ouvir a Risette do Alcazar. Houve gente de mau gosto que procurou fazer crer que esta não é a verdadeira Risette...

>*Eh! non, non, non,*
>*Vous n'êtes pas Risette...*

Não sei; não lhe vi a certidão de nascimento; mas, se não é a tal Risette, é uma grande Risette, com certeza.

Tenho a honra...

Machado de Assis
O Futuro, 1º de março de 1863

FALEI NA MINHA CRÔNICA PASSADA DE UMA REUNIÃO LITERÁRIA

Falei na minha crônica passada de uma reunião literária para instituir leituras públicas. Essa reunião não se efetuou como era de desejar, mas pelo que me consta trata-se de dar começo à propaganda da ideia. Já a aplaudi rápida e sinceramente. O que tenho a fazer agora é transcrever aqui a carta pela qual o sr. A. de Pascual, iniciador da ideia, convidou para a reunião o poeta A. E. Zaluar. Nessa carta vão apontados a utilidade e os exemplos das leituras públicas. O leitor, se é literato, fica convocado por ela:

>*Meu caro Zaluar.*
>*Foram os primeiros leitores públicos os homens de letras da livre e pensadora Grécia: Platão, Pitágoras e Aristóteles, Epicuro e Homero doutrinaram o povo, nas alamedas, nos jardins acadêmicos e peripatéticos, e mesmo mendigando nas ruas.*
>*Esse modo popular de instruir o povo, deleitando-o e acostumando-o ao belo, passou por muitas modificações até atermar-se nas universidades da Idade Média.*
>*O brado protestante dos reformadores alemães tornou popular o ensino dos gregos: Lutero, Huss, Calvino, Melanchton,*

Zwinglio, etc. foram leitores públicos, mas o exclusivismo da Igreja Católica cortou as asas da leitura feita às massas, e limitou-a às acanhadas proporções da universidade, do Port-Royal e do templo, contrariando assim as tradições da sabedoria helênica e da liberdade cristã. Não deixou ouvir mais as vozes dos Paulos nas praças e encruzilhadas, nem outorgou o direito do livre-pensamento, sufocando nas fogueiras públicas da Inquisição as centelhas do espírito humano ilustrado.

A Revolução Francesa, o sistema constitucional dela oriundo, as modificações liberais por que passaram os séculos XVIII e XIX, ressuscitaram esse elemento de propaganda instrutiva para os povos, adotando a raça alemã e anglo-saxônia, pensadora e livre, o que haviam abafado os dominadores dos séculos baixos e supersticiosos.

Sem pretender remontar-me aos primeiros tempos da Inglaterra livre — Cromwell —; da Itália dos Macchiavelli; da França de 1793; da Espanha comuneira do século XVI — 1520 —, e da Alemanha protestante, direi que na atualidade primam como leitores públicos homens de Estado consumados, literatos de primeira ordem, clérigos de acentuada inteligência, e fidalgos de antigos brasões.

Lorde Derby, M. Gladstone, Lorde John Russell e Lorde Palmerston dão leituras públicas nos nossos dias nos centros populosos da Grã-Bretanha.

Charles Dickens, o romancista inglês por antonomásia, dá-as agora mesmo em Paris; o sábio dr. Simons, alemão, fez em 1850 uma pingue fortuna nos Estado Unidos; Kossuth, o governador da Hungria em 1848, o abade Gabazzi, o célebre padre Ventura e muitos outros não menos conhecidos talentos deram e dão leituras em Paris, Londres, nos Estados Unidos, na Itália e mesmo na panteísta Alemanha, onde esta classe de instrução popular tem alcançado o auge da popularidade.

V. sabe que nos Estados Unidos, na Inglaterra e nas grandes cidades alemãs são preferidas estas leituras de viagens, novelas, biografias, história e ciências aos teatros, ateneus e templos, devendo-se notar que o povo paga por ouvir os leitores com maior gosto do que para assistir grátis aos templos e academias.

As vantagens derivadas destas leituras são imensas e eminentemente populares, e ao seu talento deixo o desenvolvimento de tão interessante tópico.

A indústria intelectual não pode por enquanto — balda de fervorosos apóstolos — arcar com o charlatanismo dos especuladores da matéria, traduzido em divertimentos públicos; mas, tende fé na inteligência e lutai com denodo para tornar familiar entre as massas a instrução, de que tanto carecem para apreciar no seu justo valor a própria dignidade de seres intelectuais e livres.

Dizer mais e melhor relativamente à ideia me parece trabalho vão. Aí entrego essas linhas à reflexão do leitor.

Tenho presente dois livros; ambos novos, ambos portugueses. Um é o *Esboço histórico de José Estêvão* por Jacinto Augusto de Freitas de Oliveira. Escrúpulos de consciência me fazem confessar a verdade, e vem a ser que eu deste volume não li mais do que uma dúzia de páginas. Se isto não basta para julgar da fidelidade com que o autor apreciou os acontecimentos políticos que cercam a vida de José Estêvão, é suficiente para adquirir-se a certeza de que o finado orador português encontrou no seu biógrafo o mais sincero e entusiasta admirador dos seus talentos e das suas grandes qualidades políticas.

Notarei que o sr. Freitas de Oliveira não se iludiu sobre o dever que lhe incumbia a resolução de escrever sobre José Estêvão; e é de ver-se a honestidade com que no prólogo declara que não lhe vão exigir imparcialidade porque escreve com as lágrimas nos olhos pela perda do amigo.

O volume, contendo quatrocentas páginas, encerra alguns fragmentos dos admiráveis improvisos de José Estêvão. Relendo essas páginas, desentranhadas do todo das orações, e trazidas para o livro, na ordem dos sucessos, mais uma vez se vê quanto perdeu a tribuna política de Portugal na morte do fundador da *Revolução de setembro*.

A afeição que o sr. Freitas de Oliveira protesta no prefácio da obra é confirmada nas poucas páginas que li, tal é o respeito e a admiração filial com que o autor fala do extinto orador. As suas escusas literárias é que se não confirmam: o livro me parece bem escrito; e para concluir, acrescentarei que certas considerações gerais que acabo de passar pelos olhos notam-se tanto pelo fundo de verdade, como por certa aspereza de tom perfeitamente cabida no que fala em nome da probidade e da coerência política.

O outro tem por título *Luz coada por ferros*. É uma série de romances da sra. d. Ana Augusta Plácido. Traz na frente o retrato da autora.

Má ideia essa, que previne logo o espírito em favor da obra, por não poder a gente conciliar a ideia de menos boas produções com tão inteligentes olhos. Felizmente que a leitura confirma os juízos antecipados. A sra. d. A. A. Plácido é o que dela disse o sr. Júlio César Machado no prefácio da obra, para o qual remeto os leitores.

A sensibilidade é o primeiro dom das mulheres escritoras; a autora de *Luz coada por ferros* possui esse dom em larga escala; há períodos seus que choram e fazem comover pelo sentimento de que se acham repassados; outras vezes a escritora compraz-se em nos fazer enlevar e cismar.

É, talvez, por isso que não tomei nota, se os há, dos senões do livro. Do nome e da obra tomei nota como obrigação firmada para futuros escritos. Uma mulher de espírito é brilhante preto; não é coisa para deixar-se cair no fundo da gaveta.

Estou no capítulo das escritoras. Depois da portuguesa aí vem a brasileira, contemporâneas no aparecimento, para confirmar na ordem literária, a coincidência que se verifica muitas vezes na ordem política entre os dois países.

Com o título de *Gabriela,* representou-se ultimamente no Ginásio um drama da sra. d. Maria Ribeiro. Circunstâncias especialíssimas não me permitiram assistir a essa estreia, o que não importou nada a certos respeitos, visto que eu já conhecia a peça em questão.

Fez-me a sra. d. Maria Ribeiro a honra de comunicar a sua peça antes da exibição cênica. Transmiti-lhe as minhas impressões em uma carta, impressões e não juízo, que tal não me cabia na ocasião fazer. Essas impressões foram das melhores, e, se não me fosse faltando espaço, as reproduziria aqui sucintamente.

A esta hora terão as grandes folhas dado o seu juízo acerca da peça; creio que serão unânimes e acordes comigo, salvo meros reparos de pormenores.

Dando sinceros parabéns à sra. d. Maria Ribeiro e à literatura nacional, conto e espero, como espera a segunda, novas e cada vez melhores irmãs de *Gabriela.*

Machado de Assis
O Futuro, 15 de março de 1863

Um livro de versos nestes tempos

Um livro de versos nestes tempos, se não é coisa inteiramente disparatada, não deixa de fazer certo contraste com as labutações diárias e as gerais aspirações. E note-se que eu já não me refiro à censura banal feita às vistas burguesamente estreitas da sociedade, por meia dúzia de poetas, que no meio de tantas transações políticas, religiosas e morais, recusam transigir com a realidade da vida, e dar a César o que é de César, tomando para Deus o que é de Deus.

Eles dizem que essa mutualidade por transação do real e do ideal, em tais condições, abate a porção divina que os anima e os faz indignos da coroa de fogo da imortalidade.

Têm razão. Mas as aspirações a que me refiro, qualquer que seja o seu caráter prático, não dispensam a intervenção do espírito, e então não transigir com ela é abrir um combate absurdo. Há quem diga com desdém que este século é o do vapor e da eletricidade, como se essas duas conquistas do espírito não viessem ao mundo como dois grandes agentes da civilização e da grandeza humana, e não merecessem por isso a veneração e a admiração universal.

O que é certo, porém, é que em nosso país e neste tempo é coisa rara e para admirar um livro de versos, e sobretudo um livro de bons versos, porque maus, sempre há quem os escreva, e se encarregue, em nome de outras nove musas, que não moram no Parnaso, mas algures, de aborrecer a gente séria e civilizada. Veja, pois, o leitor com que prazer e açodamento venho hoje falar-lhe de uma coleção de versos e bons versos!

O sr. Augusto Emílio Zaluar, autor das *Revelações*, o volume a que me refiro, é já conhecido de todos para que eu me dispense de acrescentar duas palavras à opinião geral. As *Revelações* contêm muitas poesias já publicadas em diversos jornais, mas conhecidas umas por uns, outras por outros, de modo que, reunidas agora, se oferecem, passe a expressão, ao estudo de uma assentada.

Não intento, nem me cabe fazer um juízo crítico da obra do poeta. Entendo que o exame de uma obra literária exige da parte do crítico mil qualidades e predicados que poucas vezes se reúnem em um mesmo indivíduo, havendo por isso muita gente que escreva *críticas,* mas poucos que mereçam o nome de *críticos.*

Dizer quais as impressões recebidas, como um simples leitor, não tão simples como o bufarinheiro, tenho a vaidade de supô-lo, eis aí a que me proponho e o que devo fazer sempre que por obrigação tenho de falar de algum livro.

Este que tenho à vista tem direito a uma honrosa menção. Se há nele poesias a que se poderia fazer mais de uma censura, se em algumas delas a inspiração cede à palavra, há outras, a maior parte, tão completas que bastariam para coroar poeta a quem não tivesse já essa classificação entre os homens.

Na *Harpa Brasileira* encontramos uma parte destas. "A casinha de sapé" é um fragmento poético dos mais completos do livro. A inspiração desliza entre a expressão franca e ingênua como o objeto da poesia. O espírito acompanha o poeta *por entre os bosques sombrios,* onde

    Uma casinha se vê
    Toda feita de sapé.

O contraste da solidão com o ruído remoto do mar e do vento, é descrito em poucos e lindos versos; a lembrança do passado, a descrição da casa abandonada e a melancolia do sítio, cantada em versos igualmente melancólicos, tudo faz dessa composição uma peça acabada.

O *Ouro,* que se lhe segue, é composição das mais conceituosas. O *Filho das florestas* dá em resultado uma conquista de verdadeiro poeta. Se o fundo não é inteiramente novo, a forma substitui pela concisão, pela propriedade e até pela novidade uma dessas *moralidades poéticas,* próprias dos poetas pensadores que se distinguem dos *poetas individuais* em nos não cantarem eternamente as mesmas mágoas.

A família, À minha irmã, Confissão etc. são outras poesias que se destacam do livro por um mérito superior. De resto, tenho uma censura a fazer ao poeta, ou antes, são os seus admiradores que lha fazem; e vem a ser, de ter dado entrada no livro a muita poesia alheia. Se esse fato nos traz ao conhecimento pedaços de boa poesia, não é menos verdade que toma o lugar que poderia ser ocupado com igual vantagem pelo autor.

O livro do sr. Zaluar merece ser lido por todos quantos apreciam poetas. Marca grande progresso sobre o seu primeiro volume *Dores e Flores* e revela bem que o poeta chegou à maturidade do seu talento.

Cifra-se nisto toda a bagagem literária da quinzena. Canta-se ou pensa-se a largos intervalos no nosso país. Anúncio tenho eu de boas novas. As folhas do Maranhão dão como a imprimir-se uma tradução da *Guerra Gaulesa* feita pelo erudito e elegante escritor maranhense dr. Sotero dos Reis.

É excesso acrescentar uma palavra a esta notícia; o nome do tradutor é uma garantia da obra, como é uma das honras da terra de Gonçalves Dias, Lisboa e Odorico.

Para não impedir o leitor de ir assistir aos ofícios da semana santa, devo concluir despedindo-me até depois da Páscoa...

....

Avisam-me agora que o não faça sem incluir nestas páginas o seguinte bilhete. É de um amigo meu:

"Boa nova! O Garnier abriu assinaturas para a publicação de um poema do padre Sousa Caldas, obra encontrada nas mãos de um herdeiro de seus numerosos escritos, e inteiramente inédita."

Satisfeito o pedido, convido o leitor a verificar por seus próprios olhos a notícia do meu oficioso correspondente.

Machado de Assis
O Futuro, 1º de abril de 1863

O MAVIOSO PETRARCA DA VILA RICA

O mavioso Petrarca da Vila Rica deixou uma vez as liras apaixonadas, com que honrava a amante do seu coração, para tomar a chibata da sátira, e com ela sacudir a toga respeitada do governador de Minas.

O que era um governo no tempo de el-rei nosso senhor, de que poderes discricionários se revestia o representante da soberania da coroa, é coisa por demais sabida.

O de Minas estava naquele tempo nas mãos de D. Luís de Meneses. Gonzaga viu quantos perigos lhe estavam iminentes se atacasse face a face com o colosso do poder; mas a vida e a administração do governador estavam pedindo um protesto da sua musa. Resolveu escrever a parte anedótica do governo de Minas em cartas que intitulava *Cartas chilenas* e que rezavam de um governador do Chile. Com esse disfarce pôde salvar-se e mandar à posteridade mui preciosos documentos.

Ao sr. dr. Luís Francisco da Veiga se deve a exumação das *Cartas chilenas*, mal e insuficientemente conhecidas, e que o digno brasileiro tirou da biblioteca de seu pai para as pôr completas na biblioteca da nação.

Este serviço às letras e à história dá-lhe pleno direito de aliar seu nome ao de uma tão importante obra. Se, em vez de ir parar às suas mãos inteligentes e desveladas, os manuscritos das *Cartas chilenas* caíssem na posse de alguns indiferentes, certo que não teríamos hoje esses documentos, de cuja importância o sr. dr. Veiga se acha plenamente convencido.

Embora publicadas umas *nove* cartas em uma gazeta antiga, o fato de serem elas *treze* torna esta edição, que as traz completas, digna do interesse que despertou nos que estimam as coisas pátrias.

Que esses animem e auxiliem o sr. dr. Veiga na investigação dos preciosos documentos de que diz estar cheia a sua biblioteca. Se para os *éplucheurs* de obras fúteis for serviço esse de medíocre valor e nulo interesse, certo que o não é para a gente séria, isto é, a competente para julgar de tais coisas.

Outra publicação da quinzena digna de atenção pelo que encerra, posto que censurável pelo que não encerra, é o XI volume da *Biblioteca Brasileira* que se intitula: — *Apontamentos históricos, topográficos e descritivos da cidade de Paranaguá,* pelo sr. Demétrio Acácio Fernandes da Cruz.

Abstendo-se inteiramente de considerações detidas e observações mais profundas, o autor dá numerosa notícia de tudo quanto pode fazer conhecer a cidade de Paranaguá sob o tríplice ponto de vista indicado pelo título.

Tudo, fundação, descrição topográfica e hidrográfica, zoológica, mineralogia, indústria, população, tudo enfim quanto pode dar um conhecimento exato da cidade de Paranaguá se acha naquele livro.

Atendendo sobretudo à aridez do trabalho, deve-se agradecê-lo ao autor, e dar como um exemplo a outros trabalhadores que façam o mesmo a respeito de todos os recantos do Império.

Fecha a lista das publicações, na ordem cronológica, o primeiro volume do *Calabar,* romance do sr. Mendes Leal, que está sendo publicado no *Correio Mercantil.*

Não me proponho a avaliar, por incompetência e por inoportunidade, visto que a obra não está concluída, o alcance e a verdade histórica desta novela; o que desde já posso deixar afirmado, embora não seja novidade, é que essas páginas consagradas pelo ilustre autor da *Herança do Chanceler,* a um período importante da história brasileira, são escritas com aquele vigor e colorido, atributos da sua pena e por tantas páginas derramados.

A redação do *Correio Mercantil* não pode receber senão muitos emboras pela publicação do *Calabar.*

Vai-me faltando espaço e eu devo falar ainda de uma nova peça representada no Ginásio Dramático. A *Ninhada de meu sogro,* intitula-se ela; é dividida em 3 atos, e parafraseada do francês pelo sr. dr. Augusto de Castro.

A modéstia e o receio do seu autor, que nem ousou chamar-lhe comédia, tiram-me o cabimento de uma severa crítica. Sem outra pretensão mais do que fazer rir, o sr. dr. A. de Castro, parafraseou o original francês, procurando dar as nuanças necessárias à nova peça cuja ação faz passar na sociedade brasileira.

Não entro na investigação do grau e da medida em que o autor se afastou ou aproximou do original; é claro que as alusões locais não constituem cores locais, e o que ouvi na representação da *Ninhada de meu sogro,* não me dá notícia perfeita da parte tomada ou deixada à comédia francesa, que eu nem conheço.

O que importa, porém, desde já para mim, é a menção de uma convicção que tenho de há muito e que desejara fosse compartida geralmente. Tenho esses trabalhos de imitação por inglórios. O que se procura no autor dramático é, além das suas qualidades de observação, o grau de seu gênio inventivo; as imitações não podem oferecer campo a esse estudo, e tal inconveniente é altamente nocivo ao escritor, sendo imensamente prejudicial à literatura.

Esta convicção, se influi no meu julgamento da peça, não influi no juízo que eu possa fazer do autor. Quero crer que, por uma lealdade literária que lhe é imposta, a trasladação do assunto da comédia francesa fosse feita na medida conveniente às suas vistas de autor dramático; e creio, porque ouvi, que há na sua comédia pedaços de merecimento.

Machado de Assis
O Futuro, 15 de abril de 1863

OS EXTREMOS TOCAM-SE

Os extremos tocam-se, dizem. Eu de mim acho que é uma verdade; e, para não ir além da aplicação que ora me convém, lembro apenas que os pequenos infortúnios têm um ponto de contato com as grandes catástrofes; e a bancarrota de um negociante de grosso trato não o afligirá mais do que me aflige o desfalque de assunto para a crônica desta quinzena.

Afligia-me, devo eu dizer; porque a boa estrela que preside aos meus dias, sempre me depara, na hora arriscada, com uma tábua de salvação.

Desta vez a tábua de salvação é uma carta, uma promessa e uma notícia. Parecem três coisas, mas não são, porque a notícia e a promessa vão incluídas na carta.

A notícia é de um romance... por fazer; e é promessa que me faz em uma carta um amigo a cujos escrúpulos de modéstia não posso deixar de atender; e de quem não posso assoalhar o nome.

Estou certo de que o leitor não levaria a mal que eu desse neste ponto dois dedos de conversa acerca do meu salvador. Nada lhe direi; e a razão é que uma pintura viva e completa daria em resultado imediata contestação do retratado. Sucintamente posso dizer-lhe que só por vergonha é que o meu amigo não se faz anacoreta; mas se jamais veio ao mundo um homem com disposições à vida solitária e contemplativa é aquele; olha os homens por cima do ombro e prefere-lhes muito e muito as rolas e as cegonhas. Das cegonhas fala aplicando sempre a observação de Chateaubriand, que as viu saindo aos bandos da península grega para África, do mesmo modo por que saíam no tempo de Péricles e de Aspásia. Tal é o contraste da mobilidade das coisas humanas com a imobilidade do resto da natureza, acrescenta o autor dos *Mártires*; e o meu amigo adere do fundo d'alma a essa opinião. Peletan tiraria de fato uma conclusão favorável à humanidade; mas o meu estranho amigo pensa diversamente e acredita de convicção que está com a verdade.

Não o conteste o leitor, porque eu faço o mesmo.

"Meu amigo, escreve-me ele, à força de não pensar no que me rodeia atingi a um estado de desapego das coisas da vida que às vezes me acredito o único escapo de um cataclismo universal. Imagina com que sabor volto de quando em quando o pensamento para os sucessos do tempo. É uma nova ocasião de confirmar-me nas minhas anteriores impressões.

"Dias passados lembrei-me de ser poeta. Vê lá a que ponto cheguei! Tomo a poesia como uma coisa dependente da vontade, como a construção de um prédio ou a fabricação de um pergaminho.

"Deixa passar a heresia.

"Lembrei-me de ser poeta; e como não tenho vocação para isso, atribuirás tu esta disposição do espírito ao amor. O amor! Posso eu senti-lo? Reparo às vezes no cuidado com que, em todas as línguas que conheço, esta palavra é construída! Até as mais duras, como a de Pope, encontram o seu melhor som para exprimir este sentimento. Mas existe ele? Existe como deve ser, despido de toda a preocupação terrena, puro como o resumo que é de todos os outros amores? Nos livros dos poetas, decerto; na humanidade, não acredito.

"E como não acredito, lembrei-me de escrever algumas páginas onde me ocupasse do contraste flagrante que há entre o sentimento e as hipóteses do fato. Imaginei um Pílades, três Orestes e uma Safo. O que se pode fazer com estas cinco figuras? Um romancinho, mais ou menos acidentado. O amor de Pílades e Safo; o amor de Safo e dos Orestes; a alternativa constante desta balança que se chama vida, cujas conchas se levantam e se abatem por singulares disposições do acaso e da criatura. Adubo a narração com a pintura do sofrimento de Pílades, e, se me parecer, acabo por fazê-lo lorpa de corpo e de alma, o que não será novo, mas será agradável de ler, porque não faz chorar. Que me dizes ao pensamento? Não dá para cem páginas de oitavo? Penso que sim; já tenho algumas folhas de papel escritas; não sei se acabarei; talvez acabe; e então posso colocar a minha obra sob a proteção da tua amizade, que a fará inserir no *Futuro*.

"Talvez achem a história muito velha; responderei que ainda assim é bom repetir essas coisas; e como eu tenho de encarar a história por um ponto de vista pouco explorado, naturalmente lhe hão de achar novo sabor. Teu S."

Fico implorando o deus dos poetas para que esta promessa se torne em realidade. Em todo o caso, embora não venha a obra prometida, ganho eu com ela que me forneceu matéria para encher as páginas da minha crônica.

Machado de Assis
O Futuro, 1º de maio de 1863

SE ME FOSSE DADO ESCREVER UMA CRÔNICA POLÍTICA

Se me fosse dado escrever uma crônica política, esta seria de todas as minhas crônicas a mais farta e a mais interessante. Com efeito, a situação a que pôs termo o decreto de 12 do corrente marca, na história do Império, um dos mais graves e embaraçosos momentos; e a mais simples exposição do meu pensamento, em relação à gravidade do caso e ao alcance da medida, bastaria para encher o espaço de três crônicas.

Os ingleses têm, entre outras manias, a mania de grandes e singulares apostas. Não menos ingleses foram muitos dos nossos políticos que, confiado cada qual na sua impressão ou na sua esperança, lançaram-se à aventura e ao azar da fortuna. Qual, apostava cem bilhetes da loteria afirmando a conservação da Câmara temporária; qual, punha a sua fortuna em jogo, se alguém a quisesse aceitar, afirmando a conservação do gabinete; e neste movimento escoaram-se os dias que mediaram entre a abertura do Parlamento e a dissolução da Câmara.

Os mais espertos, dos tais que vivem ...*aux dépens de celui qui l'écoute*, afirmavam, uns a dissolução, outros o adiamento, outros a queda dos ministros, isto com um ar de iniciados nos segredos de cima, que faria rir ao mais grave e sisudo deste mundo.

O que é certo é que o ano de 1863 é, e há de ser, fecundo em acontecimentos. Aguardemos o que vier, e deixemos a apreciação do decreto de 12 de maio, não sem registrá-lo como uma data de regeneração.

Fora da arena política nenhum acontecimento de alta importância prendeu a atenção pública; e se algum houve não teve o devido efeito em meio de tão graves preocupações.

Estava eu nestes cuidados, quando recebi uma carta acompanhada de um rolo de papel.

A carta dizia:

> *Aí vão as páginas que te prometi. Não contando que desses publicidade à minha carta, guardava-me para concluir mais detidamente este trabalho. Já que foste indiscreto, paga a culpa da tua indiscrição. O que aí vai foi escrito às pressas; podia valer um pouco mais; assim nada vale. É do teu dever publicar estas linhas, e do meu assinar-me — Teu amigo certo — S.*

Abri o rolo e li na primeira página: *Um parênteses na vida*. A obsequiosidade do meu amigo Faustino de Novais veio em meu auxílio: o começo de *Um parênteses na vida* vai publicado neste volume.

Essa novela é um fato pessoal, ou pura imaginação de poeta?

Tentei resolver este problema; procurei através de cada período a realidade ou a fantasia do assunto, e confesso que fiquei sabendo o que sabia. Seja como seja, leia o leitor o conto e julgue-o como lhe parecer.

Com a chegada do inverno vai o público dispensando alguma atenção com os teatros. O Lírico, além dessa circunstância, tem a seu favor o fato de haver contratado novos artistas. Entre estes figura o barítono português Antônio Maria Celestino.

A circunstância da sua nacionalidade que, por costumes e língua tão irmã é da nossa, serviu-lhe de senha para a simpatia pública. Sobre isso valeu-lhe o seu mérito intrínseco; e o aplauso público coroou-lhe os louváveis esforços.

As reflexões que me sugere o Teatro Lírico, as apreensões que nutro acerca dele, e que peço licença para não divulgar, levam-me naturalmente a considerações gerais a respeito do teatro. Tudo, porém, desaparece momentaneamente, diante de um caso triste: o ator João Caetano dos Santos acha-se gravemente enfermo.

Deve ser indiscutível para todos o mérito superior daquele artista; e as nações que sabem fazer caso destas glórias, devem sentir-se comovidas sempre que a morte as inscreve no livro da posteridade. Por isso, ao boato falso do falecimento do criador de *Cina* o público comoveu-se; e hoje é certo que só há um desejo unânime: a vida de João Caetano dos Santos.

Machado de Assis
O Futuro, 15 de maio de 1863

O *JORNAL DO RECIFE* DEU-NOS DUAS NOTÍCIAS IMPORTANTES

O *Jornal do Recife* deu-nos duas notícias importantes, com a diferença de alegrar-nos a primeira tanto como nos contrista a segunda; refiro-me às melhoras de saúde de Gonçalves Dias e à morte de J. F. Lisboa, em Portugal. Será verdadeira a última ou não passa de um deplorável engano? É lícito duvidar da exatidão dela, e, sem ofensa à folha pernambucana, deve-se esperar uma confirmação mais positiva. Não é que o fato seja impossível; mas o silêncio da imprensa portuguesa a respeito, silêncio impossível, a ter-se dado o caso, abre lugar à dúvida. Mau era se a indiferença de um país amigo e irmão fosse a única elegia que tivesse na morte um homem tão ilustre como o autor do *Jornal de Timon*.

Pelo que respeita a Gonçalves Dias, a mesma folha se refere a uma carta do poeta. Os seus sofrimentos não desapareceram de todo, nem deixam de ser grandes; mas o ilustre poeta está fora de perigo. Escreve de Dresden, e ia partir para Carlsbad, a fim de tomar banhos minerais. A esta notícia acrescenta que tem em mãos vários trabalhos literários que pretende mandar imprimir em Leipzig. Doente, embora, o grande cantor nacional emprega a sua atividade em encher de novas joias o seu já tão farto escrínio literário. Belo exemplo esse à mocidade de hoje, a quem pertence o futuro do país. É deste modo que o talento é sacerdócio. Que importa o labor de uma longa semana? Há, para muito descanso, o domingo da imortalidade.

Falando dos moços e indicando-lhes tal exemplo, devo mencionar, entre outros nomes, o do sr. Bruno Seabra, mavioso poeta paraense, a quem já os leitores conhecem sem dúvida por suas delicadas composições. Acaba ele de chegar da Europa para onde partira há oito ou nove meses. Demorou-se em Paris a maior parte do tempo, aplicando como melhor pôde, a sua aptidão e o seu desejo de saber. Entre outras composições, trouxe já impressa uma comédia em um ato, que intitulou: — *Por direito de Patchouly*. O título indica o assunto: é a vitória do néscio cheiroso na luta com o homem chão e sisudo, coisa que se vê todos os dias, mas que o poeta reduziu a um ato chistoso, fácil, epigramático, original. Tem Bruno Seabra boas qualidades para o gênero, e a sua estreia, se alguma coisa tem de menos, apresenta já uma boa amostra do que ele pode fazer se não parar neste primeiro trabalho. Estou certo de que o autor das *Flores e Frutos* corresponderá à justiça que lhe faço, e trabalhará como lhe cumpre na medida do seu belo talento.

Em São Paulo publicou o sr. Luís Ramos Figueira, bacharel em belas-letras e estudante do 4º ano de direito, um volume a que deu por título *Dalmo ou os mistérios da noite*. Em boa justiça devem-se louvores ao sr. Figueira. Se a sua obra acusa descuidos, revela qualidades de imaginação e de apreciação; há nela muitas belezas derramadas por muitas páginas. Uma boa crítica não pode deixar de acolher a obra do sr. Figueira como um presente que promete outros muitos, e a isso fica virtualmente emprazado o autor.

Pertence o sr. Figueira à mocidade acadêmica de São Paulo, onde os moços sabem entremear os estudos jurídicos com os literários, e não esquecem a vocação do berço pelo labor do curso acadêmico.

E já que estou no capítulo dos moços, falarei de um, verdadeira criança, não tanto pelos anos, como pela ingenuidade do coração e do espírito. É nada menos que um poeta. Se lhe falta a beleza da forma, sobra-lhe o sentimento da poesia, que é o essencial e o que não se adquire.

Quem pode alcançar dinheiro de um usurário? Este é um usurário das musas, e para alcançar os versos que abaixo transcrevo, foi-me preciso uma surpresa. Ainda assim custei a convencê-lo depois de que devia publicá-los. Consentiu sob condição de lhe não publicar o nome. Anuí. Os versos não são originais; são traduzidos de um poeta da Romênia. Não são perfeitos, mas são agradáveis de ler:

> Sincero amor tu me juraste um dia
> Até que a morte te deitasse o véu;
> Tudo passou, tudo esqueceste, tudo,
> Coisas do mundo, o erro não é teu.

> "Ó meu amado, me disseste, eu quero,
> "Eu quero dar-te o meu quinhão do céu!"
> Dessas promessas olvidaste todas...
> Coisas do tempo, o erro não é teu!

Sabes que pranto derramei no dia
Em que juraste o teu amor ao meu;
Morri por ti, tu me esqueceste, embora,
Coisas do sexo, o erro não é teu.

Mudo abracei-te; teu ardente lábio
Celeste orvalho sobre mim verteu;
Veio depois a gota de veneno...
Coisas do sexo, o erro não é teu.

Tudo, a virtude, o amor, a fé, a honra,
Tudo o que prometias, te esqueceu;
Ah! nem remorsos nem amor conheces...
Coisas do sexo, o erro não é teu.

A lei do ouro e da banal vaidade
Dessa tua alma fé e amor varreu;
Curaste a chaga, amorteceste a sede,
Coisas do sexo, o erro não é teu.

Pesar de tudo, o coração amante
Há de bater de amor no peito meu
Ao pressentir-te. Ficas sempre um anjo...
Coisas do amor, o erro não é teu!

O meu poeta procurou conservar a mais estrita fidelidade. Não vi o original e não pude comparar; mas há expressões, que ele próprio indica, e que são verdadeiras belezas do original; aquele verso

Curaste a chaga, amorteceste a sede

é uma delas.

Parece-me a poesia graciosa, e como tal a ofereço aos leitores.

O meu poeta, esse, encerrado na sua *torre de marfim,* adormece e procura esquecer-se, poetando para si. Não louvo nem condeno a reclusão voluntária; admiro e lastimo.

Para concluir estas linhas, lançadas ao papel em uma época de verdadeiro fastio para mim, menciono o fato que há muito se não repete de uma reunião, tanto ou quanto numerosa, de artistas nesta corte. Veio do Sul Artur Napoleão; de Lisboa, o sr. Croner, clarinete, que teve em Londres o sucesso mais lisonjeiro que pode ter um artista, o da consagração entusiástica da crítica refletida e competente. Acrescentem-se a esses outros, filhos do país ou estrangeiros aqui residentes e cujos nomes todos sabem. Se há ocasião para concertos é esta. Se cada um deles der a sua festa artística pode haver muitas e relativamente esplêndidas. No Lírico o barítono Celestino e o soprano Briol são aplaudidos pelos *dilettanti*, e nomeadamente no *Rigoletto*, onde agradaram. Acrescente-se ainda que está a chegar uma companhia de ópera cômica francesa e ter-se-á completado assim o capítulo da música. E eu termino este pedindo escusa da minha aridez.

Machado de Assis

Post-scriptum.
Já estava composta a crônica quando recebi uma notícia que me confirma nas esperanças de uma boa estação musical. Artur Napoleão oficiou à comissão da subscrição nacional oferecendo os seus serviços em favor dos fins para que ela se organizou. Naturalmente a oferta será aceita. É inútil repetir o que em todos desperta este ato cavalheiresco do distinto pianista.

M. A.
O Futuro, 1º *de junho de 1863*

Os homens que se ocupam seriamente das coisas do Brasil

Os homens que se ocupam seriamente das coisas do Brasil têm um duplo título ao nosso reconhecimento: o que resulta do próprio fato e o que procede da singularidade e da estranheza dele, no meio da indiferença e da exageração.

Por isso menciono logo no começo da crônica o livro do sr. Wolff, o *Brasil Literário,* belo volume em francês, que se não encontra ainda ou não se encontra já nas livrarias.

Tive ocasião de folhear esse volume, mas apenas folhear. O autor procurou ser o mais minucioso possível, e pareceu-me que o foi. Reparei, é certo, na exclusão de alguns verdadeiros poetas e na menção de outros a quem Alceste podia dirigir esta interrogação:

> *Quel besoin si pressant avez-vous de rimer?*
> *Et qui diantre vous pousse à vous faire imprimer?*

Mas tudo é desculpável quando há no livro muito para agradecer. O sr. Wolff socorreu-se do mais que podia para compor a sua obra; esse interesse e os verdadeiros resultados conseguidos tornam o seu nome digno de gratidão dos brasileiros.

E relativamente às publicações literárias, não tenho muito mais de que falar. Com um livro termino este escasso capítulo. O livro é o 2º volume das lições de história pátria do sr. dr. Macedo. Sabem todos que o excelente poeta da *Nebulosa* estuda e sabe a fundo a história nacional, a que se dedica como um homem que lhe conhece a importância. Estes livros são destinados ao uso da mocidade.

Os que estimam as letras vão ter ocasião de apreciar uma novidade no país e ao mesmo tempo vão ter conhecimento de obras inéditas de autores conhecidos e estimados. Os meus leitores hão de lembrar-se de uma carta que eu publiquei, escrita pelo sr. A. de Pascual ao sr. A. E. Zaluar. Era um convite para instituir leituras públicas ao uso de Inglaterra e Alemanha. Não se efetuou a reunião necessária e anunciada, e as leituras não se fizeram como fora de desejar. Entretanto a ideia ficou, e o sr. Zaluar pretende realizá-la dentro de poucos dias. O primeiro curso é de seis leituras, como simples ensaio, a ver se o nosso público possui a necessária atenção, concentração e gosto para diversões dessa natureza.

Não desejo outra coisa mais do que o bom resultado da tentativa, a respeito da qual muitos louvores devem caber ao poeta das *Revelações*.

A imprensa conta mais um legionário, mas legionário tal que me coloca em uma difícil posição sobre o que lhe hei de dizer. O sr. L. de Nerciat acha-se à frente de um jornal francês intitulado *Le Nouvelliste de Rio de Janeiro*. Suas vistas acerca do Brasil são, como declara, as mais cordatas e bem-dispostas. É entretanto um órgão do partido legitimista, cuja bandeira hasteou, sem rebuço ou reserva. Ora, semelhante bandeira nesta terra faz o efeito do *calção e meia de seda* entre as calças largas da civilização. A discussão dessas ideias destina-se unicamente à população francesa; mas, não interessando, nem pela singularidade, ao resto da população e nem a uma boa parte daquela, não creio no sucesso do *Nouvelliste*.

Seja-lhe entretanto levada em conta a sua boa vontade a nosso respeito. Ponham-se de parte aquelas convicções; a pena do sr. de Nerciat deseja acertar no estudo de nossas coisas. Se puder conservar a separação devida entre os dois objetos a que se destina a sua gazeta, terá a gratidão de todos, certos como estão todos de que, em terra americana, as suas opiniões antiquadas não convencem nem arrastam ninguém.

Está o bispado do Rio de Janeiro acéfalo. Faleceu na idade de 65 anos o sr. d. Manuel do Monte Rodrigues de Araújo, conde de Irajá, autor de várias obras de teologia e moral. É coisa que todos sabem. O que ninguém ainda sabe é sobre quem recairá a escolha do governo para substituir o finado prelado. Essa escolha será das mais difíceis; precisa-se de um prelado altamente enérgico e ilustrado, que se compenetre da sua missão, e faça do clero aquilo que ele não é; um prelado cuja força possa esmerilhar nesse corpo mais fanático que religioso, mais intolerante que instruído, os elementos puros ou aproveitáveis e com eles empreender a obra árdua de uma regeneração.

Tenho fugido hoje ao enlace dos períodos e faço nos assuntos verdadeiros saltos mortais. Assim o pede a hora. Foi o leitor ouvir o sr. Croner? Perdeu se não foi. Este artista que, como é sabido, foi buscar a Londres a consagração do seu talento, justificou os juízos anteriores. Em um instrumento tão ingrato como é o clarinete, sabe o sr. Croner despertar as mais delicadas harmonias. Pelo que respeita aos segredos da arte, ouvi a seu respeito honrosas palavras. O sr. Croner pretende dar ainda um concerto, depois do que irá ao rio da Prata. Se o leitor é curioso, e ainda não ouviu o sr. Croner, vá no dia 19 ao Ginásio.

Terminarei transcrevendo para aqui a carta que o nosso ilustre poeta Gonçalves Dias escreveu de Dresden ao dr. Antônio Henriques Leal, no Maranhão:

"Desde o começo deste ano que estou lutando com um ataque de reumatismo, que me tem feito ver as estrelas e esgotado a pouca soma de paciência com que Deus foi servido dotar-me. Há dois dias que me não levanto, mal posso andar de fraqueza e escrevo com dificuldade.

"Assim, pois, antes de partir para Carlsbad, a fim de concertar o meu fígado e de ver se desaparece um resto de ascite que me ficou, tenho de ir aos banhos de Tiplitz, aqui nas vizinhanças de Dresden, a ver se as minhas juntas querem tomar juízo.

"Todo o ano passado foi perdido para mim, e este vai ainda pelo mesmo teor: levanto-me da cama agora. Maio, passo em Tiplitz, junho e julho em Carlsbad, depois mais um, ou dois meses de resguardo, lá se vai o ano.

"Quando me convencer de que isto não ata nem desata, tomo uma resolução, e adeus. Vou-me para o nosso. Maranhão até que os tempos mudem, se mudarem!"

Machado de Assis
O Futuro, 15 de junho de 1863

Confirma-se a notícia da morte de João Francisco Lisboa

Confirma-se a notícia da morte de João Francisco Lisboa, mais conhecido pelo pseudônimo de *Timon*.

Faleceu em Lisboa, no dia 25 de abril, na idade de 49 anos, deixando ao nosso país a glória de um nome respeitado entre os mais eminentes.

Todos os que conhecem seus escritos dispensam da minha parte uma enumeração dos seus raros e elevados dotes, de seus profundos e sólidos estudos. A sua obra sobre a vida do Padre Antônio Vieira virá confirmar a alta conta em que o tinham os seus compatriotas e todos quantos apreciam as boas letras.

Dizem que J. F. Lisboa se dispunha a escrever a história do Brasil para o que coligia documentos. É realmente para doer que a morte o viesse arrebatar antes de realizada essa tarefa. As páginas da história brasileira receberiam deste modo aquela robustez de estilo e alta apreciação que faziam supor nas mãos de Timon a pena de Tácito.

Os seus escritos vão ser publicados a expensas de sua majestade o imperador.

A morte de J. F. Lisboa deve contristar por mais de um motivo. Não é só a perda de tão ilustre brasileiro que há a sentir, senão também o medíocre efeito que esse triste acontecimento produziu. Como se explica esta tal ou qual indiferença do Brasil vendo morrer um dos seus maiores pensadores? Haverá razões da circunstância e do momento ou vai amortecendo entre nós o amor da glória intelectual? Eu disse em uma das minhas crônicas passadas, dando notícia da morte de Timon, que não acreditava nela, em vista do silêncio que se notava na imprensa portuguesa diante de tal acontecimento. Era apenas uma conjetura de homem a quem parecia que escritores como aquele não são comuns e merecem uma calorosa menção no dia em que passam dos labores da vida para as alegrias imperecíveis da eternidade. Façam-se em todo o Império algumas exceções, ninguém mais comemorou a morte de J. F. Lisboa.

O que é certo é que o país perdeu, e sem remédio, muita página brilhante que o ilustre maranhense se preparava a escrever em honra dele.

Passemos a outros fatos, leitor, e sem sair do Maranhão. Meu dever de cronista só me deixa tocar nos assuntos.

O que vou mencionar não é uma novidade, propriamente dita. É mais uma prova do que já está muito sabido.

Em minha revista passada, falando da missão que cabe ao novo bispo aludi ao estado do nosso clero, que é realmente e está a pedir uma mão de ferro em brasa. Nada significa o meu nome e eu não pretendo cadeira no Parlamento. O que o leitor talvez não saiba é que se o humilde cronista tivesse esta pretensão, meia dúzia de ministros do altar lavrariam logo circular conjurando os eleitores a não dar-me um voto sequer. É o que aconteceu agora a um deputado na Assembleia maranhense. Tendo ele dito que o clero da província estava desmoralizado, alguns piedosos tonsurados travaram da pena e fizeram circular, pedindo que se não desse votação ao *blasfemo e sacrílego dr. Tavares Belfort.*

Se o deputado Belfort tivesse dito do clero brasileiro o que disse do clero maranhense, de todos os pontos do Império surgiriam circulares de excomunhão eleitoral contra ele.

Isto não faz mal algum, nem a vítima da fúria padresca fica menos do que é no corpo e na alma; mas o que provam estes fatos é que aqueles que pretendem servir a religião andam a expô-la a um grande ridículo, sem proveito para as suas pessoas, nem para ninguém.

Em um país novo, cuja maioria se divide em dois campos, a indiferença e a carolice, a missão dos ministros do altar era outra, era a missão apostólica, tolerante, elevada, a fim de convencer os incrédulos, e trazer os fanáticos ao conhecimento dos verdadeiros princípios da Igreja.

Em vez disto, os nossos padres divertem-se em lançar às urnas eleitorais a interdição religiosa, ou escrever gazetas sem tom nem som, a respeito das quais ninguém sabe o que admirar mais, se a impudência dos redatores, se a paciência dos assinantes.

Ninguém que deseje a prosperidade do país pode deixar de almejar uma administração perfeitamente convicta da verdade, que tome a peito fazer dos padres apóstolos verdadeiros e dos jornais de sacristia sérias tribunas de propaganda.

Ponham à frente dos bispados homens tais e verão como as coisas mudam e começa uma era de regeneração.

Repito, o que indigna hoje, não é só a intolerância, é o ridículo com que ela se apresenta, ridículo funesto aos verdadeiros interesses da Igreja. E o que mais dói, é ver que esta intolerância reside em um clero pela maior parte ignorante, sem prestígio, é verdade, mas também sem escrúpulos.

Dito isto, deixemos em santa paz os padres do Brasil.

Sua majestade o imperador acaba de mimosear o distinto artista português Rafael Croner com um magnífico alfinete de brilhantes, *como lembrança,* diz a carta da mordomia, *do apreço em que tem o seu merecimento.*

Este merecimento que o público já teve ocasião de reconhecer e aplaudir é dos mais incontestáveis. Na crônica da última quinzena fiz menção do nome do distinto artista com aquele respeito que me impõem o seu talento e os seus conhecimentos de arte.

Em seu segundo concerto, dado ultimamente no Ginásio, anunciou o sr. Croner umas variações de saxofone. O efeito provou mais que muito a expectativa; neste instrumento mostrou o sr. Croner todos os dotes que o distinguiam no primeiro. Os aplausos do público coroaram o seu precioso trabalho.

O sr. Croner vai fazer uma digressão pela província de São Paulo depois do que voltará a esta corte, para tomar o paquete da Europa. É natural que ainda se faça ouvir entre nós, e confirmar ainda uma vez as boas impressões que lhe deixam o nosso público e a nossa terra.

Outro artista português, e de renome, acha-se, como já sabem os leitores, nesta corte. É conhecido velho. O menino Artur está um homem, crescendo-lhe com a idade, a rara perícia com que desde os tenros anos, a todos admira. Deu um concerto no Teatro Lírico onde foi recebido na forma do costume e onde executou como sempre.

Teve também da parte do Imperador a mesma distinção que recebeu o sr. Croner.

Brevemente terá lugar um concerto dado por ele, destinando-se o produto à subscrição nacional.

Esta oferta do pianista deve ser recebida pelos brasileiros com a maior gratidão.

Não quis Artur Napoleão deixar de contribuir com o seu talento para a coleta patriótica a que se procede. É um ato que o honra e de que não nos esqueceremos, aliando sempre ao nome artístico que ele adquiriu, o de um amigo da nação.

Machado de Assis
O Futuro, 1º de julho de 1863

AO ACASO
Diário do Rio de Janeiro (1864-1865)

Suponham os leitores que o folhetim é uma trípode de ouro

Suponham os leitores que o folhetim é uma trípode de ouro, e ouçam atentamente a história que lhes vou contar.

Os pescadores de Mileto, andando ao mar um dia, acharam uma trípode de ouro. Consultada a pítia, eis o que o oráculo ditou:

"Filho de Mileto, tu interrogas Febo acerca do destino que se deve dar à trípode de ouro? Procura o primeiro em sabedoria dentre os homens, a trípode caberá a esse".

Era difícil a conjectura. Tão difícil que, a ser verdade o que Diodoro escreve, a trípode acendeu a guerra na Iônia.

O mais sábio! — o mais sábio sou eu, e não o meu vizinho da esquerda, o qual pretende igualmente ser mais sábio que o meu vizinho da direita. Sou eu, e não o vizinho fronteiro, que acredita-se ainda mais sábio que todos nós, nem o vizinho da esquina que se reputa mais sábio que o vizinho fronteiro, nem o da rua próxima que se supõe mais sábio que o vizinho da esquina!

Se a pítia, em vez de designar o mais sábio, houvesse designado o menos instruído, o menos apto, o menos capaz, a trípode corria o risco de não pertencer a ninguém, mas com certeza não haveria a guerra da Iônia.

Não houve guerra no nosso caso, ó leitores, nem a trípode correu o risco de ficar abandonada; aceitou-a o menos apto: sou eu.

E todavia esta trípode devia infundir-me certo terror. Foi nela que se sentaram tantos e tão capazes, uns ceifados hoje pela morte, outros desviados na política, outros finalmente esquecidos de si e das musas no meio dos tédios da vida.

Mas a audácia é própria dos moços e o terror foi vencido, não sem pear-me e pena, não sem acanhar-me o ânimo.

Quis elevar-me à altura de Ministério novo e redigir um programa para o folhetim. Rabisquei muito papel, gastei muito tempo, esgotei muita paciência, à cata de duas linhas só, que me servissem de programa; ao cabo do tempo e do trabalho, reconheci que só tinha conseguido aborrecer-me e encolerizar-me.

Canta, ó deusa, a cólera... do folhetinista!

Resumi o programa no título. O folhetim não é outra coisa mais do que o acaso, o vago, o indeterminado; é o acontecimento que há de haver, o lucro que se há de imprimir, o sarau que se há de dar; é o dito que escapa, a anedota que circula, o boato que se espalha; é o capricho do tempo, o capricho da pena, o capricho da fantasia; é a chuva e o sol, a elegia e o cântico; o folhetim reside no dia seguinte, vive do futuro, sai do ventre de todas as semanas, às vezes Minerva armada, à vezes *ridiculus mus*.

Desisti do programa.

Vinha aqui muito a pelo fazer uma divagação política a respeito dos ministérios que fazem programa, mesmo quando não tem nenhum, e dos programas que ainda estão à espera de ministérios. Mas eu não quero de modo algum tornar demasiado séria a fisionomia destes escritos. Só farei exceção para os assuntos de política amena.

O que é política amena? Tenho exatamente na lista dos acontecimentos da semana um fato de política amena: é o discurso do sr. barão de são Lourenço, na primeira discussão do voto de graças.

S. ex. ocupou a tribuna durante duas horas quase, e produziu no auditório a mais franca hilaridade.

Eu mesmo, agora que já se passaram alguns dias, não posso lembrar-me daquele discurso sem sentir um sorriso entreabrir-me os lábios.

Explicarei a causa do meu sorriso.

O discurso do sr. barão tende a ser engraçado. O ilustre senador entendeu que devia oferecer à corporação de que faz parte um *hors d'oeuvre* oratório e nessa disposição subiu à tribuna. Ah! Declarou-se ressuscitado político e comparou-se a um ganso do capitólio, a um guarda noturno, a uma sentinela, a um mugido, e a outras coisas mais que não vem a pelo enumerar.

Em alguns pontos s. ex. fez política tétrica; eu só quero ocupar-me com um dos pontos de política amena.

Uma das gracinhas do ilustre senador foi dizer mal dos poetas como homens públicos.

Para s. ex. um soneto é um pecado que priva o autor da mínima atenção dos homens sérios.

Parece que a lei justa e verdadeira seria aquela que, parodiando a lei espartana, mandasse ditar fora do seio comum, o infeliz que nascesse com a deformidade poética.

Longe disso, o ilustre senador vê que a qualidade de poeta é uma recomendação nos tempos de hoje, e deplorou esse fato, ora em frase indignada, ora em frase picaresca.

S. ex. declara que não vê letra redonda há muitos anos; devo crer que nesse tempo esqueceu o que porventura tivesse lido anteriormente.

Seja-me lícito, portanto, lembrar ao ilustre senador, meia dúzia de nomes que diminuem um pouco o efeito, dos seus *couplets* oratórios.

Meia dúzia entre mil:

Dante, autor da *Divina comédia*, foi 14 vezes embaixador da sereníssima República de Florença, e se o seu poema conquistou a admiração do mundo, os seus serviços de homem público mereceram a consideração dos seus conterrâneos e a ingratidão de sua pátria;

Chateaubriand, autor dos *Mártires* e de *René*, foi igualmente embaixador de França, e tem, ao par da glória de *Atala* a glória do Congresso de Verona;

Gladstone comentou Homero e ilustrou as letras inglesas, o que o não impede de ser hoje o chanceler do tesouro, no país prático por excelência, e um dos primeiros, e não o primeiro financeiro da Europa.

Lamartine, apesar das *Harmonias* e do *Jocelyn*, serviu à sua pátria como diplomata, como representante, como presidente de República.

Garrett soube acomodar as musas no gabinete de ministro, e ninguém dirá que o *Tratado de educação*, desmerece ao pé de *Camões* e das *Folhas caídas*.

Martinez de la Roza, eminente poeta, foi muitas vezes ministro da coroa espanhola; Alexandre de Gusmão, o visconde da Pedra Branca, José Bonifácio, marquês de Paranaguá, e tantos outros, nossos e alheios, antigos e modernos, souberam aliar os dons das musas com os encargos da coisa pública.

O sr. barão de são Lourenço teve um fim muito transparente nesta parte do discurso: aproximar-se de Platão, que excluiu os poetas da sua República, e deixar patente que não há nada de comum entre s. ex. e o seu, a muitos respeitos, homônimo, o tradutor do *Ensaio sobre o homem* de Pope, e do *Paraíso perdido* de Milton.

Farei uma última observação. Apesar do ódio entranhado que parece ter à poesia, o ilustre senador não deixou de falar em verso algumas vezes, com o auxílio dos *Lusíadas*, cujo autor não era senador, nem fazendeiro, nem empresário.

Mas o discurso fez barulho e creio que nisto está preenchido o fim do ilustre senador. Foi um tiro de pistola no meio da praça. Todos voltaram a cabeça e a atenção está sobre s. ex.

Eu tomei apenas conta do processo dos poetas. Quanto ao resto não me dá abalo, nem é de minha competência. Meus desejos são tão bons que eu farei votos para que no dia em que o ilustre senador deixar vaga a cadeira que ocupa no Senado não haja poeta que se lembre de ir chorar hendecassílabos sobre esse acontecimento. *Basta que o jornal mais próximo da sua fazenda* escreva um necrológio em prosa seca e chã.

É tudo quanto eu tenho a dizer de política amena. Da outra não direi palavra.

Tão pouco falarei da questão religiosa que se agitou em todo o Império e que ainda não parece extinta — a questão suscitada pelo distinto deputado fluminense Pedro Luiz, da qual resultou ficar um deputado crucificado e um jornal abençoado. O *jornal abençoado* não é o de que fala o mano Basílio.

Não falarei por três razões:

Primeiramente, porque tanto na imprensa como na tribuna, a questão foi esgotada.

Depois, porque os Veuillots de cá não são menos intolerantes que a falange do *Univers*, e eu sempre tive medo de replicar a quem entende que ferir os maus instrumentos é atacar os bons princípios. É verdade que a abstenção não inspira ao adversário a moderação de linguagem, e a pena, uma vez molhada em fel, salpica tudo, o coração e a consciência, o grande aprazimento do dito adversário.

> *Dont la haine terrestre au feu du ciel s'allume,*
> *Et qui nous percera la langue avec la plume.*

Nesse caso, o melhor é deixar passar a ira sagrada, *il sacro furore*, procurando imitar a paciência do cordeiro de Deus.

Os tempos não estão para graças. Parecia que a influência do espírito moderno devia ter modificado o espírito do Vaticano, e o Vaticano, ainda no Breve ultimamente publicado, acha-se como no tempo de Galileu. A ciência não podendo marchar sem a fé! Ó pósteros, acreditá-lo-eis?

Parenthesis. A propósito de ciência abro um parênteses. Li em um jornal estrangeiro o anúncio de umas *escovas volta-elétricas* do dr. Hoffmann (de Berlim). Parece que realmente as tais escovas são maravilhosas; mas, o que me fez rir foi a declaração de que esse invento era o último progresso da ciência.

É um anúncio esse que compromete singularmente a gravidade e a sisudez que eu suponho no dr. Hoffmann (de Berlim). É pôr-lhe na boca, pouco mais ou menos, estas palavras:

— Meus senhores, chegamos ao derradeiro limite. Eu sou as colunas de Hércules da ciência. Daqui para diante, mares tenebrosos, regiões escuras, o caos. A ciência, depois de correr tantos séculos, conta hoje dois grandes focos de luz, dois pontos capitais, o *alpha* e o *omega*, o princípio e o fim, Hipócrates e o dr. Hoffmann (de Berlim).

Este é que é o último progresso do *puff*.

Fecho o parênteses.

A última razão que me obriga a guardar silêncio na questão dos capuchinhos é a mesma que dei a respeito da divagação política. Não quero dar ao folhetim um ar grave e incompatível com a natureza dele. Nem aquela questão é acontecimento especial da semana que findou.

Acontecimento especial foi, por exemplo, a estreia da companhia lírica. Não tendo assistido a nenhuma das duas representações, guardo-me para falar domingo com perfeito conhecimento de causa. Se me referir aos jornais e às opiniões particulares, acrescentarei duas coisas somente: a companhia é regular e foi melhor recebida na segunda representação.

Devia ser assim. As tábuas do Teatro Lírico ainda conservam os vestígios dos pés de Stoltz e La Grange, Tamberlick e Mirato. Os ecos da sala não esqueceram ainda as vozes celebradas as sumidades artísticas que nos têm visitado. Os novos artistas entraram em cena debaixo desta impressão acabrunhadora, e não podiam desde logo fazer conhecer todo o seu merecimento.

Guardo-me para depois.

A *Punição* continua a atrair a concorrência pública. Esta segunda filha da imaginação do autor da *História de uma moça rica* está colocada entre as melhores peças do teatro nacional. É um lugar que lhe cabe por direito, sendo que esse direito importa para o sr. dr. Pinheiro Guimarães o dever de não parar na carreira e de contribuir ainda para o engrandecimento das letras dramáticas do Brasil.

Não é talento que nos falta, é animação. Se o aplauso acolhe as obras de prosa, o poeta nem sempre pode fazer a exibição dos produtos da sua inteligência, atenta à situação precária dos teatros.

Se não houver uma intervenção eficaz, a arte dramática cairá no aniquilamento. Os artistas divididos pelos quatro teatros da capital atravessam uma vida penosa sempre e muitas vezes inglória.

Ainda na terça-feira estreou no Teatro de São Januário um grupo de artistas que tomou a denominação de *Bohemia Dramática*, título característico do estado que assinalei.

A peça escolhida é uma obra póstuma do dr. Agrário de Souza Menezes, *Os miseráveis*.

Aos mortos deve-se a verdade.

Eu mentiria se dissesse que a peça preenche todas as condições do drama. Com efeito, as paixões, e os caracteres não seguem ali uma lógica rigorosa. A ação é sacrificada à situação; o lance destrói a lógica dos fatos; a verossimilhança nem sempre é respeitada, e citarei, entre outros, o [...] de que Fausta lança mão para realizar o baile do 9º ato.

Contava ter mais espaço e vejo que ele se me vai acabando. Não me demorarei nos defeitos para ter lugar de notar as qualidades. O drama impressiona o espectador, e conta muitos lances que foram na primeira noite calorosamente aplaudidos. Os papéis de Severo, Fausta, e Eugênio são os que mais interessam o espectador e há belas cenas de grande efeito. Vicente Ferrer, nos diferentes graus de abjeção em que se apresenta, prende igualmente a atenção. Christina é uma figura suave que atravessa o fundo do quadro negro da peça, entre o amor de Eugênio e a dignidade de Severo.

Vou terminar. O leitor tem convite para o *Ernani* hoje e São Cristóvão? Conversaremos domingo.

M. A.
Diário do Rio de Janeiro, 5 de junho de 1864

Também o folhetim tem cargo de almas

Também o folhetim tem cargo de almas. É apóstolo e converte.

Fácil apostolado, é certo. Não há terras inóspitas ou áridos desertos aonde levar a palavra da verdade; nem se corre o risco de ser decapitado, como são Paulo, ou crucificado, como são Pedro.

É um apostolado garantido pela polícia, feito em plena sociedade urbana. Em vez de pisar areias ardentes ou subir por montanhas escalvadas, tenho debaixo dos pés um assoalho sólido, quatro paredes dos lados e um teto que nos abriga do orvalho da noite e das pedradas dos garotos. E por cúmulo de garantia ouço os passos da ronda que vela pela tranquilidade do quarteirão.

É cômodo, e nem por isso deixa de ser glorioso.

Deste modo o folhetim faz de ânimo alegre o seu apostolado. Entra em todo o lugar, por mais grave e sério que seja. Entra no Senado, como são Paulo entrava no Areópago, e aí levanta a voz em nome da verdade, fala em tom ameno e fácil, em frase ligeira e chistosa, e no fim do discurso tem conseguido, também como são Paulo, uma conversão.

O sr. barão de são Lourenço foi o meu Dionísio.

S. ex. veio reconciliar-se com as musas.

Foi para isso que ocupou a tribuna terça-feira passada, e tão francamente o fez que se dignou responder indiretamente aos períodos que lhe consagrei no folhetim de domingo.

É verdade que o meio, empregado pelo ilustre senador, foi um meio já cediço no Parlamento. S. ex. *explicou-se.* Não se deu por vencido; achou que o interpretei mal, e veio *explicar* o sentido das suas palavras. Seja como for, *explicar* um erro é sempre honroso.

S. ex. alegou que não desconhece aptidão nas musas para os cargos públicos; e que os reparos feitos tinham por fim somente poupá-las para que elas possam conservar o brilho. Quer que os poetas sejam aproveitados, mas não quer que a circunstância de conversar com as musas seja suficiente para dar-lhes recomendação.

E acrescentou ainda que as musas não podem pensar mal de s. ex., visto que s. ex. também possui estro, faltando-lhe somente o talento da rima.

O ilustre senador lamentou também que eu lhe profetizasse a ausência dos poetas na ocasião em que s. ex. partir desta para a melhor. Enfim (para terminar a parte do discurso que me toca) s. ex. sentiu que, com o seu discurso, ficassem as *musas assanhadas.*

Esta última expressão causaria estranheza se não fosse transparente o fim com que o ilustre barão a empregou. Pareceu-lhe engraçada, e s. ex. não pôde conter-se: soltou-a. S. ex. adquiriu já uma fama de bom humor e deseja conservá-la a todo o custo.

Mais adiante hei de mostrar o custo desta fama.

Mas, sinceramente ou não, é certo que o ilustre senador veio reconciliar-se com as musas. As musas não são intolerantes e recebem com galhardia as *explicações* parlamentares. Pode ficar certo o ilustre senador de que há mais alegria no Parnaso por um pecador que se arrepende, do que por um justo que nunca pecou.

O folhetim aplaude-se com a conversão.

O sentimento de contrição do ilustre senador já se havia revelado antes, por meio de uma correçãozinha feita no discurso que se publicou segunda-feira passada.

É o que há de ficar impresso.

Este meio de corrigir — alterando ou suprimindo — é muito do uso de alguns oradores. Será útil que a civilização acabe com esse uso de andar de jaqueta diante dos contemporâneos e aparecer de casaca à posteridade.

Convertido o ilustre barão, ficaria terminado o incidente, se uma das musas assanhadas não me houvesse remetido duas linhas para publicar.

A musa, ignorando se s. ex. está ou não sinceramente convertido, hesitou se devia escrever em prosa ou em verso. Uma terceira forma, que não fosse nem verso nem prosa, resolvia a questão; mas essa só o ilustre barão ou mr. Jourdain no-la poderia indicar.

Achei um meio-termo. Descosi os versos da referida musa, e arranjei a obra, de modo que pode ser indistintamente verso ou prosa.

Hei de publicá-la depois.

Agora passo a mostrar quanto custa a fama de bom humor e jovialidade.

Expressões ouvidas no Parlamento esta semana:

Um representante da nação: — Não aceito as proposições que vão de encontro às minhas opiniões... do momento! *(Risadas).*

Outro representante: — Confesso que se o governo me demitisse, fazia bem. Eu sou, realmente, um mau funcionário; se não fora o chefe do Estado-maior tudo iria por água abaixo! *(Hilaridade).*

O mesmo representante: — Seja franco o nobre ministro; deite uma tabuinha para cá e verá como eu passo para lá! *(Hilaridade).*

Há outras expressões, do mesmo jaez, de que me não recordo agora.

O efeito é certo; rompe a hilaridade; adquire-se a fama de jovial e bom humor; mas avalie-se o custo desta fama...

Tenho outra expressão parlamentar desta semana. É de um novo La-Palisse:

Um representante *(tom de lente ou diretor de faculdade):* — Não, não há dúvida: a destruição é a antítese da conservação!

> *Un quart d'heure avant sa mort*
> *Il était encor en me.*

N. B. Rogo aos representantes a quem tenho colhido estes pedacinhos de ouro hajam de não suprimi-los na publicação dos discursos. Já não se trata de ir à posteridade — de casaca ou de jaqueta; trata-se de irem nus.

Do Parlamento geral ao Parlamento provincial é um passo. Vamos ao Maranhão.

Chegou àquela província o corpo de João Francisco Lisboa.

É inútil dizer o que foi João Francisco Lisboa, uma das nossas glórias nacionais, filho de uma das províncias mais ilustradas do Império, que nos deu Gonçalves Dias, Sotero dos Reis, Odorico Mendes e tantos outros.

J. F. Lisboa, como se sabe, faleceu em Portugal há um ano, e só agora pôde chegar o seu corpo à terra natal.

Que fez a Assembleia provincial? Esqueceu nesse dia as nomeações policiais; não tomou conhecimento das lutas seculares dos Aquiles e dos Heitores de campanário; levantou-se à altura da perda que o país sofrera e da imortalidade que irradiava daquele nome; e foi em corporação assistir ao funeral do ilustre morto.

Este ato foi praticado por iniciativa do deputado Sotero dos Reis.

Já no dia anterior, a mesma Assembleia votara uma quantia destinada à impressão das obras de J. F. Lisboa; e a Câmara municipal resolvera abrir uma exceção, dispensando o cadáver da jazida comum e marcando-lhe um templo para ser sepultado.

A Assembleia provincial não parou no que fez; elegeu uma comissão para ir dar os pêsames à viúva de J. F. Lisboa.

E para completar a resenha das demonstrações feitas nesse dia, acrescentam os jornais do Maranhão que os donos e consignatários dos navios surtos no porto de S. Luís, apenas constou a chegada do navio em que ia o cadáver, mandaram cruzar-lhes as vergas em sinal de funeral, desde o dia da chegada até o do desembarque.

Estas demonstrações honram uma província e fazem amá-la, como uma irmã que compreende o valor das glórias nacionais e sabe honrar, como deve, os seus mortos ilustres.

Que os interesses estreitos e mesquinhos dos grupos locais sofressem embora. É um dia que se tomou na longa soma dos dias destinados às lutas estéreis. A política nesse dia devia curvar a cabeça a uma das maiores capacidades literárias do país.

Isto vai — ao acaso — e conforme os assuntos me vão ocorrendo, sem curar do efeito que possa causar a contiguidade de um assunto triste e de um assunto alegre.

Prometi domingo passado dizer o que pensasse da nova companhia lírica. Mas, o folhetinista põe e a empresa dispõe. A semana passou e não houve espetáculo algum. Cantou-se ontem, é verdade, o *Trovador;* mas, à hora em que escrevo, não posso saber ainda do que irei ouvir.

Não desanimeis, porém, ó *dilettanti!* Temos assunto lírico e verdadeira novidade.

Alguns cavalheiros e senhoras distintas resolveram cantar... o quê? Um quarteto? Um sexteto? Um coro? Não, uma ópera!

Era novidade entre nós, e a novidade atraiu a atenção de muita gente. Choveram os pedidos, os empenhos, as solicitações.

Travaram-se relações de momento com quem pudesse interceder e arranjar um bilhete de convite.

Um bilhete de convite, sim! E a ópera não foi nem podia ser cantada em um salão, como acontece em uma comédia francesa, ultimamente levada à cena em Paris. A ópera foi cantada em um teatro, no Teatro de S. Cristóvão, pequeno, mas apropriado para aquilo.

Fora um livro para escrever, suponho eu, aquele que fizesse a história do modo lento por que o teatro penetrou no salão.

Os romanos já tinham por costume terminar as refeições, com a recitação de alguns pedaços de tragédias gregas e latinas.

O teatro entrou propriamente no salão com os pequenos provérbios e charadas. A comédia foi-lhes no encalço. A ópera vai entrando, e os exemplos mais recentes são dois: um em Paris, em casa de uma condessa, cujo nome não tenho presente, e este de domingo passado, no Teatro de S. Cristóvão.

Neste último caso, o teatro não entrou propriamente no salão, se quisermos olhar a feição material do fato. Mas, embora a sociedade procurasse o teatro, no fundo, o teatro é que entrava no salão. Onde estava a sociedade, estava o salão.

Cantou-se o *Ernani.*

O *Ernani!* — É verdade; e a massa de espectadores distintos que lá se achavam não deu só aplausos amigos, deu aplausos de justiça espontâneos e merecidos.

Perfeitamente ensaiados, graças aos esforços do sr. Jerônimo Martinez, de cuja proficiência musical é inútil dar notícia aos leitores, os *artistas-amadores* houveram-se melhor do que era de esperar de amadores naquelas circunstâncias especiais.

Ao sr. J. Martinez deve-se em parte a realização daquela ideia, já pela insistência e pelas animações que dava, já pelo zelo e solicitude com que dirigiu os estudos e ensaios da peça.

Acompanhou o sr. Martinez, na parte relativa aos ensaios de cena, o sr. Cavedagni, de quem igualmente se deve fazer uma menção honrosa.

O papel de *Elvira,* coube à sra. D. M. E. G.; o de *Giovanna,* à sra. D. O. D.; *Silva,* foi desempenhado pelo sr. comendador C. F.; *Ernani,* pelo sr. Comendador F. J. S.; *Carlos v,* pelo sr. J. A. M.; *Ricardo,* pelo sr. F. V.; *Iago,* pelo sr. J. da C.

Senhoras distintas e distintos cavalheiros compuseram os coros da peça.

Acompanhou na harpa o duo de *Elvira e Carlos v* a sra. D. C., filha do sr. comendador F. J. S.

Os intervalos foram preenchidos do seguinte modo: *Uma ária,* pela sra. M. V.; uma peça no piano, a quatro mãos, pelas sras. DD. O. D. e M.; outra peça, no piano, a seis mãos, pelas filhas dos srs. conselheiros J. F. C. e dr. L., acompanhadas por seu distinto professor J. Martinez.

A orquestra igualmente composta de cavalheiros distintos foi habilmente regida pelo sr. dr. J. J. R.

Tal foi o programa da noite de domingo passado. O auditório era numerosíssimo, e conservou-se até o fim, dando inequívocas e ruidosas manifestações do prazer de que se achava possuído.

Não falo das polcas e das valsas que, entre alguns íntimos, deram fim à noite.

Consta-me que se repetirá a festa de domingo passado. É com a mais franca alegria que aplaudo esta determinação.

Antes de concluir, mencionarei a notícia de um livro e de um poeta novo da Bahia. Não vi ainda o volume do novo poeta, mas ouvi louvá-lo a autoridades competentes. Se o obtiver esta semana, direi alguma coisa no próximo folhetim.

M. A.
Diário do Rio de Janeiro, 12 de junho de 1864

Quero tratar os meus leitores a vela de libra

Quero tratar os meus leitores a vela de libra. Desta vez não lhes dou simples notícias: — dou-lhes um milagre.

— Um milagre! — Qual? Suou sangue algum santo? Reconciliou-se a *Cruz* (papel) com a doçura evangélica? Apareceu alguma ave rara? A Fênix? O cisne preto? O melro branco?

Não, leitores, nada disso aconteceu; aconteceu outra coisa e muito melhor.

Foi um milagre verdadeiro, um milagre que apareceu quando a gente menos esperava, como deve proceder todo o milagre conscienciosos; um milagre positivo, autenticado, taquigrafado, impresso, distribuído, lido e relido; um milagre semelhante ao casamento do duque de Lauzun, que a bela Sevigné dizia ser, entre todos os sucessos, o mais miraculoso, o mais incrível, o mais maravilhoso, o mais imprevisto, o mais singular.

Sucedeu isto em pleno Parlamento, à luz do sol, no ano da graça de 1864, em presença de cerca de quinhentas pessoas, isto é, mil ouvidos, que se não podiam enganar a um tempo, incluindo nesse número os dois ouvidos de um taquígrafo infalível que recolheu as palavras do milagre, traduziu-as em vulgar, e reproduziu-as no *Correio Mercantil* de terça-feira passada.

Que houve então no Parlamento brasileiro, à luz do sol, no ano da graça de 1864?

— A Glorificação da Invasão do México.

Este acontecimento não podia deixar de entrar nestas páginas, a título de política amena.

E desde já declaro que o tom de gracejo com que me exprimo resulta da natureza do folhetim e da natureza do milagre. A intenção e a pessoa do representante da nação, autor do discurso *pró México,* ficam respeitadas.

Estava o México em debate? Não; o que se debatia era a dotação das augustas princesas, cujo casamento se há de efetuar este ano, segundo anunciou sua majestade ao Parlamento, e que o país espera com a mais simpática ansiedade.

O sr. Lopes Neto orava contra a elevação do dote e desfiava as razões que tinha para isso. Um aparte anônimo desviou o orador, e deixando de parte a dotação de suas altezas, entrou s. ex. a dizer o que pensava a respeito do México.

Pensa s. ex.:

Que o novo Império não é o resultado da invasão francesa, mas apenas uma obra da grande maioria do país;

Que a nova Monarquia é uma monarquia constitucional;

Que o Império do México é em tudo igual ao Império do Brasil;

Que o México vai entrar em uma era de paz e de prosperidade;

Que o século não é de conquistas — e portanto — o México não é uma conquista francesa.

S. ex. pensa ainda outras coisinhas que eu não posso reproduzir, a fim de não alongar as proporções do folhetim.

Vejamos agora o que pensa o resto do mundo, exceto a deputação mexicana, os notáveis, os procônsules de Napoleão, o governo francês, o *Monitor Oficial,* as folhas oficiosas de Paris e o sr. Lopes Neto.

Não conto nestas exclusões os tomadores de apólices do empréstimo mexicano, porque esses, com certeza, não pensam nada, arriscam-se em uma empresa, como se arriscariam à banca, entre um valete e um ás.

O que o resto do mundo pensa, é que o México é apenas uma conquista francesa, tanto em vista dos fatos anteriores, como dos fatos atuais, conquista feita pelas armas e apoiada no interior por um partido parricida.

Pensa ainda o resto do mundo:

Que o Império mexicano, filho do Império francês, traz as mesmíssimas feições do pai; isto é, as leis de exceção, as instituições mancas, o reinado da polícia, o adiamento indefinido de complemento do edifício, adiamento que o próprio discurso de Maximiliano deixa entrever menos claramente que o célebre discurso de Bordeaux;

Que entre aquele Império e o Império do Brasil, ninguém pode achar afinidades possíveis, nem quanto às origens, nem quanto às esperanças do futuro; Que, qualquer que seja o estado de um país e qualquer que seja a probabilidade de pronta regeneração, depois de uma nova ordem de coisas — nenhum outro país pode impor-lhe um governo estranho, seja república, seja monarquia constitucional ou absoluta, seja governo aristocrático, democrático ou teocrático;

Que, tendo o Império francês imposto um governo estrangeiro ao México, acontece que o último argumento do sr. Lopes Neto é um argumento falso e virado do avesso, o qual pode ser virado deste modo: — A expedição francesa foi uma conquista — portanto, o século é ainda de conquistas;

Que a grande maioria do país é semelhante àquela grande maioria de uma ópera espanhola, onde Astúcio, presidente de um conselho composto de sua mulher unicamente, declara que, em vista da maioria, não pode admitir como cantora a pretendente castelhana;

Que a tranquilidade do México é coisa problemática, à vista das guerrilhas que ainda correm o país, e das dissensões que já lavram entre os franceses e alguns homens influentes do partido que a França foi ajudar;

Que, em face de tal futuro, é para lamentar que o jovem imperador Maximiliano se metesse em uma aventura tão arriscada, sem reparar que serve aos interesses e aos caprichos de um governo estrangeiro e violador dos princípios que tão alto proclama;

Que, dadas todas estas razões de princípio e de fato, deve ser coisa de espantar ouvir-se um deputado no Parlamento brasileiro, à luz do sol, no ano da graça de 1864, glorificar a expedição do México, e tecer loas à generosidade de Napoleão.

É isto o que pensam e sabem todos, menos aqueles que eu excetuei acima, e como nas exceções só há um brasileiro, que é o sr. Lopes Neto, eis por que julguei dever mencionar antes de tudo este espantosíssimo milagre.

Diria acaso o sr. Lopes Neto a mesma coisa, se qualquer governo estrangeiro mandasse uma esquadra às nossas águas, rasgasse as nossas instituições, dissolvesse os poderes constitucionais, derribasse o trono, e plantasse... o quê? — a melhor utopia de governo possível?

Não diria, decerto; e é isto o que eu deploro; é esta alteração dos princípios segundo as regiões, que faz dizer com Pascal: *Plaisante justice qu'une rivière ou une montagne borne! Verité au deçà des Pyrénées, erreur au delà!*

Sem querer vou dando ao folhetim uns ares de política torva. Mudo de rumo. Por exemplo, faço uma perguntinha à *Cruz,* órgão da sacristia da Candelária.

A *Cruz* parece olhar com bons olhos a expedição francesa, sem dúvida por lembrar-se que ela achou um esteio no partido clerical do México. Sabe acaso a *Cruz* que já as coisas não andam bem entre os *generosos estrangeiros* e os pastores da Igreja mexicana? Sabe que o arcebispo do México declarou em um escrito *que a religião e seus ministros eram mais infelizes sob a ditadura francesa do que sob o governo de Juarez?*

Dou este aviso à *Cruz* para que ela não esfrie o santo zelo de que anda possuída.

E depois deste assunto, mais ou menos incandescente, leitores, passemos a falar do inverno.

É amanhã o dia designado nas folhinhas de Laemmert e Brandão para a entrada solene e oficial deste hóspede. Quem o dirá? A temperatura tem-se conservado moderada e branda, fresca sempre, mas nunca fria; e isto muito antes do dia assinalado nas folhinhas de Laemmert e Brandão.

É que o nosso inverno difere dos outros invernos e do inverno pagão; é um velho, sim, mas é um velho apertadinho, afivelado, encasacado, bamboleando o corpo para disfarçar o reumatismo, rindo para disfarçar a tosse, calculando as visitas pelas variações do termômetro.

Só de ano a ano temos algum inverno um tanto áspero. De ordinário, o inverno do Rio de Janeiro não passa disto. Todavia, como é forçoso dividir o ano em quatro estações, dá-se sempre três meses ao inverno; e assim resolvem os fluminenses sentir frio desde 21 de junho a 21 de setembro.

Tudo isto não passa de um pretexto para as partidas e para os teatros. Então sucedem-se os bailes solenes e as reuniões íntimas, os teatros procuram melhorar o repertório, e, mal ou bem, há sempre uma companhia italiana.

Desta vez nada nos falta... relativamente.

O mundo elegante pode ir dos salões do clube às reuniões particulares, daí ao Teatro Lírico, onde uma companhia tanto ou quanto regular executa três vezes por semana as obras dos mestres da arte. Aplaudirá aí a voz agradável e a arte mímica de Isabel Alba, cujo talento, sem pretender arcar com as altas capacidades líricas, sabe conquistar um aplauso simpático e justo.

A isto acresce a presença da eminente artista dramática portuguesa Emília das Neves e Sousa, que chegou ontem da Europa.

É um dos talentos mais celebrados de Portugal, em cujo teatro ocupa o lugar primeiro. Sua reputação atravessara de há muito o oceano, e chegara até nós. A artista, tendo percorrido ultimamente grande parte do reino, lembrou-se de vir até às nossas plagas; é uma ocasião que nos fornece de apreciá-la e aplaudi-la. Esta semana pode contar que foi rica em produções dramáticas: duas comédias em um ato!

Dos dois autores, um é estreante, o sr. Ataliba Gomensoro, estudante da faculdade de medicina. Não assisti à representação; mas ouvi dizer que a comédia agradou muito, que é cheia de vida e movimento, e semeada de bastante sal cômico. Tem por título: *Comunismo,* e foi representada no Ginásio.

A outra comédia é de autor conhecido e aplaudido, o sr. dr. Augusto de Castro; intitula-se *Por um óculo*, e foi representada no Teatro de São Januário.

De todas as produções do autor é a que me parece mais divertida, mais fácil, mais correta. Abundam nela as situações cômicas, o diálogo corre natural, vivo, animado, e o espectador ri e aplaude espontaneamente.

Nenhuma outra produção veio aumentar a lista da semana.

A Casa Garnier acaba de receber de Paris os exemplares de uma edição que mandou fazer da comédia do sr. conselheiro J. de Alencar — *O Demônio familiar*.

O público fluminense teve já ocasião de aplaudir esta magnífica produção daquela pena culta e delicada, entre as mais delicadas e cultas do nosso país.

A edição do sr. Garnier é o meio de conservar uma bela comédia sob a forma de um belo volume. A nitidez e elegância do trabalho convidam a abrir este volume; é inútil dizer que a primeira página convida a lê-lo até o fim.

A Casa Garnier vai abrindo deste modo a esfera das publicações literárias e animando os esforços dos escritores. É justo confessar que as suas primeiras edições não vinham expurgadas de erros, e era esse um argumento contra as impressões feitas em Paris. Agora esse inconveniente desapareceu; acha-se em Paris, à testa da revisão das obras portuguesas por conta da Casa Garnier, um dos melhores revisores que a nossa imprensa diária tem possuído.

Já as últimas edições têm revelado um grande melhoramento.

Nada mais natural do que passar de uma casa de livros a uma casa de óculos. É com os óculos que muita gente lê os livros. Se se acrescentar que muita gente há que lê os livros sem óculos, mas que precisa deles para ver ao longe, e finalmente uma classe de homens que vê perfeitamente ao longe e ao perto, mas que julga de rigor forrar os olhos com vidros como forra as mãos com luvas, ter-se-á definido a importância de uma casa de óculos e a razão por que ela pode entrar neste folhetim.

É ao estabelecimento do sr. Reis, à rua do Hospício, que eu me refiro. Como as folhas anunciaram, e eu tive ocasião de ver com meus próprios olhos, acabam de sair das oficinas daquele estabelecimento excelentes trabalhos em ouro de lavor perfeito e apurado gosto. Em óculos e lunetas, quaisquer que sejam as formas e as fantasias, não vi ainda nada melhor ou até comparável.

A casa do sr. Reis é bastante conhecida. Dedicando-se ao aperfeiçoamento dos objetos próprios de um estabelecimento daqueles, o sr. Reis tem procurado e conseguido reunir os artistas mais aptos, os instrumentos mais capazes, e com eles tem levado a casa ao pé das primeiras da Europa.

Não é só o caráter individual deste fato que impõe à imprensa uma menção especial; é igualmente porque este fato, tende a fazer apreciar a aptidão que há no nosso país, e liberta-nos, como vai acontecendo em outras classes, da exclusiva importação estrangeira.

Acho que se devem agradecer os esforços conscienciosos e felizes do estabelecimento Reis.

Some-se-me o papel debaixo da pena. As poucas linhas que me restam quero ocupá-las com um pedido aos leitores, e vem a ser: — que se reúnam a mim para rogar a Deus pela vida de quem completa amanhã — dia do inverno — um quarto de século.

M. A.
Diário do Rio de Janeiro, 20 de junho de 1864

São João na cidade é como carnaval na roça

São João na cidade é como carnaval na roça: está deslocado. É um são João mais estrepitoso que alegre, mais desenxabido que simples. É um são João falsificado, trazendo o mesmo rótulo que o São João verdadeiro, mas na realidade muito menos franco, menos jovial, menos folgazão que o são João da roça.

Ah! Na roça é outro caso; lá sim, é que se pode festejar o Batista; é lá, por assim dizer, a terra dele; é lá que ele é o verdadeiro amigo das moças, dos rapazes, dos velhos e das crianças.

Nem podia o Batista deixar de dar-se melhor com a rusticidade dos campos, ele que, em vida, fugia às cidades, para encafuar-se nos desertos onde se alimentava de mel selvagem e gafanhotos.

O gafanhoto e o mel selvagem foram substituídos pelo cará e pela cana assada, que lá na roça crescem a dois passos do terreiro, onde arde e crepita a fogueira de troncos secos.

Acresce que o oráculo na noite do milagroso Batista é mais próprio do campo que da cidade, onde, não sei se diga, não se liga tanta fé ao grelar do alho e às modificações da forma do ovo, lançado em copo d'água, e exposto à ação do orvalho, à meia-noite em ponto.

Não se riam destas crenças tão iguais às dos antigos que consultavam os frangos sagrados, das entranhas às ovelhas, ou a situação dos astros de Deus. É um fundo de poesia ingênua e rústica, onde a imaginação pode bordar e tem bordado muitas páginas estimáveis e valiosas.

Mais de um coração de moça palpita ansioso ouvindo a palavra do oráculo escrito — composto por algum augure estipendiado, e editado por algum livreiro sagaz.

Se é amada por quem ama, reza a pergunta. Ora, aquele a quem ama está presente, defronte dela, fitando nela uns olhos úmidos de amor. É lícito crer na negativa? Mas os dados correm, consulta-se o número, vai-se à quadrinha do referido augure estipendiado, e enquanto se lê, baixam os olhos e palpita o coração.

Pode-se fazer, e faz-se tudo isto na cidade; mas aqui são João expatria-se, desterra-se, faz-se infração de postura. A polícia edita a supressão dos fogos de artifício e das fogueiras, e faz circular pelas ruas e praças os seus agentes implacáveis.

Longe de mim a censura desta salutar proibição, verdadeira medida de conveniência pública, que apenas nos faz saltar assustados de um lado para outro da rua, como aconteceu na noite de quinta-feira, em vez de expor-nos a ficar assados debaixo de uma chuva de fogo artificial. O que é de lamentar é que os agentes não pudessem ser mais implacáveis do que foram.

Eis o que é são João na cidade; um são João desfalcado, desenxabido, *nostalgiado*, policiado e multado.

Na roça ou na cidade, porém, são João não perde as suas santas virtudes; cá ou lá, pode o solitário da Judeia fazer os seus milagres, e eu sei particularmente de um, sucedido na cidade, tão espantoso e singular que nos obriga à ligação absurda de duas palavras antipáticas: *ladrão honesto*.

Todavia, ser a um tempo, ladrão e honesto, dar uma mão a Deus, a outra ao diabo, como aquele frade de que reza um conto popular, que atravessava uma ponte invocando alternadamente o princípio do mal e o princípio do bem, é um absurdo moral, mas não tem grande aparência de novidade na ordem dos fatos.

O ladrão de que se trata teve a honestidade de furtar apenas uma casaca, uma calça e um capote de inverno, respeitando um relógio, uma corrente e um anel de brilhantes, que se achavam sobre aquele fato, e que ele cuidadosamente depositou sobre uma mesa. É o caso de agradecer a um larápio tão íntegro o mal que podia fazer, e que, por virtude de um bom sentimento, resolveu não fazer, limitando-se a deixar os vestígios da sua passagem, e portanto, da sua magnanimidade.

Se isto lhes parece estranho, leitores, peço que observem um pouco o resto da sociedade humana, e hão de ver mais de um exemplo daquela magnânima ladroeira.

De ordinário não se dá a coisas tais o nome tão repugnante e antipático que eu dei ao caso em questão; faz-se algumas vezes mais, dá-se o nome de virtude pura e simples, isto é, se o ladrão de que falei tivesse furtado a casaca, a calça e o capote para dar a um homem que tiritasse de frio no meio de rua, o ladrão tornava-se, para muitos, um homem simpático e virtuoso.

O fim tinha justificado o meio.

Este desacordo entre as coisas e os nomes dá lugar a um livro, que eu não sei se já está escrito, mas que, à semelhança de que fiz em um dos meus folhetins passados, indico a algum escritor à cata de assunto; livro que pode ser intitulado — *Dos nomes e das coisas* — e onde pode entrar uma apreciação de todas as coisas ridículas, desonestas e tolas que se designam por nomes sérios, honestos e sensatos.

E já que indiquei o título e a matéria de um livro por fazer, deixem-me indicar a matéria e o título de outro livro ainda não feito, e cuja ideia foi-me suscitada por uma discussão no Parlamento, há uns tempos atrás. O título deste livro, se eu o fizesse, seria: *História do silêncio*, trazendo por epígrafe este conceito de um filósofo antigo: — Quem não sabe calar-se, não sabe falar.

Conteria esta obra todos os casos da história da humanidade, em que o talento e a virtude fizeram-se notar por um silêncio oportuno, contrariamente àqueles casos em que a virtude e o talento obtiveram vitória com o uso da palavra.

Creio que a fábula do corvo, que tinha um queijo no bico, fala alto em favor do preceito que manda falar com discrição e oportunidade. Tarde conheceu o corvo da fábula que não se pode acumular dentro de um saco dois proveitos: a vantagem de possuir um queijo e a vaidade de mostrar a garganta afinada.

O prólogo deste seria uma exposição de princípios tendentes a desenvolver o pensamento da epígrafe, acima citada, concluindo pela demonstração de que não basta ter língua e pulmões para falar, como não basta ter dois pés e não ter pernas, para ser um homem.

Acho que este livro seria um livro muito falado e muito procurado.

Foi à propósito do Parlamento que eu tive esta ideia — ideia feliz, visto que pode produzir um livro útil; ideia triste porque me foi suscitada por uma dolorosa observação a qual vem a ser — que o perigo do sistema parlamentar está em mudar de quando em quando para outro sistema, levemente mudado na forma, mas profundamente modificado no fundo — o *sistema parlamentar*.

Para o efeito de fugir a estes perigos e que valia um livro como aquele cuja ideia eu tive.

As duas casas do Parlamento ocuparam-se esta semana com duas questões especiais e momentâneas: estradas de ferro e lei hipotecária. Vê-se logo que não são assuntos de folhetim, pelo menos nos seus aspectos sérios e positivos.

A linha férrea é hoje o cuidado de quantos se entregam ao estudo das necessidades do país. Quando chegará o dia em que uma rede de caminhos de ferro ligue os pontos extremos do Império, e enfeixe e se enrosque por todos os membros deste Laoconte gigante?

Nesse dia a prosperidade do Brasil estará segura, graças à facilidade das comunicações, à povoação dos terrenos e a mil outras vantagens; mas, então — adeus, poesia das viagens! — os narradores das viagens antigas serão consultados de tempos a tempos, como uma distração para os viajantes futuros.

On y voyage plus, on y va, disse alguém, falando da locomotiva.

A locomotiva deu cabo da viagem; a mula de Sancho Pança passa a ser um transporte mitológico; daqui a cinquenta anos ninguém mais acredita nela; os nossos netos hão de rir, quando ouvirem falar das velhas mulas e dos velhos carros, sem reparar que o que eles ganharão em velocidade e comodidade tinham ganho os nossos pais em poesia e incidentes de romance, dividindo-se do mesmo modo, entre a locomotiva e a diligência, as desvantagens da viagem.

On reversait par l'autre méthode,
Par celle-ci on saute en l'air.

Não acrediteis, leitores, que o folhetim desrespeita ou desama o progresso. De modo nenhum o folhetim aferra-se um pouco às usanças, em que estava afeito a ver certa dose de poesia, certo tom de romance.

Deste ou daquele modo que seja — viajar é — como eu já disse em outra ocasião, como naturalmente o leitor terá dito consigo — viajar é multiplicar a vida. Vive-se nos diversos incidentes, nas diversas caras que a gente encontra nos caminhos que atravessa e nos lugares onde pousa.

Vive-se em tudo isso. E mais. As viagens são o meio mais eficaz para conservar as amizades que, a certa distância, são sempre as mesmas, visto não dar-se o ensejo de conhecer até que ponto são verdadeiras ou ilusórias.

A viagem é ainda a verdadeira pedra de toque do amor, que se alenta e cresce, com a distância, uma vez que seja verdadeiro e elevado.

Um viajante dos mais infatigáveis, no tempo em que viajava, e que há alguns anos resolveu fixar a residência entre nós, adotando a nacionalidade brasileira, é o sr. A. D. de Pascual.

Que tirou este distinto literato das suas viagens? Abstraio das variadas impressões, dos acontecimentos a que assistiu, dos grandes homens com quem falou, das boas obras que escreveu, para apontar o lucro mais recente e talvez o mais importante.

Que foi? Um romance.

Tendo estudado diversos países e diversos costumes, o sr. de Pascual pôde encadear uma ação através das regiões que percorreu, harmonizando no mesmo quadro o caráter peculiar dos diferentes povos ao caráter humano de que nenhuma obra da imaginação se pode eximir.

A Morte Moral é o romance cosmopolita. A Itália, diz o sr. de Pascual, a França, a Espanha, algumas seções da América neolatina e os Estados Unidos são o teatro das cenas que desfiam e encadeiam os fatos deste grande drama. O que eu mesmo presenciei, o que a tradição coeva testemunhou e revelou-me, o que forma o fundo da vida íntima do homem e da mulher de todas as classes sociais, é desenhado com mão firme, cabeça calma e coração de homem.

Estão publicados os dois primeiros volumes do romance do sr. A. D. de Pascual. Aguarda-se a publicação dos dois restantes.

O sr. Garnier, editor, mandou imprimir a obra em Paris. É dos trabalhos mais corretos e elegantes daquela casa.

Aqui vou pingar o ponto final, pedindo ao deus Acaso semanas mais fartas de notícias e menos chuvosas do que foi a precedente. O folhetim enregelou-se e ficou tolhido nos dias úmidos como estes últimos. Foi castigo. Apesar da brandura proverbial do inverno fluminense, não será inútil pedirmos, eu e os leitores, a volta da primavera — ou das primaveras...

M. A.
Diário do Rio de Janeiro, 26 de junho de 1864

Um jornal desta corte

Um jornal desta corte deu, há dias, aos seus leitores, uma notícia tão grave quão sucinta. É nada menos que a predição de uma catástrofe universal.

Diz a folha que o professor Newmager, de Melbourne, prediz que em 1865 um cometa passará tão próximo à terra, que esta corre sérios riscos de perecer.

Renovam-se, pois, os sustos causados pela profecia do cometa de 13 de junho, sustos que, por felicidade nossa, não foram confirmados pela realidade.

A terra, que tem escapado a tantos cometas — aos celestes como o de Carlos v; aos terrestres como o rei dos Hunos; aos marinhos como os piratas normandos, a terra acha-se de novo ameaçada de ser absorvida por um dos ferozes judeus errantes do espaço.

O vulgo, que não entra na apreciação científica das probabilidades de tais catástrofes, estremece ouvindo esta notícia, reza uma Ave-Maria e trata de preparar a alma para o trânsito solene.

Também eu, apesar de já descrer até dos cometas, não pude ler a frio a notícia deste próximo cataclismo, e fiquei dominado por um sentimento de tristeza e desânimo.

Pois quê! — disse eu comigo — dar-se-á caso que o Criador não esteja contente com os homens? Logo, é certo que somos grandemente velhacos, imensamente egoístas, profundamente hipócritas, tristemente ridículos? Logo, é certo que esta comédia que representamos cá em baixo tem desagradado à divindade, e a divindade, usando do princípio de Boileau, lança mão de uma pateada solene e estrondosa?

Estávamos tão contentes, tão tranquilos, tão felizes — iludíamo-nos uns aos outros com tanta graça e tanto talento; abríamos cada vez mais o fosso que separa as ideias e os fatos, os nomes e as coisas; fazíamos da providência a capa das nossas velhacarias; adorávamos o talento sem moralidade e deixávamos morrer de fome a moralidade sem talento; dávamos à vaidade o nome de um justo orgulho; usávamos o nome de cristãos e levávamos ao juiz de paz o primeiro que nos injuriasse; dissolvíamos a justiça e o direito para aplicá-los em doses diversas às nossas conveniências —, fazíamos tudo isto, mansa e pacificamente, com a mira nos aplausos finais, e eis que se anuncia uma interrupção do espetáculo com a presença de um Átila cabeludo!

A ser exata a profecia do professor Newmager — saias de chambre e diploma — percamos as ilusões e estendamos as mãos à palmatória. Fomos mais longe do que nos era lícito, e agravamos as coisas com a mania de dar nomes eufônicos e bonitos às nossas maldades e aos nossos vícios.

Compreende-se que esta notícia, apanhando-nos de supetão, nos deixe profundamente abalados.

Ainda se a profecia fosse para daqui a 20 ou 30 anos, então sim, era o caso diverso. Se nos fosse impossível arrepiar carreira, procederíamos de modo a conjurar o mal, isto é: os hipócritas, sem despir dos ombros a capa mentirosa, ensinariam contudo aos filhos que é uma coisa imoral e ridícula fascinar as consciências com virtudes ilusórias e qualidades negativas; os velhacos, continuando a lançar poeira nos olhos dos outros menos velhacos, diriam, todavia, aos filhos que nada dá maior glória ao homem do que a consciência da sua integridade moral; os egoístas, sem abandonar o culto da própria individualidade, aconselhariam contudo aos filhos a observância desta virtude cristã, que é o resumo e a base de todas as virtudes — amemos a nosso próximo; os vaidosos, os intrigantes, os ingratos, e assim por diante.

Que resultava desta tática? É que no prazo fixado aparecia o cometa, lançava os olhos cá para baixo, e vendo no mundo um ensaio do paraíso, tornava a enrolar a cauda e ia passear.

Mas, daqui a um ano, daqui a poucos meses, como escapar ao choque, como evitar o cataclismo, anunciado pelo professor Newmager?

É verdade que o professor Newmager deixa um lugar à esperança e acrescenta que, se não houver cataclismo, haverá uma coisa inteiramente nova e única desde a criação do mundo. Durante três vezes 24 horas não teremos noites, estando a atmosfera banhada por uma luz difusa mais brilhante que os raios do sol.

É o que se chama arriscar tudo para tudo ganhar ou tudo perder — ou morte violenta e universal, ou um dia de 72 horas, mais claro que os dias ordinários. Diante de tais predições já me lembrei de que em todo este negócio talvez não haja outro cometa senão o próprio professor Newmager, cometa que aparece no céu da curiosidade pública, querendo tudo abalar e sacudir com a longa cauda da sua ciência astronômica. Varri esta ideia do espírito, por ver que esta é a segunda predição recente do mesmo gênero, e que a ciência popular tem um provérbio para estes casos: três vezes cadeia, sinal de forca.

Se escaparmos ao cataclismo ficaremos livres por algum tempo, e então naturalmente esquecidos dos cometas vingadores, prosseguiremos na comédia universal, sem coros nem intervalos, assistindo ao mesmo tempo às comédias parciais e políticas, à comédia dinamarquesa, à comédia polaca, à comédia peruana, à comédia francesa, etc., etc. Basta lançar os olhos a qualquer ponto da carta geográfica para achar com que divertir o tempo.

A propósito de carta geográfica, julgo que dever-se-ia mandar uma de presente aos redatores do *Siècle,* folha que se publica em Paris.

Eis o que diz aquela folha em data de 15 de maio: "A terrível tragédia de Santiago quase se renovou ultimamente em Montevidéu, no Brasil. Durante a semana santa, etc.".

Não podendo supor nestas palavras uma insinuação de anexação do território oriental ao brasileiro, inclino-me a crer antes que o ilustrado noticiarista do *Siècle* conhece tanto a geografia da América, como os leitores conhecem a geografia da lua.

Neste caso uma carta geográfica será um presente de grande valor e digno de ser apreciado pela redação do *Siècle.*

Se em coisas destas que, por mui comezinhas, todos devem saber, escreve-se na Europa tanta barbaridade, o que não sai de falso e de imaginoso quando entram lá na apreciação da vida íntima dos povos desta banda?

Isto veio como *a propósito,* e eu não posso terminar a parte relativa às surpresas da semana, sem noticiar outra, muito de passagem.

Retirou-se a fragata *Forte,* de gloriosa memória, e veio substitui-la na estação da América do Sul a nau a vapor *Bombay:* — uma adiçãozinha de força. Nisto é que está a surpresa, e em outra circunstância mais: veio no *Bombay* o almirante Elliot, casado com uma irmã de lorde John Russell, e acha-se com sua esposa a bordo da nau.

Oh!

É o caso de fazer uma pequena correção ao grande cômico: *Que vient-elle faire dans cette galère?*

Deve supor-se que o almirante Elliot é um íntimo de lorde John Russell, um eco fiel das suas intenções e dos seus desejos, na qualidade de cunhado do ilustre estadista. Ora, esta última circunstância provará *anguis in herba,* ou reproduz simplesmente o passo da epopeia em que a deusa de Cípria faz abrandar, com o gesto gracioso e soberano, as iras dos deuses reunidos?

Esperemos os resultados das negociações pendentes; e vamos fundando a nossa verdadeira independência e soberania.

Foi no dia de ontem que a Bahia festejou a sua independência, naturalmente como de costume, com ardor e entusiasmo.

Também ontem tivemos por cá a nossa festa, festa mais particular, mas de grande alcance: a festa da inauguração de uma sociedade literária.

É de grande alcance, porque todos estes movimentos, todas essas manifestações da mocidade inteligente e estudiosa, são garantias de futuro e trazem à geração presente a esperança de que a grandeza deste país não será uma utopia vã.

A sociedade a que me refiro é o Instituto dos Bacharéis em Letras; efetuou-se a festa em uma das salas do colégio de D. Pedro II. À hora em que escrevo nada sei ainda do que lá se passou; mas estou certo de que foi uma festa bonita: entre os nomes dos associados há muitos de cujo valor tenho as melhores notícias, e que darão ao instituto um impulso poderoso e uma iniciativa fecunda. Tenho agora mesmo diante dos olhos um exemplar da *Revista Mensal dos Ensaios Literários.* Ensaios Literários é a denominação de uma sociedade brasileira de jovens inteligentes e laboriosos, filhos de si, reunidos há mais de dois anos, com uma perseverança e uma energia dignas de elogio.

Que faz esta sociedade? Discute, estuda, escreve, funda aulas de história, de geografia, de línguas, enfim, publica mensalmente os trabalhos dos seus membros. É uma congregação de vocações legítimas, para o fim de se ajudarem, de se esclarecerem, de se desenvolverem, de realizarem a sua educação intelectual.

Toda a animação é pouca para as jovens inteligências que estreiam deste modo. Se erram às vezes, indique-se-lhes o caminho; mas não se deixe de aplaudir-lhes tamanha perseverança e modéstia tão sincera.

Creio que já tive ocasião de fazer um computo das diversões e festas que se prometem ao Rio de Janeiro. Como a nossa capital nem sempre conta destas felicidades, vamos esfregando as mãos e agradecendo a fartura que se nos dá. *No hay miel sin hiel,* dizem os espanhóis. A chegada de Emília das Neves coincidiu com a retirada de Gabriela da Cunha, para São Paulo. Foi na noite de quinta-feira que esta eminente artista, a instâncias, segundo se anunciou, da sua ilustre irmã de arte, representou nesta corte pela última vez.

O teatro escolhido foi o de S. Januário e a peça foi a comédia de V. Sardou, *Os íntimos.*

O público sabe com que distinção, com que verdade, com que arte, Gabriela da Cunha desempenha o papel de *Cecília* naquela comédia. Desde os primeiros sintomas de um amor, que não nasce de súbito mas que resvala devagar na doce intimidade da conversa e do passeio, até ao lance terrível em que, na luta da paixão e do dever, o dever triunfa e a mulher salva-se roçando pelas arestas do abismo; toda esta escala de sentimentos — amor, arrependimento, ódio do amante, desprezo por si —, tudo isto é reproduzido de modo a arrancar da plateia aplausos entusiásticos.

A noite de quinta-feira foi para Gabriela da Cunha uma das suas mais felizes e gloriosas noites, e o público, aplaudindo-a calorosamente, fez plena justiça a um talento, tão celebrado quão verdadeiro.

Emília das Neves confundiu os seus aplausos com os do público, e tal foi a tocante despedida de Gabriela da Cunha.

À exceção de dois ou três artistas, o pessoal da última representação dos Íntimos foi o mesmo das primeiras representações no antigo Ateneu Dramático. Todos, porém, fizeram convergir os seus esforços para que aquela representação não desmerecesse das anteriores; pede a justiça que se mencione o bom êxito desses esforços e o reconhecimento caloroso do público.

E a justiça pede ainda que se faça menção de outro artista, tão aplaudido sempre no papel que lhe coube, e para quem concorria igualmente a circunstância de representar em despedida. Foi o sr. Lopes Cardoso, no papel de *Tolosan*. Tenho manifestado mais de uma vez a minha opinião sobre este artista, ainda novo, mas dotado de talento e incontestável aptidão. O papel de *Tolosan* é dos seus melhores e mais brilhantes papéis. Dizer isto é fazer-lhe o melhor elogio, porque desempenhar *Tolosan* é empregar mil qualidades de artista, das mais difíceis e das mais raras.

Não vejo anunciada nenhuma outra novidade de teatro, a não ser *Os Ourives*, de Pôrto-Alegre, ainda em ensaios no teatro de S. Januário; e *Não é com essas*, comédia portuguesa de 3 atos, que se representa hoje, no Ginásio.

Falarei domingo a este respeito com os meus leitores.

Já tinha lançado no papel as minhas iniciais, mas sou obrigado a incluir ainda algumas linhas no folhetim.

"Dize aos teus leitores, escreve-me agora um amigo, que, se querem ver um demoninho louro — uma figura leve, esbelta, graciosa — uma cabeça meio feminina, meio angélica — uns olhos vivos — um nariz como o de Safo — uma boca amorosamente fresca, que parece ter sido formada por duas canções de Ovídio — enfim a graça parisiense, *toute pure,* vão..."

Adivinhem os meus leitores aonde quer o meu amigo que eu os mande ver este idílio? "...ao Alcazar: é mlle. Aimée."

Vejam os leitores até que ponto tem razão o comunicante. Lembro-lhes, ao concluir, que não percam da lembrança a terrível profecia do professor Newmager, de Melbourne.

M. A.
Diário do Rio de Janeiro, 3 de julho de 1864

O FOLHETIM NÃO APARECE
HOJE LÉPIDO E VIVO

O folhetim não aparece hoje lépido e vivo; aparece encapotado, encarapuçado e constipado.

Também constipado? Também. O folhetim é homem, e nada do que é humano lhe é desconhecido: *Homo sum et nihil humanum a me alienum*, etc.

Não há organização, nem mesmo a do folhetim, que resista às alternativas do termômetro e aos caprichos do inverno fluminense — podendo, aliás, resistir aos caprichos das damas e às alternativas da política.

Depois de cinco ou seis dias de chuva miúda e vento frio, raiaram dois dias quentes, ontem e anteontem, quentes a fazer supor as proximidades de dezembro.

É um inverno verdadeiramente gamenho, espartilhado e rejuvenescido, alma de rapaz em corpo de velho — um inverno pimpão.

Depois desta amostra de calor, voltará amanhã o tempo chuvoso ou anuviado, e aí nos temos outra vez vítimas dos caprichos da quadra.

Esta razão serve para explicar o tom de fadiga e aborrecimento com que o folhetim aparece hoje.

Dito isto, passo a pôr a limpo umas contas de domingo passado.

A um amigo, que me observava ontem ter eu sido demasiado severo com os meus semelhantes, quando tratei do cometa Newmager — respondi:

— Meu caro, é que eu reduzo a missão do folhetim a isto: atirar semanalmente aos leitores um punhado de rosas... sem quebrar-lhes os espinhos. Tenho eu culpa que o Criador rodeasse de espinhos as rosas, e que elas surjam assim do seio da terra, formosas, mas pungentes?

Os meus leitores hão de lembrar-se do que eu disse no domingo passado, quando falei do cometa Newmager; hão de lembrar-se que eu lamentei de coração o desgosto que ao divino espectador produziam os comediantes humanos. Era tão sincera aquela lamentação, que eu não duvido acrescentar hoje uma observação anódina ao que disse então.

Deus me livre de negar a existência da virtude — eu já tive ocasião de escrever esta frase:

— De todas as mulheres a que eu mais admiro é a Virtude.

Existe, é impossível negá-lo; mas o que não se pode igualmente negar, é o que nos comunicam as estatísticas que vêm por apenso ao relatório da justiça, isto é, que a virtude por simpatia ou pela força das coisas, existe principalmente na classe dos viúvos.

Com efeito, de 24.484 criminosos julgados pelo júri, no decênio de 1853 a 1.862, 11.077 são solteiros, 11.843 casados e 1.634 viúvos.

Que achado para os intendentes de polícia que procuram a mulher no fundo de todos os delitos!

Os solteiros e os casados, isto é, aqueles que estão mais no caso de lutar pela mulher — ou no espírito de posse ou no espírito de conquista — esses constituem a grande soma dos criminosos; ao passo que os viúvos, isto é, os que se pressupõe ficarem fiéis aos túmulos, formam apenas uma insignificante minoria nos fatos policiais.

Será este o corolário imediato a tirar da estatística? Será certo que a mulher entra sempre, direta ou indiretamente, nos ataques que os homens fazem à vida, à propriedade e à segurança dos seus semelhantes?

É preciso notar, para esclarecimento de quem quer entrar nesta indagação, que nos 24.484 réus compreendem-se apenas 1.585 mulheres, minoria insuficiente que deixa margem à opinião dos intendentes de polícia.

Manifestando estas dúvidas a uma senhora de espírito, numa destas últimas noites, ouvi-lhe fazer o processo dos homens, com uma indignação e uma energia que eu admirei, e às quais apenas pude opor dois ou três sofismas débeis e inconsistentes — isto mesmo por honra da firma.

Fiz ainda outra observação folheando as estatísticas criminais do relatório, e foi que no mesmo decênio de 1853 a 1862 *apenas* 363 indivíduos foram executados em virtude da moralíssima lei da pena de morte.

Os leitores sabem que a questão da abolição da pena de morte voltou à tona d'água em diversos países, e que, agora mais que nunca, trabalha-se por suprimir o carrasco, isto é, acabar com a anomalia de manter-se uma lei de sangue em virtude da qual foi sacrificado o fundador do princípio religioso das sociedades modernas.

A este respeito não posso deixar de transmitir aos leitores as palavras de uma folha católica de Paris, *Le Monde,* digno irmão e modelo da *Cruz,* desta corte.

Este número do *Monde* chegou de fresco no último paquete. Aqui vai o pedacinho que vale ouro:

"Hão de acusar-nos, diz o *Monde,* de prezar a guilhotina; não, não prezamos a guilhotina, que é um dos benefícios da revolução, *e não pedimos outra coisa que não seja substituí-la* por outro gênero de suplício.

Não poucas vezes, a *Cruz,* referindo-se ao *Monde,* deixa resvalar um ou dois adjetivos fraternais. As duas folhas entendem-se; é de crer que este pedacinho do *Monde* seja transcrito na *Cruz,* piedosamente comentado e aumentado.

A *Cruz* de Paris não quer a guilhotina por ser invento revolucionário, quer outro suplício de invento católico. A fogueira, por exemplo?

Quando leio estas e outras coisas, no século em que estamos, o qual, segundo se diz, é o século magno, hesito em crer nos meus olhos e desconfio de mim mesmo.

A *Cruz* de Paris entende que é impiedade matar com a guilhotina; o que ela quer é que se mate mais catolicamente, mais piedosamente, com um instrumento das tradições clericais, e não com um instrumento das tradições revolucionárias. Para ela a questão é simplesmente de forma: o fundo deve ficar mantido e respeitado.

Se os meus leitores disserem que estas pretensões da folha parisiense são ímpias e ridículas, fiquem certos de que não escaparão às iras dos piedosos defensores, e que, com duas ou três penadas, serão riscados do grêmio católico.

Qualquer dia destes hei de fazer um elogio dos canibais, raça ignorante e rude, que não conhece as delícias da nossa cozinha civilizada, e limita-se a satisfazer os seus instintos bárbaros.

Talvez que ao terminar este folhetim receba a *Cruz*, e então direi em *post-scriptum* se ela traz alguma piedosa loa ao dito do *Monde*.

Não tenho apontamento algum sobre política amena a não ser um aparte do sr. Lopes Neto, deputado por Sergipe, respondendo a um orador que o acusava de ter glorificado a invasão do México.

S. ex. declarou que não fizera semelhante glorificação.

Ora, como eu, já antes do deputado argumentar, tinha feito a mesma censura (censura de folhetim), recorri ao número do *Jornal do Commercio* em que veio o discurso do sr. Lopes Neto, para ver de novo o que s. ex. havia dito.

Reconheci que s. ex. havia dito aquilo mesmo que no Parlamento lhe foi apontado, e que eu — muito antes — apontei, considerando até o fato como milagre.

Há, porém, na ordem política umas tais retortas e alambiques onde se apuram as palavras e as ideias, de modo tal que as tornam inteiramente diversas daquilo que significam na ordem comum.

É possível que, a favor deste meio, s. ex. nos explique o sentido do seu discurso. Antes disso, continuo a pensar que s. ex. fez uma glorificação da invasão napoleônica.

A propósito do México mencionarei aqui, de passagem, um fato de que todos já têm conhecimento: a publicação de um livro de s. majestade a imperatriz Carlota, intitulado *Recordações das minhas viagens à fantasia*.

O livro ainda não chegou às nossas plagas, creio eu. Hei de lê-lo apenas chegar. Há muitas razões para aguardar esta obra, com certa curiosidade. Primeiramente, o título, já de si atraente, depois a autora, que, além da consideração pessoal que tem, recebe agora toda a luz dos acontecimentos que — em mal! — vão cercar o seu nome e o de seu marido.

Outro livro, e de viagens, não de outra imperatriz, mas de uma senhora patrícia nossa. *Trois ans en Italie* é o título; veio-nos da Europa onde se acha a autora, a sra. Nísia Floresta Brasileira Augusta.

A *fantasia* ou a *Itália* — é a mesma coisa; é, pelo menos, o que nos fazem crer os poetas e os romancistas, sussurrando aos nossos ouvidos o nome da Itália como o da terra querida das recordações e das fantasias, do céu azul e das noites misteriosas.

Três anos na Itália devem ser um verdadeiro sonho de poeta. Até que ponto a nossa patrícia satisfaz os desejos dos que a lerem? Não sei, porque ainda não li a obra. Mas, a julgar pela menção benévola da imprensa, devo acreditar que o seu livro merece a atenção de todos quantos prezam as letras e sonham com a Itália.

Para os que sonham com os bailes tenho uma notícia na lista da semana: a instalação de uma nova sociedade destinada a dar partidas. Niterói carecia de uma sociedade deste gênero, verdadeiramente familiar, como não pode deixar de ser, e que dará à cidade fronteira um novo atrativo.

Creio não ser indiscreto anunciando que muito breve haverá novamente nos salões do Clube Fluminense um grande serão literário-musical, com a presença de senhoras, a fim de terminar a noite com um baile.

Ocultarei, por ora, os nomes dos promotores da festa que, a julgar pelo entusiasmo que já vou presenciando, há de ser esplêndida e única no gênero, entre nós.

Mais de uma vez tenho manifestado a minha opinião acerca deste gênero de reuniões literárias — nem tão sérias que fatiguem o espírito do maior número nem tão frívolas que afastem os espíritos sérios. Achar um meio-termo desta ordem é já conseguir muito.

Por agora nada mais digo, pedindo apenas aos leitores que aguardem como coisa certa (o cometa é só lá para 1865) o anunciado serão, onde se achará a flor da sociedade fluminense.

Tenho limitado as proporções deste folhetim pelas causas já apontadas no começo, e por outra, que é a falta de espaço.

É preciso não atulhar a casa de mobília inútil.

Também não se perde nada, visto que a semana foi das mais indigentes e frias — política à parte.

Não recebi a *Cruz*, mas recebi o primeiro número de um jornal de Cametá, verdadeira ressurreição do gênero de José Daniel.

Denomina-se *A Palmatória*, e traz como programa as seguintes linhas para as quais peço a atenção dos leitores:

> *A Palmatória* tem de defender a rapaziada de qualquer injusta acusação que se lhe faça; tem de entreter os jovens de ambos os sexos com a transcrição de algumas cartinhas amorosas, que possam ser obtidas por meios (ainda que sagazes) honestos e dignos, não se compreendendo nas transcrições respectivas os nomes das pessoas a quem se dirigiram, nem os das que as dirigiram, ou qualquer frase que possa fazer conhecedor o público de quem são só correspondentes; tem de inserir algumas poesias, romances, anedotas, pilhérias e charadas, que possam deleitar, e finalmente de tratar, por meio de uma discussão apropriada entre os dois pretos escravos, o pai João Jacamim e o pai Henrique, de sancionar a necessária lei e regulamento sobre o tratamento e quantidade de palmatoadas com que devem ser premiados os poetas Araquias — o Palteira de sebo e escritor da variedade em inglês assinada — que apresentaram no *Liberal* suas respectivas e meritosas obras. Também aparecerá, de vez em quando, um espreitador noticiando as discussões havidas entre as vendedeiras de frutas e doces, ora em casa de certo magistrado, ora na de um constante jogador, e ora na de alguém que se torne indigno de exercer a magistratura. Tudo à semelhança do *Espreitador* por J. D. R. da Costa.

Que lhes parece? Será isto imprensa? Temo estender-me demais; vou reler o que escrevi. Até domingo.

M. A.
Diário do Rio de Janeiro, 10 de julho de 1864

Devia começar hoje por uma lauda fúnebre

Devia começar hoje por uma lauda fúnebre. Inverti a ordem e guardei-a para o fim.

O que me embaraçava, sobretudo, era a transição do triste para o ameno. A dor e o prazer, são contíguos — na perna de Sócrates, segundo a legenda — na vida humana, segundo a observação dos tempos; mas, no folhetim é um erro entristecer os leitores para depois falar-lhes em assuntos amenos ou festivos.

Duvido que um secretário de Estado dê melhores explicações ao Parlamento do que eu aos meus leitores — outro Parlamento, onde não se fala, pelo menos que eu ouça.

Tenho sempre medo quando escrevo a palavra Parlamento ou a palavra parlamentar. Um descuido tipográfico pode levar-me a um trocadilho involuntário. Sistema parlamentar, composto às pressas, pode ficar um sistema *para lamentar*. Note-se bem que eu falo do erro de ser composto às pressas ou mal composto ... pelos compositores.

O erro tipográfico só aproveitou a Malherbe.

Conheci um poeta que era, neste assunto, o mais infeliz de todos os poetas. Nunca publicou um verso que a impressão o não estropiasse. É o que ele dizia:

— Viste hoje aqueles versos na folha?...

— Vi.

O poeta acrescentava:

— Sou infeliz, meu amigo; tudo saiu errado; é desenganar; não publicarei mais impressos, vou publicar manuscritos.

É verdade que, às primeiras lamentações desta natureza, procurei corrigir mentalmente os versos errados, e vi que, se o eram, não cabia aos tipógrafos toda a culpa, a menos que estes não fossem as musas do referido poeta.

Fiz, porém, uma descoberta de que me ufano: os erros tipográficos eram autorizados pelo poeta; esta fraudezinha dava lugar a que se tornassem comuns as faltas da impressão e as faltas da inspiração.

De descoberta em descoberta, cheguei à solução de um problema, até então insolúvel:

— Um mau poeta com a consciência da sua incapacidade.

Se Cambises mandava pregar a pele de um juiz prevaricador na cadeira do juiz que lhe sucedia, devia-se, se possível fosse, mandar pregar a pele deste poeta à porta de todas as oficinas tipográficas,

    Como exemplo a futuros escritores.

Como estou no capítulo das descobertas, mencionarei mais outra que fiz esta semana... nas mãos de um amigo de infância, que já tinha feito anteriormente. Este gênero de descobrir não é novo.

A descoberta foi o original do testamento do cônego Filipe.

É um manuscrito venerável e legendário; a ele está ligado o nome daquele cônego, a quem se atribui tanta simplicidade, e de quem se contam tantas anedotas, falsas ou verdadeiras.

Nas minhas reminiscências da infância, tenho ainda viva a ideia de ter visto, quase diariamente, a tela a que alude a anedota do cônego e do pintor; lá estava a árvore, atrás da qual o cônego figurava estar escondido para não ser visto de Suzana.

Ora, o cônego, a quem se imputa tanta simplicidade, escreveu um testamento sério, grave, cheio de lucidez e de razão. Dificilmente se acredita ver ali a mão ou a cabeça do cônego Filipe.

Pois é autêntico. Foi encontrado entre os seus papéis, na casa em que ele habitou, casa tanto ou quanto histórica — a Casa do Livramento.

A conclusão a tirar de tudo isto, é que não há espírito que resista diante da ideia de fazer um testamento, e que, por mais simples que seja um homem, na ocasião de assinar as suas últimas disposições testamentárias, torna-se de uma sisudez e uma lucidez admiráveis.

Não passarei adiante sem fazer uma observação, a saber, que há uma simplicidade maior que a do cônego Filipe, é a simplicidade dos que lhe atribuem mais simplicidade do que ele tinha, lançando à conta do bom cônego tantas anedotas apócrifas. Aqui tenho menos em vista defender a memória do cônego do que deixar patente a minha opinião acerca de uma espécie de espirituosos por conta alheia, de que, infelizmente, abunda este mundo sublunar.

Passemos adiante.

Se a minha leitora tem na sua sala uma estatueta de Terpsícore, aposto eu que lhe depositou ontem, aos pés, duas ou três coroas, pelo menos.

Assim deve ter sido em comemoração do milagre que salvou um dos templos daquela musa de voar pelos ares, anteontem.

Refiro-me ao incêndio do Clube Fluminense. Ardeu apenas um pouco da chaminé, isto às 11 horas da manhã, que, ao que parece, é a hora dos sacrifícios daquela deusa. Preparavam-se naturalmente os bezerros sagrados, quando se deu o sinistro.

Felizmente nada sucedeu, além disto. Bem pensado, não podia suceder nada, pelo menos nos salões onde se dança ou se passeia. Não têm eles resistido ao fogo dos mil olhares que ali se têm cruzado?

Acabo de receber a *Cruz* — *A tout seigneur, tout honneur.*

Querem saber o que é um bom bispo? A *Cruz* encontrou o modelo no arcebispo de Dublin, de quem transcreve um pedaço de um mandamento, dirigido ao clero, por ocasião do mês de Maria.

O ilustre prelado trata, a propósito do mês de Maria, da viagem de Garibaldi a Londres. A piedade episcopal é de uma doçura admirável; Garibaldi, no mandamento em questão, teve "uma carreira de roubo, de perfídia, de violência e de revolução" — os fidalgos e as mulheres de Inglaterra "aviltaram-se dando-lhe honras quase divinas"; Garibaldi só ganhou vitórias; "quando os seus antagonistas foram comprados para se submeterem a ele" etc., etc., etc., etc.

Deixo de parte as expressões piedosas do arcebispo de Dublin relativamente a Garibaldi. Outro tanto não posso fazer a respeito do resto. Honras divinas a Garibaldi! Ora, eis aqui uma ideia da divindade que não se havia descoberto no seio de uma sociedade cristã. O sr. arcebispo de Dublin falou como um cidadão romano falaria de César, na qualidade de adversário político.

Então as festas, os jantares, as flores, as aclamações da cidade de Londres são coisas que se aproximam do culto da divindade?

Que mais? Garibaldi só venceu quando os seus antagonistas foram comprados, e os seus antagonistas, isto é, os que são "amigos do papa e do sacerdócio católico"; os que não tinham carreira "de perfídia", esses deixaram-se comprar, traíram a causa pontifícia, fizeram uma carreira "de perfídia".

Pode ser que esta linguagem dê a medida de um bispo modelo; mas, com certeza, não dá a ideia de um cristão piedoso, e menos de um bispo lógico, e menos de um bispo reconhecido, e segundo me parece, não é dado, nem mesmo a um bispo, divorciar-se da lógica e da gratidão.

A *Cruz* contém ainda um suspiro pelos jesuítas, a propósito de uma festa que houve no Castelo. Que ela chore em paz as suas saudades.

Enfim, a folha católica anuncia uma nova refutação a Ernesto Renan, obra do douto cônego português Soares Franco. Nada tenho a dizer a este respeito, a não ser uma declaração à *Cruz,* a saber, que é de estimar ler todas as respostas a Renan em linguagem cristã. A nossa fé lucra com isso, e não há temer de excessos condenáveis. A este respeito espero que a nova refutação não tenha que se lhe censurar.

Mas, se trouxe esta notícia para aqui, é para encaminhar-me a dar outra notícia muito curiosa aos meus leitores.

Li na *Nação,* folha de Lisboa, uma carta, em que o sr. marquês de Lavradio faz importantes revelações aos leitores daquela folha. S. excia. refutou Ernesto Renan, mas não seguiu o caminho dos diferentes refutadores, bispos, clérigos ou simples particulares. S. excia. entendeu que refutar simplesmente a obra de Renan era fazer o que os mais faziam; s. excia. foi além: refutou a obra, mas não leu a obra; fez uma refutação e um milagre.

Mas, por que não leu a obra? Não tinha licença? Tinha licença; há quarenta anos que s. excia. está de posse de licença de ler obras ímpias; mas s. excia. não quis cair no erro de que ele próprio censura os bispos refutadores. Que os bispos refutassem a obra, muito embora; mas, lê-la, é o que s. excia.

não pode levar a bem. Parodiando uma expressão célebre, s. excia. é mais episcopal que os próprios bispos.

Naturalmente, os leitores perguntam consigo como é que o sr. marquês refutou a obra sem lê-la; também eu fiz essa pergunta, mas encontrei logo a resposta na mesma carta. Para refutar a obra, s. excia. leu as refutações dos outros.

A isto chamo eu ler a obra em segunda mão.

Se o sr. marquês pudesse responder-me agora, eu estabeleceria o seguinte dilema, do qual duvido muito que s. excia. saísse com facilidade.

Ou as refutações que leu não lhe deram uma ideia cabal do livro de Renan, e nesse caso nutro receios sobre o valor da obra do nobre marquês; ou deram-lhe a ideia do livro, clara e positiva como lá vem, apoiada pela transcrição de alguns fragmentos, e então s. excia. leu o livro se não para refutá-lo, ao menos para incorrer na censura que fez aos bispos.

Não tendo esperança de que este meu argumento tenha resposta, nem ainda que o sr. marquês o leia, acrescentarei o que me parece ver no ato e na declaração de s. excia.

Que razões de escrúpulo nutre s. excia. para ler obras ímpias, e, se estes escrúpulos são reais, por que recebeu a permissão pontifícia e por que a conserva? Quanto à primeira parte, não compreendo tais escrúpulos, que os bispos mais severos, os modelos, mesmo o de Dublin, creio eu, não sentem, tanto que leram a obra; quanto à segunda parte peço licença para dizer que s. excia., apesar de tudo, não está fora da humanidade, e nesse caso, conservar a licença de cair em um perigo é expor-se a cair nele, a cada hora.

Eis o que se me ofereceu dizer a propósito da obra de Renan refutada... por um óculo.

E acabo assim com o nobre marquês de Lavradio.

Qu'on se le passe!

Veja o leitor o que é falar sem conta nem medida; já me vai faltando o espaço.

Sempre há de haver algum para mencionar a publicação do 2º e último volume da obra do sr. senador padre Tomás Pompeu, *Ensaio Estatístico do Ceará*.

A obra fica assim composta de dois grossos volumes, onde os leitores estudiosos podem encontrar minuciosamente tudo o que diz respeito à estatística, à topografia e à história do Ceará.

A obra em si honra o nome do autor; mas, se se acrescentar que, para chegar àquele resultado, s. excia. não teve à mão os elementos precisos e próprios, e que lhe foi necessário colhê-los ou antes criá-los, com o subsídio único dos seus esforços isolados, ver-se-á que o *Ensaio Estatístico* dobra de valor, e cresce o novo título que o ilustre cearense tem à estima e à admiração.

Chegou de Paris o 2º volume da *Morte Moral,* novela do sr. A. D. de Pascual, a respeito da qual já tive ocasião de dizer algumas palavras.

Completa a bagagem das publicações da semana o tomo XXVII da *Revista trimensal* do Instituto Histórico. A coleção das revistas do Instituto é uma fonte preciosa para as letras e para a ciência, uma obra séria e útil.

Passemos das alegrias da inteligência para os seus lutos. Uma carta da Europa, publicada pelo *Jornal do Commercio,* nos deu notícia da morte do dr. Joaquim Gomes de Sousa.

A morte surpreendeu o nosso ilustre compatriota na mais bela mocidade e cercado de grande reputação. Sua vasta inteligência e seus conhecimentos científicos justificavam essa reputação, que foi quase contemporânea das suas estreias.

É sem dúvida um motivo de luto a morte de um compatriota como o dr. Gomes de Sousa; luto, não só para os seus colegas, discípulos e amigos, mas luto para todos, luto para o país.

Vamos agora à notícia de outro luto — infelizmente, por causa diversa e de diversa natureza.

Foi o paquete do norte que nos trouxe a notícia do suicídio de um veterano da independência, na Bahia. Tinha 71 anos de idade. Começara a servir em 1821, época em que, segundo declarou, sofreu a mais bárbara violência em Sergipe de el-rei. Foi um dos combatentes de Pirajá. Não tinha vício algum nem praticara nunca nenhuma ação infamante.

Que motivo levou este velho, no último quartel da vida, a lançar mão do veneno para pôr termo aos seus dias? — A fome!

Para acudir a esta fome, o honrado veterano fez tudo, até esmolar a caridade pública. Quando quis um emprego, não lhe deram!

Entretanto, que é esta liberdade que nos volteia diariamente nos lábios? Que é esta independência política de que o Império goza e se ufana? Que é esta emancipação que faz a nossa honra e a nossa tranquilidade? Que é tudo isto, senão a obra dos veteranos das lutas passadas, veteranos da ação ou do pensamento?

É para lamentar que um deles tivesse sido obrigado a cometer esse crime contra a natureza e contra a religião, no auge do desespero.

Nas vésperas de 2 de julho, enquanto a cidade se preparava para festejar a grande data da liberdade, o infeliz veterano, já com o veneno no seio, escreveu estas linhas melancólicas e pungentes:

> 2 de julho — 1864.
>
> Tu te aproximas, e não mais terei de recordar as fadigas e privações que sofri nos campos de Pirajá, Brotas, Armações e Itapoã! Escapando de ser ferido nos fogos (antes uma bala perdida me tivesse traspassado), não escapei de uma febre maligna, da qual fui salvo, no maior perigo, pela filantropia do hoje conselheiro Antônio Policarpo Cabral.
>
> É nas tuas vésperas, sim, ó 2 de Julho, que vou pôr termo à vida, por não poder suportar mais os horrores da miséria no seu maior auge!
>
> Oxalá possa este meu acontecimento despertar o longo sono da indiferença, ou antes egoísmo dos grandes que governam o país, e torná-los um pouco propensos em beneficiar

os muitos dos meus companheiros de armas, que também se acham nas horrorosas circunstâncias com que tenho lutado. Adeus, pátria minha, que sempre amei!

Ver as lutas da independência, por meio do óculo da história, à distância de 40 anos, é realmente cômodo e aprazível. Mas, se nesta cadeia da sucessão dos seres, bateu tão tarde a hora de nossa chegada, cumpria mostrar-nos reconhecidos aos que, à custa do seu sangue, fizeram da nossa hora uma hora de liberdade.

M. A.
Diário do Rio de Janeiro, 17 de julho de 1864

Visitei há dias um canteiro de rosas

Visitei há dias um canteiro de rosas. Foi antes da chuva. As belas filhas da terra acolhiam a um tempo as lágrimas da noite e os beijos de Cíntia. Tudo o que nos circundava, a mim e às rosas, convidava à cisma, à poesia, aos voos livres da imaginação.

Não durou muito o meu ledo engano da alma; uma notícia que eu tinha lido nessa manhã, em uma folha do Sul, levou-me a uma série de reflexões prosaicas e aflitivas.

A mim, sempre me pareceu que o Criador de todas as coisas tinha dado tão belas cores e formas tão engraçadas às rosas em primeiro lugar para que elas ornassem a face da terra, depois para que, se deviam murchar algum dia, murchassem no seio virginal da donzela ou na fronte enrubescida da noiva.

Assim, mil fantasias de ordem poética atravessavam o meu espírito, e eu estava longe de pensar nas tiras de papel almaço que tenho agora diante de mim, e que espero enchê-las ao acaso — se Deus quiser.

A primeira ideia aflitiva que me assaltou foi que se defronte de mim estivesse então um fabricante de essências, um fornecedor do Claude ou do Bernardo, ao passo que eu meditava na graça nativa das rosas, ele se ocuparia em calcular quantas libras das inocentinhas filhas da terra lhe dariam para satisfazer alguma encomenda que tivesse em mão.

Não resisti a esta ideia que me chamava tão bruscamente ao mundo, donde me haviam esquecido até os cabeleireiros da rua do Ouvidor.

Ah! mas isto era nada, e até certo ponto, sem sair da esfera da filosofia rústica, eu podia defender o processo dos fabricantes de essências, baseado nesta consideração — que o olfato gosta de tal modo do perfume das rosas e dos junquilhos, que chega a recebê-lo contente das mãos dos cabeleireiros.

Muito mais prejudiciais do que estes são os que destilam os sentimentos — as rosas do coração — para vender as mesmas essências debaixo de diversos rótulos.

Mas, repito, aquilo era nada, ao pé da tal notícia que eu tinha lido numa folha do Sul: a notícia rezava do invento de um vinho de rosas, feito por um processo sumário que não pude reter na memória, que não posso reproduzir aqui por não ter guardado a folha.

Vinho de rosas! Confesso que esta evocação tão intempestiva da minha memória aguou-me o prazer que eu sentia, assistindo à vida calma e silenciosa daquelas flores tão decantadas pelos poetas. Eu bem sei que já a medicina tinha utilizado as rosas, para aplicá-las como tisana aos seus doentes, donde vem, suponho, este pensamento filosófico de que a beleza é medicina; bem sei que elas tinham sofrido outras transformações, mas, como matéria vinícola é que eu nunca as considerei, nem me afazia a considerá-las. Vênus e Baco na mesma substância! É lícito este ajuntamento nas odes de Horácio, nas canções de Béranger; mas, no armazém do vendilhão, ou na adega do ricaço — eis o que o meu espírito não podia admitir.

Se há caso em que a falsificação seja desculpável, é este. Todos sabem que, em qualquer lugar em que se invente um vinho, há sempre um falsificador disposto a lançar na circulação, com o mesmo nome, um líquido bastardo e nocivo. É o que acaba de suceder também no Sul, onde alguns fazendeiros preparam agora, com os melhores resultados, um vinho nacional. Já em Porto Alegre e no Rio Grande apareceram algumas amostras de uma mistura de pau-campeche e outros ingredientes, com o nome do vinho legítimo do país.

Pois eu desculpava de bom grado o inventor audaz que vendesse uma tintura de erva-cidreira com o nome de vinho de rosas.

Pobres rosas! Não foi para estes ensaios químicos que Deus vos fez tão belas, e que os antigos vos ligaram ao mito de Vênus.

Eu disse no princípio que visitara o canteiro das rosas, antes da chuva destes últimos dias. A chuva leva-me naturalmente a dizer duas palavras aos srs. fiscais, em nome da classe, não dos servos da gleba, mas dos *servos da calçada*.

Não te incluo a ti, ó grande fiscal, ó construtor-mor das estradas do Brasil, ó divino sol, adorado pelos antigos e cantado por poetas de todos os tempos!

É aos outros fiscais, aos que trajam calça e paletó, aos que têm diploma escriturado, assinado e selado. E ainda assim, não é a todos; excluo os bons fiscais que existem e nunca deram que falar à imprensa; minhas referências são à regra geral dos fiscais.

A existência desses só é conhecida, de quando em quando, por umas notícias que a imprensa publica, e que são todas por este teor:

"O sr. fiscal da freguesia de..., acompanhado do respectivo subdelegado, visitou ontem 48 casas de negócio (por exemplo) e multou 22 — 14 por terem pesos falsificados, 8 por terem à venda gêneros deteriorados."

Ora, eu compreendia a publicação de uma notícia como esta, se, em vez de ser concebida em termos tão lacônicos, designasse por extenso as casas multadas, o número e a rua, e o nome dos proprietários.

Deste modo de publicação resultavam três vantagens transcendentais:

1.ª vantagem: — a população da freguesia ficava avisada de que havia um certo número de casas, visitadas e multadas, a que ela daria preferência, à espera que outra turma fosse igualmente visitada e multada, e que oferecesse novas garantias aos compradores, sem prejuízo dos negociantes verdadeiramente honrados.

2.ª vantagem: — como a multa não é punição, visto que, sobre ser diminuta, é tirada dos acréscimos produzidos pelas falhas dos pesos e pela venda ilícita dos gêneros imprestáveis, aconteceria que a publicação do número, da rua e do proprietário constituía assim o verdadeiro castigo.

3.ª vantagem: — esta é a que resulta da antecedente; poucos afrontariam, a troco de alguns réis mal ganhos, a vista de uma publicação, como esta, distribuída pelos vários mil assinantes das folhas.

Sem declinar a honra da lembrança, sinto toda a satisfação em dedicá-la aos fiscais e aos jornais, esperando que deste modo se incluam no mesmo saco a utilidade privada e a utilidade pública. Explicarei estas últimas expressões, antes de passar ao que tenho de dizer a propósito da chuva.

Atribuo a publicação daquelas notícias tão lacônicas à ideia de tornar o público ciente de que tal ou tal funcionário cumpre o seu dever. Ora, sem prejudicar esta utilidade privada, podia-se atender igualmente para a utilidade pública, empregando o sistema que eu tive a honra de desenvolver acima.

Acho inocentíssima a ideia a que atribuo essas publicações, em comparação com outra ideia e outras publicações, de que não são raros os exemplos.

Citarei um fato:

Era um leilão de escravos. Na fileira dos infelizes que estavam ali de mistura com os móveis, havia uma pobre criancinha abrindo olhos espantados e ignorantes para todos. Todos foram atraídos pela tenra idade e triste singeleza da pequena. Entre outros, notei um indivíduo que, mais curioso que compadecido, conjeturava à meia-voz o preço por que se venderia aquele semovente.

Travamos conversa e fizemos conhecimento; quando ele soube que eu manejava a enxadinha com que agora revolvo estas terras do folhetim, deixou escapar dos lábios uma exclamação:

— Ah!

Estava longe de conhecer o que havia neste "ah!" tão misterioso e tão significativo.

Minutos depois começou o pregão da pequena. O meu indivíduo cobria os lanços com incrível desespero, a ponto de pôr fora de combate todos os pretendentes, exceto um que lutou ainda por algum tempo, mas que afinal teve de ceder.

O preço definitivo da desgraçadinha era fabuloso. Só o amor à humanidade podia explicar aquela luta da parte do meu novo conhecimento; não perdi de vista o comprador, convencido de que iria disfarçadamente ao leiloeiro dizer-lhe que a quantia lançada era aplicada à liberdade da infeliz. Pus-me à espreita da virtude.

O comprador não me desiludiu, porque, apenas começava a espreitá-lo, ouvi-lhe dizer alto e bom som:

— É para a liberdade!

O último combatente do leilão foi ao filantropo, apertou-lhe as mãos e disse-lhe:

— Eu tinha a mesma intenção.

O filantropo voltou-se para mim e pronunciou baixinho as seguintes palavras, acompanhadas de um sorriso:

— Não vá agora dizer lá na folha que eu pratiquei este ato de caridade.

Satisfiz religiosamente o dito do filantropo, mas nem assim me furtei à honra de ver o caso publicado e comentado nos outros jornais.

Deixo ao leitor a apreciação daquele airoso duelo de filantropia.

Se queres a caridade às escondidas, dizia-me um dia um filantropo, serás forçado a admitir que a natureza da caridade é a natureza da coruja, que foge à luz para refugiar-se nas trevas: tira as consequências.

Podia opor a este impertinente a figura da violeta e o texto do Evangelho, mas são demasiado clássicos para os filantropos realistas.

Voltemos aos fiscais e à chuva.

O que tenho a dizer àqueles funcionários é amigável e franco. Se há alguns pontos da cidade que ainda não permitem um asseio completo e irrepreensível, há outros que não têm merecido a atenção que se lhes deve. A imprensa anda diariamente cheia de reclamações. Seria útil que de uma vez se pusesse termo a essas queixas, fazendo do asseio da capital uma realidade.

A Câmara municipal ajudaria os srs. fiscais naquilo em que se tornasse necessária a intervenção dela, e deste modo o trabalho não seria ilusório.

Se isto é uma necessidade em todas as circunstâncias e em todos os tempos, muito mais agora que estamos em véspera de receber ilustres hóspedes, e que se hão de celebrar festas por ocasião do auspicioso consórcio de suas altezas.

Façamos como faz o pobre asseado que não tem toalhas de linho; ofereçamos a nossa toalha de algodão, mas lavada e engomada.

Creio que esta linguagem está nos limites da moderação e da justiça.

A *Cruz* é o traço de união para ligar todos os assuntos. Não passarei adiante sem dizer duas palavras a respeito do número de ontem. Naquela seara há sempre muita coisa a colher.

Da vez passada, a *Cruz* nos deu o modelo de um bom bispo. Querem os leitores saber o que é um bom católico? Diz a *Cruz*:

> *Um bom católico.* — Uma carta de Argel noticia que no sábado anterior à morte do general Pélissier, duque de Malakof, recebeu ele a absolvição e a comunhão das mãos do bispo de Argel, sendo-lhe administrados os últimos sacramentos na véspera de sua morte.

O que a *Cruz* diz do general Pélissier podia dizer igualmente de centenares de pessoas que morrem na comunhão da Igreja e com todos os sacramentos, sem que, entretanto, fosse necessário adjetivar o substantivo. *Um católico* era suficiente.

Eu só compreendia a notícia da *Cruz*, se acaso o ilustre general, nos últimos dias da vida, estivesse cercado de doutores judeus, maometanos e protestantes, armados de Talmudes, Corãos ou bíblias modificadas, procurando cada seita chamar o moribundo às suas doutrinas; se o general, nesta última Malakof muito mais brilhante que a outra, ficasse fiel aos princípios da Igreja, estava explicada a notícia da *Cruz,* e não só a notícia como o adjetivo.

De outro modo não se compreende.

Não me demoro em outras preciosidades da *Cruz*. Direi, contudo, que já descobri a utilidade desta folha, e estou longe de pensar com os que entendem que uma imprensa deste gênero não serve aos interesses legítimos da religião.

Serve de muito.

O modo, porém, é engenhoso, e adivinha-se até no título da gazeta. A *Cruz* é realmente cruz: serve para experimentar a fé dos católicos; se, no fim de um mês de leitura, o católico não tem perdido a fé em que vive, está livre de tornar-se herege. Isto é o que acontece nas outras partes, com os outros jornais do mesmo gênero, quer se chamem o *Universo,* a *Nação* ou a *Cruz.*

Passado o traço de união, anuncio aos meus leitores a presença, em nossa capital, de três crianças; dois pianistas e um violinista, Hernani, Liguori e Pereira da Costa; o segundo brasileiro, os outros portugueses. É para completar a época das crianças, já começada pela companhia dos meninos florentinos.

Deixai as crianças virem até nós.

Os florentinos, sobretudo na parte coreográfica, continuam a excitar o entusiasmo do público do Teatro Lírico.

Do talento dos novos artistas chegados da Europa e do Sul do Império, Costa, Hernani e Liguori, apenas sei o que me dizem cartas insuspeitas, e o que escreveram os jornalistas que os ouviram. Creio que brevemente se nos dará ocasião de apreciá-los.

Antes de concluir, quero agradecer a um jornal do Sul, que transcreveu para as suas colunas o pedaço do folhetim em que eu relatava o milagre Lopes Neto. Foi com o mais vivo prazer que eu li essa transcrição, destinada a dar maior publicidade ao fenômeno que tive a honra de descobrir e narrar nestas colunas.

Dar-me-ei por feliz se as outras folhas do Sul e do Norte imitarem o exemplo do nosso colega, de maneira a fazer com que a notícia se espalhe, e chegue a todos a narração do incidente mais importante da sessão parlamentar.

Quem não pode fazer milagres, denuncia-os.

Hão de notar que, de princípio a fim, tenho-me hoje referido ao Sul. É para lá que estão voltados todos os espíritos; o folhetim recebe a influência do tempo, não lha impõe.

Para que se não enfadasse o Norte, eu podia imitar aqui um poeta, filho do Sul, vítima de uma figura e de uma rima. A rima era a palavra *morte* e a figura era simbolizar no Sul o alvo de todos os seus desejos. O poeta produziu este verso:

Ó sul, tu és meu norte!

M. de A.
Diário do Rio de Janeiro, 25 de julho de 1864

A SEMANA QUE FINDOU TEVE DUAS FESTAS

A semana que findou teve duas festas: uma festa da dinastia, outra da indústria; nacionais ambas; ambas celebradas na quinta do imperador.

Sua alteza imperial completou 18 anos; esta circunstância e a do seu próximo casamento deram ao dia 29 de julho maior importância ainda.

Sua alteza está moça; chegou à idade em que lhe é preciso observar os acontecimentos, estudar maduramente as instituições, os partidos e os homens; enfim, completar como que praticamente a educação política necessária à elevada posição a que deve assumir mais tarde.

Se a esta circunstância ligarmos outra, a do próximo casamento de sua alteza, ter-se-á compreendido a máxima importância do dia 29.

Esta importância nada perde de si diante das instituições que nos regem apesar de já ir longe o tempo em que o príncipe de Ligne, dizendo-lhe a imperatriz Catarina que ia consultar o seu gabinete, respondia:

— O gabinete de S. Petersburgo, bem sei o que é: vai de uma fonte à outra, e da testa à nuca de vossa majestade.

Se hoje não é assim, nem por isso o critério do imperante deixa de tomar parte no desenvolvimento e na prática das instituições.

A festa da indústria foi a distribuição dos prêmios conferidos aos expositores da exposição nacional e da exposição de Londres.

Deus sabe quantas folhas de papel eu não gastaria, se dissesse tudo o que se me oferece dizer a propósito da indústria nacional. Limito-me a assinar, com todo o país, os votos de que as frequentes exposições e a iniciativa individual consigam levar a nossa indústria ao maior grau de elevação.

Há muito tempo que me não ocupo de política amena. Não tenho reparado se nos torneios parlamentares tem havido alguma coisa que requeira esta denominação; mas, para não ficar inteiramente baldo desta vez, farei uma vista retrospectiva e denunciarei um pedacinho oratório que escapou a um dos nossos padres conscritos.

Este não usou da fraude a que eu tive a honra de aludir quando escrevi no meu segundo folhetim: — "Será útil que a civilização acabe com este uso de andar de jaqueta diante dos contemporâneos e ir de casaca à posteridade."

Tratava-se de substituir o côvado histórico e a libra tradicional, por denominações novas, arranjadas por meio de raízes gregas. A alteração dos nomes trazia igualmente a alteração dos pesos e das medidas.

Alguns oradores combatiam o projeto, entre outras razões, pela dificuldade e complicações das novas denominações. Um orador, depois de mostrar as vantagens do projeto, passou a apreciar este último argumento, e disse, pouco mais ou menos, estas palavras:

— Não acho, sr. presidente, que esta razão deva pesar em nosso ânimo. Se os nomes são arrevesados, nem por isso deixará de fixá-los a memória do povo. Também não são fáceis as denominações francesas das figuras de quadrilha, e contudo vemos que, em um baile entre nós, apenas o mestre-sala as pronuncia, saem os pares a executar as diferentes figuras mencionadas.

Este argumento coreográfico, este raciocínio próprio de Terpsícore, calou no ânimo dos ouvintes e foi um verdadeiro *en avant tous;* todas as opiniões, adversas, amigas ou vacilantes, ao ouvirem as palavras do orador, deram-se as mãos e fizeram *la grande chaine.*

Felizmente está impresso e há de passar à posteridade como foi ouvido.

Este gosto de ser ameno e divertido invade tudo e aplica-se às coisas mais sérias e mais graves. Exemplo: não há muito tempo li numa folha do Norte uma notícia cujo título era *Quis antes tiro que gaiola.*

Não tive tempo de refletir na elegância da frase; confrangeu-se-me o coração com a ideia de que o noticiarista, a propósito de algum passarinho, escapo da gaiola do caçador e morto com uma carga de chumbo, se lembrasse de ser engraçado e fazer rir os leitores.

Pobre passarinho! — dizia comigo — fizeste um esforço, aproveitaste a porta aberta, e abriste as asas no espaço, ao ar livre, no reino infinito da liberdade em que nasceste. Teu dono estimava-te, mas estimava-te como os tiranos estimam os povos que dominam; ao saber que fugiras enraiveceu-se, espumou, gritou; travou de uma arma carregada, correu ao campo; viu-te sobre uma árvore, a cantar de alegria, disparou o tiro, e deitou-te ao chão!

E como se isso já não bastasse, a única necrologia que tiveste foi um chasco de noticiarista — quando, fugindo à gaiola, tu não fizeste mais do que fazemos nós outros, aves de Platão.

Fiz outras considerações antes de continuar a ler a notícia; mas não sei com que palavras refira o meu espanto, quando, em vez da fuga e da morte de um pássaro, li a narração da fuga e da morte de um homem!

Era um acusado que estava na cadeia; fazia-se o processo, e a justiça não tinha ainda pronunciado a última palavra; o réu tinha, pois, a presunção de inocente. Mas um dia achou facilidade de fugir e fugiu.

Perseguido pelos soldados, o réu deitou a correr por montes e vales; enfim, depois de alguma luta, um soldado, não sei se para intimidar, não sei se para defender-se, disparou a espingarda, e o fugitivo caiu fulminado.

Este fato, cheio de circunstâncias tão lúgubres, despertou o espírito do noticiarista em questão. À cadeia chamou gaiola, comparou o tiro do soldado ao tiro do caçador que vai distrair-se ao mato; misturou e fez uma notícia.

Cabe aqui a máxima de La Rochefoucauld a respeito de quem corre atrás do espírito.

Não corramos nós, leitor, atrás dele; entremos na casa onde se vende impresso, brochado e encadernado, o espírito de todos os homens, mortos e vivos, poetas e historiadores, clássicos ou românticos; vamos à livraria.

A Casa Garnier distribuiu esta semana dois livros, um impresso em Paris, outro impresso no Rio de Janeiro.

Já me tenho referido mais de uma vez à livraria Garnier, a que devemos tantas edições aprimoradas, e que cada dia alarga mais o círculo das suas relações.

O livro impresso em Paris é o 1º volume da obra do sr. Pereira da Silva, *História da fundação do império brasileiro*.

Acompanha o volume um belo retrato do autor.

A edição é magnífica e das melhores que tem feito o sr. Garnier.

Quanto à obra em si, não é possível dizer já coisa alguma, diante do primeiro volume. Parece-me um livro de grande investigação histórica, mas só a conclusão nos poderá dar uma ideia completa e definitiva do valor e do alcance do trabalho.

O autor terá, sem dúvida, compreendido a natureza do cometimento e o alcance das promessas que nos faz.

É difícil aos homens militantes da política apreciar com o olhar imparcial do historiador os acontecimentos do passado; mas uma vez alcançado isso, a glória realça o dever, e o aplauso redobra de entusiasmo.

Tenho a maior sinceridade no desejo de que esta seja a sorte da *História da fundação do império brasileiro*.

A outra obra editada pela livraria Garnier é uma tradução que faltava às academias: *Instituições do Direito romano privado,* de Warnkoenig.

O autor deste difícil trabalho, o sr. dr. Antônio Maria Chaves e Melo, é um homem profundamente versado no latim; empregou no trabalho que agora vê à luz, longos dias e um zelo consciencioso.

Tenho ouvido a muitos competentes louvar o trabalho do sr. dr. Chaves e Melo.

Reunindo a modéstia à ilustração, o sr. dr. Chaves e Melo tem um duplo direito à admiração franca da crítica e do público.

Já que estou na rua do Ouvidor podia ir mais adiante e entrar em Casa do Pacheco. Dizem-me que há ali trabalhos, daqueles primorosos que ele sabe fazer. Vejo que é tarde; fica para o folhetim seguinte.

Que vos direi dos teatros, prezados leitores? O Ginásio vai vestir nova roupa;

S. Januário interrompeu os seus espetáculos; S. Pedro divide-se entre a *Nova Castro* e a *Romã Encantada;* o Lírico continua a receber o público, que aplaude a Alba e os meninos florentinos.

Quanto a Emília das Neves não se sabe ainda onde representará, e os boatos de hoje são sempre contrariados pelos boatos de amanhã. Ora, indica-se este teatro e esta peça; ora, fala-se em outra peça e outro teatro. Mas a verdade não se sabe ainda.

Suponho ter já falado em três jovens artistas — dois pianistas e um violinista — que se acham no Rio de Janeiro. Também não se sabe o tempo e o lugar em que apresentarão os seus talentos ao público. É, como se vê, uma época de expectativa.

Antes de concluir devo dar uma explicação aos meus leitores habituais.

Apareço algumas vezes à segunda-feira, hoje como na semana passada; mas isso não quer dizer que eu tenha mudado o meu dia próprio, que é o domingo.

A profissão do folhetim não é ser exato como um relógio; e ainda assim, todos sabem como, até na casa dos relojoeiros, os relógios divergem entre si. Se é lícito ao relógio variar, não é ao folhetim que se deve pedir uma pontualidade de Monte-Cristo.

Eu cismo nos meus folhetins sempre a horas mortas, e acontece que nem sempre posso fazê-lo a tempo de aparecer no domingo.

Fiquem avisados.

Disse horas mortas para seguir a linguagem comum; mas haverá acaso horas mais vivas que as da noite?

É esta pelo menos a opinião de um poeta nos seguintes versos, escritos no álbum de uma senhora de espírito:

HORAS VIVAS

Noite: abrem-se as flores...
Que esplendores!
Cíntia sonha amores
Pelo céu!
Tênues as neblinas
Às campinas
Descem das colinas
Como um véu!

Mãos em mãos travadas,
E abraçadas,
Vão aquelas fadas
Pelo ar.
Soltos os cabelos,
Em novelos,
Puros, louros, belos,
A voar!

— Homem, nos teus dias
Que agonias!
Sonhos, utopias,
Ambições!
Vivas e fagueiras
As primeiras,

Como as derradeiras
Ilusões.

— Quantas, quantas vidas
Vão perdidas!
Pombas malferidas
Pelo mal!
Anos após anos,
Tão insanos,
Vêm os desenganos
Afinal!

— Dorme: se os pesares
Repousares,
Vês? por estes ares
Vamos rir.
Mortas, não; festivas
E lascivas,
Somos — *horas vivas*
De dormir!

M. A.
Diário do Rio de Janeiro, 1º de agosto de 1864

Fui ver duas coisas novas em Casa do Pacheco

Fui ver duas coisas novas em Casa do Pacheco. A Casa do Pacheco é o mais luxuoso templo de Delos da nossa capital. Visitá-la de semana em semana é gozar por dois motivos: admira-se a perfeição crescente dos trabalhos fotográficos e de miniatura, e veem-se reunidos, no mesmo salão ou no mesmo álbum, os rostos mais belos do Rio de Janeiro — falo dos rostos femininos.

Não me ocuparei com esta segunda parte, nem tomarei o papel indiscreto e difícil de Paris, trazendo para aqui o resultado das minhas comparações.

Quanto à primeira parte, é a Casa do Pacheco a primeira do gênero que existe na capital, onde há cerca de trinta oficinas fotográficas.

Há vinte e quatro anos, em janeiro de 1840, chegou ao nosso porto uma corveta francesa, *L'Orientale*, trazendo a bordo um padre de nome Combes.

Este padre trazia consigo uma máquina fotográfica. Era a primeira que aparecia na nossa terra. O padre foi à Hospedaria Pharoux, e dali, na manhã do dia 16 de janeiro, reproduziu três vistas — o largo do Paço, a praça do mercado, e o mosteiro de S. Bento.

Três dias depois, tendo sua majestade aceitado o convite de assistir às experiências do milagroso aparelho, o padre Combes, acompanhado do comandante da corveta, foi a São Cristóvão, e ali fez-se nova experiência: em 9 minutos foi reproduzida a fachada do paço, tomada de uma das janelas do torreão.

É isto o que referem as gazetas do tempo.

Desde então para cá, isto é, no espaço de vinte quatro anos, a máquina do padre Combes produziu as trinta casas que hoje se contam na capital, destinadas a reproduzir as feições de todos quantos quiserem passar à posteridade... num bilhete de visita.

A primeira coisa que eu fui ver em Casa do Pacheco, foi uma delicada miniatura, verdadeira obra-prima da arte, devida ao pincel já conhecido e celebrado do sr. J. T. da Costa Guimarães.

O sr. C. Guimarães é um dos mais talentosos discípulos que tem deitado a nossa Academia das Belas-Artes.

O novo trabalho de miniatura do sr. C. Guimarães é um retrato de Diana de Poitiers, sob a figura de Diana Caçadora.

Diana de Poitiers foi uma destas criaturas que trazem consigo o elixir de longa vida e o elixir de longa beleza. Aos 40 anos inspirou a Henrique II essa paixão profunda que soube alimentar até os 60, e tão bela era nessa última idade, que um escritor do tempo dizia o seguinte:

"Vi-a seis meses antes de morrer, tão bela ainda que eu não sei se pode haver coração de pedra que se não apaixonasse por ela!"

A miniatura do sr. Costa Guimarães corresponde à ideia que fazemos da amante de Henrique II. Parece representá-la aos trinta anos. É apenas meio corpo, tendo parte de uma espádua e a cintura cingidas por um estofo cinzento, e o resto em toda a esplêndida nudez da beleza. Pende-lhe a tiracolo o carcás, e sobre a testa, no meio de uma onda de magníficos cabelos, vê-se a figura astronômica da irmã de Febo.

A delicadeza de traços, a viveza de colorido, a verdade de expressão, a graça do gesto tornam a miniatura do sr. C. Guimarães um trabalho digno de ser apreciado.

A outra novidade que fui ver à Casa do Pacheco foi um aparelho fotográfico, chegado ultimamente, destinado a reproduzir em ponto grande as fotografias de cartão. Não vi ainda trabalhar esse novo aparelho, mas dizem que produz os melhores resultados. Até onde chegará o aperfeiçoamento do invento do Daguerre?

Feita a justiça à arte moderna e a um dos seus melhores templos, passemos a fazer justiça à própria justiça, ou antes aos que têm por missão representá-la.

Quer o leitor escrever um livro *in-folio*, da grossura de um missal, em caracteres microscópicos? Escreva a história dos abusos judiciários e policiais que se dão cada ano neste nosso abençoado país.

O assunto dá até para mais.

Na semana que findou chegaram gazetas de Campos, onde vêm narrados dois fatos que podem figurar na obra que indiquei acima.

Aqui vai o primeiro:

Um preso de nome Fidélis, acusado por crime de furto, foi ao júri, mas teve de voltar para a cadeia por não ter comparecido uma só testemunha. Ora, Fidélis já está preso há mais tempo, talvez, do que lhe cumpriria no máximo da pena. Não para aqui: a cadeia é imunda; Fidélis entrara para lá de perfeita saúde, mas quando saiu para o tribunal era outro, tão mudado se achava!

Outro fato:

Compareceu também ao júri e inutilmente, como Fidélis, um preso de nome Vidal, cujo crime era o de resistência. Vidal está na cadeia há mais de um ano, e depois que lá está perdeu a mulher e dois filhos, reduzidos à maior miséria.

O *Despertador,* dando notícia deste fato, acrescenta uma frase tocante: "Ah! pobre homem! Quando voltar à casa há de ter saudades da cadeia!"

Se vivêssemos no tempo de Carondas e de Cambises, a medida que se tomaria em casos tais, seria pouco mais ou menos esta: dividia-se o tempo da pena correspondente ao delito dos réus e puniam-se em partes iguais os autores e cúmplices dos abusos que acabo de mencionar.

Não se persuada o leitor que eu lamento os tempos de Cambises e de Carondas, posto que algumas das leis que aqueles dois legisladores fizeram são ainda hoje usadas em vários países.

No sistema parlamentar, por exemplo, usa-se ainda a lei que Carondas decretou sobre os cidadãos que quisessem propor a revogação, a alteração ou o aperfeiçoamento de quaisquer leis do estado.

Quando qualquer cidadão pretendia fazer alguma proposta neste sentido, era levado à Assembleia, com um laço ao pescoço. Se a proposta era aceita, ficava livre; se era rejeitada, corria-se o laço, e havia um cidadão de menos.

O resultado deste sistema era pura e simplesmente a supressão das minorias e a vitória das maiorias soberanas. A mesma lei é empregada hoje, com uma diferença única, e é que o proponente, no tempo de Carondas, morria uma vez, ao passo que hoje morre para ressuscitar e morrer de novo, sempre que se lembrar de iniciar alguma revogação.

Exprimindo-me deste modo estou longe de contestar a comodidade do sistema; limito-me a observar que é essa uma das leis adotadas nos códigos parlamentares.

Se o leitor se aborrece dos assuntos da *Cruz,* salte alguns períodos, e achará outras coisas para ler.

A *Cruz* continua a ver no general Pélissier um modelo de homem católico, coisa que eu não tenho a pretensão de contestar, mas que me serve para dizer à *Cruz* que, na qualidade de gazeta religiosa, ela não deve fazer seleções desta natureza.

Às razões já apresentadas, apresenta a *Cruz* mais uma, no número que se distribuiu ontem.

Tratava-se da guerra da Crimeia; marcou-se o assalto de Sebastopol para o dia 8 de setembro.

Houve quem objetasse que alguns antipapistas podiam ver a escolha do dia como um excesso de devoção; então o general Pélissier insistiu dizendo que, exatamente por ser aquele o dia da Virgem, é que se devia dar o assalto, confiando-se na proteção da mãe de Deus, pensassem os antipapistas o que lhes parecesse. E Sebastopol, diz a *Cruz*, foi tomada no dia 8 de setembro!

Ora, como para mim é ponto de fé que a Virgem não intervém por forma alguma nesta coisa iníqua, ridícula, bárbara e grotesca, que se chama *guerra*, acho que era este o caso de dizer ao finado duque de Malakof: — Fia-te na Virgem e não corras!

A força e a perícia dos aliados é que venceram na batalha; o dia não produziu a vitória, como a bênção do papa não legitimou o Império mexicano (com perdão do sr. Lopes Neto).

Depois de citar mais três atos praticados pelo finado duque — o oferecimento de uma cruz tomada em Sebastopol a uma igreja, o oferecimento dos seus serviços ao papa, e por último, ter morrido abraçado com uma cruz do Santo Sepulcro —, a *Cruz* acrescenta:

"Ah! se os nossos homens de guerra pensassem como este valente general quanto seríamos felizes e o país conosco!"

Dispenso-me do trabalho de desviar dos nossos generais a censura da *Cruz*. Esta insistência da *Cruz* faz-me lembrar uma célebre discussão havida este ano no Senado, em que tomaram parte alguns ministros sobre se o governo acreditava ou não na Providência; o que, seja dito entre parênteses, não fez crescer mais um bago de café, nem melhorou as condições da liberdade individual.

A propósito de liberdade — há, em uma das províncias do Norte, uma folha com este título, e que parece dar uma significação singular à palavra que lhe serve de bandeira. Com efeito, eis o que esta folha, em um dos seus números, julgou dever escrever a respeito de um assinante remisso:

Velhacaria — É verdade. Agora também podemos afirmar, que o tal Cazuza da mamãe-dindinha é velhaco convicto.

Mandando nós exigir dele o pagamento da assinatura desta folha, de três quartéis — disse ao nosso preto, que nunca a leu!... É preciso ser um infame caloteiro para proceder deste modo. É verdade que quem mandou vender até os fundos de garrafas ao negociante Carreira por 800 rs. é capaz de tudo, e de mais.

É transparente o motivo desta linguagem; não foi negar-se o assinante ao pagamento, foi não ter lido a folha. A *Liberdade* reconhece todas as liberdades, menos a liberdade de não ler a *Liberdade*. É como alguns tolerantes que toleram tudo, menos o direito de negar um pouco a tolerância deles.

Oh, vaidade humana!

Para que os leitores não deixem de ter desta vez uma página de bom quilate, recebi pressuroso a carta que me enviou um amigo e colega, e que vai transcrita mais adiante.

Alguns dos leitores quereriam talvez que eu suprimisse as palavras laudativas com que o meu colega e amigo me honra nessa carta, isto por conveniência de modéstia — daquela modéstia *qu'on impose aux autres,* como diz Alphonse Karr. Todavia, eu tomo a liberdade de inserir a carta integralmente, porque isso em nada prejudica a modéstia natural e verdadeira — que é muito diversa da modéstia de convenção e de palavra.

Feito o que, dou a palavra ao meu colega e amigo:

Meu caro poeta.

Nunca ambicionei, como neste momento, possuir a pena maravilhosa que manejas com tanta facilidade e talento, e que se ufana do gracioso condão de transmitir ao leitor o eco simpático e ainda vibrante de tuas inspirações.

Mas, como te conheço, sei que não recusarás a um teu obscuro admirador, um pequeno espaço em teu apreciável folhetim, para te dar notícia de uma reunião a que não assististe, mas de que eu e muita gente conservamos a mais grata recordação.

Em um dos mais pitorescos arrabaldes da cidade, e à porta de uma casa conhecida pela amabilidade dos seus donos, entrava sábado passado um grande número de pessoas que haviam sido convidadas para assistir às fogueiras de Sant'Ana.

Os salões acharam-se em breve povoados de um luzido, elegante e distinto concurso.

O primor das toaletes, a formosura e donaire de muitas senhoras e moças que animavam com a sua presença o risonho recinto daquelas salas, o movimento das danças, as melodias do canto, os sons harmoniosos da música, o rumor incessante das conversações, os ditos de espírito que se cruzavam, os raios fulgurantes dos olhos que se encontravam, e falavam muitas vezes inspirados em sua muda eloquência, tudo isto enfim imprimiu ao encanto desta noite um cunho de interesse, prazer, movimento e alegria que deu um notável realce à festa.

Não me cansarei em mencionar-te o número das quadrilhas, o nome das polcas, a estatística completa do itinerário dançante; basta que te diga que os minutos e os instantes foram aproveitados com usura, e que havendo o baile começado às oito horas da noite, às seis da madrugada ainda se dançava com frenético e delirante entusiasmo!

A esta hora, porém, sucedeu ao rumor vertiginoso do folgar profano, o concentrado silêncio da adoração religiosa. Foi bela e sublime a ideia! Os convidados que haviam tomado parte nos divertimentos da noite, foram assistir a uma missa celebrada em um oratório, ao lado dos salões brilhantes, que ainda há poucos momentos estremeciam ao ruído das danças, ao eco estridente das músicas e ao som encontrado dos sorrisos e das palavras!

Depois da festa do mundo, a festa de Deus! Depois do gozo, a adoração! Depois do sentimento, o êxtase! Depois do homem, o criador por ele glorificado! Era um quadro novo e impressionante!

> *Sobre aqueles tapetes, onde poucos instantes antes se agitavam os pés mimosos e rugiam as sedas das elegantes damas, ajoelhavam-se elas agora, prestando o ouvido atento às notas da música religiosa e dos cantos divinos, mais belos ainda e radiantes com este batismo de adoração matinal!*
>
> *Os que assistiram a este ato sentiram-se melhores, rendendo depois do prazer graças à Providência! A noite consagrada a esta festa não se gastou inutilmente. A consciência revelou a todos que haviam praticado uma ação boa, e os convidados dispersaram-se depois desta cerimônia, agradecidos para com Deus, e gratos para com aqueles que haviam sido os intermediários entre as festas do céu e as da terra!*
>
> *Que mais acrescentarei a estas palavras? Dizer-te que o serviço, a franqueza, o geral contentamento corresponderam às delicadezas dos donos da casa, seria fazer um pleonasmo, depois de haver-te contado o que se passou, e de saber quem eles são.*
>
> *Prometi-te, como se faz às namoradas, uma lembrança da reunião. Aceita estas linhas, e possam elas, perfumadas ao contato de teus poéticos pensamentos, recender como os ramos de violetas que as moças desprendem do seio ao voltar do baile. Teu amigo...*

No folhetim seguinte direi algumas palavras sobre a noite de anteontem, na Campesina.

M. A.
Diário do Rio de Janeiro, 7 de agosto de 1864

Antes de começar estas páginas consultei alguns amigos

Antes de começar estas páginas consultei alguns amigos.

— Será certo? perguntei-lhes. Os meus olhos não me enganam? Pois o sr. marquês de Abrantes, um ancião respeitado, um membro da Câmara dos senadores, recinto da gravidade e da prudência, o sr. marquês de Abrantes, tantas vezes ministro da coroa, proferiu as três palavras de que nos dá conta o *Correio Mercantil?*

Os meus amigos responderam-me suspirando:

— Ah! É mais que certo! S. excia. proferiu essas palavras infelizes!

As palavras a que me refiro foram ditas em aparte ao sr. visconde de Jequitinhonha. Aqui vai o pedacinho do discurso para melhor ser apreciado o aparte do ilustre marquês.

Diz o sr. visconde de Jequitinhonha:

"Ora, alguém já viu, segundo a aritmética *moderna* ou antiga que 69:555$939 com 14:020$672 somasse 101:668$526? (*hilaridade*). Estou que todos somarão 83:576$611; e então o déficit que s. excia., o nobre provedor, achou na casa dos expostos de 20:061$407, fica reduzido a 1:969$492. O saldo que ficou do ano anterior, diz o relatório, é de 7:200$, deduzindo-se estes 7:200$ dos 20:061$407, fica um déficit, diz ainda o relatório, de 12:000$, quando aliás, digo eu, deve existir em vez de déficit, um saldo de 5:230$508!!!

"Ora, estes enganos crassíssimos que aparecem no relatório, pelo que diz respeito à casa dos expostos, não me dão direito a desconfiar que as contas do hospital geral não sejam exatas?

"Eu espero, sr. presidente, que o nobre provedor explicará isto..." O sr. marquês de Abrantes: — "Não caio nessa."

Confesso que ao ler este aparte do sr. marquês de Abrantes caiu-me a alma aos pés, não só pela vergonha que ele me causou, como pelas considerações que do fato se podem deduzir.

Em que tempo estamos? Que país é este? Pois um funcionário público, evado às primeiras posições — não para satisfação da vaidade, mas para servir ao país —, responde daquele modo a uma intimação tão grave?

Não é lisonjeiro o estado da nação ante a qual se pronunciam tais palavras com a frescura que elas respiram, e que o ilustre marquês sabe empregar. Com exemplos desta ordem, só conseguireis ter uma mocidade sem fé, sem decoro, sem ilusões; nada alcançareis que seja durável, digno, elevado.

Todos conhecem o ar imperturbável do ilustre marquês. Estou a vê-lo daqui pronunciar as três palavras em questão, e conservar-se tranquilo como se houvesse dito pérolas. Nem a apóstrofe do sr. visconde de Jequitinhonha pôde movê-lo. Sua excia. ouviu o resto do discurso, tomou os seus papéis e jornais, e desceu para tomar o cupê.

S. excia. esquece, decerto, que há duas cadeiras do representante da nação: uma no Parlamento, outra na opinião pública; e que muitas vezes o indivíduo ainda ocupa a primeira, quando já tem perdido a outra há muito tempo.

Não consta que s. excia. tenha explicado as suas palavras. Nem elas sofrem explicação possível. O ilustre marquês só tem um meio de resgatar o perdido. É duro, mas é o único meio leal, sério, digno: é pedir franca e humildemente ao Senado a remissão da culpa, e confessar que aquelas palavras lhe escaparam por um movimento de despeito; é dizer que naquele momento se esquecera de que era um servidor do país, para lembrar-se de que tinha reputação de boas pilhérias; mas que, perfeitamente arrependido, retira as palavras com que ofendera o decoro do Senado e o decoro do país.

Se não fizer isto, creio poder afirmar-lhe que as três palavras hão de servir-lhe de epitáfio, qualquer que seja a expressão de saudade que os seus amigos se lembrem de lhe abrir. Na opinião o epitáfio do nobre marquês há de ser por este teor: — *Aqui jaz um senador do Império que, interpelado a respeito de dinheiros públicos, respondeu tranquilamente ao interpelante: Não caio nessa!*

Sem sair do Senado, e apenas volvendo os olhos para os bancos opostos, encontraremos o sr. Jobim, autor de alguns discursos sempre lidos com interesse.

Está hoje provado que os discursos do sr. senador Jobim são o melhor remédio contra o aborrecimento crônico ou agudo, não porque s. excia. seja dotado de graça, mas por serem os discursos mais desenxabidos, mais incongruentes, mais extravagantes que ainda se ouviu.

Tive a pachorra de ler o último discurso de s. excia., de fio a pavio. S. excia. tratou de várias questões, insistiu em algumas, embrulhou quase todas. Para que os leitores façam ideia do discurso aí dou o índice dos pontos de que ele trata:

Carnes verdes;
Matadouro;
Cemitério humano e cemitério de animais;
Falsas aparências do gado vacum;
Águas potáveis;
Necessidade de espalhar o gênero humano;
A mudança da cidade;
Irmãs de caridade;
Instrução superior;
Criação de universidade;
O *Contrato Social;*
Quadro lúgubre dos costumes acadêmicos de São Paulo;
Um axioma de Platão;
Elegia sobre a sorte dos calouros;
Hino em ação de graças por ter-se abolido o entrudo, e algumas palavras sentidas sobre as calças brancas dos homens sérios;
Uma anedota da escola de medicina da corte, apimentada com algumas reticências;
Indignação por uma comédia em que um magistrado nosso zomba da medicina legal;
Relaxação dos costumes da população de São Paulo;
Etc., etc., etc....

Fora longe, se quisesse apreciar, em todos os seus pontos, o discurso do diretor da escola de medicina. Deixo de parte tudo, para dizer duas palavras a respeito do ponto em que sua excia. mais se demorou: a academia de São Paulo.

Quem vir o quadro lúgubre pintado pelo ilustre senador suporá que a cidade de São Paulo é uma daquelas cinco cidades que a cólera divina destruiu por meio do fogo celeste. Não repetirei aqui as expressões de que usou sua excia.; acho que elas não podem fazer boa figura no folhetim.

A mocidade acadêmica de São Paulo não merece, decerto, nem as censuras, nem os epítetos de s. excia. S. excia. carregou o pincel na pintura de um quadro que nem mesmo era verdadeiro em outras épocas.

A mocidade de São Paulo é a mocidade; alegre, festiva, folgazã; mas tudo isto, na medida conveniente, sem excitar tão graves receios pelos costumes públicos. É uma mocidade inteligente, estudiosa, laboriosa: funda jornais, como a excelente *Imprensa Acadêmica;* funda associações como o Tributo às Letras, Clube Científico, Ateneu Paulistano, Ensaio Filosófico, Instituto Científico, e outras, tendo a maior parte delas as suas revistas e jornais.

Nessas associações a mocidade estuda, aprende, discute, escreve, aperfeiçoa-se, estabelece o exemplo, anima os menos laboriosos ou menos audazes; em suma, cria esses grandes núcleos de que têm saído tantas e tão vastas inteligências.

Tal é o espírito geral que anima a mocidade acadêmica; um ou outro fato, em épocas já idas, não pode dar lugar à grave censura feita na tribuna do Senado pelo ilustre diretor da escola de medicina.

Se a mocidade, nos lazeres desses trabalhos literários e científicos, mostra-se ardente e alegre, deixai-a, ilustre ancião; é a mocidade, é a esperança, é o futuro; alegra-se o espírito em vê-la assim, consola-se da tristeza causada pelo *Não caio nessa* de que tratei acima.

Era dever meu, dever de moço, de amigo, de historiador fiel, deixar escrita esta contestação ao sr. Jobim. Mas acaso o corpo do discurso dá alguma importância às invectivas lançadas à academia? Que vale aquela anedota do estudante de medicina? Que vale o cântico à abolição do entrudo? Que vale a censura contra a comédia do magistrado, com a qual o ilustre senador toma lugar entre Guénaut e Desfougerais?

Remeto os leitores hipocondríacos para o *Correio Mercantil* de 10 do corrente, onde vem publicado o referido discurso.

O que nos deve consolar de tudo isto é a marcha brilhante das coisas políticas, e os altos serviços prestados pelo sr. Zacarias. S. excia., reservando-se o mais que pode nas manifestações da tribuna, apenas aparece lá de quando em quando, para dizer algumas palavras dúbias e desdenhosas, como cabe a um ministro, provando quão pequena é a distância que vai de um presidente de conselho a Sganarello.

SGANARELLO.
... vossa filha está muda.
GERONTE.
Sim, mas eu quisera saber donde provém isso.
SGANARELLO.
Não há nada mais fácil; provém de ter perdido a palavra.
GERONTE.
Muito bem; mas a causa que lhe fez perder a palavra?
SGANARELLO.
Os nossos melhores autores dir-vos-ão que é o impedimento da ação da língua.
GERONTE.
Mas qual é a vossa opinião sobre este impedimento da ação da língua?
SGANARELLO.
Aristóteles diz a este respeito... coisas muito bonitas!

E sem sair deste círculo vicioso, s. excia. toma um ar airoso, contente de si, descuidoso do resto do mundo, capaz de fazer até perder o ânimo de se lhe abrir oposição.

Todavia, não faltam acusações graves a s. excia.; uma delas é a esterilidade do seu Ministério. Esta censura é demasiado grave, para que possa ser levantada sem provas, e as provas, em que pese aos acusadores, são contrárias à acusação.

Se apenas tomarmos a primeira metade do mês que corre, como não é farta a lista dos serviços políticos e administrativos prestados pelo ilustre presidente do conselho? Esta lista falará mais claro:

Correram as águas para o mar;

Chegou o paquete inglês;

Choveu alguns bons milímetros;

Todos os moribundos acharam-se com vida, um quarto de hora antes de morrer;

Nasceram várias crianças;

Amadureceram algumas goiabas;

Cessou a geada no interior de São Paulo.

E outros acontecimentos deste gênero, próprios para pulverizar as acusações dos adversários.

Mas, deixemos estes assuntos políticos, para cuidar de outros que reclamam a atenção do folhetim e dos meus leitores.

Não lhes falarei da estrada de ferro; já pouco espaço me resta, e a estrada de ferro merece, não uma coluna, mas um folhetim. Já os leitores conhecem o que se passou no passeio à barra do Piraí, e sabem também que a respeito do desenvolvimento deste grande tesouro do século não pode haver duas opiniões.

Prometi-lhes falar da Campesina e do violinista Pereira da Costa que lá executou várias peças na noite de 7 do corrente.

A Campesina goza por justo título a reputação de um dos melhores pontos de reunião, de conversa, de música e de dança. Contam-se ali amadoras e amadores de música do mais subido mérito.

Foi ali que o violinista Pereira da Costa executou, na noite de 7, algumas peças, com geral aplauso e entusiasmo, graças à arte com que sabe fazer falar o instrumento de Paganini.

Pereira da Costa é um moço de 17 anos. Começou a estudar na idade de 6 anos. Na idade de 9 anos deu no Porto o seu primeiro concerto; em 1858 deu outro concerto em Lisboa, e aí foi brindado pelo finado rei D. Pedro v com um alfinete de brilhantes. O *Centro Promotor* colocou o retrato do jovem artista no seu salão.

Nesse ano partiu Pereira da Costa para Paris, onde estudou dois anos como externo e três anos como interno do Conservatório de Paris. Foi, como Muniz Barreto, discípulo do célebre Allard, de quem possui uma carta, datada de 1863, onde o ilustre mestre declara-o digno de concorrer.

De volta a Portugal deu um concerto no Teatro de São Carlos, em Lisboa, e tão bem se houve, que mereceu de D. Luís i o título de músico da Real Câmara.

Pereira da Costa vem demorar-se algum tempo entre nós. É um artista digno de ser ouvido e aplaudido.

Não passarei adiante sem falar da inauguração da sociedade de baile e canto ultimamente organizada em Niterói.

A bela filha da Guanabara (estilo lírico) precisava de uma sociedade deste gênero que reunisse de quando em quando as famílias do lugar. Esta necessidade está atendida com a sociedade que deu ali a sua primeira partida há dias.

A partida de inauguração foi, como se desejara, verdadeiramente familiar, reinando durante a noite a maior animação e alegria. A simplicidade das toaletes realçava a beleza natural das damas, a graça, a jovialidade; era como que uma festa de família. Dançou-se, cantou-se, tocou-se, até alta noite, e os convivas saíram de lá aguardando a segunda partida, que deve ter lugar este mês.

Com tais convivas e diante da urbanidade dos cavalheiros que dirigem a festa, não é possível que a sociedade niteroiense deixe de concorrer e abrilhantar ainda mais, se é possível, aquelas reuniões.

Estava disposto a escrever uma página de poesia, alusiva à circunstância de contiguidade em que fica a casa da reunião e o mar, mas sou forçado a não continuar por faltar-me o espaço.

Tudo tem limites, até o folhetim!

M. A.
Diário do Rio de Janeiro, 14 de agosto de 1864

HOJE É DIA DE GALA
PARA O FOLHETIM

Hoje é dia de gala para o folhetim. Visitam-me dois poetas ilustres.

Para recebê-los, eu devia estender os melhores tapetes, queimar os melhores óleos e ornar com as flores mais belas os mais ricos vasos de porcelana.

Não podendo ser assim, faço o que posso com os meus poucos teres.

Os meus hóspedes são americanos, um da América do Sul, outro da América do Norte; ambos poetas, cantando um na língua de Camões, outro na de Milton, e para que, além de talento, houvesse neste momento um elo de união entre ambos, um criou uma página poética sobre uma lenda do Amazonas, o outro criou outra página poética, traduzindo literal, mas inspiradamente, a página do primeiro.

O primeiro é John Greenleaf Whittier, autor de um livro de baladas e poesias, intitulado *In War Time, Em tempo de guerra*; livro, onde vem inserta a página poética em questão.

Chama-se o segundo, na linguagem simples das musas, Pedro Luís, poeta fluminense, dotado de uma imaginação ardente e de uma inspiração arrojada e vivaz, autor da magnífica *Ode à Polônia,* que aí corre nas mãos de quantos apreciam as boas letras.

Tratando do poeta, não é ocasião de mencionar o deputado eloquente, cuja estreia despertou todas as esperanças nacionais e pôs em atividade todas as reações do clero.

A poesia de Whittier, traduzida pelo sr. dr. Pedro Luís, intitula-se *O grito de uma alma perdida.* É o modo por que os índios designam o grito melancólico de um pássaro que se ouve à noite nas margens do Amazonas.

A poesia tradução parece poesia original, tão naturais, tão fáceis, tão de primeira mão, são os seus versos.

Não quero privar os entendedores do prazer de compararem as duas produções, os dois originais, deixem-me assim chamá-los.

Aqui vai a do sr. dr. Pedro Luís:

O GRITO DE UMA ALMA PERDIDA

Quando, à tardinha, na floresta negra,
Resvala o Amazonas qual serpente,
Sombrio desde a hora em que o sol morre
Até que resplandece no oriente,

Um grito, qual gemido angustioso
Que o coração do mato soltaria
Chorando a solidão, aquelas trevas,
O não haver ali uma alegria,

Agita o viajor, com som tão triste
De medo, do ansiar da extrema luta,
Que o coração lhe para nesse instante
E no seu peito, como ouvido, escuta.

Como se o sino além tocasse a mortos,
O guia estaca, o remo que segura
Deixa entregue à piroga, e se benzendo:
"É uma alma perdida", ele murmura.

"Senhor, conheço aquilo. Não é pássaro.
É alma de infiel que anda penando,
Ou então é de herege condenado
Que do fundo do inferno está gritando.

"Pobre louca! Mofar crê que ainda pode
Da perdição; à meia-noite grita,
Errante, a humana compaixão pedindo
Ou dos cristãos uma oração bendita.

"Os Santos, em castigo, a tornem muda!
A mãe do céu nenhuma reza ensina
Para quem, no mortal pecado, arde
Na fornalha da cólera divina!"

Sem replicar, o viandante escuta
Do pagão batizado essa mentira,
Tão cruel que de novo horror enchia
O grito amargurado que se ouvira.

Frouxamente arde o fogo da canoa;
Em torno aumenta a sombra da espessura
Dos altos troncos com cipós nodosos;
Silenciosa corre a água escura.

Porém no coração do viajante,
Secreto sentimento de bondade
Que a natureza dá, e a fé constante
Do Senhor na infinita piedade

Levam seus olhos à estrelada estância;
E ali os gritos ímpios censurando
Por toda a terra — a Cruz do perdão brilha
Esses céus tropicais alumiando.

"Meu Deus!" exalta a súplica fervente,
"Tu nos amas, a todos; condenado
Para si, pode estar teu filho errante,
Jamais será por ti abandonado.

"Todas as almas te pertencem, todas:
Ninguém se afasta, ó Deus Onipotente,
De teus olhos, nas asas matutinas,
Pois até lá no inferno estás presente.

"Apesar do pecado, da maldade,
Do crime, da vergonha e da amargura,
Da dúvida, e do mal — sempre ilumina
Teu meigo olhar a tua criatura.

"Em teu ser, ó Princípio e Fim eterno!
Reata o fio dessa triste vida;
Oh! muda, muda em cântico de graças
Esse grito infeliz da alma perdida!"

Aqui vai agora o original:

THE CRY OF A LOST SOUL

*In that black forest, where, when day is done,
With a snake's stillness glides the Amazon
Darkly from sunset to the rising sun,*

*A cry, as of the pained heart of the wood,
The long, despairing moan of solitude
And darkness and the absence of all good,*

*Startles the traveller, whit a sound so drear
So full of hopeless agony and fear,
His heart stands still and listens like his ear.*

*The guide, as if he heard a death-bell toll,
Starts, drops his oar against the gunwhale's thole
Crosses himself, and whispers — "A Lost Soul!"*

*"No, senhor, not a bird. I know it well
— It is the pained soul of some infidel
Or cursed heretic that cries from hell.*

*"Poor fool! with hope still mocking his despair,
He wanders, shrieking on the midnight air,
For human pity and for Christian prayer.*

*"Saints strike him dumb! Our holy mother hath
No prayer for him who, sinning unto death,
Burns always in the furnace of God's wrath!"*

*Thus to the baptized pagan's cruel lie,
Lending new horror to that mournful cry,
The voyager listens, making no reply.*

*Dim burns the boat-lamp; shadows deepen round,
From giant trees with snake-like creepers wound,
And the black water glides without a sound.*

*But in the traveller's heart a secret sense
Or nature plastic to benign intent,
And an eternal good in Providence,*

Lifts to the starry calm of heaven his eyes;
And lo! rebuking all earth's ominous cries,
The Cross of pardon lights tropic skies!

"Father of all!" he urges his strong plea,
"Thou lovest all thy; erring child may be
Lost to himself, but never lost to Thee!

"All souls are Thine; the wings of morning bear
None from that Presence which is everywhere,
Nor hell itself can hide, for Thou art there.

"Through sins of sense, perversities of will,
Through doubt and pain, through guilt and shame and ill,
Thy pitying cry is on thy creature still.

"Wilt Thou not make, Eternal Source and Goal!
In Thy long years, life's broken circle whole,
And change to praise the cry of a lost soul!"

Feitas as devidas honras da casa, como devia e como podia, aos dois eminentes filhos das musas, passo a lançar os olhos aos acontecimentos da semana. Dois assuntos preocupam atualmente o espírito público: os negócios do rio da Prata e o casamento de suas altezas.

Parece que eu devia acrescentar: — e as eleições municipais. Fá-lo-ia sem reserva se acaso fosse assim; mas ninguém se preocupa atualmente com as eleições que hão de ser feitas daqui a 15 dias.

Ninguém, digo mal; ocupam-se e preocupam-se os candidatos, isto é, um quinto da população, ao menos aqui na corte. Fora desses, ninguém mais gasta dois minutos em pensar no voto que se há de dar no dia 7 de setembro, para renovar a primeira e a última das instituições de um país, como se exprime um grande escritor.

A um dos candidatos à vereança escrevi há dias um bilhete nestes termos: Quero um bilhete para assistir aos funerais do município. Espero igualmente ser o poeta escolhido para escrever o epitáfio do ilustre finado."

Quando este candidato me encontrou, dias depois, mostrou-se magoado pela liberdade das minhas expressões, e estranhou que eu desse por morto o município, cuja vitalidade demonstrava com as publicações dos jornais... a pedido.

— Olha, dizia-me ele ontem, mostrando-me a segunda página do *Jornal do Commercio*, vês esta infinidade de listas? Queres maior prova da vida do município?

— Meu caro, isso prova apenas a vida dos candidatos, não a do município. Se o município não está morto, está doente; a indiferença pública não pode ser maior do que é hoje. Se o povo se agita e comove na ocasião da eleição política, com igual razão devia comover-se e agitar-se na eleição municipal, porque a municipalidade é o poder que lhe fica mais à vista, aquele que mais direta e frequentemente influi na satisfação das suas primeiras necessidades.

Poupo aos leitores o resto do meu discurso que, apesar de sensato, como se vê, não abalou o candidato; o que não me admirou porquanto a vaidade dele exigia que o povo tomasse grande interesse na luta eleitoral, e que, naquele momento, debaixo de todos os telhados do Rio de Janeiro se discutisse o valor e o alcance de um nome tão distinto como o seu.

Et omnia vanitas.

Os leitores não exigem de mim a enumeração das causas múltiplas que originam esta indiferença pública. Creio, porém, que lerão com prazer algumas palavras com que vou auxiliar o espírito da futura Câmara.

A futura Câmara, para bem desempenhar os seus deveres e levantar a instituição do abatimento em que jaz, deve observar três preceitos.

Esses preceitos são os seguintes:

1º — Cuidar do município.
2º — Cuidar do município.
3º — Cuidar do município.

Se fizer isto, terá cumprido um dever, sem que daí lhe resulte nenhum direito à menor parcela de louvor, e contribuirá com o exemplo para que as câmaras futuras entrem no verdadeiro caminho de que — tão infelizmente — se hão desviado.

Não entrando nas preocupações do espírito público a eleição municipal, reduzem-se aquelas aos negócios do rio da Prata e ao casamento de suas altezas; os negócios do rio da Prata, pela situação extrema a que chegaram; o casamento, pela próxima chegada dos augustos noivos, segundo corre.

Aqui devo eu dizer qual é a situação do espírito do sr. presidente do Conselho.

S. excia. vive atualmente sob a influência de dois grandes desejos — espécie de Prometeu, roído por dois abutres — um no fígado, como o antigo, outro no cérebro, abaixo da parte posterior e superior do osso parietal. Segundo a doutrina de Gall e Spurzheim, é neste último ponto que reside o órgão da vaidade.

Deseja o ilustre estadista: uma retirada e uma chegada; a retirada das câmaras e a chegada dos augustos noivos. S. excia. vê que no alto posto em que se acha colocado, não pode deixar de obter o sacramento da confirmação, e s. excia. é muito bom católico para não ir em procura dele.

Uma vez alcançado o sacramento, s. excia. que pode viver independente, mesmo das leis do dever constitucional, passará tranquilamente a vara a outros, recitando o célebre verso de Sila:

J'ai gouverné sans peur, et j'abdique sans crainte.

A propósito do assunto guerreiro da semana, não quero esquecer-me de uma reflexão que ouvi a um deputado, orando há dias na Câmara.

— É necessário, dizia ele, que o Brasil tenha uma forte organização militar, porque é esse o meio de fazer-se respeitar pelas outras potências.

Esta reflexão é de uma justeza irrepreensível, e mostra bem como estamos longe da denominação que aprouve a alguns poetas dar ao nosso século.

Ó força! ó divina força! Quem é que teve a triste ideia de dar-te por morta, enterrar-te e embalsamar-te? Não és tu ainda a grande razão, a *ultima ratio* do nosso tempo?

Despovoado o céu dos pagãos, tenho para mim que ainda lá ficaram dois deuses, aceitos pelo tempo, Mercúrio e Palas; esta, armada em guerra. Assim, quando em janeiro de 1863 se deu no nosso porto o fato das represálias britânicas, imagino que houve entre as duas divindades o seguinte diálogo:

Palas — Ah! o Império resistia, armava-se do direito contra as minhas fragatas! Respondia com altivez! Levantava a cabeça diante dos meus canhões! Pois agora sofra as consequências do erro.

Mercúrio — Longe de mim, ó Palas, contrariar o teu justo ressentimento; mas lembro-te que, na desforra legítima que tomaste, fui eu quem sofreu... Respeito as tuas fragatas, por que não respeitarias os meus brigues?

Palas — Mas o insulto que recebi? Ah! eles vão ver coisas bonitas... Londres os espera, Londres há de fazer ouvir a razão àqueles senhores.

Mercúrio — Ouso ainda, ó Palas, fazer uma observação. Se o teu conde Russell quiser levantar a grimpa, o que será de Manchester e Liverpool? E as fazendas de algodão? E a cerveja? E a manteiga? E o canhamaço? E aniagem?

Palas — E a força da força?

A discussão continuou naturalmente por esse tom, até que Mercúrio, à força de representações e petições, conseguiu acalmar Palas, ficando tão amigos como dantes.

É naturalmente fundado neste diálogo, que o deputado a quem me referi, julga a organização militar um princípio econômico.

Esta situação dos povos armados para terem seguros os direitos, é a mesma situação dos habitantes de uma cidade que não dispensam as fechaduras das portas.

Duas coisas provam que ainda não chegamos ao progresso perfeito: as fechaduras e os tabeliães. Estas duas precauções contra os ratoneiros e os velhacos não existirão decerto no tempo em que uma verdadeira civilização tiver descido a este mundo. Isto não quer dizer que se suprima a fechadura, meio de segurança contra os ladrões corajosos, e o tabelião, garantia contra os ladrões de má-fé, como não se pode ainda suprimir a fechadurazinha de vinte mil homens, para guardar a nossa casa americana.

Uma última observação antes de sair da Câmara.

Temos admirado todos o procedimento do sr. Lopes Neto que, a 16 ou 17 de janeiro, cumprimentou o Ministério com um discurso de oposição decidida, e que daí para cá recolheu-se ao mais prudente silêncio.

Embora me acusem de excentricidade, devo confessar que a mim nada me admirou.

O ilustre deputado, tendo adivinhado o espanto causado pelo silêncio em que se mantinha, lançou agora mão de um meio curioso. Acompanha todas as discussões com um chuveiro de apartes, uns ministeriais, outros duvidosos, nenhum oposicionista.

Aproveitando um dos seus apartes, alusivo ao sr. ministro da marinha e da guerra, eu direi que o ilustre deputado apareceu na Câmara armado de duas espadas, uma com que combateu o Ministério ao nascer, outra com que o defende agora. S. excia., por uma singularidade, de que nos dá exemplos o sistema parlamentar, vira do avesso o sistema dos Abissínios: apedreja o sol ao nascer, para adorá-lo no resto da viagem.

É evidente que o sistema dos apartes, dúbios ou ministeriais, tem por fim fazer uma transição para os discursos positivamente ministeriais.

Entretanto, devo comunicar ao público a predileção que o sr. Lopes Neto tem pelos trocadilhos.

Um dia, não me lembro em que discussão, pediram a palavra vários deputados. Entre eles estavam alguns de nome Brandão. Alguém que se achava nas galerias, com o ouvido alerta, ouviu ao sr. Lopes Neto as seguintes palavras a um colega:

— Esta discussão há de ser luminosa.
— Por quê?
— Porque estão inscritos todos os *brandões*.

O colega riu-se, e o sr. Lopes Neto também — o que me admirou bastante, porque achei o tal trocadilho muito medíocre, e sobretudo já octogenário.

Se me sobrasse tempo e espaço, discutiria aqui algumas opiniões do sr. senador Ferraz, acerca da imprensa, em um discurso publicado na semana passada. Ficará para a semana seguinte.

Também adio para a semana seguinte a apreciação do romance do sr. A. de Pascual, *A Morte Moral*, cujo 4º volume acaba de chegar de Paris.

Os leitores já conhecem naturalmente o volume das fábulas do sr. dr. J.J. Teixeira, algumas das quais viram primeiro à luz nas colunas do *Jornal do Commercio*.

As fábulas do distinto poeta são geralmente engenhosas e conceituosas, cheias de muito sal cômico e muita propriedade. É sobretudo um fabulista brasileiro. Não faz falar somente o mundo animal, faz falar o mundo animal do Brasil.

Dou os meus sinceros parabéns às letras nacionais.

Foi também publicado o 4º volume do *Pequeno panorama*, obra do sr. dr. Moreira de Azevedo.

O nome do sr. dr. Moreira de Azevedo é já conhecido do nosso público, por seus trabalhos de investigação histórica acerca dos monumentos do Rio de Janeiro.

Tão modesto quão talentoso, o sr. Moreira de Azevedo pertence ao número daqueles escritores que não almejam a fortuna das reputações pânicas. Esconde-se o mais que pode para trabalhar, investigar — enfim, concluir a obra encetada há poucos anos sob o título de *Pequeno panorama*.

Esta obra deve ser aceita como um verdadeiro serviço público.

Só agora me chega às mãos o número da *Cruz* que foi distribuído ontem. Nada tem de novo, a não ser uma noticiazinha curiosa.

Diz a *Cruz*:
"A repartição da caridade da irmandade da Candelária distribuiu pelas suas 600 pobres a quantia de 7:000$ durante este último trimestre."
Leram, não? Pois bem: diz agora o evangelho de são Mateus, capítulo v, versículos 2, 3 e 4:

> 2. — Quando derdes alguma esmola, não façais tocar diante de vós a trombeta, como fazem os hipócritas nas sinagogas e nas ruas, para serem glorificados pelos homens. Em verdade vos digo, esses já têm o devido prêmio.
> 3. — Mas quando derdes alguma esmola, que a vossa mão esquerda não saiba o que fez a vossa mão direita.
> 4. — A fim de que a vossa esmola seja em segredo, e vosso pai, que vê em segredo, vos dará a recompensa.

Apliquem *el cuento*.
Direi em último lugar que se apresentou no Teatro Lírico ao público fluminense o jovem pianista portuense Hernani Braga. Não o ouvi; mas todos são acordes em louvar a talentosa criança e predizer-lhe um futuro brilhante.

Unindo os meus aplausos aos de quantos o ouviram, acrescentarei uma reflexão: — importa muito para o futuro do menino Hernani que, gastando o maior tempo que puder, aperfeiçoe-se na arte para que nasceu, a fim de que, daqui a alguns anos, possa-se admirar, em vez de um, dois prodígios, um moço de talento e um moço de talento instruído.

Agora é força parar. Urge o tempo e manda o calor.
É o agosto de mais feia catadura que tenho visto. Se é assim hoje, que será quando a folhinha de Laemmert nos disser que entrou oficialmente o verão?
Eu não sou como o cigano de Álvares de Azevedo:

> Sou filho do calor, odeio o frio.

Sou filho do inverno, ou antes irmão, pois que nasci com ele; sou profundamente inimigo desta estação contra a qual não há remédio, nem mesmo o passeio público — sobretudo o passeio público.
E com isto, deixo a trípode.

M. A.
Diário do Rio de Janeiro, 22 de agosto de 1864

Mais alguns dias e está o Ministério em férias

Mais alguns dias e está o Ministério em férias.

Às férias! às férias! Livros para um lado, pedra para o outro, coração à larga, toca a saltar e a brincar, até que volte o tempo de entrar de novo no regime das sabatinas e das lições.

Até lá folgança e alma livre.

O curso deste ano foi longo.

Durante oito meses andou o Ministério de Herodes para Pilatos, do Senado para a Câmara, onde inventou uma maioria, da Câmara para o Senado, onde inventou um superlativo, por órgão do sr. Dias Vieira, com grave desgosto dos mestres da língua portuguesa.

Não sei por que guardaria eu este segredo que a posteridade pode ter a curiosidade de saber. O superlativo foi este:

— Não direi a este respeito, sr. presidente, mais coisíssima nenhuma. Deste modo — oh! primogênita filha da latina! — se um Vieira te ilustrou, outro Vieira te deslustra.

Mas, o que se não esquece com umas férias parlamentares? Aí vem o tempo dos lazeres e do recreio. Custa, mas há de chegar.

Todavia, nem sempre a ausência das câmaras traz tranquilidade ao espírito do governo; se não há câmaras, há muitas outras coisas capazes de desesperar um santo, quanto mais o Ministério que não é santo, o que, seja dito entre parênteses, verifica este dito de S. Francisco Xavier: — Que a igreja do diabo imita a igreja de Deus.

Por exemplo, aqui vai uma anedota.

Disseram-me que num destes dias andou a secretaria da Justiça numa verdadeira confusão.

Era meio-dia quando lá entrou o sr. Zacarias. Parecia outro homem. Cabisbaixo, triste, meditabundo. Falava a todos, não falava a ninguém, porque mal dirigia uma palavra a qualquer, interrompia-se logo, antes de concluir.

De repente, apressava o passo, como se tomasse uma resolução súbita, depois voltava ao passo demorado com que entrara, tudo isso sem perder aquela graça única que faz de s. excia. a Eufrosina ministerial.

> ....*ses gardes affligés*
> *imitaient son silence autour de lui rangés.*

Sentou-se à mesa, assinou alguns papéis, ora em cima, ora em baixo, ora sobre a parte já escrita, e deste modo inutilizou grande soma de expediente.

Foi uma consternação geral.

Choviam os comentários.

Dizia um:

— Não tem que ver. Os negócios do rio da Prata complicam-se; naturalmente o corpo diplomático estrangeiro mandou alguma nova nota coletiva, por insinuação do sr. Dias Vieira. Não é outra coisa.

Cochichava outro:

— Nada, não é isso. Inclino-me a crer que a legação inglesa insta pela emancipação geral dos africanos livres, e s. excia. está agora entre a espada e a parede. A situação, na verdade, é difícil; mas s. excia. é homem superior, patriota, etc.

Acudia um terceiro:

— Quanto a mim, suponho que s. excia. rompeu com a maioria da Câmara. A maioria, naturalmente, quis governar, e s. excia. entende que ele é dono da fazenda, no que lhe acho razão. Verão que é isto.

Enfim, um quarto opinava por este modo:

— Aposto o meu lugar em como s. excia. está amofinado por outra coisa muito mais séria. Vê que a sessão legislativa está a findar-se, e que o orçamento não está pronto. Talvez não possa prorrogar a sessão, *faute de combattants.*

Tais eram os comentários que circulavam nas salas e nos corredores; mas ninguém podia afirmar positivamente qual fosse o motivo de tanto alvoroço no faceiro cisne que dirige agora os negócios do Estado.

Pude investigar as coisas, e estou de posse do verdadeiro motivo, que é este: s. excia. tinha perdido um botão da casaca.

Em aparência o motivo é frívolo, mas bem examinado é dos mais poderosos.

Motivo frívolo é a perda do concurso de dois ministros, o da Agricultura e da Guerra, o que faz do Ministério (com perdão de quem me ouve), um Ministério de pé quebrado.

Mas, como pelos domingos se tiram os dias santos, pode-se adivinhar o que fariam os ministros inválidos, por aquilo que fizeram e por aquilo que não fizeram.

Tenho já à mão um exemplo.

Uns fornecedores do arsenal de guerra incorreram em multas, não sei agora por que falta de condição. Requereram ao sr. ministro da Guerra para serem relevados das multas, e o ilustre ministro deu um despacho... Ah! que despacho!

Despachou s. excia.:

"À vista das circunstâncias dos cofres públicos não tem lugar serem aliviados das multas. Cumprissem as condições do contrato se as não queriam pagar."

Do que resulta:

1º que não se dispensam multas quando os cofres públicos estão em penúria;

2º que, quando nos cofres há dinheiro em abundância, o Estado distribui o caldo à portaria e perdoa todas as dívidas por sua conta e risco;

3º que, se os fornecedores tivessem cumprido as condições, não pagariam as multas, o que equivale a dizer que mr. de la Palisse

> *Un quart d'heure avant sa mort*
> *Il était encore en vie.*

Oh! manes do cônego Filipe! Não é verdade que este despacho vos está vingando das boas risadas que temos dado à vossa custa?

Ora, eu pergunto se, à vista deste despacho, à vista da nota *Ad referendum* do sr. Dias Vieira, à vista do artigo do código ressuscitado pelo sr. Zacarias, pergunto se, à vista de tudo isto, pode o atual Ministério ter a pretensão de dirigir seriamente os negócios do Estado?

Diz a isto o sr. Zacarias que as pastas ministeriais são as suas Termópilas, e que s. excia. é o novo Leônidas, de modo que ninguém lá há de entrar enquanto viver um espartano que seja.

Esta resolução do sr. Zacarias e uma opinião do sr. senador Fonseca foram as duas coisas que mais me divertiram na semana passada.

O senador paulistano tratou da venalidade eleitoral. Denunciou que nas eleições se compravam votos, sem rebuço. Todavia, s. excia. fez uma exceção à probidade ituana. Em Itu, conforme diz s. excia., compram-se votos, é verdade, mas se o votante acha segundo comprador que lhe dá mais, aceita o segundo importe, e restitui o primeiro preço. A isto chama s. excia. um fundo de probidade. Em português e boa moral chama-se pôr a consciência em almoeda.

Desculpe-me a população ituana; eu falo pelas informações do ilustre representante de São Paulo.

Tenho pressa em ver-me desde já livre dos assuntos da política amena.

Já reparei que alguns membros do Parlamento costumam várias vezes suprimir os discursos nos jornais e nos anais, substituindo-os por estas palavras: *O sr. F... fez algumas observações.*

Qualquer que seja a insignificância das observações e a modéstia dos referidos membros do Parlamento, como o Parlamento não é uma academia onde se vão recitar períodos arredondados e sonantes, o país tem o direito de saber de tudo o que aí se diz, mesmo as observações insignificantes.

Porquanto, o fato da publicação dos discursos por extenso ou em resumo não tem por objeto mostrar que tal ou tal representante fala com elegância e propriedade, mas sim dar à nação o conhecimento da opinião que o dito representante manifestou e o modo por que a manifestou.

Isto quanto à razão de ser da publicação. Querem agora saber os inconvenientes deste sistema de supressão? Apliquemos a observação ao caso que me sugeriu este reparo, e que se deu há poucos dias com um sr. deputado na discussão de uma aplicação de lei.

O cidadão que reside, por exemplo, nos confins de Goiás, ao ver tão sucinta notícia dada pelo modesto deputado, diz consigo:

— Ah! O sr. F. fez algumas observações sem declarar em que sentido! Não se sabe, pois, como ele entende a aplicação da lei, de modo que pode, no caso de ser ministro, praticar inteiramente o contrário, sem que se lhe vá às mãos! Ah! o sr. F. é engenhoso! o sr. F. é atilado! o sr. F. é previdente!

E outras coisas que me parecem muito pouco agradáveis de ouvir.

Tudo isto se remediava se, em vez da sucinta notícia a que me referi, viessem as observações por extenso ou em resumo.

Enfim, para terminar com a política amena, o sr. Jobim orou de novo e declarou-se dotado de uma impassibilidade antiga *diante dos insultos que recebeu de São Paulo.*

S. excia. refere-se à resposta que mereceu da *Imprensa Acadêmica,* a propósito do que ele disse dos costumes da Faculdade de São Paulo.

Tomo a liberdade de convidar s. excia. a confrontar as suas apreciações com a resposta da *Imprensa*. Verá que, ao lado da linguagem digna e séria da *Imprensa,* as suas reflexões humorísticas fazem muito fraca figura.

Quer o sr. Jobim mais uma prova dos maus costumes da mocidade acadêmica de São Paulo? Tenho diante de mim um folheto denominado: *Uma Festa da Inteligência.*

É escrito pelo sr. Belfort Duarte.

O sr. Belfort Duarte é membro efetivo e já foi orador de uma das sociedades que eu mencionei no folhetim antepassado, o Instituto Jurídico.

O dia 11 de agosto, aniversário da inauguração dos cursos jurídicos no Brasil, foi, como sempre, festejado em São Paulo.

O Instituto Jurídico festejou esse dia tão grato à família acadêmica. Essa festa é o objeto do folheto que tenho agora ante os olhos.

Talento brilhante e cultivado, espírito ardente e cheio de nobre entusiasmo, o sr. Belfort Duarte comemorou a festa e o dia em algumas páginas que honram o seu nome e respondeu perfeitamente às esperanças da mocidade. *Uma Festa da Inteligência* não é só uma leitura simples, é uma página que se deve guardar, tão brilhante e vigoroso é o seu estilo, tão nobres e elevadas são as suas ideias.

O sr. Belfort Duarte, já o eu sabia, é daqueles talentos sérios e refletidos, cuja falange cresce e vigora cada dia, por bem do futuro do país.

Tal é o sr. Belfort Duarte, tal é a mocidade acadêmica, em que pese ao sr. Jobim, que achou na defesa da *Imprensa* um insulto, e no seu discurso uma página oratória — o que eu não contesto, se acaso é isso necessário ao sistema nervoso do ilustre senador.

Já lembrei as três condições essenciais que estão impostas à nova Câmara municipal, a fim de que ela possa sobressair no meio das câmaras anteriores. Apontarei agora uma especialidade.

Os jornais reclamam todos os dias contra o abandono e o abuso a que estão condenadas as árvores plantadas em certos pontos da cidade. Tais são, por exemplo, as do Campo da Aclamação e as do Catete.

No Rio de Janeiro houve sempre horror às árvores. Ninguém pode explicar o fenômeno, mas ele existe. Infelizmente, tanto a população como a municipalidade acham-se animadas do mesmo sentimento, o que faz com que as árvores não possam medrar.

Todos sabem em que estado se acham, por exemplo, as árvores do bulevar Carceler, hécticas e dilaceradas, graças ao horror de que falei acima.

Já estou a ouvir daqui uma pergunta infeliz: — Se a Câmara municipal tem horror às árvores, como as faz plantar? Ao que eu respondo: — Se a Câmara municipal não tem horror às árvores, por que as não faz conservar?

Estas observações foram-me sugeridas durante um passeio que eu dei anteontem à noite no terraço do Teatro de São Pedro, contemplando o plantio do largo e descrevendo na imaginação o estado em que havemos de vê-lo ainda, mais dia menos dia.

Dei o referido passeio no terraço do Teatro de São Pedro, enquanto se cantava o primeiro ato do *Ernani,* por não ter podido penetrar na sala.

Ah! é que estava cheia a deitar fora. Todos quantos gostam da ópera italiana lá se achavam, levados por dois motivos: a ópera e a companhia.

Esta companhia foi entusiasticamente aplaudida na Bahia, onde esteve durante três meses.

Aqui veio encontrar outra no Teatro Lírico; mas, confiando em si e nos recursos de que podia dispor, conseguiu instalar-se no Teatro de São Pedro.

Não se enganou a companhia nas esperanças que nutriu; o acolhimento foi entusiástico e o sucesso dos mais completos. Dizer que o mereceu é confirmar a opinião do público escolhido que lá esteve.

Todos os artistas foram chamados à cena; especialmente prenderam a minha atenção, a sra. Tabachi e o sr. Pozzolini, soprano e tenor. A sra. Tabachi, apesar de comovida e incomodada, como se achava, mostrou possuir uma voz pura, simpática e maviosa. O sr. Pozzolini pôde revelar os grandes recursos de que dispõe e a bela voz de tenor que possui. Tanto o sr. Nerini, baixo, como o sr. Bonetti, barítono, mereceram, como já disse, sufrágios de verdadeira simpatia.

Alguns pedaços foram cantados de modo a arrebatar o público.

A sra. Francisca Tabachi não tem só a voz de que falei, é igualmente dotada de uma figura graciosa e de um rosto simpático. É positivamente um tipo de brasileira, parecendo ao vê-la, que a um tempo lhe embalaram o berço as brisas de Sorrento e as brisas da Guanabara.

Tão belos olhos e tão gracioso semblante explicam o amor de Ernani e os acontecimentos da tragédia.

Não só o mérito da companhia convida a concorrência; acrescem outras razões: a companhia nada percebe dos cofres públicos, confia unicamente em si; e, segundo sou informado, o sr. Merciaj associou à sua empresa um cavalheiro, patrício nosso. Enfim, possui um regente de orquestra, o sr. Bezanzoni, perfeito conhecedor das funções que exerce.

Pode-se dar como certo que o público concorrerá aos espetáculos da nova companhia. Os que ainda não viram, vão vê-la, que não se hão de arrepender.

Aí chega a *Cruz;* cessa tudo.

A *Cruz* dedica-me trinta e uma linhas, como resposta ao meu folhetim passado.

No folhetim passado transcrevi uma notícia da *Cruz*, e um texto do evangelho de são Mateus. A notícia dava parte das esmolas feitas pela associação de caridade da Candelária, e o texto de são Mateus recomendava o segredo de tais atos, para não imitar os hipócritas das sinagogas.

A esta simples confrontação responde a *Cruz* que ela não tem nada com a associação da Candelária; que, portanto, são Mateus não escreveu para ela; finalmente que a boa razão lhe manda publicar as boas obras dos outros para terem imitadores.

Ora, para fazer a confrontação entre a notícia da *Cruz* e são Mateus, eu fundava-me neste raciocínio: a *Cruz* escreve-se e distribui-se na Candelária, os redatores pertencem àquela igreja; logo, é claro que, havendo ali uma associação de caridade, os redatores da *Cruz* fazem parte dela, porque, mesmo que eles tenham um pão, é natural que o repartam com os pobres, não sendo possível acreditar que eles assistam impassíveis às esmolas que se lhes fazem nas barbas.

Isto posto, publicar os benefícios da associação é publicar os próprios benefícios.

Em vez de explicar estas coisas, a *Cruz* responde com aquela violência habitual, tão longe da mansidão evangélica. Não é nova, nem particular à freguesia da Candelária. Mas não há nada que irrite um homem como eu, que está disposto a divertir-se com todos os ridículos políticos, clericais, ou simplesmente humanos.

O que é certo é que eu tenho a vaidade de supor que já vou melhorando a *Cruz;* a respeitável folha da Candelária já não apresenta aquelas notícias e observações com que eu procurei distrair muitas vezes os meus leitores.

Isto mesmo — *escrevendo ao acaso,* meus caros amigos da *Cruz.*
Até domingo.

M. A.
Diário do Rio de Janeiro, 28 de agosto de 1864

Poucas semanas terão sido como a passada

Poucas semanas terão sido como a passada, em que os acontecimentos de toda a espécie se sucederam e puseram o espírito público em atividade.

Começou a semana pela queda do gabinete de 15 de janeiro, sucedendo imediatamente a ascensão do de 31 de agosto.

Já não é presidente do conselho o sr. Zacarias de Góis. De um dia para outro faltou-lhe o apoio parlamentar. Era a consequência legítima da vida que levou. Não se trava do timão do Estado para fazer um passeio de gôndola veneziana, à luz dos archotes e ao som dos bandolins.

A queda do gabinete assemelhou-se à catástrofe de Hipólito. Ele ia tranquilo, mas pensativo, sobre o carro, deixando flutuar as rédeas dos corcéis. Surgiu o monstro da legenda, sob a figura de um voto simbólico, e, apesar de todos os esforços e da magna luta, o gabinete teve de ceder, e caiu fulminado.

Sua agonia foi longa: durou trinta e seis horas; durante esse tempo morriam, antes que ele, as esperanças de que se manteve. Parece que um deus vingativo cercava a morte do sr. Zacarias de tantas torturas quantas foram as ambições que o alimentaram em vida.

S. excia. morreu com todos os sacramentos, menos o crisma, o que foi profundamente doloroso, não para nós, mas para ele. É certo, porém, que não há mal que não deixe alguma vantagem, e s. excia. teve uma não pequena. Por isso, segundo consta, o gabinete proferiu em coro, na hora de morrer, estes dois versos de Racine, no referido episódio da morte de Hipólito.

> *Le ciel, dit-il, m'arrache une innocente vie;*
> *Prends soin, après ma mort, du triste Zacharie,*
> *Cher senat...*

E o Senado ouviu tão sentida prece, guardando lá o finado ministro, até que soe a hora da sua ressurreição política.

Correu, mas eu não afirmo, que, para que o espetáculo de que falei não se compusesse somente de um pedaço trágico, chegou a haver um *Recrutamento na Aldeia*, a fim de ver se o gabinete podia continuar a dirigir os negócios do estado.

Naturalmente foi boato falso.

O que é certo é que está dissolvido o Ministério, a grande aprazimento da opinião. Tão famosa retirada não pode deixar de ser comemorada no folhetim, onde em vida se falou tanto do gabinete. Mas o folhetim é como os gatos: acaricia arranhando. Em vista do que quero lembrar ao sr. Zacarias a moléstia da sua ambição, dando-lhe a sentida despedida do príncipe de Orange ao conde de Horn, às portas de Bruxelas:

— *Adieu, comte sans terre.*

Duas palavrinhas acerca do sr. barão de S. Lourenço.

Eu só me ocupei de s. excia. duas vezes e a propósito do horror que s. excia. manifestou pelos poetas. Os leitores deste folhetim lembram-se, decerto, que eu tive então a honra de converter o ilustre senador, assumindo assim a grandeza de um são Paulo, e s. excia. a nobreza de um Dionísio.

Desta vez, venho apenas mencionar que o nobre senador declarou ontem pelo *Jornal do Commercio* ser a um tempo Sócrates e Temístocles. Lamenta que, como o guerreiro grego, *fosse preterido* por Euribíades para o comando das forças confederadas. Euribíades neste caso é o sr. visconde de Abaeté, presidente do Senado. Sua excia. responde ao bastão do sr. visconde de Abaeté como Temístocles: — Bate, mas ouve. Na opinião do Temístocles baiano, Euribíades é de um mérito medíocre; s. excia. é que devia comandar as forças confederadas; em termos claros, o Senado devia apear o sr. visconde de Abaeté e pôr no seu lugar o sr. barão de S. Lourenço, *o primeiro guerreiro de seu tempo* que já viu passar as balas perto de si.

Que modéstia!

No meu folhetim passado referi um superlativo inventado pelo sr. Dias Vieira. Fi-lo então, como uma destas coisas que podem entrar no folhetim, para fazer sorrir o leitor fatigado com as tribulações da semana.

Mas um amigo meu, que o é também do ex-ministro dos Negócios Estrangeiros, julgou dever dirigir-me algumas linhas a este respeito. Entendo que não devo deixar de mencionar o fato. Em prova de lealdade, se algumas vezes escrevi expressões menos agradáveis a s. excia., não deixarei agora de comunicar-lhe que possuo um amigo e um amigo que me não consente a publicação do nome. É uma ave duplamente rara: amigo e sem ostentação.

Podia, se me sobrara espaço, transcrever aqui a carta do meu amigo, e escrever-lhe duas linhas em resposta. Acrescentaria mesmo algumas palavras justificando a fuga que ele fez do campo da poesia para o da política, atendendo-se ao sentimento de gratidão que o levou a fazê-lo. De um ou de outro modo estou certo de que ele ficaria amigo como dantes.

Passo a anunciar um livro. É mais uma obra do sr. A. E. Zaluar, autor de muito belo verso e muita bela prosa.

Folhas do Caminho é o título do livro que vai ser distribuído dentro em pouco tempo.

Não é um livro propriamente de viagem. É a reunião das fantasias, lendas, impressões, episódios, que durante o caminho foi achando a imaginação do autor.

Pude surpreender uma circunstância e venho denunciá-la: o livro é dedicado a uma senhora elegante e espirituosa, do Rio de Janeiro. Tão graciosa lembrança é própria de um poeta e digna de uma musa: a musa compreenderá a obra do poeta. A felicidade do livro não podia ser mais segura nem mais decisiva.

Passemos ao teatro.

Apareceu finalmente ao público fluminense a eminente atriz portuguesa Emília das Neves. A peça escolhida era *Joana, a Doida,* já representada entre nós por João Caetano e Ludovina.

O vasto bojo do Teatro Lírico estava cheio de espectadores, levados pela natural curiosidade de ver de perto a celebrada artista.

Confesso que, para fazer um estudo mais profundo e amplo do talento de Emília das Neves, careço de maior espaço do que tenho agora. O que posso dizer hoje é o simples resultado das impressões de uma noite.

Estas impressões são daquelas que se gravam profundamente e dificilmente se desvanecem do espírito.

O sucesso de Emília das Neves foi dos mais legítimos.

Deve-o ao superior talento que possui e à subida arte com que soube formá-lo, aperfeiçoá-lo, legitimá-lo pela lição dos mestres e pela aplicação do estudo.

A peça escolhida pode dar de algum modo a medida dos seus recursos e dos seus dotes. Joana é a expressão exaltada do amor, do amor que chora, vinga, pede e enlouquece; do amor que faz da rainha uma mulher, da mulher uma Nêmesis, da Nêmesis uma louca.

Representar cabalmente Joana era dar prova de uma alta capacidade artística. Emília das Neves conseguiu este resultado com que ganhou uma vitória esplêndida.

A gravidade do gesto, a eloquência da fisionomia, a distinção do porte, uma natureza abundante casada a uma arte profunda — tudo isso se encontra na eminente artista. E se a estes dotes, juntar-se o de uma voz que sabe falar, gemer, odiar, comover, teremos reconhecido em Emília das Neves os seus talentos capitais e os seus altos recursos.

Não me sobra tempo para mencionar uma por uma as belezas que o público aplaudiu anteontem. A ilustre artista as teve em larga escala, sobretudo no 2º, 3º e 5º atos.

— Mas o falar lisboeta? dizia-me um amigo ao sair do teatro.

A este amigo respondi eu:

— Pouco me importa que o artista fale o lisboeta ou o fluminense, contanto que, tendo de fazer uma declaração de amor, mostre sentimento de amor, isto em fluminense ou em lisboeta. A expressão do sentimento, que é absoluta, é tudo quanto eu exijo; o resto é relativo.

Abri um dos folhetins passados com chave de ouro; é com chave de ouro que vou fechar este.

Os leitores já têm conhecimento do romance *A Morte Moral*, de que eu prometi notícia mais detida, sem ter até hoje podido fazê-lo. Esta demora produziu um benefício para mim e para os leitores. À espera do que eu disser, leiam a carta que o sr. conselheiro José Maria do Amaral acaba de dirigir ao autor da *Morte Moral*. É uma página honrosa para ambos, e gloriosa para mim que tenho o prazer de ser o primeiro a divulgá-la.

Ouçamos o ilustre escritor:

> *Meu caro Adadus Calpe. Concluí ontem a segunda leitura da sua obra intitulada:* A Morte Moral.
>
> *Ontem mesmo fui à sua casa — mas em vão — para tributar-lhe as honras devidas ao seu talento incontestável e mui superior, e também para agradecer-lhe a honra que me fez, presenteando-me com um exemplar do seu importante livro.*
>
> *Hoje vai por mim esta carta testemunhar-lhe as minhas intenções frustradas ontem. Queira, pois, considerá-la como tributo de admiração e, ao mesmo tempo, como abraço afetuoso.*
>
> *As formas e as dimensões de uma carta não comportam a análise formal de um livro da ordem do seu.*
>
> *O título da obra, só por si, revela o intuito filosófico do autor.*
>
> *Em verdade,* A Morte Moral, *embora nos seja apresentada como simples novela, é uma apreciação muito ponderosa do estado atual do gênero humano, estudado relativamente às condições da vida social.*
>
> *Quatro volumes habilmente compostos, com vistas tão filosóficas, riquíssimos de importantes lances da vida real, comentados com notável critério, e com segura experiência do mundo, só podem ser dignamente analisados em escrito especial trabalhado com muita e mui séria meditação.*
>
> *Contudo, aqui posso desde já declarar que a índole e ação dos admiráveis personagens da sua novela deixaram-me vivamente possuído das seguintes verdades.*
>
> *A sociedade humana, tal qual está organizada, não é a luta do bem com o mal, como se diz vulgarmente, é mais que isso, é a soberania absoluta do mal e a vassalagem efetiva do bem.*

O mal, que na ordem social tem por causa primária o princípio animal, posta em plena atividade por meio do predomínio dos sentidos, é força real e permanente.

O bem, que é o influxo do princípio psicológico realizado pela inteligência cultivada, é quase hipótese, é acidente.

Este fato deplorável, quero dizer, o predomínio do instinto animal, é a causa magna dos tristíssimos efeitos deste conjunto de contradições a que chamam estado social.

Visto que inegavelmente a sociedade é obra da civilização, no teor desta devemos procurar os motivos da péssima organização daquela. Ora, é forçoso confessar que a civilização dominante mantém, debaixo de aparências cristãs, a realidade gentílica — a sensualidade.

Esta faz consistir a vida quase exclusivamente nos deleites materiais, e o gozo desta natureza produz em último resultado o egoísmo.

O egoísmo é, com efeito, a alma da civilização atual, porque só dele pode proceder uma ordem social, em que talvez dois terços dos sócios nominais são na realidade vassalos infelizes dos egoístas que constituem o outro terço.

Importa reagir contra esta civilização falsa e nociva, restabelecendo a verdadeira civilização cristã, que contrapõe ao predomínio da matéria o da alma, e ao gozo sensual o gozo mais moral que pode haver — a caridade.

A civilização que tem por princípio o materialismo, por doutrina a sensualidade e por consequência infalível o egoísmo, é necessariamente "morte moral".

Para o leitor sério é esta a filosofia *contida no seu livro e posta em ação pelas figuras principais do drama.*

O pobre Aníbal, cego duas vezes por falta de vista e de educação, é o processo do egoísmo da civilização falsa, a condenação do presente.

César e Almerinda constituem o programa do futuro, quanto à parte política, à parte civil, e à parte doméstica da reforma social.

O padre Guise é o representante do princípio fundamental da verdadeira civilização cristã: alteri ne facias, quod tibi nonios.

Pela minha parte, basta-me esta preciosa essência da sua obra para considerá-la como escrito de ordem muito superior à das simples novelas; porque contém interessantíssimas teses relativas à organização social e mui dignas de serem estudadas e discutidas.

Por agora, pois, prescindo da forma notável do livro, apesar dos primores com que o talento do autor a enriqueceu.

> *Parece-me que os filhos desta terra amigos das letras, hão de congratular-se pela aquisição da* Morte Moral, *e dar-lhe na literatura pátria o lugar de honra que na sua classe incontestavelmente lhe pertence.*
>
> *Admita estas breves considerações relativas ao seu livro, meu caro Adadus Calpe, como prova da atenção com que o li, e também como fundamento do tributo de respeito e afeição que venho prestar ao autor tão distinto pela inteligência como pela ilustração.*
>
> *J. M. do Amaral.*
> *Laranjeiras, 26 de agosto de 1864.*

M. A.
Diário do Rio de Janeiro, 5 de setembro de 1864

Subamos à trípode

Subamos à trípode.

Não vos direi daqui, ó fluminenses, aquilo que dizia o cínico Diógenes, no dia em que se lembrou de clamar em plena rua de Atenas:

— Ó homens! ó homens!

E como os atenienses que passavam se reuniam em torno do filósofo, e lhe perguntavam o que queria, ele lhes respondeu com a mordacidade do costume:

— Não é a vocês que eu chamo; eu chamo os homens!

Não vos direi isso, ó fluminenses, mas confesso que nos primeiros dias da semana tive vontade de dizê-lo, nu e cru, na verdadeira expressão da consciência.

Eu via aproximar-se o dia nacional, sem que se anunciasse, nem nas folhas nem nas conversações, uma festa, uma manifestação de regozijo público.

Muitos atribuíam esta indiferença ao fervor eleitoral; mas esta razão não procedia no meu espírito, porque eu, como já disse, via o fervor eleitoral apenas em um quinto da população, isto é, nas fileiras dos candidatos.

Não era, portanto, o fervor eleitoral.

Mas o Rio de Janeiro preparava-se calado, organizava as festas silenciosamente, como um cidadão prepara o jantar para o dia dos seus anos. Na véspera fez os convites; não dormiu essa noite; foi esperar o raiar da aurora e saudou entusiasticamente o dia nacional.

É verdade que a campanha eleitoral sempre tirou algum entusiasmo às festas, ou antes, deu-lhes um caráter variado, porque exercer o direito de voto, também é celebrar a emancipação política.

A data gloriosa da nação não passou indiferente aos nossos olhos e aos do estrangeiro. Arrependo-me de ter duvidado um dia de que a capital do Império se mostrasse zelosa das glórias do país. É verdade que, ouvindo os tiros de honra dados pelas fortalezas e pelos vasos de guerra, não me pude furtar à lembrança daquele infeliz Bananeira, morto de fome, depois de ter contribuído com o seu braço e o seu valor, para a independência da nossa pátria.

No hay miel sin hiel, dizem os castelhanos.

O Rio de Janeiro esteve luzido e elegante no dia 7, graças às luminárias, às exposições de casas de modas, ao povo que se aglomerava nas ruas, às bandas de música, aos vivas matutinos, etc., etc.

Os leitores não esperam de mim uma descrição circunstanciada do que houve, nem eu lhes quero infligir semelhante coisa. Todos viram o que houve, e todos leram a descrição feita nos andares superiores dos jornais.

Sem intenção de fazer exclusões odiosas, mencionarei apenas três fatos: a festa da Petalógica, a dos Ensaios Literários e a exposição do estabelecimento fotográfico do Pacheco.

A Sociedade Petalógica, como é sabido, teve nascimento na antiga casa do finado e sempre chorado Paula Brito. Quando a sociedade nasceu já estava feita; não se mudou nada ao que havia, porque os membros de então eram aqueles que já se reuniam diariamente na casa do finado editor e jornalista.

Cuidavam muitos que, por ser *petalógica,* a sociedade nada podia empreender que fosse sério; mas enganaram-se; a Petalógica tinha sempre dois semblantes; um jovial, para as práticas íntimas e familiares; outro sisudo, para os casos que demandassem gravidade.

Todos a vimos, pois, sempre à frente das manifestações públicas nos dias santos da história brasileira. Ainda neste ano a velha associação (*honni soit qui mal y pense!*) mostrou-se animada do mesmo entusiasmo de todos os anos.

De outro lado, tivemos a Sociedade Ensaios Literários, da qual já tenho falado diversas vezes, sempre com admiração.

Também ela celebrou a independência, a portas fechadas, na sala das suas sessões, onde se tocou, cantou e recitou, acrescendo este ano a novidade da presença de algumas senhoras.

Os leitores sabem o que penso desta associação modesta, mas distinta, de moços de talento e de coragem no trabalho.

Enfim, o estabelecimento fotográfico do Pacheco também abriu as suas salas à visita do público.

A Casa do Pacheco é a primeira desta corte, de um lado, pelo luxo e pelo gosto, do outro, pela perfeição dos trabalhos. O público fluminense já a conhece sob estes dois pontos de vista, e tem feito plena justiça ao distinto fotógrafo. Acrescentarei apenas a opinião de um homem autorizado em coisas de artes, como de letras: Pôrto-Alegre. Em uma carta, dirigida a um dos seus numerosos amigos desta corte, diz o ilustre poeta, referindo-se ao Pacheco, que *ele estava ficando um dos primeiros fotógrafos do mundo e que os seus trabalhos podiam competir com os melhores de Paris e de Berlim.*

O público teve, portanto, mais uma ocasião de apreciar e admirar as fotografias daquele estabelecimento.

Assistiram às festas da nossa independência suas altezas o conde d'Eu e o duque de Saxe.

Os augustos visitantes, que aqui se acham há nove dias, já têm visitado diversos estabelecimentos e alguns pontos dos arrabaldes.

Diz-se que na semana próxima vão, com toda a família imperial, passar alguns dias em Petrópolis.

Petrópolis, como se sabe, é o partido do verão, como o Rio de Janeiro é o partido do inverno; estes dois partidos não lutam nunca, como os partidos políticos. Concordaram em governar uma vez cada ano — um no inverno, outro no verão; em chegando a época marcada, a cidade dominante passa as rédeas da governança à cidade dominada e esta recebe em si a sociedade distinta.

Este espetáculo de uma harmonia tão perfeita não nos oferecem, como já disse, as lutas eleitorais. Temos o exemplo diante de nós. Que batalha! Durante um mês andaram os candidatos em guerra aberta, como os dentes de Cadmo, destruindo-se uns aos outros, com pleno direito cada um deles, isso é verdade.

Como na tradição mitológica, alguns hão de escapar, não cinco, mas nove, que irão construir, não a cidade de Tebas, mas a municipalidade, instituição que tem sido nula até hoje e que eu quisera ver levantar-se do nada para ser alguma coisa.

Outro objeto em que todos reconhecem necessidade de reforma, a fim de ser alguma coisa, porque realmente não vale nada é o correio.

O correio é um monumento vivo da incúria. Se disto não resultasse mais do que um serviço negativo, era mau decerto, mas ainda assim o espírito público tinha menos de que andar alvoroçado. Mas o correio é um perigo, um verdadeiro perigo para a honra e para a propriedade. Uma carta que não chega ao destino nem sempre fica inutilizada; some-se muitas vezes, perde-se ou desaparece. E, sem querer fazer aqui nenhuma injúria aos diversos funcionários espalhados pela vasta superfície do Império, o espírito do particular não fica tranquilo e tem tudo a temer de uma carta perdida.

Esta repartição merece decerto as vistas do novo ministro, e carece de uma urgente reforma, sem a qual ficaremos condenados a ter um correio nominal.

Já que estou no capítulo das coisas que reclamam a atenção da autoridade, lembrarei de passagem dois fatos de que nos chegou notícia há poucos dias: o milagre de Viana, no Maranhão, e a nova santa de Sorocaba, em São Paulo.

Descobriu um morador de Viana que uma imagem de santa Teresa começava a lacrimejar. Durou a umidade dos olhos três horas; o dono da casa examinou o quadro, mas não descobriu nada que pudesse contrariar a ideia de milagre.

Tudo isto era já singular para o vianense; mas a santa não parou nisso; na quarta-feira de trevas apareceu sobre o rosto da imagem uma nuvem azul, que passou a ser verde; o colo tomou uma cor vermelha; as lágrimas continuaram a correr.

Fora longe se continuasse a referir estas ocorrências que puseram em alvoroço os crédulos vianenses.

A santa de Sorocaba é uma mulher hedionda e miserável, que, a favor da credulidade do povo, achou um novo meio de ganhar a vida. Tem em casa um santo Antônio milagroso, o qual, a troco de setecentos e vinte réis, que se dão à sacerdotisa, absolve os pecados e distribui indulgências plenárias. Dá-se, além dos setecentos e vinte réis, uma libra de cera para alumiar o santo, mas que o santo não tem o prazer de gozar em toda a plenitude, porque acumuladas as libras de velas, a sibila é obrigada a converter metade em moeda corrente.

Dizem que, apesar do aspecto imundo, a mulher é proprietária.

Não pode haver duas opiniões sobre este último fato. Estou certo de que as autoridades de São Paulo hão de pôr cobro à especulação da velha de Sorocaba.

Quanto ao milagre de Viana, deve-se crer que não será fácil nem imediata a repressão. Naturalmente procederá exame de uma comissão de eclesiásticos, e sabe Deus o que não dirá a comissão, sobretudo se a *Cruz* fizer parte dela!

O último número deste jornal apareceu ontem como sempre: é uma nênia aos frades. A folha da Candelária pede a reparação das instituições monásticas. Fora dos frades, não há salvação. Na sua dor — *dans sa douleur* — a infeliz lastima não ser o governo para fazer, com uma penada, o que tanto deseja. Não o declara expressamente, mas transparece do escrito.

Em diversos pontos a *Cruz* deixa uma saudade ao reinado dos mosteiros e conventos. Mas em alguns vai até censurar implicitamente os próprios frades, porque não reclamam do governo as reformas de que precisam, e porque não vão a outros países *mais livres* inflamarem-se no espírito dos seus institutos.

Mais livres, diz a *Cruz*, dando a entender claramente que o Brasil não é completamente livre. Não é livre porque, como ela nota em outro artigo, o governo e o Parlamento têm feito e executado algumas leis de tolerância religiosa. De modo que a falta de liberdade está no excesso de liberdade.

Sem dizê-lo claramente, a *Cruz* lamenta que se tivesse feito a lei dos casamentos mistos, e que haja templos de seitas dissidentes nesta capital. É preciso fazer uma triste ideia da geração a quem se fala, para dizer hoje coisas destas, que nos atiram para o tempo das perseguições religiosas.

O que sobretudo a folha da Candelária não perde nunca é o tom de ódio, de cólera, de rancor, com que se exprime. Em vez de opor às invectivas e aos erros, se querem, uma frase branda, evangélica, persuasiva — a *Cruz* acende-se naquele furor sagrado, que um poeta caracterizou tão bem nestes versos:

Dont la haine terrestre au feu du ciel s'allume
Et qui nous percera la langue avec sa plume?

O folhetim não discute, assinala. Não discutirei, portanto, as expressões da *Cruz*. Farei apenas mais uma observação — é um erro tipográfico.

Referindo-se ao sr. Jobim, diz a *Cruz:* Mas que provas quer *lua* excelência? Cuido que a *Cruz* queria dizer: Mas que provas quer *sua* excelência? — Importa-me fazer esta retificação para que os malévolos não achem relações indiscretas entre o luar e o sr. Jobim.

Aqui faço uma transição brusca.

Apareceram ao público no Teatro de São Pedro, os célebres campanólogos, cujo secretário, o sr. d. Santiago Infante de Palácios, já havia chegado a esta corte, e tinha preparado tudo para a estreia da célebre família.

O público aplaudiu muito os trabalhos da companhia, e ela o merece, sem dúvida alguma. Não me incumbirei da difícil tarefa de explicar o meio por que os campanólogos tocam os seus instrumentos; por muito que explicasse os leitores não entenderiam.

O trabalho da família Sauwyer é um exemplo do que pode a destreza e a paciência. Imaginem seis pessoas a executar, com 150 campainhas, os mais belos trechos líricos, com a mesma precisão e presteza, com que se faria em um piano.

Os campanólogos vão aparecer mais vezes ao público; são realmente admiráveis para merecer o aplauso dele.

Emília das Neves representa hoje a *Mulher que deita cartas*. Só daqui a uma semana poderei dar conta das minhas impressões. É de crer que elas confirmem as que me deixou a representação de *Joana Doida*, que é um dos seus mais belos florões artísticos.

Mais algumas linhas e vou escrever as minhas iniciais.

Que querem dizer estas iniciais? perguntava-se em uma casa esta semana.

Uma senhora, em quem a graça e o espírito realçam as mais belas qualidades do coração — disse-me um amigo —, respondeu:

— M. A. quer dizer, primeiramente, *Muito Abelhudo*, e depois, *Muito Amável*.

O meu amigo acrescentou:

— Alegra-te e comunica isso aos teus leitores.

M. A.
Diário do Rio de Janeiro, 11 de setembro de 1864

Crise! Crise! Crise!

Crise! Crise! Crise!

Tal foi o grito angustioso que se ouviu, durante a semana passada, de todos os peitos da população e de todos os ângulos da cidade.

A fisionomia da população exprimiu sucessivamente o espanto, o terror, o desespero, conforme cresciam as dificuldades e demorava-se o remédio.

Era triste o espetáculo: a praça em apatia, as ruas atulhadas de povo, polícia pedestre a fazer sentinela, polícia equestre a fazer correrias, vales a entrarem, dinheiro a sair, vinte boatos por dia, vinte desmentidos por noite, ilusões de manhã, decepções à tarde, enfim uma situação tão impossível de descrever como difícil de suportar — tal foi o espetáculo que apresentou o Rio de Janeiro durante a semana passada.

Mas, se uns davam à crise esta feição e esta gravidade, outros, no desejo de aliar o zelo da lei e a salvação pública, viam na crise um alcance menor, e conseguintemente não aconselhavam o emprego de remédios heroicos.

Os remédios heroicos, que uns aconselharam e outros combatiam, eram medidas aplicadas pelo governo, conforme o extraordinário da situação. Tais remédios, dizia-se, terão a virtude de atalhar o mal e acalmar os espíritos.

Os que pediam isto fundavam-se no princípio de que não se cura um cancro com água de malvas.

E fundavam-se igualmente na moralidade da seguinte anedota:

Um homem achava-se encerrado em uma sala. Cai uma vela e comunica o fogo a uma cortina. Ele procura extinguir o fogo, mas não pode; as chamas devoraram em poucos segundos a cortina, começavam a tisnar uma porta, e já lambiam o teto. Vendo a gravidade do perigo, o homem corre à porta da saída, mas desgraçadamente estava fechada; procura a chave sobre as mesas e cadeiras, nos bolsos, na secretária, e nada!

Entretanto, o fogo lavrava com intensidade. Aturdido, e não querendo gastar mais tempo em procurar a chave, o infeliz chega à janela e grita por socorro.

A tempo o fez, porque exatamente passava nessa ocasião um homem que ouviu o grito e subiu.

Quando o infeliz sentiu que o salvador estava do outro lado da porta, gritou:

— Fogo! Fogo!
— Espere um pouco, respondeu o outro.
— Arrombe a porta!
— Não; é preciso ver uma chave. Com chave é que se abre uma porta. Tenho algumas comigo, vou ver uma por uma, vejamos esta: é muito grande. Outra: nada! Bem. Outra: não entra!
— Cresce o fogo, arrombe a porta por favor!
— Não arrombo! Mais uma chave: esta há de servir. Mau! Não dá volta. Ah! Aqui vai a última: não serve.
— Por favor, arrombe a porta!
— Mas depois?
— Depois, fica arrombada até que se extinga o fogo; não faz mal; posso daí em diante fechá-la com uma tranca de pau, até que cheguem os ferreiros para consertar a fechadura. Depressa! depressa! O fogo está a alguns palmos de mim!
— Meu caro, está salvo.
— Ah!
— Está salvo, fazendo ato de contrição e encomendando a alma a Deus. Eu não abro as portas senão com chaves; quando não tenho chaves não arrombo as portas.

Ora, o homem morreu, e a casa ficou reduzida a um montão de cinzas.

Era o caso da crise comercial. É sempre conveniente abrir uma porta com chave, mas nos casos de incêndio, em não havendo chave, duvido muito que se possa recorrer a outro meio que não seja o arrombamento.

Felizmente, o governo, auxiliado pelas vozes generosas da imprensa e pelo voto esclarecido do Conselho de Estado, compreendeu a magnitude da situação e aplicou o meio extraordinário do arrombamento, certo de que os ferreiros consertarão depois a fechadura.

Uma crise como esta não dá lugar a nenhum outro acontecimento. Tudo passou desapercebido. A crise era o último pensamento da noite, e o primeiro pensamento da manhã. Era o assunto obrigado das conversações nas ruas, nos cafés, nos jornais.

Aqui, esquecendo a gravidade das circunstâncias, devo mencionar um fato que prova em favor de um rifão popular: — em tempo de guerra, mentira como terra.

Correram mais mentiras em uma semana de crise, do que costuma correr em um ano de circunstâncias normais.

Era algum espirituoso que as inventava? Era a interpretação exagerada que se dava a alguns boatos fundados? Não sei, talvez uma e outra coisa; mas o certo é que, de meia em meia hora, todas as bocas repetiam, com a maior sinceridade e convicção, os boatos mais incongruentes e as mais inconsistentes asseverações.

Mas, no meio de tantas asseverações e conjeturas, foi agradável de ver que nada se articulou contra a casa, cuja falência produziu a crise. De ordinário, as coisas passam-se de outro modo: também as ovações do infortúnio têm os seus apedrejadores. Doença humana — vocação de apedrejar.

A crise trouxe o fechamento dos teatros. Não se repetiu por isso, na quinta-feira, a *Mulher que deita cartas,* com Emília das Neves.

Ainda não tive ocasião de falar aos meus leitores acerca de Emília das Neves no papel de Gemeia, naquele drama.

O drama, como se sabe, foi um drama de ocasião e feito por encomenda imperial. Tira o assunto do fato do pequeno Mortara. Segundo se disse então, Napoleão III encomendara a composição de uma peça em que aquele episódio servisse de base. Disse-se mais que, além do autor confesso, outro havia da própria casa do imperador. A presença deste no espetáculo confirmou os boatos.

Isto basta para predispor contra a peça a crítica sensata. Naquelas condições não se faz drama, faz-se panfleto. Encomenda não é arte.

Todavia, se no caso atual a gente não ouve uma peça literária, também não ouve o que conta ouvir: argumento em vez de diálogo, silogismo em vez de lance dramático. Ganha-se sempre alguma coisa.

A moralidade da *Mulher que deita cartas* é a tolerância religiosa; a peça acaba quando a mãe cristã e a mãe judia confundem as suas lágrimas sobre a cabeça da filha comum.

Este desenlace, que eu esperava ver ontem combatido na *Cruz,* se a *Cruz* não tivesse suprimido o número de ontem, tranquiliza e alivia o espírito das fortes comoções que recebe durante a peça.

O interesse consiste na perseverança com que a mãe judia procura a filha adotada pela mãe cristã, e, uma vez encontrada a filha, na luta entre as duas mães, no conflito doloroso entre o amor da educação e o amor da natureza.

Apesar da importância relativa dos outros papéis, Gemeia é a personagem que nos atrai mais a atenção.

Li a peça a fio, e creio poder julgá-la em breves palavras.

Gemeia devia ser a um tempo a mulher judia e a mulher humana. Tenho visto muitas judias em cena; o erro capital dos autores está em reunir nas suas heroínas todos os distintivos do caráter judeu, sem cuidar em lhes dar um coração humano.

Ora, Gemeia poucas vezes é mulher, mas é sempre judia. De princípio a fim, procura com amor, com perseverança, com desespero, a filha de suas entranhas, mas em tudo isso está longe de ser a Raquel das Escrituras ou a Hécuba de Eurípides.

O enunciado basta para reunir muitos votos à minha opinião. Não descerei a minuciosidades. Vê-se em geral que o autor da peça tem presente o contrato da encomenda, e busca fugir ao movimento natural para ceder à necessidade de produzir tal efeito, ou chegar a tal conclusão.

Em prova disto citarei apenas a cena capital do drama, aquela em que as duas mães levam a filha à situação de escolher uma ou outra. É uma cena absurda e fora da natureza. Não negarei que há aí lugares tocantes e expressões pungentes; mas isso não legitima a totalidade da cena, nem justifica a existência do lance.

Feitos estes reparos ao drama, confessarei que alguns pontos foram aplaudidos com justiça.

Emília das Neves desempenhou o papel de Gemeia.

Tendo já conhecimento do drama, direi que, apesar do imenso talento da artista, receei que nem sempre pudesse triunfar das escabrosidades do papel.

Mas então esquecia-me de que muitas vezes os artistas realçam as obras, dando relevo às belezas secundárias, ou criando novas belezas nos lugares em que elas são inteiramente nulas.

Ouvi a peça até o fim, e, se me devesse guiar pelos aplausos, outro seria o meu juízo. Os aplausos não pagaram o merecimento. Emília das Neves confirmou plenamente a apreciação feita neste mesmo lugar por ocasião de *Joana Doida*.

Uma arte consumada dá-lhe os meios de tudo criar e colorir tudo. Ou exprima um sentimento, ou acentue uma palavra, ou faça um gesto, vê-se que ela sabe realizar a difícil e rara aliança da arte e da natureza.

O papel de Gemeia tem, como disse, defeitos capitais. O talento da artista pode disfarçar esses defeitos, e dar-lhe, não o interesse da curiosidade, mas o interesse da humanidade.

Em mais de uma cena subiu ao patético; teve gritos de leoa para as agonias supremas, teve lágrimas tocantes para as dores do coração; soube ser mãe e mulher.

Familiar aos grandes efeitos da cena, Emília das Neves emprega-os com a discrição necessária para não cair das alturas da natureza e da arte. Sombria ou radiante, irada ou terna, amorosa ou odienta, ela sabe que, em cada uma dessas fases do sentimento, a arte exige um toque ideal.

As duas peças representadas bastam para julgá-la. Dizem que as duas peças que ainda falta representar são de gênero diverso, de modo a mostrar ao público as diferentes faces do talento da artista. Cita-se as *Proezas de Richelieu*, em primeiro lugar, e depois a *Dama das camélias* ou a *Judite*. Eu preferia a *Judite*, não por supor que o seu talento, tão variado como é, não possa reproduzir a paixão de Margarida Gauthier; mas pelo desejo de vê-la calçar o coturno trágico e brandir o punhal de Melpómene.

A representação da *Mulher que deita cartas* teve lugar antes da crise. Como disse, durante a semana passada, o teatro esteve fechado por ordem superior.

É que realmente aquele acontecimento absorvia todos os outros. Até a própria eleição concluiu-se no meio da indiferença geral.

A apuração de todos os sufrágios do município está feita. Acha-se, portanto, composta a nova Câmara municipal; acha-se composta de novos homens, uns conservadores, outros liberais, estes em maioria.

Já tive ocasião de manifestar os meus desejos de que a nova Câmara realize os desejos de todos os munícipes.

Esses desejos limitam-se a que trate do município seriamente, acudindo às suas necessidades mais urgentes, empregando utilmente as suas rendas, melhorando o pessoal do seu serviço, corrigindo ainda, se for preciso, os regulamentos a que está sujeito esse pessoal, de maneira que o clamor público venha a calar-se, e a cidade e os seus subúrbios possam viver contentes e felizes.

Por exemplo, não haverá um melhor sistema de limpeza da cidade, em virtude do qual não ande a gente condenada, em tempo de chuva, à lama, em tempo de sol, à poeira?

Não haverá um meio de vigilância que venha garantir as árvores plantadas em vários pontos da cidade, do vandalismo que as torna hécticas e mofinas? E na transplantação dessas árvores não convirá consultar os meios que a ciência fornece para que das cicatrizes produzidas no ato da transplantação não lhes resulte a morte certa?

Tais são alguns dos inumeráveis pontos para que se espera que a nova Câmara municipal atenda, a fim de produzir todos os bens que promete e que se lhe devem exigir.

Aqui devia eu acabar se não houvesse de dar uma notícia grata para as letras.

Um jovem acadêmico de São Paulo acaba de publicar um livro de versos. Chama-se o livro *Vozes da América*, e o poeta Fagundes Varela.

Varela é uma vocação poética das mais robustas que conheço; seus versos são inspirados e originais. Goza na academia de São Paulo, e já fora dela, de uma reputação merecida; as esperanças que inspira, ele as vai realizando cada dia, sempre com aplauso geral e singular admiração.

Ainda não vi as *Vozes da América*. Mas por cartas e jornais de São Paulo sei que é um livro, não só digno irmão dos que Varela publicou anteriormente, mas ainda um notável progresso e uma brilhante promessa de outras obras de subido valor.

Apenas receber o volume, hei de lê-lo, e direi com franqueza e lealdade aos leitores o que pensar dele. Estou certo de bater palmas.

M. A.
Diário do Rio de Janeiro, 19 de setembro de 1864

Antes tarde do que nunca

Antes tarde do que nunca.

O folhetim demorou-se um dia porque, à hora em que devia preparar-se e enfeitar-se, para conversar com os leitores, corria pelo caminho de ferro em busca das águas do Paraíba.

Nenhum homem de gosto, que tenha em algum apreço as maravilhas da natureza e os prodígios do braço humano, pode deixar de ir ver, ao menos uma vez na vida, os trabalhos arrojados e os panoramas esplêndidos que lhe oferece uma viagem pela estrada de ferro de D. Pedro II.

Direi mesmo que ali a natureza cede o passo ao homem, tão pasmosas são as dificuldades que a perseverança e a ciência conseguiram vencer.

O futuro das estradas de ferro no Brasil está garantido e seguro. Quem venceu até hoje, vencerá o que falta. Um anel unia em consórcio o doge e o Adriático; o vagão consorciou já a civilização e o Paraíba. Esta união não pode deixar de ser fecunda. E a prole que vier deve ter como brasão e como senha o nome do cidadão eminente que preside ao desenvolvimento de uma obra tão colossal.

O folhetim aplaude os progressos sérios; mas ri dos progressos e dos melhoramentos ridículos. Há-os assim.

Uma hipótese:

O leitor foi aluno do conservatório de música; lá esteve muito tempo e de lá saiu como entrou; nunca pôde entender o abecedário musical; a semifusa era uma esfinge que o leitor não pôde desencantar, como Édipo, mas que também não o devorou, por felicidade nossa; em resumo, o leitor perdeu alguns anos de vida, e achou-se um dia condenado a lançar mão de outra profissão qualquer.

Mas como? O leitor é fanático por música; frequenta o Teatro Lírico, e não perde uma récita que seja; é o primeiro que entra e o último que sai; assiste à afinação dos instrumentos, acompanha de cabeça todos os andantes e alegros. Quando sai do teatro está desvairado. Atira-se ao piano inútil que tem em casa, a ver se pode, mesmo sem o auxílio das regras, reproduzir as harmonias que sente em si. Mas nada consegue, faz um ruído infernal, atordoa os vizinhos, perde uma noite de sono, e é obrigado a passar o dia seguinte de cama.

Desengana-se por fim: é para a música um ente nulo. Mas quem pode deixar facilmente a primeira ilusão que acalentou no peito? O leitor hesita, estremece, consulta o céu, arranca um punhado de cabelos, até que um dia de manhã, segunda-feira passada, vai ter-lhe às mãos o *Jornal do Commercio*, e o leitor vê aí a seguinte notícia:

> *Música a vapor.* — Segundo o *Jornal dos Debates*, devia haver na rua Neuve Bossuet, em Paris, uma sessão pública e gratuita, dada pelos srs. Carlos Hermann e Rahn, para se poder apreciar toda a importância de um novo ensino musical, em que o professor Rahn pensa há muito tempo, e que vem a ser a resolução do seguinte problema: habilitar *qualquer indivíduo* a compor um trecho de música e a improvisar em um piano com tanta presteza como se escreve uma carta e se improvisa uma conversação.

Deixo em claro o monólogo de satisfação que o leitor naturalmente há de produzir depois de ter lido as linhas que aí ficam transcritas.

Graças aos srs. Rahn e Carlos Hermann, o leitor, até então completamente leigo na arte de Euterpe, pode vir a ser um músico notável e preencher a missão de que se supõe investido.

Antes não poderia fazê-lo; a música era então um monopólio dos gênios e dos talentos que Deus criava e o estudo instruía. Hoje a música democratiza-se; não só Mozart pode ser músico, como pode sê-lo qualquer indivíduo, o leitor ou eu, sem precisar nem de talento nem de estudo.

Mais. O estudo e o talento tirariam ao sistema dos srs. Rahn e Carlos Hermann o maior mérito que eu lhes vejo, que é a supressão daquelas duas condições.

Tínhamos até aqui as máquinas de moer música, na expressão de um escritor ilustre; agora temos máquinas para fazer música, o que é — em que pese aos fósseis — o supremo progresso do mundo e a suprema consolação das vocações negativas.

Daqui em diante todas as famílias serão obrigadas a ter em casa uma máquina de fazer café e uma máquina de fazer música — para digerir o jantar.

Além da vantagem de vulgarizar a arte, o novo sistema é útil pela economia de tempo. O tempo é dinheiro. Achar um sistema que habilite a gente a compor uma sinfonia enquanto fuma um cigarro de Sorocaba, é realmente descobrir a pedra filosofal.

Três vezes salve, rei Improviso!

Que vales tu agora, velha Inspiração? Os tempos te enrugaram as faces, e te amorteceram os olhos. Tens os cabelos brancos, vê-se que a tua realeza chega ao termo; é preciso abdicar. Sôfregos de viver e de produzir, queremos em teu lugar um rei ativo, sôfrego, pimpão, um rei capaz de nos satisfazer, como o não fazes tu que já andas trôpega de velhice.

Tudo isto que acabo de dizer, diria naturalmente o leitor se acaso estivesse na hipótese que figurei.

Estas conversas semanais, como o título indica, produzem-se à medida que a memória vai despertando os sucessos e as reflexões vão caindo ao acaso dos bicos da pena.

Assim que, sem procurar um elo que ligue dois assuntos, passo de um a outro quando o primeiro se esgota e o segundo vem procurar o seu lugar no papel.

Já tive ocasião de falar no sr. Ataliba Gomensoro, jovem estudante de medicina, que não há muitos meses fez a sua estreia literária com uma comédia num ato, *Comunismo,* representada no Ginásio.

O mesmo teatro representa agora uma nova comédia do sr. Ataliba Gomensoro, denominada *O Casal Pitanga*. É um ato.

O Casal Pitanga é um progresso sobre o *Comunismo*. No *Casal Pitanga* a intriga é mais bem ligada e o movimento mais natural, posto que estas duas condições não estejam ainda aí cabalmente preenchidas. O diálogo e o estilo estão muito acima do diálogo e do estilo do *Comunismo;* vê-se que a mão do autor, apesar de ainda incerta e inexperiente, procura assentar-se melhor e busca corrigir nos trabalhos do dia seguinte os defeitos escapados nos trabalhos da véspera.

O sr. A. Gomensoro é um moço inteligente e possui aquilo que tanto realça a inteligência — é modesto. É à sombra dessa modéstia que eu me animo a falar-lhe com franqueza. Aplaudo a discrição com que se vai ensaiando no gênero difícil da comédia, não querendo desde o primeiro dia expor-se a uma tentativa grande, mas infeliz.

Presumo que o sr. A. Gomensoro não quererá ficar no campo da comédia de intriga; outro campo imensamente vasto se abre aos que procuram alistar-se nas bandeiras de Plauto e de Molière. Esse exige muito estudo e muita observação; os aplausos que o público lhe deu convidam o sr. A. Gomensoro a não perder de vista aquelas duas condições. E ouvindo, como acredito, as palavras da crítica simpática, não se arriscará nunca a tristes derrotas.

No desempenho da comédia *O Casal Pitanga* distinguiram-se o sr. Graça e a sra. Elisa, que faziam os papéis dos dois Pitangas.

Na noite em que se representou pela primeira vez a comédia do sr. A. Gomensoro, representou-se igualmente um diálogo cômico em que o sr. Simões desempenhou o papel de um inglês. Esse desempenho foi excelente, e o sr. Simões mostrou-se artista na acepção elevada da palavra.

O Ginásio é agora uma das mais belas salas de teatro, depois que se acha pintado e adornado.

Os leitores já sabem que no dia 15 de outubro efetuar-se-á o casamento de s. a. imperial com o sr. conde d'Eu.

A imprensa já comemorou a escolha do noivo e escreveu palavras de cordial respeito e firme esperança no consórcio que se vai efetuar.

A ambição dos povos livres, neste caso, é que nos seus tronos se assentem príncipes honestos e ilustrados, capazes de compreender toda a vantagem que se pode tirar da aliança da realeza com o povo.

Assim, o país recebe alegremente a notícia deste acontecimento.

Segundo se diz preparam-se para o dia 15 de outubro manifestações de regozijo.

Não me faltará então matéria para o folhetim.

Entre as festas que nesse dia se devem realizar figurará uma ascensão aerostática, feita pelo sr. Wells, ultimamente chegado a esta corte.

O sr. Wells é um corajoso americano que acaba de admirar a população de Buenos Aires com as suas ascensões. Toda a imprensa portenha é unânime em tecer ao sr. Wells os mais pomposos e entusiásticos elogios.

O público fluminense já assistiu, há alguns anos, a uma ascensão aerostática. Creio, porém, ao que se diz do sr. Wells, que o novo espetáculo que se lhe vai oferecer é ainda mais imponente.

O sr. Wells tem concebido e realizado vários projetos de viagem, a todos os respeitos, dignos da admiração pública.

A viagem aerostática é uma das mais arrojadas concepções do espírito humano. Filinto Elísio cantou esse grande arrojo na ode *Os novos Gamas*. Pôrto-Alegre é autor da bela poesia *O Voador*. Esta última citação traz-me ao espírito muitas considerações já velhas e repetidas sobre a sorte do verdadeiro inventor dos balões aerostáticos, o brasileiro Bartolomeu de Gusmão, filho deste continente que há de substituir a velha Europa na vanguarda da civilização.

O nome de Gusmão não é conhecido na Europa. Raros lhe dão a palma que tão legitimamente lhe pertence. Fora da língua portuguesa — e até na própria língua portuguesa — o nome de Montgolfier anda sempre ligado ao célebre invento. É o caso do poeta:

Sic vos non vobis...

Voltando ao sr. Wells, mencionarei o projeto que este aeronauta afaga há muito tempo: atravessar em um balão o continente sul-americano. É sem dúvida um projeto arrojado. A perseverança vence tudo, *perseverantia vincit omnia* — tal é a divisa do sr. Wells.

Não deixarei o assunto sem acrescentar uma reflexão.

O homem tem admirado a natureza por todos os lados e de todos os modos. Chega mesmo a penetrar nela, se é poeta ou filósofo. Mas que soma de espetáculos novos e deslumbrantes não lhe oferece a conquista do ar! Sugeriu-me esta reflexão a leitura do seguinte fragmento de uma carta do sr. Wells, ao redator de *Nación Argentina*:

"... Quando cortei a última corda da barquinha o sol tinha-se escondido por trás das ilhas, mas logo pareceu que subia de novo, porque o balão subira rapidamente a uma imensa altura sobre as nuvens que estavam como inflamadas pelos últimos raios do astro. A cena era belíssima vista a uma légua de altura.

"O rio parecia reduzido à metade, e os seus limites se perdiam — de um lado entre um monte de nuvens, e de outro entre as ilhas.

"Era uma coisa singular ver levantar-se o sol do poente; contemplei-o com prazer, e cantando o hino *Star Spangled Rauner*, empunhei a bandeira da minha pátria, em honra do primeiro panorama desta espécie que via em minha vida..."

Veja-se por aqui quantos aspectos novos a face do globo tem ainda para oferecer aos olhos ávidos e ao incansável espírito do homem.

Aguarde o público a primeira ascensão do corajoso aeronauta.

Não por acaso, antes muito de indústria, guardei para o fim do folhetim a notícia da morte de Odorico Mendes.

A imprensa comunicou ao público que o ilustre ancião falecera em Londres a 17 do passado.

Odorico Mendes é uma das figuras mais imponentes de nossa literatura. Tinha o culto da antiguidade, de que era, aos olhos modernos, um intérprete perfeito. Naturalizara Virgílio na língua de Camões; tratava de fazer o mesmo ao divino Homero. De sua própria inspiração deixou formosos versos, conhecidos de todos os que prezam as letras pátrias.

E não foi só como escritor e poeta que deixou um nome; antes de fazer a sua segunda *Odisseia,* escrita em grego por Homero, teve outra, que foi a das nossas lutas políticas, onde ele representou um papel e deixou um exemplo.

Era filho do Maranhão, terra fecunda de tantas glórias pátrias, e tão desventurada a esta hora, que as vê fugir, uma a uma, para a terra da eternidade.

Há poucos meses, Gomes de Sousa; agora Odorico Mendes; e, se é exata a dolorosa notícia trazida pelo último paquete, agrava-se de dia para dia a enfermidade do grande poeta, cujos *Cantos* serão um monumento eterno da poesia nacional.

Deus ampare, por glória nossa, os dias do ilustre poeta; mas, se ele vier a sucumbir depois de tantos outros, que lágrimas serão bastantes para lamentar a dor da Níobe americana?

M. A.
Diário do Rio de Janeiro, 27 de setembro de 1864

O Brasil acaba de perder um dos seus primeiros poetas

O Brasil acaba de perder um dos seus primeiros poetas. Se ele tem em alguma conta a glória das musas, o dia em que um destes espíritos deixa a terra, para voar à eternidade, deve ser um dia de luto nacional.

E aqui o luto seria por um duplo motivo: luto por mágoa e luto por vergonha. Mágoa da perda de um dos maiores engenhos da nossa terra, talento robusto e original, imaginação abundante e fogosa, estro arrojado e atrevido. Vergonha de haver deixado inserir no livro da nossa história a página negra do abandono e da penúria do poeta, confirmando hoje, como no século de Camões, a dolorosa verdade destes versos:

> O favor com que mais se acende o engenho
> Não no dá a pátria, não, que está metida
> No gosto da cobiça, e na rudeza
> De uma austera, apagada e vil tristeza.

Todos sabem que a vida de Laurindo Rabelo foi uma longa série de martírios. Se não tivesse altas e legítimas aspirações, como todos os que sentem vibrar em si uma corda divina, os padecimentos ser-lhe-iam menos sensíveis; mas, cheio daquela vida intelectual que o animava, dotado de asas capazes de subir às mais elevadas esferas, o poeta sentia-se duplamente martirizado, e a sua *paixão* atingia as proporções dos maiores exemplos de que reza a história literária de todos os países.

A figura de Prometeu é uma figura gasta em alambicados necrológios; mas eu não sei de outra que melhor possa representar a existência atribulada deste infeliz poeta, espicaçado, não por um, mas por dois abutres, a fatalidade e a indiferença. A fatalidade — se é lícito invocar este nome — assentou-se-lhe no lar doméstico, desde que ele abriu olhos à vida; mas, se ao lado dela não se viesse depois sentar a indiferença, a vida do poeta seria outra, e aquele imenso espírito não teria atravessado por este mundo amargurado e angustiado.

Consola um pouco saber que, na *via dolorosa* que o poeta percorreu, se já lhe não assistia a fé nos homens, nunca se lhe amorteceu a fé em Deus. Os sentimentos religiosos de Laurindo Rabelo eram os mais profundos e sinceros; ele tinha em si a consciência da justiça divina, em quem esperava, como o último refúgio dos desamparados deste mundo. Em seus últimos momentos deu ainda provas disso; o seu canto do cisne foi uma oração que ele improvisou para ajudar-se a morrer. Os que ouviram essa inspiração religiosa dizem que não se podia ser nem mais elevado nem mais comovente. Assim acabou o poeta cristão.

Laurindo Rabelo era casado há alguns anos. A família foi então para ele o santuário do seu coração e o asilo da sua musa. Os seus labores nestes últimos tempos tendiam a deixar à companheira dos seus dias uma garantia de futuro. Não tinha outras ambições.

Um grande talento, uma grande consciência, um grande coração, eis o que se perdeu em Laurindo Rabelo. Do talento ficam aí provas admiráveis, nos versos que escreveu e andam dispersos em jornais e na memória dos amigos. Era um poeta na verdadeira acepção da palavra; estro inspirado e imaginação fecunda, falando a língua de Bocage e admirando os que o ouviam e liam, tão pronta era a sua musa, tão opulenta a sua linguagem, tão novos os seus pensamentos, tão harmoniosos os seus versos.

Era igualmente uma grande consciência; consciência aberta e franca, dirigida por aquele rigorismo de Alceste, que eu ouvi censurar a mais de um Filinto do nosso tempo. O culto da justiça e a estima do bem eram-lhe iguais aos sentimentos de revolta produzidos pela injustiça e pelo mal. Ele desconhecia o sistema temperado de colorir os vícios medíocres e cantar as virtudes ilusórias.

Quanto ao coração, seus amigos e companheiros sabem se ele o tinha grande e nobre. Quando ele se abria aos afetos era sempre sem reservas nem refolhos; sabia amar o que era digno de ser amado, sabia estimar o que era digno de ter estima.

Se este coração, se esta consciência, se este talento, acaba de fugir aos nossos olhos, a pátria que o perdeu deve contar o dia da morte dele na lista dos seus dias lutuosos.

Há oito dias comemorava eu uma perda literária do país; hoje comemoro outra, e Deus sabe quantas não sucederão ainda nesta época infeliz para as musas! — Assim se vão as glórias pátrias, os intérpretes do passado diante das gerações do futuro, os que sabem, no turbilhão que leva as massas irrefletidas e impetuosas, honrar o nome nacional e construir o edifício da grandeza da pátria.

Ouço que se pretende fazer uma edição dos escritos de Laurindo Rabelo. É um duplo dever e uma dupla necessidade; o produto auxiliará a família viúva; a obra tomará lugar na galeria literária do Brasil.

Quanto a ti, infeliz poeta, pode-se dizer hoje o que tu mesmo dizias em uma hora de amarga tristeza:

> A tua triste existência
> Foi tão pesada e tão dura,
> Que a pedra da sepultura
> Já te não pode pesar.

❦ ❦ ❦

Cometi uma falta no folhetim de domingo passado; não falei de uma obra e de um artista. Cumpre-me reparar a falta.

Quando se festejou a Exaltação da Cruz na igreja de Santa Cruz dos Militares foi inaugurado o retrato a óleo do atual provedor o sr. general Antônio Nunes de Aguiar. É um retrato de corpo inteiro.

A obra foi olhada como digna de apreço e de estima. Estimar uma obra de arte é prestar-lhe uma honra elevada. Os conhecedores e amadores não hesitaram em dar este gênero de homenagem ao trabalho com que a irmandade da Cruz resolvera perpetuar na memória dos vindouros os seus sentimentos de gratidão.

É que realmente a simples vista do quadro faz adivinhar um pincel adestrado e inteligente. O nome do autor corresponde a essa apreciação. O sr. Rocha Fragoso é um dos nossos artistas mais capazes e mais dignos de apreço. Dotado de talento real para a pintura, foi um discípulo esperançoso da nossa academia, e quando mais tarde voltou de Roma duplamente condecorado — com o aplauso dos mestres e com a comenda de S. Gregório Magno — os seus irmãos de arte o receberam como uma honra da classe.

Dando ao sr. Rocha Fragoso os meus sinceros aplausos, não deixarei de consignar aqui o desejo de que novas provas de seu apreciado talento venham conquistar novos aplausos, dando-me ainda o prazer de escrever muitas vezes o seu nome neste folhetim.

Que a arte e os artistas vão ganhando neste país um lugar distinto, é o melhor desejo de todo o coração verdadeiramente brasileiro. Vem a propósito mencionar mais um esforço generoso e mais uma aplicação da arte inaugurada no país.

Os srs. Fleiuss e Linde mantêm desde muito tempo no seu estabelecimento uma oficina de xilografia — gravura em madeira.

A atividade e a perseverança daqueles artistas conseguiram triunfar de todas as dificuldades; acudiram os alunos, apareceram as aptidões mais ou menos pronunciadas, e no fim de pouco tempo, puderam os inteligentes diretores do Instituto Artístico apresentar ao público alguns resultados mui satisfatórios.

Correram os tempos, novos alunos entraram para a escola xilográfica, os primeiros foram-se aperfeiçoando, foram-se iniciando os novos, e agora os srs. Fleiuss & Linde anunciaram uma coleção de trabalhos de gravura em madeira, sob o título de *História natural,* feitos pelos seus discípulos.

É sem dúvida de muito alcance este ato dos diretores do Instituto Artístico; uma nova indústria fica assim aberta à atividade e à vocação dos filhos do país. Contribuir para a *História natural* é contribuir para um verdadeiro melhoramento.

Os leitores acompanhar-me-ão agora ao Teatro Lírico, onde Emília das Neves representou a tragédia *Judite* e a comédia *As primeiras proezas de Richelieu*.

Calçar na mesma noite o coturno de Melpómene e a chinela de Talia, passar da tenda de Holofernes e dos rochedos de Betúlia aos paços de Luís XIV e ao camarim do sobrinho do Cardeal, era dar prova de um talento vasto e variado. A artista quis entrar nessa prova, que, aliás, já dera ao público do seu país.

Aquela circunstância, e a de ser o espetáculo em benefício da artista, encheram o vasto salão do Teatro Lírico.

Choveram nessa noite aplausos, flores e coroas.

O primeiro espetáculo que se ofereceu aos olhos do espectador ao levantar o pano foi, como já se tem visto em outras peças, o de um asseio e ordem cênica a que não andamos muito acostumados. Essa primeira impressão é já de si agradável e dispõe o espírito do espectador.

Como sempre, o espectador assiste distraído às primeiras cenas até a entrada de Emília das Neves, e daí em diante é a eminente atriz quem lhe atrai exclusivamente a atenção.

Os dotes que eu já tive ocasião de reconhecer em Emília das Neves, e que são de primeira ordem, acham-se perfeitamente acomodados à figura de *Judite* e às condições da tragédia; voz, figura, gesto, fisionomia, tudo corresponde a uma ação trágica. Emília das Neves, que possui estas duas condições — a inteligência e o natural —, uma para compreender, outra para reproduzir, soube entrar no espírito do papel e desempenhá-lo ao vivo, mediante os recursos de uma arte que lhe é familiar.

Se houvera tempo e espaço para estabelecer preferências nas diversas situações da tragédia, eu desenvolveria os motivos pelos quais a eminente artista me agradou mais no 2º, no 3º e no 5º atos. Limito-me a assinalar aqui essas preferências, que de modo nenhum concluem contra o desempenho, aliás excelente, do resto do papel.

Mas, quem dirá que a figura trágica, a voz potente, a gesticulação larga, mas sóbria como deve ser, quem dirá, enfim, que a atriz talhada para a reprodução das grandes paixões pode tão facilmente acomodar-se ao gênero familiar da comédia, em que sorri, brinca, moteja em que de águia se faz pomba, apenas com o intervalo de um quarto de hora?

Conheço alguns artistas que possuem o dom de enternecer no drama e alegrar na comédia; mas não são muitos, decerto, posto que quase todos procurem vencer a mesma dificuldade. Esta dificuldade só muita natureza e muita arte podem vencê-la; se eu admiro, portanto, a intenção de todos os cometimentos desta ordem, estou muito longe de admirar-lhes os resultados.

Com a artista de que me ocupo duvido que se possa exigir mais. Mesmo pondo de parte a circunstância de ter representado na mesma noite os dois gêneros, o que tornava mais flagrante e mais vivo o contraste, o desempenho do papel do *menino duque* não podia ser mais completo do que foi.

Fora, sem dúvida, para desejar que, em vez das *Proezas de Richelieu*, comédia do gênero anedótico, sem grande alcance nem grandes pretensões literárias, a empresa fizesse representar uma verdadeira comédia, uma comédia da boa escola, onde o talento de Emília das Neves pudesse entrar no largo estudo que a comédia das *Proezas* lhe não permitiu.

É verdade, porém, que uma comédia nessas condições não teria um pessoal completo, à exceção da artista de que me ocupo, e do sr. Gusmão, que não deixarei de mencionar aqui pelo desempenho do barão de Belle-Chasse.

O papel de madame Patin (burguesa ridícula que o leitor pode encontrar, até com o mesmo nome, mas tratada com outro talento, no *Chevalier à la mode,* comédia de Dancourt) sofreu com o desempenho, não tanto por estar longe de ser completo, como pelo contraste que se apresentava à memória, comparando-se com o excelente desempenho que fez há anos a eminente artista dramática Gabriela da Cunha.

Dizem que a peça escolhida para a próxima récita é a *Adriana Lecouvreur.* Terminarei anunciando uma transmigração; morreu a *Cruz,* mas a alma passou para o *Cruzeiro do Brasil,* continuando assim a mesma *Cruz,* revestida de novas galas, segundo a expressão singularmente modesta da redação.

Procurei as novas galas, mas confesso ingenuamente que as não encontrei. Quer-me parecer que ficaram na intenção dos redatores.

M. A.
Diário do Rio de Janeiro, 3 de outubro de 1864

Dai-me boas semanas

Dai-me boas semanas e eu vos darei bons folhetins.

Mas, que se pode fazer no fim de sete dias chochos, passados a ver chover, sem acontecimento de natureza alguma, ao menos destes que tenham para o folhetim direito de cidade?

Gastou-se os primeiros dias da semana a esperar o paquete — e o paquete, como para punir tão legítima curiosidade, nada trouxe que estivesse na medida do desejo e da ansiedade. Veio apenas a notícia de um casamento real no norte da Europa, que muita gente olha como um prenúncio da formação do reino escandinavo, mas que eu não sei se dará em resultado exatamente o contrário disso, isto é, a supressão de uma monarquia constitucional em favor de uma monarquia autocrática.

Aí vou eu entrando pelo terreno da política torva e sanhuda. Ponto final ao acidente.

Mas — como dizia eu — que se pode fazer depois de uma semana tão vazia como a cabeça do rival de André Roswein?

Diz Alphonse Karr que depois de encerradas as câmaras e posta a política em férias, os jornais franceses começam a descobrir as virtudes e os milagres; aparecem os atos de coragem e abnegação, e as crianças de duas cabeças e quatro pés. A observação é verdadeira, talvez, mas para lá; o Rio de Janeiro, em falta de política, nem mesmo se socorre da virtude e dos fenômenos da natureza. Tudo volta a um silêncio desolador; rareiam os acontecimentos, acalma-se a curiosidade pública.

Assim que foi com profundo desgosto que eu fiz hoje subir à minha varanda a musa gentil e faceira do folhetim.

Casta filha do céu, que vês tu na planície? Perguntei-lhe como no poema de Ossian.

A infeliz desceu com ar desconsolado e disse-me que nada vira, nem a sombra de um acontecimento, nem o reflexo de uma virtude.

Perdão, viu uma virtude.

Não sei em que lugarejo da Bahia reuniu-se o júri no prazo marcado e teve de dissolver-se logo, porque o promotor de justiça não apresentou um só processo.

Ó Éden baiano! Dar-se-á caso que no intervalo que mediou entre a última sessão do júri e esta, nem um só crime fosse cometido dentro dos vossos muros? Nem um furto, nem um roubo, nem uma morte, nem um adultério, nem um ferimento, nem uma falsificação? O pecado sacudiu as sandálias às vossas portas e jurou não voltar aos vossos lares?

O caso não é novo; lembra-me ter visto mais de uma vez notícias de fenômenos semelhantes.

O Éden, antes do pecado de Eva, não era mais feliz do que essas vilas brasileiras onde o código vai-se tornando letra morta, e os juízes verdadeiras inutilidades.

Onde está o segredo de tanta moralidade? Como é que se prova tão eficazmente à higiene da alma? Há nisto matéria para as averiguações dos sábios.

Mas — *juste retour des choses d'ici-bas* — talvez que na próxima sessão do júri, a vila que desta vez subiu tanto aos olhos da moralidade, apresente um quadro desconsolador de crimes e delitos, de modo a desvanecer a impressão deixada pelo estado anterior.

Tudo é possível neste mundo.

Em falta de acontecimentos há sempre um acontecimento que pode entrar em todos os folhetins, e ao qual já me tenho referido muitas vezes — até com risco de monotonia.

É um dever de que não me liberto abrir os olhos à Câmara municipal a respeito de uma coisa que não é favor, mas dever de tão alta instituição.

Se a Câmara municipal não tem por obrigação cuidar do município, tomo a liberdade de perguntar para que serve então, e se é para continuar a viver do mesmo modo que os cidadãos de quatro em quatro anos vão deitar uma cédula à urna eleitoral.

Longe de mim negar o que a Câmara tem feito, mas também longe de mim a ideia de ficar mudo diante do abandono em que certas necessidades municipais estão.

O caminho do Catete, que um homem de espírito chama *caminho apoplético,* é por assim dizer o resumo do estado geral da cidade. As folhas reclamam todos os dias contra o descuido da Câmara e dos seus agentes, mas é como se pregasse no deserto.

Todos os sentidos de que aprouve à natureza dotar-nos andam perseguidos e em guerra aberta com a poeira, a imundície, os boqueirões, etc.

Ah! a imundície! Como Lucrécia Bórgia aos convivas de Gennaro, a Câmara municipal tomou a peito dizer aos fluminenses, depois que lhes alcança os votos:

— *Messeigneurs, vous êtes tous empoisonnés.*

E fala verdade.

Quando se anunciou a chegada dos augustos noivos de suas altezas disse eu que a Câmara tratasse de fazer com que vestíssemos roupa lavada, de algodão embora, mas coisa mais limpa do que os mulambos que nós temos a honra de receber das suas ilustríssimas mãos.

Sobreveio o período eleitoral, e manifestou-se a grande febre no município. Então perderam-se as esperanças. A soberania popular — frase que os tipógrafos de todos os países já estão cansados de compor, e os leitores de todos os livros e jornais cansados de ler —, a soberania popular abafou o grito da necessidade pública, e ninguém achou mau o caminho que ia de casa à paróquia.

A Câmara, porém, mostrou-se compenetrada do alto papel que se lhe destinou, e lembrou-se de convidar os munícipes para solenizar o casamento de sua alteza imperial que, como os leitores sabem, terá lugar no sábado.

Constroem-se arcos e coretos em vários pontos da cidade, desde o Aterrado até o largo do Paço, mas essas construções deviam ter sido precedidas de alguns melhoramentos, a fim de não ter lugar a aplicação daquela cantiga popular:

Por cima muita farofa, etc.

Demorar-me neste assunto seria aborrecer os leitores. A primeira condição de quem escreve é não aborrecer.

Tous les genres sont bons, hors le genre ennuyeux.

E só agora vejo, na minha carteira da semana, o apontamento de uma notícia que eu estou certo de que há de alegrar os leitores, sejam escritores ou não. Segundo me disseram, sua majestade o imperador trata de mandar fazer uma edição das obras completas de Odorico Mendes. Os leitores conhecem, decerto, o nome e as obras do ilustre poeta, cuja morte em Londres as folhas noticiaram não há muitos dias. O ato imperial honra a memória do ilustre poeta; essa memória e esse ato são duas honras para o nome brasileiro.

Uma folha hebdomadária que se publica nesta corte, denominada *Portugal*, deu ontem aos seus leitores uma notícia que os enche de júbilo, como a todos os que prezam as letras e a língua que falamos.

De há muito que o autor do *Eurico*, recolhido à vida privada, assiste silencioso ao movimento de todas as coisas, políticas ou literárias.

Esse silêncio e esse isolamento, por mais legítimas que sejam as suas causas, são altamente prejudiciais à literatura portuguesa.

Mas, o culto das musas é, além de um dever, uma necessidade. O espírito que uma vez se votou a ele, dele vive e por ele morre. É uma lei eterna. No meio dos labores pacíficos a que se votou, A. Herculano não pôde escapar ao impulso íntimo. O historiador e poeta pode fazer-se agricultor, mas um dia lá se lhe converte o arado em pena, e as musas voltam a ocupar o lugar que se lhes deve. As musas são a fortuna de César; acompanham o poeta através de tudo, na bonança, como na tempestade.

O que se anuncia agora, na correspondência de Lisboa do *Portugal*, é a publicação próxima de dois livros do mestre: *Contos do vale de lobos,* é o primeiro; o segundo é uma tradução do poema de Ariosto.

Quando se trata de um escritor como Alexandre Herculano, não se encarece a obra anunciada; espera-se e aplaude-se.

Ler as obras dos poetas e dos escritores é hoje um dos poucos prazeres que se nos deixa ao espírito, em um tempo em que a prosa estéril e tediosa vai substituindo toda a poesia da alma e do coração.

Quando os tempos nem dão para um folhetim, não sei que se possa fazer outra coisa melhor.

Eu por mim já fiz até aqui o que era humanamente possível; pouca diferença vai deste folhetim ao milagre dos pães, e essa mesma é mais nos efeitos do fato que no próprio fato. Quando os leitores chegarem ao fim achar-se-ão vazios como no princípio, sentindo uma fome igual à que sentiam quando começaram a ler.

Só haverá uma satisfação: é a do preenchimento destas páginas inferiores que está a cuidado do mais indigno servo dos leitores preencher todas as semanas.

Vejam se não é assim.

E não cuidem que as seguintes linhas, transcritas do *Despertador,* de Santa Catarina, entram aqui por enchimento. É uma remessa que julgo de meu dever fazer ao *Cruzeiro do Brasil.* Leia o colega e admire:

"A estreia do jesuíta Razzini como pregador, no domingo último, é aquela que se podia esperar de quem, ignorando o mais trivial de uma língua, se afoita a ir nela pregar para não ser entendido de quem quer que seja!

"Pergunte-se à maior parte dos que lá foram se entenderam — pitada —, apesar dos calafrios e suores que deviam custar ao pobre do revmo., que raras eram as palavras que não fossem muito ruminadas?

"É a estas coisas que jamais poderemos ser indiferentes: um padre que não conhece absolutamente nada da nossa língua, para que vai pregar nela?... Para fazer rir da mímica que emprega quem se acha nesses apertos?!...

"Porém ainda isso não é tudo, é naquela crisálida que está o futuro da ilustração da nossa *esperançosa mocidade*! Há de ser esse um dos que vêm fazer parte do professorado no ensino de línguas em o novo estabelecimento; o mesmo que tem por obrigação fazer compreender aos seus discípulos comparativamente as belezas de uma língua com as da outra, que tem de descer aos seus modos mais particulares (idiotismos) para dar em equivalentes, se não iguais, ao menos os mais aproximados possíveis. Como serão preenchidas condições tão essenciais, e indispensáveis ao ensino? Veja o público que a maior parte do que importamos em todas as espécies são *objetos de carregação,* como os chama o vulgo; dos mestres, por esta amostra, já podemos fazer juízo seguro."

M. A.
Diário do Rio de Janeiro, 10 de outubro de 1864

O Rio de Janeiro
está em festas

O Rio de Janeiro está em festas — festas realizadas anteontem e festas adiadas para 24 e 25. O casamento da herdeira da coroa é o assunto do momento.

Um céu puro e um sol esplêndido presidiram no dia 15 a este acontecimento nacional. A natureza dava a mão aos homens; o céu comungava com a terra.

Não descreverei nem a festa oficial, nem a festa pública. Quem não assistiu à primeira leu já a relação dela nos andares superiores dos jornais; na segunda todos tomaram parte — mais ou menos —, todos viram o que se fez, em arcos, coretos, pavilhões, iluminações, espetáculos, aclamações e mil outras coisas. E sobretudo ninguém deixou de ver e sentir a melhor festa, que é a festa da alegria íntima, natural, espontânea, a festa do cordial respeito que o povo tributa à primeira família da nação.

Uma das coisas que fez mais efeito nesta solenidade foi a extrema simplicidade com que trajava a noiva imperial. É impossível desconhecer o delicado pensamento que a este fato presidiu: na idade e na condição de sua alteza as suas graças naturais, as virtudes do coração e o amor deste país são o seu melhor diadema e as suas joias mais custosas.

As festas celebradas anteontem, e que deviam continuar hoje, foram adiadas para 24 e 25, época em que devem os augustos consortes voltar de Petrópolis. Até lá o Rio de Janeiro espera.

Quem diria, vendo o Rio de Janeiro no sábado, que poucos dias antes, logo no princípio da semana, o mesmo Rio de Janeiro apresentava o aspecto da mais completa desolação?

Refiro-me ao temporal, a esse temporal único, assombroso, aterrador, que os velhos de oitenta anos viram pela primeira vez, que os adolescentes de quinze anos esperam não ver segunda vez no resto dos seus dias, a esse temporal que, se durasse 2 horas, deixava a nossa cidade reduzida a um montão de ruínas.

Durante uns dez minutos tivemos, nós, os fluminenses, uma imagem do que seria o grande cataclismo que extinguiu os primeiros homens. Rompeu-se uma catarata do céu; Eolo soltou os seus tufões; o trovão rolou pelo espaço; e um dilúvio de pedras enormes começou a cair sobre a cidade com a violência mais aterradora que se tem visto.

Seria o látego com que a divindade nos castigava? O mesmo temporal tinha-se dado em São Paulo poucos dias antes; dar-se-á caso que tenhamos de vê-lo repetido em todas as cidades do mundo? Se assim for, não há dúvida de que são chegados os tempos; os tufões são, portanto, os batedores do grande cometa Newmager, com que me ocupei num dos meus primeiros folhetins.

Os leitores estarão lembrados do que eu disse nessa ocasião, aceitando o cometa como um castigo do céu. Apesar de já descrer até dos cometas, não pude recusar a este o testemunho de minha fé. Eu lastimei então que um anúncio feito tão tarde não pudesse fornecer aos homens o meio de conjurar o cataclismo, cessando a transmissão dos seus vícios e dos seus defeitos às gerações que se lhes seguissem, embora continuassem eles a ser hipócritas, velhacos, ingratos, difamadores, egoístas, vaidosos, ridículos.

Se acreditava, porém, no cometa, ainda assim não deixava de nutrir certa esperança. Essa esperança começa a desvanecer-se diante dos prenúncios que vão aparecendo. A proximidade do Átila celeste revoluciona o espaço; não há dúvida que o tufão que começa a varrer a face da terra é a respiração do monstro. E a julgar pela violência, o monstro está próximo.

Não repetirei aqui o trocadilho que toda a gente repetiu durante a semana — até o *Cruzeiro do Brasil* —, o trocadilho da quebra dos banqueiros e da quebra das vidraças. Mas se falo em vidraças é só para dar um conselho aos vidraceiros. Foram estes os únicos que aproveitaram com o temporal. Há cerca de duzentos mil vidros quebrados no Rio de Janeiro; os vidraceiros aproveitaram a ocasião e declaram-se os soberanos reparadores dos males da cidade. Em consequência, alteraram os preços.

Os vidraceiros desconhecem os seus próprios interesses. Baixar os preços era a única medida da ocasião, por isso que, havendo trabalho em abundância, convinha assegurar esse trabalho pela perspectiva da modicidade do custo. Mas, como a operação de encher vidraças não requer estudos preliminares de lógica, os vidraceiros podem facilmente abster-se de raciocinar, e o resultado é cometerem um erro, quando podiam exercer duas virtudes: primeira, socorrer facilmente aos males públicos; a segunda, fazer no orçamento dos seus ganhos um aumento de verba.

Demais — e é isto o importante — os proprietários, receosos do cataclismo de 1865, quererão acaso envidraçar as suas casas para ver perdidos dentro de pouco tempo, o dinheiro e o trabalho? Eu acho que não, e nesse caso, se é difícil reparar os estragos do temporal do dia 10, com os preços ínfimos, sê-lo-á muito mais, com os preços alteados.

Ofereço estas reflexões à corporação dos vidraceiros da capital.

Se é verdade que o cometa deve aparecer, e se as revoluções da atmosfera são sintomas da presença do Átila celeste, é para admirar, mais do que em circunstâncias ordinárias, o ato que a população fluminense apreciou no sábado: a ascensão do aeronauta Wells.

Pois quê, ousado mortal! Quando um habitante do espaço ameaça visitar a terra, quando os teus semelhantes tremem de pavor só a essa ideia, ousas tu — de alma alegre e coração à larga — invadir os domínios aéreos, afrontar o dito habitante no seio da sua própria casa?

Esta arrojada visita aérea, que é bastante para despertar a ideia de represálias, foi executada no sábado, como se sabe, às 11 horas da manhã.

O dia estava magnífico; o céu azul, o ar puríssimo. Tudo convidava o sr. Wells a realizar as suas promessas. O campo de Sant' Ana regurgitava de povo que correu a ver aquele espetáculo duplamente curioso: primeiro, por ser arrojado; depois, por ser gratuito.

O balão subiu no meio de aclamações.

Não era o primeiro espetáculo deste gênero efetuado na capital, mas é sempre digno de ser visto e apreciado.

Pouco tempo depois o sr. Wells descia sobre o morro da Viúva, calmo e tranquilo, como quem volta para casa, depois de um passeio higiênico.

Anuncia-se nova ascensão para o dia 24. Então pretende o sr. Wells admitir alguns amadores. Vou já avisando aos corajosos da capital; dizem que na próxima ascensão irá com o sr. Wells uma americana. É vergonhoso que o exemplo de uma mulher não seduza a muitos homens, tanto mais que neste caso há dois balões, em vez de um, o que torna mais efetiva a segurança.

Completem os leitores mentalmente as muitas páginas que eu podia escrever neste assunto, e a propósito da última ascensão. A conquista do ar! Quem é que não se sente tomar de entusiasmo ante esta nova aplicação dos conhecimentos humanos? Enquanto os leitores deixam assim correr a imaginação pelo ar, o folhetinista atravessa os mares e vai ver em longes terras da Europa um poeta e um livro.

Cantos fúnebres é o novo livro do sr. dr. Gonçalves de Magalhães. Não é completamente um livro novo; uma parte das poesias estão já publicadas. Compõe-se dos *Mistérios* (cantos à morte dos filhos do poeta), algumas nênias à morte de amigos, vários poemas e uma tradução da *Morte de Sócrates,* de Lamartine.

O autor dos *Cantos fúnebres* ocupa um lugar eminente na poesia nacional. Ó voto esclarecido dos julgadores já lho reconheceram; a sua nomeada é das mais legítimas.

Quando os *Mistérios* apareceram em volume separado, o público brasileiro aceitou e leu esse livrinho, assinado pelo nome já venerado do eminente poeta, com verdadeiro respeito e admiração.

O sucesso dos *Mistérios* foi merecido; nunca o autor dos *Suspiros Poéticos* tinha realizado tão brilhante a união da poesia e da filosofia; ao pé de três túmulos, sufocado pelas próprias lágrimas, o poeta pôde mais facilmente casar essas duas potências da alma. A elevação do sentido e a melancólica harmonia do verso eram dignas do assunto.

Tão superior é o merecimento dos *Mistérios* que agora mesmo, no meio de um livro de trezentas e tantas páginas, eles ocupam o primeiro lugar e se avantajam em muito ao resto da obra.

Não li toda a tradução da *Morte de Sócrates,* nem a comparei ao original; mas as páginas que cheguei a ler pareceram-me dignas do poema de Lamartine. O próprio tradutor declara que empregou imenso cuidado em conservar a frescura original e os toques ligeiros e transparentes do poema. Essa devia ser, sem dúvida, uma grande parte da tarefa; para traduzir Lamartine é preciso saber suspirar versos como ele. As poucas páginas que li dizem-me que os esforços do poeta não foram vãos.

Os *Cantos Fúnebres* encontrarão da parte do público brasileiro o acolhimento a que têm direito. Tanto mais devem procurar o novo livro quanto que este volume é o 6º da coleção das obras completas do poeta, que o sr. Garnier vai editar.

O volume que tenho à vista é nitidamente impresso. A impressão é feita em Viena, aos olhos do autor, garantia para que nenhum erro possa escapar; sendo esta a edição definitiva das obras do poeta é essencial que ela venha limpa de erros.

Um bom livro, uma bela edição — que mais pode desejar o leitor exigente? Passemos ao teatro.

O Ginásio representou na sexta-feira uma nova peça *Montjoye,* em 5 atos e 6 quadros, por Octavio Feuillet.

Montjoye teve um grande triunfo em Paris. Crítica e plateia juntaram-se para coroar a nova composição do autor da *Dalila* e do *Romance de um moço pobre.* Ora, a nova composição, era a primeira em que O. Feuillet deixava a esfera fantástica e ideal de Máximo Odiot e de André Roswein, para pisar a terra chã da vida real e dos costumes burgueses. O poeta cortava as asas para envergar o paletó.

Mas, ninguém melhor que o autor da *Dalila* podia cometer essa empresa. Descendo à vida prática, ele trazia consigo as chaves de ouro com que abria as portas da fantasia; soube penetrar na realidade sem tomar a natureza dela: tinha palheta e tintas, desdenhou a máquina e o *collodion*. Em resumo, não submeteu a musa às exigências de uma realidade estéril; sujeitou a realidade às mãos instruídas da musa. É o que se conhece vendo a nova peça do autor da *Dalila*.

Même quand l'oiseau marche on voit qu'il a des ailes.

O tipo de Montjoye está reproduzido com habilidade de mestre. Montjoye é o homem prático, o homem utilitário, o homem forte. Todos os bons sentimentos, todas as ilusões da mocidade, são para ele inúteis quimeras; indicai-lhe a melhor aptidão, adornada por essas ilusões, cheia desses sentimentos, ela nada valerá para ele; mostrai-lhe, pelo contrário, a inteligência esperançosa, mas nua desses sentimentos e dessas ilusões, mostrai-lhe Gendrin, e ele dará um suspiro de lamentação, quando lhe vierem dizer que o pobre rapaz morreu em Xangai.

Momo, consultado por Júpiter sobre a organização do homem, notou um defeito: o de não ter ele uma janela no coração por onde todos lhe vissem os sentimentos. Se Deus consultasse Montjoye no mesmo assunto, este criticaria a própria existência do coração e aconselharia a supressão dele.

Montjoye só conhece uma utilidade nos sentimentos dos outros homens; é a de lhe servir aos fins que ele tenha em vista.

Aproveitará a fibra humanitária de Saladin para preparar a candidatura à Câmara dos deputados; dará plena sanção ao amor de Cecília, uma vez que o próximo casamento quebre nas mãos do adversário político uma arma eleitoral.

Ele próprio faz a sua profissão de fé; só acredita em duas coisas: em moral, o meu e o teu, em filosofia, dois e dois são quatro. Fora daí, há o vácuo.

Assim estudado, o tipo de Montjoye mostra-se, desenvolve-se, afirma-se de ato para ato. Um dia, já separado dos seus, Montjoye sente que lhe falta alguma coisa; não é ainda o sentimento da saudade e do amor; é puramente o gosto do hábito; Montjoye não estima esta ou aquela pessoa, acostuma-se a vê-la. Quando ela lhe falta, é ainda uma exigência egoística que reclama contra o isolamento.

Mas os acontecimentos se sucedem, e o espírito de Montjoye transforma-se com eles. Não relatarei esses acontecimentos, nem indicarei o sentido dessa transformação. O leitor preferirá ir ver por seus próprios olhos os lances dramáticos, as situações novas, os traços enérgicos e verdadeiros com que estão acabados os caracteres da peça de O. Feuillet.

Reproduzir na cena um tipo tão verdadeiro e tão artisticamente acabado como Montjoye, é tarefa difícil para um ator. Consegui-lo é dar prova de muito talento. Folgo de mencionar aqui esta vitória do sr. Pedro Joaquim, que fez um desempenho excelente do papel de Montjoye. No maior lance, como na menor frase, o artista soube conservar o caráter do papel, na altura em que o autor o colocou e em que ele o compreendeu. Montjoye fica sendo um dos seus mais brilhantes títulos de artista.

O papel de Montjoye é o principal da peça; à roda dele movem-se as outras personagens, como para lançar um fundo no quadro em que ressalta aquela enérgica figura. O papel de Cecília, um dos tipos mais suaves de graça e de ingenuidade é representado pela sra. Adelaide com um talento a que o público fez justiça. A cena em que o pai lhe fala do casamento, e a que se segue, com Jorge de Sorel, merecem da parte da crítica sinceros aplausos: é difícil ser tão ingenuamente ingênua como a distinta artista o foi. A dor e a angústia daquela situação em que Cecília vê entrar no pátio o amante ferido foram reproduzidas por um grito e por um movimento fisionômico cheio de verdade.

Vai-se-me acabando o papel e minguando o espaço. Não entrarei em minuciosa análise dos outros papéis. Farei menção especial da mulher de Montjoye, papel que a sra. Clélia representou com muita distinção. Os srs. Sales Guimarães e Paiva merecem menção especial nos papéis de Saladin e Tiberge; talvez haja alguma coisa a exigir do sr. Monclar em uma ou em outra cena, mas esse artista soube em geral haver-se tão bem que eu prefiro adiar as observações para o caso de reincidência. Uma primeira representação pode desculpar algumas faltas. É por isso que eu me abstenho de referir outras que achei no resto dos papéis.

M. A.
Diário do Rio de Janeiro, 17 de outubro de 1864

Se há nesta boa cidade do Rio de Janeiro algum Homero disponível

Se há nesta boa cidade do Rio de Janeiro algum Homero disponível, é chegada a ocasião de ilustrar o seu nome, e mandar um homem à posteridade.

Canta, ó deusa, a cólera do presidente Lopez!

O presidente Lopez não quis deixar passar esta ocasião de brilhar; conseguiu apanhá-la pelos cabelos. Era a mais propícia para trazer à tona da água os seus sentimentos de liberdade, de independência e de democracia — três vocábulos sonoros que têm conceituado muita gente, debaixo do sol.

Dizia-se há muito que o presidente Lopez nutria pretensões monárquicas e preparava o terreno para cingir um dia a coroa paraguaia; mas s. excia. é, antes de tudo, democrata americano; onde quer que ouça gemer a democracia americana — não hesita — pede a sua espada de Toledo, cinge o capacete de guerra e dispõe-se a ir verter o sangue em defesa da mãe comum.

Democracia americana naqueles climas quer dizer: companhia de exploração dos direitos do povo e da paciência dos vizinhos. Déspotas com os seus, turbulentos com os estranhos, sem grandeza moral, sem dignidade política, incapazes, presumidos, gritadores, tais são os pretendidos democratas de Montevidéu e da Assunção.

É uma santa coisa a democracia; não a democracia que faz viver os espertos, a democracia do papel e da palavra, mas a democracia praticada honestamente, regularmente, sinceramente. Quando ela deixa de ser sentimento para ser simplesmente forma, quando deixa de ser ideia para ser simplesmente feitio, nunca será democracia — será espertocracia, que é sempre o governo de todos os feitios e de todas as formas.

A democracia, sinceramente praticada tem os seus Gracos e os seus Franklins; quando degenera em outra coisa tem os seus Quixotes e os seus Panças. Quixotes no sentido da bravata. Panças no sentido do grotesco. Arreia-se então a mula de um e o rocinante de outro. Cinco palmos de seda, meia dúzia de vivas, uma fila de tambores, é quanto basta então para levar o povo atrás de um fanfarrão, ao ataque de um moinho ou à defesa de uma donzela.

Donzela! Nem isto mesmo encontra agora o cavaleiro paraguaio. Aquela por quem ele vai fazer reluzir a espada ao sol, não cinge a coroa virginal. É a matrona arrancada ao sono e entregue aos afagos brutais da soldadesca. O que perdeu em viço ganhou em desenvoltura. As mãos torpes e grosseiras dos seus adoradores deram-lhe um ar desvergonhado e insolente. Tal é a heroína ameaçada, a favor de quem vai combater, com a lança em riste, o cavaleiro de la Mancha.

Pobre heroína! pobre cavaleiro!

Mas o cavaleiro está de boa-fé. Todo o seu desejo é o de equilibrar o rio da Prata. Opor uma barreira às invasões imperialistas, eis o dever de um bom democrata americano, que ama deveras a liberdade e quer a independência da livre América: vinte quilômetros de baboseiras neste gosto, como se diz na comédia *Montjoye*.

Para isto o cavaleiro paraguaio convoca as multidões, prepara as manifestações públicas, fala-lhes a linguagem da liberdade e do valor. Tudo se extasia, tudo aplaude; corre uma faísca elétrica por todos os peitos; uma centelha basta para inflamá-los; ninguém mais hesita; todos vão depor no altar da pátria o óbolo do seu dever — os homens o seu sangue, as mulheres a sua honra.[1]

É um delírio.

Devem tomar-se a sério estas demonstrações? Devemos estremecer à notícia do aspecto bélico do *equilibrista* paraguaio? Ninguém responderá afirmativamente. Só em Montevidéu é que ninguém ri do presidente Lopez e do entusiasmo de Assunção. A razão é clara. Confederam-se os espertos e os impotentes para a obra comum de salvar uma democracia nominal, sem a força da dignidade nem o alento da convicção.

Quanto aos infelizes povos, sujeitos aos caprichos de tais chefes, se devemos lamentá-los, nem por isso deixaremos de reconhecer que a Providência consente às vezes na dominação dos Lopez e dos Aguirres, como flagelos destinados a fazê-los pagar, pelo abatimento e pelo ridículo, a fraqueza de que se não sabem despir.

---

[1] É o que, segundo uma correspondência do *Correio Mercantil*, declarou o *Semanário*, de Assunção.

O presidente Lopez — que eu continuo a recomendar a algum Homero disponível — entra com direito nos assuntos amenos da semana.

Foi ele, com efeito, um dos assuntos mais falados depois da chegada das últimas notícias, relativas à aproximação de forças paraguaias.

Fora disso tivemos apenas uma preocupação: a das festas que se hão de celebrar hoje e amanhã por motivo do casamento de s. a. imperial.

Os augustos consortes devem chegar hoje de Petrópolis. Preparam-se festas que, além das cerimônias oficiais da corte, constarão dos espetáculos de gala e da iluminação das casas, arcos e coretos.

O Rocio, segundo se diz, tomará novo aspecto, diverso daquele que apresentava no dia 15. Quanto ao arco da rua Direita, que no dia 15 ainda se achava *em trajes menores,* trata de vestir-se aceleradamente para os dias de hoje e de amanhã.

Só uma das festas do programa fica adiada: a ascensão do aeronauta Wells. Noticiei no meu folhetim passado que uma dama americana pretendia acompanhar o sr. Wells, na sua excursão ao ar. Segundo me afirmam agora, irá igualmente com o corajoso Wells uma brasileira. É uma glória que não deixarei de mencionar nestas páginas.

Mas que farão os homens? Deixarão acaso que o sexo frágil, o sexo das cinturas quebradiças, o sexo dos desmaios, o sexo excluído da guerra, da urna, da Câmara, o sexo condenado a viver debaixo dos tetos, ao pé das crianças, deixarão acaso, pergunto eu, que este sexo apresente um tal exemplo, sem que atrás dele corra uma legião de homens?

Faço simplesmente a pergunta.

Prepara-se no Teatro Lírico, o *Haroldo,* de Verdi. Durante a semana houve apenas um espetáculo, creio eu; cantou-se o *Baile de Máscaras.* A representação em geral correu bem. Mereceram as honras da noite o soprano e o tenor. Quanto ao novo contralto, sem condená-la inteiramente, a opinião geral é que devem haver novas provas para um julgamento definitivo. Afigura-se-me que a artista, cuja voz está longe de ser condenada, sair-se-á bem nas provas requeridas.

A pressa obriga-me hoje a muito pouca demora nos assuntos e nenhum cuidado no enlace necessário entre eles.

Ainda não tive ocasião de falar de Emília das Neves, na nova peça em que atualmente representa, *Adriana Lecouvreur.*

Como o objeto principal, direi mesmo exclusivo, da concorrência pública, é a eminente artista, acontece que ainda não mencionei um grande melhoramento que se observa nos espetáculos dramáticos no Teatro Lírico.

Refiro-me ao vestuário e aos arranjos de cena, em que se nota sempre muita propriedade e asseio, e muitas vezes um luxo a que não andávamos acostumados.

A representação da comédia de Scribe foi uma ocasião que tivemos de apreciar este melhoramento tão reclamado.

Emília das Neves é uma artista julgada. Vimo-la já no drama, na tragédia e na comédia. Já sabemos a medida do vasto talento que ela possui; mais de uma vez o reconheci.

No papel de *Adriana* teve esse talento uma ocasião mais para manifestar-se com todos os seus recursos. O diálogo familiar da comédia, o monólogo apaixonado do drama, receberam dos lábios da eminente artista aquela vida e sentimento, que ela sabe empregar com tanta natureza e tanta arte.

No desempenho do papel de *Adriana*, crescem as belezas, à proporção que cresce a paixão e à proporção que o drama vai surgindo do meio dos galanteios da comédia.

O quinto ato é a situação suprema da artista. Aí, nas poucas cenas que tem, pode dizer-se que resgataria os quatro atos anteriores, se acaso já nos não houvesse dado nesses atos muitas belezas de bom quilate. A cena da morte é feita com rara perfeição. Os aplausos que lhe deram foram merecidos. Uno os meus aplausos sinceros aos do público. A cena deveria ser talvez um pouco mais rápida, embora fosse menos real; mas não seria decerto mais admirável no ponto de vista da verdade e da observação com que a eminente artista nos pinta aquela suprema angústia.

Fala-se em diversas peças que hão de subir à cena. A crítica e o público esperam, sem dúvida, com muita ansiedade, novas ocasiões de dar ao talento de Emília das Neves os aplausos a que ela tem incontestável direito.

Este assunto dá certamente para muitas linhas ainda, mas eu não devo esquecer que tenho hoje um hóspede em casa, e que é tempo de apresentá-lo ao público.

Joaquim Serra não é decerto um nome desconhecido aos leitores dos bons escritos e aos amigos dos talentos reais. J. Serra é um jovem maranhense, dotado de uma bela inteligência, que se alimenta dia por dia com sólidos estudos. A imprensa literária e política do Maranhão conta muitos escritos valiosos do nosso distinto patrício. J. Serra é hoje secretário do governo da Paraíba do Norte.

A morte de uma ilustração nacional, Odorico Mendes, filho do Maranhão, como ele, não deixou de lhe inspirar algumas linhas de saudade e de admiração. Como colega e como amigo, não me quero furtar ao desejo de reproduzir aqui essas linhas inspiradas e sentidas.

Os leitores me agradecerão, decerto, a lembrança da publicação e a justiça que faço ao autor.

Diz J. Serra:

> *A Sotero dos Reis.*
> *Uma a uma se vão precipitando no báratro as mais fulgurosas estrelas do grande império do Cruzeiro.*
> *Longe, bem longe dos arrebóis de sua terra, lá nas brumosas campinas transatlânticas, repousa o velho peregrino, e venerando proscrito da pátria de Gonçalves Dias!*
> *Silêncio! Nem sequer venha o ruído de um gemido despertar o exausto caminheiro, que descansa à sombra dos ciprestes!*
> *Foi rude e penosa a sua jornada; mais rude e mais penoso ainda foi-lhe esse cerrar de olhos longe das brisas que lhe embalaram*

o berço, e que não lhe puderam roçar pelos cabelos no doloroso momento da última agonia.

Estalou-se melancolicamente a corda harmoniosa da harpa inspirada do Virgílio cristão! Os sons angélicos de seu último lamento foram reboando, de eco em eco, desde as planícies verdejantes da antiga Lavino e por sobre o cerúleo azul da vaga Jônia, até os saudosíssimos campos da Dardânia.

Silêncio! Nem um gemido desperte o velho peregrino, que dorme sem os pesadelos dos antigos sonos, risonho e plácido depois de um lidar tão suarento!

A nobre fronte de poeta, a abençoada cabeça de apóstolo não reclina-se no regaço da amizade, nem achou recosto na terra querida da pátria.

Embora; descanse ainda entre as neblinas dessa gélida terra, o fatigado romeiro que trabalhou sem cessar e que nunca pesou no solo da pátria.

Desde a hora da libertação, na antemanhã de nossas glórias, com o verbo e com a lira, ele, poeta e herói, foi sempre o mais denodado na refrega.

As sombras do crepúsculo acharam-no ainda no labor; e, posto o sol, foi tempo que ele repousasse. Não pôde alcançar o seu lar no longo rodeio, que o infortúnio o obrigou a fazer.

Enfraqueceu além, e além tombou. Silêncio! que ele não seja interrompido no seu sono.

Despe as tuas galas, risonha ilha de S. Luís; cobre-te de dó e de tristezas, que o teu poeta, o teu orgulho e o teu herói já não são teus!

Como a Raquel do livro santo, tu nem podes ser consolada!

Morrem pela segunda vez os bardos de Mântua e de Ílion, e agora o trespasso vai abalar a terra virgem do Amazonas!

Silêncio! nem as nênias saudosas desta terra, nem a apoteose sublime de além-túmulo despertam o peregrino adormecido.

Silêncio e paz.

M. A.
Diário do Rio de Janeiro, 24 de outubro de 1864

Houve domingo dois eclipses

Houve domingo dois eclipses: um do sol, outro do folhetim. Ambos velaram a sua face: um, aos olhos dos homens, outro aos olhos dos leitores. No caso do primeiro, houve uma lei astronômica; no do segundo, foi simplesmente um princípio de estratégia. Que olhos se guardariam para o folhetim, se todos estavam ocupados em ver o fenômeno celeste, através de vidros enfurnados?

Há inexatidão em dizer que o sol velou a sua face. Não foi inteiramente assim para a nossa região. Apenas umas sete partes ficaram cobertas; a luz e o calor diminuíram nessa proporção; o sol tornou-se triste, como à hora do poente, em uma campina devastada e deserta; ou, para voltar do avesso uma figura de Hoffmann, triste como o sorriso de um velho, nos últimos dias da existência. Durou pouco o fenômeno; no fim de algum tempo a luz readquiriu o seu fulgor habitual.

Afora os poetas, que mais tarde ou mais cedo tecem um canto ao grande astro, e os astrônomos, que têm por timbre científico examiná-lo em todos os aspectos, não há ninguém debaixo do sol, que o admire nos dias ordinários. Mas anuncie-se um eclipse; ver-se-á toda a gente improvisar os meios de assistir cá debaixo ao escurecimento do disco solar. Todos querem vê-lo nessa fase de desfalecimento em que parece disposto a nunca mais abrir as suas fontes de luz.

É certo, porém, que, eclipsado embora, ninguém o vê a olho nu, mas sim por meio de objetos expressamente preparados. Aquele Luís XIV, mesmo nos seus colóquios com a celeste Maintenon, mesmo nas horas em que deixa de ser rei para ser amante, não consente que o olhar humano possa encará-lo de frente.

Embalde os sábios afirmam que ele tem manchas, sem dúvida para não desconsolar a nossa humanidade das muitas que ela tem; ainda assim, manchado e eclipsado, o sol é sempre o grande astro que ninguém ousa encarar, o astro que ilumina, mas cega, o astro que aquece, mas queima.

Há tantos mil anos assiste ele ao nascimento, vida e morte de todos os homens, aos sucessos de toda a casta, às conquistas guerreiras, cujos heróis são comparados a ele, posto que ele não tenha nem a crueldade, nem a parvoíce dos conquistadores, às grandezas e aos abatimentos, às perfídias dos povos e dos homens, às lutas estéreis por honras de convenção, ao desmembramento das nações a pretexto de equilíbrio, à sanção dos fatos consumados — assiste a tudo isso impassível, mudo, regular, exato como relógio universal que é, vendo alçar tudo e tudo desabar, sem a menor comoção, nem o menor desmaio.

Será por vergonha ou por cólera que ele esconde a face, de quando em quando? Os sábios dizem que não. O povo, sempre poeta, no meio do prosaísmo, tem duas expressões para definir os eclipses: ou é o casamento da lua e do sol; ou é a briga do sol e da lua.

O casamento explica-se por si; quanto à briga, é tão poética a expressão como a primeira; parece realmente que uma rixa conjugal deve estender um véu sobre o casamento.

Os antigos — todos sabem — tinham os eclipses como presságios funestos. Se a superstição antiga pode prevalecer, que sucesso funesto nos anuncia o eclipse de domingo? Os nossos vizinhos orientais, que tiram partido de tudo, são capazes de atribuir ao sol opiniões contra o Império, calúnia evidente, pois que é ele quem faz as nossas estradas e seca as nossas ruas. Lembra-me ter lido nos *Incas,* livro de Marmontel, que um eclipse decidira uma batalha: aviso aos soldados brasileiros.

No dia de hoje é que o sol não pode deixar de ostentar-se em todo o seu fulgor. É o dia da maior glória do céu, porque é o dia de todos os santos — os santos de todos e os santos de cada um.

A lembrança do dia que é levou-me a reler o sermão do padre A. Vieira, pregado no convento de Odivelas, fazem hoje 221 anos. Aquela *boca de ouro* falava de modo a tirar à gente o gosto de falar mais, mesmo em folhetim, onde havia muito que dizer a propósito dos santos e dos meios de o ser.

O velho jesuíta fala largamente dos meios de ser santo; indica os que são próprios e cita os melhores exemplos. A pintura que ele faz dos primeiros martírios é de uma dolorosa verdade; nada falta, nem as cruzes, nem os touros de bronze, nem os banhos ferventes e gelados, nem as árvores que rasgavam os corpos, nem a taça de chumbo derretido, nem a unção de greda e enxofre, nada falta do fúnebre aparelho, com que os primeiros pregadores da Igreja fizeram jus à palma da canonização.

O que, porém, é doloroso e triste, é ver que a glória de ser santo tende a ir diminuindo. Para isso basta lançar os olhos à história dos papas. À proporção que nos afastamos dos primeiros tempos vão decrescendo as canonizações pontifícias. Todos os primeiros chefes da Igreja estão na lista dos santos que se comemoram hoje; mas, de certa época em diante, raro pontífice subia da cadeira de são Pedro ao trono da bem-aventurança dos santos. Os vigários de Cristo fazem santos, mas já não podem sê-lo — observação digna de ser meditada.

Que diferença entre o primeiro e o último! O primeiro depois de uma vida de suplícios por amor de Cristo, morre pregado em uma cruz, de cabeça para baixo, por uma piedosa repugnância de morrer como o divino mestre; o último come tranquilamente os réditos dos Estados pontifícios, conversa política com os diplomatas, e combina os meios de ter mais dois ou três palmos de terra, além dos sete que lhe hão de competir por morte.

Ora, nestes tempos de tibieza religiosa, é que os chefes e subchefes da Igreja deviam perder um pouco dos cômodos e regalias da vida, até porque dariam coragem ao cristão indigente que, à hora em que nas mesas pontifícias fumam os acepipes, não sabem como hão de iludir as exigências do estômago.

Não vão os leitores tomar à letra tudo quanto tenho dito; ninguém morre crucificado no tempo em que se não crucifica, nem vai lutar com os touros, depois que a luta dos touros tornou-se um prazer da gente civilizada. Nem é essa a condição essencial para ser santo. É ter o coração limpo, diz o padre Vieira, e neste ponto, com ajuda do padre e de são Bernardo, exorto a todos os meus leitores, no dia de hoje, cuja festa o referido pregador português define nestas belas palavras:

> A festa mais universal e a festa mais particular: a festa mais de todos e a festa mais de cada um, é a que hoje se celebra e nos manda celebrar a Igreja [...]. E este mesmo dia tão universal e tão de todos, é também o mais particular e mais próprio de cada um; porque hoje se celebram os santos de cada nação, os santos de cada reino, os santos de cada religião, os

santos de cada cidade, os santos de cada família. Vede quão novo e quão particular é este dia. Não só celebramos os santos desta nossa cidade, senão cada um de nós os santos de nossa família e do nosso sangue. Nenhuma família de cristãos haverá tão desgraçada, que não tenha muitos ascendentes na glória. Fazemos, pois, hoje, a festa a nossos pais, a nossos avós, a nossos irmãos, e vós que tendes filhos no céu, ou inocentes ou adultos, fareis também festa a vossos filhos. Ainda é mais nossa esta festa porque se Deus nos fizer mercê de que nos salvemos, também virá tempo, e não será muito tarde, em que nós entremos no número de todos os santos e também será nosso este dia. Agora celebramos e depois seremos celebrados; agora nós celebramos a eles, e depois outros nos celebrarão a nós.

Isto dizia o padre Vieira, no convento de Odivelas, no ano da graça de 1643, duzentos e vinte um anos antes da publicação do *Cruzeiro do Brasil*, folha em que, de envolta com a tortura da língua do grande jesuíta, ataca-se por todas as formas a dignidade de consciência humana, e onde de quando em quando se escreve uma linha em honra do Tibério do século XIX. Talvez que a última convenção de Turim altere um pouco os sentimentos do *Cruzeiro,* nesta última parte.

Demos agora um pulo.

Vão se retirando para os seus penates as famílias dos arredores que o vapor conduziu por terra e por mar, a fim de assistirem às festas do casamento de sua alteza imperial.

Essas festas foram realizadas no meio da geral animação. Poucas vezes se tem visto tanta gente na rua. As ruas irradiavam de luz, e as pedras gemiam debaixo dos pés da gente; tudo se encontrava e se abalroava, mas sem a menor desordem, nem a mais ligeira perturbação.

As construções improvisadas para as iluminações públicas eram boas ou más? Ouço daqui murmurar esta pergunta, e sinto-me embaraçado para responder-lhe. As opiniões a este respeito, como em tudo, dividiram-se. Uns achavam-nas magníficas, outros péssimas. Se houvéssemos de reduzir o juízo a uma discussão de todos, não haveria campainha de presidente que moderasse os ânimos.

O que é certo é que as construções tinham por si a escassez do tempo; mas, se o tempo não lhes permitiu maiores louçanias, não prevalece a mesma razão para a suprema falta de gosto. Fossem mais singelas, mas não desrespeitassem as leis do gosto. Está claro que eu excluo destas observações a iluminação do Gás, à qual não há que se dizer. Acrescentarei igualmente que o pavilhão um tanto fantástico do largo do Paço apresentava um aspecto elegante.

As festas do casamento imperial não acabaram no dia 25. Ainda na sexta feira houve no Ginásio uma festa dada em comemoração do mesmo casamento.

Os meus leitores hão de lembrar-se de que em junho deste ano, dei notícia de uma bela tentativa, realizada por algumas damas e cavalheiros da sociedade de São Cristóvão. Foi a execução do *Ernani* por amadores, no teatrinho daquela localidade. O talento e o esforço conseguiram realizar tão bela ideia. O imenso auditório que então assistiu à representação aplaudiu o esforço e o talento.

As mesmas pessoas resolveram repeti-lo agora, no Teatro Ginásio, em comemoração do casamento da herdeira da coroa, com assistência da família imperial.

Como os heróis de que fala Tácito, brilhei pela minha ausência; mas fui informado por pessoas insuspeitas que a festa mereceu os aplausos que teve; a representação do Ginásio esteve na altura da primeira tentativa e algumas vezes acima.

A orquestra e os coros, sobretudo, ouvi eu louvar como dignos do mais alto conceito.

Tanto os coros, como a orquestra, eram compostos de amadores escolhidos. Ficava assim a sociedade no palco e na plateia; o teatro convertia-se em salão; executava-se uma ópera de Verdi, como se executaria ao piano um trio de Weber, ou uma sonata de Mozart, entre uma valsa e uma xícara de chá.

Tais diversões não se repetem todos os dias; não são coisas fáceis, porque demandam muita aplicação e estudo; mas é para desejar que os diretores da festa de sexta-feira não adiem para muito longe a repetição de uma noite tão agradável como aquela.

Devo mencionar que o objeto da festa foi explicado em algumas palavras, proferidas de um camarote pelo sr. dr. Leonel de Alencar.

Estreou no Teatro Lírico a sra. A. Murri. Não é uma artista de primeira ordem; mas possui uma voz sã, embora fraca; e é dotada de certa graça e conhecimento de cena. Cantou no *Elixir de amor.*

Estou que os leitores terão gosto em fazer algumas considerações acerca de um fato altamente significativo, ocorrido há coisa de 40 dias, em Porto Alegre.

É hoje difícil — mesmo nos países em que o duelo ainda não saiu dos costumes — que um amigo se bata por outro amigo. A espada só se despe em favor do dono; a pistola só vomita uma bala em defesa daquele que a foi comprar ao armeiro. Pode-se dizer que é um sentimento de gratidão pessoal da parte das pistolas e das espadas.

Mas, se um amigo não só pode fazer alçar a pistola do amigo, outro tanto não pode dizer um cão. Foi um cão, quem armou o braço de um caçador em Porto Alegre. Caçava este e mais outros nos arredores da cidade; um moço, Hugo Heitmann, munido de uma espingarda de dois canos e acompanhado de um mastim, passou por eles; deteve-se mesmo a conversar com um dos caçadores. Separaram-se, e daí a pouco ouviu-se um tiro: um dos cães da matilha dos primeiros caçadores jazia banhado em sangue.

Um grito de indignação surgiu do grupo; nada, porém, se pronunciou que ofendesse o delinquente; somente um dos caçadores foi no dia seguinte tratar de obter uma reparação cabal. Mas, como o pai de Hugo interviesse, em vez de um desenlace mais romântico, a pendência passou para os trâmites prosaicos de um processo judicial.

Longe de mim a ideia de contestar o direito do caçador, cujo cão foi assassinado, nem desconceituar a legitimidade da sua queixa.

Se noto o fato é para deixar bem patente que agora, mais que nunca, o cão vai adquirindo a elevada posição de amigo do homem; tão amigo, que o homem faz por ele o que ordinariamente não faz por seus semelhantes.

Uma coisa não ocorreu ao caçador em questão, e é que, se o cão não tivesse sido assassinado por Hugo, talvez um dia viesse a danar, e fosse o dono a primeira vítima dele — costume em que os cães não são originais, porque já o imitaram dos seus amigos homens. Nada é novo debaixo do sol, diz o livro do Eclesiastes.

M. A.
Diário do Rio de Janeiro, 1º de novembro de 1864

Quisera lembrar-me neste momento

Quisera lembrar-me neste momento o nome do autor de quem me ficou este verso:

La paresse est un don qui vient des immortels.

Quem quer que sejas, ó poeta — vivo ou morto, obscuro ou celebrado —, daqui te envio um protesto de reconhecimento profundo e admiração eterna.

Porquanto, eu estava assaz confuso a respeito do modo por que havia de legitimar o meu estado indolente, e não achava, nem no meu espírito, nem na minha memória, expressões capazes de me absolver aos olhos dos leitores.

Graças ao teu verso, estou inteiramente salvo; é na própria linguagem dos deuses, que os deuses me absolvem. Que os leitores os imitem na clemência, como o folhetim os imita na preguiça, e as sete colunas que se vão ler escaparão à censura que merecem, por milagre do meu poeta deslembrado.

É certo que os deuses deviam ficar um tanto espantados no dia em que saiu da cabeça do referido autor aquele verso de absolvição para os indolentes. Quem dotaria os mortais com tão precioso dom? Os deuses eram uns rudes trabalhadores, quer servissem os mortais, quer lhes amassem as mulheres; o javali de Erimanto, o touro de Europa, o rebanho de Admeto, e muitos outros símbolos mostram que a profissão dos deuses não era então uma sinecura como alguns empregos da nossa época sem templos, nem oráculos.

Bom tempo o dos oráculos! Não se escreviam então folhetins, faziam--se. Um pórtico ou cerâmico ou uma sala de *hetaira* — à hora de Febo ou à hora de Cíntia — eram azados para aquelas confabulações aprazíveis, semeadas de sal ático, sem compromisso com leitores, sem colunas limitadas, sem horas de preguiça.

Tudo desapareceu com os tempos; rasgamos a clâmide em honra da casaca — espécie de asas de gafanhoto, menos a cor; entramos a lavrar as terras da prosa, cheios do mesmo ardor com que o filho de Alcmene lavava o curral de Áugias.

Bom tempo o dos oráculos!

Vou cortando muito mar nestas digressões da fantasia, mas não pode ser de outro modo, quando o céu sombrio e nevoento me lança um olhar aborrecido através das vidraças. O céu triste faz-me triste, como a melancolia da mulher amada entristece o espírito do amante. É bom dizer isto para que não se atribua este amor pelo tempo dos oráculos a uma tibieza do meu espírito católico.

Esta observação leva-me a tocar de passagem num assunto de que tive conhecimento pelo paquete francês, e de um salto caio das recordações de um tempo poético para as considerações da pior prosa deste mundo, que é a prosa clerical.

Trata-se de monsenhor Pinto de Campos. *A tout seigneur, tout honneur.*

Monsenhor Pinto de Campos acaba de escrever uma carta, em resposta a outra que lhe foi dirigida pela direção do Gabinete Português de Leitura no Recife, e que o *Diário de Pernambuco* publica, declarando aderir, como católico, à doutrina que ela contém.

O Gabinete consultou monsenhor Pinto de Campos sobre se devia admitir nas suas estantes a *Vida de Jesus*, de Renan; monsenhor Pinto de Campos responde que não a devia admitir, por algumas razões que ligeiramente desenvolveu.

Os leitores encontrarão essa carta no fim. É uma iguaria com que desejo lisonjear o paladar dos amadores.

Não discuto a carta por duas razões:

1ª porque ela não é discutível;

2ª porque, mesmo que se quisessem examinar os argumentos de monsenhor Pinto de Campos, o folhetim não comportaria um largo desenvolvimento.

Mas, não posso deixar de chamar a atenção dos leitores para a doutrina e para a argumentação da referida carta. Hão de sentir-se tomados do mesmo pasmo que ela me causou.

Não é que eu me iluda acerca do arrojo do clero; a esse respeito estou mais que muito edificado; mas sempre acreditei que neste país ninguém ousaria, afora o *Cruzeiro do Brasil*, proferir tais doutrinas e tecer tais argumentos.

Monsenhor Pinto de Campos começa por aconselhar o exílio do livro, e acaba por insinuar a queima dele. Na opinião de s. revma. é o que devem fazer todos os *bons* católicos. Tal conselho nestes tempos de liberdade, nem mesmo provoca a indignação — é simplesmente ridículo.

Que teme por esse livro monsenhor Pinto de Campos? Ele mesmo declara que é um livro absurdo, onde a impiedade não raciocina com a lógica da impiedade de Strauss; o que provaria antes a necessidade de exilar o livro de Strauss e não o de Renan.

Eu de mim, digo que li a *Vida de Jesus* sem perder a mínima parte das minhas crenças; mas não fui queimá-lo depois da leitura, nem adiro, como o *Diário de Pernambuco,* às doutrinas de monsenhor Pinto de Campos.

Estou plenamente convencido de que as iras do clero, as injúrias dos livros e dos púlpitos tiveram grande parte no sucesso obtido pela obra de Renan. Neste ponto é impossível deixar de reconhecer que os refutadores foram de uma inépcia sem nome. Toda a gente quis ler o livro do Anticristo, e as edições foram sucessivamente esgotadas.

Todos sabem o que são essas injúrias e doestos, em completa oposição com a brandura evangélica. É coisa velha, e eu receio repetir uma observação de cabelos brancos.

"Começai, diz Pascal, por lastimar os incrédulos, que são muito infelizes; só se poderia injuriá-los no caso de que isso lhes servisse; mas, pelo contrário, faz-lhes mal."

Eu quisera que, num país livre e num tempo de civilização, ninguém se lembrasse de empregar essas ridiculezas sem utilidade. Infelizmente não é assim, e o paquete do norte nos trouxe a notícia de que há ainda um escritor do clero brasileiro convencido de que, fora da fogueira e do doesto, não há salvação para a Igreja.

Falando assim da carta de monsenhor Pinto de Campos, deixo de parte a intenção do Gabinete na consulta que fez a sua reverendíssima. Creio que a recente publicação de um opúsculo daquele sacerdote, onde se desenvolve muita soma de erudição, foi, sem dúvida, o que levou o Gabinete a pedir conselho sobre se devia ou não introduzir a *Vida de Jesus* nas suas estantes.

Não quero estender-me muito para deixar espaço à carta, que os leitores apreciarão em falta de coisa mais amena.

A mocidade de D. João V é um drama extraído do romance de Rebelo da Silva, que tem o mesmo título. Todos sabem disso e sabem todos também que ele se representou na segunda-feira passada, no espetáculo dado para solenizar o aniversário natalício do rei de Portugal.

Menciono o fato sem adiantar coisa alguma; não assisti à representação comemorativa, e tive a infelicidade de achar o teatro fechado na noite da segunda representação.

Mas tive compensação à falta. Se não vi Emília das Neves debaixo da figura do rei *D. João V,* vi-a depois no desempenho do papel de Margarida Gauthier. Aplaudida já na tragédia, na alta comédia, no alto drama, Emília das Neves quis mostrar o seu vasto talento no papel da *Dama das Camélias.* Em minha opinião, é esse um dos seus melhores desempenhos; creio ser essa também a opinião do público, que a aplaudiu calorosamente.

Vê-se que ela estudou conscienciosamente os sentimentos que devia reproduzir; a paixão cresce por meio de uma gradação bem compreendida e bem desempenhada; a expansão dos sentimentos casa-se a uma arte serena e refletida. Não citarei belezas por não alongar-me, nem elas são para se contar, mas lembrarei, entre outras, todas as cenas com Armando e a cena com o velho Duval, no

3º ato. Citarei ainda o monólogo desse ato, depois da entrevista com o velho, e finalmente a cena do espelho no 5º. É o que me lembra ao correr da pena.

Dando ainda uma vez os meus sinceros aplausos à eminente artista, espero nova ocasião de os repetir.

Também no Ginásio se representou a *Dama das Camélias,* fazendo o papel de Margarida Gauthier a distinta artista d. Adelaide Amaral. Não pude assistir à representação. Se houver segunda lá irei.

Deveria falar igualmente num drama que representa atualmente a Boêmia Dramática, *Dor e amor.* Dizem-me ser uma composição de pequeno alcance literário, mas ornada de boas situações e cenas verdadeiramente comoventes. Foi nesse drama que estreou o sr. Dias Guimarães, inteligente artista, entrado há pouco naquele teatro.

Na próxima semana resgatarei estas duas faltas.

Agora, para que os leitores entrem já no gozo de uma página amena, vou pingar o ponto final, e dar a palavra a monsenhor Pinto de Campos:

> *Ilmo. sr. José da Silva Loyo. — Passo a responder à estimada carta que v. s. me dirigiu em data de ontem, na qual teve a bondade de consultar-me sobre a conveniência ou desconveniência de ser admitido nas estantes do* Gabinete Português de Leitura *o livro de Ernesto Renan, que tem por título* Vida de Jesus. *E louvando antes de tudo os justos escrúpulos de v. s., que de modo tão significativo patenteiam a piedade de seus sentimentos, dir-lhe-ei que, sem embargo de reconhecer quão destituída de autoridade é a minha palavra, para servir-lhe de regra no presente ensejo: todavia, fiel ao hábito em que estou de emitir com franqueza a minha opinião, sem me importar muito com as emergências ulteriores de sua livre manifestação, releva declarar a v. s. que a obra de Renan é um grito de impiedade contra a natureza divina de Jesus Cristo e por conseguinte contra a origem espiritual e celeste da religião que 19 séculos têm professado, como a única verdadeira. É, pois, afagar um livro tal, colocá-lo na biblioteca de um estabelecimento literário, cujos membros e diretores pertencem à comunhão católica, é, se não aderir, mostrar pelo menos tendência a abraçar as monstruosas conclusões aí contidas; é, em todo caso, uma irreverência sacrílega para com o Filho de Deus, cuja divindade é negada por esse espírito das trevas chamado Ernesto Renan, o qual, sobre ser ímpio e blasfemo, é péssimo argumentador. O seu livro é um acervo de contradições, de incoerências e paralogismos de todo o lote.*
>
> *Afastando-se da escola mítica da Alemanha, Renan, sem a mesma originalidade e habilidade de absurdos, que distinguem Hegel e Strauss, duas inteligências pervertidas, mas assombrosas em erudição, deles copiou boa parte dos despropósitos e blasfêmias que assoalha. Digo que se afasta da escola mítica, porque*

negando a divindade de Cristo e autenticidade de seus milagres, admite contudo a existência material de ambos os fatos, a saber: reconhece que Jesus Cristo existiu, não como Deus, mas como puro homem; reconhece por igual que se deram todos os fatos milagrosos referidos nos Evangelhos, mas que todos esses milagres são explicáveis, e explicados pelas leis naturais, e que portanto despem-se de todo o caráter do sobrenaturalismo! Hegel e Strauss foram mil vezes mais consequentes. Negaram a conclusão porque negaram o princípio. Sabiam que, desde que admitissem a realidade histórica de Jesus Cristo, seriam forçados a reconhecer a sua divindade; porque ninguém contempla a figura do Filho do homem sem reconhecer nela um raio de beleza infinita, um milagre de perfeição divina.

Na cristologia, e filosofia de Hegel, que serviu de base ao livro do dr. Strauss, e, mais tarde, ao de Renan, o cristianismo se converte em um ideal, criado pela humanidade, de modo que Jesus Cristo não é o autor do cristianismo, mas o cristianismo o criador de Jesus Cristo! Strauss aplicou a famosa dialética hegeliana aos Evangelhos, e todo o sistema do cristianismo ficou reduzido a uma série de mitos. A história, diz ele, desaparece de toda a parte onde o maravilhoso se apresenta; porque, sendo o milagre intrinsecamente impossível, toda a narração que o contém não pode ser história. O Evangelho é um tecido de milagres; ora, os milagres são impossíveis, logo impossível é também a história deles, e por consequência tal história não existe; não pode deixar de ser um mito.

Em tudo isto há erro, audácia e impiedade; mas há coerência. Strauss quis ser lógico. Não pode compreender a metafísica do milagre, ou a ação soberana de Deus, julgou que saltava a dificuldade negando tudo. Mas Renan! isso é um encadeador sutil de filigranas, cujo falso ouropelismo não resiste à análise. Quis imitar a Celso e Porfiro, mas ficou muito atrás na diabólica argumentação. Só conseguiu provar a atividade incansável com que Satanás procura desvairar, e perder os que lhe não resistem fortes na fé: Resistite fortes in fide.

Podia ir longe na demonstração dos erros heréticos de Renan, se me permitissem os estreitos limites de uma carta escrita sob a pressão da urgência. Insisto, porém, em estabelecer como uma verdade, de consciência, que a leitura — e o apreço do livro de Renan — é um tributo involuntário, se não sincero, ao príncipe das trevas, que aliás, mais lógico que Renan, reconhece, ainda que a seu pesar, a divindade de Jesus Cristo, o melhor e o mais extremoso amigo e benfeitor dos homens.

Napoleão I, encontrando em mão de um seu general um opúsculo em que o imperador era bastante ultrajado, disse:

— General! quem lê o que contra mim se escreve, aprende a aborrecer-me.

Medite bem v. s. no que há de sublime neste pensamento, e o corrobore com a certeza de que, dentro em poucos minutos, chegava ao imperador a notícia de que o opúsculo era atirado às chamas, e conclua finalmente daqui qual deve ser o procedimento dos bons católicos em relação ao ímpio livro de que se trata, e que para nada lhe faltar, se acha condenado pela Igreja.

Sou com toda consideração — De v. s. amigo e obrigado.
Recife, 21 de outubro de 1864.
J. Pinto de Campos.

M. A.
Diário do Rio de Janeiro, 8 de novembro de 1864

O BOATO RECEBEU ESTA SEMANA UM DESMENTIDO SOLENE

O boato recebeu esta semana um desmentido solene. O dia 10, que se antolhava tempestuoso à imaginação pública, correu calmo e indiferente, como os mais dias. A cidade amanheceu em pé e de pé se conservou até hoje. O obituário foi regular; só a doença (e a medicina, acrescentaria Bocage) ceifou algumas espigas na seara humana.

Pobre boato!

Em compensação, se não acertou em uma coisa, afirma-se que acertará em outra — perde à banca, mas ganha ao voltarete.

Passo em silêncio essas outras coisas em que dizem que o boato acertará.

"Teoria do boato" é o título de um livro que ainda se não escreveu, e que eu indico ao primeiro escritor em disponibilidade. O assunto vale a pena de alguma meditação.

É que o boato — não me refiro ao boato das simples notícias que envolvem caráter público e interesse comum — é uma das mais cômodas invenções humanas, porque encerra todas as vantagens da maledicência, sem os inconvenientes da responsabilidade.

A verdade tem uma telegrafia mantida pelo Estado. O boato é a telegrafia da mentira. Algumas vezes esta acerta e aquela mente, mas é por exceção.

Quando um homem, por motivos de ódio, ou por simples pretexto de amizade, quer fazer correr a respeito de outro uma calúnia, começa por comunicá-la ao primeiro amigo que encontra, acrescentando tê-la já ouvido de outrem. O meio é infalível; dentro de uma hora o segredo tem corrido cem bocas, e está convertido em boato. Alguns simplórios têm mesmo o preconceito de que nada corre em público que não tenha um fundamento de verdade — preconceito que determina no espírito de alguns jurados a condenação de todos os que são acusados perante a justiça.

É sabido que a notícia de uma boa ação nunca passa de meia dúzia de ouvidos, isto por duas razões, a saber: a primeira, é que, como ordinariamente é o próprio autor quem a revela, com as devidas precauções da modéstia, o espírito revolta-se contra essa maneira de levantar uma estátua no coração do público; a segunda, é que uma boa ação nunca aparece ornada dos singulares atrativos de que se atavia uma ação escandalosa, nem possui aquele sabor apimentado que dá vontade de provar e dar a provar.

Deste modo as boas ações que praticamos não passam da nossa rua, mas as más ações que nos atribuem vão de um extremo a outro da nossa cidade. Esta é a regra — a exceção é o contrário.

Tudo isso graças a essa coisa misteriosa, cômoda, impalpável, veloz como o raio, como ele fulminante, a que se dá o nome de boato.

Neste ponto o leitor interrompe o folhetim e dispõe-se a saltar alguns períodos, se o folhetim continuar ainda neste assunto de boatos, a propósito do boato do dia 10.

Terá razão o leitor: quer uma revista da semana e não uma revista dos séculos. É à conta da pena que deve lançar estas divagações, que, uma vez escritas, não podem ser riscadas, sob pena de se perder tempo e papel.

O papel é nada, mas o tempo...

Quando os americanos inventaram este provérbio característico, mas infeliz — *time is money* — quiseram, entre outras coisas, avisar os leitores e os escritores de folhetim.

Um provérbio indiano fará remate às reflexões acerca do boato: o fogo tisna aquilo que não pode destruir, diz o provérbio, que mais tarde foi convertido em expressão célebre de um célebre político.

Em política é este provérbio uma das melhores armas, com a diferença de ter por apêndice outra arma tão valiosa, e que eu defino deste modo: o carmim enfeita o que não pode aformosear.

Sacrifico algumas reflexões que vinham já a sair dos bicos da pena, e volto aos assuntos da semana.

Um dos principais assuntos é, sem contestação, o concerto do violoncelista Carl Werner, que se efetuou sexta-feira, no Ginásio, diante de um público escolhido.

A imprensa já fez plena justiça ao talento do sr. Werner. É realmente um artista de primeira ordem, e honra o nome do artista de quem é discípulo.

Parece incrível que de um instrumento como o violoncelo se possam tirar sons tão delicados e tão límpidos, cantar com tanto sentimento e tanta melodia. O sr. Werner recebeu aplausos merecidos.

O sr. Werner acaba de chegar de uma viagem artística pela Suécia, Noruega e Dinamarca; foi uma viagem de triunfos. Agora empreende outra, que começa pelo Rio de Janeiro e seguir-se-á por algumas capitais do Prata e do Pacífico, México, China e Rússia.

É outra viagem de triunfos.

Dizem que o violoncelo é um instrumento ingrato; creio piamente que o é, mas acrescentarei uma reflexão: é que, se o violoncelo é ingrato, também o é a maioria dos talentos, que não dispõem de uma capacidade artística como o sr. Werner. Nas mãos de um artista como aquele o violoncelo é um milagre.

Outro concerto se realizou, no Teatro Lírico. Este é apenas uma espécie de estreia.

Hermenegildo Liguori é uma esperançosa vocação brasileira. Tem apenas 10 anos, mas dispõe de muito talento como pianista. Apresentou-se ao público fluminense, não como um artista completo, mas como uma vocação que carece de meios para ir aperfeiçoar-se. O público fluminense não é avaro destas demonstrações de apreço; correu ao Teatro Lírico e animou com os seus aplausos o interessante menino.

Em boa hora vá ele buscar no estudo detido e profundo a perfeição que falta aos dons que a natureza lhe deu.

É mui jovem ainda, tem uma vida diante de si, pode vir a ocupar um lugar eminente entre os bons artistas deste tempo.

Dos artistas passemos aos escritores; vamos do teatro ao livreiro.

Pouco tenho que dizer do pouquíssimo que houve na semana, ainda assim bastante, ainda assim muito, na capital do Império, onde se publicam livros como caem as chuvas em alguns pontos do norte — a grandes intervalos.

O manual do pároco é um livrinho do sr. cônego Fernandes Pinheiro, editado pela Casa Garnier. A mesma casa editou um volume de versos do sr. dr. J. Norberto, intitulado *Flores entre espinhos*.

O primeiro é um livro de suma utilidade, e que tem a rara vantagem de corresponder ao título, nesta época em que os títulos não correspondem às coisas.

Do segundo ainda nada posso dizer, pois que o não li.

Fica adiado para a semana.

Uma ocorrência da semana dava ainda margem para muitas explanações, mas eu não posso estender-me desta vez, visto que tenho um hóspede.

A ocorrência da semana a que me refiro foi o suicídio de um moço que, por fugir à vergonha, julgou preferível tomar o caminho da sepultura.

Seduções e maus conselhos o levaram a ir tentar a sorte em uma casa de jogo, onde perdeu o seu e o alheio, e da qual saiu para pôr termo aos seus dias.

É preciso uma grande soma de energia para extirpar este horrível mal das casas de jogo, onde a mocidade e a velhice perderão, noite por noite, todas as forças vivas de que é dotada, e toda a dignidade de que está revestida.

Sem querer e sem poder estender-me, deixo em branco as reflexões que estão a transpirar do fato. As casas de jogo estão entre as maiores imoralidades, contra as quais a polícia não devia cessar de empregar os seus recursos.

Acho mesmo que o castigo não corresponde ao delito de manter essas espeluncas.

Demos agora lugar ao hóspede.

Num dos meus folhetins passados inseri umas linhas do meu amigo J. Serra, em homenagem a Odorico Mendes, cuja morte todos deploramos.

Aqui vai agora uma poesia com que o mesmo talentoso amigo comemorou a morte do tradutor de Homero.

A poesia é oferecida a Gentil Braga.

Diz o poeta:

Odorico Mendes
(A Gentil Braga)

Plangente e triste o palmeiral sombrio
Soluça e geme, e molemente o rio
Na verde margem suspirando está...
Tangendo as cordas do rouquenho alaúde,
Ao coro triste minha voz tão rude,
Sentida e amarga misturada é já.

Longe da pátria que ilustrou com a lira,
Brasílio cisne lá se abate e expira
Entre as neblinas da brumosa Albion;
Dalém do oceano o sibilante vento
Traz do poeta o derradeiro alento
Como um perdido e gemebundo som!

Quebrando o elo, que a retinha unida
Ao triste encerro que se chama vida,
Sua alma d'anjo para o céu se alçou;
Entre as dúlias do imortal concerto,
Lá longe canta o que cantou tão perto,
Canções dulcíssimas qu'ele aqui soltou.

Bardo e tribuno, sempre grave e austero,
Tinha nos lábios o falar sincero
Que à turba move e seduz e atrai;
Hoje prostrado, se buscou repouso,
É que caíra como o tronco anoso,
Que lá nas matas se debruça e cai.

Era um poeta de uma raça extinta,
De musa altiva, que não vai faminta
Lá junto aos grandes se arrojar no pó...
Deu para muitos um exemplo novo,
Filho do povo sempre amou o povo;
Podendo tudo, viveu pobre e só!

Virgílio e Homero, lhe cedendo o passo,
E após sublime e fraternal abraço,
Quase vencidos o chamaram — irmão;
Na vasta fronte já rugosa e calva,
Do gênio o selo, do talento a lava,
Era-lhe auréola de imortal condão,

E hoje é morto o valoroso atleta,
Tribuno heroico, gigantesco poeta
Que tantas glórias à sua pátria deu!
Hoje esta terra, num cruel gemido,
Repete o eco que nos vem dorido
D'além oceano, que nos diz: morreu!

Plangente e triste o palmeiral sombrio
Soluça e geme, e molemente o rio
Na verde margem suspirando está.
Tangendo as cordas do rouquenho alaúde,
Ao coro triste minha voz tão rude,
Sentida e amarga misturada é já...

M. A.
Diário do Rio de Janeiro, 14 de novembro de 1864

As primeiras linhas desta revista são dirigidas a Teixeira de Melo

As primeiras linhas desta revista são dirigidas a Teixeira de Melo, autor das *Sombras e sonhos*, atualmente residente em Campos.

Meu caro Alexandre. — Lembrei-me há dias de ti, e parece que era um eco simpático, visto que também não há muitos dias te lembraste de mim. A distância não descasou os nossos espíritos, tão sinceramente amigos um do outro.

O que me fez lembrar de ti foi o silêncio e o isolamento a que te condenaste. Deixaste o bulício da corte, e foste esconder a tua musa no interior da província, sem saudade do que deixavas, nem confiança no que podia vir.

Ora, se te condeno pela falta de confiança no que te podia vir das mãos do futuro — e muito deve ser para um talento como o teu — aplaudo-te, no que se refere a não conservares saudades do que abandonavas, saindo da vida ruidosa deste centro, e procurando um refúgio ameno no interior da província.

Lá, segundo creio, estás a dois passos dos espetáculos divinos da natureza, cercado das alegrias aprazíveis da família, influenciado pelo olhar do filho e pelo olhar da esposa, quase feliz ou inteiramente feliz, como não é comum lograr neste mundo.

Ainda hoje, como outrora, como sempre, a alma do poeta precisa de ar e de luz; morre se as não tem, ou, pelo menos, desmaia no caminho. Vê daí que luta, que esforço, que milagre não é conservar a gente, o ideal e as ilusões, através desta lama podre em que patinha — verdadeiro consolo para os patos, mas tristíssimas agonias para os cisnes.

Que cisnes! e que patos! Como a maioria é dos últimos, os primeiros, ou têm a coragem de fugir-lhes e ir procurar águas mais límpidas e mais puras, ou então morrem asfixiados na podridão.

Há uma terceira hipótese a que não aludo por não desgostar ninguém.

Bem hajas tu, ó poeta, que tiveste coragem de ir buscar um refúgio para a musa. Não digo que onde quer que vás não encontres os mesmos homens, mas ao menos terás mais tempo de conversar com os cedros e os ribeiros, dos quais ainda nenhum te caluniou, nem te mentiu, nem te enjoou.

Mas, repara bem, se te invejo o isolamento a que te condenaste, não aplaudo o silêncio da tua musa, da tua musa loura e pensativa, de quem eu andei tão namorado outrora.

É que, se podes tomar uma resolução de Alceste, é só com a condição de não deixares no caminho a inspiração, como se fora bagagem inútil. Graças a Deus, é ela a maior consolação e a maior glória das almas destinadas a serem os intérpretes da natureza e do Criador. Os espíritos sérios, graves, positivos, não trocariam, decerto, uma estrofe por um lance político de sua preparação; mas, a despeito desse desdém, continua provado que os referidos espíritos sérios e graves só têm de grave e de sério as denominações que eles próprios se dão entre si.

Se, em vez de te refugiares como andorinha friorenta, houvesses ficado no tumulto da vida, quem sabe se — tremo em pensá-lo! — quem sabe se não acordavas um dia com alma de político?

Ah! então é que eu te dava por perdido de uma vez.

Não que eu comparta a opinião do sr. barão de S. Lourenço, senador pela Bahia, a quem parece que os poetas não servem para nada em política, mormente quando são moços, isto é, quando ainda conservam um pouco de entusiasmo e um pouco de convicção.

Quando aquele senador disse algumas frioleiras nesse sentido perante o Senado brasileiro, tive eu a honra de consagrar o fato nesta revista, acompanhado por alguns comentários de casa. O ilustre varão cantou daí a dias uma palinódia muito mal-arranjada, sob pretexto de retificação.

Não, eu não sou dos que acham que os poetas são incapazes para a política. O que penso é que os poetas deviam evitar descer a estas coisas tão baixas, deviam pairar constantemente nas montanhas e nos cedros — como condores que são.

Afinal de contas, os homens que não são sérios e graves, são exatamente os homens graves e sérios. Demócrito continua a ter razão: só é sério aquilo que o não parece.

Mas eu insisto em lamentar que juntasses à tua solidão o teu silêncio. Quisera saber de ti, por que motivo fizeste emudecer a lira tão auspiciosa e apagar a inspiração tão prometedora. Contos largos, talvez. Ninguém cala a voz íntima e impetuosa, por causas símplices e passageiras; escreve daí um folhetim, em que me contes todas essas coisas.

Já te disse como e por que pensei em ti; agora vou dizer-te o modo por que pensaste em mim.

Ah! tu cuidavas que o anônimo te encobria! Tive quem mo revelasse, e nem precisava, porque era ler aquelas cinquenta linhas de prosa da *Alvorada Campista*, para ver-te logo, tal qual és, tímido, receoso, delicado.

Se Casimiro de Abreu fosse vivo, e estivesse em Campos, ainda eu poderia hesitar. Éreis ambos os mais tímidos, os mais delicados, os mais receosos caracteres que tenho visto. Mas Casimiro lá se foi caminho da eternidade, não vejo outro que pudesse escrever aquilo e por aquele modo.

Pois a publicação de um autógrafo meu, só porque não tinhas autorização, carecia de tantas excusas, tantos rodeios, tantos sustos, tantos perdões? Não tinhas mais do que publicá-lo, embora me não conviesse — e está longe disso — era coisa sem grande resultado.

Se algum efeito mau produziu essa publicação, foi o do desgosto de não ter o autógrafo comigo, porque o incluía no meu livro, de que ainda não te mandei um exemplar, por não ter sobeja confiança no correio, e não saber ao certo onde devia mandá-lo.

Além deste, produziu outro efeito mau no meu espírito a tua publicação. É que eu preferia, em vez dos meus versos, ter versos teus, compostos agora, lá na tua solidão. Em resumo, em vez de dares à publicidade as obras alheias, cujos originais possuis, devias revelar ao público as novas meditações da tua musa, os teus melhores *sonhos* e as tuas *sombras* mais belas.

Se os olhos de algum hipócrita correm agora por estas colunas, não hesito em crer que está naturalmente pensando entre si que estas últimas linhas nada têm de sinceras; mas como escrevo para ti, que me acreditas, importo-me mediocremente com o juízo que possa fazer o referido hipócrita — se algum me lê.

Ora, eis aí tudo o que eu tinha para te dizer, aproveitando a via do folhetim, na esperança de que ele chegará às tuas mãos.

Concluo repetindo que não podes nem deves deixar a musa em ócio, porque, além de um pecado, seria uma desconsolação. Se és feliz, escreve; se és infeliz, escreve também. O remédio assemelha-se um pouco às panaceias universais inventadas pelos charlatães, mas também é o único remédio que não se vende, porque Deus o dá aos seus escolhidos. É inútil dizer que para ser escolhido não basta rimar algumas estrofes em horas de desfastio — é preciso sentir a poesia, como tu, e morrer com ela, como Casimiro de Abreu.

A transição dos assuntos é suave; passo de um moço a uma associação de moços.

Os acadêmicos do Recife, segundo a notícia que nos trouxe o paquete, pretendem dar um espetáculo em favor das vítimas da Polônia, sendo eles próprios os atores.

Deixemos de parte a consideração da oportunidade; a lembrança vem tardia, decerto; mas eu procuro ver o que há de essencial no ato.

Assim, mando daqui os meus calorosos aplausos aos acadêmicos do Recife pela ideia nobre e generosa que pretendem levar a efeito. É própria da mocidade, e dá a esperança de que na geração que desponta há centelhas de sincero amor à causa da justiça.

A causa da justiça tem enchido o estômago e inchado o espírito de muito galopim deste mundo; não como causa, mas como frase que se adapta a todos os programas. A mocidade não calcula nem especula. Eu, quando vejo manifestações destas, sinto-me cheio de orgulho e de esperança; porque elas simbolizam o espírito do futuro como uma condenação do presente.

O presente é isto: a Polônia revoltou-se mais uma vez contra os seus injustos opressores; alçou-se um grito de todos os pontos da terra. Os que dirigem as coisas humanas, os piedosos construtores da felicidade universal, franziram o sobrolho e mandaram afiar as espadas. Mas, como acontece no *Trovador,* Manrico leva todo o tempo a florear e repetir: *Corro a salvar-te!* Não arreda pé: é mister satisfazer primeiro o compasso do maestro. Quando chega, já bruxuleiam os restos da fogueira.

Os basbaques da plateia, além de pagarem o bilhete, aplaudem o brio dos Manricos.

Se os bonapartistas da nossa terra não levam a mal, acho que esta frase célebre, *Deus está muito alto e a França está muito longe,* deve ser modificada neste sentido: *Deus está muito alto e a França está muito baixo.*

Perdoem-me os Nemrods e seus adoradores.

Quem me não há de perdoar é o leitor que já me vê entrar assim na política torva, como se estivera fazendo um panfleto, em vez de um folhetim.

Dou-lhe coisa mais agradável ao paladar.

O *Cruzeiro do Brasil* anda concitando as turbas à guerra religiosa.

A propósito do fato ocorrido em Niterói, no dia 7, em que o povo prorrompeu em excesso contra um vendedor de bíblias protestantes, o *Cruzeiro* escreve um artigo em que parece animar os movimentos daquela natureza, certo de que será turvar as águas para ele pescar mais abundante peixe.

O *Cruzeiro* só acha responsabilidade no governo, que protegeu o vendedor contra a ira popular, e que anima a esse, como a outros, na propagação das doutrinas condenadas pela Igreja.

A folha católica diz coisas mais, dignas de serem lidas por todos quantos apreciam a liberdade da palavra.

Termina ameaçando o governo com a lembrança das guerras religiosas.

Nada do que diz o *Cruzeiro é* novo; mas nem por isso deixa de ser lamentável que se imprimam coisas tais em um país onde a liberdade religiosa, se não é completa, está já adiantada.

Há dois fatos para considerar no artigo do *Cruzeiro do Brasil:*

1º — O *Cruzeiro* alega a constituição; mas a constituição garante a liberdade religiosa, e não há liberdade religiosa, como bem lembra a *Imprensa Evangélica,* sem proselitismo, de outro modo fora burlar o princípio.

2º — O *Cruzeiro* faz recair a responsabilidade sobre o governo, e intima-o a fazer cessar a propagação dos metodistas. O procedimento de uma religião que é a verdade, devia ser outro: em vez de apelar para a força do governo devera apelar para a palavra do clero, a quem incumbe combater as doutrinas que se vão propagando. Serão estas o erro? Tanto melhor para os que defendem a verdade; uns confundiriam facilmente os outros.

Fazem homenagem à intervenção direta do governo, e queixam-se depois quando este — cujo apetite se abre às primeiras colheradas de sopa — dá um passo mais e lhes entra por casa!

Tinha muita coisa ainda que dizer, mas vai-se-me escasseando o papel; é preciso resumir.

Com o folhetim não se pode dar o que se deu com o balão do sr. Wells. A corda do paginador é robusta, não arrebenta com facilidade: pode-se subir até certa altura, mas não se passa daí, a não ser para descer imediatamente.

Aconteceu o contrário com o balão do sr. Wells, cuja corda rebentou na melhor ocasião, indo o balão por esses ares à guisa do acaso e do vento.

Os leitores sabem que ia dentro miss Isabel Case, e sabem também que esta corajosa senhora traduziu as suas impressões para uma carta que enviou ao *Jornal do Commercio.*

Quando se anunciou pela primeira vez que miss Isabel Case ia fazer a sua viagem aerostática, avisei os corajosos da capital para se não deixarem ficar em terra. Não surtiu muito efeito o conselho; miss Isabel Case continua a ser a heroína do ar.

Nisto não vejo um fato isolado, vejo um sintoma de troca de papéis entre os dois sexos. Já um escritor mostrou, a propósito da roupa, que os dois sexos tendem a mudar as situações.

Mais um volume acaba de publicar a importante Casa Garnier: *Meandro poético,* coleção de poesias dos primeiros poetas brasileiros para uso da mocidade dos colégios. É coordenada pelo sr. dr. Fernandes Pinheiro. Está enriquecida com esboços biográficos e numerosas notas históricas mitológicas e geográficas.

Já na semana passada dei notícia de um livrinho do sr. Fernandes Pinheiro, editado pela mesma Casa Garnier — *O manual do pároco.* Folgo de ver uma tal atividade; o sr. dr. F. Pinheiro não é, decerto, um talento criador, mas tem a discrição e a paciência para os trabalhos de compilação e investigação. Todo o arado é útil para as terras literárias.

Os poetas escolhidos para a presente coleção são Cláudio Manuel, Alvarenga Peixoto, Silva Alvarenga, padre Caldas, Durão, J. Carlos, J. Basílio da Gama, José Bonifácio, M. de Paranaguá, Natividade e outros.

É um livro muito aproveitável para o ensino dos colégios.

A impressão, feita em Paris, é o que são as últimas impressões da Casa Garnier: excelente.

Numa terra em que não há editores é preciso animar os que se propõem, como o sr. Garnier, a facilitar a publicação de obras.

Duas linhas sobre o teatro.

Os leitores conhecerão, sem dúvida, o nome do sr. Reis Montenegro, jovem estreante na literatura dramática, para a qual revela uma boa vocação.

Assisti há dias no Teatro de São Januário, pela Boêmia Dramática, à representação de uma comédia em um ato do sr. Reis Montenegro *À procura de casamento*. Não é decerto um trabalho completo; vê-se que falta a verossimilhança das situações e outras condições ainda; mas, a par desses defeitos, que eu denuncio com toda a franqueza, reconheço o sal cômico e a vivacidade do diálogo, a naturalidade das cenas e a justeza de algumas observações.

É um gênero de literatura cujo cultivo aconselho francamente ao sr. Reis Montenegro, em quem vejo felizes situações. O que desejo é que, a par do estudo que fizer, faça o autor todo o esforço para fugir ao elemento do burlesco. A cena do ovo incorre nesta censura, como a declaração de amor à criada. É certo que no nosso teatro não escasseiam, antes sobram os sucessos devidos ao burlesco; mas, se esse elemento dá a vida de algumas noites, à luz da rampa, não pode fazer mais do que isso.

Falo com franqueza ao sr. Reis Montenegro, moço de talento, e que me parece sinceramente modesto: não se deixe seduzir pelo gênero a que aludi; o que faz estimar Molière, não é o saco de Scapin, nem a seringa de Pourceaugnac, é o profundo estudo das suas admiráveis criações cômicas, os Alcestes, as Filamintas, os Harpagons.

Dito isto, bato palmas ao poeta e espero ver novas produções suas disputarem a palma do triunfo.

Não tenho espaço para a *Dor e Amor,* drama representado pela Boêmia. É, como disse na semana passada, um drama de pequeno alcance literário, mas ornado de boas situações. O desempenho é regular, alguns papéis fraquearam, talvez, mas em compensação merecem menção a sra. d. M. Fernanda e o sr. Dias Guimarães.

Também me falta espaço para outras coisas, que eu contaria se pudesse, como miss Isabel Case ter a felicidade de romper a corda.

M. A.
Diário do Rio de Janeiro, 22 de novembro de 1864

A QUESTÃO KELLY NÃO FICOU NA RUA E NA IMPRENSA

A questão Kelly não ficou na rua e na imprensa; subiu à tribuna legislativa provincial.

Em vista do que, o herói do dia é o dr. Kelly — aquele metodista de quem falei a semana passada, aludindo a um artigo do *Cruzeiro do Brasil.*

Antes de começar as suas prédicas, numa casa particular de Niterói, o dr. Kelly examinou naturalmente se o podia fazer. Recorreu à constituição, e a constituição em mais de um artigo respondeu-lhe que sim; porque ela tolera todos os cultos, contanto que eles sejam praticados em casas sem forma exterior de templo; consente que se difundam ideias religiosas, uma vez que não ataquem os dogmas fundamentais da existência de Deus e da imortalidade da alma.

Não direi que estes preceitos satisfaçam amplamente as aspirações da liberdade, nem que respondam à ideia dominante do século, mas esses preceitos davam lugar a que o dr. Kelly realizasse a sua missão evangélica.

O defeito da constituição está em não ter completado a liberdade, tirando os entraves que lhe impõe, e em declarar a religião católica como religião do Estado.

Se eu tivesse à mão o livro de Ch. Ribeyrolles, o *Brasil pitoresco,* transcreveria algumas linhas que o ilustre proscrito escreveu a este respeito. Citarei de memória. O ilustre proscrito, prestando à constituição do Império aquele tributo de veneração que ela merece, dizia aos brasileiros, que era necessário fazer ao nosso evangelho político aquelas modificações impostas pela civilização do tempo.

Porquanto, dizia ele:

Se uma alta capacidade, um grande patriota, um político sincero, quisesse tomar parte na direção dos negócios públicos, levando à tribuna política a soma vasta dos seus conhecimentos, fosse ele um Pitt, mas não fosse ele católico, não poderia fazê-lo em face da constituição.

No dia em que se tiver saído da tolerância para a liberdade completa, teremos dado o último passo neste assunto.

Que os leitores me permitam a figura — a tolerância assemelha-se a uma gaiola de papagaio, aberta por todos os lados, sem aparências mesmo de gaiola, mas onde a ave fica presa por uma corrente que lhe vem do pé ao poleiro.

Quebre-se a corrente, uma vez por todas, e dê-se a liberdade ao pobre animal. Um sistema político como o nosso que, a pretexto de proteger os rouxinóis, protege cem papagaios por cada rouxinol, parece incrível que nutra tanta aversão a este judicioso conselho.

Mas voltemos ao dr. Kelly.

Fundado na constituição, o pregador protestante começou a missão de que se incumbira, procurando para isso uma casa em Niterói, onde ia uma ou duas vezes por semana. Ora, como a palavra do dr. Kelly tivesse convertido ao protestantismo algumas pessoas católicas, espalhou-se essa notícia, e o povo, talvez por instigações de algum pregador oculto, entendeu dever manifestar o seu desagrado pelos resultados da missão Kelly.

Os leitores sabem o que houve. As coisas tomaram uma face tal, que a polícia niteroiense foi obrigada a proteger a pessoa do pregador protestante, contra a ira popular.

Do que resultou surgirem duas questões, a questão religiosa e a questão policial, isto é, o direito que tinha o dr. Kelly de exercer a sua missão evangélica, e o direito que tinha a polícia de intervir para proteger, não o dr. Kelly, mas o art. 5º da constituição.

A segunda questão deixou lugar à primeira e desapareceu, sem dúvida, porque se reconheceu que, se a liberdade individual é um direito inapreciável, a liberdade policial é uma garantia. Não falo do abuso.

A primeira questão passou da rua à imprensa e da imprensa à tribuna. Foi o sr. dr. Castro e Silva quem iniciou na Assembleia de Niterói um longo e caloroso debate.

Não cabe nestas colunas acompanhar a discussão havida na Assembleia a este respeito; mas eu a menciono, primeiramente, como uma ocorrência da semana, depois, como um triste sintoma da existência de algumas aspirações clericais.

O protesto contra as teorias do sr. dr. Castro e Silva foi feito por parte do sr. dr. Pinheiro Guimarães, que pronunciou em primeiro lugar um discurso cheio de raciocínio e de verdade, e depois por outros que o acompanharam no mesmo terreno.

Sem querer diminuir a glória dos deputados que combateram o sr. dr. Castro e Silva, devo, todavia, dizer que a tarefa não era difícil nem árdua. As teses sustentadas por este último eram tão calvamente falsas (deixem passar o adjetivo); os argumentos tão errôneos, as apreciações da lei tão absurdas, que não se demandava demasiado trabalho para restabelecer a verdade da lei e da razão.

O sr. dr. Castro e Silva molestou-se porque se lhe disse que não entendera os artigos da constituição. Não direi, portanto, que não os entendeu, direi que não os quis entender, embora caia em outro escolho que é o de atribuir ao ilustrado deputado um erro voluntário.

Mas como hei de apreciar as suas reflexões se eu vejo que elas negam a luz do dia e torturam a expressão lógica e gramatical da constituição?

Isto quanto à interpretação da lei, porque quanto ao resto, o ilustrado orador fez uma série de considerações velhas, debatidas e refutadas — dessas considerações que têm enchido tanto papel e tanto tempo, e que ninguém pode ouvir hoje com seriedade.

Terão acaso os distintos deputados que refutaram o sr. dr. Castro e Silva, terão acaso os liberais católicos, terá acaso o folhetim algum medo da organização de um partido clerical? Não creio, não devem ter. Podem haver alguns sintomas de uma aspiração para a intolerância, mas essa aspiração não se converterá em partido, ao menos em partido que cause susto.

E não será por virtude dos órgãos dessa aspiração, porque esses, a julgar pela linguagem e pela ousadia, parecem falar em nome de um exército em linha de batalha.

Dizendo isto, tenho principalmente em memória o *Cruzeiro do Brasil*.

A fé vem pelo ouvido, diz são Paulo, e a folha católica, citando a expressão do apóstolo, indica aos padres o único procedimento que se pode opor ao procedimento dos protestantes. Mas o *Cruzeiro,* ao passo que se exprime assim, acoroçoa os movimentos populares, *cujo impulso santo e louvável* aplaude.

Tão audaciosas palavras são apenas a revelação de um fato que está na consciência de todos: o *Cruzeiro do Brasil* faz o seu negócio e exerce a sua profissão.

Laurent, serrez ma haire avec ma discipline.

O *Cruzeiro do Brasil* menciona nas suas colunas a discussão da Assembleia provincial. O adjetivo faz as despesas do louvor aos defensores das doutrinas intolerantes.

Depois menciona a discussão nas colunas pagas da imprensa, atribuindo ao dr. Kelly os artigos que censuram o procedimento do povo de Niterói.

Neste ponto era necessário dar ao dr. Kelly um nome insultante, um nome de chocarrice, que atraísse ao pregador protestante o ridículo e o ódio, um nome feio, um nome que lhe amargasse, e provasse ao mesmo tempo a fé e o espírito dos redatores do *Cruzeiro*. Achou-se o nome, e o nome foi escrito com todas as letras. Que nome seria, meus caros leitores?

O *Cruzeiro* chama ao dr. Kelly:

— O Bíblia!

Aqui vai o fragmento do *Cruzeiro* para que se me não atribua o pecado de haver desvirtuado o pensamento da folha:

> É porém líquido que o autor de semelhante aranzel não é mais nem menos do que a *Bíblia* que por ali anda a amotinar o povo.

Louis Veuillot invejaria este período.

Terminará aqui a questão Kelly? Se as alegações da tribuna e do *Cruzeiro* impressionarem o povo niteroiense, naturalmente o dr. Kelly não poderá continuar as suas pregações, será compelido a não exercer um direito expresso na constituição.

É pena! Porque a constituição é ainda uma das melhores coisas que possuímos.

Não tarda que os redatores do *Cruzeiro* redijam o programa de um milagre, que procurem efetuá-lo em qualquer templo, e que, em virtude desse milagre, fique escrita uma reprovação de Deus às missões do dr. Kelly.

Aqui vai uma amostra de milagre para inspirar os referidos redatores.

Julgou-se ultimamente em Madri um processo curioso. Acusou-se um soldado de ter furtado uma taça de ouro de um altar de Nossa Senhora. O soldado fez a sua defesa nestes termos:

Pobre e com família, recorreu à mãe de Deus para obter algum alívio; mas, enquanto tinha os olhos pregados na Virgem, reparou que a imagem sorria e lhe indicava com o olhar a taça que ficava aos pés. Foi uma revelação; o soldado lançou mão da taça (quatro milhões de reales) e partiu.

O tribunal comunicou a narração do acusado à comissão eclesiástica; a resposta da comissão não deixou dúvidas ao tribunal, que mandou restituir a taça ao soldado.

Isto é o soldado, o tribunal e a comissão eclesiástica fizeram de comum acordo um roubo à Santa Virgem, distribuindo-se as vantagens do modo seguinte:

O soldado teve a taça;

A comissão eclesiástica teve mais um milagre para inserir nos anais dos milagres;

O tribunal policial teve a perspectiva de alguns emolumentos provenientes dos muitos processos que vão haver à imitação deste, depois que as imagens animam os larápios com olhares e sorrisos.

O milagre que acabo de relatar pode tomar lugar distinto entre as teses cujo desenvolvimento temos visto nestes últimos dias.

É uma descoberta que os nossos ratoneiros ainda não tinham feito, mas que eu não estou longe de crer que hão de imitar, sobretudo se o *Cruzeiro* aí estiver para apoiar as manifestações divinas das imagens.

Demos trégua aos milagres, ao *Cruzeiro* e à questão Kelly.

Falemos de um poeta nascente.

É o sr. Carlos Augusto Ferreira, do Rio Grande do Sul, jovem de esperançoso talento, que vai publicar brevemente um volume de versos.

O *Mercantil* de Porto Alegre escreve a respeito do jovem poeta algumas linhas que eu transcreveria, se me sobrara espaço.

É moço é órfão, é pobre; a pobreza, a mocidade, a orfandade foram e são outros tantos motivos para as manifestações da sua musa auspiciosa.

Animá-lo é dever.

Pode vir a ser uma das glórias do país; não lhe cortemos, com uma desdenhosa indiferença, o ardor da sua vocação, que de tantos obstáculos triunfa.

Recebi uma carta de Barbacena, encapando um soneto do poeta mineiro sr. padre Correia de Almeida.

Os leitores desta folha tiveram ocasião de apreciar a formosíssima tradução de um canto da "Farsália" de Lucano, feita pelo sr. conselheiro José Feliciano de Castilho.

O soneto do poeta mineiro — um belo soneto, na verdade — é dirigido ao elegante tradutor do poeta latino.

Vejam os leitores:

>A história, que aproxima priscos anos,
>Tardio tribunal justo e severo,
>Horroriza tratando do ímpio Nero
>O mais torpe e funesto dos Tiranos.
>
>No furor das cruezas e dos danos
>Não lhe escapa um dos êmulos de Homero,
>Pois é Lucano vítima do fero
>Algoz que dominou sobre os romanos.

> De Espanha era o poeta ilustre filho,
> Mas, por pátria adotando amena Itália,
> Deu à língua de Horácio novo brilho.
>
> Inspirou-se nas águas da Castália,
> E escreveu, como escreve hoje um Castilho,
> O prélio sanguinoso de Farsália.

Depois de escrita a revista, chegou a notícia da morte de Gonçalves Dias, o grande poeta dos *Cantos* e dos "Timbiras".

A poesia nacional cobre-se portanto de luto. Era Gonçalves Dias o seu mais prezado filho, aquele que de mais louçanias a cobriu.

Morreu no mar — túmulo imenso para o seu imenso talento.

Só me resta espaço para aplaudir a ideia que se vai realizar na capital do Maranhão a ereção de um monumento à memória do ilustre poeta.

A comissão encarregada de realizar este patriótico pensamento compõe-se dos srs. Antônio Rego, dr. Alexandre Teófilo de Carvalho Leal, Francisco Sotero dos Reis, Pedro Nunes Leal e dr. Antônio Marques Leal.

Não é um monumento para o Maranhão, é um monumento para o Brasil. A nação inteira deve concorrer para ele.

Quanto a ti, ó Níobe desolada, ó mãe de Gonçalves Dias e Odorico Mendes, se ainda tens lágrimas para chorar teus filhos, cimenta com elas os monumentos da tua saudade e da tua veneração!

M. A.
Diário do Rio de Janeiro, 29 de novembro de 1864

Volto com o novo ano

Volto com o novo ano, não direi tão loução como ele, nem ainda tão celebrado, mas seguramente tão cheio de promessas que espero cumprir, se, todavia, não intervier alguma razão de Estado.

Os leitores sabem, mais ou menos, o que é uma razão de Estado para o folhetim. A preguiça é um dom em que saímos aos deuses.

O ano que alvorece é sempre recebido entre palmas e beijos, ao passo que o ano que descamba na eternidade vai acompanhado de invectivas e maldições. Se isto não fosse uma regra absoluta, era legítima a exceção que se fizesse para a ocasião presente, em que se despede de nós o mais férreo, o mais infausto, o mais negro de todos os anos.

Se eu não receasse fazer uma revista do ano, em vez de uma revista da semana, percorria aqui os principais acontecimentos e desastres do finado ano de 1864. Foi esse o ano dos fenômenos de toda a casta, tanto naturais, como políticos, como financeiros; foi o ano que produziu as revoluções astronômicas, as crises comerciais e as patacoadas e empalmações políticas — em ambos os mundos, e quase em todos os meses.

Veja-se, pois, se o ano de 1865 não deve ser um ano singularmente celebrado, o alvo de todos os olhos, o objeto de todas as esperanças.

Ele é, por assim dizer, o arco da aliança, que se desenha no horizonte assombreado, como uma promessa de paz e de concórdia.

Manterá ele as promessas que faz? corresponderá à confiança que inspira? Ai triste! a resposta é negativa: todas as palmas do dia da Circuncisão se converterão em vaias no dia de são Silvestre. É a repetição do mesmo programa, o programa dos abissínios.

Mas tal é a singular disposição do espírito humano que, só quando se for embora este ano em que se puseram tantas esperanças, é que se lembrará de que no ano então amaldiçoado houve para ele um momento de felicidade verdadeira, ou a satisfação de uma ambição política, ou a realização de uma ilusão literária, ou uma hora de amor, de *solitário andar por entre a gente,* ou o sucesso de uma boa operação econômica.

Temos saudade de todos os anos, mas é só quando eles se acham já mergulhados em um passado mais ou menos remoto — porque o homem corre a vida entre dois horizontes, o passado e o futuro, a saudade e a esperança, a esperança e a saudade, diz um poeta, têm um horizonte idêntico: *l'éloignement.*

Quando 1865 não corresponder às aspirações de cada um, e quando todos se lembrarem desse momento de felicidade de 1864, então cada qual repetirá as suas maldições contra 1865, e sentirá, mas de modo diferente, as suas decepções: o político e o financeiro correm o risco de procurar na boca da pistola a solução da dificuldade, e o esquecimento da derrota; o poeta e o amante espalharão algumas saudades sobre a campa dos seus amores e das suas ilusões. Pobre poeta! pobre amante! pobre político! pobre financeiro!

Folgo de crer que entre os meus leitores nenhum haverá que tenha ocasião de assistir a tais catástrofes; a todos desejo que o ano que começa seja mais feliz do que o ano que acaba, ou tão feliz, se ele foi feliz para alguns.

Para ligar esta revista à última que publiquei antes do intervalo de silêncio, devera passar em resenha todos os acontecimentos que se produziram nesse intervalo. A tarefa seria por demais difícil, sem deixar de ser inútil. Inútil porque o grupo dos sucessos ocorridos serve apenas como um fundo desmaiado em que ressalta um acontecimento principal: — a guerra do rio da Prata.

O folhetim precisa dizer o que pensa, o que sente, o que julga a respeito das últimas naquela parte da América? Haverá acaso duas opiniões e dois sentimentos nesta questão nacional? Não há um só ponto de vista na apreciação das arlequinadas de Lopez e Aguirre?

O enunciado contém a resposta.

Vinga-se atualmente no campo da ação a honra nacional. O valor do Exército brasileiro não está fazendo as suas provas; já as fez, já foi consagrado naquelas mesmas regiões. Nem a tarefa pode assoberbá-lo desta vez; para aquelas crianças traquinas, constituídas em nações, bastam a vergasta e a palmatória.

A consciência da justiça que anima os nossos soldados, é já um penhor de vitória.

Volvo os olhos às últimas semanas e não vejo nenhum acontecimento literário, isto é, nenhuma publicação que deva assumir semelhante caráter.

Se bem me recordo, desde que me recolhi ao silêncio, houve dois livros; um *Compêndio da história universal* pelo dr. Moreira de Azevedo; e a 2ª edição das *Lembranças de José Antônio*.

O primeiro destes livros é um bom livro. Tem os três principais méritos de tais livros: a exatidão, o método e o estilo. É um livro acomodado às inteligências infantis. Todos conhecem já o nome do sr. dr. Moreira de Azevedo, autor de diversos opúsculos de investigação histórica, dignos da nomeada que tem alcançado.

Falando do *Compêndio* do sr. dr. Moreira de Azevedo, ocorre-me a publicação recente de outro *Compêndio de história,* escrito originalmente em francês pelo ministro da Instrução Pública em França, e traduzido para o português pelo sr. padre Joaquim Bernardino de Sena.

A este livro dispenso-me de tecer encômios.

Quanto às *Lembranças de José Antônio,* não acrescentarei nada ao maior louvor que a obra obteve e vai obter ainda: a aceitação geral, não como uma obra de certas proporções literárias, mas como uma coleção de páginas amenas, chistosas, epigramáticas, cuja leitura faz rir sem esforço.

Este livro é uma recordação; é a recordação da Petalógica dos primeiros tempos, a Petalógica de Paula Brito, o café Procópio de certa época, onde ia toda a gente, os políticos, os poetas, os dramaturgos, os artistas, os viajantes, os simples amadores, amigos e curiosos; onde se conversava de tudo, desde a retirada de um ministro até a pirueta da dançarina da moda; onde se discutia tudo, desde o *dó* de peito do Tamberlick até os discursos do marquês de Paraná, verdadeiro campo neutro onde o estreante das letras se encontrava com o conselheiro, onde o cantor italiano dialogava com o ex-ministro.

Dão-me saudades da *Petalógica* lendo o livro de José Antônio, não porque esse livro reúna todos os caracteres daquela sociedade; dão-me saudades porque foi no tempo do esplendor da *Petalógica* primitiva que os versos de José Antônio foram compostos e em que saiu à luz a primeira edição das *Lembranças*.

Cada qual tinha a sua família em casa; aquela era a família da rua — *le ménage en ville* —, entrar ali era tomar parte na mesma ceia (a ceia vem aqui por metáfora), porque o Licurgo daquela República assim o entendia, e assim o entendiam todos quantos transpunham aqueles umbrais.

Queríeis saber do último acontecimento parlamentar? Era ir à Petalógica. Da nova ópera italiana? Do novo livro publicado? Do último baile de E***? Da última peça de Macedo ou Alencar? Do estado da praça? Dos boatos de qualquer espécie? Não se precisava ir mais longe, era ir à Petalógica.

Os *petalógicos,* espalhados por toda a superfície da cidade, lá iam, de lá saíam, apenas de passagem, colhendo e levando notícias, examinando boatos, farejando acontecimentos, tudo isso sem desfalcar os próprios negócios de um minuto sequer.

Assim como tinham entrada os conservadores e os liberais, tinham igualmente entrada os *lagruístas* e os *chartonistas:* no mesmo banco, às vezes, se discutia a superioridade das *divas* do tempo e as vantagens do ato adicional; os sorvetes do José Tomás e as nomeações de confiança aqueciam igualmente os espíritos; era um verdadeiro *pêle-mêle* de todas as coisas e de todos os homens.

De tudo isso e de muitas coisas mais me lembro eu agora, a propósito do volume de *Lembranças,* que não posso deixar de recomendar aos leitores para as horas de tédio ou de cansaço.

Os dois primeiros livros de que falei são editados pelo sr. Garnier, cuja livraria se torna cada vez mais importante. Falar do sr. Garnier, depois de Paula Brito, é aproximá-los por uma ideia comum: Paula Brito foi o primeiro editor digno desse nome que houve entre nós. Garnier ocupa hoje esse lugar, com as diferenças produzidas pelo tempo e pela vastidão das relações que possui fora do país.

Melhorando de dia para dia, as edições da Casa Garnier são hoje as melhores que aparecem entre nós.

Não deixarei de recomendar aos leitores fluminenses a publicação mensal da mesma casa, o *Jornal das Famílias,* verdadeiro jornal para senhoras, pela escolha do gênero de escritos originais que publica e pelas novidades de modas, músicas, desenhos, bordados, esses mil nadas tão necessários ao reino do bom-tom.

O *Jornal das Famílias* é uma das primeiras publicações deste gênero que temos tido; o círculo dos seus leitores vai se alargando cada vez mais, graças à inteligente direção do sr. Garnier.

De teatros temos apenas duas novidades, ou antes duas meias-novidades. Estas são da última semana. Anteriormente, tivemos a representação no Ginásio de uma comédia em um ato do sr. dr. Caetano Filgueiras, intitulada *Constantino.*

Constantino é uma produção ligeira, escrita por desenfado, com o único fim de fazer rir. O público riu com espontaneidade ouvindo o diálogo animado e gracioso da comédia e deu ao seu autor merecidos aplausos.

O sr. dr. C. Filgueiras é um dos nossos moços mais instruídos e inteligentes. Nunca se tinha ensaiado na comédia; seus estudos especiais são outros. Mas a primeira tentativa foi feita em boa hora. Dou-lhe por isso os meus sinceros parabéns.

Vamos às meias-novidades.

A primeira foi a representação da *Madalena,* drama em 5 atos, no Teatro de São Januário, pelos artistas da Boêmia Dramática, com o concurso da sra. Emília das Neves. *Madalena* é um drama de data antiga; foi produzido na época mais fervente da escola romântica. Não lhe falta interesse nem lances dramáticos. O principal papel é feito por Emília das Neves que tem recebido do público entusiásticos aplausos.

É que realmente no papel de Madalena a eminente atriz eleva-se a uma grande altura. No ato da loucura é sublime.

Eu devia, segundo uma promessa feita no alto da folha, apreciar individualmente os artistas encarregados dos outros papéis; mas vejo que me escasseia o espaço e o tempo. É força resumir. O papel confiado ao sr. Heliodoro é um papel seco e frio; aquele artista fê-lo muito a contento; parece ser esse o seu gênero. No papel de André, caráter um pouco estranho ao sr. Dias Guimarães, houve-se este artista às vezes com felicidade. Aos esforços coletivos dos outros dou os meus aplausos sinceros.

A companhia da Boêmia tem em si tudo o que pode inspirar simpatias. É justiça prestar-lhe apoio; nem o trabalho inteligente e honesto pede outra coisa que não seja justiça.

A outra meia-novidade foi o *Pai de uma atriz,* no Ginásio, para reentrada do ator Areias. A peça e o artista são conhecidos do público do Ginásio. Se os vir antes da próxima revista direi as minhas impressões. Até terça-feira.

M. A.
Diário do Rio de Janeiro, 3 de janeiro de 1865

Temos Teatro Lírico?
Não temos Teatro Lírico?

Temos Teatro Lírico? Não temos Teatro Lírico? Tais foram as perguntas que se fizeram durante a semana passada, depois da representação de *Luísa Miller*, dada como a última da extinta empresa.

O *Diário Oficial* veio pôr termo às dúvidas, declarando peremptoriamente que o governo não fez nem pretende fazer contrato sobre o Teatro Lírico concedendo subvenção ou loterias.

Mais de uma circunstância concorre para tornar este ato digno dos aplausos gerais. A mais insignificante dessas circunstâncias é a presença da estação calmosa, durante a qual, nos países que nos servem de modelo, suspendem-se as representações líricas.

Mas, há alguns amadores intrépidos que resistem a tudo, a despeito de tudo, e que estavam dispostos a afrontar o verão, e a ir suar na sala do Provisório, enquanto na cena suassem os cantores durante as notas impossíveis de algumas óperas em voga.

Esses dificilmente se acomodarão. Os leões fluminenses exigem a todo o custo os encantos da lira de Orfeu. Infelizmente a resolução foi tomada e publicada. Em matéria de música devemos contentar-nos agora com o ruído da guerra e os gritos vitoriosos dos nossos bravos batalhões que lá defendem no Sul a honra nacional ultrajada.

Se o governo tivesse concedido o Teatro Lírico a uma empresa, em semelhante situação, teria cometido simplesmente um escândalo. Repartir os dinheiros públicos entre os defensores do país e as gargantas mais ou menos afinadas dos rouxinóis transatlânticos, era uma coisa que nenhum governo se devia lembrar, e eu folgo muito de ver que este se não lembrou.

Acabaram, portanto, as noites líricas do *Provisório*. A Alba, que pela arte com que cantava, e pela semelhança com Ovídio Nasão, foi tão celebrada nas folhas diárias e nas gazetas ilustradas; a Alba, que comoveu o público fluminense, mesmo depois da Stoltz e da Lagrange, de quem aliás se distanciava infinitamente, a Alba não se fará ouvir mais. Os amantes de Euterpe podem pôr luto; o tambor sucede à rabeca, o rufo substitui o trinado; as flores vão desabrochar sossegadas, até a hora em que devam juncar o solo para dar passagem aos soldados brasileiros.

Mas os próprios amigos de Euterpe não podem deixar de aplaudir esta resolução. É doloroso ter de presenciar situações tais, e qualquer de nós preferia que elas se não produzissem, mas uma vez que assim é, não há que hesitar: ouviremos cantar depois.

Não tivemos só esta notícia na última semana; tivemos outras altamente favoráveis; as províncias, as dignas irmãs desta grande família, vão-se levantando com entusiasmo para depositar no altar da pátria a espada vingadora. O coração nacional ainda não morreu. Ao contrário, palpita com a vitalidade própria de uma juventude briosa.

Um amigo, cuja experiência e espírito observador bastariam para impor-me uma reflexão, disse-me há dias que um dos nossos grandes males nascia da educação que se dava à infância. Concordávamos nisto, mas divergíamos num ponto, a saber, ele preconizava com certo ardor o espírito militar. Eu não ia tão longe como ele. Não que eu suponha estarmos próximos da época da paz universal e bem-aventurança terrestre. Para que os reinos não se façam guerra, é preciso que também a não façam os homens entre si; enquanto a segurança precisar de uma fechadura, e a boa-fé precisar de um tabelião, os homens lutarão de reino a reino, como de pessoa a pessoa.

Não ia tão longe como disse, mas concordava no ponto capital. Todavia, é agradável ver que, apesar de todos os obstáculos, o sentimento patriótico levanta as coragens e anima o valor dos cidadãos.

Assim é que vamos registrando todos os dias atos de verdadeiro amor ao país. Bastam estes exemplos para animar a reprodução de outros.

O que não inspira estímulos, antes provoca indignação em todos, é um ato de brutalidade, igual ao que se praticou no mar, a dois passos do Rio de Janeiro, entre um vapor de guerra inglês e um patacho.

Os ingleses têm obrigado o resto do mundo a aceitar a sua filantropia como uma virtude nacional. Mas, sem dúvida para mostrar o perpétuo contraste das coisas humanas, apresentam ao lado da filantropia alguns atos de brutalidade. O país do *box* deve ser assim. Politicamente não falemos; os executores das façanhas britânicas deitam a barra diante de tudo.

Mas o que a arrogância política pode inspirar aos que se dizem diretores do mundo, não devia aparecer nas situações e nos lugares em que se apela simplesmente para os sentimentos humanos.

Quando o patacho *Mercúrio* foi abalroado pelo vapor *Sharpshooter*, não se tratava de mostrar que os tripulantes do último eram ingleses, descendentes de Nelson; tratava-se de mostrar que eram homens, descendentes de Adão. Cair sobre um navio pequeno, obrigar a tripulação a abandoná-lo, e, quando ela buscava um refúgio no próprio vapor, expulsá-la, repeli-la, abandoná-la à lei do acaso e dos ventos é um ato que envergonha uma nação inteira. Tal foi entretanto o ato praticado pelo vapor de sua majestade britânica, na madrugada do dia 5, demandando a baía do Rio de Janeiro.

Que vergonha!

Mas passemos a outras coisas.

Relendo as primeiras tiras desta revista ocorre-me uma reflexão; a lei do acaso obriga-me a fazê-la aqui mesmo, sem prestar maior atenção à ordem do escrito.

Um teatro lírico tornou-se uma necessidade nesta capital; foi essa necessidade que fez permanecer o Teatro Provisório. Mas eu não posso deixar de notar uma singularidade: é o afã com que todos clamam por Teatro Lírico, e o desdém com que quase todos se esquecem de um teatro dramático. Entretanto, ninguém porá em dúvida que, se o teatro lírico é o agradável e talvez o supérfluo, o teatro dramático é mais que o útil, é o necessário. Para reconhecer isto não precisa receber do céu uma grande sagacidade; a inteligência medíocre o reconhece.

Uma coisa, entre outras muitas, que não entrou ainda na cabeça do governo do Brasil, é a criação de um teatro dramático nacional. Houve uma tentativa: um ministro do Império dos últimos anos deu um passo para preencher essa lacuna, nomeando uma comissão de escritores competentes para estudar o assunto e dar um parecer. A comissão fez mais do que se lhe pediu, não só deu um parecer como deu dois. Aqui é que naufragou a ideia. O ministro, colocado entre os dois pareceres, resolveu não fazer coisa alguma, limitando-se a dizer consigo:

... *je crois, ma foi, qu'ils ont tous deux raison.*

Os pareceres lá foram jazer nos arquivos, à espera que a mão curiosa de algum antiquário os torne à luz do dia, mas sabe Deus em que dia!

Sem desconhecer o pouco que fez o ministro, não se pode deixar de criticá-lo pelo que não fez.

Por que não estudou os dois pareceres? Por que não viu as diferenças essenciais? Por que não os harmonizou? Por que não tomou um terceiro alvitre? Em suma, por que não completou a obra que havia começado?

A criação de um teatro normal devia tanto mais seduzir o espírito do ministro, quanto que era esse um meio infalível de perpetuar o seu nome, aliás arriscado a um infalível esquecimento.

Dar-se-á caso que o governo desconheça a importância e a necessidade de um teatro nacional? Ele dirá que não as desconhece, e que até o erário público tem contribuído para sustentação da arte dramática. Esta resposta, se o governo a dá, é a sua própria sentença. Não se pedem subvenções, nem é com esses paliativos que o teatro há de nascer. O teatro nacional não deve ser um beneficiado do governo; é uma instituição, depende de um sistema, supõe uma direção oficial e importa uma responsabilidade. Fora disto, é fazer trabalho de Penélope, tecer de dia e destecer de noite, sem a consolação de salvar a virtude, como a mulher de Ulisses.

Não se precisa de olhar de lince para reconhecer a urgência de uma iniciativa séria a esse respeito.

Nem também estamos no tempo em que se ia à *casa da ópera* passar algumas horas de galhofa para ver no fim *casarem os bêbados.*

Ninguém hoje contesta que o teatro seja uma escola de costumes, uma pedra de toque da civilização. Em matéria de escolas não se deve dispensar nenhuma. O governo que, no amor às artes, sustenta uma academia de música e uma de pintura e estatuária, só pode negar-se a sustentar uma academia dramática, fundado na razão das suas predileções pessoais, o que não pode ser uma razão de governo.

É uma matéria esta em que todos os nossos escritores estão de acordo. Não há muito o ilustrado orador do Instituto Histórico fez ouvir duas palavras nesse sentido, por ocasião da sessão aniversária daquela sociedade.

Que resultou do abandono de tantos anos? O estado deplorável que hoje presenciamos: uma arte bastarda, apenas legitimada por alguns raros lampejos, arrasta a mais precária existência deste mundo.

Os artistas foram obrigados a fazer ofício daquilo que devia ser culto; enfim, os escritores dramáticos, que podiam contribuir mais ativamente para um repertório nacional, se outras fossem as circunstâncias, apenas por uma devoção digna de ser admirada, apresentam de longe em longe os produtos da sua inspiração.

Em tal estado de coisas, sem esperança de um próximo remédio, não há outra coisa a fazer senão cruzar os braços.

E a crítica, diante de uma arte penosa e inglória, deve tomar a benignidade por seu principal elemento, a fim de não aumentar a aflição ao aflito.

É com essa benignidade que eu julgarei a única novidade da semana: a representação da *Cruz de são Luís,* comédia em 3 atos, pelos artistas da Boêmia Dramática.

Esta peça está longe de ser perfeita, de uma situação trágica no 1º ato, nasce uma situação cômica nos dois atos restantes; e esta mesma é em si muito discutível. Mas eu deixarei de parte uma apreciação que me poderia levar longe, para dizer que, uma vez aceitos os dados da peça, é ela uma das mais divertidas e engraçadas que tenho visto.

O aplauso foi entusiástico.

O principal papel é o de um rapaz que desconhece o seu sexo, e que, criado como mulher, em virtude dos acontecimentos do 1º ato, é como tal aceito por todos. É certo que ele sente para as mulheres uma inclinação mais pronunciada do que há de ordinário entre as mulheres; joga a espada com a parede, abafa no espartilho, sonha com batalhas e só pega nos trabalhos da agulha para disfarçar uma situação.

Não me resta espaço para contar os meios por que este homem-mulher chega a casar com um barão. A peça acaba por um duelo, em que o rapaz, restituído ao seu sexo, liquida uma dívida de honra de seu pai.

O papel foi confiado à sra. Emília das Neves que o desempenhou com a arte cômica que já tive ocasião de reconhecer-lhe em outra peça.

Uma mulher que deve representar um homem vestido de mulher não é pequena dificuldade. A sra. Emília das Neves foi perfeita.

O barão que chega a casar com o rapaz foi desempenhado pelo sr. Gusmão. O sr. Gusmão é unicamente um artista cômico: estava no seu papel.

Aconselharei ao sr. Lisboa certa moderação no papel do espadachim. Os sustos da criada, papel feito pela sra. Ricciolini, fizeram rir às gargalhadas. O papel da duquesa, feita pela sra. N. Fernanda, é um papel um tanto passivo, bastava dizê-lo com a simplicidade com que foi dito. A mesma reflexão posso fazer a respeito de alguns dos papéis restantes.

A peça está montada e adereçada a capricho.

A sala do teatro, como se sabe, foi recentemente pintada.

M. A.
Diário do Rio de Janeiro, 10 de janeiro de 1865

QUEREIS QUE VOS FALE DE COIMBRA E PAISSANDU?

Quereis que vos fale de Coimbra e Paissandu? Foram dois famosos feitos de armas: um ataque de heróis e uma defesa de heróis. Não houve menor bravura nos que se defendiam dos paraguaios, do que nos que atacavam os orientais. E se a sorte das armas fez plantar em Paissandu a bandeira nacional, coube aos valentes de Coimbra a vitória dos vencidos.

Antes de ir tomar contas ao *Croquemitaine* de Assunção, o Exército brasileiro terminará a questão oriental. É o que é provável. De Paissandu a Montevidéu dista um passo. A primeira vitória assegura a segunda, que será a última. Com ela entre a ordem na desolada República entregue hoje aos restos de um partido de sangue.

Depois de Aguirre passa-se a Lopez. Mata-se o dois de paus e arma-se a cartada ao rei de copas. É esse o pensamento de um epigrama publicado no último número da *Semana Ilustrada:*

> Joga-se agora no Prata,
> Um jogo dos menos maus:
> O Lopez é o rei de copas,
> O Aguirre é o dois de paus.

O que é ação! Alguns dias de combate fizeram mais do que longos anos de polêmica diplomática. Bem podia ter-se poupado o papel que se gastou em notas e relatórios: eram mais algumas libras de pólvora.

Com selvagens não há outro meio.

Mas era preciso que a diplomacia gastasse o seu tempo e o seu papel por dois motivos: o primeiro era mostrar que os sentimentos do Império não eram hostis à liberdade interna da República, o segundo era dar expansões ao próprio espírito da diplomacia, que, de ordinário, faz menos no gabinete do que o soldado no campo.

Se os diversos representantes do Império que trataram por tantos anos das reclamações brasileiras em Montevidéu me prometem, sob palavra, que não tiram destas linhas nenhuma alusão pessoal, acrescentarei aquilo que já foi escrito e repetido um milhão de vezes, em todas as línguas, a saber: que a diplomacia é a arte de gastar palavras, perder tempo, estragar papel, por meio de discussões inúteis, delongas e circunlocuções desnecessárias e prejudiciais.

Balzac, notando um dia que os marinheiros quando andam em terra bordejam sempre, encontrou nisso a razão de se irem empregando alguns homens do mar na arte diplomática.

Donde se conclui que o marinheiro é a crisálida do diplomata.

Uma nota diplomática é semelhante a uma mulher da moda. Só depois de se despojar uma elegante de todas as fitas, rendas, joias, saias e corpetes, é que se encontra o exemplar *não correto nem aumentado* da edição da mulher, conforme saiu dos prelos da natureza. É preciso desataviar uma nota diplomática de todas as frases, circunlocuções, desvios, adjetivos e advérbios, para tocar a ideia capital e a intenção que lhe dá origem.

Vejam daí qual não foi o meu júbilo, lendo ultimamente nas folhas da Europa uma nota de Teodoro, imperador da Abissínia, ao vice-rei do Egito.

É a nota mais concisa e mais franca que tenho lido. O monarca africano diz em poucas palavras o que pensa e o que quer. Não usa de introdução, nem fecho oficial. Não há franjas inúteis: é tudo pano, e uma boa amostra de pano.

A ideia não está ali como em um leito de Procusto, esticada e retesada até dar para certas dimensões de palavreado inútil.

Por exemplo, Teodoro julga que o vice-rei do Egito, filho do Crescente, é um filho do Erro. Não recorre à biblioteca para dizê-lo. Começa a nota por estas simples palavras:

"Filho do Erro!"

Uma nota que começa assim promete muita coisa para baixo. Aqui a transcrevo integralmente. É uma dúzia de linhas:

> Filho do Erro!
> Os teus antecessores, por surpresa e por traição, roubaram aos meus antepassados as ricas províncias do Sudão.
> Restitui-mas, seremos amigos.
> Se recusas, é a guerra. Mas o sangue de tantos bravos deve correr por causa da nossa pendência?

Ouve e reflete: Provoco-te a um combate singular.
Revestido de todas as tuas armas, e eu das do meu país, vem: entre nós dois, Deus nos julgará.
Um combate à morte; ao vencedor, o universo.
Espero!

Dois minutos e um quarto de papel para escrever uma nota como esta, nada mais. Não lhe falta nem clareza nem energia. Falta a renovação dos protestos da alta consideração e amizade, coisa que nada significa, nem nas notas diplomáticas, nem nas cartas particulares. Em vez de umas três linhas que gastaria nisso, o imperador africano escreve apenas esta enérgica palavra:
"Espero!"
O que é certo é que o vice-rei do Egito não respondeu nem acudiu ao reclamo, e o rei Teodoro lá ficou esperando pelas cebolas do Egito.
Pelo que nos concerne, terminou felizmente o período do papel e entrou o período da bala.
Não pretendo entreter os leitores com a narração do estado de extrema anarquia em que ficou a capital oriental depois da tomada de Paissandu. Já todos leram e releram isso nas folhas fluminenses e argentinas. Se alguma razão precisasse ainda o Império dos atos que foi compelido a praticar, bastaria a situação atual de Montevidéu, onde, fora o governo e meia dúzia de comparsas, todos desejam a entrada das forças libertadoras.
É que o governo oriental, num país onde os estrangeiros ocupam a maior parte das terras, e dão uma grande porção da riqueza pública, é apenas uma espécie de alta polícia local. Este pensamento não é meu.
O paquete que parte hoje para a Europa leva uma comissão de *blancos* a fim de pedir auxílio às potências europeias. O auxílio que, se houver, não será senão diplomático, há de chegar quando uma nova ordem de coisas se tiver estabelecido em Montevidéu, isto é, depois do asno morto.
Mas será esse o fim real da Embaixada oriental? A este respeito cada qual tem feito as suas conjeturas, e eu sou muito discreto para não mencioná-las nesta revista. Que vá em paz a Embaixada oriental.
Uma notícia dada a esse respeito no *Jornal do Commercio* ofereceu ocasião a que aparecesse ontem naquela folha uma comunicação assinada. Essa comunicação tem um fecho que me não pode escapar. É o que felicita o México por estar *na doce fruição de um governo paternal, liberal, criador e animador!*...
Os leitores que me acompanham desde junho do ano passado hão de lembrar-se do que eu disse a respeito do México quando o sr. Lopes Neto endeusou aquela conquista na Câmara dos deputados.
É do meu dever protestar contra esta asserção da comunicação a que me refiro. Não conheço o cavalheiro que a assinou, mas protesto, e creio que em nome dos brasileiros, contra ela.
Nem o México aceitou o novo governo, nem ele é governo paternal e criador. O Império napoleônico, sob a responsabilidade legal de Maximiliano, foi puramente imposto ao povo mexicano, em nome da força, *le droit du plus fort*.

Quanto à doce fruição de um governo paternal e liberal, temo encher demasiado estas colunas, relatando os atos que provam inteiramente o contrário disso.

Sabemos todos que o imperador Maximiliano, no discurso de entrada na sua nova pátria, indicou as suas intenções de adiar o *remate do edifício,* à semelhança de Napoleão III. A mania dos tutores dos povos é distribuir a liberdade, como caldo à portaria do convento; e a desgraça dos povos tutelados é receber a caldeirada como um favor dos amos, augustos e não augustos.

Se o meu século aplaudisse a conquista do México, eu não hesitaria em dizer que era um século de barbaria, indigno da denominação que se lhe dá. É certo que o consentimento tácito das diversas potências que andam à frente do mundo fazem desanimar a todo aquele que está convencido do espírito liberal e civilizado do seu tempo.

A gazetilha do *Jornal do Commercio* tem anunciado muitas conquistas do México, reduzidas a proporções individuais, sob esta epígrafe: *Um dos tais.*

Não vejo inconveniente em dizer estas coisas, com a presença da Embaixada mexicana nesta corte. A verdade sai do poço, sem indagar quem se acha à borda. Creio que todo o Brasil pensa o mesmo que aí deixo escrito, a respeito do México, e se não pensar do mesmo modo, tanto pior para ele.

Tinha ainda muitas coisas para dizer acerca da *doce fruição do Governo paternal do México,* mas fico por aqui.

É tempo de passar a outros assuntos.

O capítulo dos teatros continua escasso. Só a Boêmia nos apresenta peças novas, em que toma parte Emília das Neves. O Ginásio tem remontado algumas composições dos seus bons tempos. *Os miseráveis,* que ali subiram ultimamente, eram uma peça nova para aquele teatro, mas acabava de ser esgotada no Teatro de São Januário, com 26 representações sucessivas. Se me perguntarem o segredo destas 26 representações de uma peça em que se não acham todas as condições do drama, não hesito em encontrá-la no desempenho igual e distinto que lhe deram os artistas da Boêmia.

Trabalha atualmente no Teatro Lírico o artista Germano, acompanhado de alguns artistas. Só tem montado duas peças, creio eu: *D. César de Bazan* e os *Milagres de santo Antônio,* peças conhecidas do público. *D. César* era um florão de João Caetano; quanto a *Santo Antônio,* evocando os peixes e reverdecendo as vinhas, não me inspira curiosidade. É uma peça sem valor.

Portanto, só a Boêmia vai dando peças novas. Já falei na *Cruz de S. Luís,* que continua a sustentar-se no cartaz e na cena, graças às situações cômicas e divertidas de que está cheia, e ao desempenho magistral do papel do duquezinho de Forville, feito por Emília das Neves.

Na noite de anteontem houve ocasião de mostrar esta artista as duas faces do seu brilhante talento. Teve um papel dramático e um papel cômico: este era o da *Cruz de são Luís,* aquele era o de Eugênia, na nova peça em dois atos, *A louca de Toulon.*

O que há de mais importante nesta peça é o desempenho do papel de louca. Os que viram Emília das Neves na *Madalena,* onde também representa a loucura, irão sem dúvida vê-la no papel de Eugênia. É a mesma sublimidade. Há apenas a diferença de uma circunstância. Eugênia enlouquece em cena, e essa passagem da razão para a demência, altamente difícil por correr o risco da exageração e da extravagância, fê-la Emília das Neves com uma arte suprema.

A peça compõe-se de dois atos. É um quadro estreito, porque a ação é igualmente estreita. Mais um ato seria diluí-la. Assim fica mais compacta, inspira maior interesse. O ódio de um irmão e o amor de uma irmã, empregados no mesmo homem, eis o drama. O ódio do irmão é legado do pai, que morre convencido de ter sido desonrado pelo pai daquele que mais tarde é amado por Eugênia. Posso acaso explicar às leitoras a causa do amor da irmã, a causa do *fogo que arde sem se ver?*

Os artistas que acompanham Emília das Neves nesta peça fazem conscienciosos esforços e conseguiram fazer um conjunto digno de menção. Só notarei ao sr. Leal uma falta de que desejava vê-lo corrigido. O sr. Leal é um moço de talento, tanto para os papéis dramáticos, como para os cômicos. No seu último papel notei-lhe uma certa falta de flexibilidade na voz, uma certa monotonia, talvez intencional, mas de mau efeito. Fora esta reserva, dou-lhe os meus aplausos.

Não terminarei a revista sem fazer uma reflexão que me sugeriu a leitura das primeiras laudas. Essa reflexão, já foi feita no alto da folha, e tem por si todas as razões da justiça. É relativa aos prêmios honoríficos a que vão tendo direito os bravos defensores da honra do país. Conferi-los no campo da batalha é de imediata justiça, e de proveitoso exemplo.

A luta há de ser longa e grande; é preciso que o país vá reconhecendo oficialmente os atos de bravura dos seus defensores.

A consciência do dever é decerto um prêmio suficiente, mas isso é um ato puramente íntimo do patriota. A honra do país exige outro galardão.

É de crer que o governo imperial execute este dever.

Dito isto, dou a palavra à reflexão dos leitores.

M. A.
Diário do Rio de Janeiro, 24 de janeiro de 1865

Aleluia! começou o reinado da virtude

Aleluia! começou o reinado da virtude.

Sim, ilustres prelados — sim, monsenhor Pinto de Campos —, a casta e foragida virtude voltou a ocupar o trono da humanidade; o século regenerou-se; já não há indiferença, nem dúvida, nem impiedade; os vícios abriram voo, como as gruas dantescas, e volveram para sempre aos antros do inferno; o diabo cortou as pontas e lançou a cauda ao fogo; Mefistófeles abandonou o

Fausto; o Fausto repousa no seio de Margarida; o mundo é um Éden; a vida é um idílio; estamos em pleno Teócrito.

Quereis a prova?

As folhas do Rio de Janeiro publicaram o ano passado uma grande notícia. Era uma predição do professor Newmager, de Melborne. Segundo este sábio devia aparecer em 1865 um cometa, ao qual estava destinado um destes dois importantes papéis:

Ou destruir o globo, com um golpe da cauda;

Ou dar aos olhos dos homens uma coisa nunca vista desde o começo do mundo: um dia de 72 horas.

A terra — disse eu então nestas colunas — que tem escapado a tantos cometas, aos celestes, como o de Carlos v, aos terrestres, como o rei dos Hunos, aos marítimos, como os piratas normandos, a terra está de novo ameaçada de ser destruída por um dos ferozes judeus errantes do espaço.

A meu ver o mundo estava irremediavelmente perdido, porque o cometa era o instrumento da cólera do Senhor.

O Senhor tinha velado a sua face. Era um novo cataclismo que vinha destruir a humanidade, sem que desta vez uma só família de justos tivesse a honra de ser o tronco de uma raça futura.

Pois bem! o cometa apareceu, o cometa paira sobre nossas cabeças, mas é um cometa inofensivo, tênue, descorado, que ainda não destruiu a menor coisa, e que promete retirar-se em perfeita paz.

Conclusão: começou o reinado da virtude; o mundo criou pele nova. Já não há hipócritas, nem velhacos, nem egoístas, nem vaidosos, nem incrédulos, nem invejosos, nem maus. Tartufo é um homem sincero; Bertrand é um homem honrado; D. Juan envergou o burel do monge; só Alceste quer um lugar,

Ou d'être homme d'honneur on ait la liberté.

para ir viver entre os homens. Não encontrará melhor, nem mais pronto.

Viva Deus! É isto o que se chama reparar as faltas, aproximar-se da divindade, ganhar um ano os que perderam séculos.

Mas se a virtude reina entre os homens, e se a paz universal vai dar um repouso definitivo aos espíritos, não acontece assim entre os próprios deuses.

Os deuses, sim, que ainda existem apesar da abdicação: Vênus na montanha misteriosa, cercada de silvanos e madríadas; Baco no convento dos franciscanos; Júpiter e mais a cabra Amalteia na *ilha dos coelhos,* conforme rezam as lendas germânicas. Nada sei de Marte e de Apolo, mas sei que os dois filhos de Saturno se desavieram por coisas sérias; estando a razão do lado do pai da poesia.

Que o deus Marte acenda a guerra entre os Estados, vá. É esse o seu ofício único. Mas que, ao som da metralha, favoreça aos vândalos a subida à montanha sagrada, isso não. Pois não foi outra coisa. Mal soaram os primeiros tiros em Paissandu, os poetastros, vendo que os poetas afinavam a lira, não se deixaram ficar em casa. Travaram da guitarra e lá se foram atrás dos poetas, cobertos e disfarçados, para melhor iludir o pai da poesia. Foi uma verdadeira confusão.

Ou eu me engano, ou o único perigo da guerra atual é este.

Já que falo em poetas, escreverei aqui o nome de um jovem estreante da poesia, a quem não falta vocação, nem espontaneidade, mas que deve curar de aperfeiçoar-se pelo estudo. É o sr. Joaquim Nabuco. Tem 15 anos apenas. Os seus versos não são decerto perfeitos, o jovem poeta balbucia apenas; falta-lhe compulsar os modelos, estudar a língua, cultivar a arte; mas, se lhe faltam os requisitos que só o estudo pode dar, nem por isso se lhe desconhece desde já uma tendência pronunciada e uma imaginação viçosa. Tem o direito de contar com o futuro.

Fiquemos no terreno da poesia, ao menos no papel, se isso nos consente a prosa desta terra e a gravidade desta situação.

Tivemos domingo uma ressurreição literária. Foi à cena no Teatro de São Januário o Ângelo de Victor Hugo. Mais de vinte anos antes conquistara o mesmo drama nas mesmas tábuas os aplausos de um público, muito mais feliz que o de hoje, um público a quem se dava o Ângelo, o *Hamlet*, o *Misantropo* e o *Tartufo*.

Parece que as obras sérias da arte ficaram proscritas do nosso teatro. No meio de muita coisa boa, de alguma coisa excelente, avultam as enxurradas que nos vêm de Paris. É o tempo das quinquilharias. Muita coisa excelente fica condenada ao abandono. Por exemplo, o *Marquês de Villemer,* recente comédia da autora de *Lélia,* está proibida de ir à cena; os atores que a representassem dois meses morriam de fome. Em compensação os *Milagres de santo Antônio* dão ainda para uma dúzia de jantares.

A farsa e o melodrama, eis os dois alimentos que o estômago do público suporta. Não lhe faleis no drama ou na comédia; a tragédia, essa é coisa antidiluviana. *Cina,* representada nos últimos dias de João Caetano, teve alguns raros aplausos e não obteve cinco representações.

De Molière suportar-se-ia hoje o *Doente imaginário* ou o *Pourceaugnac.* Ainda assim seria o sucesso das seringas. Quanto ao *Misantropo* e às *Mulheres letradas,* morriam na primeira representação.

Pelo que nos toca, não deve a culpa ser lançada ao teatro nem ao público. O público é uma criança que se educa; o teatro, na situação em que se acha, é um meio de vida que se exerce.

Fiz estas reflexões no domingo, ouvindo o Ângelo. Que faria naquela ocasião o poeta das *Contemplações,* lá em *Hauteville-House,* na ocasião em que, a tantas centenas de léguas, era ouvido o seu drama no meio de aplausos gerais? Depois de tantos anos de existência, a obra dramática de Victor Hugo ainda granjeia o aplauso e a admiração. Não é um mérito da escola, é um mérito do poeta.

A escola romântica, que partilha ainda hoje com a realista, o domínio do teatro, só tem produzido monstros informes. Os gênios iniciadores conservaram-se na altura donde olhavam para baixo; os imitadores deixaram-se arrastar no chão da sua mediania.

Diante de Ângelo, estamos diante da violência das paixões e da energia dos caracteres. Tem as cores carregadas do tempo e da ação. Que quereis que houvesse no tempo da seleníssima República de Veneza? Mas Ângelo e Rodolfo são homens; Tisbe e Catarina são mulheres; a máscara não substitui o rosto, a ação não se sacrifica à situação; as paixões são humanas, os sentimentos são humanos.

Ouvindo o *Ângelo* o público sentiu-se comovido e abalado. Ângelo, um dos filhos mais velhos da escola romântica, aparecia com ares de novo, tal é a distância que o separa das chusmas de composições da mesma escola que há tanto tempo nos atordoa.

Era isso, e era outra coisa. A sra. Emília das Neves desempenhava o papel de Tisbe; Tisbe em quem o amor, o ciúme, o ódio tomam proporções colossais, aparecia aos olhos e abalava a alma do público, graças ao grande talento da artista, tantas vezes provado, tantas vezes reconhecido. Gesto, voz, fisionomia, tudo fala, tudo se apaixona, tudo ama e odeia, naquela artista privilegiada.

O público não lhe fez um ceitil de favor com os vivos aplausos que lhe deu.

Deve-se agradecer à Boêmia esta ressurreição literária.

Ângelo mata Catarina para lavar a sua honra. Não é o ciúme que nasce do amor, é o ciúme que nasce do orgulho. O correspondente do *Jornal do Commercio* em Londres, conta-nos uma tragédia mais ou menos nestas circunstâncias, com a diferença de que a ação não se passa em Pádua, mas em Constantinopla.

Cuidais que o autor do crime é um Ângelo, um tirano sem alma? Nada; é uma criaturinha de 22 anos, uma rapariga casada de fresco; é a sultana Djemila, sobrinha do atual imperador.

O marido deste Ângelo feminino é o paxá Mahmoud Jelladin. Djemila baixou os olhos sobre Mahmoud e casou com ele. Era um casamento de amor. Mas por isso mesmo o paxá estava obrigado a não desviar os olhos da mulher. Não sei se os desviou; mas o certo é que a sultana teve ciúmes de uma das escravas. Nada disse; mandou simplesmente cortar a cabeça da infeliz com uma cimitarra. Foi isto a 12 do mês passado.

O paxá de nada soube. A sultana, que não dava a honra de jantar com o marido, nesse dia fê-lo sentar ao pé de si. Mahmoud de nada suspeitava; sentou-se alegremente. Veio o primeiro prato; vão descobri-lo: era a cabeça da escrava.

O paxá caiu fulminado.

Esta morte foi produzida pelo terror? pela dor de ver a escrava morta? enfim, por certo licor que a sultana lhe dera antes para abrir o apetite?

Mistério.

O que há de certo é que o paxá está morto.

Não cito este fato para inspirar imitadoras. Livre-nos Deus de Ângelos e Djemilas. Se todas as damas quiserem seguir o exemplo da sultana e dar um golpe de cimitarra por cada pecadilho dos senhores seus maridos, há um meio mais breve e mais sumário: é decretar a supressão do sexo.

M. A.
Diário do Rio de Janeiro, 31 de janeiro de 1865

Dedico este folhetim às damas

Dedico este folhetim às damas.

Já me aconteceu ouvir, a poucas horas de intervalo e a poucas braças de distância, duas respostas contrárias a esta mesma pergunta:

— Que é a mulher?

Um respondeu que a mulher era a melhor coisa do mundo; outro que era a pior.

O primeiro amava e era amado; o segundo amava, mas não o era. Cada um apreciava no ponto de vista do sentimento pessoal.

Entre as duas definições eu prefiro uma terceira, a de La-Bruyère:

— As mulheres não têm meio-termo: são melhores ou piores que os homens.

Mas não é neste ponto de vista que eu venho hoje falar das damas. Deixemos em paz os amantes e os moralistas. Não entrais hoje neste folhetim, minhas senhoras, como Julietas ou Desdêmonas; entrais como Espartanas, como Filipas de Vilhena, como irmãs de caridade.

A bem dizer é uma reparação. Já falei dos voluntários; já consagrei algumas palavras de homenagem aos corações patrióticos que, na hora do perigo, se esqueceram de tudo, para correr em defesa da pátria. Mas, nada escrevi a respeito das damas, e quero hoje reparar a falta, começando por aí e dedicando às damas estas humildes colunas.

Não nascestes para a guerra, isto é, para a guerra da pólvora e da espingarda. Nascestes para outra guerra, em que a mais inábil e menos valente, vale por dois Aquiles. Mas, nos momentos supremos da pátria, não sois das últimas. De qualquer modo ajudais os homens. Uma, como a mãe espartana, arma o filho e o manda para a batalha; outras bordam uma bandeira e a entregam aos soldados; outras costuram as fardas dos valentes; outras dilaceram as próprias saias para encher os cartuchos; outras preparam os fios para os hospitais; outras juncam de flores o caminho dos bravos.

Voltará aquele filho antes da desafronta da pátria? Deixarão os soldados que lhes arranquem aquela bandeira? Entregarão as fardas que os vestem? Sentirão os ferimentos quando aqueles fios os hão de curar?

Ao par da santa ideia da pátria agravada, vai na imaginação dos heróis a ideia santa da dedicação feminina, das flores que os aguardam, das orações que os recomendam de longe. É assim que ajudais a fazer a guerra. Deste modo estais acima daquelas aborrecidas Amazonas, que, a pretexto de emancipar o sexo, violavam as leis da natureza, e mutilavam os divinos presentes do céu.

Com quem amor brincava e não se via.

Não tendes uma espada, tendes uma agulha; não comandais um regimento, formais as coragens; não fazeis um assalto, fazeis uma oração; não distribuis medalhas, espalhais flores, e estas, podeis estar certas, hão de lembrar, mesmo quando forem secas, os feitos passados e as vitórias do país.

Que nenhuma brasileira se recuse para esta batalha pacífica. De qualquer modo pode servir-se à pátria, provam-no alguns exemplos já conhecidos. Acudam as outras, reclamam as primeiras. E nisto haverá, não só uma dedicação generosa, mas um dever sagrado; é desforrar por um zelo unânime a falta de se ter cedido o passo às damas argentinas, a quem, aliás, devemos votar todos e todas uma eterna gratidão.

A *Semana Ilustrada* já consagrou uma página à corajosa mineira de que deram notícia as folhas da corte. Se as senhoras brasileiras não são das últimas a tomar parte no entusiasmo geral, a *Semana Ilustrada* é dos primeiros jornais a manifestá-lo, mimoseando os seus leitores com os mais interessantes desenhos.

Agora, mais que nunca, apela-se para o patriotismo de todos. A gravidade vai crescendo; as últimas notícias da expedição dos paraguaios provocaram um grito de geral indignação. Esperava-se ainda alguma coisa daquela gente; podia contar-se com uma certa sombra de lealdade e de humanidade. Os que mantinham esta ilusão acham-se diante de uma realidade cruel.

Se, depois do espetáculo das orelhas enfiadas numa corda e expostas à galhofa dos garotos de Assunção, houver um país no mundo que simpatize com o Paraguai, não precisa mais nada — esse país está fora da civilização.

A Europa que não conhece os negócios da América, anda quase sempre errada nas suas apreciações e notícias. Os correspondentes dos jornais europeus, em Assunção e Montevidéu, estabelecem ali uma opinião visivelmente parcial. É mais ou menos um eco da imprensa apaixonada destes países.

Essa opinião vai ser confirmada pela Embaixada oriental? Talvez; mas a Embaixada, que se dizia ir pedir auxílio, parece que apenas vai buscar refúgio. Há nada mais triste e imoral do que esta deserção, na hora da derrota? As últimas notícias de Buenos Aires dizem que o chefe da deputação recebeu cerca de quarenta contos de ajuda de custo.

Dizia-se que a Embaixada ia bater à porta da França; um artigo anônimo do *Jornal do Commercio* insinuou que não era à França mas à Itália que a Embaixada ia recorrer. Os atos do ministro italiano em Montevidéu parecem confirmar esta suspeita.

Ora, a Itália, em vez de intrometer-se nos negócios alheios, tinha outra coisa a fazer muito mais sensata e útil para si: era cuidar de afirmar a sua existência e desarmar as últimas antipatias que ainda tem no mundo.

Se é à França que a Embaixada vai recorrer, nutro alguns receios, não pelo efeito do auxílio, que há de vir quando o asno já estiver morto, mas pela questão do México. Não posso ser mais explícito. No estado em que se acha a política internacional, o Brasil talvez não possa deixar de reconhecer a Monarquia mexicana. Mas uma coisa é reconhecê-la, outra coisa é aplaudi-la. Hão de ver que se há de aplaudi-la.

Suponha-se que, em vez de ser o México, fosse invadido o Brasil e que no trono de D. Pedro II, tomasse lugar o primeiro praticante imperial da Europa; os que aplaudissem aqui a invasão do México, haviam de gritar contra a invasão do Brasil; e todavia, a questão é a mesma; só difere na situação geográfica. *Plaisante justice,* diria Pascal, *verité au deçà, erreur au delà!*

Aguardemos, porém, a recepção da Embaixada que já aqui se espera há muitos dias.

Não levantarei mão das coisas do mundo político, sem dar os meus parabéns ao *Cruzeiro do Brasil*, cuja alma naturalmente nada agora de júbilo com a publicação da encíclica de Pio IX.

Sinto não ter à mão o número de domingo, que ainda não li, mas que há de estar impagável, mais do que costuma.

Não sei se tenho crédito no espírito do *Cruzeiro do Brasil*; tenha ou não tenha, não guardarei para mim uma profecia que me está a saltar da pena: Pio IX há de ser canonizado um dia.

Os papas, de certo tempo para cá, entraram mais raramente para a lista dos santos. Todos os primeiros pontífices, entretanto, gozam dessa honra. Será uma espécie de censura-póstuma? Não quero investigar este ponto. Insisto, porém, na crença de que Pio IX há de receber a coroa dos eleitos. É principalmente aos bispos de Roma que se aplicam estas palavras: muitos serão os chamados e poucos os escolhidos.

Que o santo padre merece da parte dos fiéis, mais do que respeito, adoração, isso é o que me parece incontestável. No meio dos perigos que o cercam, tendo contra si as potências, ameaçado de perder os últimos pedaços de terra, o débil velho não se assusta; toma friamente a pena e lança contra o espírito moderno a mais peremptória condenação. É positivamente arriscar a tiara.

Não sei que farão os nossos bispos com a encíclica. A encíclica é a condenação dos princípios fundamentais da nossa organização política. Quero crer que estenderão um véu sobre esse documento; acredito igualmente que as folhas de Pernambuco vão publicar brevemente um artigo de monsenhor Pinto de Campos em oposição à encíclica, a menos que monsenhor Pinto de Campos não esteja tão disposto a aceitá-la, que desista para sempre de ser deputado, o que não me parece provável.

Um brasileiro inventou o balão; era justo que outro brasileiro achasse meio de regular a navegação aerostática. Parece que se dá o caso, a julgar por uma notícia do *Jornal do Commercio*. O sr. José Serapião dos Santos Silva descobriu o meio de dirigir o balão e explicou o seu sistema a sua majestade. Será realmente uma descoberta? Eu não quero pedir ao sr. Serapião os seus títulos científicos; o problema é difícil, mas um acaso podia favorecer a solução; o banho de Arquimedes e a maçã de Newton aí estão em prova disso. Todavia o autor da descoberta não me quererá mal se eu, de envolta com os meus parabéns, apresente um ponto de semelhança com são Tomé, e espero vê-lo para crê-lo.

Parece que a guerra não impedirá a estação lírica... sem subvenção. Anuncia-se a próxima chegada de uma prima-dona contratada para o Rio de Janeiro. Dizem que tem talento e boa voz; o *Correio Mercantil*, anunciando o fato, acrescenta que a nova dama é extremamente linda. O colega devia começar por aí. A maior parte dos apreciadores do canto italiano consideram a voz como último merecimento. O essencial é que a dama seja bonita.

Até aqui nenhum cantor se benzeu com uma luta de partidos igual à que houve entre a Lagrua e a Charton; nenhum viu ainda o seu carro puxado por homens, como a Candiani. Dizem, é verdade, que Tamberlick causa delírio na Europa, não só pela voz que Deus lhe deu, como pelas graças pessoais que o mesmo Deus lhe não negou; mas eu devo prevenir aos leitores que os meus irmãos em sexo não tomam parte nas ovações de que é objeto o grande tenor, e que essas ovações estão longe das cenas ruidosas com que saudamos as prima-donas.

Voltando à nova dama que se anuncia, acrescentarei que, segundo uma folha de Lisboa, ela recusou contratos vantajosos só para vir ao Rio de Janeiro. Não é que o Rio lhe aparecesse ao espírito com o encanto do Jardim das Hespérides — visão que, aliás, persegue muitos cantores e cantarinos —, mas é porque ela vem acompanhar sua mãe que se acha doente. Este sentimento filial desarmará os desafeiçoados da sua voz e os amigos da sua beleza, duas classes igualmente perigosas para uma cantora.

Não se sabe, ao certo, do pessoal que deve compor a nova companhia. Palpita-me que há de ser tão medíocre como a que acabou. Mas, sem subvenção, não se podem trazer grandes artistas; se é um mal para os *dilettanti*, é um bem para os cofres públicos; os *dilettanti* não me quererão mal se, neste conflito, eu me pronuncio pelos cofres públicos. Temos de pagar a nossa glória, pagaremos depois o nosso prazer.

Os apreciadores da musa de Offenbach frequentam agora o *Alcazar,* onde se canta *Orfeu nos infernos,* ópera daquele compositor. Não ouvi a nova peça do Alcazar. O assunto dizem que é uma *charge,* em que os deuses fazem rir à custa do burlesco. A música é excelente, ao que se afirma, como toda a música do Offenbach. Quanto ao assunto, duvido que possa fazer rir. Não há muito tempo, um crítico francês, apreciando uma obra do mesmo gênero, escreveu uma frase que é todo o meu juízo acerca desta: *J'adore ce qu'elle baffoue.*

Segundo a poética dos leitores, não é lícito ao escritor falar de si. É por isso que eu adio para outro lugar um comentário que deveria ter as últimas palavras do período anterior.

O Ginásio representou domingo a *Vida da boêmia,* de Th. Barrière e Henri Murger. Quem não conhece o excelente romance de Henri Murger? Qual de nós deixou de lê-lo, ao menos uma vez na vida? Transplantá-lo para o teatro era difícil. Em geral o romance não se dá bem nas tábuas da cena. Desde que a concepção foi vazada em um molde, é raro que ela possa viver transportada para outro.

Falta à comédia de Barrière certo encanto que o romance de Murger possui; mas é impossível deixar de reconhecer-lhe o mesmo ar vivo, alegre, original dos boêmios do romance, o mesmo caráter cômico e sentimental. Sobra-lhe o interesse, não lhe faltam situações. Somente fora para desejar uma mudança de título; ao romance cabe o título da comédia: *Vida da Boêmia;* a comédia devia trazer o título do romance *Cenas da vida de Boêmia.*

E essas cenas são bem apresentadas, bem conduzidas, cheias de vida e de verdade. As lágrimas vêm naturalmente aos olhos quando, diante do cadáver de Mimi, exclama Rodolfo: — Ó minha mocidade, acabam de matar-te!

Não vi a comédia, li-a. Nada sei do desempenho: irei vê-la um dia destes e voltarei ao assunto na próxima revista.

Post-scriptum — O *Cruzeiro do Brasil* não diz uma palavra da encíclica. *Tu quoque, Brutus?*

M. A.
Diário do Rio de Janeiro, 7 de fevereiro de 1865

Quinta-feira passada

Quinta-feira passada, às 6 horas e meia da tarde, foi recebido no palácio de São Cristóvão o sr. dr. Pedro Escondon, Embaixador do México.

S. excia. veio notificar a sua majestade a elevação de Maximiliano I ao trono do México, e apresentar as suas credenciais de ministro plenipotenciário daquele país nesta corte.

Nada temos que ver com o discurso do embaixador mexicano. É natural que sua excia. ache no presente estado de coisas de seu país uma obra justa e duradoura. Sendo assim, não nos demoraremos em desfiar algumas expressões do referido discurso; não indagaremos quais são os *recíprocos interesses* entre os dois impérios, nem criticaremos a *identificação do governo* existente entre os dois países.

O que merece a atenção no ato da recepção da embaixada é a resposta do soberano do Brasil.

Como essa resposta não podia deixar de ter importância política, e neste caráter caía debaixo da apreciação pública, procuramo-la com alvoroço, mesmo antes de ler o discurso do embaixador, o que s. excia. nos perdoará.

Que é, pois, essa resposta? Oito linhas símplices, discretas, reservadas. Não significa um ataque, mas também não é um aplauso. É um agradecimento ao soberano do México, e um voto para que se mantenham entre os dois países amigáveis relações. Aceita-se o fato, resguarda-se a apreciação do direito. As potências fracas, neste caso, imitam as potências fortes: suportam mais esta travessura do tutu das Tulherias.

Semelhante resposta deve e há de receber os aplausos de todo o país. Mas, se fosse possível que ela produzisse uma impressão má, ou que o espírito do soberano fosse tomado de arrependimento depois de proferi-la, aí estão as últimas correspondências do México para confirmar o país e o soberano nas suas disposições anteriores.

Fala-se no México, dizem as correspondências deste país publicadas nos jornais da Europa, que o imperador Maximiliano I ia ceder à França a província de Sonora como penhor de dívida.

Querem mais claro?

Francamente, fatiga-nos insistir nesta questão mexicana que já passou para a ordem dos fatos consumados; mas, quando as conclusões da invasão francesa vão aparecendo tão descaradamente, é impossível deixar de fazer, ao menos, um ligeiro protesto.

Dissemos que a resposta do imperador há de produzir o melhor efeito no espírito público; acrescentaremos que não o será em virtude do princípio da política americana, princípio vasto e elevado, mas ainda assim, menos vasto e elevado que o princípio da justiça universal. É à justiça universal que repugnam essas explorações em nome da força. A mesma latitude moral cobre a província de Sonora e o ducado de Sleswigh.

Sabemos que estas linhas vão ser lidas por um distinto amigo nosso, que olha as coisas por um modo diverso, e que, sobretudo, toma muito a peito a defesa pessoal do imperador Maximiliano. Folgamos em mencionar de passagem que as intenções daquele príncipe nunca foram suspeitas para nós. Cremos que ele sinceramente deseja fazer um governo liberal e plantar uma era de prosperidade no México. A modificação do gabinete mexicano e o rompimento com o núncio do papa, são os recentes sintomas da disposição liberal de Maximiliano. Além disso, o nosso amigo afirma com razão que o novo imperador, moço, ilustrado, liberal, nutre a legítima ambição de guiar uma nação enérgica e robusta a uma posição digna de inveja. A origem espanhola do México, acrescenta o nosso amigo, influiu poderosamente no espírito de Maximiliano, que nutre decidida simpatia pela raça do Cid, cuja língua fala admiravelmente.

Estamos longe de contestar nada disso; mas precisamos acaso acrescentar uma verdade comezinha, a saber, que as melhores intenções deste mundo e os esforços mais sinceros não dão a menor parcela de virtude àquilo que teve origem do erro, nem transformam a natureza do fato consumado?

Apesar da importância política que teve a recepção do embaixador mexicano, nem esse fato, nem a eleição de eleitores para senador, ocupam neste momento a atenção pública. Todos os espíritos estão voltados para o Sul. A guerra é o fato que trabalha em todas as cabeças, que provoca todas as dedicações, que desperta todos os sentimentos nacionais.

De cada ponto do Império surge um grito, levanta-se um braço, estende-se uma oferta. A educação dada à geração atual não era decerto própria para inspirar os grandes movimentos; mas, há no povo brasileiro um sentimento íntimo que resiste a todos os contratempos e vive mesmo através do sono de muitos anos. Graças a essa virtude máxima do povo, não faltarão elementos para a vitória, nem escassearão braços para lavar a afronta do país.

Neste movimento geral é agradável ver o modo espontâneo por que os estrangeiros fraternizam conosco. Sem referir às diversas manifestações efetuadas nas províncias por muitos desses hóspedes generosos, citaremos as duas que acabam de ter lugar nesta corte, por parte do comércio português e do comércio alemão, que se reúnem para uma coleta em favor do Estado.

Não se devia esperar menos de tão amigos povos.

É porque o espírito público está exclusivamente dominado por este sentimento de nobre entusiasmo, que nos admirou o anúncio de bailes mascarados; e realmente, se não fora tão impertinente anúncio, nem sabíamos que o carnaval era domingo.

Não queremos pregar o terror público, mas lá nos parece que os empresários de semelhantes bailes hão de perder o tempo e o dinheiro, e àqueles que ainda assim acudirem a esses divertimentos, não duvidamos aconselhar uma aplicação melhor de suas quantias: é dá-las para as necessidades do Estado ou para as famílias dos bravos que morrerem.

Hão de perdoar-nos se isto é um erro.

Antes de dizer duas palavras da exposição das Belas-Artes, outro fato que passou despercebido, consagraremos duas linhas de louvor à Câmara municipal da corte.

Os leitores hão de lembrar-se que, por ocasião da morte de Gonçalves Dias, o *Diário do Rio* indicou uma ideia à Câmara municipal: a de dar à rua dos Latoeiros o nome do eminente poeta lírico, que ali morou durante muitos anos. Era uma homenagem à memória do poeta.

A Câmara municipal atendeu a este conselho. O sr. dr. Dias da Cruz, um dos vereadores mais distintos, propôs à Câmara a mudança do nome da rua dos Latoeiros e a Câmara adotou a proposta sem discussão.

Folgamos de ver a municipalidade fluminense tomar a iniciativa de tais reformas; mas desejamos que ela não se detenha nesta.

Há outras ruas cujos nomes, tão ridículos e sensaborões como o da rua dos Latoeiros, carecem de reforma igual. As ruas do Sabão, Fogo, Violas, Pescadores e outras muitas podiam trocar os seus nomes por outros que recordassem uma individualidade histórica ou um feito nacional, mesmo independente da circunstância especial que se dá com a ex-rua dos Latoeiros.

É isso que se faz atualmente em Paris, graças à iniciativa do sr. Haussmann. Quase todos os poetas, prosadores, dramaturgos, estadistas célebres da França deram os seus nomes às ruas da capital do mundo.

As boas disposições da Câmara devem ser aproveitadas. O sr. vereador Dias da Cruz parece-nos, pela iniciativa que tomou, o mais próprio para redigir um projeto neste sentido, e completo em todas as suas partes, que a Câmara não teria dúvida em aprovar.

Entretanto, demos desde já os nossos emboras à Câmara municipal que, ao inverso das anteriores, saiu do programa ramerrameiro e tacanho, e não hesitou em fazer uma homenagem a um grande poeta.

Vamos agora à exposição da Academia de Belas-Artes.

Foi domingo que se inaugurou essa exposição, com a presença de suas majestades e o cerimonial do costume.

Parece-nos que a exposição deste ano é menos copiosa que a dos anos anteriores, não só no número total dos objetos expostos, como no número dos trabalhos que merecem uma distinção. Não indagaremos a causa de semelhante fato, que não é decerto a guerra com o estrangeiro. A verdade é que uma grande parte dos objetos expostos pertencem a expositores externos e alguns estrangeiros; pouca coisa há dos alunos da academia, pela razão simples de que o número dos alunos é muito escasso.

Do pouco que há dos alunos distinguem-se, todavia, alguns trabalhos de desenho, escultura e ornatos. Nesta parte referimo-nos, não só aos alunos que cursam as aulas da academia, como aos que se acham em Paris, como pensionistas.

Citaremos alguns quadros dos srs. Mota, Vítor e Arsênio; citaremos a *Carioca* do sr. P. Américo, que foi ultimamente objeto de uma discussão renhida, em que os gritos de *sublime!* respondiam aos gritos de *detestável!,* mas que não é nem detestável, nem sublime. O meio-termo não é uma posição cômoda, mas nós a tomamos afoitamente, reconhecendo na *Carioca* uma bela prova de um talento gracioso e correto, mas não limpa de alguns defeitos que lhe foram apontados.

Do sr. Carlos Luís do Nascimento existem alguns painéis restaurados, um de Lesueur, outro de Campora, e três de autor desconhecido. O sr. Nascimento tem um pincel especial e inteligente para este gênero de trabalhos.

Alguns quadros do sr. Vinet merecem a atenção dos visitantes entendidos, especialmente o *Rancho* e as *Pedras do Ribeirão Vermelho.*

Já conhecido por excelentes trabalhos de escultura, o sr. Chaves Pinheiro apresentou o *Modelo de um cavalo para estátua equestre,* que é uma das obras mais corretamente acabadas da presente exposição.

Citaremos ainda na classe da escultura os excelentes bustos do sr. Formilli e as medalhas do sr. Cristiano Guster.

O sr. Costa Guimarães expôs dois trabalhos de miniatura, a *Melancolia,* de Landelle, e um retrato da *Pompadour.* Ambas as miniaturas são feitas sobre marfim e do mais perfeito acabado. Todavia não hesitamos em preferir a *Melancolia.* O sr. Costa Guimarães é um dos melhores artistas que têm saído da nossa academia.

Os trabalhos fotográficos do sr. Pacheco avantajam-se a todos por uma rara perfeição, que, no dizer de um velho artista e poeta, igualam os melhores da Europa.

Mas não são só essas obras que igualam as melhores da Europa; os trabalhos do estabelecimento de óptica do sr. José Maria dos Reis chamam a atenção dos visitantes na sala que fica em frente à porta do edifício. Uma árvore feita de prata, e coberta por uma redoma de vidro, sustenta nas pontas de suas palmas cerca de sessenta lunetas, óculos e *pince-nez,* do mais perfeito lavor. Cremos que na Europa não se fabrica com mais perfeição. Acresce que os objetos expostos são simplesmente objetos de consumo, tirados do trabalho regular e comum do estabelecimento. Quiséramos dar aqui a relação detalhada dos diferentes objetos expostos pelo sr. Reis, mas falta-nos espaço. Cumpre dizer que a árvore de prata, em que pendem tão belos frutos, é igualmente fabricada no mesmo estabelecimento.

Citaremos por último a porta principal da Igreja de S. Francisco de Paula, pelo sr. A. de Pádua e Castro, e um relógio do sr. Henriot. A primeira, sobretudo, é de um primoroso trabalho.

Tal é o balanço da exposição.

Sem sair do terreno da arte, concluiremos o folhetim, mencionando o concerto dado pelo sr. Bonetti, no Teatro de São Januário, sábado passado. O sr. Bonetti é um artista de talento, e de uma modéstia que ainda mais lho realça.

Cantou nessa noite a sra. Isabela Alba, recebendo mui merecidos aplausos. A orquestra, dirigida pelo distinto professor Bensanzoni, era excelente.

M. A.
Diário do Rio de Janeiro, 21 de fevereiro de 1865

O deus Momo nos perdoará

O deus Momo nos perdoará se não lhe damos a melhor parte neste folhetim. Das duas festas que houve domingo, a dele não foi a mais bela. A mais bela foi a outra, de que os jornais deram ontem notícia minuciosa, a festa dos voluntários que partiram para o Sul; festa singular, em que a imagem da morte aparecia a todos os espíritos, coroada de mirtos e louros; em que as lágrimas do cidadão afogavam as lágrimas do homem; em que uma leve sombra de saudade mal se misturava ao fogo sagrado do entusiasmo.

Não há como negá-lo, a alma do povo levanta-se do sono em que jazia: os ânimos mais desencantados não podem deixar de sentir palpitar o coração da terra. As dedicações que de todos os pontos afluem são um eloquente sintoma de vitalidade nacional.

Ao grito da pátria agravada acodem todos: os mancebos deixam a família; os pais e as mães mandam os filhos para a guerra; as esposas, doendo-se mais da viuvez da pátria que da própria viuvez, não hesitam em separar-se dos esposos. É a grande leva das almas generosas.

As folhas narram o encontro no mar dos dois vapores, um que levava o contingente para o Sul, outro que conduzia voluntários para a corte. Quando as duas multidões se avistaram romperam em aclamações. Que há aí de mais belo? Que olhos se podem conservar enxutos ante esse espetáculo de fraternal animação?

Dos atos patrióticos publicados na última semana não faremos menção nestas colunas, que poucas seriam para tanto. Lembraremos de passagem apenas dois fatos, não porque sejam únicos ou raros, mas porque eles resumem a atitude do país nesta lutuosa atualidade.

O primeiro é o daquele mineiro, Francisco de Paula Ribeiro Bhering, coroado de cabelos brancos, que alega os seus 65 anos e a sua numerosa família para motivar uma isenção forçada, mas que, em compensação, apresenta seus dois filhos para o serviço da pátria.

O segundo é o daquela senhora campista, d. Francisca Alves Corrêa de Jesus, modelada pelo tipo antigo, que no ato da partida dos voluntários vai de olhos enxutos abençoar seu filho, a quem diz estas enérgicas palavras:

"Vai, meu filho, vai, não chores. Vai defender a tua pátria, e se voltares, traz-me a tua camisa tinta no sangue desses malvados, que eu terei muito gosto em a lavar."

A corajosa senhora conservou toda a calma durante essa despedida suprema. Mas era mulher e mãe. Quando voltou as costas ao filho as lágrimas rebentaram-lhe dos olhos.

Repetimos: estes fatos não são os primeiros, nem são raros. Campos deu um recente exemplo do primeiro; Minas deu o primeiro exemplo do segundo; eles provam que o povo brasileiro sente correr em si o sangue vivo da liberdade.

O que todos pedem, o que todos exigem, é que os governantes não desalentem o ardor dos governados.

A segunda festa de domingo, o carnaval, esteve mais frouxa que a dos anos anteriores, ao menos naquilo que pudemos ver. As causas de semelhante fato não precisamos nós assinalá-las, são conhecidas dos leitores. Avultaram muito nas ruas esses grupos de máscaras a que o povo dá uma designação extravagante, e cujo único divertimento é atordoar a gente tranquila com uma tocata de tambor, mais aborrecida do que duas semanas de chuva.

Nos teatros dizem-nos que houve luzimento.

O empresário dos bailes do Teatro Lírico destinou o produto do baile de ontem para as viúvas e órfãos dos que perecerem na campanha. A ideia é boa; não sabemos, à hora em que escrevemos, qual será a concorrência do baile; lamentamos somente que o dia de ontem seja sempre um dia de pouca concorrência, pela circunstância de estar colocado entre o primeiro e o último dia de carnaval, e como tal, destinado ao descanso dos foliões.

O Alcazar teve também uma ideia de beneficência. Hoje à tarde sairão daquele teatro os artistas da companhia, trajados no *Orpheu nos infernos,* para uma coleta entre o povo, destinadas às famílias dos bravos soldados que perecerem na campanha.

Surpreender a população no meio dos folguedos do dia, para intimar-lhes docemente a obrigação de enxugar as lágrimas dos que sofrem por todos, é uma ideia que não pode ser maltratada. Oxalá que ela dê bons frutos.

Se há transição fácil, natural, propícia, é do Carnaval à Quaresma. Os últimos sons dos guizos de Momo confundem-se com os primeiros dobres dos sinos da quarta-feira de cinzas. Se bem nos recordamos, a *Semana Ilustrada* representou com ateísmo, no ano passado, esta contiguidade da última hora da loucura com a primeira hora da penitência.

Ora, lembrar a Quaresma é sentir uma grande satisfação. Por quê? Porque, se os leitores se lembram, algumas procissões foram suprimidas, e tudo faz crer que as restantes sê-lo-ão também. Suprimir as nossas clássicas procissões é contribuir para dar ao culto externo um aspecto mais severo e mais digno. Eis um uso do passado cuja supressão não pode deixar de ser aplaudida.

Há de custar muito a fazer-se com que o nosso povo perca de uma vez o gosto das procissões. Foi educado com elas; é uma tradição de infância. Os velhos de 1865 fazem um triste juízo de nós, quando comparam o nosso tempo ao tempo do rei. O rei tinha predileções confessadas por todas as velhas carolices. Os contemporâneos dele choram hoje pelo bom tempo dos oratórios de pedra, dos terços cantados, das procissões bem-ordenadas, das ladainhas atrás do viático, das boas festas e dos bons frades; da verdadeira fé e dos verdadeiros filhos de Deus.

Não há dúvida que havia então certa ingenuidade de costumes; a carolice não elevava o espírito daquela gente, mas dava-lhe às vezes certa atmosfera de pureza à alma. Havia fé e boa-fé. Todavia, para que um povo seja profundamente religioso, é preciso que não seja profundamente carola.

As nossas clássicas procissões podem dar ideia de tudo, menos de um culto sério e elevado. Três ou quatro dúzias de anjinhos, espremidos em vestes variegadas, bambeando o corpo ao som da música; duas filas de homens com tochas na mão, alguns dos quais, por irreflexão sem dúvida, vão dizendo pilhérias à esquerda e à direita; as estátuas dos santos guindadas em andores floridos e agaloados; um anjo cantor, às vezes, que é sempre uma moça feita, e a quem de espaço em espaço fazem trepar a uma escada para cantar, enquanto os assistentes comentam as suas graças juvenis — tais são as nossas procissões, e semelhantes práticas ridículas e irreverentes não podem subsistir numa sociedade verdadeiramente religiosa.

Há no clero espíritos esclarecidos e sinceros. Esse que façam a propaganda. Nada mais fácil, nada mais útil. Uma procissão hoje é uma folia, mesmo para os mais sinceramente religiosos. Que os sacerdotes sérios não se conservem cúmplices de uma prática que só aproveita aos sacerdotes que não são sérios, como eles.

Ocorre-nos agora um fato que vem confirmar o nosso juízo acerca destas procissões: é conhecida de toda a cidade a luta tradicional que os diferentes templos estabeleceram entre si, com o único objeto de primar uns sobre outros no luxo das suas procissões respectivas. Quem vencia este ano arriscava-se a ser vencido no ano seguinte, cabendo-lhe a vitória em ulterior ocasião. Essa luta, por demais profana, manifestava-se por uma acumulação de prata e ouro nos andores, mais numeroso concurso de irmãos e de anjinhos, e outras coisas iguais.

Duvidamos muito que a divindade visse com bons olhos estes conflitos de primazia.

Fazendo estas observações, não nos inspira a ideia de molestar ninguém, e muito menos os que nutrem sincero amor ao esplendor do culto. Um erro de aplicação não importa um erro de intenção, e muitos dos que instam por estas práticas inveteradas não são levados, decerto, por um sentimento de vaidade pueril. Mas a estes bastar-lhes-á a consciência.

Se fazemos esta ressalva é para escapar uma vez, se é possível, a um dos muitos espinhos que forram o leito do folhetim. Aqui teríamos muito para dizer, se o espaço no-lo permitisse. Demais, ninguém até hoje ainda ocupou este lugar que não tivesse de dizer melancolicamente aos seus leitores, que nem tudo na vida do folhetinista são rosas. Nenhum leitor pode alegar ignorância.

Um exemplo, às pressas, para dar uma ideia somente dos muitos inconvenientes que cercam a vida do folhetim.

Que um florista exponha nas suas vidraças um ramo de flores; que um poeta remeta ao folhetinista um livro de versos; que um inventor o convide a ver uma máquina de moer qualquer coisa; se, depois do exame prévio, o folhetim disser que prefere as flores criadas por Deus, ou trabalhadas por Batton ou Constantino; que os versos não foram cuidados; enfim que a máquina não realiza os intuitos do inventor; cai-lhe sobre a cabeça a excomunhão maior e o folhetim fica condenado eternamente. Nem escapa ao côvado literário; medem-no e inscrevem-no no registro geral: uma polegada de competência podem julgar, quando muito, os liliputianos.

Imaginem agora os leitores que soma de pachorra e de filosofia não é preciso ao folhetim, quando ele é despretensioso e tem sincera consciência de si, para escrever tranquilamente esta única resposta:

Mon verre n'est pas grand, mais je bois dans mon verre.

M. A.
Diário do Rio de Janeiro, 27 de fevereiro de 1865

À última hora chega-nos às mãos uma poesia do nosso amigo dr. Teixeira de Melo. É uma bela inspiração patriótica. Não dispomos de muito espaço para mais; aqui vão os versos do distinto poeta brasileiro:

Ao Paraguai
Aos voluntários da pátria

O Brasil vai fazer de um povo escravo
Um povo livre. A algema brutaliza!
Horda de visionários que ainda beijam
A própria mão que férrea os tiraniza.

Vai dar uma lição tremenda ao déspota
Que o povo à escravidão contente guia;
E ao grêmio das nações chamar o escravo
Que adora a escravidão e a tirania.

Vilão e sanguinário, os seus escravos
Lopez verá passar livres do jugo,
Livres a seu pesar, qu'importa aos bravos
Que vão das mãos tirá-los do verdugo?

Tirano em miniatura, há de a arrogância
Ante nossos canhões depor em terra!
Sus! À guerra, valentes paladinos
Da luz da liberdade, à guerra! à guerra!

Ides regar de sangue aqueles campos
Onde impera o terror da tirania;

Porém do vosso sangue generoso,
A liberdade há de nascer um dia.

Filho da glória, o santo entusiasmo,
Que dá da pátria o amor, te guia e [...],
Arde-te a face a injúria feita à pátria,
Que nunca embalde o sangue te reclama.

E o paraguaio, embrutecido aos ferros
De antiga escravidão e ao servilismo.
Vacila e treme! E só o instiga o látego
Que Lopez deu por cetro ao despotismo.

Que importa ao servo a glória da conquista,
Os louros da vitória dos tiranos?
Eles não têm amor à liberdade...
São paraguaios, não americanos!

Obedecem a voz da tirania.
Ao aceno da fera que os domina.
Ide, valente troço de guerreiros,
Mudar daqueles bárbaros a sina.

Ide ensinar aqueles salteadores,
Que a Mato Grosso as garras estenderam,
Dos seus covis a estrada ensanguentada,
E a aprenderem de novo o que esqueceram.

A aprenderem que as nossas baionetas
Já deverão à pátria e a liberdade,
E que um povo de ingratos que isto esquece
É indigno de viver nossa idade.

Heróis, vingai o ultraje feito à pátria,
E a luz levai àquela escuridão!
Mostrai àqueles vis que um brasileiro
Vale cem dos escravos d'Assunção.

Ao Paraguai, valentes campeadores,
A luz, a liberdade e a paz levai!
A glória vos sorri, vos abre os braços:
Ao Paraguai, irmãos, ao Paraguai!

Dr. J. A. Teixeira de Melo.
Campos, Fevereiro de 1865

Os três últimos dias da semana passada foram de festa

Os três últimos dias da semana passada foram de festa para a capital do Império. Festejou-se a capitulação de Montevidéu. O entusiasmo da população foi sincero e caloroso. Mas não nos iludimos sobre o caráter da festa desses três dias: foi a festa da paz.

Uma notícia inexata, afixada na praça do comércio, e a presença do bravo comandante do *Recife,* Mariz e Barros, deram os primeiros impulsos. Tarde se reconheceu que o convênio de paz não atendera, nem para a honra, nem para os interesses do Brasil; mas a manifestação popular não cessou. É por isso que dizemos que o povo satisfez os seus instintos humanitários, aplaudindo a paz sem sangue, deixando a outros o cuidado de ventilar a questão de mais alcance.

Não cabe nos limites do folhetim a apreciação do convênio de 20 de fevereiro: é matéria exclusiva das colunas editoriais. A opinião do folhetim acerca desse documento não pode ser duvidosa. Admira-nos mesmo que não haja a este respeito uma só opinião, e que todos julguem, à uma, que o convênio de paz não atendeu nem para os direitos, nem para a dignidade do Império. Esse documento seria, além disso, uma sepultura política, se neste país houvesse uma rocha Tarpeia ao lado do Capitólio. Quem quer que seja o culpado, essa devia ser a pena.

De todas as opiniões contrárias, uma apenas é digna de respeito: é a do protesto filial que ontem acudiu às colunas do *Jornal do Commercio.* Qualquer que seja a energia e o azedume desse protesto, ele representa o justo respeito e a natural admiração do filho pelo pai. Mas, sem privar a palavra filial da atenção que ela merece, fica livre a todos os homens a apreciação franca e sisuda do triste desenlace da questão oriental.

Dissemos que o movimento popular teve por causa primeira a notícia inexata da praça do comércio, de ter havido uma capitulação sem condições. Este fato é grave. Quem foi o culpado dessa notícia? Como é que, em tão graves assuntos, empalma-se deste modo a manifestação pública? Examine o caso quem tem o direito e o dever de fazê-lo, e previna-se deste modo tão graves abusos para o futuro.

Uma das consequências do convênio de 20 de fevereiro seria esfriar o ardor e o entusiasmo com que o país está pagando o tributo de sangue, se fosse necessário ao povo brasileiro outro incentivo mais do que o dever. E contudo, o povo deve entristecer-se, vendo que a diplomacia inutiliza os seus esforços, e que o papel e a pena, armas fáceis de brandir, desfazem a obra produzida com o fuzil e a espada.

Ainda no domingo lá se foi para o Sul um contingente de voluntários. Foi uma festa igual à do domingo anterior. Aqueles bravos marcham para o campo de batalha como para uma festa. Eles sentem que obedecem à lei da honra; não os inspira uma vaidade pueril ou uma ambição mal provada. É a imagem da pátria que os atrai e os move.

Já tivemos ocasião de fazer um reparo, nestas colunas, acerca da ignorância e da má-fé dos jornalistas europeus a respeito das nossas coisas. Não fomos dos primeiros: esta queixa é velha. Nem seremos dos últimos, porque muito tempo há de correr ainda, antes que a imprensa europeia empregue nos negócios americanos o critério e a ilustração com que trata os negócios do velho continente.

Os jornais trazidos pelo último paquete oferecem uma nova página de má-fé e de ignorância. Dos poucos que lemos pode-se avaliar da maioria deles, que é sempre antipática ao desenvolvimento do Brasil.

A *Presse*, num artigo que traz a assinatura do sr. E. Chatard, acusa-nos de ter pretextado reclamações para conquistar a República do Uruguai; louva o Paraguai pelas suas tendências de equilíbrio; conta que ele apreendeu *os nossos navios*; que o Brasil, vendo que tinha ido muito longe, retirou as suas tropas do território oriental, e limitou-se a bloquear dois pequenos portos; em Paissandu, segundo o sr. Chatard, os nossos soldados saquearam as casas.

O sr. Chatard conclui o seu artigo, que ocupa uma coluna da folha, com as seguintes memoráveis palavras:

"*É estranho ver que, quando os Estados mais poderosos da Europa, a França e a Inglaterra, aderem a uma política de não intervenção...*"

Se o sr. Chatard soubesse uma polegada dos negócios desta parte da América, queremos crer que outra seria a sua linguagem. Preferimos crê-lo ignorante a crê-lo de má-fé, posto que ambas as coisas se possam dar, e se dão em geral, quando se trata da política brasileira.

Aqui vai, por exemplo, um caso de má-fé. É da *Indépendance Belge*.

Para responder a alguns jornais do Rio de Janeiro e aos correspondentes de certos jornais europeus, que disseram ter o governo do Paraguai dificultado ao nosso ministro na Assunção os meios de sair da República, a folha belga publica dois documentos que, segundo ela, confirmam a asserção do seu correspondente em Buenos Aires, *que é perfeitamente exata*.

Que documentos são esses? Uma nota do sr. Washburn, ministro americano na Assunção, e outra nota do sr. José Bergés, ministro das Relações Exteriores. Na primeira o ministro americano agradece a resolução do governo paraguaio, que pôs à disposição do nosso ministro um vapor e os passaportes para a legação, e pede um novo passaporte para o sr. Muniz Fiúsa; na segunda, o ministro paraguaio, remete o passaporte pedido.

Mas, o que a *Indépendance Belge* empalmou, com evidente má-fé, foi toda a correspondência anteriormente trocada entre o ministro americano e o ministro paraguaio, correspondência que, longe de confirmar a asserção do exato correspondente de Buenos Aires, confirma a asserção da imprensa fluminense e a dos correspondentes de *certos* jornais europeus. Como se sabe, as dificuldades encontradas pelo sr. Viana de Lima levaram-no a pedir a intervenção graciosa do sr. Washburn. Foi só depois de uma longa correspondência, que ocupou uma página quase da *Tribuna* de Buenos Aires, que o sr. José Bergés resolveu-se facilitar a saída do ministro brasileiro.

As folhas europeias que tanto nos são antipáticas, na ignorância dos negócios da América, são sempre induzidas em erro pelas narrações infiéis dos seus correspondentes.

O tal correspondente de Buenos Aires, a quem se refere a *Indépendance Belge,* é dos mais divertidos. A redação, apreciando o seu correspondente, diz que ele se ressente do espírito hostil de Buenos Aires contra o Brasil, mas que, apesar de tudo, a política do Brasil, se não tem um pensamento de ambição pouco justificável, parece difícil de explicar-se. Só se compreende a *intervenção* do Brasil na guerra civil, pelo sonho de anexar o Uruguai, e nesse caso o presidente López obra com espírito político, energia e resolução.

Esta é a opinião da folha, já manifestada mais de uma vez. Na opinião do correspondente, a política do Brasil é ambiciosa, e o Império despreza o direito das gentes. A narração dos atos de pirataria praticados pelo governo paraguaio, é feita com as cores próprias a tornar o tiranete digno da admiração universal. Conta, por exemplo, a apreensão dos fundos que levava o vapor *Olinda,* mas não acrescenta o procedimento que em seguida teve o sr. Francisco Solano. O presidente do Paraguai, pensa o correspondente, é a providência do Rio da Prata.

Mas, se todas estas inexatidões e apreciações falsas são condenáveis em jornais importantes como a *Presse* e a *Indépendance Belge,* muito mais o são num jornal que se decora com a denominação de *Jornal Internacional,* e que, por este modo, se impõe um conhecimento perfeito dos negócios do mundo.

Tal é o *Nord.* Os correspondentes desta folha são do mesmo gênero que os das outras. É inútil resumir as asserções e as opiniões dele: são as mesmas. Mudam as palavras, é certo; ali é a *política invasora* do Brasil, aqui é o Brasil que *tira a máscara.* Lá como aqui, os soldados brasileiros saquearam Paissandu; aqui como lá, Leandro Gomes é um herói. As barbaridades, as violências, os roubos, praticados pelos heróis daquela medida, tanto orientais como paraguaios, ficam no escuro. As nossas legítimas queixas, os justos motivos que nos levaram à guerra, são substituídos por um desejo de anexar o Uruguai, por uma política ambiciosa, por uma intervenção mal compreendida. *Voilà comme on* écrit *l'histoire.*

Naturalmente os nossos leitores perguntarão o que fazem os nossos agentes na Europa, que não trazem à luz da imprensa a narração fiel dos acontecimentos, e não destroem a opinião acerca dos honrosos e imprescindíveis motivos da guerra contra a República do Uruguai. Também nós fazemos essa pergunta, e tanto nós, como os leitores, ficamos sem resposta.

Voltemos um pouco o rosto para as coisas literárias.

A imprensa do Maranhão deu-nos uma boa notícia, que, aliás, devera ter sido conhecida antes nesta corte, onde se deu o fato. É de terem aparecido os manuscritos dos dramas de Gonçalves Dias, *Beatriz di Cenci* e *Boabdil.* Esses manuscritos apareceram de um modo singular. A viúva do poeta fizera um anúncio pedindo a entrega dos manuscritos que existissem nas mãos de alguns particulares. Logo no dia seguinte apareceu-lhe em casa um preto que entregou os dramas de que já falamos e desapareceu.

Não se encontraram somente os dramas na caixa entregue pelo preto; encontrou-se também várias poesias, e alguns trabalhos sobre instrução pública.

Deus queira que atrás desses apareçam os outros. Não é de crer que, se alguém os possui, queira conservá-los, fazendo assim um profundo desfalque às letras brasileiras. E uma vez reunidos todos, ou perdidas as esperanças de encontrar o resto, faz-se necessária uma nova e completa edição das obras do grande poeta.

Temos dois fatos teatrais; a estreia do ator Furtado Coelho no Ginásio, e a 1ª representação da *Berta a flamenga*, em S. Januário. Só nos ocuparemos com o segundo; iremos depois ao Ginásio habilitar-nos para apreciar o primeiro, e verificar os progressos do artista que ali iniciou a sua carreira.

Berta a flamenga foi uma nova ocasião para que a sra. Emília das Neves colhesse justos aplausos. Esses aplausos só se fizeram ouvir no fim do 3º e no 4º e 5º atos; nos dois primeiros não havia lugar para as brilhantes qualidades da artista; mas quando apareceu a ocasião, mostrou-se ela como nas suas boas noites.

O drama é interessante, mesmo apesar de algumas *ficelles* mal escondidas. Promete manter-se em cena. O resto do pessoal que acompanha a sra. Emília das Neves não é no todo irrepreensível, mas tem em grande parte direito à menção dos seus conscienciosos esforços.

Guardamos para a última coluna a notícia de um livrinho de versos que acabamos de receber da Paraíba do Norte. Tem por título *Mosaico*, e por autor Joaquim Serra, jovem maranhense, de cujo talento já temos apresentado aos leitores irrecusáveis provas.

O livro de um poeta digno deste nome, é sempre credor da nossa atenção; este, porém, tem um duplo direito: além do nome do autor, tem o nosso nome, a quem o autor dedica a sua obra. Somos obrigados por um sentimento de gratidão a mencionar o fato nestas colunas. Cremos que este caso faz exceção na poética dos leitores.

A lembrança do autor do *Mosaico* é para nós tanto mais honrosa e agradável ao coração, quanto que resulta de espontânea simpatia, sem que nunca trocássemos um aperto de mão. É por isso que o poeta quis dar-me um apertado abraço, através do mar que nos separou sempre, e que não nos servirá de obstáculo um dia.

O *Mosaico* compõe-se de traduções de Vigny, Victor Hugo, Musset, Laprade, Mickiewicz, Méry, e muitos outros poetas, que Joaquim Serra estudou com perfeita madureza e reproduziu com brilhante fidelidade. Transcreveremos em outra ocasião algumas peças deste interessante volume.

De novo agradecemos ao jovem colega e amigo a prova de simpatia que nos acaba de manifestar, e daqui lhe repetimos a palavra dos admiradores do seu talento: *avante!*

M. A.
Diário do Rio de Janeiro, 7 de março de 1865

A ESTRELA DO PARTIDO LIBERAL DESMAIA

A estrela do partido liberal desmaia. A Providência vai fazendo coincidir os seus arestos com os erros dos homens. Quando os homens violam um princípio, ela arrebata-lhes um lutador, como castigo imediato. Duplo desastre, dupla condenação!

Era um grande lutador Félix da Cunha. Era uma inteligência e uma consciência, na acepção mais vasta destes dois vocábulos. Jovem ainda, soubera criar um nome que se estendeu desde logo em todo o país, e tornou-se uma das estrelas da bandeira liberal. Tinha a estima dos amigos, o respeito dos adversários — e a admiração de todos. Na imprensa, como na tribuna, a sua palavra era dotada de robustez e brilho, de audácia e convicção.

Foi poeta nos seus primeiros anos; cedo, porém, abandonou o lar das musas, como tantos outros, para sacrificar à fada prestigiosa de todos os tempos, que atrai com tanta fascinação e que prepara às almas cândidas as decepções mais cruéis. Não sabemos se ele as teve; devia tê-las. Felizes, porém, os que, como ele, seguem o conselho de Ulisses, e salvam da mão de Circe o pudor da consciência e o melindre das ilusões. Andar no meio dos homens, sem ver os homens, é preciso ter a cabeça muito acima do nível da humanidade. Foi o que lhe valeu a ele.

A imprensa rio-grandense e a fluminense já deram à memória de Félix da Cunha, a homenagem devida de veneração e de saudade. Em breve todo o Brasil terá prestado esse último dever à memória do ilustre patriota.

Para todos — e todos o admiravam — era Félix da Cunha um grande talento, um combatente leal, um enérgico tribuno. Mas para os que o conheciam de perto, era mais: era o bom Félix. Aliava a uma inteligência superior um coração generoso; rara aliança que os povos devem ter diante dos olhos como lições eternas.

A maior parte dos semideuses políticos de que transborda o nosso Olimpo não se podem ornar com essa dupla coroa. É certo que a história tem o capricho singular de mudar os papéis; quando um Tácito futuro escrever o nome do patriota que acaba de sucumbir, os semideuses serão apeados ao papel de comparsas. Desforra tardia, mas eterna.

A província do Rio Grande perdeu um filho querido, o Brasil um patriota denodado, o partido liberal um dos seus mais valentes atletas, a humanidade um homem justo e bom.

Para cúmulo de males, o Brasil não perde só isso, lamenta outras perdas tão preciosas, e lamentará ainda apesar de todos os manejos de partido.

Falemos do célebre convênio.

A semana ocupou-se quase exclusivamente com ele. O convênio foi o assunto obrigado dos jornais e das conversas, das ruas e das casas, dos teatros, e dos cafés; falavam dele todos, desde o ministro de Estado até o caixeiro de cobranças, se todavia, os caixeiros de cobranças e os ministros de Estado se ocupam com estas coisas.

O convênio adubava o jantar, entrava como parte componente do sorvete, amenizava os intervalos dos atos de uma peça, repousava os olhos cansados dos anúncios, era a primeira saudação e a última palavra de despedida, substituía, finalmente, o modo de iniciar a conversação. Quando duas pessoas se encontravam, não diziam, como até aqui: — Que calor!, diziam: Que convênio!

Que convênio! Mas esta expressão supunha um adjetivo oculto, o qual mudava conforme a opinião do interlocutor; para uns era o convênio magnífico; para outros detestável. A discussão começava logo, e havia para duas horas de conversa.

Como estava previsto, cada qual ficou com a sua opinião. Mas essa peça deve ser uma obra-prima diplomática, visto que se presta assim a duas interpretações, e pode ser, a um tempo, glória e ignomínia. Se os da primeira opinião estão convencidos, confessemos que o convênio prova, ao menos, a habilidade do negociador.

Falta-nos espaço para resumir os debates. Devemos confessar, por amor da verdade, que as opiniões escritas favoráveis ao convênio foram em maior número. Isto é um fato e nada mais. Mas isto não prova ainda a maioria, e se provasse era a mesma coisa.

Correu há dias na cidade um boato que nos entristeceu: era o de um plano de insulto à casa do conselheiro Paranhos. Entristece-nos o boato, sem todavia acreditar nele. Não, o povo brasileiro não praticaria um ato semelhante. Mas praticará outro ato, de que também se fala, o de uma ovação ao negociador, no dia em que ele chegar a esta corte? Também não cremos; as vozes que anunciam essa ovação são vozes partidárias, revelam a intenção e a origem desse triunfo.

Dando notícias destes rumores, não só mencionamos um fato da semana, como manifestamos um sentimento de mágoa. Cabe-nos então, como aos *blancos,* a frase de d. André Lamas: — Sempre o partido acima da pátria!

O terreno é inclinado, e a nossa pena vai naturalmente curando da política torva, de que juramos abster-nos.

Melhor é mencionarmos uma vitória que tivemos esta semana, tão incruenta como a paz de 20 de fevereiro, e mais honrosa que ela. Foi a visita que fizeram a esta corte os srs. Juan Saá e Nin Reys. Pouco valem os visitantes; mas quando homens da natureza daqueles, dos quais o primeiro se adorna com uma sanguinolenta celebridade, depois de uma luta em que acabam de fugir, deixam a cena de suas façanhas, e vão confiantes e tranquilos pisar a terra do inimigo, é uma vitória isso, é a homenagem da barbaria à civilização, da traição à generosidade, da perfídia à boa-fé.

Juan Saá, trocados os papéis, daria ao mundo o segundo ato das lançadas de S. Juan; mas tal é a convicção de que, na guerra que acaba de findar, a civilização era a sua inimiga, que o herói de sangue residiu entre nós alguns dias, passeou nas ruas, chegou a perlustrar, segundo nos consta, as alamedas da Quinta da Boa Vista, com tanta segurança como se estivesse pisando o soalho de sua casa. Depois do que, partiram os dois heróis para a Europa, onde vão meditar na instabilidade da fortuna política, até surgir o momento de trazer de novo a desolação à sua pátria.

Deus os conserve por lá.

Uma folha desta corte anunciou há dias um novo orador sagrado, o sr. padre Guaraciaba, cremos. Não tivemos a honra de ouvi-lo; não sabemos até que ponto merece s. revma. os elogios daquela folha; iremos ouvi-lo na primeira ocasião. Um orador sagrado neste tempo é um presente do céu, uma fortuna para a religião, uma consolação para o púlpito.

De há muito tempo que a palavra sagrada serve de instrumento aos incapazes e aos medíocres. Há, sem dúvida, exceções, mas raras; há alguns talentos mais ou menos provados, mais ou menos legítimos; mas o púlpito vive sobretudo da sombra luminosa dos Sampaios e Mont'Alvernes. Fecharam-se as *bocas de ouro* e abriram-se as *bocas de latão*.

E neste ponto a palavra representa o corpo. O clero é medíocre, a eloquência sagrada abateu-se até o nível do clero. Para ser orador sagrado basta hoje uma coisa única: abrir a boca e soltar um discurso. Ninguém hoje se recusa a pregar; embora vá produzir um efeito negativo. Entende-se que para falar do alto do púlpito basta alinhavar meia dúzia de períodos fofos, que suas reverendíssimas fazem revezar entre si.

Não há muitos anos, vieram dizer-nos que um jovem sacerdote começava a carreira de orador sagrado, dando esperanças de um Bossuet futuro. Estava ainda nas suas estreias. Um Bossuet, mesmo em expectativa, não é coisa que se desdenhe, mormente quando a tribuna sagrada é semelhante a Calipso, não se consola na saudade e na viuvez. Não nos queiram mal pela comparação: Calipso é a filha querida de um arcebispo.

Fomos ouvir o pregador. O verbo ouvir é de rigorosa verdade. A igreja estava às escuras, era Sexta-feira Santa: o sermão dessa noite tem a denominação pretensiosa de sermão das lágrimas. Não tivemos, pois, a honra de ver o rosto do padre, mas ouvimo-lo. Será preciso acrescentar que no fim do sermão tínhamos um sentimento contrário ao da raposa da fábula, preferindo ter visto antes, ao sagrado corvo, *sa plumage que sa ramage?*

O pregador começou, como todos os outros, por um tom lamentoso, de efeito puramente teatral. Entende-se que para comover os fiéis ante a tragédia do calvário é preciso modular a voz, com o fim de fingir uma dor, que só é eloquente quando é verdadeira.

Dali calculamos o que seria o resto do discurso.

Não nos enganamos.

Cuidais que ele exortou os fiéis a ter no coração a lição tremenda da morte de Cristo? Que fez, com as cores próprias, a pintura do bem e do mal? Que exortou os homens a evitar o segundo e a seguir o primeiro? Nada disso: o reverendo sacerdote demorou-se em fazer o inventário do velho arsenal do inferno; pintou, com cores vivas, as chamas, as tenazes, as caldeiras, as trevas; descreveu a figura do inimigo da luz; não atraiu, assustou; não convenceu, aturdiu; em uma palavra, não infundiu a contrição, provocou a atrição.

Quando saímos da igreja, estávamos convencidos de que o jovem Bossuet poderia ser um dia cônego da capela, e até bispo de alguma diocese, mas nunca inscreveria o seu nome no livro dos oradores.

E assim se foram as nossas esperanças.

Bem-vindo seja, portanto, o novo orador que tão bem se anuncia.

Estamos certos de que o clero, se estas linhas lhe chegam aos olhos, perdoarão ao pecador que assim fala, mesmo em tempo de penitência.

O tempo da penitência não impede também que se fale em teatros. Ambas as coisas podem existir sem prejuízos para a religião. Prejuízo havia no tempo em que o gênero sacro estava em voga, e escolhia-se cada ano uma página do *Flos Santorum* para divertir o público pagante das plateias. Nunca entendemos que semelhante espetáculo, onde o maquinista é o santo milagroso, pudesse influir melhor sentimento que uma boa peça profana.

Tivemos ultimamente o *Gaiato de Lisboa*, no Ginásio, fazendo o sr. Furtado Coelho o papel do general. Este papel, como se sabe, era a coroa de glória do finado Vitorino. Não conservamos memória deste artista naquele papel em que só o vimos uma vez. Assim, não seremos levados a confronto de natureza alguma.

O sr. Furtado Coelho, que outrora aplaudimos nos papéis de galã, e especialmente no gênero novo dos Desgenais, fez-se aplaudir com justiça no papel de general. Foi excelente; revelou que não perdeu o tempo das suas peregrinações, e que soube compreender a superioridade do estudo calmo e refletido sobre os lampejos inconscientes do talento.

Dando-lhe os nossos parabéns, fazemos um ato de franca justiça.

É força acabar. Fá-lo-emos com a transcrição de um soneto de Bruno Seabra. O soneto já vai sendo coisa rara, depois de ter sido a forma harmônica de Petrarca, Camões, Bocage e Barbier. Hoje ninguém quer sentar-se neste leito de Procusto, e fazem bem. Não diremos o mesmo a Bruno Seabra, cujo trabalho transcrevemos e recomendamos aos leitores. Todos conhecem a musa do autor das *Flores e frutos*, estes belos versos serão lidos com interesse:

> Nas margens do Uruguai — nossa bandeira
> Já leva de vencida a gente ignava;
> Já ovante tremula e a afronta lava
> De uma selvagem raça traiçoeira!
>
> Eia!... mais esta vez — entre em fileira,
> E, destroçando a coorte — vil escrava,
> Às mais bravas nações mostre que é brava,
> E fique ilesa a honra brasileira!
>
> Brasileiros! marchar!... não se difama
> Impunemente — de um país a história!
> Marchai... a Pátria — a Mãe — é quem vos chama.

Ide os louros colher d'alta Memória,
O pátrio pundonor que vos inflama
É que faz cidadãos — é que dá glória!

Bruno Seabra

M. A.
Diário do Rio de Janeiro, 15 de março de 1865

Devemos começar esta revista por uma reparação

Devemos começar esta revista por uma reparação.

Apesar de mencionada entre as nossas notas, esqueceu-nos dar na última revista uma breve resposta à sra. d. Olímpia da Costa Gonçalves Dias.

A viúva do poeta, tomando em consideração algumas linhas que escrevemos acerca do achado dos dramas *Beatriz di Cenci* e *Boabdil,* respondeu-nos por esta folha, retificando alguns enganos que nos tinham escapado.

Um deles era a publicação do fato, que dissemos ter sido feita no Maranhão, antes de ter sido feita no Rio de Janeiro. A sra. Gonçalves Dias lembra-nos que a primeira notícia foi dada nos jornais do Rio, a 5 de fevereiro. Confessamos que nos escapou a notícia, e aceitamos cordialmente a retificação.

O segundo engano foi quanto ao dia em que foram entregues os manuscritos. Dissemos que fora no dia seguinte ao do primeiro anúncio, quando essa entrega só se efetuou cinco dias depois. Neste ponto, a culpa não é nossa; fomos guiados pela notícia de Maranhão.

Quanto ao agradecimento que a viúva do poeta nos dá pelos votos que fizemos pelo aparecimento de todos os manuscritos extraviados, não podemos aceitá-los, senão como pura expressão de delicadeza: esses votos constituem um dever de todo aquele filho do país em que tamanho poeta floresceu e viverá.

Saldadas estas contas, entremos nos assuntos da semana.

Não fatigaremos mais os leitores com o convênio de paz. É uma questão adiada; perdeu o calor dos primeiros dias. Depois de duas semanas de imenso estrépito, de confusão extrema, o convênio de paz foi entrando na classe dos assuntos discutidos; e hoje raro aparece um artigo nas colunas a pedido dos jornais.

Assistindo à discussão do convênio, que começou devagar, atingiu ao maior grau de calor, e foi depois amortecendo, a pouco e pouco, mais de uma vez nos lembramos daquela formosa *oriental* de Victor Hugo, *Os djins.* Apostamos que os leitores, não só se estão recordando do assunto da poesia, como até da forma métrica, que varia conforme se aproximam os *djins*, e cresce desde o verso de duas sílabas,

> *Murs, ville*
> *Et port,*

até o verso de dez sílabas, indo depois a decrescer, a decrescer, até chegar à última estrofe. Hoje pode-se dizer do convênio, como dos *djins* orientais:

> *Tout passe,*
> *Tout fuit.*

Acabou-se o debate *a pedido*, o debate anônimo, o debate sem significação, sem alcance, sem efeito. O governo encerrou-se no mais profundo silêncio; os contendores, depois de esgotada a matéria, deram por finda a controvérsia,

> *Et le combat finit, faute de combattants.*

Imitemos aqueles heróis e risquemos o assunto das nossas notas semanais. Todavia, não podemos deixar de referir um ato com relação à capitulação de Montevidéu.

Não sabemos se o leitor crê ou não crê no espiritualismo. Pela nossa parte, nunca prestamos fé a essas superstições, apesar de conhecermos algumas pessoas para quem o espiritualismo é uma verdade incontestável e uma ciência adquirida.

Uma dessas pessoas, muito antes da notícia do convênio, remeteu-nos uma folha de papel, contendo o resultado de duas sessões de espiritualismo, nas quais algumas profecias foram feitas relativamente à guerra do Sul.

Uma dessas profecias dizia assim:

"Montevidéu começou a ser bombardeada no dia 9 do corrente mês; no dia 14 ainda se sustentava, apesar de horríveis estragos sofridos; mas dentro de poucos dias se renderá."

Daí a dias a notícia do célebre convênio de paz, com o qual só se bombardeou a dignidade nacional.

Que fica sendo o espiritualismo depois deste fato?

De ordinário devem recear-se os profetas e as profecias. Confessamos, porém, que se as profecias nos fizeram rir, diante dos acontecimentos posteriores, não nos rimos nós dos profetas, e eis aqui a razão.

A maior parte dos acontecimentos anunciados pelo espiritualismo não eram predições, eram induções. Quase todos eram a consequência provável dos fatos conhecidos. O bombardeamento de Montevidéu estava no caso. A atitude da praça, a tenacidade dos chefes, a surdez do governo oriental, tudo fazia crer no ataque, nada fazia crer no convênio. Era indução lógica.

Mas estará neste caso a seguinte profecia da mesma sessão: — "Caxias vai para o Paraguai"? Limitamo-nos a este ponto de interrogação.

Partiu domingo um novo contingente de tropa para o Sul. É esse um acontecimento que se vai repetindo todas as semanas, sempre no meio do maior entusiasmo popular. É belo ver o aplauso unânime, o ardor geral, o sentimento de todos, quando se trata de cumprir um dos mais santos deveres do homem. Folgamos em dizê-lo, a nação foi além do governo, o povo foi além dos homens de Estado.

Duas palavras agora para um fato pessoal.

Vieram dizer-nos que vários reverendos padres se tinham irritado com algumas linhas da nossa última revista. Os leitores hão de lembrar-se do que então dissemos a propósito dos nossos pregadores, e da mediocridade do clero brasileiro.

O fato do jovem Bossuet, citado por nós sem declaração nem do nome, nem do ano, nem do templo, tomou-o para si um dos nossos censores, que, apesar da caridade evangélica de que deu exemplo o Divino Mestre, exprimiu-se a nosso respeito com algumas palavras dissonantes.

Quoi! vous êtes devots et vous emportez!

Declaremos, porém, que, nas observações que então fizemos, não houve nunca intenção de ofensa pessoal, porque é essa a norma de todo aquele que sabe colocar-se no terreno da lealdade. Referimos o fato, omitindo expressamente a personalidade: contamos o que era de contar; exprimimos a nossa opinião, e embora viéssemos a ser amigos do sacerdote em questão, se acaso ele fosse o mesmo que naquela noite, continuaríamos a dizer que ele era um excelente homem e um mau orador.

Fica assim satisfeita a nossa consciência, e respeitada a dignidade do sacerdote. Que sua reverendíssima faça o mesmo, e ficaremos quites.

Só temos uma novidade no capítulo dos teatros. O sr. Gomes Cardim, maestro português, há longo tempo residente no Rio Grande, chegou ultimamente a esta corte, para executar uma composição musical, denominada *Batalha de Paissandu*.

No dia 18 teve lugar essa execução no Teatro de São Januário, com a presença da família imperial, e diante de um numeroso concurso.

A *Batalha de Paissandu* foi aplaudida com muito entusiasmo e muita justiça. É uma composição enérgica, viva, original, bem inspirada, bem concebida e bem executada. Uma grande orquestra, ou antes uma tríplice orquestra foi dirigida com muita maestria, pelo próprio autor. O assunto e o título da composição entraram por muito no movimento estrepitoso dos espectadores que, à uma, se levantaram, no meio de vivas ao imperador e ao Brasil.

Felicitemos o sr. Gomes Cardim, cujo talento tem direito aos aplausos e lhe impõe o dever de não abandonar a bela arte a que se dedicou.

Passemos agora a um assunto de política. Trata-se do México.

Recebemos uma carta que nos apressamos a transcrever nestas colunas, dando-lhe em seguida a resposta conveniente.

Ei-la:

Ao Ilustre Redator do Ao Acaso
Carta I.

Rio de Janeiro, 12 de março de 1865.
Meu caro amigo. — *Na* Revista da Semana *do dia 21 de fevereiro próximo passado, sob a epígrafe supramencionada, vos dignastes de fazer alusão a este vosso reconhecido amigo, dizendo:*

> Sabemos que estas linhas vão ser lidas por
> um amigo nosso, que olha as coisas por um
> modo diverso, e que, sobretudo, toma muito
> a peito a defesa pessoal do imperador Maximiliano.
> Folgamos em mencionar de passagem
> que as intenções daquele príncipe nunca foram
> suspeitas para nós. Cremos que ele sinceramente
> deseja fazer um governo liberal e plantar
> uma era de prosperidade no México.
> A modificação do gabinete mexicano, e o
> rompimento com o núncio do papa, são os
> recentes sintomas das disposições liberais de
> Maximiliano. Além disso, o nosso amigo afirma
> com razão que o novo imperador, moço,
> ilustrado, liberal, nutre a legítima ambição de
> guiar uma nação enérgica e robusta a uma
> posição digna de inveja. A origem espanhola
> do México, acrescenta o nosso amigo, influiu
> poderosamente no espírito de Maximiliano,
> que nutre decidida simpatia pela raça do Cid,
> cuja língua fala admiravelmente.
> Estamos longe de contestar nada disto; mas
> recisamos acaso acrescentar uma verdade comezinha,
> a saber, que as melhores intenções deste
> mundo e os esforços mais sinceros não dão
> a menor parcela de virtude àquilo que teve
> origem no erro, nem transformam a natureza
> do fato consumado?

Para responder dignamente às proposições por vós emitidas, tanto nesta revista como em outras ocasiões públicas e de intimidade, relevar-me-eis que vos escreva algumas cartas, nas quais tratarei de ser breve, discreto e verdadeiro. Esto brevis et placebis.

Compenetrado da vossa vontade, desnecessário me parece repetir-vos que, sobretudo, sou americano, e, depois de tudo, americano; porque acredito que "a excelência das instituições", como nota o sr. Escandon, "não depende do hemisfério nem da latitude em que foram adotadas", senão da índole, do caráter, da educação e das convicções dos homens que formam as nações.

Antes, porém, de entrar em matéria, ser-me-á lícito dizer duas palavras sobre as frases sublinhadas da análise rápida que fizestes do discurso pronunciado pelo exmo. sr. d. Pedro Escandon, enviado extraordinário e ministro plenipotenciário de s. m. o imperador Maximiliano I, no ato de apresentar as suas credenciais a s. m. o Imperador, o sr. d. Pedro II, notificando ao mesmo augusto senhor a elevação ao trono mexicano do seu monarca.

Eis aqui o trecho a que quero responder antes de elucidar a tese principal das minhas cartas:

*Nada temos que ver, dizeis, com o discurso
do embaixador mexicano. É natural que
S. Exa. ache no presente estado de coisas de seu
país uma obra justa e duradoura. Sendo assim,
não nos demoraremos em desfiar algumas expressões
do referido discurso; não indagaremos quais
são os recíprocos interesses entre os dois impérios,
nem criticaremos a identificação de
governo existente entre os dois países.*

É preciso que nos entendamos, para que as minhas futuras cartas sejam recebidas por vós com a benevolência com que a vossa ilustração costuma aceitar as opiniões alheias, baseadas na convicção, na verdade e na justiça.

Ignoro a impressão que as vossas palavras haverão produzido no espírito do alto funcionário mexicano, que deve naturalmente tê-las lido; mas posso glosar — se de glosa carecem as suas expressões claras, terminantes e lógicas — o texto de seu discurso.

Não quereis indagar quais são os recíprocos interesses entre os dois impérios; *e eu tomo a liberdade de chamar a vossa ilustrada atenção para as palavras do diplomata mexicano, e ouso perguntar-vos se era necessário esmerilhar quais são ou podem ser os* recíprocos interesses *entre os dois impérios.*

Além disso, diz s. ex. o sr. Escandon no supramencionado discurso, para que os vínculos da amizade e dos recíprocos interesses, que devem unir *ambos os impérios, sejam tão estreitos e sinceros como os que felizmente ligam as das duas famílias reinantes, etc.*

Notai que o distinto diplomata mexicano não diz unem, *senão que* devem unir *no futuro; porque bem sabia ele que acabava de ser acreditado na corte do Brasil; que a distância, que separa os dois impérios, é grande; que não existiram até agora as mínimas relações entre os dois povos; mas não deixava de en-*

xergar para o porvir que esses interesses podem e hão de chegar a ser mútuos, política e comercialmente falando: e deseja, para esse tempo, que os vínculos de amizade e recíprocos interesses, entre ambos os impérios, sejam tão estreitos e sinceros como os que felizmente ligam os das duas famílias reinantes.

A essa delicada e americana frase, dita com toda a unção de amizade mais sincera, não devíeis vós, meu caro e ilustrado redator da Semana, responder não querendo indagar quais são os recíprocos interesses entre os dois impérios.

Eu prometo fazer-vos ver nesta série de cartas — que me concedestes a licença de dirigir-vos — que esses recíprocos interesses entre os dois impérios poderão ser com o correr dos tempos mais transcendentais e valiosos, em política e comércio, do que parece ao primeiro lance de olhos.

Relevai-me ainda que faça uma simples observação sobre a frase — "nem criticaremos a identificação do governo existente entre os dois países".

Como! E acreditais que pode merecer uma censura ou crítica a identificação *em origem, raça, crença, e* governo *dos dois povos?*

Não são, porventura, os dois países uma monarquia constitucional, um governo monárquico-moderado, dois povos que proclamaram este sistema — *arco-íris das ideias de ordem, autoridade, liberdade e dignidade nacional? Não é o seu estado político presente o resultado das suas próprias convicções?*

Enxergo a vossa resposta, entrevejo as vossas objeções, estudei já os vossos argumentos em perspectiva, ponderei a sua força e estou disposto a encetar esta melindrosa discussão.

Vós dizeis fazendo referência à resposta de s. m. o imperador do Brasil, ao enviado extraordinário e ministro plenipotenciário de s. m. o imperador do México —

"*que as potências fracas, neste caso, imitam as potências fortes: suportam mais esta travessura do tutu das Tulherias*".

Perdoai, se eu não admito este mot heureux de circonstance.

O povo mexicano não recebeu o seu monarca atual, como uma imposição de Napoleão III.

Para esclarecer esta questão, são acanhados os limites da presente carta. Dignai-vos de esperar ainda alguns dias, para eu poder manifestar-vos que a monarquia mexicana é o resultado da convicção, da amargosa experiência, da dedução lógica dos fatos, da vontade refletida de um povo enérgico e robusto que, como diz o sr. Escandon no seu discurso, teve o acerto de confiar os seus destinos a um Maximiliano I, e a fortuna de receber em troca a ordem e a paz, fundamentos indispensáveis da liberdade bem entendida, *depois de ter sofrido, durante quarenta anos, todas as*

agonias da anarquia, todos os soçobros da revolução, todas as misérias das ambições dos caudilhos, e todas as fúrias dos demagogos aventureiros, que só podem e sabem pescar em águas turvas.
Vosso deveras
O Amigo da Verdade.

Agradecemos ao *Amigo da Verdade*, que também é nosso amigo, as expressões de extrema benevolência e apurada cortesia, com que nos trata. Devêramos talvez mutilar esta carta, suprimindo os benévolos epítetos que o nosso dever não pode aceitar sem constrangimento; mas, para os homens de bom senso, isso seria simplesmente mascarar a vaidade.

De pouco trata esta carta.

O *Amigo da Verdade* promete entrar em outras explanações nas cartas posteriores, reservamo-nos para essa ocasião.

Mas, o *Amigo da Verdade*, referindo algumas frases nossas da revista de 21 do passado, repara que houvéssemos estranhado no discurso do sr. d. Pedro Escandon as expressões *recíprocos interesses* entre os dois impérios e a *identificação de governo* entre os dois países.

Nossa resposta é simples.

Falando das duas frases do embaixador mexicano, fizemo-lo em forma de exclusão. Não quisemos torná-las essenciais para as observações que íamos apresentar. Todavia, não será exato dizer que, fazendo aquele ligeiro reparo, não tivéssemos uma intenção: tivemo-la e confessamo-la.

Em nossa opinião o Império do México é um filho da força e uma sucursal do Império francês. Que reciprocidade de interesses podia haver entre ele e o Império do Brasil, que é o resultado exclusivo da vontade nacional? O *Amigo da Verdade* promete mostrar que os interesses políticos e comerciais entre os dois países são mais transcendentais do que se pensa. Não tínhamos em vista a comunidade dos interesses comerciais e as conveniências de ordem política. Subentendíamos os interesses de ordem moral, os interesses mais largos e duráveis, os que não recebem a impressão das circunstâncias de um momento. A justiça universal e o espírito americano protestam contra a reciprocidade desses interesses entre os dois impérios.

Ocorriam outras circunstâncias, ao escrevermos aquelas linhas.

Estava reunido em Lima, capital do Peru, um congresso americano destinado a celebrar uma aliança dos Estados da América do Sul. Não sabemos por que razão deixou o Brasil de figurar naquele congresso. O espírito político do governo imperial não nos dá ocasião de supor que ele fosse movido por grandes razões de Estado. Mas o fato é que o Brasil não teve representante no congresso, e eis aqui como a democracia americana traduz o nosso procedimento: antipatia do Império para com os interesses americanos. É sem dúvida uma ilusão; a nação brasileira não conhece, nem se comove por outros interesses; mas a verdade é que o procedimento do Brasil produziu aquela opinião.

Isto quanto ao Brasil.

Quanto ao México, é sabido que os Estados Unidos nunca viram com bons olhos a invasão francesa naquele país e a mudança do antigo estado de coisas. As circulares do sr. Seward deram a entendê-lo claramente; mais tarde o Congresso de Washington votou uma moção contrária ao novo governo do México. O voto do Congresso não obriga a política dos Estados Unidos; mas eis que o Senado americano, por proposta do sr. Wade (do Ohio), decidiu que no orçamento dos consulados a palavra *México* fosse substituída pelas palavras *República Mexicana*. "Há dois governos no México, disse aquele senador: nós só podemos reconhecer o da República; nada temos que deslindar com o Império". A proposta do sr. Wade foi votada. E este voto é decisivo para a política dos Estados Unidos.

Assim é que, os dois impérios da América — um repudiado pela democracia do norte, outro esquivando-se a entrar na liga da democracia do sul — ficariam sendo a dupla Cartago do continente, e isolar-se-iam cada vez mais, se acaso se estabelecesse essa *reciprocidade de interesses* de que falou o sr. Escandon.

Que o México mantenha o isolamento, e inspire as desconfianças, é natural, é lógico, porque é esse o resultado da sua origem irregular. Mas o Brasil não pode ter comunhão de interesses nem de perigos com o México, porque a sua origem é legítima, e o seu espírito é, antes de tudo, americano.

O *Amigo da Verdade* lembra que a frase do sr. Escandon nesta parte é uma aspiração, um voto; fica respondido esse reparo: o México pode ter semelhante aspiração, não deve tê-la o Brasil.

Nem interesses recíprocos, nem governo idêntico. A questão — dizia Félix da Cunha no *Mercantil* de Porto Alegre, a propósito do México em 1863 — não é de identidade de títulos, ainda que divergente de fins, é de direito e de justiça, é de segurança própria e conveniência comum.

Isto dizia o ilustre jornalista, mostrando ao Brasil a conveniência de não ter outros interesses que não sejam os das suas irmãs americanas.

Sim, entre o México e o Brasil há apenas a identidade do título, nada mais. Precisamos acaso entrar na demonstração de que é esse o único ponto de semelhança? Isso nos faria saltar fora do círculo que o *Amigo da Verdade* nos fecha; aguardamo-lo para depois.

Para provar as asserções da primeira carta, corre ao nosso ilustrado amigo o dever de provar a legitimidade do Império do México. Diz ele que prevê os nossos argumentos; não diremos outro tanto a respeito dos seus, pois que se nos afigura impossível achá-los contra os acontecimentos notórios de ontem. Quaisquer, porém, que sejam os argumentos do nosso ilustrado amigo, nós só lhe oporemos fatos, contra os quais os argumentos não prevalecem.

E agora, como mais tarde, a conversa que entretivermos não pode sair do terreno da lealdade e do mútuo respeito. O *Amigo da Verdade* faz bem em supor em nós uma opinião cordial e tolerante. Nada mais absurdo e aborrecido que as opiniões violentas e despóticas; nem o nome de opiniões merecem: são puramente paixões, que, por honra nossa, não alimentaremos nunca.

Há homens que da simples contradita do adversário concluem pela incompetência dele. As amizades, na vida comum, os partidos, na vida política, nunca deixaram de sofrer com a existência desses homens, para os quais só a convicção própria pode reunir a ilustração, a verdade e a justiça.

Pois que o *Amigo da Verdade* é da classe dos tolerantes e dos refletidos, e é dotado de perspicácia suficiente para reconhecer-nos igualmente refletidos e tolerantes, a nossa conversa, isenta de azedume, fará uma diversão ao folhetim, e levará ao espírito de um de nós alguma soma de verdade e mais um laço de afeição recíproca.

M. A.
Diário do Rio de Janeiro, 21 de março de 1865

Sábado passado fez anos a Constituição

Sábado passado fez anos a Constituição. A ilustre enferma teve as honras oficiais, o cerimonial prescrito, o *Te-Deum,* o cortejo, o jantar no paço, e o espetáculo de gala. Afora isso, nada mais: o dia vinte e cinco de março teve a festa da indiferença pública.

É a guerra, dir-nos-ão em resposta, e teriam razão se antes da guerra, a festa constitucional fosse diversa da deste ano. Mas não é assim, o que se observou agora é o que se observa sempre — nem mais uma vírgula, nem menos uma vírgula.

Por quê?

Aqui seria o lugar próprio de entrar em certas considerações, mas elas não teriam outro efeito mais que o de aumentar a aflição ao aflito. Não vale à ilustre enferma receber da mão do criador um flanco robusto e másculo: nem por isso escapa à navalha despótica. Mas para que contar os golpes e pesar o sangue que ainda verte? Melhor é correr as cortinas do leito da enferma, e deixá-la ver se concilia o sono, à espera de uma junta de facultativos que lhe cicatrize as feridas e lhe restaure a saúde.

No dia seguinte ao da Constituição partiu para o rio da Prata o sr. Conselheiro Otaviano, terceiro enviado especial. O sr. Conselheiro Otaviano tem por si legítimas simpatias; o seu talento e a sua ilustração despertam as sinceras esperanças do país. A missão é, sem dúvida, espinhosa; agravou-se, sobretudo, com as ocorrências do desenlace da guerra; mas o novo enviado tem a seu favor as habilitações próprias e o exemplo do desastre alheio.

Os que estimam sinceramente o sistema de liberdade de que gozamos, não deixam de doer-se do modo por que se vai abusando entre nós da liberdade de imprensa.

Se esta liberdade for em progresso crescente não faltará um dia quem suspire por outro sistema que, encadeando o pensamento, impeça ao mesmo tempo a desenvoltura da palavra, o reinado da calúnia, o entrudo da injúria, todas essas armas da covardia e da impotência, assestadas contra a honestidade, a independência e a coragem cívica.

Esta observação não é nova, mas ela tem agora uma triste oportunidade.

Que um homem sincero, convencido, patriota, tome a pena e entre na arena política — se ele quiser pôr a consciência acima dos interesses privados, a razão acima das conveniências pessoais, verá erguer-se contra si toda a frandulagem política desta terra, e mais de uma vez a ideia do dever e o sentimento de pesar lutarão na consciência do escritor.

Se os exemplos acumulados forem aproveitando, quem quererá um dia, cheio de verdadeiro amor ao país, afrontar os ataques da vaidade, dos interesses, da ignorância, despenhar-se, enfim,

... de chute com chute aux affaires publiques?

Mas neste caso o dever e a caridade mandam perdoar aos que não sabem o que fazem.

A caridade abre-nos a porta para uma transição natural.

Há verdadeira luta de caridade no leilão da Sociedade Portuguesa de Beneficência. Os objetos oferecidos àquela sociedade pelas senhoras portuguesas têm sido vendidos por elevados preços; mas, o que sobretudo chama a atenção é a venda de algumas prendas, tais como flores e frutas. Uma pera, uma dália, uma saudade alcançaram lances fabulosos. Como se vê, essas prendas insignificantes têm por si o valor da intenção de quem as oferece, e o valor do fim a que se propõe o leilão: é um delicado pretexto para exercer a caridade.

Diz-se que o resultado do leilão será avultado. Como não, se ele trouxe a virtude desde o princípio? Bastou que a varinha mágica da mulher houvesse tocado essa ideia para ela produzir todos os seus bons efeitos. Não é ela quem tudo move, quem tudo decide, quem tudo ampara? Queime-se, pois, o incenso da oração ao belo sexo lusitano, como ao belo sexo fluminense, que há dois anos contribuiu para o leilão da mesma sociedade.

Os livros não são da nossa exclusiva competência; isso, porém, não impede que façamos, uma vez por outra, menção de algumas obras valiosas. Temos sobretudo esse dever quando não se trata de um livro, mas do *livro dos livros,* do livro por excelência.

Era ansiosamente esperado o 2º volume da *Bíblia,* ricamente editada pela livraria Garnier. O último paquete trouxe o 2º volume. Uma encadernação rica e de gosto, uma impressão nítida, um papel excelente, gravuras finíssimas, copiadas das melhores telas, tais são as qualidades deste como do 1º volume.

O vaso é digno do óleo.

Os leitores nos dispensam de dizer por que a *Bíblia* é o *livro por excelência.* Melhor que ninguém já o disse Lamartine: o grande poeta pergunta o que não haverá nessa obra universal, desde a história, a poesia épica, a tragédia e a filosofia, até o idílio, a poesia lírica, e a elegia — desde o Deuteronômio, Isaías e o Eclesiástico, até Rute, Jeremias e o Cântico dos Cânticos. Reuni todas estas formas do espírito humano em uma encadernação de luxo, e dizei se há livro mais precioso e mais digno de figurar no gabinete, entre Milton e Homero.

A nossa revista tinha entre as suas obrigações, o capítulo dos teatros. Pena mais capaz se encarregou agora dessa matéria e nos liberta da obrigação. Aplaudindo com os leitores a substituição, cumpre-nos observar que não estamos inteiramente inibidos de falar uma vez por outra dos assuntos teatrais. Assim, para começar o exercício desta exceção, mencionaremos aqui a aparição da nossa primeira artista dramática, a sra. D. Gabriela da Cunha, que há longos meses se achava fora da corte.

Vimo-la em dois papéis e em dois teatros. No Ginásio representou, com o sr. Simões, um entreato cômico, denominado *Amor londrino,* que se não deve confundir com o queijo do mesmo nome, produto de incontestável superioridade.

O papel da sra. Gabriela era sem importância; requeria ser dito com muita graça e muita intenção, e nessas condições ninguém o diria melhor. Isto valeu metade da cena, pois que da outra metade se encarregou o sr. Simões no papel do *amante londrino*. Os aplausos que recebeu o sr. Simões, e que nós lhe reiteramos aqui, foi devido à naturalidade e observação com que produziu o inglês, o inglês sério, o inglês que declara o amor por gramática, canta *couplets* como se discutisse na Câmara dos comuns, dança um solo com a cara de quem recebe uma má notícia da praça de Londres.

Depois de representar pela segunda vez, na *Dama de S. Tropez,* no Teatro de São Pedro, onde foi com justiça aplaudida, a sra. Gabriela aparecerá hoje, pela terceira vez, em terceiro teatro. Anuncia-se o *Trabalho e Honra* e as *Proezas de Richelieu,* em S. Januário. É em benefício do sr. Lopes Cardoso, artista de talento que ali começou a sua carreira.

Esta peregrinação de teatro em teatro admirará decerto o público, que estima e reconhece o talento da sra. Gabriela.

Era para desejar a ilustre artista, como todos os bons e distintos companheiros, que se reunissem sob um só pensamento, e procurassem aviventar o teatro, que ainda está longe dos seus dias prósperos. Até que ponto será lícito nutrir este desejo? O teatro nos oferece hoje um espetáculo único: os artistas dispersos correm da província para a corte, da corte para a província, de uma cena para outra, sem possibilidades de se conservarem fixos. Mais de uma vez assinalamos estas circunstâncias precárias do teatro; apontamos então o meio de remover essas circunstâncias; mas o conselho não passou do papel em que escrevíamos, e o mal, em vez de melhorar, agravou.

Não voltaremos agora às considerações anteriores. Levamos nisso um pouco de conveniência própria. Um dos defeitos mais gerais, entre nós, é achar sério o que é ridículo, e ridículo o que é sério, pois o tato para acertar nestas coisas é também uma virtude do povo.

Assinalemos, pois, o fato e nada mais. Não; façamos mais alguma coisa: lamentemos que os que se destinam a interpretar as obras dos poetas, os que lhes dão a vida e o movimento, os que põem em comunicação a alma do poeta com a alma do público, os instrumentos valiosos daquele operário da civilização, sejam obrigados a arrastar uma vida precária e espinhosa, uns sem futuro garantido ao verdadeiro talento e ao trabalho sincero, outros sem escola onde adquiram o jus ao fruto do trabalho e do talento.

Houve em Roma um ator, Clodios Esopus, que em uma ceia que deu a muitos convivas, fez engolir a cada um, dentro da taça de Chipre, uma pérola de grande valor. Foi em Roma, nos tempos de infância da arte. O capricho do ator romano era decerto excepcional. Mas não se conhecem artistas de hoje que, em vez de pérolas de Esopus, dariam aos seus convidados apenas uma taça de tristezas?

M. A.
Diário do Rio de Janeiro, 28 de março de 1865

O *Correio Mercantil*

O *Correio Mercantil* publicou há dias um artigo em que se indicava os meios de dissolver as ordens religiosas do Império.

Involuntariamente lembrou-nos aquele célebre soneto de Bocage:

> Se quereis, grande rei, ter bons soldados
> Mandai desalojar esses conventos.

O autor, que assinou o artigo por iniciais, declarou que, se as ideias que emitia fossem discutidas por outro comunicante, voltaria ele à imprensa e *desceria a jatos e minuciosidades.*

Adivinhamos logo que o artigo ficaria sem resposta.

Só o *Cruzeiro do Brasil* impugnou domingo a medida do *Correio Mercantil,* confessando, porém, que o estado das corporações religiosas não é tão perfeito como devia ser.

Nós dizemos, como o *Correio Mercantil,* que é o mais deplorável deste mundo.

O projeto formulado pelo autor do artigo não é completo, é mesmo falho e inaceitável em alguns pontos; mas encerra uma ideia de evidente utilidade e clamorosa urgência. O corpo legislativo, que deve abrir-se daqui a dias, devia encarregar o governo dos exames necessários, se acaso ele já os não fez, de modo a encaminhar uma medida completa em tão melindroso assunto.

Os abusos indicados pelo artigo a que nos referimos bastam para abrir lugar à intervenção do Estado. Mas, não há, além dessas razões, e antes dessas razões, outras de ordem superior, filhas do tempo e oriundas da história?

Não é ao folhetim que cabe o desenvolver essas razões; cabe-lhe indicá-las. Os conventos perderam a razão de ser. A ideia, tão santamente respeitável ao princípio, degenerou, diminuiu, transformou-se, fez-se coisa vulgar.

Decerto ninguém pede hoje aos conventos uma reprodução da Tebaida. A contemplação ascética, as penitências, as fomes, os suplícios daqueles pios cenobitas, nem são do nosso tempo, nem são dos nossos homens. Mas não sabemos por que, entre dois extremos, não haverá um meio preferível, mais próximo da gravidade monástica e da grandeza da religião.

São Bento e santo Antônio nunca sonharam com fazendas e escravos; nunca administraram terras, nem assinaram contratos; foram uns pios solitários, que recebiam por milagre o pão negro de cada dia, e passavam muitos dias sem levar à boca nem uma migalha de pão, nem uma bilha d'água.

As virtudes monásticas de hoje estão longe daqueles modelos primitivos; mas, se não se lhes pede sacrifício igual, também não se lhes pode conceder uma existência anacrônica, sem objeto nem utilidade prática.

É a sorte de todas as instituições humanas trazerem em si o gérmen de sua destruição. Estas palavras do membro da Assembleia constituinte da Revolução Francesa, que deu parecer sobre a supressão dos conventos, são a mais resumida sentença das instituições monásticas. O primeiro motivo para suprimi-las é o de serem inúteis.

Sentimos que nem a natureza nem as dimensões destes escritos nos permitam outras considerações a este respeito. Também é quanto basta para definir o nosso pensamento e incorrer nas censuras dos reverendos padres e monges.

Uma circunstância inesperada não nos permitiu ir assistir à última representação particular dada pelo Clube do Catete, no Caminho Novo de Botafogo.

O Clube do Catete é uma associação de pessoas distintas, organizada há pouco tempo, e que já tem dado cinco representações, todas muito frequentadas e muito aplaudidas.

Vai-se desenvolvendo o gosto pelas representações particulares por amadores da arte. Ou em salão, ou em cena preparada, é sempre a comédia que faz uma diversão, e deixa o camarim para entrar na toalete. Pela nossa parte conhecemos alguns artistas amadores de vocação pronunciada e apurado gosto. No Clube do Catete asseveram-nos que têm aparecido outros igualmente notáveis. Aguardamos ocasião propícia de ir apreciá-los com os nossos próprios olhos e dizer aos leitores as nossas impressões.

Não há mal em confessar predileções. Por que motivo ocultaríamos o nosso gosto pelas representações deste gênero? O que nos parece é que aí não se deve sair do domínio da comédia e do provérbio. As paixões e as tempestades da vida não divertem o espírito; e o que se quer, nesse caso, é dar ao espírito um pasto de nova espécie, ligeiro, suave, delicado.

Vamos da sala para o teatro.

Houve terça-feira passada um espetáculo no Teatro de São Januário em benefício do sr. Lopes Cardoso, com o concurso de alguns artistas distintos.

Representou-se o *Trabalho e honra*, drama comovente, mas que tem o defeito de arregimentar umas quatro situações velhas e esfarrapadas, sem mérito algum literário.

O público fluminense conhece este drama, onde o ator Moutinho representava o pescador Cristóvão com uma incontestável superioridade. Nesta récita encarregou-se do papel o sr. Simões, de cujo talento fazemos boa opinião e ainda na última revista tivemos ocasião de louvá-lo. Mas a minha admiração não é tão absoluta como a liberdade da minha opinião. No papel de Cristóvão o sr. Simões pareceu-nos inferior ao sr. Moutinho; este sabia interpretar muito melhor a fisionomia franca do papel, era mais natural e mais verdadeiro; o sr. Simões, cuja arte estamos longe de contestar, e a quem aplaudimos em alguns pontos, põe às vezes um tom falso e afetado, onde o sr. Moutinho dava a mais perfeita e serena naturalidade.

Ainda assim, apesar das reminiscências vivas do público, o sr. Simões foi aplaudido, nem nós lhe negamos naquele papel certo mérito relativo.

Em geral o desempenho mereceu os aplausos do público. Excetuaremos o sr. Pinheiro, no papel do velho agiota, que, apesar de não ser um papel importante, não está, todavia, nos recursos limitados daquele artista.

Dos outros citaremos a sra. d. Gabriela em primeiro lugar, no papel de mãe, onde se houve com a superioridade do seu belo talento. Era esse mesmo talento que sabia fazer-se admirar no papel de Susana d'Ange, no de Margarida Gauthier, no de Cecília Caussade, e que não menos despertou os aplausos no da velha mulher do pescador. O sr. Cardoso fez o papel do filho pródigo com a mesma habilidade com que o desempenhara, e a mesma proporção nos resultados, isto é, merecendo mais em todo o papel do que nos lances das grandes paixões. É que o seu talento é mais da comédia que do drama, sem que por isso seja menos apreciável, ao contrário.

Tivemos ainda ocasião de ver a sra. Gabriela no papel de Madame Patin, uma das suas mais belas criações, e que há muito tempo não representava.

No Ginásio não tem havido peça nova. Estamos em plena Quaresma e a Semana Santa está à porta. Naturalmente rareiam os dias próprios de representação dramática. Devemos neste ponto fazer uma pergunta à polícia; não compreendemos muito a necessidade de proibir os espetáculos em certos dias de Quaresma, ao passo que achamos indispensável que se proíba em outros por serem de recordações solenes da Igreja. Mas uma vez que a polícia proíbe os teatros em todas as sextas-feiras, e no domingo da Paixão, como consente o Alcazar Lírico? Há nisto uma contradição manifesta. Não se suponha que pedimos a proibição para o Alcazar, pedimos a concessão para os outros teatros, pedimos a igualdade para todos. Não há nada mais justo.

Alguns leitores talvez achem estranho que não nos ocupemos de outros acontecimentos da semana, como o conflito de tropa e a eleição de senador.

O conflito de tropa foi um sucesso lamentável, que algumas pessoas predisseram, com maior ou menor certeza. Achamos, porém, que não seria pertinente falar dele neste lugar. É assunto que não pede apreciação, pede conselhos.

Quanto à eleição de senador, as reflexões que nos sugeriu esse fato são demasiado sérias para o folhetim. Isto não quer dizer que não reconheçamos a capacidade dos cavalheiros que compõem a lista tríplice. Não seria ocasião de pensar na mudança do sistema eleitoral, isto é, na supressão do eleitorado? Não é tempo de iniciar francamente a ideia da eleição direta, e não censitária, (porque seria injusta e odiosa) de maneira a tornar efetiva a soberania popular? Não é este um grande dever e uma bela ação de um partido liberal sincero e convencido?

Vejam os leitores se estas reflexões e outras são próprias do folhetim, e onde iríamos nós se déssemos ao nosso pensamento a necessária extensão.

Não diríamos coisa nova, é exato. Neste ponto, se alguns leitores estão sorrindo, recolham o sorriso, para usar da expressão do sr. visconde de Jequitinhonha. Mas, como entre nós, não é comum dizer coisas novas, nós nos contentávamos com repetir verdades velhas, mas triunfantes do tempo.

M. A.
Diário do Rio de Janeiro, 4 de abril de 1865

Damos todo o espaço da revista

Damos todo o espaço da revista à seguinte carta que nos dirige o *Amigo da Verdade*. É a segunda da série que o nosso amigo nos prometeu escrever a propósito do México.

Ao Ilustrado Redator do Ao Acaso
Carta ii

Rio de Janeiro, em 2 de abril de 1865.
Meu caro amigo. — Para provar-vos que o povo mexicano procedeu nas derradeiras circunstâncias políticas que atravessa, com vontade refletida e de proprio motu e não por imposição de ninguém, torna-se necessário que me concedais espaço para recordar alguns dos muitos fatos históricos que caracterizam o espírito monárquico desses enérgicos e robustos mexicanos, cujo nobre orgulho nacional não consentiria nunca na imposição de um estrangeiro.

Não podemos negar, depois de um estudo sério e consciencioso dos nossos povos que o caráter da raça latina, em geral, e da ibera, em particular, é devotado à monarquia; porque crença religiosa, tradição e costumes seculares secundam essa tendência política.

Os descendentes dos Césares romanos preferem, em geral, a púrpura à casaca preta do burguês.

Os primeiros chefes da independência hispano-americana bem convencidos estavam desta verdade.

Se eu desejasse divagar pelos países norte e sul-americanos, embora não latinos os primeiros na sua totalidade, fácil me seria trazer à vossa erudita lembrança a coroa dos Incas, oferecida pelos peruanos ao bravo militar San Martín nos alvores da independência sul-americana; nada dificultoso ser-me-ia apresentar-vos documentos preciosos, pela leitura dos quais veríeis que os argentinos ofereceram oficialmente, em 16 de maio de 1815, cinco anos depois de se declararem independentes, o cetro argentino a um infante da Espanha, ao sr. d. Francisco de Paula, pai do atual consorte da sra. d. Isabel II, que ainda vive. Nem custar-me-ia muito trabalho fazer-vos ver que eram numerosas e importantes as sociedades monarquistas, cujo fim era coroar um rei. A casa do dr. Tagles era o principal ponto de reunião dos realistas e a estas assembleias noturnas assistiam os homens mais prestigiosos da cidade de Buenos Aires, figurando entre eles os mesmos que dirigiam, em 1820, o carro vacilante da revolução. E que necessidade há de mencionar a chegada a Buenos Aires, em dezembro de 1820, do brigue de guerra espanhol Aquiles, *conduzindo a bordo, por causa das repetidas instâncias dos membros das sociedades monarquistas argentinas, uma comissão enviada pela corte de Madri? Nem julgo conveniente manifestar neste lugar a razão por que os espanhóis não assentiram às proposições dos monarquistas argentinos.*

Também não quero lembrar outras tentativas da mesma ordem feitas no Estado Oriental do Uruguai em duas épocas; nem quero falar-vos da viagem de Flores, do Equador à Europa, há cerca de 20 anos, para colocar no trono de Quito, um rei; nem é meu intento fazer-vos ver que Paez e um poderoso partido de Venezuela tiveram, em 1842 ou 43, a mesma ideia; nem vos repetirei que os inimigos das glórias do grão capitão, Simón Bolívar, viam no fundador de cinco repúblicas um futuro príncipe; nem por fim vos direi com a história na mão que os cidadãos norte-americanos ofereceram em diversas épocas, a Washington, a Jefferson e a Adams a coroa dos Estados Unidos, que eles — prudentíssimos — não aceitaram, porque se lhes não ocultava que careciam do prestígio que dá a realeza herdada de séculos.

Estas e outras muitas citações, que fácil me seria relatar-vos, provariam e provam que os neolatinos, que os filhos dos gloriosos aventureiros europeus, vindo às Américas no século XV *e seguintes, preferem a púrpura dos Césares à casaca preta do burguês. Nem me digais que a existência das repúblicas hispano-americanas fala alto e bom som contra estes fatos históricos isolados; porque forçar-me-íeis a sair do círculo que, por valiosas razões, devemos percorrer, vós e eu, sem traspassarmos os seus limites. Lembrai-vos que vós e eu somos tolerantes e eminentemente americanos.*

Até agora não proferi uma palavra sobre o Império mexicano; mas foi de propósito; porque devo lançar um olhar retrospectivo sobre esse vasto, belo, rico e populoso país, para chegar vagarosamente dos Montezumas aos Maximilianos.

Não se pode negar que a tradição é uma segunda natureza nos povos: o tempo, de envolta com a civilização que é consequência lógica da tendência do homem à perfectibilidade, pode modificar os sulcos profundos da tradição; nunca, porém, apagá-los.

Antes de entrarmos nos pormenores dos acontecimentos que motivam estas cartas, é necessário que digamos os elementos de que compõe-se a massa nacional mexicana; pois, estes são dados importantíssimos para estabelecermos a opinião nacional, o espírito público do povo e as suas tendências naturais.

Não pertencemos ao número dos estadistas que olham só para o presente das nações; professamos outra fé: estudamos o passado, que é sempre bom guia do futuro.

A população do vasto e delicioso Império mexicano é composta: 1º, dos descendentes dos espanhóis e dos europeus, particularmente dos primeiros, dos quais, apesar dos banimentos de 1828 e 1829, existe ainda naquele país um número avultadíssimo; 2º, de indígenas que são mais da metade de toda a população; e 3º, de um número muito acanhado de leperos — *mestiços — mulatos e negros, que habitam, especialmente, no litoral, sendo aliás mui pouco considerados pela maioria nacional.*

A população mexicana está orçada por Ackerman, Ilint, Ward, Brigham, Morse, Lesage, Torrente, von Humboldt, Montenegro, Prescott, Alaman — o correto historiador mexicano — em 8 milhões, pouco mais ou menos; mas estes cálculos foram feitos há meio século; e, segundo os dados mais recentes e fidedignos, o México atual contém 11 milhões de habitantes. Destes 11 milhões, 7 são de indígenas; 3 de descendentes de espanhóis e 1 milhão de mestiços, pardos e negros.

Desnecessário me parece repetir-vos que os filhos dos espanhóis são, no México, mais aditos ao sistema monárquico do que ao republicano, posto que descendem de famílias fidalgas da antiga nobreza espanhola, os quais, mesmo nos dias da república, conservavam os títulos dos seus ascendentes, sendo conhecidas muitas famílias pelos nomes de marquês, conde, etc., etc., ou membros do clero, numeroso de per si *e monárquico por convicção.*

Os indígenas mexicanos são realistas ou imperialistas por tradição, natureza e costumes, e a duras penas, ajustaram-se, durante os últimos 40 anos ao sistema republicano. E como podiam esquecer os descendentes dos Montezumas os seus imperadores? Imaginai que os livros sagrados dos mexicanos fazem remontar a sua antiguidade monárquica a mais de 50 séculos antes da era cristã, e a monarquia dos Tultecas ao século V do cristianismo, com cuja data concorda Humboldt. E como podem esquecer os indígenas mexicanos os seus imperadores, quando olham para a pirâmide de Choluta, cuja base quadrada é o dobro da maior do Egito, e para a vastíssima cidade Tula da qual são arremedos Pompeia e Herculanum? E como podem esquecer os mexicanos os nove reis Tultecas, os treze reis Chichimecas e os onze imperadores mexicanos, fundadores da mais bela e suntuosa nação do novo mundo?

A glória, o esplendor, a grandeza dos antigos mexicanos obumbra ainda hoje os olhos dos seus descendentes, e lembram-se com profunda saudade dos tempos magníficos dos Montezumas, rezando as suas tradições e livros sagrados a profecia de que com o correr dos tempos, depois de muitas calamidades e terríveis dissabores nacionais, havia de chegar dos países remotos do Oriente um príncipe que elevá-los-ia da prostração ao auge da prosperidade, da grandeza, ressuscitando o Império que, pérfida e desumanamente, fez desaparecer o conquistador com a morte de Guatimozin, seu último imperador.

Estas são reminiscências tradicionais tão profundamente religiosas e sagradas para aqueles povos de aspecto grave, melancólico e misterioso em tudo, que a forma republicana lhes foi sempre antipática, embora a tolerassem por ser-lhes imposta pela força que residia nos descendentes dos seus primeiros conquistadores.

Antes de chegarmos a falar do pronunciamento *do presbítero d. Miguel Hidalgo, pároco da vila Dolores, precedido da perseguição feita ao vice-rei Ituarrigaray, acusado pelos espanhóis de afeto aos mexicanos; antes de falarmos do brado da independência, da revolução continuada por Morelos; antes de falarmos da Constituição de Chilpaneingo e de Apatzingan; antes de mencionarmos o plano de Iguala, o tratado de Córdova, e a reunião do primeiro Congresso mexicano; antes de vermos elevado ao trono do Império, em 1822, a d. Agostinho I — Iturbide — e de lermos em algumas moedas o nome de*

Antônio I — Lopes de Santana, etc., etc., é necessário que digamos que, depois de terem desaparecido os antigos imperadores mexicanos, durante 300 anos, governaram aquele vasto Império sob a denominação da "Nova Espanha" os vice-reis espanhóis que, para serem reis unicamente lhes faltava o título e a coroa, porque as mais prerrogativas — incluindo o sistema absoluto — residiam nas suas mãos.

Ora bem, meu caro e ilustrado redator do Ao acaso, *um povo, cujas tradições são as supramencionadas; um povo, que lembra-se com saudade pungente de três dinastias gloriosas, pelos estrondosos feitos de armas, pela prosperidade fabulosa de que gozou, pela riqueza imensa que o distinguiu em tempos imperiais, pela opulência em que o embalaram no berço do seu esplendor monárquico, pelo renome que o tornou notável desde os séculos mais remotos até os nossos dias, pela civilização de que tantos e tão prodigiosos vestígios nos legou, não pode deixar de ser monarquista por tradição, por natureza, por gratidão, por dever, particularmente comparando as antigas glórias com o estado miserável da República, durante quarenta anos, em que não puderam gozar um dia de paz, em que viram-se ameaçados de serem absorvidos por uma raça inteiramente contrária à sua religião, à sua língua, aos seus costumes, ao seu caráter, em que olhavam para os seus bens como para coisas fortuitas, em que tinham tantos tiranos quantos caudilhos, e tantas desgraças quantas espadas faziam lampejar a ambição e a instabilidade do sistema.*

Povos nutridos com essas tradições, e fustigados por essa amargosa experiência, almejam pelo momento da sua felicidade, que é para eles o das tradições gloriosas e caras ao santo orgulho nacional.

Estes são os alicerces mais antigos desta monarquia que observais, levantando-se majestosa das ruínas da República no hemisfério setentrional; esperai pelas pedras angulares e pela conclusão do edifício.

Não estranheis, meu caro, que não responda imediatamente às vossas observações; porque não ignorais que sou homem muito ocupado; circundam-me diversas atenções, às quais devo consagrar o meu trabalho, as minhas vigílias, o tempo talvez do meu sono, e, por conseguinte, serei demorado nesta agradável tarefa, como o sou em outras da mesma natureza, que me servem de descanso no meio da afanosa vida que leva, há já alguns anos

Este vosso deveras,
O Amigo da Verdade.

Como se vê não temos que responder às apreciações históricas que o *Amigo da Verdade* faz nestas páginas. Em nossa opinião elas nada podem influir na sequência dos fatos que deram em terra com a república mexicana.

Aguardamos entretanto o desenvolvimento da ideia do *Amigo da Verdade,* para dar-lhe uma resposta completa e definitiva.

Até terça-feira, leitores.

M. A.
Diário do Rio de Janeiro, 11 de abril de 1865

Os povos devem ter os seus santos

Os povos devem ter os seus santos. Aquele que os tem merece o respeito da história, e está armado para a batalha do futuro.

Também o Brasil os tem e os venera; mas, para que a gratidão nacional assuma um caráter justo e solene, é preciso que não esqueça uns em proveito de outros; é preciso que todo aquele que tiver direito à santificação da história não se perca nas sombras da memória do povo.

É uma grande data 7 de setembro; a nação entusiasma-se com razão quando chega esse aniversário da nossa Independência. Mas a justiça e a gratidão pedem que, ao lado do dia 7 de setembro, se venere o dia 21 de abril. E quem se lembra do dia 21 de abril? Qual é a cerimônia, a manifestação pública?

Entretanto, foi nesse dia que, por sentença acordada entre os da alçada, o carrasco enforcou no Rocio, junto à rua dos Ciganos, o patriota Joaquim José da Silva Xavier, alcunhado o Tiradentes.

A sentença que o condenou dizia que, uma vez enforcado, lhe fosse cortada a cabeça e levada a Vila Rica, onde seria pregada em um poste alto, até que o tempo a consumisse; e que o corpo, dividido em quatro pedaços, fosse pregado em postes altos, pelo caminho de Minas.

Xavier foi declarado infame, e infames os seus netos; os seus bens (pelo sistema de latrocínio legal do Antigo Regime) passaram ao fisco e à Câmara real.

A casa em que morava foi arrasada e salgada.

Ora, o crime de Tiradentes foi simplesmente o crime de Pedro I e José Bonifácio. Ele apenas queria apressar o relógio do tempo; queria que o século XVIII, data de tantas liberdades, não caísse nos abismos do nada, sem deixar de pé a liberdade brasileira.

O desígnio era filho de alma patriótica; mas Tiradentes pagou caro a sua generosa sofreguidão. A ideia que devia robustecer e enflorar daí a trinta anos, não estava ainda de vez; a metrópole venceu a colônia; Tiradentes expirou pelo baraço da tirania.

Entre os vencidos de 1792, e os vencedores de 1822, não há senão a diferença dos resultados. Mas o livro de uma nação não é o livro de um merceeiro; ela não deve contar só com os resultados práticos, os ganhos positivos; a ideia, vencida ou triunfante, cinge de uma auréola a cabeça em que ardeu. A justiça real podia lavrar essa sentença digna dos tempos sombrios de Tibério; a justiça nacional, o povo de 7 de setembro, devia resgatar a memória dos mártires e colocá-los no panteon dos heróis.

No sentido desta reparação falou um dos nossos ilustrados colegas, nestas mesmas colunas, há quatro anos.

As palavras dele foram lidas e não atendidas; não ousamos esperar outra sorte às nossas palavras.

Entretanto, consignamos o fato: o dia 21 de abril passa despercebido para os brasileiros. Nem uma pedra, nem um hino, recordam a lutuosa tragédia do Rocio. A última brisa que beijou os cabelos de Xavier levou consigo a lembrança de tamanha imolação.

Pois bem, os brasileiros devem atender que este esquecimento é uma injustiça e uma ingratidão. Os deuses podem aprazer-se com as causas vencedoras: aos olhos do povo a vitória não deve ser o *criterium* da homenagem.

É certo que a geração atual tem uma desculpa na ausência da tradição; a geração passada legou-lhe o esquecimento dos mártires de 1792. Mas por que não resgata o erro de tantos anos? Por que não faz datar de si o exemplo às gerações futuras?

Falando assim, não nos dirigimos ao povo, que carece de iniciativa.

Tampouco alimentamos a ideia de uma dissensão política; conservadores ou liberais, todos são filhos da terra que Tiradentes queria tornar independente. Todavia, há razão para perguntar ao partido liberal, ao partido dos impulsos generosos, se não era uma bela ação, tomar ele a iniciativa de uma reparação semelhante; em vez de preocupar-se com as questões de subdelegados de paróquia e de influências de campanário.

Em desespero de causa, não hesitamos em volver os olhos para o príncipe que ocupa o trono brasileiro.

Os aduladores hão de ter-lhe lembrado que Tiradentes queria a república; mas o imperador é um homem ilustrado, e há de ver como se distancia dos aduladores o heroico alferes de Minas. Se os ânimos recuam diante de uma ideia que julgam ofensiva à monarquia, cabe ao príncipe sufocar os escrúpulos, tomando ele próprio a iniciativa de um ato que seria uma das mais belas páginas do seu reinado. Um príncipe esclarecido e patriota não podia fazer uma ação mais nobre, nem dar uma lição mais severa.

Uma cerimônia anual, com a presença do chefe da nação, com assistência do povo e dos funcionários do Estado — eis uma coisa simples de fazer-se, e necessária para desarmar a justiça da história.

Não sabemos até que ponto devemos confiar nesta esperança; mas, ao menos, deixamos consignada a ideia.

Morro pela liberdade! disse Tiradentes do alto da forca: estas palavras, se o Brasil não reparar a falta de tantos anos, serão um açoite inexorável para os filhos do Império.

Havia meio de resvalar deste assunto para outro de muita importância, e que nos voltou à mente, com a presença da expedição científica dos Estados Unidos.

Compreendemos, porém, que as dimensões e a natureza do folhetim não se prestam a tão graves explanações.

Mencionemos somente um contraste curioso. A aliança do Brasil com os Estados Unidos é um desses sucessos que os estadistas perspicazes deviam provocar, e que o povo receberia com verdadeiro entusiasmo. Mas as nossas toupeiras políticas recebem com tanto fastio as atenções solícitas da República americana, que não há nada a esperar neste sentido.

Por que será?

Dizem cá por baixo que é a antipatia do regime entre os dois países. Triste razão é essa! Mas é uma razão de Estado, o assunto é grave, e nós nos limitamos a consignar mais esta sagacidade dos nossos homens.

Entretanto, saudamos cordialmente a expedição científica, e o rev. Fletcher, incansável amigo dos brasileiros, e digno filho da terra de Washington.

Não tarda abrir-se o corpo legislativo. Vai, portanto, agitar-se a vida política, a que dá maiores proporções o estado das relações do Império com os vizinhos do sul.

Andam apostas sobre se o Ministério tem ou não tem maioria na Câmara. De envolta com as apostas correm os boatos mais desencontrados.

Por exemplo, correu nos círculos diplomáticos (o folhetim escutou às portas, como Poinsinet) que o Ministério dava a demissão, ficando para entrar no Ministério novo o sr. Dias Vieira. Assim ficava o sr. Dias Vieira constituído em casco de todos os batalhões ministeriais, espécie de figura obrigada, como o Pasquino italiano.

Mas, logo depois deste boato, ou talvez simultaneamente, correu que o Ministério ficava e que o sr. Dias Vieira saía. Isto era simplesmente reproduzir uma vez a identidade dos fenômenos políticos entre o Brasil e Portugal. Lá, o sr. duque de Loulé desfez-se de um ministro incômodo, o sr. Lobo d'Ávila; aqui o sr. Furtado desfazia-se de um ministro impertinente, o sr. Dias Vieira.

Ora, para nós é claro que o gabinete, sem aquele ministro, fica sendo uma charada sem conceito, um enigma sem chave; não se compreende o Ministério sem o remate do edifício; o sr. Dias Vieira é para ele uma espécie de mal necessário, como a guerra, como o duelo.

A propósito de duelo, eis-nos outra vez com o sr. marquês de Lavradio.

Ocupamo-nos há meses com s. ex., a propósito de uma carta que o ilustre legitimista publicou na *Nação*, de Lisboa. A mesma folha traz-nos uma nova página de s. ex.

O nobre marquês, anunciando a publicação próxima do jubileu de 8 de dezembro, escreve algumas linhas contra o duelo, e exorta os duelistas a arrepiarem carreira. Algumas citações pontifícias fundamentam as razões de s. ex.

Não somos *amigos do sangue,* nem temos em pouco a humildade evangélica. Mas, sem expor outras razões intuitivas, confessamos que não nos quadra a opinião do nobre marquês.

O duelo tem as seguintes vantagens:
1ª Substitui a brutalidade do soco e do cachação;
2ª Iguala as chanças entre as forças desiguais.

Como não nos embala a ilusão de um completo aperfeiçoamento humano, é para nós incontestável que todos os meios que se procurarem contra o duelo, só terão em resultado abater a dignidade e desarmar as constituições franzinas.

O perdão às ofensas é uma grande virtude, mas é inútil pedi-la ao nosso tempo. Também a guerra é uma atroz calamidade, maior ainda que o duelo, mas até hoje não se tem encontrado outra solução para as divergências entre os homens.

Há, porém, uma guerra legítima, a guerra da independência e da defesa. Quando o governo *blanco,* há pouco expulso de Montevidéu, encheu a medida da nossa paciência, com as depredações e assassinatos dos nossos patrícios, não havia outra saída mais honrosa que a de fazer justiça por nossas mãos.

Pouco depois veio o insulto do Paraguai.

Assim que, o povo brasileiro se levantou de todas as partes enérgico e entusiasta, para defender os seus irmãos ofendidos na campanha oriental e na província de Mato-Grosso.

O movimento popular cresce de dia para dia. As fileiras dos voluntários vão enchendo de patriotas.

O assunto inspirou um jovem escritor dramático, e uma peça dele, com o título *Os Voluntários,* foi representada no Teatro Ginásio, com muito aplauso do público.

O crítico dos teatros já analisou demoradamente nestas colunas a nova obra do sr. Ernesto Cibrão. Nossa simpatia pelo autor dos *Voluntários* leva-nos a reiterar aqui o julgamento do público e da imprensa, dando-lhe por nossa parte os mais sinceros parabéns.

Oxalá que estas manifestações de apreço devido lhe inspirem novos cometimentos, e deem ao teatro o feliz ensejo de apresentar novas obras suas.

Aplaudindo a peça, também aplaudiremos o desempenho. Este não foi completo e irrepreensível em todas suas partes; mas nem por isso lhe negaremos o tributo que merecem os esforços conscienciosos.

M. A.
Diário do Rio de Janeiro, 25 de abril de 1865

Que dirá o imperador?

Que dirá o imperador?

É amanhã que sua majestade deve dizer em resumo ao corpo legislativo o que se tem feito, e anunciar o que se pretende fazer na governança do país.

Todos sabem que o discurso da coroa, na qualidade de peça ministerial, figura ser a expressão da política do governo, e é o ponto de partida dos debates parlamentares.

Temos que não será grande ousadia redigir de antemão o discurso da coroa. Podem fazê-lo os leitores, como nós já o fizemos. O governo, aproveitando a circunstância de não ser ele quem pronuncia o discurso, conquanto seja o autor, fará com que sua majestade lhe teça um solene elogio, e convide o país a prestar todo o apoio à direção das coisas públicas.

Há de ser a variante de um artigo anônimo dos jornais.

Sendo assim, não podemos furtar-nos a um sentimento de tristeza, vendo o estranho abuso que se faz da ficção constitucional, em virtude da qual o príncipe vem repetir ao Parlamento uma série de falsidades e lugares-comuns, arranjados pelos srs. secretários de Estado.

A coisa não é nova. E o governo nem sempre se limita às inexatidões; vai às vezes até a proposições absurdas e extravagantes. Tivemos um exemplo na ocasião em que a coroa veio repetir ao Parlamento o programa de certo Ministério, que se definia assim: respeito da lei e economia dos dinheiros públicos.

A primeira vez que apareceu no Parlamento tão singular programa, os homens de bom senso ficaram boquiabertos, e perguntaram se realmente o povo devia assistir impassível a semelhante comédia. Todavia houve uma falange (sempre as há) que achou o programa elevado e novo, luminoso e profundo, em vista do que foi dando os seus votos ao Ministério.

E ficou estabelecido que o respeito às leis e a economia dos dinheiros públicos — deveres restritos de todo o governo moralizado — podiam ser política especial de um gabinete, o que dava o seguinte corolário: que era lícito a outro gabinete seguir uma política inteiramente oposta, e esbanjar os dinheiros públicos e desrespeitar as leis e a Constituição.

Já nos parece estar ouvindo o discurso da abertura. Há de ser uma peça cheia de promessas e de frases. É pelos domingos que se tiram os dias santos. O Parlamento há de ouvi-lo, discuti-lo e responder-lhe; mas o Parlamento, como nós, está convencido de que o discurso não passará de uma formalidade, uma deferência com os estilos, sem alcance nem valor político.

Se isto não é novo, há muitas outras coisas que o não são igualmente, e todas formam uma série de sintomas desoladores.

Por exemplo, o sistema que nos rege chegou a tal ponto que todos se julgam capazes de ser ministro.

O governo do país não é considerado nos seus aspectos difíceis e graves; aquilo a que só pode subir o mérito e a consciência dos princípios parece em geral que pode ser dado ao primeiro organizador de frases oratórias, como um prêmio, como uma sinecura, como uma Cápua.

Tamanho fardo só podem comportar espáduas robustas; mas as coisas chegaram a tal ponto, que os indivíduos chamados ao poder, deixam ficar o fardo no seu lugar, e apenas envergam a farda ornamentada e condecorada.

Disto resulta que as pastas são apenas o incentivo da vaidade pessoal.

E há ainda mil outras coisas que nos abstemos de dizer para não dar ao folhetim aquele torvo aspecto de que prometemos sempre fugir.

Aguardemos o discurso da coroa.

Falamos na última semana de apostas que se faziam sobre se o Ministério ficará ou não. Quem ganhará? É difícil afiançar coisa alguma; não se pode mesmo conjeturar nada. Os ministros usam agora de uma arma, que já foi aparada nas colunas superiores do *Diário,* e com a qual o folhetim só se ocupa no que ela tem de cômico.

É a arma da guerra.

O deus Marte é quem recebe agora os incensos e os votos do Ministério. A linguagem deste é que o deixem viver por amor do bem comum e do perigo nacional.

Conhecem os nossos leitores o *Gastibelza* de Victor Hugo, aquela balada que começa por estes versos:

Gastibelza, l'homme à la carabine,
Chantait ainsi:
Quelqu'un de vous a vu dona Sabine,
Quelqu'un d'ici?

É uma das coisas mais preciosas da poesia francesa; mas, não sabemos por que, ao lembrar-mo-nos daqueles versos, parece-nos ouvir as lamentações do Ministério. A ilusão é sobretudo completa quando se chega ao estribilho:

Le vent qui vient à travers la montagne
Me rendra fou!

Ora, vejamos se se pode traduzir para outras palavras, mesmo francesas, as lamentações de Gastibelza:

Monsieur Furtado et ses nobles confrères
Chantaient ainsi:
— Faut-il tomber la fleur des ministères
Et du pays?

Nous avons eu une croix d'Allemagne,
Rubans... et tout.
Le vent qui vient à travers la montagne
Nous rendra fous!

Pour vous calmer, ô terrible cohorte,
Non sans regret,
Nous avons mis Beaurepaire à la porte
Par un décret.
Et maintenant qui donc nos acompagne?
C'est Camamú.
Le vent qui vient à travers la montagne
Nous rendra fous!

Quand nous avons une guerre étrangère
Qui va s'ouvrir,
Faut-il, messieurs, changer le ministère?
Faut-il mourir?
Le vieux sénat va nous ouvrir champagne,
Veillez sur vous.
Le vent qui vient à travers la montagne
Nous rendra fous!

Ainsi chantait le fameux ministère;
Mais le pays,
Que paie, lui seul, tous le frais de la guerre,
Lui répondit:
— Allez, allez, vous battez la campagne,
Comme un vieux soul.
Le vent qui vient à travers la montagne
Vous rendra fous!

Allez-vous-en, messieurs et compagnie;
Il faut tomber;
Je ne veux plus une pâle bougie
Pour m'eclairer.

Quittez la chaise, où le sommeil vous gagne,
Et couchez-vous;
Le vent qui vient à travers la montagne
Vous rendra fous!

Que a sombra de Boileau nos perdoe a ousadia; a língua e o verso podem não ser puros, mas a nossa intenção de reproduzir a verdade está salva.

E depois disto demos de mão à política para passar a coisas literárias.

Os que procuram resgatar a pureza da língua trazendo à luz de uma constante publicidade as obras clássicas dos velhos autores sempre nos tiveram entre os seus aplaudidores mais entusiastas.

É essa uma espécie de reação, cujos resultados hão de ser benéficos e duradouros.

Os autores da *Livraria clássica*, a cuja reimpressão está procedendo o editor Garnier, estão no número dos que merecem os nossos sufrágios.

Todos sabem com que solicitude e proficiência os srs. Castilhos se entregam ao estudo da língua materna, matéria em que alcançaram ser juízes competentes.

A *Livraria clássica*, obra que mereceu desde a sua aparição merecidos aplausos, é uma coleção dos melhores fragmentos de autores clássicos. Os srs. Castilhos procuram sobretudo reunir aqueles escritos que pudessem mais facilmente insinuar-se no espírito do público.

Era já rara a *Livraria*. E demais uma obra tão importante carecia uma edição melhor que a primitiva. É isso o que vai fazer o sr. Garnier. Os dois primeiros volumes publicados são os dos *Excertos do padre Manuel Bernardes*.

O padre Bernardes é um dos escritores de mais elevado conceito literário. Nada acrescentaremos ao que dele diz o sr. A. F. de Castilho no estudo que acompanha os *Excertos*. Demais, ninguém que tenha missão de escrever a língua portuguesa, pode deixar de conhecer o autor da *Floresta* e dos *Exercícios morais*.

A edição feita pelo sr. Garnier é das melhores que têm saído das oficinas de Paris.

Aguardamos ansiosamente os volumes seguintes.

E com isto concluímos a parte literária da semana.

É coisa verificada: enquanto se esperam acontecimentos de certa espécie, falham todos os outros; a providência e os homens se encarregam de não produzir coisa alguma estranha àquilo que se espera.

Não é decerto um acontecimento novo a declaração da guerra do Paraguai à Confederação Argentina; já se esperava, segundo as últimas notícias. Também não é novidade a maneira por que Lopez fez essa declaração; não se esperava outra coisa.

Que quer o marechalito?

Quer perder-se. Perdido estava ele. Bastavam as forças do Império para mandá-lo passear. As armas do Brasil não carecem de dar novas provas do seu valor e do seu poder. Mas, como se lhe não bastara a honra de morrer às mãos dos brasileiros, o mata-mouros conjura contra si todas as forças organizadas da vizinhança.

As palavras do general Mitre: *em três dias nos quartéis, em quinze dias na campanha, em três meses em Assunção* — se forem seguidas de uma execução imediata, marcam o caminho de todo o governo enérgico e ativo em circunstâncias tão graves.

E lá íamos escorregando. Pinguemos o ponto final.

M. A.
Diário do Rio de Janeiro, 2 de maio de 1865

Corre-nos o dever de explicar aos leitores a nossa ausência

Corre-nos o dever de explicar aos leitores a nossa ausência de terça-feira passada.

Os leitores, se estas coisas lhes causam reparo, hão de atribuir a ausência ao fato da crise ministerial, visto que tudo ficou suspenso. Foi e não foi: para isso é preciso remontar à semana antepassada e recorrer às coisas desde o começo.

Ab Jove principium.

No último folhetim fizemos algumas considerações sobre o que seria o discurso da coroa, e acrescentamos à parte política uns versos em mau francês alusivos à situação do Ministério do sr. Furtado.

Logo no dia seguinte (3 do corrente) apareceu nas colunas do *Correio Mercantil* um artigo anônimo em que, de envolta com o *Diário,* éramos nós atacados pessoalmente, a propósito do folhetim da véspera.

Em casos destes temos uma regra feita: atribuímos as defesas aos defendidos, embora uma pena estranha as escreva.

Era necessário responder, e quisemos fazê-lo com todas as atenções devidas; pusemos de parte a prosa, e travamos do látego de Juvenal e Barthélemy. O Ministério e seus defensores anônimos foram objeto de uns duzentos versos que não pecavam por excessivamente carinhosos. Feito isso, aguardamos o dia de terça-feira. Mas, logo na véspera, produziu-se a crise, e o Ministério de 31 de agosto retirou-se da cena.

Foi opinião de alguns amigos e colegas, e também nossa, que a publicação dos versos tornava-se inoportuna e tardia.

Importava-nos, sobretudo, não parecer que mostrávamos uma fácil coragem agredindo homens caídos do poder. Além de que, os versos referiam-se a ministros, que tinham deixado de sê-lo.

Esta explicação é necessária por dois motivos:

1º — Os leitores benévolos e simpáticos, desses que chegam a identificar-se com o escritor e a interessar-se por ele, ficam sabendo que o nosso silêncio não deve ser atribuído a um sentimento menos confessável.

2º — Ficam avisados todos os arlequins políticos de que nos achamos na boa disposição de não admitir facécias e insultos anônimos, sob pretexto de defender um Ministério. Se uma circunstância estranha à nossa vontade privou os leitores do *Diário* de alguns versos aguçados, fica-nos o caso por emenda, a fim de que em outra ocasião empreguemos uma útil celeridade.

Suponham os leitores que há depois disto uma linha de reticências.

Uma grande parte da semana é de assuntos literários: um poema e dois dramas. O poema não é novo, é uma nova edição que acaba de chegar de Viena. Já daqui ficam os leitores sabendo que se trata da *Confederação dos Tamoios,* do sr. dr. D. J. Gonçalves de Magalhães.

É uma edição revista, correta e aumentada pelo autor.

Não sabemos até que ponto o poeta atendeu às críticas de que o seu poema foi objeto quando apareceu. Não tivemos tempo de cotejar a crítica com as duas edições. Mas o poeta declara que fez acrescentamentos e modificações, e corrigiu muitos versos que, ou não saíram perfeitos da primeira vez, ou deveram as suas imperfeições à má cópia.

Lemos algumas páginas soltas, e reconhecemos, mesmo sem comparar as edições, que o verso está mais trabalhado e limado, e mais atendidas as leis da harmonia. Aqui receamos fazer crítica de detalhe lembrando que alguns versos escaparam ao cuidado do autor nesta nova edição; o autor declara que esta edição é a definitiva, mas, como não há de ser a última, pois que muitas mais merece o poema, tomamos a liberdade de recordar ao poeta que uma nova revisão tornaria a obra mais aperfeiçoada ainda.

No prefácio trata o autor dos motivos que o levaram a preferir o verso solto à oitava-rima. São excelentes as suas razões em favor do alvitre que tomou; mas lá nos parece que o poeta adianta algumas ideias pouco aceitáveis.

Não se nega ao endecassílabo a energia, a harmonia e a gravidade; mas, concluir contra a rima em tudo e por tudo, parece-nos que é ousar demais. Tal é, entretanto, o pensamento do sr. dr. Magalhães nas seguintes palavras: "não há pensamento sublime, nem lance patético, nem grito de dor que toque o coração com a graça atenuante do consoante".

E, embora o sr. dr. Magalhães, para mostrar que até na prosa o consoante é mau, tenha rematado tão dissonantemente o seu período, julgamos que a rima pode reproduzir um pensamento sublime e um lance patético, sem que isto tire ao verso solto a superioridade que lhe reconhecem os mestres.

Feito este reparo, mencionemos a nova edição da *Confederação dos Tamoios,* como uma boa notícia literária. Parece que hoje a vida intelectual é menor que no tempo em que apareceu o poema do sr. dr. Magalhães; se o não fosse, teríamos esperança de ver o poema sujeito a uma nova análise, onde os seus esforços seriam reconhecidos, os seus descuidos, se alguns existem, corrigidos a tempo, com o que ganhariam o poeta e a literatura, que se honra em dar-lhe um lugar distinto.

Dissemos acima que houve na semana dois dramas novos de pena brasileira: são *Os cancros sociais,* pela sra. d. Maria Ribeiro; e as *Agonias do pobre*, do sr. dr. Reis Montenegro. Anuncia-se ainda terceiro drama original, *A negação da família*, do inteligente ator Pimentel, que deve subir hoje à cena no Teatro de São Januário.

Representam os três teatros dramáticos, ao mesmo tempo, peças originais; é um verdadeiro milagre, que merece ser notado e memorado.

Embora o crítico dramático tenha de ocupar-se com as peças em questão, consintam os leitores que consagremos duas linhas a respeito dos dois já representados.

Mesmo em literatura, as damas devem ter a precedência.

O nome da sra. d. Maria Ribeiro, não é desconhecido do público. Representou-se há tempos no Ginásio um drama de sua composição intitulado *Gabriela,* e oferecido à nossa primeira artista dramática.

O longo tempo que mediou entre a sua primeira peça e a última prova uma coisa em favor da autora: é que ela não se atira à composição sôfrega e precipitada; julga melhor para o seu nome caminhar devagar e refletidamente. Para nós é já um motivo de simpatia.

Há, com efeito, entre *Gabriela* e os *Cancros sociais,* uma notável diferença, um incontestável progresso. A mão incerta no primeiro tentame, é agora mais segura, mais consciensiosa; a autora desenha melhor os caracteres, pinta melhor os sentimentos; a ação aqui é mais natural, mais dramática, mais sustentada; as situações mais bem concebidas e os diálogos mais fluentes.

O novo drama é ainda um protesto contra a escravidão. Apraz-nos ver uma senhora tratar do assunto que outra senhora de nomeada universal, mrs. Beecher Stowe, iniciou com mão de mestre.

A ação, como a imaginou a sra. d. Maria Ribeiro, tem um ponto de contato com a *Mãe,* drama do sr. conselheiro José de Alencar: é uma escrava, cujo filho ocupa uma posição social, sem conhecer de quem procede. E se notamos esta analogia, é apenas para mostrar que, na guerra feita ao flagelo da escravidão, a literatura dramática entra por grande parte.

A luta que se trava no espírito de são Salvador, entre o dever do filho e os preconceitos do homem, é estudada com muita observação; a última cena do 2º ato, entre o filho e a mãe, parece-nos a mais bela cena da peça.

Louvamos com franqueza, criticaremos com franqueza. A ação que interessa e prende, de ato para ato, falece um pouco no último; o estilo ressente-se de falta de unidade; o diálogo, em geral fluente e natural, peca às vezes pela intervenção demasiada de metáforas e imagens; há algumas cenas, mas poucas, que nos parecem inúteis; e a autora deve ter presente este preceito de arte: — toda a cena que não adianta à ação é uma superfluidade.

Feitos estes reparos ligeiros, resta-nos aplaudir do íntimo d'alma a nova obra da autora de *Gabriela,* cujo talento está recebendo do público legítimos sufrágios.

Resta-nos mais. Resta-nos mencionar o desempenho igual que deram à peça os artistas do Ginásio. Vê-se que estes foram ensaiados à capricho.

O papel confiado ao sr. Furtado Coelho foi desempenhado de maneira a não deixar nada a desejar. Dotado de verdadeiro talento, e qualidades apreciáveis para a arte, a que tão lucidamente serve, o sr. Furtado Coelho soube reproduzir com as cores da verdade os sentimentos diversos que agitam Eugênio, e que fazem dele o centro das atenções. É na alta comédia e no drama de sala que aquele artista tem feito a sua brilhante reputação; se alguma coisa faltasse para firmar-lha, bastaria para isso o seu último papel.

Os srs. Graça, Areias e Heller foram aplaudidos e o mereceram; o primeiro pouco tinha a fazer e fê-lo conscienciosamente; os últimos mostraram-se com toda a distinção. A sra. Clélia, no papel da escrava, e a sra. Júlia, no da filha de são Salvador, houveram-se igualmente bem.

Estreou nesta peça a sra. Antonina Marquelou. Não é a sra. Marquelou uma artista desconhecida. Foi no Teatro de São Pedro que ela encetou há tempos a sua carreira dramática. Então faltou-lhe estudo proveitoso. É provável que agora o tenha, e já na sua estreia revelou sensíveis progressos.

Não lhe falta nem figura, nem inteligência; resta-lhe utilizar cuidadosamente todos esses predicados.

Disse bem o papel de Paulina, mas faltou-lhe uma coisa, para a qual chamo a sua atenção: faltou-lhe sentimento. O olhar, o gesto podem fazer muita coisa: mas só a alma pode comover. Que a sra. Marquelou não esqueça nunca esta condição essencial.

Vamos de corrida ao Teatro de São Pedro.

O nome do sr. dr. Montenegro é conhecido por algumas composições representadas em diversos teatros. Já mais de uma vez temos falado nele, fazendo-lhe os elogios e as críticas que merece, com franqueza e lealdade.

A sua nova peça, *Agonias do pobre,* peca principalmente pelo defeito que já notamos nas outras composições: encerra algumas inverossimilhanças. Mas, posto de parte este defeito, para o qual chamamos a atenção do sr. dr. Montenegro, a sua peça é de todas a que mais parece ter sido cuidada, até no estilo, que aliás ainda não está aperfeiçoado. Abundam as situações dramáticas, cheias de vida e de interesse, ao ponto de disfarçar às vezes uma ou outra inverossimilhança, e de granjear para o autor aplausos bem merecidos e bem proveitosos, queremos crê-lo.

A sra. Gabriela, encarregada do papel da protagonista, deu às suas cenas e situações aquele relevo que se espera sempre do seu talento robusto e completo.

Citaremos mais dois artistas: um para louvar, o sr. Cardoso; outro para censurar, o sr. Costa. O primeiro, no papel de galã agradou-nos tanto, quanto nos desagradou o segundo no papel do usurário. Convidamos o sr. Costa a recordar-se dos seus triunfos de outro tempo. Preencha o abismo que o separa hoje desse tempo, procurando no estudo uma correção que não lhe é impossível.

M. A.
Diário do Rio de Janeiro, 16 de maio de 1865

HISTÓRIAS DE QUINZE DIAS
Ilustração Brasileira (1876-1878)

Dou começo à crônica no momento em que o Oriente se esboroa

I

Dou começo à crônica no momento em que o Oriente se esboroa e a poesia parece expirar às mãos grossas do vulgacho. Pobre Oriente! Mísera poesia!

Um profeta surgiu em uma tribo árabe, fundou uma religião, e lançou as bases de um Império; Império e religião têm uma só doutrina, uma só, mas forte como o granito, implacável como a cimitarra, infalível como o Alcorão.

Passam os séculos, os homens, as repúblicas, as paixões; a história faz-se dia por dia, folha a folha; as obras humanas alteram-se, corrompem-se, modificam-se, transformam-se. Toda a superfície civilizada da terra é um vasto renascer de coisas e ideias. Só a ideia muçulmana estava de pé; a política do Alcorão vivia com os paxás, o harém, a cimitarra e o resto.

Um dia, meia dúzia de rapazes libertinos iscados de João Jacques e de Benjamim Constant, ainda quentes do último discurso de Gladstone ou do mais recente artigo do *Courrier de l'Europe*; meia dúzia de rapazes, digo eu, resolveram dar com o monumento bizantino em terra, abrir o ventre ao fatalismo e arrancar de lá uma carta constitucional.

Pelas barbas do Profeta! Há nada menos maometano do que isto? Abdul-Aziz, o último sultão ortodoxo, quis resistir ao 89 turco; mas não tinha sequer o exército, e caiu; e, uma vez caído, deitou-se da janela da vida à rua da eternidade.

O Alcorão fala de dois anjos negros de olhos azuis, que descem a interrogar os mortos. O ex-padixá foi naturalmente inquirido como os outros:

— Quem é teu senhor?
— Alá.
— Tua religião?
— Islã.
— Teu profeta?
— Maomé.
— Há um só deus e um só profeta?
— Um só. *La illah il Allah, ve Muhameden ressul Allah*.
— Perfeito. Acompanha-nos.

O pobre sultão obedeceu.

Chegando à porta das delícias eternas achou o profeta sentado em coxins espirituais, resguardado por um guarda-sol metafísico.

— Que vens cá fazer? — perguntou ele.

Abdul explicou-se, referiu o seu infortúnio; mas o profeta atalhou-o, clamando:

— Cala-te! És mais do que isso, és o destruidor da lei, o inimigo do Islã. Tu fizeste possível o gérmen corruptor das minhas grandes instituições, pior que a fé de Cristo, pior que a inveja dos russos, pior que a neve dos tempos; tu fizeste o gérmen constitucional. A Turquia vai ter uma Câmara, um Ministério responsável, uma eleição, uma tribuna, interpelações, crises, orçamentos, discussões, a lepra toda do parlamentarismo e do constitucionalismo. Ah! quem me dera Omar! ah! quem me dera Omar!

Naturalmente Abdul, se o profeta chorou naquele ponto, ofereceu-lhe o seu lenço de assoar — o mesmo que na mitologia do serralho substitui as setas de Cupido; ofereceu-lho, mas é provável que o profeta lhe desse em troco o mais divino dos pontapés. Se assim foi Abdul desceu de novo à terra, e há de estar aí por algum canto...

Talvez aqui na cidade.

Se cá viesse, é possível que a vista de alguns becos e certa quantidade de cães lhe fizessem crer que voltara a Constantinopla; ilusão que aumentaria se ouvisse falar no *divã* em que estou sentado e em várias *mesquitas* do meu conhecimento.

Mas o que eu apuro de tudo o que nos vem pelo cabo submarino e vapores transatlânticos é que o Oriente acabou e com ele a poesia.

Só a abolição do serralho é uma das revoluções maiores do século. Aquele bazar de belezas de toda a casta e origem, umas baixinhas, outras altas, as louras ao pé das morenas, os olhos negros a conversar os olhos azuis, e os cetins, os damascos, as escumilhas, os *narguilés*, os eunucos...

Oh! sobretudo os eunucos! Tudo isso é poesia que o vento do parlamentarismo dissolveu em um minuto de cólera e num acesso de eloquência.

Vão-se os deuses e com eles as instituições. Dá vontade de exclamar com certo cardeal: *Il mondo casca!*

II

Ao menos, Abdul, se foi enterrado, foi morto e bem morto. Não aconteceu o mesmo àquele sujeito do Ceará, a quem quiseram dar a última casa, estando ele vivo, e mais que vivo.

Um minuto mais, tinha ele cinco palmos de terra sobre o ventre, por outras palavras um suplício maior que o de todos os que inventou Dante.

Acordou a tempo, com mágoa talvez de um ou mais oradores que levavam redigidas e lacrimejadas as virtudes do defunto, e acharam naturalmente pouca cortesia da parte do ressuscitado.

Mas aqui vai o melhor.

Dizem os jornais que o enterro foi preparado às pressas; que o escrivão do registro teve de interromper o *alistamento dos votantes* para ir registrar o óbito de Manuel da Gata.

Ressuscitado este, desfez o enterro, mas não se desfez a nota do cemitério.

Manuel da Gata pode viver cem anos mais; civilmente está não só morto, mas até sepultado no cemitério, cova número tantos.

Quem nos afiança que isto não é uma trica eleitoral?

Manuel da Gata morreu; tanto morreu, que foi enterrado. Se ele aparecer a reclamar o seu direito, dir-lhe-ão que não é ele; que o Gata autêntico jaz na eternidade; que ele é um Gata apócrifo, uma contrafação do verdadeiro Gata, que Deus tem!

Esboço apenas a ideia; os políticos que lhe deem agora a cor e o movimento.

III

O que eu não esbocei, decerto, foi o jantar dado ao Blest Gana. Qual esboçar!

Saiu-me acabado... dos dentes, acabado como ele merecia que fosse, porque era escolhido.

A imprensa da capital brilhou; meteu-se à testa de uma ideia de simpatia, e levou-a por diante, mostrando-se capaz de união e perseverança.

O jantar era o menos; o mais, o essencial era manifestar a um cavaleiro digno de todos os respeitos e afeições a saudade que ele ia deixar entre os brasileiros, e foi isso o que claramente e eloquentemente disseram por parte da imprensa um jornalista militante, Quintino Bocaiúva, e um antigo jornalista, o visconde do Rio Branco.

Respeito as razões que teve o Chile para não fazer duas da única legação que tem para cá dos Andes, ficando exclusivamente no Rio de Janeiro o ministro que por tantos anos representou honestamente o seu país; mas sempre lhe digo que nos levou um amigo velho, que nos amava e a quem amávamos como ele merecia.

Blest Gana costumava dizer, nas horas de bom humor, que era poeta de vocação e diplomata de ocasião.

Era injusto consigo mesmo; a vocação era igual em ambos os ramos. Somente, a diplomacia abafava o poeta, que não podia acudir ao mesmo tempo a uma nota que passava e a uma estrofe que vinha do céu.

Ainda se estivesse aqui só, vá; sempre lhe daríamos algum tempo de poetar. Mas ache um homem algum lazer poético andando a braços com a Patagônia e o dr. Alsina!

Sou amigo do ilustre chileno há dez anos; e ainda possuo e possuirei um retrato seu, com esta graciosa quadrinha:

> *Verás en ese retrato*
> *De semejanza perfecta,*
> *La imagen de un mal poeta*
> *Y un poco peor literato.*

Nem mau poeta, nem pior literato; excelente em ambas as coisas, e amigo e bom; razões de sobra para lastimar que a necessidade política no-lo levasse.

IV

Sobre notas tivemos esta quinzena duas espécies; as falsas e as da ópera italiana — um velho *calembour,* rafado, magro e decrépito, que há de viver ainda muito tempo. Por quê? Porque acode logo à boca.

Ópera italiana é uma maneira de falar. Reuniram-se alguns artistas, que vivem há muito entre nós, e cantavam o *Trovador*; prometem cantar algumas óperas mais.

São bons? Não sei, porque não os fui ainda ouvir; mas das notícias benignas dos jornais, concluo que, um *não cantou mal*, outro *interpretou bem algumas passagens*, o coro de mulheres *esteve fraquinho* e o de homens *foi bem sofrível e não se achava mal ensaiado*.

São as próprias expressões de um dos mais competentes críticos.

Que concluir depois, senão que o público fluminense é uma das melhores criaturas do mundo?

Ele ouviu Stoltz, Lagrange, Tamberlick, Chartort, Bouché e quase todas as celebridades de há anos. Benévolo e protetor do trabalho honesto, não quer saber se os atuais cantores lhe darão os gozos de outro tempo; acode a ampará-los e faz bem.

Balzac fala de um jogador inveterado e sem vintém que, presente nas casas de tavolagem, acompanhava mentalmente o destino de uma carta, parava nela um franco ideal, ganhava ou perdia, tomava nota das perdas e ganhos, e enchia a noite desse modo.

O público fluminense é esse jogador, sem vintém; ficou-lhe o vício musical sem os meios de o satisfazer. Vai à tavolagem, acompanha o destino de uma nota, reconhece às vezes que é falsa, mas troca-a mentalmente por outra que ouviu em 1853.

V

Semelhante fenômeno não pertence à companhia dos ditos que representa no Teatro Imperial. O pior que acho na Companhia dos Fenômenos é o galicismo. O empresário quis provavelmente dizer Companhia dos Prodígios, das Coisas Extraordinárias.

Felizmente para ele, o público não estranhou o nome, e, se o empresário não tem por si os lexicógrafos, tem o sufrágio universal; isso lhe basta.

É este porém um daqueles casos em que a eleição censitária é preferível.

Que tais sejam os tais fenômenos ou prodígios, não sei, porque os não vi. E já o leitor concluirá daqui o valor de um cronista que pouco vê do que fala, uma espécie de urso que se não diverte.

Que se não diverte? É uma maneira de entender assaz arriscada.

Alegarei que eu, geralmente, sou pouco inclinado a prodígios. Foram convidar um lacedemônio a ir ouvir um homem que imitava com a boca o canto do rouxinol. "Eu já ouvi o rouxinol", respondeu ele. A mim, quando me falaram de um homem que tocava flauta com as próprias mãos, respondi: "Eu já ouvi o Calado."

Presunção de fluminense que quer ser lacedemônio.

Não repetirei o dito em relação ao homem que toca rabeca com os pés; seria cair numa repetição de mau gosto.

Não direi que já ouvi o Gravenstein ou o Muniz Barreto, porque além de tocar, o dito homem penteia-se, acende um charuto, joga cartas, desarrolha uma garrafa, uma infinidade de coisas que não fazem os meus nem os pés do leitor.

Há outro que engole uma espada, e uma dama que, à força de saltos mortais, chegará à imortalidade.

VI

Um correspondente do Piauí escreve para esta corte as seguintes linhas: "Esteve por alguns dias na *chefatura* o juiz de direito da capital, dr. Jesuíno Martins, que etc." Tenho lido outras vezes que a *chefança* perdeu um honrado magistrado; não poucas que mal anda o *chefado* nas mãos de Fulano; outras enfim que a *chefação* vai caminhando ao abismo.

Será preciso observar a todos os cavalheiros que cometem semelhante descuido, que não há *chefança*, nem *chefado*, nem *chefação*, nem *chefatura*, mas tão somente *chefia*?

Manassés
Ilustração Brasileira, 1º de julho de 1876

Inaugurou-se a Bolsa

I

Inaugurou-se a Bolsa. Entendamo-nos: a Bolsa existiu sempre, mas só agora lhe abriram os cordões.

Dantes vendiam-se os fundos atrás da porta, conquanto a língua oficial dissesse que se vendiam na praça.

Mudaram-se os tempos desta ventura. Quem os quiser vender ou comprar há de ser *coram populo,* como dizia Cícero. Eu, pela minha parte, sou como a ingratidão humana — sem fundo. Sou homem raso. Que haja Bolsa ou não; que as transações sejam apregoadas, ou simplesmente sussurradas, é para mim o mesmo. Não compro ações de bancos, nem ouro, nem saques, nem letras de hipoteca; não compro nada. Também não o vendo; estou como Jó, depois da prosperidade, ou como Bennett, antes do *Herald*.

Mas não deixo de entender que a reforma é boa; talvez excelente. Agora sabe a gente a quantos anda; faz-se tudo à luz do sol.

Se, por exemplo, aplicassem o sistema aos matrimônios... Oh! Isso é que era dar um passo de século.

— Meus senhores (diria o corretor), há uma noiva de cento e vinte contos em prédios e apólices, prédios seguros, apólices com dividendo, uma noiva bonita, senhores, vinte e dois anos, sabe francês e piano... Não vale nada, meus senhores?... Quanto? dez contos? dez! dez! quinze contos, vinte, trinta, trinta e um contos, trinta e cinco!... e cinco! e cinco!... afronta faço, que mais não acho! se mais achara, mais tomara! dou-lhe uma, dou-lhe duas! uma maior e outra menor! É sua!

II

O certo é que quase não se falou em outra coisa durante a quinzena: na Bolsa e na baixa das apólices.

A baixa das apólices teve o condão de abalar meio mundo. Um velho acionista da Galinocultura anda assombrado há sete dias. Ele interroga os jornais, as fisionomias, os astros, consulta cartas; lastima não haver uma Nossa Senhora das Apólices para fazer-lhe uma promessa. Quando vai à Bolsa não a leva recheada, mas fica até acabar-se tudo; ele troveja, irrita-se, abate-se, come pouco, não dorme; este cidadão atribulado... mora num quarto no beco das Escadinhas.

III

No meio destas alternativas de apólices, a ordem terceira de são Francisco da Penitência inaugurou um monumento à memória dos fundadores da ordem, Luís de Figueiredo e dona Ana Carneiro.

Não vem cedo esse monumento, mas também não vem tarde. Dois séculos dentre eles e nos dão à memória dos dois piedosos fundadores aquela poeira necessária à veneração.

Se eles tivessem morrido em 1860, isto é, quando eu ainda me lembrasse de os ter visto dançar em casa do subdelegado fulano, o monumento perdia muito do prestígio.

Por via de regra, um monumento deve ser levantado quando já corre outra maneira de vestir, mudaram os costumes e não existe uma casa particular contemporânea dos obsequiados.

Quem hoje diz Luís de Figueiredo e dona Ana Carneiro, parece falar de criaturas históricas, nomes que entraram nos sucessos políticos e sociais.

Nada disso; deram o terreno e fundaram uma ordem. É o que os recomenda dois séculos depois.

IV

Ocorre ponderar uma coisa.

Naquele tempo, e antes, e ainda algum tempo depois, os nomes das pessoas eram assaz curtos, dois apenas: Luís de Figueiredo e dona Ana Carneiro; não se usava mais: Luís de Camões, Antônio Vieira, Damião de Góis, João de Castro, João de Barros, Diogo do Couto.

Com dois nomezinhos de nada, fazia-se um poeta, um historiador, um político, um pregador sagrado. Nem eu nem o leitor poderíamos imaginar um Luís José de Camões Siqueira, ou um João Maria Barros de Vasconcelos.

Viemos andando e mudamos tudo. Hoje, cá e lá, são uns nomes de légua e meia, que parecem conter toda a família do nomeado. O uso é tal, que quando ouvimos falar no dr. João Sertório, que foi presidente de São Paulo, esperamos ainda pelo resto. João Sertório! Um homem com dois nomes apenas? O atual cônsul brasileiro nos Estados Unidos tinha quatro nomes, creio eu; o uso literário fê-lo reduzir a dois, e já o decreto que o nomeou não contém mais do que isso, pelo que lhe dou os parabéns; o Estado sancionou o seu bom gosto.

Entretanto, releva observar que a língua portuguesa é das menos faladas do mundo civilizado.

A única razão que justificaria tantos nomes seria a necessidade de não confundir os homens; mas eles são poucos.

Os ingleses, que são em muito maior número, reduziram isso, e os franceses também. Recebem muitos nomes (os franceses, pelo menos) mas usam apenas dois e não se confundem uns com os outros.

Não me refiro aos célebres, que esses são conhecidos apenas por um: Thiers, Chateaubriand, Gladstone, Pitt; refiro-me à massa geral dos naturais.

Com os italianos dá-se o mesmo; o mesmo com os alemães. Os espanhóis não procedem de modo diferente, apesar de se darem ao culto da hipérbole.

Explique quem puder esta diferença da língua portuguesa, este uso aborrecido, chocho, deselegante. No futuro, se alguém ler as linhas que aí deixo e tiver força por emendar o uso, emende-o, certo de que não exijo monumento por isso.

V

Exigiria monumento se achasse o segredo de matar os ratos de Canguçu. Nunca vi tanto rato como nas correspondências daquela vila!

Aquilo e o casal do Ceará, cujo marido, com 113 anos de idade tem ciúmes da mulher, que já orça pelos 104, é tudo que tenho visto de mais espantoso no mundo.

Que um homem de 113 anos tenha ciúmes, concebe-se; não é vulgar, mas pode-se admitir. Agora, que uma mulher de 104 os inspire, esse é, na verdade, um dos prodígios do século e do país.

Os cônjuges de que se trata estão unidos há 80 anos. Leiam bem: há 80 anos. Durante esse tempo podiam ver morrer cinco ou seis constituições e cair noventa e sete governos no Estado Oriental. Podiam ter casado no tempo do Diretório e ir hoje cumprimentar o marechal Mac-Mahon, que o substitui.

Ora, não é depois de tanto tempo que um homem respeitável se lembra de zelar a mulher. Homem de Deus! Mas não és tu que a zelas, é um século!

VI

Um século! Justamente a idade dos Estados Unidos.

. Também eu fui ao banquete com que os americanos residentes nesta corte, tendo à frente seu ilustrado ministro, festejaram o centenário da liberdade. E confesso que tive inveja aos brasileiros que em 1922 devem fazer igual festa em Nova York ou Washington. Se pudesse assistir a ela!

Não importa! Assisti ao desta corte, que foi magnífico, animado, brilhante, dos que só se fazem de século a século. Cem anos não são cem dias, para um homem; para uma nação equivalem a quinze ou vinte. Nesse curto prazo o que não têm feito os Estados Unidos?

Fujamos aos lugares-comuns. Um deles é rememorar os progressos da jovem filha de Washington. O maior dos milagres dessa grande nação é ter sufocado, durante o longo espaço de quatro anos, a maior guerra civil dos tempos modernos, e com ela extirpado uma detestável instituição social. Que há em Tito Lívio maior do que isso?

VII

Posto houvesse durante aquela guerra um almirante Farragut, não vejo que isso nos leve suavemente à última regata de Botafogo.

Entre os escaleres da regata e os monitores americanos há alguma diferença que convém respeitar.

Que importa? A luta na regata é pacífica; não se verte sangue nem latim; verte-se algum suor, o qual reverte em favor do que chega primeiro.

S. a. a regente distribuiu os prêmios aos vencedores, como há de distribuir aos que triunfaram na última exposição. Tais prêmios, sim! São os que eu desejo, são os melhores, os únicos a que devemos aspirar. As batalhas são boas nos quadros e nos livros históricos; no campo, também não são más, mas hão de ser de longe. Oh! de longe são adoráveis!

Manassés
Ilustração Brasileira, 15 de julho de 1876

HOJE POSSO EXPECTORAR
MEIA DÚZIA DE BERNARDICES

I

Hoje posso expectorar meia dúzia de bernardices sem que o leitor dê por elas.

A razão não é outra senão a de ser o leitor um homem que se respeita, ama o belo, possui costumes elegantes: conseguintemente, não tem orelhas para crônicas, nem outras coisas ínfimas.

Suas orelhas andam de molho, reservam-se para as grandes e belas vozes que estão prestes a chegar do rio da Prata.

Antes de ir mais longe, convém advertir que o fato de nos virem as celebridades líricas do rio da Prata é um fenômeno que, em 1850, seria puramente milagre; mas que hoje, mediante os progressos do dia, parece a coisa mais natural do mundo.

Há incrédulos, é verdade; há ombros que se levantam, espíritos que dão seus muxoxos de dúvida.

Mas qual foi a verdade nova que ainda não encontrou resistências formais?

Colombo andou mendigando uma caravela para descobrir este continente; Galileu teve de confessar que a única bola que girava era a sua. Estes dois exemplos ilustres devem servir de algum lenitivo aos cantores platenses.

II

Demais, os incrédulos, se são duros, são em ínfimo número; número verdadeiramente ridículo. Porquanto, ainda os cantores não deram amostra, já não digo de uma nota, mas somente de um espirro ou de um aperto de mão, e já os bilhetes estão todos tomados, a preços de *primíssimo cartelo*.

Donde os filósofos podem concluir com segurança que as vozes não são a mesma coisa que os nabos. *Credo, quia absurdum*, era a máxima de Santo Agostinho.

Credo, quia carissimum, é a do verdadeiro *dilettanti*.

Ao preço elevado dos bilhetes corresponde os dos vencimentos dos cantores. Só o tenor recebe por mês oito contos e oitocentos mil-réis! Não sei que haja na crítica moderna melhor definição de um tenor do que esta dos oito contos, a não ser outra de dez ou quinze.

Que me importa agora ouvir as explicações técnicas dos críticos para saber se o tenor tem grande voz e profundo estudo? Já sei, já o sabemos todos; ele tem uma voz de oito contos e oitocentos; devo aplaudi-lo com ambas as luvas, até arrebentá-las.

Vejam a superioridade da música sobre a política. Cavour fez a Itália — um pau por um olho, e não sonhou nunca receber ordenado tamanho. Mas um jovem de olho azul e bigode louro, tendo a boa fortuna de engolir um canário ou outra ave equivalente, só por esse motivo, e por outros que seria longo desfiar, mete Cavour num chinelo. Cavour morreu talvez com pena de não ter sido barítono.

Não sei quanto vence o soprano; mas deve ser grosso cabedal, em vista do tenor, e porque também é célebre.

Imaginemos outro tanto.

Ora, expirou há pouco uma mulher, que me hão de conceber tinha um gênio maior que o do soprano referido, mulher que ocupa um dos mais altos lugares entre os prosadores de seu século. Madame Sand nunca venceu tanto por mês. Rendeu-lhe menos *Indiana* ou *Mauprat* do que rendem ao soprano de que trato meia dúzia de sustenidos bem sustenidos.

Oh! se tu tens algum filho, leitor amigo, não o faças político, nem literato, nem estatuário, nem pintor, nem arquiteto! Pode ter algum pouco de glória, e essa mesma pouca, muita que seja, nem só de glória vive o homem. Cantor, isso sim; isso dá muitos mil cruzados, dá admiração pública, dá retratos nas lojas; às vezes chega a dar aventuras romanescas.

III

Por fortuna de Alexandre Herculano, esta notícia lírica só invadiu a corte depois de anunciado o seu azeite. Se o azeite se demora uma semana, ninguém fazia caso dele; ninguém lhe reparava na notícia, nem nos méritos.

Achou o tal azeite seus admiradores, como o Meneses do *Jornal*, e seus críticos, como o Serra da *Reforma*. Eu chego tarde para ser uma das duas coisas; prefiro ser ambos ao mesmo tempo. E não tendo visto ainda o azeite, estou na melhor situação para dar sobre ele o meu parecer. Quem era certo cavaleiro italiano que gastou a vida a duelar-se em defesa da *Divina comédia*, sem nunca a ter lido? Eu sou esse cavaleiro apenas por um lado, que é o lado dos que dizem que, a não fazer o Herculano livros de história, deve fazer outra coisa.

Mas confesso que preferia ao pé do seu azeite o seu estilo; e de bom grado receberia de suas mãos o livro e a luz. Dar-me ele a luz e o sr. *** os livros, é uma disparidade que não chega a vencer o sono... por melhor que seja o azeite.

Suspendamos o riso, que é alheio a estas coisas. *Sunt lacrimae rerum.* Pois quê! Um homem levanta um monumento, escreve o seu nome ao lado de Grote e Thierry, esculpe um *Eurico*, desenterra da crônica admiráveis novelas; é um grande talento, é uma erudição de primeira ordem, e no vigor da idade retira-se a uma quinta, faz da banca um lagar, engarrafa os seus merecimentos, entra em concorrência com o sr. N. N. e nega ao mundo o que não pertence a ele!

IV

Não foi esse o único prodígio da quinzena. Além dessa e da Companhia Lírica (a 8:000$000 cada garganta), houve o projeto de Constituição turca, dado pelo *Jornal do Commercio*.

Não sei se tal constituição chegará a reger a Turquia; mas foi proposta, e tanto basta para deixar-me de boca aberta.

O art. 1º desse documento diz que o Império otomano como Estado não tem religião: reconhece todos os cultos, protege-os e subvenciona-os.

Eu palpo-me, esfrego os olhos, dou murros no peito e na cabeça, agito os braços, passeio de um lado para outro, a fim de certificar-me que não estou sonhando. O Alcorão subvencionando o Evangelho! O janízaro do *crê ou morre* reconhecendo todos os cultos e dando a cada um os meios de subsistência! Se isto não é o fim do mundo, é pelo menos o penúltimo capítulo. Que abismo entre Omar e Mourad v!

Alegre-se quem quiser; eu fico triste. A tolerância dos cultos tira-me a cor local da Turquia, desnatura a história, estabelece certas acomodações entre o Alcorão e o céu. Substitui-se a Sublime Porta por uma trapeira constitucional.

V

No meio de tanta novidade — azeite herculano, ópera italiana, liberdade turca, não quis ficar atrás o sr. Luís Sacchi. Não conheci Luís Sacchi; li porém o testamento que ele deixou e os jornais deram a lume.

Ali diz o finado que seu corpo deve ir em rede para o cemitério, levado por seus escravos, e que na sepultura há de se lhe gravar este epitáfio: *Aqui jaz Luís Sacchi que pela sua sorte foi original em vida e quis sê-lo depois da sua morte.*

Gosto disto! A morte é coisa tão geralmente triste, que não se perde nada em que alguma vez apareça alegre. Luís Sacchi não quis fazer do seu passamento um quinto ato de tragédia, uma coisa lúgubre, obrigada a sangue e lágrimas. Era vulgar: ele queria separar-se do vulgo. Que fez? Inventou um epitáfio, talvez pretensioso, mas jovial. Depois dividiu a fortuna entre os escravos, deixou o resto aos parentes, embrulhou-se na rede e foi dormir no cemitério.

Não direi que haja profunda originalidade neste modo de retirar-se do mundo. Mas, em suma, a intenção é que salva, e se o reino dos céus também é dos originais, lá deve estar o testador italiano.

Amém!

VI

Na hora em que escrevo estas linhas, preparo-me para ir ver um sapatinho de cetim — o sapatinho que dona Lucinda nos trouxe da Europa e que o Furtado Coelho vai mostrar ao público fluminense.

Não vi ainda o sapato e já o acho um primor. Vejam o que é parcialidade! Juro a todos os deuses que o sapatinho foi roubado à mais bela das sultanas do padixá, ou talvez à mais ideal das huris do profeta. Imagino-o todo de arminho, cosido com cabelos da aurora, forrado com um pedacinho do céu... Que querem? Eu creio, que há de ser assim, porque é impossível que o Furtado nos trouxesse um mau sapato.

Mas que o trouxesse! Eu consentia nisso, e no mais que fosse de seu gosto, mediante a condição de que não havia deixar-nos outra vez. Entendamo-nos; ele pertence-nos. Viu muita coisa. Teve muito aplauso, muita festa; mas a aurora das suas glórias rutilou neste céu fluminense, onde, se não rutilou também a do talento de sua esposa, já recebeu muitos dos seus melhores raios juvenis.

Que fiquem; é o desejo de todos e meu.

Manassés
Ilustração Brasileira, 1º de agosto de 1876

No momento em que escrevo estas linhas

I

No momento em que escrevo estas linhas, espreito cá de longe a leitora a preparar-se para a festa da Glória.

Há duas sortes de leitoras: a que vai ao outeiro, toma água benta, vê o fogo de artifício, e vai a pé para casa, se não pilha um bonde; e a que vai de casa às nove horas para ir ao baile da Secretaria de Estrangeiros.

Uma e outra preparam-se neste instante; sonham com a festa, pedem a nossa Senhora que não mande chuva.

A segunda espera que a Clemence lhe apronte o vestido a tempo e hora oportuna; a primeira dá os últimos pontos na saia do que há de estrear hoje de tarde.

Esta festa da Glória é a Penha elegante, do vestido escorrido, da comenda e do *claque*; a Penha é a Glória da rosca no chapéu, garrafão ao lado, ramo verde na carruagem e *turca* no cérebro.

Ao cabo de tudo, é a mesma alegria e a mesmíssima diversão, e o que eu lastimo é que o fogo de artifício da Glória e o garrafão da Penha levem mais fiéis que o objeto essencial da festividade. Se é certo que *tout chemin mène à Rome*, não é certo que *tout chemin mène au ciel*.

Leve ou não leve, a verdade é que este ano há grande entusiasmo pela festa da Glória, e dizem-se maravilhas do baile da Secretaria de Estrangeiros.

Um amigo meu recusa dançar há seis semanas, com o plausível motivo de que não quer gastar as pernas. Só fala em francês para conversar com os diplomatas; estuda a questão do Oriente para dizer alguma coisa ao ministro da Inglaterra. Traz de cor a frase com que há de cortejar o ministro da Itália e o chefe da legação pontifícia. Ao primeiro dirá: *Itália farà da sè*. Ao segundo: *Super hanc petram*...

Não é um amigo, é um manual de conversação.

II

Estou convencido de que esse amigo não foi às corridas. Não foi ou não vai? Na hora em que escrevo — não vai; naquela em que o leitor pode ler estas linhas — não foi. Eu não sei combinar estes tempos da crônica. Vá ou não vá, fosse ou não fosse, o que eu quero dizer é que o dito meu amigo brilha pela ausência na festa do Prado Fluminense.

Eu sou obrigado a confessar que também lá não ponho os pés, em primeiro lugar porque os tenho moídos, em segundo lugar porque não gosto de ver correr cavalos nem touros. Eu gosto de ver correr o tempo e as coisas; só isso. Às vezes corro eu também atrás da sorte grande, e correria adiante de um cacete, sem grande esforço. Quanto a ver correr cavalos...

Vou dizer a minha opinião toda.

Cada homem simpatiza com um animal. Há quem goste de cães; eu adoro-os. Um cão, sobretudo se me conhece, se não guarda a chácara de algum amigo, aonde vou, se não está dormindo, se não é leproso, se não tem dentes, oh! um cão é adorável. Outros amam os gatos. São gostos; mas sempre notarei que esse quadrúpede pachorrento e voluptuoso é sobretudo amado dos homens e mulheres de certa idade.

Os pássaros têm seus crentes. Alguns gostam de todo o bicho careta. Não são raros os que gostam do bicho de cozinha. Eu não gosto do cavalo.

Não gosto? Detesto-o; acho-o o mais intolerável dos quadrúpedes. É um fátuo, é um pérfido, é um animal corruto. Sob pretexto de que os poetas o têm cantado de um modo épico ou de um modo lírico; de que é nobre; amigo do homem; de que vai à guerra; de que conduz moças bonitas; de que puxa coches; sob o pretexto de uma infinidade de complacências que temos para com ele, o cavalo parece esmagar-nos com sua superioridade. Ele olha para nós com desprezo, relincha, prega-nos sustos, faz Hipólito em estilhas. É um elegante perverso, um tratante bem-educado; nada mais.

Vejam o burro. Que mansidão! Que filantropia! Esse puxa a carroça que nos traz água, faz andar a nora, e muitas vezes o genro, carrega fruta, carvão e hortaliças — puxa o bonde, coisas todas úteis e necessárias. No meio de tudo isso apanha e não se volta contra quem lhe dá. Dizem que é teimoso. Pode ser; algum defeito é natural que tenha um animal de tantos e tão variados méritos. Mas ser teimoso é algum pecado mortal? Além de teimoso, escoiceia alguma vez; mas o coice, que no cavalo é uma perversidade, no burro é um argumento, *ultima ratio*.

III

E por falar neste animal, publicou-se há dias o recenseamento do Império, do qual se colige que 70% da nossa população não sabem ler.

Gosto dos algarismos, porque não são de meias medidas nem de metáforas. Eles dizem as coisas pelo seu nome, às vezes um nome feio, mas não havendo outro, não o escolhem. São sinceros, francos, ingênuos. As letras fizeram-se para frases; o algarismo não tem frases, nem retórica.

Assim, por exemplo, um homem, o leitor ou eu, querendo falar do nosso país, dirá:

— Quando uma Constituição livre pôs nas mãos de um povo o seu destino, força é que este povo caminhe para o futuro com as bandeiras do progresso desfraldadas. A soberania nacional reside nas Câmaras; as Câmaras são a representação nacional. A opinião pública deste país é o magistrado último, o supremo tribunal dos homens e das coisas. Peço à nação que decida entre mim e o sr. Fidélis Teles de Meireles Queles; ela possui nas mãos o direito a todos superior a todos os direitos.

A isto responderá o algarismo com a maior simplicidade:

— A nação não sabe ler. Há só 30% dos indivíduos residentes neste país que podem ler; desses uns 9% não leem letra de mão. 70% jazem em profunda ignorância. Não saber ler é ignorar o sr. Meireles Queles; é não saber o que ele vale, o que ele pensa, o que ele quer; nem se realmente pode querer ou pensar. 70% dos cidadãos votam do mesmo modo que respiram: sem saber por que nem o quê. Votam como vão à festa da Penha — por divertimento. A Constituição é para eles uma coisa inteiramente desconhecida. Estão prontos para tudo: uma revolução ou um golpe de Estado.

Replico eu:

— Mas, sr. Algarismo, creio que as instituições...

— As instituições existem, mas por e para 30% dos cidadãos. Proponho uma reforma no estilo político. Não se deve dizer: "consultar a nação, representantes da nação, os poderes da nação"; mas "consultar os 30%, representantes dos 30%, poderes dos 30%". A opinião pública é uma metáfora sem base; há só a opinião dos 30%. Um deputado que disser na Câmara: "sr. Presidente, falo deste modo porque os 30% nos ouvem..." dirá uma coisa extremamente sensata.

E eu não sei que se possa dizer ao algarismo, se ele falar desse modo, porque nós não temos base segura para os nossos discursos, e ele tem o recenseamento.

IV

Agora uma página de luto. Nem tudo foram flores e alegrias durante a quinzena. As musas receberam um golpe cruel.

Veio do Norte a notícia de haver falecido o dr. Gentil Homem de Almeida Braga. Todos os homens de gosto e cultores de letras pátrias sentiram o desaparecimento desse notabilíssimo que o destino fez nascer na pátria de Gonçalves Dias para no-lo roubar com a mesma idade com que nos arrebatou o grande poeta.

Poeta também, e prosador de elevado merecimento, o dr. Gentil Homem de Almeida Braga, deixou algumas páginas — poucas em número, mas verdadeiros títulos, que honram o seu nome e nos fazem lembrar dele.

O dr. Gentil Homem nas letras pátrias era conhecido pelo pseudônimo de *Flávio Reimar*. Com ele assinou belas páginas literárias, como o livro *Entre o céu e a terra*, livro que exprime bem o seu talento original e refletido. Deixou, segundo as folhas do Maranhão, a tradução da *Evangelina*, de Longfellow. Deve ser um primor. J. Serra já há meses nos deu na *Reforma* um excelente espécimen desse trabalho.

Perdemo-lo; ele foi, prosador e poeta, dormir o sono eterno que já fechou os olhos de Lisboa e Odorico. Guardemos os seus escritos, enriqueçamos com eles o pecúlio comum.

Manassés
Ilustração Brasileira, 15 de agosto de 1876

Não será por falta de sucessos

I

Não será por falta de sucessos que um cronista deixe de dar conta da mão. Eles aí andam a pular de manhã até a noite, a surgir debaixo dos pés, como os trabalhos, e a cair do céu, como chuva. Anda-se por cima deles, por baixo deles, entre eles, neles e com eles; há mais sucessos que penas para os referir. Estes quinze dias valem por um trimestre da história romana.

E note-se que a história romana não conhecia muitas coisas que nós tivemos o prazer de inventar, entre outras, a vermelhinha. A vermelhinha, o espiritismo, as mutações turcas e as barracas do campo são usos que nem o Império de Augusto nem a República de Catão tiveram o gosto de conhecer. Não é à toa que os séculos andam.

II

Que os fatos nos perseguiram esta semana é uma dessas verdades que se metem pelos olhos dentro. Assim que, a Turquia está em risco de perder o seu atual sultão, ou o sultão de perder a Turquia. Há pouco mais de um mês governava o tio deste; este cede o passo a um irmão. É uma peça mágica com música de pancadaria. A Turquia está a macaquear a Bolívia de um modo escandaloso: muda de sultões como a Bolívia de presidentes e o leitor de camisas. Um sultão ali equivale a um colarinho de papel: dura um passeio. Durou este, ainda assim, mais do que o projeto de Constituição, de que já não há notícia, por fortuna do Alcorão.

Digam-me se não vale mais a pena ser barraca do campo, que dura muito mais tempo, com muito menos risco. Há, é certo, durante um ou dois meses no ano, um pequeno eclipse; põe-se abaixo a lona e arrancam-se os paus; mas volta tudo daí a pouco, e nada se altera no essencial.

Antigamente ainda havia tal ou qual semelhança entre a barraca e o comendador dos crentes. Era pelo Espírito Santo que elas se armavam; seu ocupante exclusivo era o Teles, cujas representações davam um ar de arraial ao sítio, e eram destinadas ao divertimento do povo, que já não paga (felizmente) os ordenados do Tati e da Stoltz. Acabada a festa, acabou a barraca.

Com o tempo, as coisas tomaram outro aspecto. O Teles morreu; seus sucessores fizeram-se negociantes de comidas e donos de casas de bilhar. É preciso estar na altura do tempo: as barracas seguem o impulso geral. De maneira que, se Mourad v, expulso de Constantinopla, vier dar no campo de Sant'Ana lições constitucionais de cimitarra, acho que terá feito muito melhor negócio do que lá ficar exposto ao mais involuntário dos suicídios.

III

Não virá ele, mas os cantores esses estão a chegar; refiro-me aos cantores do Rio da Prata, ansiosamente esperados por esta população.

Sobre cinco pessoas com quem a gente fala, três pedem notícias da Companhia Lírica. Todos os ouvidos amolam os dentes para petiscar os manjares da mais fina cozinha musical. Alguma coisa nos faltava há muito tempo; uns diziam que eram capitais, outros que braços à lavoura. Era engano: faltava-nos música.

Pela minha parte, que sou apreciador velho, estou ansioso por ver a companhia e aplaudi-la. Que ela deve ser boa, é coisa indubitável, desde que, em Buenos Aires — segundo um periódico dali, representando-se os *Huguenotes*, o entusiasmo público tocou as raias da loucura.

Caramba! Uma companhia que põe uma plateia às portas da alienação mental, deve ser coisa muito superior, muito superior à *Transfiguração*, que ainda não levou ninguém a semelhante abismo. Pois se os nossos vizinhos deliram, deveremos nós mostrar que temos mais juízo que eles? Não o consente o nosso amor-próprio, e digo mais: as próprias regras da polidez.

Verdade é que eles têm um motivo especial para delirar com esta companhia. Afirma lá a imprensa que a sra. Rubini tem uma voz *argentina*. Esta é a chave da loucura. A sra. Rubini muniu-se de voz argentina desde que ia contratada para Buenos Aires: maneira de adular o sentimento nacional. Os argentinos desde que souberam que a senhora trazia uma patrícia deles na garganta desataram a rasgar luvas, e tocaram as raias do delírio. Estou convencido que a sra. Rubini, se cantou alguma vez em Montevidéu, levou ali um perfil *oriental*. Que nos trará não sei, mas não lhe ficariam mal uns olhos *verdes* e um riso *amarelo*; toque-nos essa corda e verá as palmas que tem.

IV

Nada direi do parricídio do largo do Depósito; a justiça apura a verdade e as circunstâncias dela; cabe-nos aguardar e lastimar.

Lastimar não só o autor do desastre, mas ainda o cérebro dos que mais ou menos querem que a causa dele fosse um livro de Dumas. Santo Deus! se basta um livro para armar o braço de um homem, façamos deste mundo uma biblioteca de Alexandria; é mais sumário do que separar os livros maus dos bons.

Pelos anos de 1869 apareceu em Paris um dos maiores criminosos do século; seu processo foi transcrito nas colunas de nosso *Diário Oficial* desse tempo.

Ora bem, aquele homem, que mal contava 19 anos, disse que fazia leitura favorita de processos célebres. Que é que o armou para matar três pessoas — foi a leitura ou outra coisa? Ninguém se lembrou de afirmar a primeira.

Decerto, eu creio que houve combinação entre o escrivão de polícia e os livreiros. Os livreiros leram a notícia de manhã às seis horas, por exemplo, às nove estavam à mostra exemplares do *Affaire Clémenceau*, no que fizeram muito bem, porque a notícia dava ao romance certa virgindade nova. Muita gente, que o não tinha lido, que o tenha esquecido, terá vontade de o ler ou reler para saber como é que um livro aponta com o dedo para um revólver.

E vejamos: se o autor verdadeiro é o livro, acho que a reta justiça pedia se mandasse convidar Dumas a vir responder ao processo e a receber o justo prêmio do seu trabalho, que era um quinto de século em Fernando de Noronha. Dumas vinha; entre ele e a autoridade travava-se o diálogo seguinte:

— *Monsieur, vous avez* écrit *un méchant livre...*
— *Ma modestie ne dit pas le contraire.*
— *Vous vous trompez, monsieur; je ne dis pas sous le rapport littéraire; je parle de la portée morale de ce livre, un livre dangereux, corrupteur...*
— *Pourtant, monsieur, le juge, l'Académie...*
— *L'Académie n'est pas tenue d'avoir des mœurs irréprochables. Ce livre, monsieur, vient de commettre un crime...*
— *Bah!*
— *Oui, ce livre est jugé et condamné.*
— *Qu'on le mène aux galères!*
— *Pas lui, mais vous. Lui, il sera brulé par la main du bourreau; vous irez composer d'autres ouvrages dans un endroit très poétique, quoique peu littéraire.*
— *J'en appelle...*
— *Vous êtes un monstre!*

Não! O livro não teve culpa na lastimosa tragédia. A primeira vítima dela é o próprio autor, esse jovem de vinte e dois anos, cujo coração sangra, e sangrará até o último dia, porque tais dores, tais catástrofes enchem a vida de eterno luto. Uma fatalidade lhe armou o braço; outra guiou o tiro; lastimemos todos essas vítimas, o filho e os pais.

V

A ser exata a suposição de que o livro de Dumas fizesse isso, eu mandava desde já prender o sr. Antônio Moutinho de Sousa, que aí chegou com uma edição de *Dom Quixote*. Tinha que ver se a leitura do livro de Cervantes produzia na cidade uma leva de broquéis e lanças; se os cavaleiros andantes nos surgiam a cada esquina, a tirar bulha com os moinhos de vento, e de casaca. As Dulcineias haviam de estimar o caso, porque em suma é seu papel gostar de que as adorem e sirvam. Mas, por essa única vantagem, quanta cabeça partida! Quanto braço deslocado!

A edição de *Dom Quixote,* com gravuras de Gustavo Doré, é simplesmente um primor. Sabe-se que ela é feita pela Companhia Literária — uma companhia que se organizou somente para editar obras.

Companhia Literária! Veja o leitor que ligação de vocábulos. Companhia de seguros, de transportes, de estrada de ferro, de muitas coisas comerciais, industriais, e econômicas, essas são as que povoam o nosso globo; uma companhia literária, é a primeira vez que os dois termos aparecem assim casadinhos de fresco, como a opereta do Artur.

Pois é a tal companhia que vai editar o *Dom Quixote,* aquele famoso cavaleiro da Mancha, que tem o condão de entusiasmar a doutos e indoutos. Aí o vamos ver com a sua lança em riste, a fazer rir os almocreves, e a perturbar as comitivas que passam, a pretexto de que levam castelãs roubadas.

Vamos rir de ti, outra vez, generoso cavaleiro; vamos rir de tua sublime dedicação. Tu tens o pior que pode ter um homem em todos, sobretudo neste século, tu és quimérico, tu não vives da nossa vida, não és metódico, regular, pacato, previdente; tu és Quixote, Dom Quixote.

Bem haja Cervantes e a Companhia Literária! Bem haja o Moutinho, que após treze anos de ausência, tendo-nos levado o Manuel Escota, traz-nos muitos tipos não menos admiráveis, sem contar os da imprensa da companhia, que são nítidos, como os mais nítidos.

VI

Tivemos também esta quinzena o enviado de sua santidade. Antes de chegar o digno monsenhor, toda a gente imaginava alguma coisa semelhante a um urso, um tigre pelo menos, sedento de nosso sangue. Sai-nos um homem polido, belo, amável; um homem com quem se pode tratar.

Dizem que teve recepção fria; teve-a como haviam de ter Palmerston ou o conde de Cavour. Talvez que dos homens de hoje só Bismarck conseguiria reunir no arsenal de marinha umas trinta e cinco pessoas; e pela simples razão de que ele exprime a força e o sucesso. No mais, há pouca curiosidade nesta cidade; ninguém deixa de vender uma ação do Banco Industrial para ir ver um homem encarregado de missão importante. Não há recepções frias nem quentes; há a dita curiosidade, mas curiosidade preguiçosa, gasta, sonolenta.

Houve mais gente no concerto da Filarmônica; uns dizem que duas mil pessoas, outros três, alguns chegam a dez mil. Não sei o número exato; mas houve muita gente.

Já houve menos gente no concerto sinfônico, que um e outro mereceram a concorrência pública. Verdade é que o local admitia menor número de espectadores. Gosto de ver esta animação às artes; é um bom sinal.

Ao fogo, ou antes aos fogos do largo do Machado acudiu também grande número de pessoas, que tiveram ocasião de ver, mais uma vez, essa engenhosa combinação de culto e rodinhas da sécia, que é a maneira obrigada de adorar o Criador. Pondo de lado esta consideração, não há como negar que a festa esteve brilhante, e que a mesa da irmandade houve-se com desvelo.

Manassés
Ilustração Brasileira, 1º de setembro de 1876

Este ano parece que remoçou o aniversário da Independência

I

Este ano parece que remoçou o aniversário da Independência. Também os aniversários envelhecem ou adoecem, até que se desvanecem ou perecem. O dia 7 por ora está muito criança.

Houve realmente mais entusiasmo este ano. Uma sociedade nova veio festejar a data memorável; e da emulação que houver entre as duas só teremos que lucrar todos nós.

Nós temos fibra patriótica; mas um estimulante de longe em longe não faz mal a ninguém. Há anos em que as províncias nos levam vantagem nesse particular; e eu creio que isso vem de haver por lá mais pureza de costumes ou não sei que outro motivo. Algum há de haver. Folgo de dizer que este ano não foi assim. As iluminações foram brilhantes; e quanto povo nas ruas, suponho que todos os dez ou doze milhões que nos dá a repartição de estatística estavam concentrados nos largos de São Francisco e da Constituição e ruas adjacentes. Não morreu, nem pode morrer a lembrança do grito do Ipiranga.

II

Grito do Ipiranga? Isso era bom antes de um nobre amigo, que veio reclamar pela *Gazeta de Notícias* contra essa lenda de meio século.

Segundo o ilustrado paulista não houve nem grito nem Ipiranga.

Houve algumas palavras, entre elas a *Independência ou morte* — as quais todas foram proferidas em lugar diferente das margens do Ipiranga.

Pondera o meu amigo que não convém, a tão curta distância, desnaturar a verdade dos fatos.

Ninguém ignora a que estado reduziram a história romana alguns autores alemães, cuja pena, semelhante a uma picareta, desbastou os inventos de dezoito séculos, não nos deixando mais que uma certa porção de sucessos exatos.

Vá feito! O tempo decorrido era longo e a tradição estava arraigada como uma ideia fixa.

Demais, que Numa Pompílio houvesse ou não existido é coisa que não altera sensivelmente a moderna civilização.

Certamente é belo que Lucrécia haja dado um exemplo de castidade às senhoras de todos os tempos; mas se os escavadores modernos me provarem que Lucrécia é uma ficção e Tarquínio uma hipótese, nem por isso deixa de haver castidade... e pretendentes.

Mas isso é história antiga.

O caso do Ipiranga data de ontem. Durante cinquenta e quatro anos temos vindo a repetir uma coisa que o dito meu amigo declara não ter existido.

Houve resolução do príncipe d. Pedro, independência e o mais; mas não foi positivamente um grito, nem ele se deu nas margens do célebre ribeiro.

Lá se vão as páginas dos historiadores; e isso é o menos.

Emendam-se as futuras edições. Mas os versos? Os versos emendam-se com muito menos facilidade.

Minha opinião é que a lenda é melhor do que a história autêntica. A lenda resumia todo o fato da independência nacional, ao passo que a versão exata o reduz a uma coisa vaga e anônima. Tenha paciência o meu ilustrado amigo. Eu prefiro o grito do Ipiranga; é mais sumário, mais bonito e mais genérico.

III

Não foi igualmente bonito nem sumário o *rolo* do largo de São Francisco, no dia 8.

O referido *rolo*, verdadeiro *hors d'oeuvre* na festa, foi uma representação da guerra do Oriente.

Os urbanos fizeram de sérvios e os imperiais marinheiros de turcos. A estação do largo foi a Belgrado.

Assim distribuídos os papéis, começou a pancadaria, que acabou por deixar 19 homens fora de combate.

Não tendo havido ensaio, foi a representação excelente pela precisão dos movimentos, naturalidade do alvoroço, e verossimilhança dos ferimentos.

Só numa coisa a reprodução não foi perfeita: é que os telegramas da Belgrado de cá confessam as perdas, coisa que os da Belgrado de lá nem à mão de Deus Padre querem confessar.

IV

Quem se não importa com saber se os urbanos ou seus adversários perderam ou não, e se o grito da Independência foi ou não soltado à margem do Ipiranga, é a Companhia Lírica.

A Companhia Lírica despreocupa-se de problemas históricos ou bélicos; ela só pensa nos problemas pecuniários, aliás resolvidos desde que se anunciou. Pode dizer que chegou, viu e... embolsou os *cobres*.

Efetivamente, o delírio de Buenos Aires chegou até cá, e o erro fatal de não termos quarentena para os navios procedentes de portos infeccionados deu em resultado acharmo-nos todos delirantes.

Que insânia, cidadãos! como dizia o poeta da *Farsália*.

Cadeiras a 40 bicos! Camarotes a 200 paus! Ainda se fosse para ver o Micado do Japão, que nunca aparece, compreende-se; mas para ouvir no dia 1º alguns cantores, aliás bons, que a gente pode ouvir no dia 12 pelo preço de casa...

Eu disse o Micado, como coisa rara, e podia dizer também os olhos da sra. Elena Samz, que são mais raros ainda. Confesso que são os maiores que os meus têm visto. Ou os olhos da contralto, ou os bispos da *Africana*. Não são bispos aqueles sujeitos, não são; não passam de meia dúzia de mendigos, assalariados para expectorar algumas notas, a tantos réis cada um. Ou são bispos disfarçados. Se não são bispos disfarçados, são caixeiros do Pobre Jaques, que andam mostrando as alfaias do patrão. Bispos, nunca.

Na hora em que escrevo, tenho à minha espera as luvas para ir aos *Huguenotes*. Acho que a coisa há de sair boa; entretanto veremos.

V

Admirei-me algumas linhas atrás, da prodigalidade do público em relação à Companhia Ferrari. Pois não havia de que, visto que, apesar dela, aí está a do sr. Torresi, cujas assinaturas estão tomadas todas.

Dentro de poucos dias não haverá meio de dar os bons-dias, pagar uma letra ou pedir uma fatia de presunto, sem ser por música.

A vida fluminense vai ser uma partitura, a imprensa uma orquestra, a maçonaria um coro de punhais.

Amanhã almoçaremos em *lá* menor; calçaremos as botas em três por quatro, e as ruas a três por dois.

O sr. Torresi promete dar tudo o que o sr. Ferrari nos der, e mais o *Salvador Rosa*.

Também promete moças bonitas, cujos retratos já estão na casa do sr. Castelões, em frente às suas rivais.

Pela imprensa disputa-se a questão de saber qual é o primeiro teatro da capital, se o de São Pedro, se o Dom Pedro II.

De um e outro lado afirma-se, com a mesma convicção, que o teatro do adversário é inferior.

Está-me isto a parecer a mania dos primeiros atores; o 1º ator Fulano, o 1º ator Sicrano, o 1º ator Paulo, o 1º ator Sancho, o 1º ator Martinho.

O que sairá daqui não sei; mas se a coisa não prova entusiasmo lírico, não sei que mais querem os empresários.

VI

Talvez sejam tão exigentes como os moradores da rua das Laranjeiras, que estão a bradar que a mandem calçar, como se não bastasse morar em rua de nome tão poético.

É certo que, em dias de chuva, a rua fica pouco menos lamacenta que qualquer sítio do Paraguai. Também é verdade que duas pessoas, necessitadas de comunicar uma coisa à outra, com urgência, podem vir desde o Cosme Velho até o largo do Machado, cada uma de sua banda, sem achar lugar em que atravessem a rua.

Finalmente, não se contesta que sair do bonde, em qualquer outra parte da dita rua, é empresa só comparável à passagem do mar Vermelho, que ali é escuro.

Tudo isso é verdade. Mas em compensação, que bonito nome! Laranjeiras! Faz lembrar Nápoles; tem uns ares de idílio; a sombra de Teócrito deve por força vagar naquelas imediações.

Não se pode ter tudo — nome bonito e calçamento; dois proveitos não cabem num saco. Contentem-se os moradores com o que têm, e não peçam mais, que é ambição.

VII

Suponha o público que é um sol, e olhe em volta de si: verá o *Globo* a rodeá-lo, mais forte do que era até há pouco e prometendo longa vida.

Eu gosto de todos os globos, desde aqueles (lácteos) que tremiam quando Vênus entrou no céu (vide *Lusíadas*), até o da rua dos Ourives, que é um *Globo* como se quer.

Falando no sentido natural, direi que o *Globo* honra a nossa imprensa e merece ser coadjuvado por todos os que amam essa alavanca do progresso, a mais potente de todas.

Hoje a imprensa fluminense é brilhante. Contamos órgãos importantes, neutros ou políticos, ativos, animados e perseverantes. Entre eles ocupa lugar distinto o *Globo*, a cujo talentoso redator e diretor, sr. Quintino Bocaiúva, envio meus emboras, não menos que ao seu folhetinista Oscar d'Alva, cujo verdadeiro nome anda muita gente ansiosa para saber qual seja.

Manassés
Ilustração Brasileira, 15 de setembro de 1876

Não reinaram só as vozes líricas

I

Não reinaram só as vozes líricas nesta quinzena última; fez-lhes concorrência o boi.

O boi, substantivo masculino, com que nós acudimos às urgências do estômago, pai do rosbife, rival da garoupa, ente pacífico e filantrópico, não é justo que viva... isto é, que morra obscuramente nos matadouros. De quando em quando, dá-lhe para vir perfilar-se entre as nossas preocupações, como uma sombra de Banquo, e faz bem. Não o comemos? É justo que o discutamos.

Veio o boi quando gozávamos com os ouvidos as vozes do tenor Gayarre e com os olhos a nova mutação da cena em Constantinopla; veio, estacou as pernas, agitou a cauda e olhou fixamente para a opinião pública.

II

A opinião pública detesta o boi... sem batatas fritas; e nisto, como em outras coisas, parece-se a opinião pública com o estômago. Vendo o boi a fitá-la, a opinião estremeceu; estremeceu e perguntou o que queria. Não tendo o boi o uso da palavra, olhou melancolicamente para a vaca; a vaca olhou para Minas; Minas olhou para o Paraná; o Paraná olhou para a sua questão de limites; a questão de limites olhou para o alvará de 1749; o alvará olhou para a opinião pública; a opinião olhou para o boi. O qual olhou para a vaca; a vaca olhou para Minas; e assim iríamos até a consumação dos séculos, se não interviesse a vitela, em nome de seu pai e de sua mãe.

A verdade fala pela boca dos pequeninos. Verificou-se ainda uma vez esta observação, expectorando a vitela estas reflexões, tão sensatas quanto bovinas:

— Gênero humano!

Eu li há dias no *Jornal do Commercio* um artigo em que se fala dos interesses do produtor, do consumidor e do intermediário; falta falar do interesse do boi, que também deve pesar alguma coisa na balança da República. O interesse do produtor é vendê-lo, o do consumidor é comprá-lo, o do intermediário é impingi-lo; o do boi é justamente contrário a todos três. Ao boi importa pouco que o matem em nome de um princípio ou de outro, da livre concorrência ou do monopólio. Uma vez que o matem, ele vê nisso, não um princípio, mas um fim, e um fim de que não há meio de escapar. Gênero humano! não zombeis com esta nobre espécie. Quê! Virgílio serve-se-nos para suas comparações poéticas; os pintores não deixam de incluir-nos em seus emblemas da agricultura; e não obstante esse préstimo elevado e estético, vós trazei-nos ao matadouro, como se fôssemos simples recrutas! Que diríeis vós se, em uma república de touros, um deles se lembrasse de convidar os outros a comer os homens? Por Ceres! poupai-nos por algum tempo!

III

Conheço um homem que anda meio desconfiado de que não há guerra da Sérvia nem Império turco; consequentemente, que não há sultões caídos, nem suicidados. Mas que são as notícias com que os paquetes vêm perturbar as nossas digestões? Diz ele que é uma nova ópera de Wagner, e que os jornais desta corte traduzem mal as notícias que acham nos estrangeiros.

A ópera, segundo este meu amigo, intitula-se *Os três sultões ou o sonho do grão-vizir*, música de Wagner e libreto de Gortchakoff. Tem numerosos quadros. A introdução, no estilo herzegoviano, é um primor, conquanto fosse ouvida sem grande atenção por parte do público. A atenção começou quando rompeu o dueto entre Milano e Abdul-Aziz, e depois o coro dos softas, que derrocam Abdul... O mais sabemos todos.

A este meu amigo, replico eu dizendo que a coisa não é ópera, mas guerra; sendo a prova disso o telegrama há dias publicado, que trouxe notícia do achar-se em começo a paz. Respondeu-me que é ilusão minha. Há decerto um coro, diz ele, que entra cantando *Pace, pace*, mas é um coro. Que queres tu? Antigamente as óperas eram música; hoje são isso e muita coisa mais. Vê os *Huguenotes*, com a descarga de tiros no fim. Pois é a mesma coisa a nova composição de Wagner. Há tiros, batalhões, mulheres estripadas, crianças partidas ao meio, aldeias reduzidas a cinzas, mas é tudo uma ópera.

IV

Daquela ópera ao *Salvador Rosa* a transição é fácil; mas, enquanto o meu talentoso colega dos teatros falará mais detidamente da composição de Carlos Gomes e da companhia, eu quero daqui dar um aperto de mão no inspirado maestro brasileiro, cujo nome cresce na estima e veneração da Itália e da Europa.

Não se iludiam os que desde o primeiro dia confiaram nele. Ele paga hoje essa confiança com os louros de que cerca o nome brasileiro.

Sinto não poder manifestar iguais sentimentos à Companhia Torresi, mas tenho aqui um calo no pé... Ui!

V

Começaram a aparecer mulheres santas e milagrosas.

Na Bahia aparece uma que não come. Não comer é sinal vivo da santidade, donde eu concluo que o hotel é estrada real do inferno.

A mulher de que se trata tem-se visto tonta com as romarias dos seus devotos, que já são muitos. Dizem os jornais que a polícia foi obrigada a mandar soldados para pôr alguma ordem nas visitas espirituais à mulher santa. Algumas supõem que a mulher não come por moléstia, e não falta quem diga que ela come às escondidas.

Pobre senhora!

De outro lado, não me lembra em que província, apareceu uma velha milagrosa. Cura doenças incuráveis com ervas misteriosas. Isto com alguns coros e um tenor dá meio ato de uma ópera à Meyerbeer. Só a entrada da velha, que deve ter por força queixo comprido, visto que as velhas fantásticas não usam queixo curto, só a entrada era de arrepiar as carnes e enlevar os espíritos.

Io sono una gran mèdic
Dottora enciclopèdica.

Há quem diga que também essa mulher é santa. Eu não gosto de ver as mulheres santas e os milagres a cada canto; eles e elas têm suas ocasiões próprias.

VI

Agora, o que é ainda mais grave que tudo é a eleição, que a esta hora se começa a manipular em todo este vasto Império.

Em todo... é uma maneira de falar. Há soluções de continuidade, abertas pelas relações. Na corte, por exemplo, não teremos desta vez a festa quatrienal.

Tal como Niterói, que também faz *relache par ordre*. Dois espetáculos de menos. Dois? Oito ou dez em todo o país.

Não sei se o leitor tem alguma vez refletido nas coisas públicas, e se lhe parece que seria a magna descoberta do século aquela que nos desse um meio menos incômodo e mais pacífico de exercer a soberania nacional.

A soberania nacional é a coisa mais bela do mundo, com a condição de ser soberania e de ser nacional. Se não tiver essas duas coisas, deixa de ser o que é para ser uma coisa semelhante aos *Três sultões*, de Wagner, quero dizer muito superior, porque o Wagner ou qualquer outro compositor apenas nos dá a *cabaletta*, diminutivo de cabala, que é o primeiro trecho musical da eleição. Os coros são também muito superiores, mais numerosos, mais bem ensaiados, o *ensemble* mais estrondoso e perfeito.

Cá na corte não temos desta vez coro, nem cabala, nem finais. Não há companhia. Por isso os diletantes emigram em massa para a província, onde se prepara grande ovação aos cantores.

VII

Parece que começa a ser calçada... dou-lhe em cem, dou-lhe em mil... a rua das Laranjeiras... Mas silêncio! Isto não é assunto de interesse geral.

VIII

De interesse geral é o fundo da emancipação, pelo qual se acham libertados em alguns municípios 230 escravos. Só em alguns municípios!

Esperemos que o número será grande quando a libertação estiver feita em todo o Império.

A lei de 28 de setembro fez agora cinco anos. Deus lhe dê vida e saúde! Esta lei foi um grande passo na nossa vida. Se tivesse vindo uns trinta anos antes, estávamos em outras condições.

Mas há 30 anos, não veio a lei, mas vinham ainda escravos, por contrabando, e vendiam-se às escâncaras no Valongo. Além da venda, havia o calabouço. Um homem do meu conhecimento suspira pelo azorrague.

— Hoje os escravos estão altanados, costuma ele dizer. Se a gente dá uma sova num, há logo quem intervenha e até chame a polícia. Bons tempos os que lá vão! Eu ainda me lembro quando a gente via passar um preto escorrendo em sangue, e dizia: Anda, diabo, não estás assim pelo que eu fiz! Hoje...

E o homem solta um suspiro, tão de dentro, tão do coração... que faz cortar o dito. *Le pauvre homme!*

Manassés
Ilustração Brasileira, 1ª de outubro de 1876

Para substituir o *CRI-CRI*

I

Para substituir o *cri-cri* tivemos nesta quinzena a revolução do Rio Grande do Sul, a qual durou ainda menos que o seu antecessor. Vem tudo a dar nas rosas de Malherbe, umas rosas que, à força de viverem nas comparações, hão de dar em terra com as pirâmides do Egito e a Sé de Braga.

A revolução rio-grandense foi o fato culminante da quinzena. Houve outros bicos d'obra, incidentes dignos de contemplação; mas que é um incidente ao pé de um transtorno social? Nada; pouco mais que um argueiro ao pé de um cavaleiro. A revolução foi justamente o argueiro que se fez cavaleiro.

II

Nos dias 7 e 8 rosnava-se alguma coisa vaga e indefinida. A atmosfera andou carregada de eletricidade e sombra; ouviam-se uns rumores longínquos, um zum-zum, alguma coisa que uns diziam ser tiros de artilharia, outros simples espirros eleitorais. Na rua do Ouvidor conjeturava-se, entre duas empadas, a causa desse enigma tão político quão meteorológico.

Vai senão quando, a aurora, com seus dedos de rosa, abre as portas do dia 10. O dia 10 traz uma notícia no bolso, nada menos que achar-se embarcado o presidente do Rio Grande. Embarcado por quê? Esta pergunta foi repetida, ouvida, comentada durante todas as vinte e quatro horas do sobredito dia 10, sem que uma alma caridosa pudesse dar-lhe resposta condigna.

Uma cartomante teve ideia de consultar as cartas a tal respeito; mas não havendo nenhum patau que lhe desse dois mil-réis (única hipótese em que as cartas abrem o bico), preferiu ir tomar uns pontos nas meias. Embalde as sonâmbulas pregavam o olho e abriam as asas ao espírito até a barra do Rio Grande; não passavam da barra. Os telegramas saíam aos pares, os pares saíam aos telegramas (se me é lícita a antítese) e nada se sabia, nada se soube até que a noite, com suas asas fuscas, cobriu a cidade do Rio de Janeiro e suas tavolagens.

III

Vai senão quando, a aurora, com seus dedos de rosa, abre as portas ao dia 11.

Nesse dia, logo de manhã, soube-se que no Rio Grande rebentara uma revolução; que o general Osório ficava na presidência da República; que um general, à frente das forças legais, batia-se com as forças da revolução: conflito geral.

Eram 10 horas e meia.

Ao meio-dia, o general imperialista ficava derrotado completamente, tendo aderido à República, cujo presidente nomeara o primeiro Ministério. Uma proclamação, espalhada por todos os municípios, dizia aos povos o que se costuma dizer sempre que há mudança de governo. Ao mesmo tempo era convocada uma Assembleia Constituinte, eleita pelo sufrágio universal.

Era uma hora e doze minutos quando começou a espalhar-se a notícia de que a Constituinte fora eleita, mas que o primeiro Ministério caíra, dando lugar a outro que infelizmente cairia também duas horas depois, diante de um voto de desconfiança.

Mal começaram estas notícias a percorrer o espaço que vai da Casa Garnier ao ponto dos bondes (sempre na rua do Ouvidor), caiu nova bomba — a bomba das alianças; a jovem República celebrara tratados com todas as irmãs do Prata e do Pacífico.

Íamos já nas cinco horas da tarde. Às cinco e três quartos deixara de existir a Constituinte, dissolvida pelo presidente; às seis e vinte minutos caía o presidente, ante um voto da nova Constituinte. Esta sucumbe depois de um quarto de hora de trabalho, deixando um presidente que igualmente sucumbe depois de cinco minutos de vadiação.

IV

Nisto, ouvem-se as primeiras notas da *Aída;* rebuliço e silêncio. A invasão substitui a revolução; trata-se de um duelo entre a Etiópia e o Egito, assunto de uma atualidade espantosa, não tanto pelos etíopes, como pelo boi que ali figura, e parece uma delicada alusão à questão de que se tratou ultimamente nos jornais.

Tanto bastou para fazer esquecer a revolução. Mas se alguém se lembrou dela, nessa noite, esqueceu-a de todo quando rompeu a ovação à beneficiada e começaram a chover ramalhetes, brilhantes e versos, que são sinônimos. A sra. Wiziack pode gabar-se de que leva daqui os nossos mais abundantes produtos.

Nisto se passou a noite, que cada um dos espectadores foi acabar em sua cama, ou na cama dos outros, se não a tinha própria. A madrugada do dia 12, como a do *Hissope,*

> Com um molho de rosas excitava
> Ao veloz curso as remendadas pias,

acordando a população adormecida quando os entregadores dos jornais metiam estes por baixo das portas. Os mais curiosos levantam-se, leem e ficam sabendo que não houve revolução nem coisa que se parecesse com isso. A notícia corre logo com a mesma velocidade; o carapetão expira; restabelece-se a confiança.

Mas — ó povo engole-araras! — quem te meteu na cabeça que os liberais do Rio Grande faziam uma revolução? Quem te encaixou nos miolos a ideia de que Osório, homem de sentimentos juvenis, é certo, mas homem de ordem, se meteria em tal bernarda?

V

O que é verdade é que em vários pontos, em três pelo menos: Dores de Macabu, Bom Jesus e Ribeirão Preto, a urna foi despejada no rio. Este recurso fluvial, não previsto na Constituição nem na última reforma, tem a vantagem de dar ao processo eleitoral uma feição tanto ou quanto veneziana. O doge deitava o anel ao Adriático; a reprodução da cerimônia em Dores de Macabu tem todo o sabor de uma ressurreição.

Se pega a moda de esvaziar as urnas eleitorais nos rios, estes vão levar um novo e desusado presente ao oceano. Ondas de sangue às mais remotas praias, queria o dom Pedro da *Nova Castro* que levasse o mar, quando ele, para vingança da morte de dona Inês, alagasse Portugal em sangue, hipérbole estapafúrdia, túmida, balofa e sanguinária, muito aplaudida até 1853. Pois não será sangue, mas cédulas — cédulas eleitorais, que o oceano vai em breve levar a suas praias mais remotas.

Curioso há de ser se um sábio inglês, um mr. Sandwich, em missão do governo de sua majestade britânica na costa de Guiné, por exemplo, vê uma onda rolar na praia alguns maços de listas de nomes. O sábio espanta-se, circunflexa as sobrancelhas, retesa o corpo; depois inclina-se, apanha, abre, perscruta, apalpa um dos maços. Papel! letras! um idioma! O idioma dos peixes? Uma república submarina? Daqui a uma memória à Academia Real de Londres, a um artigo no *Times,* a uma expedição ao reino de Anfitrite, é um passo.

E bom será que só vão aos rios as urnas com cédulas. O pior é se chegamos à perfeição de mandar com as cédulas os mesários. Nesse dia será preciso inserir um artigo na futura reforma, exigindo dos mesários o exercício da natação; artigo que pode ser ao mesmo tempo um *calembour:* "se não nada, nada". Estou a ver cem comédias futuras, se vier o uso de meter a pique os mesários.

— Seu Bento, diz a esposa do eleitor presidente, você já tomou banho?

— Sinhá Aninha, responderá com gravidade o duodécimo milionésimo soberano, poupemos a água. A oposição está muito forte; eu caio hoje no rio com certeza.

Os telegramas encurtam-se extraordinariamente. Reduzem-se a isto: "Macaé, 5; rio".

Os serviços eleitorais contar-se-ão por mergulhos. Naturalmente haverá uma Ordem do Banho, muito mais ao pé da letra que a sua homônima inglesa. Pode ser que isto não seja político; é possível que nada se encontre de tal gênero nos livros de boa nota; mas é preferível à facada. Oh! Preferibilíssimo!

VI

A facada, última evolução da rasteira, por um processo de seleção abdominal, merece uma monografia, que eu escreverei quando estiver desocupado. Não sei se o leitor pensa comigo: eu abomino a facada, quer no sentido sanguinário, quer no sentido pecuniário. Há muitas coisas que eu prefiro à facada, sem excluir o *Demi-monde,* que o Ginásio nos prepara em benefício da Lucinda Simões.

Este *Demi-monde* é simplesmente uma obra-prima, que o público fluminense viu há vinte anos, e que vai ser uma festa literária para todos os que entendem da coisa. Creio que Lucinda Simões será uma primorosa Susana d'Ange, Furtado um primoroso Olivier de Jalin. Até lá!

Manassés
Ilustração Brasileira, 15 de outubro de 1876

Abra o leitor o livro do Êxodo

I

Abra o leitor o livro do Êxodo, capítulo x, versículos 12/15, e leia o que segue:

> 12. Então disse Jeová a Moisés: Estende tua mão sobre a terra do Egito pelos gafanhotos, por que subam sobre a terra do Egito, e comam toda a erva da terra, tudo o que deixou a saraiva.
> 13. Então estendeu Moisés sua vara sobre a terra do Egito, e trouxe Jeová sobre a terra um vento oriental todo aquele dia, e toda aquela noite: e aconteceu que pela manhã o vento oriental trouxe os gafanhotos.
> 14. E subiram os gafanhotos sobre toda a terra do Egito e assentaram-se sobre todas as searas do Egito em grande maneira: antes destes nunca houve tais gafanhotos, nem depois destes virão outros tais.
> 15. Porque cobriram a face de toda a terra, que a terra se escureceu, e comeram toda a erva da terra, e todo o fruto das árvores, que deixara a saraiva; e não ficou alguma verdura nas árvores, nem na erva do campo em toda a terra do Egito.

II

Guardadas as devidas proporções, e sem quebra do preciso respeito, eu não sei se leio uma página das Escrituras, se uma notícia de qualquer dos nossos jornais. Tirem-lhe os nomes do Egito e Moisés, e fica o que estamos vendo: um vento oriental que trouxe gafanhotos, que os espalhou por todas as terras do país, cuja erva comeram e comerão.

Nunca pensei que eles se lembravam de vir até esta corte. Primeiramente, há pouca erva entre nós; depois não há pecados. Esta cidade se não é o seio de Abraão, é o paraíso de Maomé. Sem culpas nem erva, não atino com o que podia trazer até cá os gafanhotos.

Dizem ainda as sagradas letras que, logo depois de retirados os gafanhotos, cobriram o Egito grossas trevas durante três dias, trevas tais que nenhum homem podia ver ao outro.

Aplicando *el cuento* há nisto uma alusão eleitoral. Os gafanhotos foram; aí chegam os três dias de completa escuridão. Ninguém vê nada; todos se esbarram uns com os outros; nuvens de candidatos cobrem o céu. No momento em que o leitor me lê começa a soprar um vento que dissipará as nuvens e nos restituirá a luz; por enquanto, há só trevas.

III

Em trevas ficamos nós com a partida da Companhia Ferrari. Não assisti à última representação porque tinha um calo magoado. Ouvi dizer que o entusiasmo foi extraordinário. Segundo o *Jornal do Commercio,* chegou quase ao delírio. Cáspite! a Companhia Ferrari pode gabar-se de ter chorado antes de vir à luz. Eu acho que era completa, regular e até boa; mas o bom geralmente não faz delirar. O ótimo, sim, senhor. Petrarca é o bom; Dante é o ótimo. Eu creio que, se comparar a companhia ao Petrarca, não lhe fica devendo nada.

O certo é que a dita companhia não tem motivo de queixa. Libras esterlinas, joias, palmas, flores, elogios impressos e expressos, nada lhe faltou para lhe dar opinião favorável deste país.

Em compensação, é justo dizer que nos deu noites excelentes, e revelou-nos a imortal *Aída,* que cá me ficou na alma. Lavre um tento o senador Verdi. Senador! Aqueles italianos são artistas até nas eleições. Nós somos eleitores até nas artes. Um dia lembram-se de dar ao seu grande maestro uma grande posição política, e não lhe perguntam se teria lido Macchiavelli e o que pensava ele do imposto de moagem: elegeram-no.

Verdi pela sua parte não se preocupou com saber se os golpes de Estado são convenientes, e se há mérito na eleição de dois grãos; lembrou-se que é tão bom italiano como o melhor dos italianos, e aceitou.

Quando teve de descer à prática houve seus quiproquós. Assim, tratando-se uma vez do orçamento, Verdi disse que o Tratado de Vila-Franca era em si bemol, e que o conflito de Mentana foi uma ridícula surdina. O presidente convidou-o a explicar o seu pensamento; Verdi respondeu com uma frase de *Nabucodonosor.*

A Itália está convencida de que ele será melhor maestro que político; mas sabe que é patriota e não lhe pede mais. Boa Itália! Aquilo é o país artista por excelência.

IV

Ao pé da festa lírica, houve uma dramática, e não somenos. Mas eu não quero *empieter* sobre os direitos do meu colega da crônica teatral, por isso limito-me a dizer que dou um aperto de mão apertadíssimo ao Furtado Coelho, por três motivos:

1º motivo: — Pôs em cena o *Demi-monde,* uma obra-prima do teatro moderno, que há anos vimos com geral entusiasmo.

2º motivo: — Deu-nos um Olivier de Jalin, que é simplesmente adorável.

3º motivo: — Apresentou-nos uma baronesa d'Ange, que não chamo adorável, para não repetir a mesma ideia, mas que é a perfeição mesma.

Três motivos cada um dos quais vale muito. Se com isso não forem ao teatro, não o aplaudirem, não o sustentarem, então é porque decididamente não amam a arte dramática, e em tal caso vamos ouvir o *Amant d'Amanda.* É chocho, mas aborrecido.

Manassés
Ilustração Brasileira, 1º de novembro de 1876

NOUS L'AVONS ÉCHAPPÉ BELLE!

I

Nous l'avons échappé belle! Digo isto em francês porque as revoluções são produtos essencialmente franceses, e nós escapamos de uma revolução.

Um dia de manhã abro o *Diário do Rio* e leio, com pasmo e sem óculos, a notícia de que havia boatos de uma revolução nesta cidade, boatos que a folha declarava mentirosos de fio a pavio. Se bem entendi o ilustrado colega, o que ele quis dizer foi isto: — Fala-se de barulho; se há quem tenha ideias de perturbar a paz pública, fique desde já sabendo que está descoberta a intenção, e conseguintemente reprimida.

Revolução não houve, ou ficou adiada para quando todos os bilhetes estiverem passados. O beneficiado pede desculpa aos seus amigos. Mas se não houve revolução, houve tropa aquartelada, sabendo-se depois que não era por causa da revolução, mas de um *meeting.* De revolução a *meeting* já há grande distância. O tal *meeting* também se não efetuou. De maneira que voltamos ao *statu quo ante boatum.*

Foi muito melhor assim.

II

Depois da revolução, o assunto de que mais se ocupou este bom povo, sem falar nas eleições, foi o testamento do sr. José dos Santos Almeida.

Santos Almeida deixou dois legados, um dos quais passou sem que ninguém reparasse nele, e o outro deu muito que falar; foi este o legado de 300$000 a cada uma de quatro mulheres brancas das mais mundanas que se encontrarem. Comenta-se de diferentes modos esta ideia de Santos Almeida;

uns querem que fosse piedade, outros que não passasse de uma intenção grotesca, uma maneira de rir da morte e desmoralizar os testamentos.

Estou que uns e outros estão em erro. Santos Almeida nem quis ser pio (podia sê-lo em vida e com mais segurança de execução) nem quis rir da morte. O que ele quis foi isto mesmo: foi que se falasse, comentasse, interpretasse, louvasse ou condenasse. Se não mete a cláusula no testamento, ninguém falava do testador; assim fala-se e ele não se despede às escondidas. Era catraeiro; devo crer que laborioso, porque deixou uma fortuna menos má; foi honrado; deu bons exemplos. Não obstante isso, ninguém o conhecia; ninguém falava nele.

— Ah! pensou o finado. Eu arranjarei meio de ocupar toda esta cidade durante oito dias.

E inventou o legado das mulheres mundanas. E toda a cidade não falou em outra coisa; a curiosidade pública pôs os óculos, abriu os ouvidos, ouviu, leu, comentou; Santos Almeida é célebre, é o leão do dia; seu nome ecoa nas lojas, nas ruas, nas salas. Santos Almeida *for ever!*

Além desse legado, outro houve que me deu muito que pensar: é o de 500$000 ao seu empregado José Silveira, por apelido Jeitoso. Nunca uma alcunha foi menos cabida do que esta. Desastrado Silveira! Pois vmc. é fino, tem modos, sabe viver, adquire à custa de muita habilidade uma alcunha que lhe dá direito a entrar na diplomacia, e ao cabo de tudo caem-lhe apenas uns 500$000? Que jeito é o seu, sr. Jeitoso? Diga-me: que faria vmc. se fosse simplesmente desastrado, seco, estafador do próximo?

III

Pela minha parte, se alguma vez morrer, espero ocupar também a atenção dos meus sobreviventes com muitos legados singulares, dos quais posso desde já dar uma pequena amostra. Espero deixar as seguintes coisas:

1º As tripas ao sol.
2º A calva à mostra.
3º A cara à banda.
4º O coração à larga.
5º Os cabelos a Luís xv.
6º Os colarinhos ao alto.

Isto é só uma pequena amostra do pano; o resto é simplesmente espantoso. O caso é que eu morra, do que duvido. Quando muito, morrerei tarde, tão tarde como aquela senhora que expirou no mês passado, em Cachoeira, na Bahia.

Tinha a referida senhora nada menos de 128 anos, isto é cinco quartos de século, e mais uns anos de quebra. Se isto é vida, não sei o que se deve chamar uma indigestão. Que os cedros do Líbano, os carvalhos e outros indivíduos da mesma gente vivam tanto ou mais, compreende-se; nenhum desgosto os consome; os filhos, se os têm, não lhes dão cuidados; não se atiram a comezainas, não se constipam, não apanham corrente de ar; não trabalham; não perdem dinheiro na loteria; não assistem aos espetáculos da companhia francesa; não leem os anúncios da coagulina. Numa palavra, gozam todas as fortunas juntas.

Muda o caso de figura, tratando-se de uma senhora que, tendo nascido em 1747, é nada menos que contemporânea do terremoto de Lisboa; alcançou Voltaire e os enciclopedistas; viu morrer o Tiradentes tendo já passado aos quarenta anos; era velha de setenta quando rompeu o grito do Ipiranga. O *Centenário,* que o Ginásio vai representar daqui a dias, é uma bagatela, à vista de tal prodígio de decrepitude.

Ninguém me tira a suspeita que tenho de que a gente não morre de moléstia ou de desastre, mas que o desastre ou a moléstia vem quando é preciso morrer. Eu me explico. Há lá em cima uma repartição especial da morte. Suponhamos que se chama Diretoria Geral dos Óbitos, ou Recebedoria das Almas, ou enfim Comissão de Repatriação. Essa repartição está organizada como deve ser; há chefes, subchefes, oficiais, amanuenses, praticantes. Os quadros estatísticos são infinitos; uns dos vivos, outros dos mortos. Um chefe ou a sorte designa o vivo que há de morrer; passa a ordem ao oficial competente, que procede a duas operações: risca o nome do quadro vivo e lança-o no quadro morto. É o que cá embaixo se chamam tubérculos pulmonares, febre amarela ou amolecimento cerebral.

Que acontece às vezes? O empregado recebe o nome que deve eliminar; mas tem um calo que lhe dói, tira o sapato, despega a meia, separa os dedos, afaga o calo.

Quando calça o sapato, sente que está calor; espairece; fecha-se o expediente; ele guarda o nome para o dia seguinte e nunca mais se lembra dele.

Um dia, porém, cinquenta ou sessenta anos depois, procurando uma mortalha de cigarro, dá com o nome esquecido. Bate na testa e corrige imediatamente o descuido. É a origem dos macróbios. Só me admira que, com o trabalho que há lá por cima, os macróbios não sejam em maior número.

IV

O que nos vale é a tourada que está a bater-nos à porta. Nos bons tempos do Teatro Lírico, havia também uma praça de touros, e tanto um como outro recreio faziam as delícias desta cidade.

Os tempos mudaram; foram-se cantores e touradas. Ficou a cidade triste, noturna, vazia. A gente não sabia como encher o tempo, sobretudo não sabia como levantar a alma acima do pó das ruas. Por fortuna, havia em Buenos Aires um empresário inteligente que nos trouxe uma companhia lírica, lardeada de alguns anúncios mais ou menos pomposos. Havia não sei onde outro empresário que possuía uns touros; e aí vem com estes debaixo do braço.

Ora bem, se depois disso, ainda me disserem que não vamos caminhando para a Espanha, dou a cabeça e dois ou três mil-réis mais. Estamos em Espanha! Venha a manola, o fandango, o bolero, a mantilha, o leque, Fígaro, Dom Bartolo, Gil Blas, Lazarillo de Tormes. Temos o principal, que é o touro.

Deus dê ao empresário dos touros melhor sorte que ao do jogo das corridas, divertimento que a polícia achou algo duvidoso, e suprimiu.
A terra lhe seja leve!

Manassés
Ilustração Brasileira, 15 de novembro de 1876

A COISA QUE EU MAIS
DESEJAVA NESTE MOMENTO

I

A coisa que eu mais desejava neste momento era a fotografia do único eleitor que votou no colégio de Corumbá, em Mato Grosso. Está nos jornais o resultado da eleição. Sendo dois os deputados, aparece o sr. comendador Antunes com um voto e o sr. dr. Nobre com outro.

Vejamos se posso imaginar daqui o que se passou no colégio de Corumbá. O eleitor entrou na casa da Câmara, ia só, pensativo, tinha almoçado bem, digeria com lentidão. Não viu ninguém. Consultou o relógio, a lei, o regulamento. Um contínuo trouxe-lhe um copo de guaraná; ele bebeu de um trago.

— Que horas são?
— No relógio da casa são nove horas.

O eleitor sentou-se, tomou uma pitada, tirou a sobrecasaca e descalçou as botas. A boa política não se opõe a certas familiaridades. O contínuo trouxe-lhe pena, papel, tinta e a urna eleitoral; depois saiu cautelosamente.

Uma vez só, o eleitor tratou de eleger o presidente da mesa. A mesa estava ali, uma mesa larga, séria, preta e secular. Faltava o presidente. O eleitor elegeu-se, não sem alguma luta; defendeu e combateu os seus princípios, títulos e preeminências. Venceu-se vencendo: caiu triunfante.

Ia começar a eleição. O eleitor meditou longamente no direito que ia exercer, na influência que podia ter o seu voto solitário nos destinos do Império. Ele era talvez a espada de Breno. Tirou da algibeira as circulares dos candidatos; examinou-as, comparou-as; sopesou-as. Em seguida, encostou a cabeça na mão, e o cotovelo na mesa e refletiu cinco minutos. Tirou outra vez a caixa de rapé, fungou nova pitada, soprou o peito da camisa, limpou os dedos, sacudiu o braço e escreveu.

Escreveu dois nomes em uma tira de papel; dobrou a tira, chamou-se a si próprio, respondeu, meteu a cédula na urna. Depois recolheu o ânimo, fez-se inocente, abriu a urna, tirou a única cédula, contou-a, recontou-a, desdobrou-a enfim; leu-a, escreveu o resultado, fez a ata, aprovou-a, assinou-a e remeteu tudo para a capital.

Dez minutos depois retirou-se satisfeito; tinha cumprido o seu dever, e reflexionava:

— Parece que Corumbá acaba de dar prova de ser um modelo eleitoral. Nem um pio! Nem um fósforo! Isto é que é cidade constitucional, *s'il en fut.*

E o único eleitor prometeu a si mesmo escrever a história da eleição de Corumbá em um volume *in-quarto,* com a fotografia do autor.

É a fotografia que eu quero.

Mas se isto vai assim, não vem longe o dia em que toda a província de Mato Grosso, clero, nobreza e povo, estará resumida no único eleitor de Corumbá.

Nesse dia, chegará um presidente novo à província, com o secretário ao pé e a mala na mão. Virá o eleitor em comissão recebê-lo, conduzi-lo-á ao palácio, onde, depois de o ajudar a descalçar as botas, tomará as ordens de s. excia. para o artigo de fundo e o chá. S. excia. saberá então, entre duas fatias, que toda a província de Mato Grosso tem a honra de tomar chá com ele. Espanto no presidente; deslumbramento no secretário. Um e outro agarram do eleitor, palpam-no, puxam-lhe o nariz, fazem-lhe cócegas. O eleitor acha infinita graça em s. excia., protesta o amor da província, a fidelidade da população, a imensa paz pública.

Naturalmente, a noite será mal dormida; não é para menos a singularidade do caso. Logo de manhã, o eleitor vem entregar a folha oficial, que ele mesmo redigiu e imprimiu. O artigo de fundo, escrito pelo eleitor e elogiando o presidente e o secretário, não terá probabilidade de desagradar a nenhum dos três. Daí um sucesso para a folha oficial. O almoço cimentara a amizade da província com o seu administrador. Após cinco minutos de expediente, fechar-se-á a secretaria e os três irão espreguiçar a alma nas delícias do voltarete.

Algumas vezes o presidente sentirá uns desejos de retemperar o governo com uma oposição moderada, e dirá à província:

— Alfredo, ataca-me no próximo número.

— V. excia. esquece que a folha é oficial...

— Não importa! Descompõe-me num a *pedido.* Eu demito-te logo, mas tu fazes um requerimento, que o secretário informa, e que eu defiro um instante depois.

Então o eleitor único pega da pena e enfileira uma porção de nomes feios contra o administrador. Diz-lhe que a província está conflagrada; que a moral pública reclama a queda do opressor; expõe a série de atentados praticados por um ambicioso temerário e ameaça o presidente com a revolução.

Ao ler este artigo o presidente enfurece-se, bufa, espuma, bate na mesa e chama o secretário. A demissão do redator é lavrada incontinenti; ele próprio a vai buscar para levá-la a si mesmo. Logo que a lê aflige-se, mas fiel ao convencionado, impetra a reintegração. É reintegrado.

Francamente, não é possível ser mais divertido com tão poucos elementos. Nesse dia, a província de Mato-Grosso será a Atlântida e a Utopia. Que sossego! que vida econômica! Nem polícia, nem correio, nem tropa; um presidente e um presidido; um secretário para desaborrecê-los, e todos três a deixarem correr o marfim.

Por enquanto esta fortuna só coube à eleição de Corumbá!

II

Já sei, não ponham mais na carta. Sei que um cronista que se respeita tem obrigação de dizer o que pensa acerca da postura célebre, a postura do dia, a postura que traz aparadas todas as penas, amoladas todos os canivetes, arregalados todos os olhos, a postura das casas de tolerância.

Uns, como o *Globo,* pensam que tais casas não devem ser reguladas pela autoridade, porque é arvorar a prostituição em instituição. Outros, como a *Gazeta de Notícias,* querem que devam regular-se tais casas, porque do mal o menos, e o menos é o mal vigiado.

Há ainda uma terceira divisão no público: é a dos que pensam que dois e dois são quatro e que as coisas não andam boas.

Tais foram as opiniões discutidas nesta quinzena. Os partidos estão definidos e irreconciliáveis. Cumpre que eu me defina entre eles.

Vou definir-me.

Entendo que a postura nada mais faz do que aplicar a uma coisa aquilo que a Constituição estabeleceu para outra. Não sei se me explico. Segundo a Constituição, há uma religião do Estado, a católica; mas os outros cultos são tolerados. Ora, se há também um amor ortodoxo, um amor do Estado, há outros amores dissidentes; daí a necessidade de se tolerarem as tais casas e regulá-las. Os escorregões são uma forma de protestantismo.

Agora, tais casas devem ter as janelas abertas? Não; não podem ter forma exterior de templo; é inconstitucional. Podem abrir a porta, abri-la não uma, mas vinte e sete vezes, mas cinquenta e oito, mas cento e treze. Só a porta não constitui a casa, não é a forma exterior condenada pela Constituição. Os exemplos formigam. A Porta otomana, por exemplo, não é uma casa; nem a *porta inferi,* nem a Porta do sol. Casa, verdadeiramente casa, é a janela. Uma janela aberta indica que há ali dentro alguém, uma ou duas ou mais pessoas: é habitação, é um fogo.

Portanto, as janelas não poderão estar abertas.

Mas o calor? Bem; entre aberta e fechada há um termo médio que é onde fica a virtude — a virtude das casas de tolerância. As moradoras poderão ter uma porta e espiar. Espiar com decência. Há treze ou quatorze maneiras de espiar, que muita gente há de expiar no outro mundo...

Minha opinião aí fica, moderada, clara, decente, constitucional e biológica.

III

O que não é biológico, nem constitucional, nem decente, nem claro, e nem moderado, é a anedota municipal do Pará.

Ainda agora não sei se deteste, se admire os vereadores suspensos. Estou ainda mais suspenso que suas senhorias. Devo detestá-los, porque toda a imprensa os abomina, e eu vou com a maioria de opinião. Mas devo admirá-los também, devo sobretudo admirá-los. Vereadores, tesoureiros, empregados, todo aquele andaime de gente tem para mim um mérito superior: foram épicos. Deram-se as mãos; os que não as deram, fecharam os olhos, e foram direito a Troia, armados em guerra.

Aquelas histórias de contratos, concursos, obras por administração, e depois os salários, as folhas que diziam 25, quando a realidade dizia 8 ou 9, aqueles operários a tanto na folha e a tão pouco nas suas algibeiras deles, há nisso tudo certa amplidão de vista, e ao mesmo tempo certa profundeza. Eu acho-os épicos. O curro, cá de longe, parece-me o palácio de Príamo. Aquele funcionário que, prevendo os acontecimentos, entra de noite na Câmara, rasga livros, aniquila papéis, desarma a administração é o artificioso Ulisses. Épicos são todos, e eu não quero beber o sangue de nenhum. Nada; contentava-me com as fotografias.

IV

Não esperem que eu diga nada a respeito dos suicídios que houve nesta quinzena. Que aproveitaria? Paz aos mortos, que descansam enfim de formidáveis lutas.

Que ele é condenável, isso é fora de dúvida; que ele é prova certa da aversão de sentimentos religiosos, não é novidade para ninguém. Uma sociedade que não crê ou supõe apenas que crê, dá nesses meios violentos de resolver os problemas da vida. Mas vejamos tudo, olhemos para cá da campa. Às mãos de que morreu esse tenente da Armada, que desfechou um tiro em si, por não ser legitimado? Não foi só às mãos da pistola, foi também às de um preconceito. Foi o preconceito principalmente que lhe segredou o mal. O que o ajudou a matar foi esse contraste entre a lei e a sociedade; entre a lei que declara atender somente às virtudes de cada um, e a sociedade que quer alguma coisa mais do que as virtudes, que são um mérito próprio.

Foi só o vidro moído que matou aquela pobre mulher, de que os jornais falaram há poucos dias? Não; foi o vidro e foi o homem que a desviou do caminho do dever para a meter na selva escura e intrincada do vício.

Nestas violências de suicídio, ato de covardia mais do que de coragem, dividamos os motivos, dando a cada um o que lhe cabe. Mas ao mesmo tempo digamos que só é forte e digno o que resiste, o que não sucumbe nem aos males reais nem aos fictícios, o que acha em si a força precisa para pensar que, se tudo é transitório, não vale a pena apressar o termo certo e comum. É o que a religião quer; é o que quer a moral.

V

E, tu, musa das lágrimas, que me queres tu? Passa, vai além, não te detenhas nestas páginas joviais. Eu não saberei dizer tudo o que inspira a lutuosa tragédia

Capistrano, que moveu a cidade inteira. Volta depressa essa página escura e triste; não a sei ler; não a poderei ler nesta ocasião.

Chorá-los sim; lastimar esses dois mancebos, que um fatal destino condenou a não saborear os frutos da juventude, isso é o que eu posso fazer, filha dos túmulos. Que mais? Julgá-los? Julgue-os quem já houver dominado a primeira comoção. Eu olho só, olho e lastimo, e pergunto a mim mesmo, no fundo do meu coração: tirania do destino, também os moços serão teus escravos?

Manassés
Ilustração Brasileira, 1º de dezembro de 1876

DESTA VEZ A HISTÓRIA DOS QUINZE DIAS DURA APENAS CINCO MINUTOS

I

Desta vez a história dos quinze dias dura apenas cinco minutos; falta-me tempo, saúde, vagar e até motivo.

Motivo, não é verdade. Pelo menos a última revolução argentina dava para duas colunas ou pouco menos. As revoluções por aqueles lados fazem o papel das trovoadas que ultimamente surgem na nossa atmosfera. Escurece o ar, aglomeram-se as nuvens, e parece vir o céu abaixo. *Qu'en sort-il souvent? Du vent.* Às vezes nem isso; uma viração, quatro pingos, duas braças de céu azul e ficamos como estávamos.

Foi assim agora. Patatrás! Foge! foge! pega! pega! Aqui del presidente! Santa Maria! Lá vêm eles! *ora pro nobis!* Não era uma revolução, era um terremoto, um cataclismo, uma subversão geral. Sobre a população cai um decreto: estado de sítio a quatro províncias; proclamações; capturas; tropas; cometas.

Logo em seguida anuncia-se que Lopes Jordan (um judeu errante enfadonho com suas invasões periódicas) entrara em Entre-Rios. Seus partidários dizem que ele comanda seis mil homens; a gente do governo afiança que apenas comanda quatro homens e dois cavalos. Verifica-se mais tarde que não são quatro, nem seis mil, mas um termo médio de trinta e cinco pessoas. Essas mesmas, depois de alguns tiros, deitam a correr com um exército de seiscentos homens atrás.

E cai o pano.

Isto em qualquer outro país é apenas um *rolo*, um regresso de romaria em que trabalham o vinho e as violas. Não é a mesma coisa na região platina, onde Lopes Jordan tolhe o sono a muita gente quieta. Se lhe dessem uma pensão?

II

Ao mesmo tempo que o invasor de Entre-Rios faz gastar pólvora, nós assistimos aos preparos de uma batalha de oito meses. Vêm chegando os deputados; começaram as sessões preparatórias.

Nada direi por ora delas; nem dos trabalhos preparatórios do abastecimento d'água. A festa foi brilhante, segundo todos me dizem; não fui por motivo que não podia vencer. Um dos convidados, pessoa de espírito, disse cobras e lagartos do sr. Gabrielli.

— Mas que fez ele? perguntei eu.

— É um patranheiro! exclamou a dita pessoa com exasperação. Promete abastecer de água a cidade, e logo no primeiro dia, no dia da festa, no dia magno, apenas oferece um *copo d'água!* Se é assim que há de desempenhar seus compromissos...

Cinco minutos: passem muito bem!

Manassés
Ilustração Brasileira, 15 de dezembro de 1876

A. S. EXª. REVMA.
SR. BISPO CAPELÃO-MOR

I

A. s. exª. revma. sr. bispo capelão-mor

Permita-me v. exª. revma. que eu, um dos mais humildes fiéis da diocese, chame sua atenção para um fato que reputo grave.

Ignoro se v. exª. revma., já leu um livro interessante dado a lume na quinzena que ontem findou, *O Rio de Janeiro, sua história e monumentos*, escrito por um talentoso patrício seu e meu, o dr. Moreira de Azevedo. Naquele livro está a história da nossa cidade, ou antes uma parte dela, porque é apenas o primeiro volume, ao qual se hão de seguir outros, tão copiosos de notícias como este, folgo de esperá-lo.

Não sei se v. ex.ª revma. é como eu. Eu gosto de contemplar o passado, de viver a vida que foi, de pensar nos homens que antes de nós, ou honraram a cadeira que v. ex.ª revma. ocupa, ou espreitaram, como eu, as vidas alheias. Outras vezes estendo o olhar pelo futuro adiante, e vejo o que há de ser esta boa cidade de São Sebastião, um século mais tarde, quando o bonde for um veículo tão desacreditado como a gôndola, e o atual chapéu masculino uma simples reminiscência histórica.

Podia contar-lhe em duas ou três colunas o que vejo no futuro e o que revejo no passado; mas, além de que não quisera tomar o precioso tempo de v. exª. reverendíssima, tenho pressa de chegar ao ponto principal desta carta, com que abro a minha crônica.

E vou já a ele.

Há no dito livro do dr. Moreira de Azevedo um capítulo acerca da Igreja da Glória, não me refiro à do Outeiro, mas à do largo do Machado. Nesse capítulo, que vai da página 185 à página 195, dão-se interessantes notícias do nascimento da igreja da qual traz uma excelente descrição. Diz-se aí, página 190, o seguinte:

> Concluiu-se a torre em 1875, e em 11 de junho desse ano colocou-se ali um sino; mas há a ideia de colocar outros sinos afinados para tocarem por música.

Para este ponto é que eu chamo a atenção do meu prelado.

Que lhe pusessem a torre, uma torre por cima daquela fachada, foi ideia, piedosa decerto, mas pouco de aplaudir-se.

Não há talvez segundo exemplo debaixo do sol; tudo aquilo *hurle de se voir ensemble*. Contudo, repito, se a arte padece, a intenção merece respeito.

Agora porém, revmo. sr. há ideia de lhe porem sinos afinados: com o fito de tocar por música, uma reprodução da Lapa dos Mercadores.

A Lapa dos Mercadores era uma igreja modesta, metida numa rua estreita, fora do movimento, pouco conhecida de uma grande parte da população. Um dia deu-se o luxo dos sinos musicais; e dentro de duas semanas estava célebre. Os moradores do largo do Paço, ruas do Ouvidor, Direita e adjacentes almoçavam musicalmente todos os dias, aos domingos sobretudo. Era uma orgia de notas, um dilúvio de sustenidos. Quem quer que era o regente, repinicava com um brio, um fôlego, uma alma, dignos de melhor emprego.

E não pense v. exª. revma. que eram lá músicas enfadonhas, austeras, graves, religiosas. Não, senhor. Eram os melhores pedaços do *Barbe Bleu*, da *Bela Helena*, do *Orfeu nos infernos*; uma contrafação de Offenbach, uma transcrição do Cassino.

Estar-se à missa ou nas cadeiras do Alcazar, salvo o respeito devido à missa, era a mesma coisa. O sineiro — perdão, o maestro — dava um cunho jovial ao sacrifício do Gólgota, ladeava a hóstia com a *complainte* do famoso polígamo Barba Azul:

> *Madame, ah! madame,*
> *Voyez mon tourment!*
> *J'ai perdu ma femme*
> *Bien subitement.*

E as meninas, cujos pais, por um santo horror às comédias, não as levavam ao Alcazar, tinham o gosto de dividir o pensamento entre a rua Uruguaiana e rua da Amargura, isto sem cair em pecado mortal, porque em suma, desde que Offenbach podia entrar na igreja, era natural que os fiéis contemplassem Offenbach.

Nem era só Offenbach; Verdi, Bellini e outros maestros sérios tinham também entrada nos sinos da Lapa. Creio ter ouvido a *Norma* e o *Trovador*. Talvez os vizinhos ouçam hoje a *Aída* e o *Fausto*.

Não sei se entre Offenbach e Gounod, teve Lecoq algumas semanas de reinado. A *Filha de madame Angot* alegrando a casa da filha de sant'Ana e são Joaquim, confesse v. ex.ª que tem um ar extremamente moderno.

Suponhamos, porém, que os primeiros trechos musicais estejam condenados; demos que hoje só se executem trechos sérios, graves, exclusivamente religiosos.

E suponhamos ainda, ou antes, estou certo de que não é outra a intenção, se intenção há, em relação à Igreja da Glória; intenção de tocarem os sinos músicas próprias, adequadas ao sentimento cristão.

Resta só o fato de serem musicais os sinos.

Mas que coisa são sinos musicais? Os sinos, exmo. sr., têm uma música própria: o repique ou o dobre — a música que no meio do tumulto da vida nos traz a ideia de alguma coisa superior à materialidade de todos os dias, que nos entristece, se é de Finados, que nos alegra, se é festa, ou que simplesmente nos chama com um som especial, compassado, sabido de todos. O *Miserere* de Verdi é um pedaço digno de igreja; mas se o pusessem nos sinos era... vá lá... era ridículo. Chateaubriand, que escreveu sobre os sinos, que não diria, se morasse ao pé da Lapa?

Dirigindo-me, pois, a v. ex.ª tenho por fim solicitar sua atenção para o uso dos sinos musicais, que pode propagar-se na cidade toda, e transformá-la numa imensa filarmônica. V. ex.ª pode, com seus paternais conselhos, ter mão ao uso, bastando-lhe dizer que a Igreja católica é uma coisa austera, que os sinos têm uma linguagem secular, uma harmonia única. Não a troquemos por outra, que é despojá-los do seu encanto, é quase mudar a feição ao culto.

Nada mais me resta dizer a v. ex.ª

II

Caiu-me há dias nas mãos, embrulhando uma touca de criança, uma folha solta da *Revista Popular*. A *Revista Popular* foi a mãe do *Jornal das Famílias*, do qual o sr. Garnier é por conseguinte avô e pai.

A folha era justamente um pedaço da crônica. A data é de 26 de outubro de 1860.

Já lá vão dezesseis anos, a vida de uma donzela, metade do título de um melodrama, que por esse tempo ainda se representava: *Artur ou Dezesseis anos depois*.

Vamos ao que importa.

A referida crônica no dia 26 de outubro de 1860 terminava com esta notícia:

O Catete projetou aniquilar o teatro caricato, que arrasta pesada existência para as bandas de Botafogo, e ideou a construção de um belo templo, onde a arte dramática não fosse rodada e escarnecida por um punhado de verdugos. Apenas foi concebida a ideia, tratou-se logo de realizá-la; o sr. Lopes de Barros incumbiu-se de traçar a planta do edifício, e com tanta perícia se houve nesta tarefa, que criou um modelo de perfeição.

A obra vai ser começada dentro de poucos dias, e cedo ficará concluída, presidindo à sua confecção a solidez, a elegância e a comodidade para o espectador.

Dizem-me que a Companhia do Ginásio, a única que tem compreendido a sua missão, é a escolhida para ali representar, revezando com a companhia lírica, que tivermos, depois de edificado o teatro.

Que resta de tamanho projeto? Nem talvez a planta.

A ideia foi rapidamente concebida, a planta executada; designou-se a Companhia do Ginásio para ir representar no teatro novo; nada faltou, exceto o teatro.

III

Mas aquilo é uma curiosidade velha, uma notícia morta. Venhamos a coisa novíssima, posto que velhíssima; ou antes velhíssima, posto que novíssima.

Já daqui percebe o leitor que aludo às galerias que se encontraram no Morro do Castelo.

Há pessoas para quem não é certo que haja uma África, que Napoleão tenha existido, que Maomé II esteja morto, pessoas incrédulas, mas absolutamente convencidas de que há no Morro do Castelo um tesouro dos contos arábicos.

Crê-se geralmente que os jesuítas, deixando o Rio de Janeiro, ali enterraram riquezas incalculáveis. Eu desde criança ouvia contar isso, e cresci com essa convicção. Os meus vizinhos, os vizinhos do leitor, os respectivos compadres, seus parentes e aderentes, toda a cidade em suma crê que há no Morro do Castelo as maiores pérolas de Golconda.

O certo é que um destes dias acordamos com a notícia de que, cavando-se o Morro do Castelo, descobriram-se galerias que iam ter ao mar.

A tradição começou a tornar-se verossímil. Fiquei logo de olho aberto sobre os jornais. Disse comigo: vamos ter agora, dia por dia, uma descrição da descoberta, largura da galeria encontrada, matéria da construção, direção, altura e outras curiosidades. Por certo o povo acudirá ao lugar da descoberta.

Não vi nada.

Nisto ouço uma discussão. A quem pertencerão as riquezas que se encontrarem? Ao Estado? Aos concessionários da demolição? *That is the question*. As opiniões dividem-se; uns querem que pertençam aos concessionários, outros que ao Estado, e aduzem-se muito boas razões de um lado e do outro. Coagido a dar a minha opinião, fá-lo-ei com a brevidade e clareza que me caracterizam.

E digo: os objetos que se acharem pertencem, em primeiro lugar, à arqueologia, pessoa que também é gente, e não deve ser assim tratada por cima do ombro. Mas a arqueologia tem mãos? Tem casa? Tem armários onde guarde os objetos? Não; por isso transmite o seu direito a outra pessoa, que é a segunda a quem pertencem os objetos: o Museu Nacional.

Ao museu iriam eles ter se fossem de simples estanho. Por que não irão se forem de ouro? O ouro é para nós uma grande coisa; compram-se melões com ele. Mas para a arqueologia todo o metal tem igual valor. Eram de prata os objetos encontrados quando se demoliu a praça do Comércio, e entretanto devo crer que estão no museu, porque pertencem à arqueologia, a arqueologia que é uma velha rabugenta e avara.

Pode ser que eu esteja em engano; mas é provável que sejam os outros.

IV

Os touros instalaram-se, tomarem pé, assentaram residência entre nós. As duas primeiras corridas estiveram muito concorridas... Há nisto uma repetição de sílabas, mas a urgência dispensa a correção e o floreio:

> ... *qui mi scusi*
> A urgência, *si fior la penna abborra.*

Tem havido pois muito entusiasmo. Frascuelo é a coqueluche da cidade. Que digo? Frascuelo é o frasquinho; único diminutivo consoante a seu nome.

Os touros é que dizem não ser de primeira bravura. Alguns parecem ser de antes do pecado original, quando no Paraíso, os lobos dormiam com os cordeiros; há quem suspeite que um deles é simplesmente pintado em papel; touro de cosmorama.

Ainda assim o público os aplaude, e aos capinhas, a quem lança charutos, chapéus e níquel. Dizem efetivamente que o pessoal é bom; eu ainda não pude ir lá, mas irei na primeira ocasião.

Outras corridas se preparam na rua da Misericórdia. Essas são mais animadas; os touros são mais bravos; os capinhas mais fortes. Se esta metáfora ainda não disse ao leitor que eu aludo à Câmara temporária, então perca a esperança de entender de retórica, e passe bem.

Manassés
Ilustração Brasileira, 1º de janeiro de 1877

AGORA, SIM, *SENHOR*

LIVRO I

Aleluia! Aleluia!

Agora, sim, *senhor*. Eu já sentia a falta dele. Eu e todo este povo andávamos tristes, sem motivo nem consciência; andávamos sorumbáticos, caquéticos, raquíticos, misantrópicos e calundúticos. Não me peçam os brasões do último vocábulo; posso dá-los em outra ocasião. Por agora sinto-me alvoroçado, nada menos que redivivo.

Que este século era o século das serrilhas, nenhum homem há que se atreva a negá-lo, salvo se absolutamente não tiver uma onça de miolos na cabeça. Como vai vm. da sua tosse? pergunta há anos um droguista nas colunas dos nossos jornais. Frase que mostra toda a solicitude que pode haver na alma de um droguista, e de quanta complacência se compõe uma panaceia anticatarral. E com essa frase o droguista não só amola os olhos e a paciência do leitor, como lhe impinge suas abençoadas pastilhas, a troco de cinco ou seis mil-réis.

Essa é a serrilha medicinal. A serrilha europeia compõe-se de muitas serrilhas, começando na questão do Oriente e acabando na questão espanhola. Há serrilhas de todas as cores e feitios, sem contar a chuva, que não tem feitio nem cor, e encerra em si todas as outras serrilhas do Universo.

De todas elas porém, a que nos dera mais no goto, a que nos sustinha neste vale de lágrimas, a que nos dava brio e força, era... era ele, o eterno, o redivivo, o nunca assaz louvado *Rocambole*, que eu julgava perdido para sempre, mas que afinal ressurge das próprias cinzas de Ponson du Terrail.

Ressurgiu. Eu o vi (não o li), vi-o com estes olhos que a terra há de comer; nas colunas do *Jornal*, a ele e mais as suas novas façanhas, pimpão, audaz, intrépido, prestes a mudar de cara e de roupa e de feitio, a matar, roubar, pular, voar e empalmar.

Certo é que nunca o vi mais gordo. Eu devo confessar este pecado a todos os ventos do horizonte; eu (cai-me a cara ao chão); eu... nunca li *Rocambole*, estou virgem dessa *Ilíada* de realejo. Vejam lá; eu que li os poetastros da *Fênix Renascida*, os romances de Ana Radcliffe, o *Carlos Magno*, as farsas de barbante, a *Brasilíada* do Santos e Silva, e outras obras mágicas, nunca jamais em tempo algum me lembrou ler um só capítulo do *Rocambole*. Inimizade pessoal? Não; posso dizer à boca cheia que não. Nunca pretendemos a mesma mulher, a mesma eleição ou o mesmo emprego. Cumprimentamo-nos, não direi familiarmente, mas com certa afabilidade, a afabilidade que pode haver entre dois boticários vizinhos, um gesto de chapéu.

Perdão; ouvi-o no teatro, num drama que o Furtado Coelho representou há anos. Foi a primeira e única vez que me foi dado apreciar, cara a cara, o famoso protagonista. Não sei que autor (francês ou brasileiro? não me lembro) teve a boa inspiração de cortar um drama do romanceado Ponson du Terrail, ideia que o Furtado lhe agradeceu do íntimo d'alma, porque o resultado pagou-lhe o tempo.

E sem embargo de não o haver lido, mas visto e ouvido somente, gosto dele, admiro-o, respeito-o, porque ele é a flor do seu e do meu século, é a representação do nosso romantismo caduco, da nossa grave puerilidade. Vem a propósito uma comparação que farei no segundo livro.

LIVRO II
Aquiles, Eneias, Dom Quixote, Rocambole

Estes quatro heróis, por menos que o leitor os ligue, ligam-se naturalmente como os elos de uma cadeia. Cada tempo tem a sua *Ilíada*; as várias *Ilíadas* formam a epopeia do espírito humano.

Na infância o herói foi Aquiles — o guerreiro juvenil, altivo, colérico, mas simples, desafetado, largamente talhado em granito, e destacando um perfil eterno no céu da loura Hélade. Irritado, acolhe-se às tendas; quando os gregos perecem, sai armado em guerra e trava esse imortal combate com Heitor, que nenhum homem de gosto lê sem admiração; depois, vencido o inimigo, cede o despojo ao velho Príamo, nessa outra cena, que ninguém mais igualou ou nem há de igualar.

Esta é a *Ilíada* dos primeiros anos, das auroras do espírito, é a infância da arte.

Eneias é o segundo herói, valente e viajor como um alferes romano, poético em todo o caso, melancólico, civilizado, mistura de espírito grego e latino. Prolongou-se este Eneias pela Idade Média, fez-se soldadão cristão, com o nome de Tancredo, e acabou em cavalarias altas e baixas.

As cavalarias, depois de estromparem os corpos à gente, passaram a estrompar os ouvidos e a paciência, e daí surgiu o Dom Quixote, que foi o terceiro herói, alma generosa e nobre, mas ridícula nos atos, embora sublime nas intenções. Ainda nesse terceiro herói luzia um pouco da luz aquileida, com as cores modernas, luz que o nosso gás brilhante e prático de todo fez empalidecer.

Tocou a vez a Rocambole. Este herói, vendo arrasado o palácio de Príamo e desfeitos os moinhos da Mancha, lançou mão do que lhe restava e fez-se herói de polícia, pôs-se a lutar com o código e o senso comum.

O século é prático, esperto e censurável; seu herói deve ter feições consoantes a estas qualidades de bom cunho. E porque a epopeia pede algum maravilhoso, Rocambole fez-se inverossímil; morre, vive, cai, barafusta e some-se, tal qual como um capoeira em dia de procissão.

Veja o leitor, se não há um fio secreto que liga os quatro heróis. É certo que é grande a distância entre o herói de Homero e o de Ponson du Terrail, entre Troia e o xilindró. Mas é questão de ponto de vista. Os olhos são outros; outro é o quadro; mas a admiração é a mesma, e igualmente merecida.

Outrora excitavam pasmo aquelas descomunais lanças argivas. Hoje admiramos os alçapões, os nomes postiços, as barbas postiças, as aventuras postiças.

Ao cabo, tudo é admirar.

LIVRO III

Supressão do estômago

Se alguma coisa pode fazer diversão ao Rocambole é o dr. Vindimila, cavalheiro que eu não conheço, mas que merece as honras de uma apoteose, porque acaba de dar um quinau no Padre Eterno.

Quem me deu notícia disso foi um droguista (ando agora com eles) nas colunas do *Jornal do Commercio*, em dias repetidos, e particularmente no dia 10 do corrente, publicações a pedido.

Vindimila inventou uma coca, um vinho estomacal. Por ora nada há que possa fazer admirar um homem qualificado e avariado. Cocas não faltam; nem cocas nem coqueiros. O importante é que Vindimila despreza o estômago, não o conhece, despreza-o, acha-o uma coisa sem préstimo, sem alcance, um verdadeiro trambolho. Esse órgão clássico da digestão não merece que um Vindimila se ocupe com ele. No tempo em que Deus o criou podia ser útil. Deus estava atrasado; a criação ressentia-se de tal ou qual infância. Vindimila é o Descartes da filosofia digestiva.

Que fez Vindimila?

Isto que dizem os srs. Ruffier Martelet & Comp.:

> O sr. Vindimila faz comer e digerir, o homem sem estômago!!! Excessos, doenças, má alimentação atacaram de tal modo o vosso estômago que estais privados deste órgão? Não desespereis e depois de cada refeição tomai um cálice de vinho com pepsina diástase e coca de Vindimila. Com a pepsina todos os alimentos azotados, carnes, ovos, leite, etc., serão transformados em sangue; com a diástase a farinha, o pão, os feijões se converterão em princípios assimiláveis, e passarão nos vossos ossos e músculos; enfim, com a coca vosso sistema nervoso será acalmado como por encanto. O vosso estômago não trabalhou, ficou descansando, curando as suas feridas, e no entanto tendes comido, tendes digerido, tendes adquirido forças. Bem o dizíamos, o sr. Vindimila bem mereceu da humanidade, e prezamo-nos de ser os seus agentes nesta corte.

Viram? Digerir sem estômago. Desde que li isto entendo que fazia muito mal em evitar camaroadas à noite e outras valentias, porque se com elas vier a perder o estômago, lá está o dr. Vindimila, que se incumbe de digerir por mim.

Faziam-se e fazem-se doutores na ausência, *in absentia*, mediante certa quantia com que se manda buscar o diploma à Alemanha. Agora temos as digestões na ausência, e pela regra de que a civilização não para nunca, virá breve, não um Vindimila, mas um Trintimila ou um Centimila, que nos dê o meio de pensar sem cérebro. Nesse dia o vinho digestivo cederá o passo ao vinho reflexivo, e teremos acabado a criação, porque estará dado o último golpe no Criador.

Manassés
Ilustração Brasileira, 15 de janeiro de 1877

Não sei se na ocasião em que lanço mão da pena

I

Não sei se na ocasião em que lanço mão da pena estará consertado o cabo transatlântico. É possível. Mas, não é menos possível que, ao terminar a minha história, esteja ele outra vez desconsertado.

Este cabo é caipora.

Vive numa perpétua quebra, não daquelas famosas quebras em que o quebrado fica mais inteiro que os seus... admiradores, mas das outras verdadeiras, as que dão que fazer à companhia e aos pobres marujos; se eu soubesse o segredo de quebrar inteiro, ensinava-lho com muito gosto.

Pobre cabo!

Nascido para dizer a um e outro lado do Atlântico o preço do café e o estado do câmbio, e pouco, muito pouco, pouquíssimo dos espirros teologais de Gladstone e outros acontecimentos de igual jaez, tem passado os seus dias a não dizer coisa nenhuma. Cada mês, cada interrupção. Eu já entro a desconfiar que há no fundo do oceano algum espadarte que tem ojeriza à companhia — o qual espadarte emprega as suas sestas em roer o fiel condutor do preço do bacalhau.

Mas seja isso ou não, o caso é que, de quando em quando, ocorre uma cena curiosa e lastimável. Dois homens, que a eletricidade avizinha, colocam-se defronte um do outro a palestrar, um no Rio de Janeiro, outro em Lisboa.

— Como tem passado?

— Bem. A família?

— Assim, assim. Minha sogra é que anda um pouco sorumbática... São biscoitos.

— Estimo as melhoras. Que novidades?

— Nada; inundações.

— Por cá é a mesma coisa.

— Sim?

— É verdade; o Paraíba, o Muriaé, o Paraguaçu... Uma lástima!

— Cá é uma calamidade... Mas as subscrições por lá?

— Vão bem; vão perfeitamente.

— Tanto melhor.

Neste ponto o cabo arrebenta; o diálogo continua por este teor:
— De política há alguma coisa?
— Eu próprio perdi um cunhado no Douro.
— Que diz o Ministério inglês?
— Destruição das azeitonas. A quanto monta a subscrição no Rio de Janeiro?
— Agora vai a *Pera de Satanás*. Que fim levaria o Garrido?
— Aceita as condições de Gortschakoff. Houve sempre o jantar do Matias?
— Reconhecido por cinquenta e tantos votos. Creio que já lhe dei notícia de que extraí um calo?
— Não; o câmbio desceu 2%. Sabe que a Sanz faz furor em Paris?
— Deus lhe dê as mesmas.

E este anfiguri pode continuar três ou quatro semanas, porque só ao cabo desse tempo é que o cabo convalesce. Uma vez convalescido, começa a trabalhar com certo ardor, até que novamente adoece para convalescer, e convalesce para adoecer.

Si cette histoire vous embête
Nous allons la recommencer·

II

No momento em que estas linhas chegarem aos olhos dos leitores, a Câmara está aberta.

Foi longa a verificação de poderes, e ainda não se concluiu a de todos os deputados.

Uma coisa fica líquida: é que esta primeira sessão não pode deixar grande lucro ao *Jornal do Commercio*. Irra! Nunca se viu tanto documento junto, pareceres, exposições, certidões, traslados, emendas e subemendas. A sessão ainda não começou; os discursos ainda estão no cérebro de seus autores; e já os prelos do *Jornal do Commercio* têm gemido ao peso de documentos.

Por outro lado é uma consolação ver o espírito constitucional e representativo da febre amarela, que por não perturbar os trabalhos parlamentares resolveu adiar sua visita anual às nossas plagas. A febre amarela *a du bon*.

Verdadeiramente, o céu é compassivo conosco; este verão molhado e trovejado equivale a uma sorte grande para o Rio de Janeiro... necessitado. Falo assim porque o Rio de Janeiro apatacado corre, muda-se para Petrópolis e faz bem. Naquele ninho suíço, a vida pode não ser muito variada, entre o leite de manhã e o uíste à noite; mas é cômoda e segura. Eu cá prefiro a monotonia à cova: mania de velho.

Não lhes falarei do pirata cubano. O pirata cubano não existe; é uma página de Walter Scott, que um jornalista transformou em notícia diversa. Não é outra coisa. Aquele navio capturado dentro de si próprio, por doze rapazes resolutos, depois do jantar, parece lenda, romance, conto da carocha.

Estou certo de que, se o fato é real, podem estar certos os rapazes do pirata de que casarão no primeiro porto inglês em que se demorarem cinco dias. A mulher britânica é, por natureza, romanesca, e gosta dos sujeitos atrevidos. Ora, não são comuns atrevimentos tais. Nem todos os dias se captura um navio no oceano, entre a pera e o queijo. Mas depressa se apanha um coxo. Um coxo ou uma constipação.

Manassés
Ilustração Brasileira, 1º de fevereiro de 1877

O Carnaval morreu

I

O Carnaval morreu, viva a Quaresma!

Quando digo que o Carnaval morreu apenas me refiro ao fato de haverem passado os seus três dias: não digo que o Carnaval espichasse a canela.

Se o dissesse, errava; o Carnaval não morreu; está apenas moribundo. Quem pensaria que esse jovem de 1854, tão cheio de vida, tão lépido, tão brilhante, havia de acabar vinte anos depois, como o visconde de Bragellone, e acabar sem necrológio, nem acompanhamento?

Veio do limão de cheiro e do polvilho; volta para o polvilho e o limão de cheiro. *Quia pulvis est.* Morre triste, entre uma bisnaga e um princês, ao som de uma charamela de folha de flandres, descorado, estafado, desenganado. Pobre rapaz! Era forte, quando nasceu, rechonchudo, travesso, um pouco respondão, mas gracioso. Assim viveu: assim parecia viver até a consumação dos séculos. Vai senão quando raia este ano de 77, e o mísero, que parecia vender saúde, aparece com um nariz de palmo e meio e os olhos mais profundos do que as convicções de um eleitor. Já é!

Esta moléstia será mortal, ou teremos o gosto de o ver ainda restabelecido? Só o saberemos em 78. Esse é o ano decisivo. Se aparecer tão amarelo, como desta vez, é não contar com ele por coisa nenhuma e tratar de substituí-lo.

II

Caso venha a dar-se essa hipótese, vejamos desde já o que nos deixará o defunto. Uma coisa. Aposto que não sabem o que é? Um problema filológico.

Os futuros linguistas deste país, percorrendo os dicionários, igualmente futuros, lerão o termo *bisnaga*, com a definição própria: uma impertinência de água de cheiro (ou de outra), que esguichavam sobre o pescoço dos transeuntes em dias de Carnaval.

— Bom! dirão os linguistas. Temos notícia do que era a bisnaga. Mas por que esse nome? Donde vem ele? Quem o trouxe? Neste ponto dividir-se-ão os linguistas.

Uns dirão que a palavra é persa, outros sânscrita, outros groenlandesa. Não faltará quem a vá buscar na Turquia; alguns a acharão em Apúlio ou Salomão.

Um dirá:

— Não, meus colegas, nada disso; a palavra é nossa e só nossa. É nada menos que uma corrupção de *charamela*, mudado o *cha* em *bis* e o *ramela* em *naga*.

Outro:

— Também não. *Bisnaga*, diz o dicionário de certo Morais, que existiu ali pelo século XIX, que é uma planta de um talo alto. Segue-se que bisnaga carnavalesca era a mesma bisnaga vegetal, cujo sumo, extremamente cheiroso, esguichava, quando a apertavam com o dedo.

Cada um dos linguistas escreverá uma memória em que provará, à força de erudição e raciocínio, que os seus colegas são pouco mais do que ruços pedreses. As academias celebrarão sessões noturnas para liquidar esse ponto máximo. Haverá prêmios, motes, apostas, duelos, etc.

E ninguém se lembrará de ti, bom e galhofeiro Gomes de Freitas, de ti que és o único autor da palavra, que aconselhavas a bisnaga, e a grande arnica, no tempo em que o esguicho apareceu, por cujo motivo lhe puseram o nome popularizado por ti.

Teve a bisnaga uma origem alegre, medicinal e filosófica. Isto é o que não hão de saber nem dizer os grandes sábios do futuro. Salvo, se certo número da *Ilustração* chegar até eles, em cujo caso lhes peço o favor de me mandarem a preta dos pastéis.

III

Falei há pouco do que há de substituir o Carnaval, se ele definitivamente expirar. Deve ser alguma coisa igualmente alegre: por exemplo, a Porta Otomana.

Vejam isto! Um ministro patriota leva a entreter toda a Europa à roda de uma mesa, a fazer cigarros das propostas diplomáticas, a dizer aos ministros estrangeiros que eles são excelentes sujeitos para uma partida de uíste ou qualquer outro recreio que não seja impor a sua ideia à Turquia; os ditos ministros estrangeiros desesperam, saem com um nariz de duas toesas, dando a Turquia a todos os diabos; vai senão quando o *Jornal do Commercio* publica um telegrama em que nos diz que o dito ministro turco, patriota, vencedor da Europa, foi destituído por conspirar contra o Estado!

Alá! Aquilo é governo ou *Pera de Satanás*? Inclino-me a crer que é simplesmente *Pera*. A porta tem outros muitos e vários alçapões, por onde sai ou mergulha, ora um sultão, ora um grão-vizir, de minuto a minuto ao som de um apito vingador. Todas as mutações são à vista. Eu, se na Turquia tivesse a infelicidade de fazer um dos primeiros papéis, metia claque na plateia para ser pateado. Creio que é o único recurso para voltar inteiro ao camarim.

IV

Sobre isto de voltar inteiro, dou meus parabéns aos deputados da Assembleia provincial, que puderam regressar intactos depois de 72 horas de discussão.

Um ponto obscuro em todos os artigos e explicações, notícias e comentários, é se o presidente da Assembleia foi o mesmo em todos os três dias e noites. Se foi, deve ter o mesmo privilégio daquele gigante da fábula, que dormia com cinquenta olhos enquanto velava com os outros cinquenta. Eram cinquenta ou mais? Não estou certo no ponto. Do que estou certo é que ele repartia os olhos, uns para dormir, outros para velar, como nós fazemos com os urbanos; velam estes enquanto caímos nos braços de Morfeu...

Pois é verdade; setenta e duas horas de sessão. Esticando um pouco ia até a Páscoa. Cada um dos deputados, ao cabo dessa longa sessão, parecia um Epimênides, ao voltar à rua do Ouvidor; tudo tinha ar de novo, de desconhecido, de outro século.

Felizmente acabou.

V

Não acabarei eu sem transcrever nesta coluna um artiguinho, que li nos jornais de terça-feira:

> Duas das mais grosseiras e desmoralizadas criaturas têm frequentado os bailes, causando os mais desagradáveis episódios aos que têm tido a infelicidade de aproximar-se-lhes.
> Essas duas filhas de Eva anteontem achavam-se no Teatro D. Pedro II vestidas *en femmes de la hâlle* (filha da Madame Angot), e hoje também dizem que lá se acharão...
> Seria bom que o empresário tivesse algum fiscal encarregado de vigiá-las, para evitar incidentes tais como se deram no domingo passado.

Ó isca! Ó tempos! Ó costumes!

Manassés
Ilustração Brasileira, 15 de fevereiro de 1877

Esta quinzena pertenceu quase toda aos trabalhos parlamentares

I

Esta quinzena pertenceu quase toda aos trabalhos parlamentares. O Parlamento tem isto de bom (*a celà de bon*) que satisfaz a atenção pública. Quando fechado, a gente recorre às gazetilhas extraordinárias, aos sucessos de um dia, às anedotas, à prisão do *Limpeza das praias*, por exemplo, um larápio que a polícia capturou há dias, para recapturá-lo daqui a meses.

Nos países representativos a vida pública está principalmente nas câmaras. Bem sei que acabo de escrever uma frase à La Palisse, com tempero de Prudhomme; mas se a coisa não pode ser de outro modo? Agora, sobretudo, a vida parlamentar tomou algum calor mais do que é costume. Quem se não lembra das sessões de 1871? Vida é luta; onde houver oposição, há contraste, há vida...

Isto posto, a mesa da Câmara dos deputados, antes da apresentação do voto de graças, não recorreu aos trabalhos de comissões *c'est-à dire, à la flâne*. Foi ao arquivo, tirou alguns projetos antigos e trouxe-os à luz da tribuna. Tiro e queda. Um dos projetos deu muito que falar, pois tratava nada menos que da imprensa, assunto em que os partidos estão de acordo comigo: plena liberdade.

Somente...

Somente, no meio do discurso, o testa de ferro pôs a orelha de fora.

O testa de ferro, filho legítimo da descompostura e de cinco mil-réis, não é tão mau como dizem. Eu gosto dele, não porque me pareça que haja entre o testa de ferro e a liberdade da imprensa o menor contato, mas porque ele dá lugar a situações engenhosas, cômicas, e de um desenlace único e sempiterno.

Assim que, ao testa de ferro, devemos nós este velho clichê: — "... e quando supunha que me aparecesse o sr. João da Mata Cardoso, meu desbragado adversário, surge-me como responsável por seus artigos um infeliz, um desgraçado, um Alexandre Pita. Perdoei-lhe, porque esse infeliz não soube o que assinou; mas veja o público, se um adversário que recorre a meios tão ignóbeis, etc."

O testa de ferro, que embolsou os cinco mil-réis e o perdão, lê no clichê um anúncio de sua pessoa e obras; resultado certo e econômico.

II

Dois cidadãos importantes apresentaram agora um projeto gigantesco: amortizar a dívida pública e converter o papel em ouro.

Tive vertigem quando li as bases do projeto. Agora mesmo não estou em mim: sinto deslumbramentos metálicos, fascinações aritméticas. Parece-me que estou a ver expirar a derradeira apólice; não sei se tenho comigo a última nota de dez tostões.

E não digo isto, assim familiarmente, porque duvide da proposta. Eu creio nela, creio que há meio possível de levar a cabo tão gigantesco plano.

Mas, leitor, a fé não exclui o assombro que causa a leitura de tantos algarismos! Santo nome de Jesus! Só a ideia faz andar a cabeça à roda.

Depois vem a reflexão e sucede o abatimento. Eu vou dizer uma heresia econômica, mas uma verdade prática. Leitor, antes o papel. O regime do ouro é muito mais sólido do que o do papel; mas incômodo, pesado, isso é incontestavelmente. Prefiro cem vezes estas folhas flexíveis, finas, que se dobram até o infinito, que se acomodam na carteira, que se gastam sem pesar.

Licurgo queria que a moeda fosse como a roda de um carro, para ninguém poder andar com ela. Pois isso: ou moeda tamanha ou nenhuma. A não ser a roda de carro, antes as notas...

III

Das notas às falsas notas a distância é de um xadrez de polícia. Nesta quinzena continuaram a chegar as notícias da campanha rio-grandense, onde a seca produziu incêndios e bilhetes falsos. E tão difícil é atalhar uns como outros.

O moedeiro falso é um industrioso que só tem um de dois fins; galé ou palácio. Se escapa ao xilindró, vai direitinho à alta propriedade. E não sendo fácil apanhá-lo, a empresa tem muitos atrativos e fascinações.

Se a polícia do Rio Grande não apanhar o autor da indústria monetária, é muito provável que dentro de cinco ou seis anos o referido autor, ardendo em patriotismo, dê alguma quantia grossa para edificar... uma cadeia.

IV

Publicou-se nesta quinzena o relatório da Repartição de Estatística. Já o folheei em grande parte. Achei algumas notícias curiosas para mais de um leitor. Assim, por exemplo, quantos persas supõem que há no Império? 45. Destes, 8 estão nesta corte. Os turcos são apenas 4, dos quais, nesta corte, 3. São 11 os japoneses; 60 os gregos. Uma arca de Noé em miniatura.

V

Não sei a que nação dessas pertencerá a sra. Locatel, recém-chegada a esta corte, segundo anuncia nos jornais. A sra. Locatel não é uma senhora sábia, é toda a sapiência.

Imaginem que esta milagrosa dama propõe-se a curar todas as moléstias internas ou externas... com a condição de que sejam curáveis. *Mr. de La Palisse est mort — en perdant la vie.* E como cura ela radicalmente as moléstias curáveis, internas ou externas? Com preparação de puras ervas e bálsamos medicinais, conhecidos e preparados somente por ela — ela, a sra. Locatel, professora em ciências botânicas.

Ora, aí está!

Manassés
Ilustração Brasileira, 1ª de março de 1877

Mais dia menos dia

I

Mais dia menos dia, demito-me deste lugar. Um historiador de quinzena, que passa os dias no fundo de um gabinete escuro e solitário, que não vai às touradas, às câmaras, à rua do Ouvidor, um historiador assim é um puro contador de histórias.

E repare o leitor como a língua portuguesa é engenhosa. Um contador de histórias é justamente o contrário de historiador, não sendo um historiador, afinal de contas, mais do que um contador de histórias. Por que essa diferença? Simples, leitor, nada mais simples. O historiador foi inventado por ti, homem culto, letrado, humanista; o contador de histórias foi inventado pelo povo, que nunca leu Tito Lívio, e entende que contar o que se passou é só fantasiar.

O certo é que se eu quiser dar uma descrição verídica da tourada de domingo passado, não poderei, porque não a vi.

Não sei se já disse alguma vez que prefiro comer o boi a vê-lo na praça. Não sou homem de touradas; e se é preciso dizer tudo, detesto-as. Um amigo costuma dizer-me:

— Mas já as viste?

— Nunca!

— E julgas do que nunca viste?

Respondo a este amigo, lógico mas inadvertido, que eu não preciso ver a guerra para detestá-la, que nunca fui ao xilindró, e todavia não o estimo. Há coisas que se prejulgam, e as touradas estão nesse caso.

E querem saber por que detesto as touradas? Pensam que é por causa do homem? Ixe! é por causa do boi, unicamente do boi. Eu sou sócio (sentimentalmente falando) de todas as sociedades protetoras dos animais. O primeiro homem que se lembrou de criar uma sociedade protetora dos animais lavrou um grande tento em favor da humanidade; mostrou que este galo sem penas de Platão pode comer os outros galos seus colegas, mas não os quer afligir nem mortificar.

Não digo que façamos nesta corte uma sociedade protetora de animais; seria perder tempo. Em primeiro lugar, porque as ações não dariam dividendo, e ações que não dão dividendo... Em segundo lugar, haveria logo contra a sociedade uma confederação de carroceiros e brigadores de galos. Em último lugar, era ridículo. Pobre iniciador! Já estou a ver-lhe a cara larga e amarela, com que havia de ficar, quando visse o efeito da proposta! Pobre iniciador! Interessar-se por um burro! Naturalmente são primos? Não; é uma maneira de chamar a atenção sobre si. Há de ver que quer ser vereador da Câmara: está-se fazendo conhecido. Um charlatão.

Pobre iniciador!

II

Touradas e caridade pareciam ser duas coisas pouco compatíveis. Pois não o foram esta semana última; fez-se uma corrida de touros com o fim de beneficiar necessitados.

O pessoal era de amadores, uns já peritos; outros novos; mas galhardos todos, e moços de fino trato. A concorrência, se não foi extraordinária, foi assim bastante numerosa.

E não a censuro, não; a caridade fazia dispensar a feroci, ...não, não digo ferocidade; mas contarei uma pequena anedota.

Conversava eu há dias com um amigo, grande amador de touradas, e homem de espírito, *s'il en fut*.

— Não imagines que são touradas como as de Espanha. As de Espanha são bárbaras, cruéis. Estas não têm nada disso.

— E entretanto...

— Assim, por exemplo, nas corridas de Espanha é uso matar o touro... Nesta não se mata o touro; irrita-se, ataca-se, esquiva-se, mas não se mata...

— Ah! Na Espanha, mata-se?

— Mata-se... E isso é que é bonito! Isso é que é comoção!...

Entenderam a chave da anedota? No fundo de cada amador de tourada inocente, há um amador de tourada espanhola. Começa-se por gostar de ver irritar o touro, e acaba-se gostando de o ver matar.

Repito: eu gosto simplesmente de o comer. É mais humano e mais higiênico.

III

Inauguraram-se os bondes de Santa Teresa — um sistema de alcatruzes ou de escada de Jacó, uma imagem das coisas deste mundo.

Quando um bonde sobe, outro desce; não há tempo em caminho para uma pitada de rapé; quando muito, podem dois sujeitos fazer uma barretada.

O pior é se um dia, naquele subir e descer, descer e subir, subirem uns para o céu e outros descerem ao purgatório, ou quando menos ao necrotério.

Escusado é dizer que as diligências viram esta inauguração com um olhar extremamente melancólico. Alguns burros, afeitos à subida e descida do outeiro, estavam ontem lastimando este novo passo do progresso. Um deles, filósofo, humanitário e ambicioso, murmurava:

— Dizem: *les dieux s'en vont*. Que ironia! Não; não são os deuses, somos nós. *Les ânes s'en vont*, meus colegas, *les ânes s'en vont*.

E esse interessante quadrúpede olhava para o bonde com um olhar cheio de saudade e humilhação. Talvez rememorava a queda lenta do burro, expelido de toda a parte pelo vapor, como o vapor o há de ser pelo balão, e o balão pela eletricidade, a eletricidade por uma força nova, que levará de vez este grande trem do mundo até a estação terminal.

O que assim não seja... por ora.

Mas inauguraram-se os bondes. Agora é que Santa Teresa vai ficar à moda. O que havia pior, enfadonho a mais não ser, eram as viagens de diligência, nome irônico de todos os veículos desse gênero. A diligência é um meio-termo entre a tartaruga e o boi.

Uma das vantagens dos bondes de Santa Teresa sobre os seus congêneres da cidade, é a impossibilidade da pescaria. A pescaria é a chaga dos outros bondes. Assim, entre o largo do Machado e a Glória, a pescaria é uma verdadeira amolação; cada bonde desce a passo lento, a olhar para um e outro lado, a catar um passageiro ao longe. Às vezes o passageiro aponta na Praia do Flamengo, o bonde, polido e generoso, suspende passo, cochila, toma uma pitada, dá dois dedos de conversa, apanha o passageiro, e segue o fadário até a seguinte esquina onde repete a mesma lenga-lenga.

Nada disso em Santa Teresa: ali o bonde é um verdadeiro leva e traz; não se detém a brincar no caminho, como um estudante vadio.

E se, depois do que fica dito, não houver uma alma caridosa que diga que eu tenho em Santa Teresa uma casa para alugar — palavra de honra! —, o mundo está virado.

IV

Vou dar agora uma novidade, a mais de um leitor.

Sabes tu, político ou literato, poeta ou gamenho, sabes que há aí perto, na cidade de Valença, uma biblioteca municipal, a qual possui uma coleção da *Revue des Deux Mondes*, a qual coleção está toda anotada pela mão de Guizot, a cuja biblioteca pertenceu?

Talvez não saibas: fica sabendo.

V

Na Câmara dos Deputados começou a discussão do voto de graças e continuou a de outros projetos, entre estes o da lei de imprensa.

A lei passou para 2ª discussão, contra o voto, entre outros, do sr. conselheiro Duarte de Azevedo, que deu uma interpretação nova e clara ao artigo do código relativo à responsabilidade dos escritos impressos. A interpretação será naturalmente examinada pelos competentes e pelo próprio jornalismo. Eu limito-me a transcrever estas linhas que resumem o discurso:

> Autor, segundo o código, não é o que autoriza a publicação, não é o que faz seu o artigo cuja publicação recomenda; mas aquele que faz o escrito, aquele a quem o escrito pertence. De modo que, se um indivíduo escrever e assinar um artigo relativo à sua pessoa ou fatos que lhe dizem respeito, e o fizer responsabilizar por terceira pessoa, a quem tais negócios por maneira alguma pertencem, sem dúvida alguma que pelo

código não é responsável o testa de ferro por esse artigo: mas são responsáveis o impressor ou o editor.

Manassés
Ilustração Brasileira, 15 de março de 1877

Não há meio de dar
hoje dois passos

I

Não há meio de dar hoje dois passos, entre políticos, sem ouvir: — V. é direto ou indireto? — Eu sou direto. — Mas sem reforma constitucional? — Sem reforma. — Eu sou com reforma. — Questão de forma. — Pois eu sou indireto. — Como? — Tudo o que é mais indireto neste mundo; tão indireto como Deus Nosso Senhor, que escreve direito por linhas tortas; Deus é indireto.

Tal é hoje o assunto máximo.

E contudo o sr. conselheiro Martim Francisco aventou uma ideia, que seria a verdadeira, única e salutar reforma, a que faria das nossas eleições — diretas ou indiretas — uma coisa semelhante às recepções de Botafogo.

Essa ideia é dar o direito de voto às mulheres.

Metemos as senhoras na dança, e é o único meio de evitar a urna quebrada e o rolo. Quando uma senhora apear-se do cupê, da caleça ou do bonde, de luva, saia apertada, ponta da saia na mão, na outra mão a cédula (voto no marido, naturalmente), é impossível que este povo tenha perdido toda a galantaria, e faça um rolo, como se ela fosse um fósforo.

A mulher não pode ser fósforo. Quando muito é a lixa onde os corações contraem lume.

Nem rolo, nem cachação, nem facada, com a intervenção de mulher nas eleições. Verdade é que, evitando este perigo, podemos aumentar outro — o das duplicatas. A mulher votante arranchará talvez para fazer duplicatas. Nem tudo pode ser perfeito.

Venha, venha o voto feminino; eu o desejo, não somente porque é ideia de publicistas notáveis, mas porque é um elemento estético nas eleições, onde não há estética.

II

Ao governo que propuser essa reforma (a das damas) poderá ser aplicado o mote da Gazeta: *Uma flor levando flores.*

Foi o poeta Margarida quem trouxe este mote à imprensa, depois de o glosar de improviso. Daí para cá chovem as glosas. Esta quinzena não tratou verdadeiramente de outra coisa.

Um dos problemas que o futuro há de estudar é esta persistência de glosa no último quartel do século. O mote e a glosa têm um vestuário próprio: o calção, a casaca de seda, a cabeleira de rabicho. Isso acabou: o mote e a glosa deviam ir ter com os seus antigos farrapos. E persistem, contudo, raros, pálidos, caquéticos; não querem morrer.

Deus os conserve.

III

Santos, cidade austera e jarreta, pôs as manguinhas de fora; deu-se o luxo de duas Câmaras municipais. Uma câmara pareceu-lhe escassez e pobreza. Encomendou duas, qual mais garrida, recortada, enfeitada; meteu-as na algibeira e lá vai muito contente com elas.

Elas é que não se dão bem, e esperneiam e pegam-se, e dão piparotes uma à outra, cacholetas, beliscões, tiram as gravatas.

Dizem que dois proveitos não cabem num saco. Santos verifica neste momento, que nem duas câmaras.

O que vale é que não são câmaras de sangue, não chegarão a vias de fato; algumas posturas em duplicata, orçamento em duplicata, impostos, iluminação, limpeza das ruas, tudo em duplicata.

As duplicatas não estão fora da alçada humana.

Duplicatas de concílios, de papas, de assembleias políticas, de presidentes de república (V. Hayes e Tilden), este mundo as tem conhecido em todas as esferas. Que é o homem senão uma duplicata de alma e corpo? Uma duplicata de olhos, de orelhas, de braços, de pernas, de ombros. Tem, é certo, um só nariz; mas esse nariz é uma duplicata de ventas. Tem uma só boca, mas essa boca é uma duplicata de lábios.

Tudo neste mundo é duplicata.

Por isso, as duas Câmaras municipais de Santos deviam ser conservadas; entram dentro da espécie humana.

IV

Isto dá-me ideia de uma reforma eleitoral, melhor que todas as reformas possíveis e imagináveis deste e do outro mundo; um sistema mais certo que o das minorias.

Era isto:

Elegiam-se duas câmaras, uma de um partido, outra de outro. Cada uma dessas câmaras escolhia um Ministério. O Ministério da Câmara A era o poder executivo da Câmara B; o da Câmara B era o da Câmara A. Está claro que ambos os ministérios tinham oposição nas câmaras onde tivessem de prestar contas; mas a oposição seria moderada, e os votos seriam certos, porque as duas câmaras assegurariam assim a vida dos seus próprios ministros.

Ideia para os Benjamins Constants do outro século.

V

Tivemos um defunto vivo nesta quinzena; verdadeiramente tivemos dois, um na corte, outro em Buenos Aires.

O da corte foi simples ilusão, reconheceu-se depois que estava morto e bem morto. Mas quantos efetivamente não morrem na cova?

Uma das vantagens da cremação é a de evitar essas mortes horríveis que se hão de dar algumas vezes debaixo da terra: também só lhe vejo essa vantagem e outra, a de dar certa realidade à expressão poética: as cinzas do herói, as minhas frias cinzas. Sus! Erguei-vos ó cinzas dos bardos! Cinzas de meus avós! etc., etc.

Manassés
Ilustração Brasileira, 1º de abril de 1877

Chumbo e letras

I

Chumbo e letras: tal é, em resumo, a história destes quinze dias. O caso das letras ainda hoje excita a curiosidade do leitor desocupado ou filósofo. Não é para menos: cinquenta contos, que qualquer de nós diria serem cinquenta realidades! É de fazer tremer a passarinha.

Negociante conheço eu (e não só um) que, logo depois da primeira notícia dos jornais, correu a examinar todas as letras que possuía, a saber se alguma tinha por onde lhe pegasse a... Ia dizer a polícia, mas agora me lembro que a polícia nem lhes pegou, nem sequer as viu.

Este caso de letras falsificadas, que não existem, que o fogo lambeu, creio que tira ao processo todo o seu natural efeito. Há uma confissão, alguns depoimentos; mas o documento do crime? Esse documento, já agora *introuvable*, tornou-se uma simples concepção metafísica.

Outro reparo. Afirma-se que a pessoa acusada gozava de todo o crédito, e podia com seu próprio nome obter o valor das letras. Sendo assim, e não há razão para contestá-lo, o ato praticado é um desses fenômenos morais inexplicáveis, que um filósofo moderno explica pela inconsciência, e que a Igreja explica pela tentação do mal. Quê! ter todas as vantagens da honestidade, da santa honestidade, e atirar-se cegamente do parapeito abaixo! Há nisto um transtorno moral, um caso psicológico. Ou há outra coisa; um efeito do que o *Globo*, com razão, chama necessidades supérfluas da sociedade.

II

Não há a mesma coisa nos canos de chumbo. Nesses abençoados ou malditos canos há, em primeiro lugar, água; depois da água há veneno ou saúde. Questão de ponto de vista.

Uns querem que o chumbo seja uma Locusta metálica. Outros creem que ele é simplesmente Eva antes da cobra. Eu suponho que a questão não está decidida de todo; mas acrescento que, se em vez de Eva, fosse Locusta, há muito que este Rio de Janeiro estaria, não digo às portas da morte, mas às do cemitério.

Pois o tal saturnino (é o nome do veneno) é assim tão feroz, e possuindo nossos honrados estômagos, ainda os não transportou para o Caju? Realmente, é um saturnino pacato. Individualizemos: é um Plácido Saturnino.

Neste ponto, dá-me o leitor um piparote, com a ponta do seu fura-bolos, e eu não posso decentemente restituir-lho, porque não sei química, e estou a falar de substâncias venenosas, de sais, de saturnos... Que quer? Vou com as turbas.

Se os profissionais soubessem como esta questão de chumbo transformou a cidade em uma academia de ciências físicas, inventariam questões destas todas as semanas. Ainda não entrei num bonde em que não ouvisse resolver a questão agora cometida a uma comissão de competentes. Resolvida; resolvidíssima. Entra-se no Catete, começa a controvérsia; na altura da Glória, ainda subsistem algumas dúvidas; na Lapa, falta só resolver um ou dois sais. Na rua Gonçalves Dias, o problema não existe; é morto.

Ora, eu, vendo isso, não quero ficar atrás; também posso dar uma colherada da substância saturnina...

III

Depois do chumbo e das letras, o sucesso maior da quinzena foi a descoberta que um sujeito fez de que o método Hudson é um método conhecido nos Açores.

Será?

Conhecendo apenas um deles, não posso decidir. Mas o autor brasileiro, intimado a largar o método, veio à imprensa declarar que lhe não pegou, que nem mesmo o conhece de vista. Foi ao Gabinete Português de Leitura, a ver se alguém lhe dava novas do método, e nada.

De maneira que o sr. Hudson teve esse filho, criou-o, e pô-lo no colégio, e um filho contra o qual reclama agora outro pai. E por desgraça não pode ele provar que não há pai anterior e que só ele o é.

E se forem ambos? Se o engenho de um e outro se houverem encontrado? Talvez seja essa a explicação.

Em todo o caso, se eu alguma vez inventar qualquer método, não o publico, sem viajar o globo terráqueo, de escola em escola, de livreiro em livreiro, a ver se descubro algum método igual ao meu. Não excetuarei a China, onde havia imprensa antes de Gutenberg: irei de polo a polo.

IV

Prende-se ao caso do chumbo, o caso da água de vintém.

Esta água de vintém é a que eu bebo, não por medo do chumbo, mas porque me dizem ser uma água muito pura e leve.

Aparece, porém, no *Jornal do Commercio* um homem curioso e céptico. Esse homem observa que se está bebendo muita água de vintém...

Eu já tenho feito a mesma reflexão; mas sacudi-a do espírito para não perder a fé, aquela fé, que salva muito melhor do que o pau da barca.

Esta água de vintém é hoje a água do conto ou do milhão. É um inverso do tonel das Danaides. É o chafariz das Danaides. Muitos bebem dela; pouca gente haverá que não tenha ao menos um barril por dia. Mas será toda de vintém? Eu creio que é; e não me tirem esta crença. É a fé que salva.

V

Tratando-se agora da publicação dos debates lembrarei ao Parlamento, que o uso, não só na Inglaterra ou França, mas em todos os países parlamentares, é que se publiquem os discursos todos no dia seguinte. Com isso ganha o público, que acompanha de perto os debates, e os próprios oradores, que têm mais certeza de serem lidos.

Em França alguns oradores reveem as provas dos discursos; outros não. Thiers, no tempo em que era presidente, ia em pessoa rever as provas na imprensa nacional; Gambetta manda revê-las por um colega, o sr. Spuller; sejam ou não revistas, saem os discursos no dia seguinte.

Este sistema parece bom; demais, é universal.

Manassés
Ilustração Brasileira, 15 de abril de 1877

Agora, sim, senhor. Custou, mas chegou

I

Agora, sim, senhor. Custou, mas chegou. Antes tarde do que nunca. Tanto vai o cântaro à fonte... Enfim, rompeu a guerra! Turcos e russos vão ver quem tem garrafas vazias para vender ou canhões cheios para esvaziar.

Na verdade, sete anos sem uma guerrazinha para desenfastiar a gente, é demais. Em que se há de ocupar um homem, cá no fundo da América, em quê? Uma guerra tem a tríplice vantagem de dar expansão ao brio, encher as algibeiras dos fornecedores e matar o tempo aos vadios.

Por isso, fico rogando a Jeová e a Alá hajam de prolongar a nova contenda que vai reunir no campo de honra os exércitos muçulmano e cismático.

Que, os filhos do Crescente deem pancada de criar bicho nos filhos do *knut*, e que os filhos do *knut* façam a mesma graça aos filhos do Crescente, é o meu mais ardente voto nesta solene ocasião. Não que eu seja feroz: sou justamente o contrário. Meu fim é somente preencher as lacunas de uma existência pouco acidentada.

Por exemplo, eu não tenho nenhum gosto em saber que a Porta foi arrombada; também não ardo em desejos de ter a notícia de que Moscou ardeu pela segunda vez, ou que o príncipe Grortschakoff recebeu do sultão a incumbência de ir recolher os destroços da Biblioteca de Alexandria.

Nada disso; mas não se me dava de ler alguma coisa naquele gênero unicamente como diversão.

Além disso, as guerras ordinárias e civilizadas são enfadonhas como uma quadrilha francesa. A de que se trata agora tem a vantagem de não ser polida, como a batalha de Fontenoy. Um russo a estripar um turco, nas montanhas da Ilíria; que poético! Por outro lado, um turco a enterrar o iatagã no ventre de um moscovita, à margem do Bósforo. Que quadro! Bósforo! Ilíria! Até os nomes têm um sabor de mel, que contrasta com o drama, e produz uma sensação estranha, romântica, 1830.

Isto, pelo que se passa em nossa alma.

Agora, quanto ao que se há de dar ao redor de nós, não é pratinho menos mau.

Vamos ver os acérrimos inimigos da geografia queimando as pestanas sobre o mapa da guerra, a acompanhar os beliquentes com a ponta do palito. Vai-se desenvolver também o dom de profecia. Escusam os russos e os turcos de gastar estratégia; não nos surpreenderão nunca. Em eles dando uma batalha, o mais que poderemos dizer-lhes é que acertaram, porque a batalha estará perdida com antecedência, marcado o lugar, o número das forças, de mortos, de feridos, de extraviados, consequências da ação e ação das consequências.

Agora, se me perguntarem para que lado pendem as minhas simpatias, dir-lhes-ei que fazem uma pergunta inútil. Onde está a odalisca? Aí estou eu. De que parte fica o harém, o *chibuk*, o narguilé! É esse o meu lugar, o meu voto, a minha consideração.

E aguardemos as notícias.

II

Perto de nossa casa houve uma rusga, mas rusga intestina, que acabou pela morte de um presidente da República.

O Paraguai não tinha provado nunca as delícias do assassinato político, da revolução de vinte e cinco pessoas, das proclamações incendiárias. Olhava com certa inveja para o território onde floresceu López Jordan. A mão de ferro de Frância e dos dois López não lhe permitia certos desabafos. Vai um dia, deu-se-lhe a liberdade. O Paraguai criou logo as câmaras e um poder executivo.

A ideia de fazer do poder executivo um poder executado entrou logo em algumas cabeças. O Paraguai lançou os olhos à Guatemala e à Bolívia, onde cada revolução que triunfa no dia 17 tem forçosamente de cair no dia 25, para alçar-se a 31 e morder o pó a 7 ou 8 do seguinte mês. Viu o presidente sadio, robusto, despachando, bebendo mate, correspondendo-se com as potências estrangeiras. Vem um dia...

Felizmente, o crime não triunfou, não subiu ao poder. A legalidade continua. Mas se o Paraguai adotar esse método de salvar as instituições todas as semanas, com uma revolução e um crime, é de recear que tenha de entrar em um caminho de longas dores... Evite-as, não executando o executivo.

III

Quase na mesma hora em que o presidente Gil caía banhado em sangue, inaugurava-se o bufete na nova Câmara dos deputados.

A inauguração do salame e do sorvete no santuário das leis é um acontecimento de aparência modesta e disfarçada, mas prenhe de salutares efeitos na nação.

Efetivamente, o sistema parlamentar virou do avesso a máxima cristã: — Nem só de pão vive o homem, mas da palavra divina. No sistema parlamentar, onde a palavra é muito, deve dizer-se que o homem não vive só da palavra; vive também de salame.

Os ingleses, práticos e digestivos, aliaram a tribuna e a mesa, e jantam entre dois discursos. Os franceses não jantam no Parlamento, mas comem ali alguma coisa, enganam o estômago, com talhadas e goles. O Parlamento otomano inaugurou no mesmo dia a Constituição e a ostra com arroz.

Por esse lado, não faremos mais do que seguir um exemplo de empanturrar.

Nem só da palavra vive o homem! Que digo? Há até uma grande inferioridade da palavra, comparada com o peito do peru. *Verba volant, petisqueira manent.*

IV

No domingo passado inaugurou-se nesta capital um melhoramento de incalculáveis benefícios.

Não faço ao leitor a injúria de crer que nunca passou pela porta de uma sociedade ou aula de dança. De fora ouve-se o som da rabeca, ou do trombone, a desenvolver as mais animadas quadrilhas francesas e valsas alemãs. No meio da sala dez ou doze rapazes, abraçados uns aos outros, executam as figuras, que o mestre, dedicado e atento, lhes vai ensinando ou corrigindo.

Aprende-se a dançar.

Mas aprender a dançar é tudo? Eu posso dançar muito bem com o meu vizinho fronteiro, ou do canto, e muito mal com as filhas deles. Recitar um discurso a dois compadres não é a mesma coisa que recitá-lo numa festa pública. Posso fazer muito cheio de mim o *en avant deux,* se tiver defronte o Tobias, que me vende cadarço; mas, se em vez deste, surgir o decote de uma dama, é verossímil que me faltem as pernas.

Logo, há uma lacuna.

Já não há. Um professor e uma professora acabam de preenchê-la. De que modo? De um modo engenhoso e fácil. Além da declaração (constante do anúncio) de que ensinam, por novos sistemas desconhecidos no país (?), trazem esta, que é de fazer lamber os beiços:

> Os alunos têm a vantagem de aprender em breve tempo a arte de dança, praticando com moças, o que não sucede nos outros cursos de dança onde sucede que o aluno, não tendo prática de dançar com moças, fica sempre afetado de um certo temor pânico quando tiver de dançar com senhoras em sociedade. Para isso o diretor conta com várias boas dançarinas, para acompanharem os alunos em todas as variedades de danças modernas.

As dançarinas vão, portanto, desasnar os rapazes, tirar-lhes o acanhamento, dar-lhes ânimo, audácia, *aplomb*. Praticando com moças! Só esta frase põe a cabeça à roda. Os cursos entre homens vão ficar desertos, salvo se os diretores igualmente se lembrarem de arranjar um núcleo de dançarinas... Não falo na hipótese dos casamentos que podem surgir das lições entre ambos os sexos. Ele é natural. E nesse caso os inauguradores do novo sistema terão as bênçãos de Terpsícore, da estatística, das mães, dos alugadores de carros, dos arranjadores de licenças eclesiásticas e dos próprios alunos. Então, sim, é que será um verdadeiro *en avant deux*.

V

Chegou o ínclito Osório.

Saúdo o bravo e glorioso soldado!

Manassés
Ilustração Brasileira, 1º de maio de 1877

Este mês de maio, que é o mês das flores

I

Este mês de maio, que é o mês das flores, vai ser o mês das artes, que são as flores do espírito. Bonita ideia! Não é sublime, mas tem a vantagem de ser chocha. Dou-a de graça, ao primeiro poeta *aux abois*.

Mas, dizia eu, que vai ser o mês das artes, como já é o mês dos malazartes; haja vista o roubo ao general Osório. Furtado Coelho, à hora em que escrevo, está a chegar; talvez haja chegado à hora em que o leitor vir estas linhas. A sra. Emília Adelaide já aí está desde o dia 11. Do Rio da Prata não tarda vir a Companhia Lírica. E dizem que o povo não se diverte! Diverte-se por todos os poros.

Contemos:

1º Teatro de D. Pedro II, companhia italiana: todas as assinaturas tomadas.

2º Ginásio: Furtado Coelho, Lucinda, Simões, e três estreias, três novidades dramáticas.

3º São Luís: Vale, que entrelaça a mágica e o drama, para fazer engolir o drama a favor da mágica.

4º São Pedro: Emília Adelaide, que traz gente nova e novas peças, prometendo não representar duas vezes a mesma peça.

5º São Pedro, *bis:* a companhia Silveira, que nos conta uma história pontifícia em sete atos.

6º Fênix: o Heller, mágicas e comédias.

7º Alcazar: o sempiterno Arnaud com as sempre ternas... operetas.

8º Cassino: espetáculos variados.

9º Circo Casali.

10º ???...

Se isto não é divertir o povo, o povo é difícil de contentar. Ele tem pau para toda a obra, desde o *Pai pródigo* até a *Pera de Satanás*. Pode rir, chorar, pode até admirar. Só não pode aborrecer-se. Não o deve, pelo menos.

Sem contar as barracas do Espírito Santo, que já estão levantando, e os coretos do costume. Não é uma cidade, é um paraíso muçulmano. Tão muçulmano que as huris andam por entre a gente de carro descoberto, cocheiro teso, colo à fresca e ponta do pé à mostra. Oh! terra dos cariocas! Quem te viu e quem te vê!

II

No meio de tudo só uma coisa me deu que pensar alguns minutos, sete ou oito. Foi o anúncio teatral da Companhia Emília Adelaide, no qual se diz que nenhuma peça será representada duas vezes. Nenhuma? Fiz esta pergunta aos quatro pontos cardeais, e não me respondendo nenhum dos ditos pontos, fiquei literalmente de queixo caído. É o meu gesto habitual quando parafuso alguma coisa.

Pois, senhores, se me derem uma obra-prima, uma obra verdadeiramente dramática, desempenhada a capricho, serei obrigado a não a ver nunca mais, e a engolir no dia seguinte um dramalhão, desempenhado à capucha?

Parafusei e descobri que a distinta atriz é mais fina do que eu, moralmente falando.

Ela sabe que o instinto do belo é uma coisa, e o instinto da curiosidade é outra. Sabe que o primeiro representa o terço eleitoral da arte; e ela não gosta do terço. Um vizinho meu, homem sisudo e curioso, bateu palmas ao anúncio: — Não se há de ver a mesma peça! dizia-me ele com entusiasmo. Exclamação que se pode traduzir assim: — Bom! não teremos amolação!

Novas peças ou peças repetidas, estou certo de que terei ocasião de aplaudir a distinta atriz, e folgarei de dizer o mesmo aos seus colegas.

III

Meditem os poetas e vejam se lhes convém ficar impassíveis diante da guerra, cujas notícias o cabo é tão preguiçoso em transmitir-nos... Meditem; vejam se lhes convém que Istambul caia na mão do russo! Istambul! a odalisca do Bósforo! Bósforo! a rima natural de fósforo! Natural e talvez única!

> Alá! Morrer como um fósforo,
> Que acendeu vago taful,
> A odalisca do Bósforo,
> A namorada Istambul!

Não é possível que os poetas se deixem ficar tranquilos ante a possibilidade de um desastre dessa ordem; e por isso proponho um dos seguintes três meios para evitá-lo.

1º Uma representação de todos os poetas do universo e ilhas adjacentes (estilo de *féerie*), a s. m. o tzar ou imperador de todas as Rússias, pedindo-lhe em nome da arte romântica que, ao menos, deixe intata Constantinopla.

Este meio é impossível; quando a representação estivesse assinada por todos, as tropas estariam de volta.

2º Alistarem-se todos os poetas do mesmo universo e das mesmas ilhas como voluntários do padixá, indo assim vencer ou morrer à margem do Bósforo.

Este meio, cuja praticabilidade é só aparente, não podia ter efeito nenhum, além de cobrir de ridículo os mesmos poetas.

3º Ficarem os ditos poetas do mesmíssimo universo e das mesmíssimas ilhas em suas atuais casas, limitando-se a pedir a Jeová, a Alá, a Brama, a Pó, em todas as línguas e ritos, que ao menos Istambul escape às garras do urso do norte...

Verdade é que Istambul está hoje substituída pela sociologia e os poetas, que há quarenta anos cantavam as turcas, hoje estenderam as vistas mais além e rimaram *sapos* com *farrapos* nas barbas do *infinito*; o infinito, que é o sujeito mais paciente deste e do outro mundo.

IV

Há dias deu o *Jornal do Commercio* o seguinte anúncio, entre outros:

"Pede-se para trocar o segundo volume do romance de Rocambole, porque falta um grande número de páginas (64 a 81) assim como no fim a ordem das páginas está invertida."

Isto ao pé da letra, é um disparate. Trocar um volume, porque tem falta de páginas, é proposta que se faça a alguém? Além de falta de páginas, há páginas invertidas, isto é, um defeito além de outro, e que só vem agravar o primeiro. Finalmente, não diz onde, nem quem deseja trocar o volume.

Uma senhora com quem falei — espírito agudo e velhaco — respondeu-me placidamente:

— O anúncio é um *rendez-vous*. Rocambole e a troca de volume, são apenas o fio que liga a oração secreta. Fiquemos no número de páginas que faltam: 64 a 81; fiquemos na circunstância das páginas invertidas do fim. 64 compõe-se de um 6 e um 4; 6 e 4, dez. São as horas do *rendez-vous*. 81 é 8 e l; invertidos (páginas invertidas no fim), dão 18; dia do *rendez-vous*. Assim temos: no dia 18, às 10 horas, espere-me.

— Ó Champollion!

Manassés
Ilustração Brasileira, 15 de maio de 1877

Anuncia-se um congresso farmacêutico

I

Anuncia-se um congresso farmacêutico. Esta notícia, dissimulada entre os *a pedidos* do *Jornal do Commercio*, fez-me tremer e desmaiar. Por que motivo um congresso de farmacêuticos? Que assunto momentoso obrigava os farmacêuticos a reunirem seus pensamentos e vontades? Curiosidade e mistério!

Os congressos geralmente causam-me susto. Quando os mercadores de batatas, por exemplo, ou de azeite ou de qualquer outro produto, anunciam que vão reunir-se e fazer um convênio, todo eu fico sem sangue. Porque um convênio de mercadores não se destina a favorecer os fregueses; ninguém se incomoda para servir o adversário. Ora, o comprador é o adversário irreconciliável, eterno, eterníssimo, do vendedor.

Não é certamente a mesma coisa um congresso de farmacêuticos. Seus fins são indiferentes do preço das drogas. São intuitos científicos, e eu tremo justamente porque são intuitos científicos. Ah! se não fossem intuitos científicos!

Na medicina, cirurgia e farmácia, o que faz medo é a parte científica. As outras partes não valem nada. Um bisturi, por exemplo, não tem nada que faça tremer a passarinha: é um instrumento especial, liso, bonito. Nas mãos do cirurgião, em contato com o nosso pelo, é quase uma visão da eternidade. Por isso tremo da ciência.

A ciência é objeto especial e único do próximo congresso. Vai tratar-se dos efeitos do quinino e da pomada mercurial. Vamos saber em que dose o arsênico, feito em pílulas, pode dar saúde ou matar. Enquanto essas coisas ficam nos gabinetes interiores das farmácias, a gente vive feliz, recebe as pílulas, absorve-as, passeia, cria forças, sara. Mas tratadas à luz do dia a coisa muda muito de figura. Depois de um longo debate do congresso, se o meu médico me receitar arsênico em pílulas, com que cara as olharei eu? Que trazes tu, pílula? direi em forma de monólogo; a mão do farmacêutico escorregou no arsênico? Trazes a vida ou a morte? Vou passear até à esquina ou até o Caju? Pílula, és tu pílula ou comparsa da empresa funerária? *It is the rub...*

Se a voz de um cliente pode ter algum peso no ânimo dos cirurgiões e dos farmacêuticos, nada de congressos, ou, se houver congressos, nada de discussão pública. Dizem que cozinha e política não devem ser feitas às claras, porque faz perder o gosto... do jantar. Penso que é a mesma coisa na farmácia. Fé dos padrinhos: é a última palavra da experiência humana.

II

Talvez o leitor reparasse num superlativo que escrevi acima. Eu disse *eterníssimo*, e o leitor, se ler atentamente, pergunta-me com que autoridade dou superlativo ao que já de si é mais do que superlativo.

Respondo que com a autoridade de mme. Escoffon, a coleteira da *fashion* fluminense.

Mme. Escoffon anuncia uns aperfeiçoamentos que fez nos coletes modernos; uns aperfeiçoamentos, diz ela nos jornais, que *vão além do impossível*. Já me contentava que mme. Escoffon chegasse ao impossível; era um passo largo; era a quadratura do círculo. Mme. Escoffon quer mais e galgou a raia; caiu no infinitíssimo, no eterníssimo, no absolutíssimo.

Se os aperfeiçoamentos dos coletes valessem a pena, eu perderia dez a doze minutos em casa da anunciante, para que ela me mostrasse os seus interessantes produtos. Devem ser inconcebíveis. Imagino uns coletes que preenchem ao mesmo tempo as funções de metralhadoras, oficiais da justiça, escalda-pés e mineiro com botas. Isto mesmo é pouco; devem ser uns coletes mais que perfeitos, como os pretéritos dos verbos.

III

Um colega de além-mar nota um fato que eu já havia notado no *Diário Oficial...* de França.

Todas as semanas registra aquela folha pequenas quantias, 5, 10, 20, até 100 francos, entregues ao tesouro com o título *Restituição anônima*. Nada mais. Ignora-se como esses cobres do Estado foram parar à mão do particular; serão talvez excessos de pagamentos ou coisa análoga. Mas o importante é que as restituições anônimas se fazem todas as semanas.

Ora bem! Debalde abro, leio e releio o nosso *Diário Oficial*; nenhuma restituição anônima nem pseudônima. Nenhuns cinco mil-réis, mil e quinhentos, duas, uma, meia-pataca! Nada; nem sombra de restituição.

IV

Daqui pode concluir-se uma de duas coisas: ou não há que restituir, ou não há quem restitua. Eu inclino-me à primeira hipótese; mas há um bicho dentro de mim que prefere a segunda.

Se o referido bicho tem razão, eu tomo a liberdade de dizer aos que não restituem, embora anonimamente, que o procedimento de suas senhorias é um pouco parecido com o dos ilustres *Pé-leve* e *Olho-vivo,* ratoneiros da maior circunspeção.

Verdade é que o Estado não é certa e determinada pessoa. O Estado é uma entidade moral, composta de mim e de mais 9.938.477 indivíduos (veja o Relatório da Estatística). Isto posto, quando eu fico com alguma coisa do Estado fico também com uma parte mínima que me pertence. Rigorosamente devo restituir. Mas sendo provável que alguns dos 9.938.477 membros do Estado retenham igualmente quantias do referido Estado, e portanto certos quinhões meus, cabe-me a título de compensação, guardar o que está comigo. Sistema de garantias.

Tal é, certamente, o raciocínio dos que não restituem, se os há. Eu digo que não; mas o bicho insiste que sim.

Há dias fui trocar dez mil-réis a uma loja. Deram-me onze mil-réis; cheguei à porta, contei-os, restituí os dez tostões. Oh! que não sei de gosto como o conte! Se vissem a cara do lojista, estou certo de que lhe tiravam o retrato. Era uma mistura de contentamento, espanto, desdém e compaixão. Guardou a nota, estendeu-me a mão, e vi-o a ponto de oferecer-me um charuto; mas ao mesmo tempo havia alguma coisa nos olhos dele que parecia dizer-me com melancolia: — Pobre rapaz! Tu restituis!...

Menos o desdém e a compaixão, o Estado não fará outro rosto, no dia em que lhe aparecer a primeira restituição anônima.

V

Anuncia-se um bazar de prendas, cujo produto será aplicado em favor das vítimas da seca. Sua alteza imperial teve a iniciativa; distintas senhoras põem em prática a ideia da sereníssima princesa.

Também teremos um grande concerto no Cassino para o mesmo fim, nos primeiros dias de junho.

A estes dois fatos, que pertencem à história da seguinte crônica, devo juntar outro, que pertence a esta, o jantar político dado ao bravo general

Osório, por ocasião do aniversário da batalha de 24 de maio. Dizem que a festa esteve esplêndida.

Não a vi; mas vi o general no dia seguinte, no sarau do Clube Politécnico que esteve animado, e concorrido como poucos. Valsou-se muito, conversou-se, comeram-se bolinhos... enquanto no andar de cima o Grêmio do Xadrez, instituição recente, celebrava a sua reunião das sextas-feiras.

Que barulho embaixo! E que silêncio em cima! Em cima os adversários, dois a dois, davam e recebiam pancada, cortesmente e até sorrindo, mas sempre silenciosos.

Conta-se que no Café da Regência em Paris onde se joga o xadrez, dois adversários tinham encetado uma partida, quando entrou um freguês às 9 horas e meia e falou a um dos jogadores:

— Como tens passado, Janjão?

O jogador não lhe respondeu; mas, à meia-noite, acabada a partida, ergueu a cabeça e disse placidamente:

— Assim, assim. E tu?

O outro estava, desde as onze, entre os lençóis.

Manassés
Ilustração Brasileira, 1º de junho de 1877

ACHEI UM HOMEM

I

Achei um homem; vou apagar a lanterna. Lá nos Campos Elísios do teu paganismo, enforca-te, Diógenes, filósofo sem préstimo nem fortuna, arruador caipora, procurador de impossíveis. Eu, sim, eu achei um homem. E sabes por quê, desastrado filósofo? Porque o não procurava, porque estava a tomar tranquilamente a minha xícara de café, à janela, a dividir os olhos entre as folhas do dia e o sol que se desembuçava. Quando menos esperava, ei-lo ante mim.

E quando digo que o achei, digo pouco; todos nós o achamos; não dei com ele sozinho, mas todos, a cidade em peso, se é que a cidade em peso não tem coisa mais séria em que cuidar (os touros, por exemplo, o voltarete, o cosmorama), o que de todo não é impossível.

E quando digo que o achei, erro; porque não o achei, não o vi, não o conheço; achei-o sem achar. Parece um enigma e é decerto enigma, mas dos que eu quisera ver-te fazer, leitor, se tens queda por tais ocupações.

Suponho no leitor uma alta dose de penetração, não me canso em explicar-lhe que o homem de que se trata é o incógnito benfeitor das órfãs da Santa Casa, o que deu 20:000$000, sem dar o seu nome.

Sem dar o seu nome! Este simples fato conquista a nossa admiração. Não que ela esteja acima das forças humanas; é essa justamente a condição da caridade evangélica, em nome da qual os filhos do Evangelho inventaram a caridade nas gazetilhas.

Mas, na realidade, o caso é raro. Vinte contos dados assim, com simplicidade, sem uma notícia nas folhas públicas, sem duas barretadas, sem uma ode, sem nada; vinte contos que caem da algibeira do benfeitor para as mãos dos beneficiados, sem passar pelos prelos, os bentos prelos, os adoráveis prelos, que tudo contam, até as ações mais recônditas? A ação é cristã; mas é tão rara, como as pérolas.

Por isso digo: achei um homem. O anônimo da Santa Casa é o homem do Evangelho. Imagino-o com dois traços principais: o espírito de caridade, que deve ser e é anônimo, e um certo desdém para com os clarins da Fama, os rufos de tambor, os pífanos da publicidade. Pois bem, esses dois traços característicos são duas forças. Quem as tem possui já de si uma grande riqueza.

E saiba agora o leitor que o ato do benfeitor da Santa Casa inspirou a um amigo meu um ato bonito.

Tinha ele uma escrava de 65 anos, que já lhe havia dado a ganhar, sete ou oito vezes o custo. Fez anos e lembrou-se de libertar a escrava... de graça. De graça! Já isto é gentil. Ora, como só a mão direita soube do caso (a esquerda ignorou-o), travou da pena, molhou-a no tinteiro e escreveu uma notícia singela para os jornais, indicando o fato, o nome da preta, o seu nome, o motivo do benefício, e este único comentário: "Ações desta merecem todo o louvor das almas bem formadas."

Coisas da mão direita!

Vai senão quando o *Jornal do Commercio* dá notícia do ato anônimo da Santa Casa da Misericórdia de que foi único confidente o seu ilustre provedor. O meu amigo recuou; não mandou a notícia às gazetas. Somente, a cada conhecido que encontra, acha ocasião de dizer que já não tem a Clarimunda.

— Morreu?

— Oh! Não!

— Libertaste-a?

— Falemos de outra coisa, interrompe ele vivamente, vais hoje ao teatro?

Exigir mais seria cruel.

II

O capítulo dos teatros não me pertence; mas sempre direi de passagem que a caridade teve outra manifestação, do mesmo modo que vai ter amanhã outra: — um sarau lírico e dramático em benefício das vítimas da seca.

Espetáculo de amadores, com uma obra de artista, e ilustre artista, um certo Artur Napoleão, boa sala, satisfação geral.

Lá estive até o fim, e nunca saí mais contente de espetáculo de amadores; nem sempre tive a mesma fortuna, em relação aos *virtuosi*. Esteve excelente.

Não me atrevo a pedir mais; desejarei porém que, se a Providência ferir com outro flagelo a alguma região do Brasil, aqueles generosos benfeitores se lembrem de organizar nova festa de caridade, satisfazendo o coração e o espírito.

III

Trata-se de calçar as ruas com pranchas de madeira. A ideia é por força maçônica. Pranchas...

Não conheço o sistema, nem o modo de o aplicar; mas alguma coisa me diz que é bom. Primeiramente, é um calçamento que exercerá ao mesmo tempo as funções de fiscal e irrigador. Não há poeira; não há lama. Duas economias. Depois, amortece as quedas; nem há quedas, salvo se for pau envernizado. Finalmente, previne as barricadas insurrecionais.

Última vantagem: é postura. Postura? Postura.

Todos os anos, por este tempo, a polícia tem o cuidado de mandar para a imprensa um edital declarando que serão punidos com todo o rigor os que infringirem certa postura da Câmara municipal, que proíbe queimar fogos de artifício e soltar balões ao ar.

O edital aparece: aparecem atrás deste os fogos de artifício; aparecem os balões. A pobre da postura, que já se vê com a ideia de ver-se executada, suspira; mas, não podendo nada, contra os infratores, recolhe-se ao arquivo, onde outras posturas, suas irmãs, dormem o sono da incredulidade.

Já veem os senhores que, pondo limite à nova imprudência, eu tenho esperança de que não acendam fogueiras e bombas na madeira, nem lancem balões ao ar, que vêm depois cair ao chão. Salvo se querem imitar Gomorra, o que não é cômodo, mas pode ser pitoresco.

IV

Por último direi que vão ver a galeria de quadros do sr. Doré, à rua do Ouvidor.

Vi-a; tem quadros excelentes, paisagens, pinturas de gênero, históricas, etc., dispostos com arte e convidando os amadores. Entre nós há bons apreciadores da pintura. Devem ir à casa do sr. Doré. Não se arrependerão como eu me não arrependo.

Manassés
Ilustração Brasileira, 15 de junho de 1877

SE ESTE MÊS DE JULHO NÃO FOR
UM MÊS DE REGA-BOFE

I

Se este mês de julho não for um mês de rega-bofe, não será culpa minha nem de outras individualidades igualmente interessantes.

Primeiramente, o caso de mlle. Lafourcade é o prenúncio de episódios nunca vistos. Esta cantora apareceu outro dia em cena com as suas malas pedindo a proteção do público, contra o empresário, o qual, parece, estava disposto a lançar mão daqueles interessantes objetos. Há dúvida sobre se era uma só mala ou mais de uma: ponto histórico deixado aos investigadores futuros.

O importante é que havia mala.

Feito o *speech*, o público bradou contra o empresário (versão nº 1) ou contra a cantora (versão nº 2); mas parece que contra alguém manifestou o seu desagrado. A sra. Lafourcade deitou a mala (ou as malas) para uma *baignoire*, e foi atrás dela (ou delas). Nesse ponto cessam as minhas informações.

A mala Lafourcade é um prenúncio, como ficou dito, e vai alterar profundamente a ordem dos espetáculos. Conheço um ator que recusa as carícias de uma colega, e anda meditando acolher-se sob as asas do público. Não trará a mala, mas a fotografia da implacável Medeia. "Meus senhores", dirá esse Jasão mal apinhoado, "minha situação é ainda mais cruel do que o ladrão do velocino. Vejam, senhores; está além do sacrifício humano."

O público, juiz imparcial e pacato, mandará vir à sua presença a dama, e procurará um meio-termo que satisfaça a paixão de uma parte e a repugnância de outra parte. Uma vez declarada a sentença, considere-se o público totalmente perdido. Porque então terá diante de si todas as malas cobiçadas e todas as damas cobiçosas; passará as noites a acomodar amantes e credores. Terá de resolver as questões de dominó, o preço dos chouriços, os arrufos conjugais, toda a infinita série dos incidentes de cada dia. Não será público, mas um imenso juiz de paz.

II

Outra causa de rega-bofe são as assinaturas da estação lírica. Trata-se de aumentar os preços da assinatura.

Posto não seja sócio da empresa, acho que o clamor produzido por esta medida não tem razão de ser. E são tantas as razões em que me fundo, que não acabaria mais esta crônica se tivesse de as expor todas; limito-me a dizer que a empresa faz muito bem, e se alguma coisa se pode notar é a modicidade do preço. Santo Deus! Cinquenta mil-réis um camarote; um conto de réis cada assinatura!... Mas é de graça! Que lhes dão em troca? Em primeiro lugar a sra. Friccio. Ora, a Friccio, *si son ramage égále son plumage,* deve ter uma voz possante. Depois, uma série de óperas boas; noites alegres, etc., etc.

É de graça.

Ninguém reclama se lhe pedem trinta ou quarenta mil-réis por uma caixa de charutos. Por quê? Porque o mercador pode vendê-los ao preço que lhe parece.

Não poderá a Empresa Lírica pôr preço à sua mercadoria? Está fora da lei? Da razão? Do direito? Um conto de réis? Bem sei: é uma apólice, rende 6%, está seguro. Mas nem tudo são apólices na vida; nem tudo é 6%; também há companhias líricas, amor à arte, necessidades sociais, aparecer, brilhar, deitar uma cá fora.

Logo, paguemos.

Uso desta primeira pessoa do plural do imperativo para, de todo em todo, não isolar a minha pessoa da do público. Mas na realidade não pago. Se pagasse é possível que outra fosse a minha linguagem. Digo que é possível; não afirmo que fosse provável. Porquanto não é essencial à minha natureza ter assinatura do Teatro Lírico.

Cumpre dizer, porém, que eu sou um beócio. Que digo? Eu sou todos os beócios juntos, multiplicados por si mesmos.

Seriamente, a Empresa Lírica tem razão. Acho que pode marcar às assinaturas o preço que lhe parecer. Se lhe recusassem, está bem, podia abaixar um pouco. Mas ninguém recusa; os contecos hão de cair. Ora, exigir da empresa que, podendo receber cinquenta contos, só exija trinta e cinco, é pedir o que não se pede ao mascate mais ínfimo. O clamor é injusto e ingênuo.

III

Depois, o Blondin.

Este famoso equilibrista, vem pôr toda esta cidade de boca aberta, se é certo o que dizem pela boca pequena. Dizem que pretende dançar sobre um soalho de pontas de agulhas. Propõe-se a fazer do cabo submarino uma realidade, mediante um sistema arrojado: arranjar assinaturas para a agência Havas-Reuter. É atrevidinho!

Antes de inaugurar-se o cabo, nutri sérias dúvidas acerca do assinante fluminense. Não digo que ele fosse indiferente ao preço da batata e do arroz; não digo. Mas o assinante fluminense não deseja mais do que isso; era a minha opinião. E acertei. O *Jornal do Commercio,* que eu suponho ser o único assinante da agência Havas-Reuter, ainda nos dá uma lambujem do câmbio de Londres e do café de Antuérpia. Não exigimos mais. Exigir que desse mais era cair no erro da censura à Empresa Lírica.

Há homens simplórios que, desde a inauguração do cabo, estão plenamente convencidos da inutilidade dos paquetes, quanto a notícias.

O cabo inutilizou-as.

Esses homens, capazes de engolir um camelo, almoçam, jantam e ceiam com essa convicção. É verdade que se tivessem a convicção contrária, não andariam mais magros.

Nunca os paquetes foram mais necessários do que hoje. Menos cabo não era nenhum menoscabo: era quando muito um *calembour*.

Manassés
Ilustração Brasileira, 1º de julho de 1877

QUEM NÃO FALA HOJE

I

Quem não fala hoje da inauguração da Estrada de Ferro de São Paulo arrisca-se a não ser entendido de ninguém. A festa paulista absorve tudo, desde o déficit até a guerra oriental.

E tem razão.

Há trinta anos, quem dissesse que podia ir por terra a São Paulo, em 15 horas, se o dissesse à vista de um caipira, era dado por doido. E não é porque o homem do interior creia em distâncias. Não há distâncias para o sertanejo. Um deles, que se prepara a deixar esta corte, dizia-me há dias com a mais exemplar candura: "Vou *aqui* por Goiás, meto-me no rio, bato adiante e estou em casa."

Mas, creia ou não em distâncias, o homem do interior crê no tempo. Quinze horas do Rio de Janeiro a São Paulo! Mecê está doido, por força.

Foi essa doidice que alguns homens de boa vontade e alguns capitais de boa confiança tornaram agora uma coisa de muito juízo, um acerto com intervalos de lanche.

Não fui à festa, e senti; mas enfim *quelque chose m'attache au rivage,* sem ser a grandeza de Luís XIV. Pobre de mim! Fiquei, não a ver navios, porque a estrada acabou com eles, mas a ver vagões; fiquei de queixo caído, com água na boca, às moscas — todas as fórmulas de um deserdado da fortuna.

Um dia, e não será longe, direi aos meus botões: — Botões amigos, vamos espairecer em São Paulo; vamos gozar um pouco do Paraíba e outro pouco do Tietê. E os botões meter-se-ão comigo em um trem da estação do Campo, e deixarei as margens da Guanabara por outras não menos poéticas e com certeza mais limpas.

Por agora só me cabe aplaudir com ambas as mãos o brilhante acontecimento, e dizer aos enérgicos paulistas, que são ainda hoje o que eram, o que hão de ser por muito tempo, um povo enérgico, iniciador, laborioso e sóbrio. Com tais qualidades pode-se colaborar na história. É o que eles fazem.

Terra de Amador, enfim estamos unidos.

II

Ao pé da inauguração, todos os mais acontecimentos são miúdos.

Entretanto, não deixou de ser comentado o caso das *senhoras gordas,* que os nossos Javerts da guardamoria asseveram serem magras como um lenço.

Se as tais gorduchas não pretendessem forçar a natureza cobrindo os ossos com lenços (700 e tantos lenços), não teriam passado pelo incômodo de lhes porem a calva à mostra. Consequência de iludir a realidade!

Confesso que, durante uma semana, andei com o sestro de crer que toda a gente trazia lenços por baixo. Senhora gorda que eu visse na rua, a navegar as banhas, ora a bombordo, ora a estibordo, podia contar que se arriscava muito a ser confiada a um urbano. Felizmente, a natureza tem uma grande força; e ao fim de alguns minutos reconhecia que a gordura não se finge bem, e que não eram lenços nem outra coisa a gordura da senhora transeunte.

Ah! Se voltassem os toucados altos do tempo de Tolentino, os tais que permitiam esconder um colchão! Se eles voltassem, os tais toucados! Então é que eu queria ver a polícia do mar. Haviam de destoucar todas as damas, ou passariam pelo desgosto de ver contrabandear canastras, canhões Krupp, mobílias e prensas hidráulicas. Que digo? As pirâmides do Egito, os volumes de Rocambole, tudo o que há mais pesado e grosso.

Mas, felizmente, só temos saias: único refúgio sério para esconder contrabando.

III

Outro fato de algum interesse é a ressurreição da Candiani.

A Candiani não é conhecida da geração presente. Mas os velhos, como eu, ainda se lembram do que ela fez, porque eu fui (*me, me adsum*), eu fui um dos cavalos temporários do carro da *prima-dona,* nas noites da bela *Norma*!

Ó tempos! ó saudades! Tinha eu vinte anos, um bigode em flor, muito sangue nas veias e um entusiasmo, um entusiasmo capaz de puxar todos os carros, desde o carro do Estado até o carro do sol — duas metáforas, que envelheceram como eu.

Bom tempo!

A Candiani não cantava, punha o céu na boca, e a boca no mundo. Quando ela suspirava a *Norma* era de pôr a gente fora de si. O público fluminense, que morre por melodia como macaco por banana, estava então nas suas auroras líricas. Ouvia a Candiani e perdia a noção da realidade. Qualquer badameco era um Píndaro.

E hoje volta a Candiani, depois de tão largo silêncio, a acordar os ecos daqueles dias. Os velhos como eu irão recordar um pouco da mocidade: a melhor coisa da vida, e talvez a única.

IV

E é esta a bagagem da quinzena. *Le reste ne vaut pas l'honneur d'être nommé.* Parte é política, assunto defeso à folha; parte é bibliografia e teatros, que pertencem a um distinto colega.
Sans adieu.

Manassés
Ilustração Brasileira, 15 de julho de 1877

Cada um conta da festa como lhe vai nela

I

Cada um conta da festa como lhe vai nela. Para mim o acontecimento magno da quinzena é o meu nariz.

Imagine o leitor um trombone, tudo o que há mais trombone debaixo do sol, e aí tem o meu nariz. Ele dá todas as notas da escala e mais algumas; passa das agudas às graves, e dos sustenidos aos bemóis. Não sou um homem, sou uma partitura.

Nesta mesma ocasião em que travo da pena, suponho respirar, e não faço mais do que executar uma sinfonia. É escusado dizer que, ao mesmo tempo que procuro uma ideia, procuro um espirro, e não acho nenhuma das duas coisas, ou quando muito acho só a ideia.

Esta situação de um escritor não é decerto a mais lastimosa, mas é com certeza uma das mais aborrecidas. E é por isso que eu ponho este acontecimento acima dos seus irmãos da quinzena. Há coisas que interessam a todos: são as mínimas; há outras, que só interessam a quem as conta: são as máximas.

Sem dúvida, o tétano, uma perna quebrada, a lepra, a perda da fortuna, são coisas piores que um defluxo. Vou além: posso considerar pior que o defluxo uma eólica ou um credor. Mas nenhuma dessas enfermidades, nem mesmo a última, é comparável ao defluxo pelo lado do tédio.

Oh! o tédio!

II

Isto posto, se eu lhes disser que não fui ainda à Companhia Lírica, não serei chamado bárbaro.

Se eu lá fosse, com o meu trombone armado em solfa, teria contra mim o Bassi, o público e a polícia. Não seria um espectador, mas um colaborador. Não daria aplausos, mas *pizzicatos,* se é que um trombone pode dar *pizzicatos.*

Não fui; mas tenho falado a muita gente que lá foi. Não sei como resuma as opiniões que tenho ouvido; uns não gostam, outros dizem que hão de gostar... daqui a doze representações. O que me fez crer que as óperas são como certos medicamentos: curam depois de várias aplicações.

Ou porque a maioria seja dos que não gostam, ou porque não esteja disposta a esperar os efeitos do medicamento, a verdade é que a empresa deu por terminada a *Fosca* e passa à ordem do dia.

Entretanto, devo dizer que a alguns mestres tenho ouvido elogios honrosíssimos a Carlos Gomes. Na opinião de um deles, a *Fosca* é superior ao *Guarani*; mas o *Guarani* tem mais condições de popularidade. Não duvido; há composições para os entendidos e outras para os outros. Não basta que uma ópera desagrade para supor-se que é defeituosa, fraca ou sem inspiração; ou que é inferior a outra, sendo ambas de mérito. O *Gigante de pedra* tem tido mais leitores que os quatro cantos dos *Timbiras*, e ninguém dirá que esses quatro cantos valem menos que o *Gigante de pedra*. Valem muito mais.

O que não vale muito, decerto, é o libreto da ópera do Gomes, tal qual no-lo deram os jornais. Que sina é a dos maestros! São obrigados a ter inspiração para dar vida a umas salsadas de rimas. Quem jamais esquecerá o entrecho da *Africana*, que é asiática? E não obstante, a obra é de Scribe. Poucos libretos conheço que tenham algum valor. A maioria é obra de cordel.

Voltando à Companhia Lírica, direi que parece ter geralmente agradado, posto que, segundo alguns, não houve ainda os aplausos que ela merece! Virão com o tempo. O que me parece é que a companhia não tem aquele *trio* de caras ou figuras bonitas da outra — circunstância que entrou por muito nos aplausos da nossa *fashion*. Sim; uma bela voz e uns belos olhos fazem boa companhia, e é talvez por isso que a Sanz cantava com os olhos, quando não tinha nada que dizer com a garganta. Parece que cantava também com os braços e as espáduas.

O sr. Ferrari não devia esquecer que o fluminense gosta do *ramage* e do *plumage*, e que o *vir probus dicendu peritus* é por ele parodiado em matéria de música.

III

Depois do meu nariz e do nosso Gomes, os heróis da quinzena foram o cavalo e a galinha, quero dizer a pule.

A pule é uma introdução moderna no nosso esporte: é uma loteria mais rápida e mais vertiginosa. 64:000$000 de aposta na pule é uma quantia redonda, e demonstrativa de que podem desenvolver-se juntos a raça cavalar e os vencimentos.

Eu, entre outros pecados que me pesam na alma, conto o de não acreditar na influência do esporte, salvo em relação aos jóqueis, que assim se aperfeiçoam na equitação. Também creio na influência do esporte, em relação à empresa das carruagens. Outrossim, em relação aos joalheiros, modistas e alfaiates.

Estou longe de dizer que o cavalo não tenha com ele alguma vantagem. Tem; e o cavalo é um amigo do homem. Introduzem-se alguns espécimes de boa raça no país; é vantagem certa. Mas lá uma grande influência...

Não terminarei este capítulo sem dizer que um amigo meu, indo à última corrida, chegou-se à galinha, quero dizer, à pule, e perdeu.

— Que tens? disse-lhe eu; estás sorumbático.

— Jururu, suspirou ele com um gesto de pinto melancólico.

IV

Enquanto o cavalo influi, o boi vinga-se.

Vendo estabelecida a estrada de ferro de São Paulo ao Rio de Janeiro, o boi jurou vingar-se da aposentação a que foi condenado, e já produziu nada menos de três desastres.

Verdade é que, para descarrilar os trens, sacrifica ele a vida, atravessando-se nos trilhos.

Mas há almas assim; capazes de morrer, contanto que matem o inimigo. São assim os bois, os russos e os turcos. Estes e aqueles continuam a estripar-se com o maior denodo. Ah! se eu fosse senhor de meu nariz!

V

Última hora. — Pateada lírica; o público amua-se. *Qui anime bien, chatie bien.*

Manassés
Ilustração Brasileira, 1ª de agosto de 1877

A VOCAÇÃO DO TELÉGRAFO

I

A vocação do telégrafo é um logro. Ele pode acertar muitas vezes ou aproximar-se da verdade; mas o logro é a sua vocação. Esta quinzena foi a das 4.000 libras do Parlamento inglês. Quando a agência Havas nos disse gravemente que o governo de Inglaterra propusera 4.000 libras para o Ceará, houve pasmo e agradecimento nas fisionomias. O caso era novo; mas os desastres do Ceará são vulgares? Toda a gente fiou-se na palavra da agência, cuja gravidade, veracidade e universalidade são conhecidas.

Vai senão quando descobre-se que não houve pedido inglês, de libras inglesas ao Parlamento inglês. Era o inverso do nosso adágio. O telegrama era só *para brasileiro ver*. É certo que a agência Havas não se explicou ainda a este respeito; mas devemos acreditar que, se nós pasmamos com a afirmação, ela deve ter pasmado com a retificação, e o efeito nela deve ser maior.

Criminar a agência é um erro. A culpa é da eletricidade. Este substituto dos correios está destinado a perturbar muita vez os cérebros humanos. Seu mérito é a rapidez; seu defeito é a concisão e a confusão. Tem obrigação de dizer as coisas por meias palavras, às vezes por sombras de palavra; e o resultado é dizer muitas vezes outra coisa.

Seja como for, estou agora de pé atrás com as notícias telegráficas da Europa. As do norte do Império sempre são exatas porque são de graça. Um telégrafo gratuito não pode errar porque não come metade do recado; diz-se tudo o que é preciso. Mas o telégrafo retribuído é outra coisa, e o transatlântico é retribuído, como se sabe.

Suponhamos que de Londres nos mandem dizer que a Suíça foi invadida e perdeu a independência. Para abreviar e pagar menos escrevem de lá: — *Suíça, independência, perdeu*. As palavras correm o oceano, são traduzidas nesta corte e publicadas deste modo: "O *Independência* perdeu as suíças." Pasmo geral! Ninfas minhas, pois não bastava que tamanhos trabalhos cercassem o infeliz couraçado? Um ou outro aventurar-se-ia a perguntar o que eram as suíças; mas a certeza de que este nome exprimiria alguma coisa de tecnologia naval facilitava a resposta.

Portanto, não me fio mais em telegramas. Quero ver as notícias em boa e esparramada prosa, como no tempo em que os paquetes nos traziam os acontecimentos, novos em folha e nas folhas. Pode a agência contar-me o que lhe parecer. Quisera acreditar nas vitórias dos turcos; mas como, depois das libras inglesas? Melhor é apelar do telégrafo para o vapor; com isto não ofendo o progresso: ambos são seus filhos.

II

A questão dos impostos municipais levou-me a estudar a conveniência de introduzir algum melhoramento na instituição popular das câmaras, de maneira a aumentar-lhe as rendas sem aumentar os impostos.

Já daqui estou a ver todos os olhos em cima de mim e todos os ouvidos abertos, à espera do meu elixir. O elixir não é meu; é da Câmara municipal de Curuçá.

O presidente dessa Câmara paraense, sendo chamado a contas, apresentou um saldo de 161$500, verificando-se haver um déficit de 27$; importância esta que o mesmo presidente declarou ter emprestado sob penhor de um relógio.

Eis o elixir. A Câmara constituída em *prego* pode satisfazer os encargos municipais sem gravame dos contribuintes; tal é o segredo econômico descoberto pelo presidente da Câmara de Curuçá. Verdade é que o ilustre presidente não declarou a importância do prêmio do empréstimo; mas é claro que uma Câmara não tem obrigação de ser mais complacente que um usurário. Folgo de crer que o prêmio foi de esfolar a vítima. E o déficit converte-se em saldo.

Ao mesmo tempo que esta revolução econômica e municipal se realiza no ano da graça de 1877, percebe-se que o município de Curuçá é menos um município do que uma casa de família, um seio de Abraão. Provavelmente não há ali nem lei das câmaras, nem outras disposições regularizadoras dos negócios públicos no resto do Império. Daí certa expansão nas faculdades imaginativas do vereador; e ao mesmo tempo certo perigo.

Porquanto, se em vez de descobrir a aplicação de um novo sistema financeiro conciliando a vereança com o *prego,* o presidente da Câmara municipal de Curuçá pregasse os 27$ em uma assinatura de teatro para o fim de dar folga aos empregados estava longe de merecer os meus elogios. Não o fez. Mas podia fazê-lo.

III

A *fashion* fluminense tem tido boas noites de diversão. Além das brilhantes quintas-feiras do sr. conselheiro Diogo Velho, teve nesta quinzena um sarau especial em casa do sr. conselheiro Nabuco, festa que deixou encantados a todos os que lá foram. Era o aniversário da filha do eminente jurisconsulto. Sei que lá reinaram a graça e a elegância; que a animação foi geral e constante; que a festa terminou depois das 4 horas da madrugada. O cotilhão foi brilhantemente dirigido pelo sr. dr. Sizenando Nabuco.

IV

Não quero invadir os domínios do meu colega da revista dramática. Ele falará da *Estrangeira* e seu desempenho pela Companhia de São Luís. Direi somente que, segundo vi afirmar, a tradução da peça é de uma distinta senhora. Creio que afirmam a verdade e basta ver o trabalho para crer que a tradutora não é só distinta pelas graças, mas também pelo talento. Tanto melhor para as letras.

Manassés
Ilustração Brasileira, 15 de agosto de 1877

O QUE MAIS ME IMPRESSIONOU NESTA QUINZENA

I

O que mais me impressionou nesta quinzena foi o obituário.

Estou há longos anos acostumado a ler os estragos produzidos pelas enterocolites, perniciosas, caquexias, e outros pseudônimos com que a morte despovoa a cidade, na proporção de 20%, segundo a Associação do Saneamento. Mas a morte gosta de guardar surpresas; é como os namorados de engenho fértil; inventa sempre um agradinho novo.

Notei nesta quinzena vários e multiplicados casos de uma doença, velha no mundo, mas novíssima no bairro: o delírio alcoólico.

O delírio alcoólico não é precisamente o delírio poético nem o delírio político. Este último delírio deve ser extremamente vulgar no interior, porque a cada passo leio em jornais da província observações a tal respeito, em relação aos adversários. O delírio alcoólico é outro.

Suponho que essa espécie de delírio é proveniente do álcool, se as palavras têm alguma significação. Donde concluo que a bebedice parece desenvolver-se entre nós, já em tal escala que a taberna é o pórtico da sepultura.

A taberna é sempre pórtico de alguma coisa: da sepultura ou do xadrez. Mas até aqui era só deste segundo estabelecimento, pouco decoroso, é verdade, mas nunca definitivo. Ia-se ao xadrez, saía-se, voltava-se, como se vai à Praia Grande — uma passagem de barca. A sepultura é de fácil acesso, mas não dá saída aos hóspedes. Ninguém ainda voltou daquele país, como pondera Hamleto.

Pois é à sepultura que está levando o delírio alcoólico. Donde vem este aparecer e recrudescer da tal moléstia? Bebe-se mais? ou é simplesmente epidemia? Está no ar? na sola dos sapatos? nos charutos? na cara dos amigos?

Qualquer dessas origens pode ser verdadeira, mas inclino-me a crer que se bebe mais do que antes. Se ainda estivéssemos no tempo da Arcádia era ocasião de fazer uma apóstrofe ao deus Baco, o deus que maior número de versos inspirou, e que versos, muitos deles! Bebe-se mais, e faz-se bem, porque ele para ser bebido é que se inventou. Não foi para despejá-lo à rua. Saibam pois que, além dos muitos flagelos com que a morte nos traz atarantados, pegou mais este delírio. E isto num país sóbrio! Que seria se fôssemos...

II

Receitas para faltar a um *rendez-vous:*
1º Não ir a ele.
2º Meter-se num bonde que passe pela rua Direita.
Fiz esta observação há dias e dou-a de graça aos leitores.

III

Escrevo a ouvir cair uma chuva fina, incômoda, ventosa... e lembro-me que não há de ser muito divertida a saída dos assinantes do Teatro Lírico depois da meia hora.

Canta-se o *Trovador*, que parece ter caído no agrado do público. Ainda bem! O público estava ficando muito exigente ou pouco compassivo. Queria que as óperas fossem bem cantadas, como se essa fosse a primeira necessidade de uma ópera. A empresa, para satisfazê-lo, deu-lhe uma, cantada razoavelmente, alguns dizem que excelentemente. Não há já motivo de queixa e o público aplaudiu.

Além disso, a empresa anunciou que mandara buscar outra dama. A nova dama, que estava agora no Cairo, vai trazer-nos notícias frescas dos egípcios, e servir-me de transição para os turcos.

IV

Nesta quinzena veio muita notícia de vitória turca. Ao que parece os russos estão apanhando um pouco antes de pôr o pé em Constantinopla. O soldado turco, que não é nem foi nunca um soldado de pau, não quer ceder assim o lugar aos outros com duas razões. Acho que faz bem; mostra ser soldado e ser turco.

Constantinopla nas mãos dos russos pode ser muito agradável ao leitor, que não é russo nem turco, mas a mim é extremamente desagradável. Constantinopla, desde que deixar de ser muçulmana, é uma cidade vulgar; e eu tenho minhas cócegas de ir ver Constantinopla e quisera vê-la muçulmana. No dia em que lhe puserem de guarda um cossaco, adeus poesia! Lá se vai metade das *Orientais* de Victor Hugo.

Que um homem se apaixone pela independência dos gregos, muito bem. Compreendo o fervor. Eu o teria se fosse nascido nesse tempo. Porque, em suma, os gregos, embora já não fossem os gregos, eram ainda gregos. A sombra de Milcíades! a terra de Platão! Só isto faz eriçar os cabelos de um rapaz. Até aí, é comigo.

Mas o Império dos russos está vivo e são, é vasto e forte. Não vejo motivo para que devamos desejar que Constantinopla lhe caia nas mãos. Será muito bom para eles, e é por isso que eles lá estão a bater-se. Mas que lhe demos as nossas simpatias, só se for por causa das russas... E as turcas? Creio que as turcas podem dar não só o delírio alcoólico, mas vários outros delírios.

V

Não sei se é turca ou russa a sra. Spelterini, que se anuncia agora e parece vir meter o Blondin em um chinelo. Esta ilustre funâmbula tem reputação universal, como o outro, e vem mostrar ao Rio de Janeiro, como é que uma mulher faz da corda um simples salão.

Por ora só lhe tenho visto o retrato; e quase não vejo outra coisa de manhã à noite, à direita e à esquerda. O retrato da Spelterini persegue-nos; vejo-o em todas as vitrinas, nos bondes, na copa do chapéu, no fundo do prato, nas pontas das botas. Ontem, bebendo café, ao sorver da última gota, dei com a Spelterini no fundo da xícara. Quero assoar-me e olho para a Spelterini dentro do lenço. Tento acender um fósforo e acendo um olhar da funâmbula.

Este processo de meter a Spelterini à cara da gente é chistosíssimo, porque eu, em geral pouco dado a funâmbulos, estou ansioso por ver a nova celebridade, e lá irei na primeira ocasião ou na segunda.

VI

O *Figaro* diz que correm agora em Paris muitas moedas do Brasil, e de outros Estados americanos.

Logo vi; por isso é que não as temos.

Manassés
Ilustração Brasileira, 1º de setembro de 1877

Esta quinzena não pertence só à cidade

I

Esta quinzena não pertence só à cidade. Não dominou nenhum fato local, mas um maior que todos, um fato universal e de incalculáveis consequências: a morte de Thiers.

Que temos nós com Thiers? Era um estranho, não se ligou à nossa pátria por nenhum serviço, por nenhum caso especial, em nenhum tempo. Não obstante, sua morte abate-nos, como a todos os demais países; sentimo-la como se perdêssemos um dos nossos homens melhores.

A causa não é outra senão que a liberdade, a ordem, o talento, a hombridade são por assim dizer uma pátria comum, e que há homens tão ligados ao movimento das ideias e à história da civilização que o seu desaparecimento é um luto universal.

Tal foi o estadista que a França acabou de perder. É escusado escrever-lhe a biografia; todos a têm de cor.

Para ele, para a sua glória, Thiers morreu a tempo. Podia ainda prestar serviços à pátria, mas é impossível que conquistasse maior admiração e respeito dos seus concidadãos e do mundo. Não havia mais um só degrau acima dele; chegara ao cimo.

Não assim para a França, que viu desaparecer um dos seus maiores vultos, cuja experiência e vida lhe seriam ainda necessárias.

II

Leitor, permitirás a um enfermo que nada mais te diga? A pena foge-me dos dedos, e não posso cumprir devidamente a obrigação do costume.

Só te direi duas coisas, uma que sabes, e outra que talvez não saibas.

A primeira é que se preparam grandes festas para receber suas majestades. A segunda é que o *Te Deum* que deverá ser cantado na Capela Imperial, por ocasião da chegada dos augustos viajantes, foi expressamente composto pelo muito talentoso e hábil mestre da capela o sr. Hugo Bussmeyer. Mais uma ocasião têm os amadores de boa música para apreciar a capacidade profissional do distinto compositor.

Manassés
Ilustração Brasileira, 15 de setembro de 1877

HÁ CINCO DIAS ESTÃO DE VOLTA A ESTA CAPITAL

I

Há cinco dias estão de volta a esta capital o imperador e a imperatriz do Brasil.

As festas públicas, as aclamações, as provas contínuas e entusiásticas de simpatia e afeto que todas as classes deram aos augustos imperantes não deixaram dúvida alguma acerca de dois pontos: 1º os sentimentos monárquicos da população; 2º sua adesão especial à pessoa do imperante e à dinastia de que s. m. é chefe.

Dezoito meses estiveram ausentes os augustos imperantes. Viram longas terras, costumes diferentes, deixando em toda a parte excelentes e perduráveis recordações da sua passagem.

Sua majestade o imperador tratou de perto com todas as majestades — as dinásticas, as científicas, as literárias. Academias, museus, universidades, viram-no atento às lições e descobertas modernas, e ao mesmo tempo apreciaram os dotes naturais, e os fortes estudos, que o distinguem e tornam credor de admiração.

Os chefes de Estado o receberam em seus palácios, os sábios em seus gabinetes de estudo. Não saiu de França sem visitar um dos maiores poetas do século; em Portugal, visitou ainda uma vez o Thierry da nossa língua. Essa qualidade rara, que torna o imperador brasileiro familiar com as regiões políticas do mesmo modo que com aquelas onde só dominam os interesses puramente intelectuais, essa qualidade, digo eu, já havia despertado a admiração da Europa, e é um dos melhores títulos de sua majestade ao nosso orgulho.

Não é rei filósofo quem quer. Importa haver recebido da natureza um espírito superior, moderação política e verdadeiro critério para julgar e ponderar as coisas humanas. Sua majestade possui esses dotes de alta esfera. Nele respeita-se o príncipe e ama-se o homem — um homem probo, lhano, instruído, patriota, que soube fazer do sólio uma poltrona, sem lhe diminuir a grandeza e a consideração.

Outra razão tinha o povo para receber alegremente os augustos viajantes, depois de dezoito meses de ausência; era achar-se sua majestade a imperatriz restabelecida dos incômodos que motivaram a viagem. As virtudes da augusta consorte do imperador são de longos anos objeto do culto e da admiração dos brasileiros. Ao ver que a viagem restaurara a saúde da virtuosa imperatriz, a família brasileira sentiu-se tomada de verdadeira satisfação.

II

Ao pé de um acontecimento faustoso, registra a crônica um caso verdadeiramente lamentável para a literatura da nossa língua: a morte de Herculano.

Não teve este grande historiador, poeta e romancista a vida ativa de um Thiers; não foi destinado a realizar com a palavra e a ação política as doutrinas de que foi estrênuo defensor com a pena. Mas só isso os separou. No silêncio do gabinete, na investigação dos recessos históricos, foi tamanho e será tão imortal como o francês. Um e outro pertenciam a essa burguesia brilhante, ilustrada, cheia de futuro, que trabalhou este século e honrou mais de uma língua.

Vivemos num decênio de agitação e luta. Desde 1870 para cá quantas mortes, batalhas, vitórias e derrotas! Uma geração se despede, outra vem chegando; e aquela deixa a esta o pecúlio da experiência e da lição dos tempos e dos homens.

Com o autor do *Eurico* e da *História de Portugal* vão muitas das recordações da nossa adolescência, porque todos nós de ambos os lados do Atlântico, balbuciamos a literatura nas obras de Herculano, Garrett, Castilho, Gonçalves Dias, Lisboa, Magalhães, Porto-Alegre. Destes só restam os dois últimos.

III

Na hora em que escrevo ainda não está exposto o quadro de Pedro Américo; mas não tardará a sê-lo. Dentro de poucas horas será apresentada aos olhos do público a obra do nosso talentoso compatriota, sobre a qual escreveram jornais da Europa tantas e tão honrosas notícias. Irei vê-lo, como irão todos os habitantes desta capital, e direi aos leitores da *Ilustração Brasileira* as minhas impressões, e, julgo de sê-lo, o meu aplauso.

IV

De maneira que não será por falta de festas que se aborrecerá o povo fluminense; tem tido tudo nestes dois últimos dias: festas de olhos e de espírito, diurnas e noturnas, teatros de todo o gênero. As ruas têm estado brilhantes de luzes e bandeiras; os teatros repletos de espectadores.

Enquanto o Teatro Lírico prepara o *Guarani* com todo o esplendor, a Spelterini dá-nos um passeio sobre corda com um marmanjo a cavalo.

Esta funâmbula bonita e ágil, mestra na arte de usar de maroma, tem abalado uma parte da população, que admira os feitos ginásticos. Não sei se o *Tartufo* teria tanta concorrência. Talvez não; e daí... pode ser que sim... pode ser.

V

A vida é intercalada de risos e dores; sigamos a mesma ordem na relação dos sucessos.

O Brasil acaba de perder um dos seus mais ilustrados filhos, o senador Tomás Pompeu, que ao talento ligava o amor do trabalho, e gozava geral consideração da parte de amigos e de adversários políticos.

Era liberal; nesse partido gastou o melhor dos anos, subindo em sua província a uma posição respeitada, influente e honrosa para esta e para ele.

Amou a liberdade, e a liberdade lhe lançou na campa a última coroa, porque essa amante generosa e potente não esquece os seus fiéis, e aquele era dos que a amam sem desvario nem frouxidão.

Deixou provas do seu talento e ilustração em mais de um livro, que os arquivos nacionais conservarão entre os melhores. O Brasil, como o seu partido, deve-lhe saudade e veneração.

Manassés
Ilustração Brasileira, 1º de outubro de 1877

O RIO DE JANEIRO
TEVE UM RESPIRO

I

O Rio de Janeiro teve um respiro, e vai consagrar os dias de vida que ganhou com ele em beber pelo ouvido algumas das coisas mais belas que têm saído do cérebro de alguns criadores. Bolis não embarca. Quando esta notícia foi confirmada na sexta página do *Jornal do Commercio* (já não há quarta página desse jornal) a cidade sentiu toda a misericórdia de que é capaz um céu atento às necessidades do povo. Não embarca o Bolis! Vamos ter mais uns quinze ou vinte dias de gozo, de bem-aventurança para todos, público e cambistas, principalmente cambistas.

Não houvesse o cabo submarino, e esse acontecimento era impossível. Foi o cabo que, com a complacência natural à eletricidade, perguntou para a Europa se o Bolis podia ficar até o fim da Estação Lírica. A Europa respondeu que podia. Diz-se que a Europa nutre más ideias a respeito da América, e cita-se a expedição do México como uma prova de que a civilização americana é malvista pela civilização europeia.

Pode ser; mas há exceções. O caso de que trato é uma exceção e das mais significativas. A Europa cedeu-nos o Bolis por mais vinte dias; e se há quem não veja nisto uma prova de desinteresse, compre um par de óculos na casa da Viúva Reis, que é quem continua a vendê-los da melhor qualidade.

Pela minha parte, que gosto do Bolis, louvo a resposta telegráfica e não louvo do mesmo modo uns versos que apareceram há dias, e em que o nome do distinto cantor serviu a um trocadilho melancólico e vulgar, trocadilho, que nem me atrevo a repetir, tão vulgar, e tão melancólico é ele.
Prefiro fazer uma reflexão filosófica.

II

Disse o *Jornal do Commercio,* ou outra folha, não me recordo agora, que a Patti e Nicolini foram contratados para América, mediante o ordenado de 83.000 francos mensais cada um; trinta e três contos de nossa moeda.
Dou dez minutos ao leitor para respirar.
Ils chantent, ils payeront, dizia um ministro célebre. Agora é diferente: *ils chantent, ils seront payés.* Que o devam ser e bem pagos, é coisa realmente incontestável; mas esse algarismo de trinta e três contos (mais de um conto por dia) faz duvidar se é melhor escrever o *Trovador* ou cantá-lo. Bem sei que o Verdi, se não ganhou trinta e três contos por mês, tem a vantagem de uma cadeira curul, que provavelmente não caberá ao Nicolini; mas, além de que o Verdi faz muito melhor figura na *Aída* que no Senado, não estou convencido de que ele não quisesse ensaiar, ao menos uns dez ou doze meses, os trinta e três contos, sem a curul.
As Pattis do século xx hão de ser muito mais exigentes, e os Nicolinis do século xxi, só hão de ser excedidos pelos Nicolinis e pelas Pattis do século xxii. A economia política há de ver-se a braços com um fenômeno novo: a influência da música no numerário, e a *Lucia de Lamermoor* convertida em origem de falências. Um dia, enfim, dentro de cinco ou seis séculos, quando os turcos tiverem despejado a Europa, e a poesia social houver inteiramente queimado o último exemplar de Musset, nesse dia, três ou quatro industriais de gênio formarão uma companhia de seguros contra os cantores. Virá depois uma lei civil, depois uma pastoral; depois o dilúvio.

III

No meio das notas verdadeiras com que se distraem as séries A e B, do Teatro Lírico, apareceram algumas notas falsas de 20$, que desde logo caíram nas mãos da polícia.
A florescência de notas falsas que se tem manifestado nestes últimos tempos, faz crer que a indústria continua a seduzir alguns impacientes; e que não há código, nem cadeia, nem polícia, que meta medo a um aspirante a milionário.
Notas ao sul, ao norte, a leste e a oeste: é uma chuva de papel, que, se cai muita vez no pedregulho policial, cai também, e em alta escala, em terra fecunda, onde produz, sabe Deus que bons prédios e que boníssimas apólices.
A coragem com que um ou muitos sujeitos investem com uma chapa para imprimir uns quantos milhares de bilhetes, não obstante os degredos com que a justiça puniu na véspera os autores de igual façanha, inspira-me

o desejo de escrever um livro acerca do prestígio que tem o perigo em certas almas; porque, em suma, é tão fácil não fazer notas falsas! Há aí por força um caso de fascinação, de deslumbramento, de delírio.

Enrichissez-vous! Este conselho de Guizot soa perpetuamente aos ouvidos dos moedeiros, e é para obedecer-lhe que eles se lançam a embaçar o próximo e a próxima. Na verdade, um ou dois anos de paciência, de atividade, de finura, não é muito para ter no fim um travesseiro de ouro em que dormir os cuidados e esquecer as misérias do outro tempo. Enriquecei com dinheiro bom, se puder ser; e se não puder ser, enriquecei com dinheiro falso; é mais arriscado, mas vencido o risco, o resultado é o mesmo. É o que lhes diz uma Egéria misteriosa; é o que eles pensam e fazem.

Realmente, só há hoje dois meios de arrumar algumas notas na caixa: é fazê-las ou cantá-las.

IV

Está aplicado o vapor aos bondes; fez-se já uma experiência, que, segundo parece, deu bom resultado.

O melhoramento, que todas as mulas vão abençoar, se vem encurtar ainda mais as distâncias, pode do mesmo lance encurtar as vidas; e é para esse ponto que ouso chamar a atenção das empresas. Levem-me depressa a Botafogo, mas não ao cemitério. Aplaudo o vapor, com essa simples condição.

Atualmente os cocheiros são uns espíritos pouco ou quase nada filantrópicos. Há anualmente certo número de manetas e pernas de pau, cuja sorte é só devida às impaciências desumanas de suas senhorias. A substituição dos animais pelo vapor será excelente, se os maquinistas não forem da mesma família dos apressados.

Quanto aos desgostosos do mundo, os infelizes, os Chattertons, vão ter agora um ensejo de sair da vida voluntariamente, sem que o pareça: é saltar de um bonde a todo o vapor. Irão do bonde à eternidade, obra de quatro passos adiante.

V

A eternidade! Esta palavra chama-me o espírito a um assunto sério desta quinzena, e será o último com que feche a minha crônica.

Já pertence à eternidade um dos mais vivazes espíritos da atual geração, o dr. Francisco Pinheiro Guimarães, morto e sepultado há poucos dias, no meio da consternação geral.

Conheci-o desde 1862, há uns quinze anos; tive tempo largo de o apreciar, estimar e admirar. Era moço em toda a extensão da palavra; tinha o entusiasmo da mocidade, essa febre que o tempo cura para nos dar a triste regularidade da saúde. Sua estreia no teatro foi logo uma vitória. Quem se não lembra ainda daquelas noites da *História de uma moça rica* e *Punição*? Os rapazes acolheram o jovem dramaturgo com todas as mostras de admiração, uma admiração ruidosa, expansiva, juvenil, que fazia do público inteiro, na sala do Ginásio, uma só alma, e uma grande alma.

A guerra veio; Pinheiro Guimarães voou à guerra, com o mesmo ardor, com que voara às letras, e lá esteve enquanto foi preciso servir à pátria nesse novo campo não menos nobre que o outro. O brilhante tenente-coronel fez-se logo valoroso general; quando voltou à corte, acabada a campanha, a recepção que lhe fez a cidade foi digna dela e dele; foi uma festa que ainda se não apagou da memória dos que a viram ou dela fizeram parte.

Na ciência, ocupou Pinheiro Guimarães distinto lugar. O Estado lhe confiou uma cadeira na escola de medicina, onde ele ajudou a formar novos alunos, que eram ao mesmo tempo novos amigos seus. Os colegas o amavam como caráter, e o apreciavam como talento, porque ele reunia essas duas qualidades, nem sempre juntas, e reunia-as de modo exemplar.

Também o Parlamento o viu entre os seus membros, entre os mais distintos, laboriosos e estimados. A carreira política seduzia-o, do mesmo modo que o haviam seduzido as outras. Era sempre o mesmo entusiasmo de moço, o ardor que não descansa, que aspira a fazer alguma coisa, a trabalhar para o edifício comum.

A morte o colheu no meio da vida, aos 44 anos, quando suas nobres ambições deviam estar, e estavam, tão resolutas como no primeiro dia. A notícia consternou a toda a cidade. O saimento do valente e talentoso fluminense foi digno de sua vida; todas as classes ali estavam representadas; todas viram passar funebremente aquele que entrara, anos antes, cheio de glória e renome, à frente de uma legião de bravos. No túmulo que o cobre deixo uma saudade; é a derradeira homenagem ao que admirei e estimei em vida.

Manassés
Ilustração Brasileira, 15 de outubro de 1877

Há um meio certo de começar a crônica

I

Há um meio certo de começar a crônica por uma trivialidade. É dizer: que calor! Que desenfreado calor! Diz-se isto, agitando as pontas do lenço, bufando como um touro, ou simplesmente sacudindo a sobrecasaca. Resvala-se do calor aos fenômenos atmosféricos, fazem-se algumas conjeturas acerca do sol e da lua, outras sobre a febre amarela, manda-se um suspiro a Petrópolis, e *la glace est rompue*; está começada a crônica.

Mas, leitor amigo, esse meio é mais velho ainda do que as crônicas, que apenas datam de Esdras. Antes de Esdras, antes de Moisés, antes de Abraão,

Isaque e Jacó, antes mesmo de Noé, houve calor e crônicas. No paraíso é provável, é certo que o calor era mediano, e não é prova do contrário o fato de Adão andar nu. Adão andava nu por duas razões, uma capital e outra provincial. A primeira é que não havia alfaiates, não havia sequer casimiras; a segunda é que, ainda havendo-os, Adão andava baldo ao naipe. Digo que esta razão é provincial, porque as nossas províncias estão nas circunstâncias do primeiro homem.

Quando a fatal curiosidade de Eva fez-lhes perder o paraíso, cessou, com essa degradação, a vantagem de uma temperatura igual e agradável. Nasceu o calor e o inverno; vieram as neves, os tufões, as secas, todo o cortejo de males, distribuídos pelos doze meses do ano.

Não posso dizer positivamente em que ano nasceu a crônica; mas há toda a probabilidade de crer que foi coetânea das primeiras duas vizinhas. Essas vizinhas, entre o jantar e a merenda, sentaram-se à porta, para debicar os sucessos do dia. Provavelmente começaram a lastimar-se do calor. Uma dizia que não pudera comer ao jantar, outra que tinha a camisa mais ensopada do que as ervas que comera. Passar das ervas às plantações do morador fronteiro, e logo às tropelias amatórias do dito morador, e ao resto, era a coisa mais fácil, natural e possível do mundo. Eis a origem da crônica.

Que eu, sabedor ou conjeturador de tão alta prosápia, queira repetir o meio de que lançaram mãos as duas avós do cronista, é realmente cometer uma trivialidade; e contudo, leitor, seria difícil falar desta quinzena sem dar à canícula o lugar de honra que lhe compete. Seria; mas eu dispensarei esse meio quase tão velho como o mundo, para somente dizer que a verdade mais incontestável que achei debaixo do sol é que ninguém se deve queixar, porque cada pessoa é sempre mais feliz do que outra.

Não afirmo sem prova.

Fui há dias a um cemitério, a um enterro, logo de manhã, num dia ardente como todos os diabos e suas respectivas habitações. Em volta de mim ouvia o estribilho geral: — Que calor! que sol! é de rachar passarinho! é de fazer um homem doido!

Íamos em carros; apeamo-nos à porta do cemitério e caminhamos um longo pedaço. O sol das onze horas batia de chapa em todos nós; mas sem tirarmos os chapéus, abríamos os de sol e seguíamos a suar até o lugar onde devia verificar-se o enterramento. Naquele lugar esbarramos com seis ou oito homens ocupados em abrir covas: estavam de cabeça descoberta, a erguer e fazer cair a enxada. Nós enterramos o morto, voltamos nos carros, e daí às nossas casas ou repartições. E eles? Lá os achamos, lá os deixamos, ao sol, de cabeça descoberta, a trabalhar com a enxada. Se o sol nos fazia mal, que não faria àqueles pobres-diabos, durante todas as horas quentes do dia?

II

Para fazer alguma diversão aparece uma mulher que se traspassa tal qual a mais ínfima taberna. A diferença é que a taberna traspassa-se por meio de uma escritura e a mulher por meio de uma espada. Antes a escritura.

Não vi ainda essa dama, que achou meio de fazer do próprio pescoço uma bainha e suicidar-se uma vez por noite, antes de tomar chá. Já vi um sujeito que engolia espadas; vi também uma cabeça que fazia discursos, dentro de um prato, em cima de uma mesa, no meio de uma sala. O segredo da cabeça descobri-o eu, no fim de dois minutos; não assim o do engole-espadas. Mas, tenho para mim, que ninguém pode engolir uma espada, nem quente nem fria (ele engolia-as em brasa), e concluo que algum segredo havia, menos acessível ao meu bestunto.

Não digo com isto que a dama da rua da Carioca deixe de cravar efetivamente uma espada no pescoço. É mulher e basta. Há de ser ciumenta, e adquiriu essa prenda, na primeira cena de ciúmes que teve de representar. Quis matar-se sem morrer, e bastou o desejo para realizá-lo; de maneira que aquilo mesmo que me daria a morte dá a essa senhora nada menos do que a vida. A razão da diferença pode ser que esteja na espada, mas eu antes creio que está no sexo.

Anda no Norte um colono, um homem que faz coisas espantosas. No Sul apareceu um menino-mulher. Todos os prodígios vieram juntar-se à sombra das nossas palmeiras: é um *rendez-vous* das coisas extraordinárias.

Sem contar os tufões.

III

Falei no cemitério, sem dizer que a esta hora ou pouco mais tarde, terá o leitor de ir à visitação dos defuntos.

A visitação dos defuntos é um bom costume católico; mas não há trigo sem joio; e a opinião do sr. Artur Azevedo é que, na visitação, tudo é joio sem trigo.

A sátira publicada por esse jovem escritor é um opúsculo, contendo umas quantas centenas de versos, fáceis e correntios, com muito pico, boa intenção, catanada cega e às vezes cega demais. A ideia do poeta é que há ostentação repreensível na demonstração de uma piedade ruidosa. Tem razão. Há excesso de vidrilhos e candelabros, de *souvenirs* e de *inconsoláveis*. Alguns quadros estão pintados com traços tão espantosos, que fazem recuar de horror. Será certo que se tomam nos cemitérios aquelas carraspanas, que se comem aqueles camarões torrados? O poeta o diz; se o colorido pode estar carregado, o desenho deve ser fiel. Na verdade é de fazer pedir uma reforma nos costumes, ou a eliminação... dos vivos.

Onde o poeta me parece ter levado a sátira além da meta é no que diz da viúva que, convulsa de dor pela morte do marido, vem a casar um ano depois. *Hélas!* Isso que lhe parece melancólico, e na verdade o é, não deixa de ser necessário e providencial. A culpa não é da viúva, é da lei que rege esta máquina, lei benéfica, tristemente benéfica, mediante a qual a dor tem de acabar, como acaba o prazer, como acaba tudo. É a natureza que sacrifica o indivíduo à espécie.

O poeta é favorável ao sistema de cremação. A cremação tem adversários, ainda fora da Igreja; e até agora não me parece que essa imitação do antigo seja uma alta necessidade do século. Pode ser higiênico; mas no outro método parece haver mais piedade, e não sei se mais filosofia. Numa das portas do cemitério do Caju, há este lema: *Revertere ad locum tuum.* Quando ali vou, não deixo de ler essas palavras, que resumem todo o resultado das labutações da vida. Pois bem; esse lugar teu e meu, é a terra donde viemos, para onde iremos todos, alguns palmos abaixo do solo, no repouso último e definitivo, enquanto a alma vai a outras regiões.

No entanto, parabéns ao poeta.

IV

Se eu disser que a vida é um meteoro o leitor pensará que vou escrever uma coluna de filosofia, e eu vou apenas noticiar-lhe o *Meteoro*, um jornal de oito páginas, que inscreve no programa: "O *Meteoro* não tem pretensões à duração".

Bastam essas quatro palavras para ver que é jornal de espírito e senso. Geralmente, cada folha que aparece promete, pelo menos, três séculos e meio de existência, e uma regularidade cronométrica. O *Meteoro* nem promete durar, nem aparecer em dias certos. Virá quando puder vir.

Variado, gracioso, interessante, em alguns lugares, sério e até científico, o *Meteoro* deixa-se ler sem esforço nem enfado. Pelo contrário; lastima-se que seja meteoro e deseja-se-lhe um futuro de planeta, pelo menos que dure tanto como o planeta em que ele e nós habitamos.

Planeta, meteoro, duração, tudo isso me traz à mente uma ideia de um sábio francês moderno. Por cálculos que fez, é opinião dele que de dez em dez mil anos, haverá na terra um dilúvio universal, ou pelo menos continental, por motivo do deslocamento dos oceanos, produzido pelo giro do planeta.

Um dilúvio periódico! Que será feito então da imortalidade das nossas obras? Salvo se puserem na arca um exemplar das de todos os poetas, músicos e artistas. Oh! mas que arca não será essa! Se não temesse uma vaia, diria que será arcabuz.

Manassés
Ilustração Brasileira, 1ª de novembro de 1877

E foi-se

I

E foi-se. Há nos ares, nas fisionomias, nos *pardessus* alvadios ou escuros, nas velhas luvas de sete botões, no nariz melancólico dos *dilettanti,* alguma coisa que nos diz que ele se foi. Napoleão, vencido e destronado, deixou nos corações de seus velhos marechais e cabos de esquadra a profunda saudade e o irremediável desespero. Saudade ficou em todos os *dilettanti*; desespero, não, porque o ilustre Ferrari, mais astuto que o *ogre de Corse,* preparou desde já a volta da ilha de Elba.

Estou pronto a confessar quanto quiserem acerca do ilustre Ferrari. Dou que não seja um grande matemático, um grande navegante, um grande naturalista. Em compensação, hão de confessar que é um empresário fino.

Os *dilettanti* disseram-lhe: — Traga-nos companhia lírica em 1878, uma boa companhia, a Patti, o Capoul, o Gayarre, se puder ser, ou então a Nelson, sim? Traga uma boa companhia! boa música! boas óperas!

Ao que respondeu o ilustre Ferrari:

— Trago tudo e mais alguma coisa; mas, se no intervalo, outro Ferrari não menos ilustre que eu, organizar uma companhia, uma boa companhia, e vier solicitar vossas assinaturas? Não as negareis decerto. Nisto, chego eu, e dou com o nariz na porta; ou antes, vós é que me dareis com a porta no nariz.

— *Giammai*! — disseram em coro os *dilettanti*.

O ilustre Ferrari sorriu como quem já sabe que o *dilettante* põe e o acaso dispõe. Imaginou então um meio de conciliar tudo; pediu um *sinal*. Alguns piscaram o olho, supondo que era o melhor sinal de acordo; mas o ilustre Ferrari explicou que era melhor piscar a carteira; isto é, entreabri-la.

Dito e feito.

E eis aí como ficaram as portas dos nossos ouvidos trancadas a todas as gargantas que porventura apareçam daqui até o inverno de 1878. Venha cá a Nelson ou a Patti; viessem a Jenny Lind, a Malibran, a Grisi, todos os prodígios vivos ou mortos, e não alcançariam um níquel. Estamos hipotecados ao ilustre Ferrari. *Ferrari for ever*!

II

Ora, convém observar que o último ato da empresa Ferrari — o ato do sinal — é muito mais importante do que à primeira vista parece.

Até certo tempo, o público fluminense em matéria lírica viveu embalado na doutrina e no regime da subvenção. Imaginava-se que as notas musicais deviam sair da algibeira do Estado, ou diretamente, ou por meio do imposto lotérico. Para mostrar a ortodoxia da doutrina, citava-se o exemplo de todas as nações civilizadas de ambos os hemisférios, sem atender ao conselho da *femme savante*:

> *Quand sur une personne on prétent se régler,*
> *C'est par les beaux cotes qu'il faut lui ressembler.*

Naquele tempo, era possível a aplicação da doutrina, mas os tempos mudam e as doutrinas com ele. A subvenção lírica decaiu até morrer de todo. O Estado atou os cordões da bolsa, e demoliu o Provisório.

Alvoreceu então a doutrina de soberania do *dilettante*, doutrina liberal e econômica. O *dilettante* discute os seus interesses, resolve sobre eles, conta, soma, diminui, multiplica, divide, paga. Não quer saber do Estado, não o convida, despreza-o, e em compensação o Estado manda-lhe um cartão de visita, à guisa de agradecimento. Não somos nós que ouvimos a música! Paguemo-la; é a boa teoria; é a única.

III

Notou-se muito que na semana passada foram representadas três peças nacionais. Três peças! Já uma era de fazer pasmar. Em matéria teatral, orçamos pela alfaiataria: é de Paris que nos chegam as modas. Paris teatral é como os seus grandes depósitos ou armazéns de roupas; tem de tudo, para todos os paladares, desde o mimoso até o sanguento, passando pela tramoia.

Um homem que nasce, vive e morre no Rio de Janeiro, pode ter certeza de achar em cinco ou seis salas de teatro da cidade natal uma amostra do movimento teatral parisiense. O traidor que expirou debaixo do punhal de Laferrière vem aqui morrer às mãos do sr. Dias Braga, com a mesma galhardia e a mesma satisfação da moral pública. O sr. Martins desce aos infernos como Orfeu, e o sr. Furtado Coelho dá-nos o *Pai pródigo*. Vivemos de, por e para Paris.

De repente, sem combinação, anunciam-se três peças nacionais, e a gente esfrega os olhos, e não sabe se tem *la berlue*. Verdade é que das três peças, uma era já conhecida do nosso público, outra é a nova forma de um romance popular; só a terceira, conhecida na província de São Paulo, não o era nesta corte. Mas, em suma eram três; e aos nomes de J. de Alencar e de Macedo vinha juntar-se o de um jovem cultor das letras, o sr. dr. Carlos Ferreira.

Como poeta e jornalista era já conhecido do nosso público o nome do jovem rio-grandense. O *Marido da doida* fê-lo conhecido como dramaturgo. Imprensa e público fizeram-lhe justiça. Houve algumas reservas, e pela minha parte concordo que a tese do drama é um pouco escabrosa; mas é inegável que a desenvolveu com talento. Há lances dramáticos e interesse constante; o diálogo é fácil e bem travado, cheio de muito sentimento, quando preciso. Se esta minha crônica fosse revista dramática, eu exporia mais detidamente o inventário dos méritos da composição que o sr. Vale pôs em cena. Terá senões? Os senões emendam-se e evitam-se com o trabalho e a perseverança. O autor do *Marido da doida* é ainda moço; tem talento: suponho-lhe legítimas ambições literárias. O melhor meio de progredir é andar para a frente. Venha surpreender-nos no ano próximo, com um novo drama; e o público fluminense lhe dará as palmas merecidas, como as dá sempre ao talento laborioso.

IV

Já de outro laborioso talento tivemos esta semana um opúsculo, alguns discursos apenas proferidos na Câmara dos deputados. Refiro-me ao sr. dr.

Franklin Dória, que falou na Câmara acerca da instrução pública com muito estudo e acerto.

Quem diz instrução pública diz futuro deste país. Todos pedem braços, também o sr. dr. Dória e eu os pedimos; mas devemos pedir com a mesma força o desenvolvimento da instrução. O sr. dr. Dória é professor distinto, além de advogado e parlamentar. Tem amor à arte de ensinar, e conhece a necessidade do ensino. Seus discursos robustos de ideias, sóbrios e moderados na forma, revelam o pensador e o observador paciente e sagaz. Tinha-os lido no *Jornal*; reli-os no opúsculo, e aplaudi a cópia de notícias, a escolha dos conceitos, com que o digno orador tratou de um assunto em que neste país só deve haver, e só há efetivamente, um único e universal partido.

Nossa constituição exige um povo que saiba ler. Tem-se feito bastante; mas resta fazer muito, e é por isso que a palavra do homem competente como o sr. dr. Dória deve ser ouvida com atenção e respeito.

V

Só me resta espaço para um aperto de mão ao sr. Artur Napoleão e ao sr. Ciríaco de Cardoso. Este retira-se do nosso país, e deu um concerto na Filarmônica, uma última e brilhante festa; aquele executou nessa ocasião uma composição sua, de magnífico efeito, e, ao que dizem entendidos, de muita arte e largo fôlego. O sr. Artur Napoleão não esquece, não desampara a musa que o recebeu no berço; mostra-se digno dela e credor da admiração do público.

Quanto ao sr. Ciríaco, quem não sabe o valor dos seus méritos? Retirando-se de nossa terra, pode crer que deixa merecidas saudades.

Manassés
Ilustração Brasileira, 15 de novembro de 1877

A QUINZENA TEVE UM ASSUNTO MÁXIMO

I

A quinzena teve um assunto máximo e vários assuntos mínimos. O máximo é o assunto dos carris de ferro de Botafogo, questão intrincada, profunda, obscura, e sobretudo interminável, que partilha com as *Aventuras de um paulista* a atenção do público fluminense.

Tem ou não tem privilégio o sr. Greenough? *That is the question*! Esse é o ponto em que se dividem as opiniões, não só as das partes contendoras, mas as de todos os fôlegos vivos e civilizados que respiram debaixo do nosso céu.

Naturalmente o sr. Greenough opina pela afirmativa; inclina-se à negativa o seu adversário. Daí, mil demonstrações pró e contra o privilégio, e com tal minúcia e perspicácia, que bem mostra ser verdade que os turcos tomaram Constantinopla, porque os articulistas põem em ação toda a sagacidade bizantina, expulsa da cidade magna pelos tenentes do Corão. O período não é longo, mas é bonito.

Colocado entre as duas pontas de interrogação de Hamlet, o sr. Greenough prefere *to take arms against a sea of troubles* — em linguagem mais chã, prefere abotoar o adversário. Este não se deixa abotoar sem abotoar também; engalfinham-se. E ei-los no chão da praça, e nós a vermos touros de palanque.

Descascam-se os decretos e seus diferentes artigos; cada um aplica às disposições dos ditos decretos a lente do raciocínio, lente que varia conforme o olho a que é aplicada. Que disse o decreto de 56? Não disse a mesma coisa que o de 66, nem o de 68; mas o de 68 destruiu o de 66, e o de 66 o de 56? Nesse caso, qual subsiste? Um crê que o de 56, outro o de 66, outro o de 68; então nem 68, nem 66, nem 56... *Et voilà pourquoi votre fille est muette*!

II

Enquanto vamos liquidando essa questão grave, os argentinos chegaram à conciliação dos partidos, conciliação tão perfeita, que as últimas eleições em San Roque produziram um par de mortes. Vejam o que é conciliarem-se os partidos! Sem a conciliação, era uma hecatombe, em todo o rigor da palavra.

E não só morreram duas pessoas em San Roque, como até diz um jornal que as próximas eleições serão renhidas. A este resultado eleitoral da conciliação, acrescem boatos de próxima revolução em Corrientes.

Talvez os argentinos se revolucionem como M. Jourdain fazia prosa. Ou então, não é o *Bourgeois Gentilhomme*, é o *Chapéu de palhinha de Itália* que eles estão representando: — Meu genro, tudo está desfeito! Meu genro, tudo está reconciliado! Nesta alternativa, passam as semanas, como o sogro da comédia de Labiche passa os atos: a brigar e a reconciliar-se.

Verdade é que a vida política não difere muito da vida dos namorados, e que, segundo estes, nada há melhor do que uma reconciliação, a não serem duas. Ora, uma paz absoluta não é coisa que anime os partidos. Daí um ou outro arrufo, que dá em resultado uma ou outra sangria; imediatamente caem em si e reconciliam-se. Não tenho outro modo de explicar eleições renhidas entre partidos reconciliados. Estripam-se por higiene.

III

Escusado é dizer que semelhante fato, embora anormal, não faz parte das *Aventuras de um paulista*, romance com que a crítica literária se tem ocupado nestes últimos dias. Ninguém leu ainda o romance, nem mesmo a crítica; mas parece certo que há nele muitos fogões, e, (coisa célebre!) muitos fogões americanos *(Uncle Sam)*.

Este gracioso anúncio é objeto de um a dois minutos de atenção de toda a gente que lê jornais, romances e fogões. O anúncio vulgar orça pela mofina, e enfada; aquele prefere a variedade, e está certo de chamar a atenção. Pela minha parte, já me não esquecem os tais fogões (*Uncle Sam*) tal a insistência com que amigos e inimigos do romancista estão todos os dias a condená-lo e a louvá-lo, a dizer que a obra é boa ou má, porque fala ou não fala nos celebrados produtos.

No que eu não caio é em dizer a rua. Isso...

IV

Houve uma tentativa de duelo, entre dois cavalheiros; e a propósito do caso (felizmente terminado, sem quebra de honra para nenhum), discutiu a nossa população da rua do Ouvidor o duelo e suas vantagens e desvantagens.

Os dois grandes partidos mantiveram-se na estacada, duelistas e os antiduelistas; e, como sempre, cada um só viu a sua ideia e pelo lado que ela lhe aparecia, sem examinar o que havia do lado oposto, e sobretudo o que era a ideia do adversário.

Eu, que tenho verdadeiro amor aos leitores, deixo de instituir debate (estilo parlamentar) sobre esse ponto litigioso, e passo adiante. Não; eu não lhes pesarei na balança da equidade (estilo judiciário) a estocada e o murro seco, a bala e o cachação. Um dia, talvez, quando absolutamente não haja que dizer, mostrarei aos leitores um capítulo da minha grande obra sobre o assunto, *Unha e florete,* um vol. *in*-4º, xxviii-549 páginas (estilo bibliográfico).

E posso falar assim porque já experimentei o duelo; já me bati. Era ainda criança, e não havia motivo; mas como estávamos aborrecidos os quatro (adversários e duas testemunhas) assentamos matar o tempo, matando um ao outro. Foi à pistola e pólvora seca. A sorte designou o meu adversário para atirar primeiro; esperei e o tiro partiu... a distância razoável. Dissipado o fumo, apontei para o adversário. Onde estava ele? no chão; atirara-se valentemente ao chão, e por mais que lhe pedíssemos outra posição mais cômoda (para mim), não saiu daquela. Que havíamos de fazer? Fomos almoçar.

V

Que é o homem? Um animal mamífero e desconfiado. Prova: a extração das loterias.

Os espectadores daquela operação não gostam do antigo sistema, nem do atual, nem de todos os sistemas futuros, porquanto para mim há só um sistema bom: é o que me der os vinte bagos, contecos, pelintras, ou como melhor nome haja na gíria moderna. Fora disso, abominação!

Nunca vi extrair loterias, e é provável que nunca chegue a vê-lo; mas se assistisse uma vez, uma que fosse, a essa operação, munido já se vê, de um ou mais bilhetes, que suplício! que polé! como tudo aquilo me pareceria tenebroso!

Sobre loterias, ocorre dizer que a lei não permite rifas, e que os rifadores descobriram um meio de iludir a lei, mudando o nome à coisa: chamam-lhe garantias.

— Fique-me com esta garantia, dizia-me um sujeito anteontem; o bilhete tem três, mas eu só acho comprador para duas.

É escusado dizer que rejeitei nobremente o danado convite, porquanto aos olhos de um cidadão digno desse nome a lei é a mais alta das garantias (estilo prudhommesco).

Manassés
Ilustração Brasileira, 1º de dezembro de 1877

Toda a história destes quinze dias

I

Toda a história destes quinze dias está resumida em um só instante, e num acontecimento único: a morte de José de Alencar. Ao pé desse fúnebre sucesso, tudo o mais empalidece. Quando começou a correr a voz de que o ilustre autor do *Guarani* sucumbira ao mal que de há muito o minava, todos recusavam dar-lhe crédito; tão impossível parecia que o criador de tantas e tão notáveis obras pudesse sucumbir ainda em pleno vigor do espírito.

Quando uma individualidade se acentua fortemente e alcança através dos anos e dos trabalhos, a admiração de todos, parece ao espírito dos demais homens que é incompatível com ela a lei comum da morte. Uma individualidade dessas não cai do mesmo modo que as outras; não é um incidente vulgar, por mais vulgar e certo que seja o destino que a todos está reservado; é um acontecimento, em alguns casos é um luto público.

II

José de Alencar ocupou nas letras e na política um lugar assaz elevado para que o seu desaparecimento fosse uma comoção pública. Era o chefe aclamado da literatura nacional. Era o mais fecundo de nossos escritores. Essa imaginação vivíssima parecia exprimir todo o esplendor da natureza da sua pátria. A política o furtou alguns anos; a alta administração alguns meses; e na política, como na administração, como no foro, deu testemunho de que possuía, além daquela imaginação, a inteligência das coisas positivas.

Não contarei a vida de José de Alencar; é das mais cheias e das mais exemplares. A imprensa jornalística o revelou ao país, em artigos de estudo poético, singular estreia para a primeira das imaginações brasileiras. Um dia, mais tarde, veio uma crítica e um ensaio de romance; uma comédia depois; e daí em diante não teve mais repouso aquele espírito, cuja lei era o trabalho.

Como romancista e dramaturgo, como orador e polemista, deixa de si exemplos e modelos dignos dos aplausos que tiveram e hão de ter. Foi um engenho original e criador; e não foi só isso, que já seria muito; foi também homem de profundo estudo, e de aturada perseverança. José de Alencar não teve lazeres; sua vida era uma perpétua oficina.

III

Já a esta hora a notícia do desastre das nossas letras corre o Império; já o fio telegráfico a levou, através do Atlântico, por onde nos trouxe não há muito a notícia da morte do autor do *Eurico*.

Ambas as literaturas do nosso idioma estão de luto; com pouco intervalo as feriu a lei da morte.

Que a geração que nasce e as que hão de vir aprendam no modelo literário que acabamos de perder as regras da nossa arte nacional e o exemplo do esforço fecundo e de uma grande vida. A geração atual pode legar com orgulho aos vindouros a obra vasta e brilhante do engenho desse poeta da prosa, que soube todos os tons da escala, desde o mavioso até o épico.

Poucas linhas são estas, poucas e pálidas, mas necessárias ainda assim, porque são a expressão de um dever de brasileiro e de admirador.

Manassés
Ilustração Brasileira, 15 de dezembro de 1877

Não quis acabar este ano

I

Não quis acabar este ano de 1877 sem lançar um luto mais na alma da nação brasileira, ainda mal convalescida do golpe que lhe produziu a morte de José de Alencar. Poucas semanas depois de expirar o autor do *Guarani*, era fulminado o chefe do gabinete de 3 de agosto; e esses dois homens, diversos em tantas coisas, e em tantas outras iguais, adversários na política e na tribuna, vieram enfim a reconciliar-se na morte e na imortalidade.

A imprensa prestou já ao conselheiro Zacarias as justas homenagens a que tinha direito esse eminente estadista. Já lhe chorou a morte inesperada e tão cruel para a nação inteira, e especialmente para a tribuna política, para a ciência, para o partido liberal e para a administração pública.

O que ele foi durante mais de trinta anos, como deputado, senador, ministro, professor e jurisconsulto, está escrito em atos e palavras perduráveis; e não irei eu repetir, data por data, sucesso por sucesso, a história desse atleta, que sabia arrancar a admiração aos próprios adversários.

E nesse ponto cabe ponderar que a vida do conselheiro Zacarias, quando os futuros biógrafos a escreverem, servirá de exemplo e estudo às novas gerações políticas. Elas examinarão o característico dessa individualidade, cujo talento se ligava às virtudes mais austeras, e que, não sabendo a linguagem das multidões, gozava da mais larga popularidade; chefe liberal, acatado e independente; homem a todos os respeitos superior e afirmativo da sua pessoa.

O futuro poderá conhecer os talentos e os serviços do eminente estadista; mas o que será letra morta para ele é o modo e o gênio da eloquência que o céu lhe dera; essa palavra constante e única, que sabia ser e era ordinariamente familiar, mas sempre enérgica, e quando convinha sarcástica, e, quando sarcástica, inimitável.

Verão, entretanto, os homens futuros, ao lerem os debates do nosso tempo, que o conselheiro Zacarias preenchia todos os deveres do parlamentar. Nenhum ramo da administração lhe era desconhecido; ele discutia com igual propriedade, elevação e perícia, as finanças ou os negócios diplomáticos, os assuntos de guerra ou de marinha, as questões de colonização ou de magistratura.

Das quatro vezes em que foi ministro, três vezes presidiu ministérios; e em cada uma daquelas quatro regeu uma pasta diferente, indo da Marinha à Justiça e do Império à Fazenda. Estudara antes, durante e depois; estudou sempre. Era homem de sua família e de seu gabinete. Tinha a paixão do saber, e a consciência do dever imposto pela posição no partido a que pertencia, e no Parlamento em que era um dos principais vultos.

Orador e polemista, nunca recuou diante de nenhum adversário, nem de nenhuma questão; sua dialética era de aço, sua intrepidez não tinha desânimo. Ou no poder ou fora dele, a tribuna o viu sempre de pé, dominando os que o ouviam, e mais do que isso, dominando-se a si próprio. Era absoluto senhor da palavra; nem se desviava, nem se continha; dizia o que queria e como queria.

Ninguém poderia supor, há algumas semanas, que esse homem robusto, não só de espírito, mas também de corpo, cairia tão depressa para nunca mais levantar-se. A morte tomou-o de surpresa; e a notícia dela, que consternou toda esta cidade, lançará o luto e a dor a todo o Império do Brasil.

Não há conservadores, nem liberais, quando se tratar de um vulto daquela estatura, cujo fato melhor fará sentir o que ele valia, e de quem a posteridade dirá que era um homem, um verdadeiro homem.

II

Aquele único assunto devia bastar a esta crônica; mas força é comemorar dois fatos dos últimos dias.

O primeiro é a crise ministerial.

Nossos leitores sabem que esta folha é estranha à política; e portanto, não esperam de mim nenhuma indicação ou apreciação no que respeita à substância dos fatos.

O que me compete é dizer que uma ocasião de crise é a prova mais concludente de que há só uma coisa comparável à fecundidade dos noveleiros, é a credulidade dos outros.

Oh! os noveleiros!

Oh! os outros!

Ainda não estava escolhido o organizador do novo gabinete, ou pelo menos não era oficialmente sabido, e já corriam listas ministeriais. Algumas listas eram tão sinceras, tão verdadeiras, que os outros diziam: só nos falta o Ministério da Justiça, ou o da Guerra ou qualquer outro. No mais era exata.

Então os outros ouviam, decoravam, copiavam e passavam adiante a outros outros, e estes a outros, e mais outros. Mas como as listas eram diferentes, havia no fim do dia setenta e cinco a setenta e oito ministros, todos autenticados pelos autores.

Tempo de guerra, mentira como terra.

O grande laboratório era a rua do Ouvidor. Nessa rua faz-se e desfaz-se mais depressa um gabinete do que eu escrevo esta crônica, e notem que é escrita a todo o pano. Já me aconteceu ter notícia de três ministérios, entre a rua da Quitanda e o ponto dos bondes. Afinal só há um Ministério verdadeiro: é o que deveras se organiza, e eu ainda não o vi, à hora em que escrevo estas linhas.

O que for soará.

III

O outro ponto é o telegrama que nos dá a Inglaterra ameaçando perturbar a paz (relativa) da Europa.

Peço desculpa à Inglaterra, mas parece-me que os seus armamentos são para ela mesma ver. Não é outra coisa. Aqueles arsenais, aquelas armadas, aquele fervor em aumentar tropas e navios, creio que seja verdade, mas também creio que seja inútil. Não porque a Inglaterra não os possa empregar com vantagem, mas porque são tardios. É tarde; Inês é morta.

Morta e sepultada. Os russos com as costas quentes, com a vitória na mão, e Constantinopla diante dos olhos, não hão de recuar uma linha, qualquer que seja a atitude inglesa.

Verdade é que nós estamos longe, somos uns míopes, e sobretudo não temos interesse no caso. Pode ser que não tenhamos razão; mas afigura-se-nos que sim. Temos razão.

Em todo caso, lavro daqui o meu protesto, diante das potências deste e do outro mundo (o velho), e declaro, alto e bom som, à posteridade, que não creio nos armamentos, ou pelo menos na eficácia deles.

Creio que o telegrama é peta da Havas.

Petíssima.

IV

Um derradeiro fato:

Apareceu mais um campeão na imprensa diária: o *Cruzeiro*, jornal anunciado há algumas semanas. Desejamos longa vida ao nosso novo e brilhante colega.

Manassés
Ilustração Brasileira, 1º de janeiro de 1878

HISTÓRIAS DE TRINTA DIAS

Ilustração Brasileira (1878)

Assim como as árvores mudam de folhas

I

Assim como as árvores mudam de folhas, as crônicas mudam de título; e não é essa a única semelhança entre a crônica e a árvore. Há muitas outras, que não aponto agora por falta de tempo e de papel.

O caso é que quando eu cronicava a quinzena tinha diante de mim (ou antes atrás) um espaço limitado, um período cujos limites podia ver com estes olhos que a terra me há de comer. Mas trinta dias! É quase uma eternidade, é pouco menos de um século. Quem se lembra de coisas que sucederam há quatro semanas? Que atenção pode sustentar-se diante de tão vasto período?

Exemplo:

Houve no princípio do mês uma mudança ministerial, uma completa alteração na política do governo. Que virei eu dizer de novo trinta dias depois? Quinze dias vá; ainda parece que a gente vê o sucesso; os acontecimentos não são de primeira frescura, mas ainda estão frescos. Um fato de trinta dias pertence à história, não à crônica.

Digo isto, leitor amigo, para que, se alguma vez esta crônica te parecer mofada, fiques sabendo que a culpa não é minha, mas do tempo — esse velho e barbudo Cronos, que a tudo lança o seu manto de gelo.

Menos nas minhas costas que neste momento parecem uma encosta do Vesúvio. Lá me escapou um trocadilho... Não risco; antes isso que uma injúria.

Nem há outra utilidade nos trocadilhos.

II

Enquanto se discute se a Câmara será ou não dissolvida, agora ou logo, vamos nós ficando dissolvidos lentamente, de maneira que em março ou abril não sei se restará um quarto ou um quinto de população.

Pela minha parte estou já dissolvido de todo, ou pouco me falta. Isto com que pego na pena, já não é mão, é um fragmento, um cavaco, uma réstia de ossos. Não tenho nariz; essa cartilagem com que me dotou a natureza degenerou inteiramente, e com ela o vício de Paulo Cordeiro e o da curiosidade. Já não posso meter o nariz onde sou chamado e muito menos onde o não sou.

Há chuva; eu bem sei que de quando em quando caem algumas canadas d'água; mas o sol vinga-se desses intervalos carregando a mão quando lhe chega a vez.

Por fortuna, o ano não é bissexto, de maneira que o *ferveiro* apenas nos perseguirá com 28 dias. É uma consolação. O dia 1 de março pode ser quentíssimo, horroroso; mas é uma consolação pensar a gente que está em março, que o verão vai despedir-se por alguns meses!

No meio de todo este fogo, foi agradável saber que as chuvas já caem no interior do Ceará. Ainda bem! Venham elas lá e cá, mas sobretudo lá, onde tantos milhares de irmãos nossos se viram a braços com o terrível flagelo. Nós temos o recurso de não morrer de fome; mas eles?

Agora é tratar de evitar outras.

III

Quem também evitará outras é a Sublime Porta.

Caiu enfim a Turquia, foi vencida pelo urso do norte, fato que parece alegrar a meio mundo, ainda não sei por quê.

— Por quê? Porque são infiéis, dizia-me há dias um vizinho que não põe os pés na igreja.

Qualquer que seja a culpa, a verdade é que vamos ter a paz de Europa; e parece que dentro de pouco tempo os turcos estarão na Ásia.

Constantinopla deixará de ser a última cidade pitoresca da Europa. O formalismo ocidental (porque São Petersburgo é uma Londres ou uma Paris mais fria) vai ali estabelecer os seus arraiais. Adeus, cafés muçulmanos, adeus, cafetãs, narguilés, adeus, ausência de municipalidade, cães soltos, ruas mal calçadas, mas pisadas pelo pé indolente da otomana; adeus! Virá o alinhamento, a botina parisiense, a calça estreita e ridícula, o fraque, o chapéu redondo, toda a nossa miséria estética.

Ao menos, Constantinopla, resiste alguns anos até que eu te possa ver, e ir respirar as brisas do Bósforo, ouvir um verso do Alcorão e ver dois olhos saindo dentre o véu das tuas belas filhas. Faz-me este obséquio, Constantinopla!

IV

A colônia italiana nesta corte vai celebrar uma sessão fúnebre em honra de Vítor Manuel, o extinto rei cavalheiro.

Essa manifestação de saudade e adesão é digna dela e do ilustre príncipe.

Vítor Manuel pertence já à história. O futuro julgará os acontecimentos de que ele foi centro e bandeira. Quaisquer que sejam as opiniões políticas dos contemporâneos ou dos pósteros, ninguém lhe negará qualidades notáveis e próprias do chefe de uma grande nação.

A digna colônia italiana do Rio de Janeiro corresponderá, estamos certos, à ilustre memória e à grandeza de sua pátria.

V

Saltando outra vez ao nosso país, à nossa cidade, à nossa rua do Ouvidor, ocorreu neste mês, há poucos dias, o desaparecimento do *Diário do Rio de Janeiro*.

O decano da imprensa fluminense mais uma vez se despede dos seus colegas. Longa foi a sua resistência, e notórios os seus esforços; mas tinha de cair e caiu.

Não me lembro sem saudade desse velho lidador. Não lhe tem valido talento nem perseverança, nem sacrifício. A morte vem lentamente infiltrar-se nele, até que um dia, uma manhã, quando ninguém espera, anuncia-se que o *Diário do Rio* deixa de existir.

Naquelas colunas mais de uma pena ilustre tem provado suas forças. Não citarei os antigos; citarei por alto Alencar, Saldanha, Bocaiúva, Viana, partidos diferentes, diversos estilos, mas todos publicistas de ilustre nomeada.

E caiu o velho lidador!

VI

O *Monitor Sul-Mineiro* iniciou a ideia de um monumento no lugar em que repousam as cinzas de José de Alencar. Esta ideia, comunicada ao Rio de Janeiro, foi saudada pela imprensa com as palavras merecidas de louvor e animação.

Pela minha parte, aplaudo com ambas as mãos o nobilíssimo projeto.

Já disse nestas colunas o que sentia acerca do elevado mérito do autor do *Guarani*; fiz coro com todos quantos apreciaram em vida aquele talento superior, que soube deixar um vivo sulco onde quer que passou, política ou literatura, eloquência ou jurisprudência.

Levantar o monumento merecido é dever dos que lhe sobrevivem, é dever sobretudo dos que trabalham na imprensa, ou por meio de livros, ou por meio de jornais, que uns e outros foram honrados com os escritos daquele espírito potente.

Parabéns ao *Monitor Sul-Mineiro*.

VII

Um novo príncipe enche de regozijo a família brasileira, cujo augusto chefe reúne às mais elevadas virtudes cívicas as mais austeras virtudes domésticas.

Sua alteza a princesa imperial sente dobrarem-se-lhe inefáveis alegrias de mãe.

Ainda bem!

Digna filha da virtuosa imperatriz, saberá dar a seus amados filhos as lições que recebeu, e que a exalçam de nobilíssimas virtudes; lições iguais às que lhe transmitirá o ilustre príncipe consorte, educado na escola do velho rei que deu à França 18 anos de paz, de prosperidade e de glória.

Manassés
Ilustração Brasileira, Fevereiro de 1878

O prazo é longo

I

O prazo é longo, mas desta vez a história é curta.
    Porquanto, eu não posso gastar cinquenta resinas de papel a dizer:
— Que calor!
— Faz muito calor!
— O calor esteve horrível.
— Estamos ameaçados de uma horrível seca!
— Etc.
— Etc.
    Posso? Não posso. Seria matar-me a mim e ao leitor — dois casos graves, e não sei qual deles mais grave, não sei. Talvez... não, não digo; sejamos modestos e não magoemos o leitor.
    Ora, a história do mês passado não é outra. Aqui e ali um acontecimento, raro, medroso e pálido (com algumas exceções), mas a grande história, essa pertence ao fogo lento com que este verão assentou de matar-nos.
    Felizes os que vão a Petrópolis, Teresópolis, Friburgo, todas essas cidades de nomes gregos ou germânicos, e clima ainda mais germânico do que grego. Esses não sabem o que é pôr a alma pela boca fora, trabalhar suando, como suam as bicas da rua; não sabem o que é ter brotoeja, não dormir, não comer, e (daqui a pouco tempo) não beber...
    Tu e eu, leitor agarrado à capital, tu e eu sabemos o que foi o demônio do *ferveiro*, mês inventado pelo diabo. Logo, escusa contar-te a história do calor, que tu sabes tanto como eu, talvez melhor do que eu.

II

Disse acima que os sucessos foram pálidos, com algumas exceções. Exemplifico: a eleição na Glória, onde foi um pouco vermelha.
    Correu sangue! Mas por que correu sangue? Quem o mandou não ficar parado, como os tílburis sem frete ou como os relógios sem corda? Não sei; mas a verdade é que ele correu e a igreja ficou interdita.
    Pessoa que assistiu ao rolo diz-me que os altares foram invadidos por grande porção de gente que ali se refugiou para escapar a algum golpe sem destino. Donde concluo que a religião não é tão inútil como a pintam alguns filósofos imberbes. Ao menos, se não faz respeitar o sagrado recinto, serve de refúgio aos cautelosos.
    Valha-nos isso!
    Uma eleição sem umas gotinhas do líquido vermelho equivale a um jantar sem as gotinhas de outro líquido vermelho. Não presta; é pálido; é *terne*; é sem sabor. Dá vontade de interromper e bradar:
— *Garçon! un peu de sang, s'il vous plait.*

Quando chega a morrer alguém minha opinião é que a eleição fica sendo perfeitíssima — opinião que talvez não seja a mesma do defunto.

Mas o defunto teve uma grande consolação; morreu no posto de honra, no exercício de seus direitos de cidadão. Bem sei que a morte é a mesma, mas antes isso que morrer de febre amarela.

III

A febre amarela foi outra página do mês. Epidemia não há; mas... têm morrido algumas pessoas.

Dizem que depois do Carnaval, cujas festas costumam ser delirantes, a febre levantará o estandarte epidêmico, e levará tudo até o Caju. Isto me disseram dois médicos, e creio que é a opinião de todos os outros.

O remédio parece fácil, não é? Facílimo: adiar as festas do Carnaval para o inverno. Duvido muito que os festeiros suportassem a mudança.

Ergo, cemitério.

IV

E acabou.

Acabou, porque a morte do papa e a eleição do papa não são acontecimentos que me pertençam; pertencem à história do mundo e do século; eu narro os casos da cidade.

O que posso é saudar destas páginas o novo pontífice, a quem desejo longos dias, pacíficos e prósperos.

Manassés
Ilustração Brasileira, Março de 1878

SE SOUBESSEM O DESEJO QUE EU TINHA

I

Se soubessem o desejo que eu tinha de lhes inventar agora cinco ou seis petas! Algumas delas haviam de pegar, e uma que fosse compensava o trabalho. Lembrou-me, porém, que, se esta crônica é escrita no dia 1 de abril, não será lida antes de 6 ou 8, e portanto perdia o meu latim. Voltemos ao português.

II

Dos trinta dias que passaram, o maior foi o 25, primeiramente porque era aniversário do juramento da constituição, depois porque nesse dia foram distribuídos os prêmios da exposição nacional e da exposição de Filadélfia.

Sua majestade, como sempre, presidiu à solenidade e fez a distribuição dos prêmios concedidos, sendo a cerimônia inaugurada por um discurso de sua alteza o sr. conde d'Eu.

A mim nada resta mais do que apertar a mão aos premiados, desejando-lhes muitos outros dias como aquele. Pena é que não possa ser tão cedo! Mas é talvez melhor que haja um intervalo maior, para ainda mais se aperfeiçoarem os concorrentes e aparecerem outros novos. Até hoje o que se tem visto é que o número das recompensas cresce de exposição para exposição.

Infelizmente, não podemos ir a Paris, no que andamos com juízo, porque não havia tempo nem sobram recursos. Façamos como os particulares, que primeiro economizam para viajar depois.

III

A venda do *Independência* foi outro caso importante do mês, e não tenho mais do que felicitar os leitores da *Ilustração* por esse fato.

Poucos indivíduos na ordem naval terão sido tão falados como esse famoso *Independência*. Teve amigos e inimigos, sem que uns nem outros o conhecessem. Se alguém o dizia simpático e dotado de virtudes patriarcais, outros o achavam insolente e egoísta. Para estes era um Adônis, para aqueles um fearrão.

Vai senão quando o governo inglês propõe comprar o encouraçado, e o governo brasileiro aceitou o excelente negócio, e viu-se livre de uma grande despesa anual.

Tanto melhor!

Os trocadilhos que já se têm feito com o fato da venda do navio reduzem-se a um só: — ficamos sem *Independência*. Ah! senhores, um pouco mais de imaginação. *S'il vous plaît.*

IV

A morte do conselheiro José Tomás Nabuco de Araújo foi a grande mancha, na história dos últimos trinta dias.

O que perdeu o país nesse homem ilustre e sábio, não é preciso que o digamos aos leitores da *Ilustração*.

Jurisconsulto profundo, parlamentar distintíssimo, político moderado, era um dos homens mais notáveis da geração que vai desaparecendo. Como Zacarias, sua morte foi inesperada e a todos tomou de sobressalto. Hoje repousa no eterno leito, deixando na história largo sulco de sua passagem.

Dizem que deixou pronto o projeto do Código Civil. Tanto melhor! Teremos enfim código, e redigido por mão de mestre.

V

Termino afirmando que tive pena de não ir ao baile *costumé* de Petrópolis, um dos acontecimentos do mês. Que querem? Não vai a Roma quem quer; se assim não fosse, tinha eu assistido ao conclave.

Dizem que o baile esteve soberbo, e deixou as mais agradáveis recordações; citam-se magníficos trajes; a boa animação; a geral alegria. Enfim, terminou quase de manhã.

E com fresco! Oh! Petrópolis!

Manassés
Ilustração Brasileira, Abril de 1878

NOTAS SEMANAIS
O Cruzeiro (1878)

Há heranças onerosas

I

Há heranças onerosas. Eleazar substituiu Sic, cuja pena, aliás, lhe não deram, e conseguintemente não lhe deram os lavores de estilo, a graça ática, e aquele pico e sabor, que são a alma da crônica. A crônica não se contenta da boa vontade; não se contenta sequer do talento; é-lhe precisa uma aptidão especial e rara, que ninguém melhor possui, nem em maior grau, do que o meu eminente antecessor. Onerosa e perigosa é a herança; mas eu cedo à necessidade da ocasião.

Resta que me torne digno, não direi do aplauso, mas da tolerância dos leitores.

II

Um pouco dessa tolerância, bem podiam tê-la as comissões sanitárias, cuja locomoção me tem feito pensar nas três famosas passadas de Netuno. Vejamos um claro exemplo de intolerância e de outra coisa.

Descobriu uma de tais comissões que certa casa da rua tal, número tantos, vende água de Vidago e de Vichy, sem que as ditas águas venham efetivamente dos pontos designados nos anúncios e nos rótulos. As águas são fabricadas cá mesmo. A comissão entendeu obrigar a casa a dar um rótulo às garrafas, indicando o que as águas eram; e, não sendo obedecida, multou-a.

Há duas coisas no ato da comissão: ingenuidade e injustiça.

Com efeito, dizer a um cavalheiro que escreva nas suas águas de Vidago: estas não são de Vidago, são do beco dos Aflitos — é exigir mais do que pode dar a natureza humana. Suponho que a população do Rio de Janeiro morre por lebre, e que eu, não tendo lebre para lhe dar, lanço mão do gato, qual é o meu empenho? Um somente: dar-lhe gato por lebre. Ora, obrigar-me a pôr na vianda o próprio nome da vianda; ou, quando menos, a escrever-lhe em cima esta pergunta: onde está o gato? — é supor-me uma simplicidade que exclui a beleza original do meu plano; é fechar-me a porta. Restar-me-ia, em tal caso, o único recurso de comparar a soma das multas com a soma dos ganhos, e se esta fosse superior, adotar o alvitre de fazer pagar as multas pelo público. O que seria fina flor da habilidade industrial.

Mas pior do que a ingenuidade, é a injustiça da comissão, e maior do que a injustiça é a sua inadvertência. A comissão multou a casa, porque supõe a existência de fontes minerais em Vidago e em Vichy, quando é sabido que uma e outra das águas assim chamadas são puras combinações artificiais. Vão publicar-se as receitas. Acresce que as águas de que se trata nem são vendidas ao público. Há, na verdade, muitas pessoas que as vão buscar; mas as garrafas voltam intactas, à noite, e tornam a sair no dia seguinte, para entrar outra vez; é um jogo, um puro recreio, uma inocente diversão, denominada o *jogo das águas*, mais complicado que o jogo da bisca, e menos arriscado que o jogo da fortuna. A vizinhança, ao ver entrar e sair muita gente, está persuadida de que há grande venda do produto, o que diverte infinitamente os parceiros, todos eles sócios do Clube dos Misantropos Reunidos.

III

Quanto a receitas, não serão aquelas as únicas impressas. O *Cruzeiro* anunciou que um dos nossos mais hábeis confeiteiros medita coligir todas as suas, em volume de mais de trezentas páginas, que dará à luz, oferecendo-o às senhoras brasileiras.

É fora de dúvida, que a literatura confeitológica sentia necessidade de mais um livro em que fossem compendiadas as novíssimas fórmulas inventadas pelo engenho humano para o fim de adoçar as amarguras deste vale de lágrimas. Tem barreiras a filosofia; a ciência política acha um limite na testa do capanga. Não está no mesmo caso a arte do arroz-doce, e acresce-lhe a vantagem de dispensar demonstrações e definições. Não se demonstra uma cocada, come-se. Comê-la é defini-la.

No meio dos graves problemas sociais cuja solução buscam os espíritos investigadores do nosso século, a publicação de um manual de confeitaria, só pode parecer vulgar a espíritos vulgares; na realidade, é um fenômeno eminentemente significativo. Digamos todo o nosso pensamento: é uma restauração, é a restauração do nosso princípio social. O princípio social do Rio de Janeiro, como se sabe, é o doce de coco e a compota de marmelos. Não foi outra também a origem da nossa indústria doméstica. No século passado e no anterior, as damas, uma vez por ano, dançavam o minuete, ou viam ver correr argolinhas; mas todos os dias faziam renda e todas as semanas faziam doce; de modo que o bilro e o tacho, mais ainda do que os falcões pedreiros de Estácio de Sá, lançaram os alicerces da sociedade carioca.

Ora qual é nossa situação há dez ou quinze anos? Há dez ou quinze anos, penetrou nos nossos hábitos um corpo estranho, o bife cru. Esse anglicismo só tolerável a uns sujeitos, como os rapazes de Oxford, que alternam os estudos com regatas, e travam do remo com as mesmas mãos que folheiam Hesíodo; esse anglicismo, além de não quadrar ao estômago fluminense, repugna aos nossos costumes e origens. Não obstante, o bife cru entrou nos hábitos da terra; bife cru *for ever*, tal é a divisa da recente geração.

Embalde alguns fiéis cidadãos vão ao Castelões, às quatro horas da tarde, absorver duas ou três mães-bentas, excelente processo para abrir a vontade de jantar. Embalde um partido eclético se lança ao uso do pastel de carne com açúcar, conciliando assim, num só bocado, o jantar e a sobremesa. Embalde as confeitarias continuam a comemorar a morte de Jesus, na quinta-feira santa, armando-se das mais vermelhas sanefas, encarapitando os mais belos cartuchos de *bonbons*, que em algum tempo se chamaram confeitos, recebendo enfim um povo ávido de misturar balas de chocolate com as lágrimas de Sião. Eram, e são esforços generosos; mas a corrupção dos tempos não permite fazê-los gerar alguma coisa útil. A grande maioria acode às urgências do estômago com o sanduíche, não menos peregrino que o bife cru, e não menos sórdido; ou com o croquete, estrangeirice do mesmo quilate; e a decadência e a morte do doce parecem inevitáveis.

Nesta grave situação, anuncia-se o novo manual de confeitaria. Direi desde já que o merecimento do autor é inferior ao que se pensa. Sem dúvida, há algum mérito nesse cavalheiro, que vem desbancar certo sábio do século anterior. Dizia o sábio que se tivesse a mão cheia de verdades, nunca mais a abriria; o confeiteiro tem as mãos cheias de receitas, e abre-as, espalma-as, sacode-as aos quatro ventos do céu, como dizendo aos fregueses: — Habilitai-vos a fazer por vossas mãos a compota de araçá, em vez de a vir comprar à minha confeitaria. Vendo-vos este livro, para vos não vender mais coisa nenhuma; ou, se me permitis uma metáfora ao sabor do moderno gongorismo, abro-vos as portas dos meus tachos. Concorrentemente, auxilio o desenvolvimento das liberdades públicas, porquanto, alguns vos dirão que tendes o direito do jejum e o direito da indigestão: é apenas uma verdade abstrata. Eu congrego ambos os direitos sob a forma do bom-bocado: é uma verdade concreta. Abstende-vos ou abarrotai-vos; está ao alcance da vossa mão.

Não vai além o mérito do autor do novo manual. Sua iniciativa tem um lado inconsciente, que o constitui simplesmente fenômeno. Há certa ordem de fatos na vida dos povos, cujo princípio gerador está antes na lei histórica do que na deliberação do indivíduo. Aparentemente, é largo o abismo, entre um *Confeiteiro Portátil* e a última batalha de Pompeu; mas estudai em suas origens os dois produtos, e vereis que, se César desloca a base do poder político, põe por obra uma evolução da sociedade romana, e se o nosso confeiteiro publica as suas trezentas páginas de receitas, obedece à necessidade de restaurar o princípio social do manuê. Naquele caso, a queda da República; neste, a proscrição do bife sangrento. Diferente meio, ação diversa; lei idêntica, análogo fenômeno; resultado igual.

Trata-se pois de nada menos que voltar ao regime da sobremesa. Quando o Marechal López, nas últimas convulsões de seu estéril despotismo, soltava esta frase célebre: *il faut finir pour commencer*, indicava às nossas confeitarias, ainda que de modo obscuro, a verdadeira teoria gastronômica. Com efeito, importa muito que a sobremesa tenha o primeiro lugar; acrescendo que começar uma coisa pelo fim, pode não ser o melhor modo de a acabar bem, mas é com certeza, o melhor modo de a acabar depressa. Vejam, por exemplo, as consequências que pode ter este princípio da sobremesa antes da sopa, aplicado à organização dos Estados. A Banda Oriental do Uruguai, apenas se sentou à mesa das nações, ingeriu no estômago um cartucho de pralinas constitucionais; abarrotou-se, e nem por isso teve indigestão; ao contrário, digeriu todas as pralinas em poucos anos; digeriu mais uns quinhentos quilos de governos *à la minute*; mais uns dez ou doze pires de congressos em calda; viveu, enfim, numa completa marmelada política. É verdade que o estômago lhe adoeceu, e que a puseram no regime de uns caldos substanciais à Latorre, para combater a dispepsia republicana; mas é também verdade que, se não acabou bem, acabou depressa.

IV

Não acabou menos depressa o paço municipal de Macacu, que aliás acabou mais radicalmente; ardeu. Sobre as causas do desastre perde-se a imaginação em conjeturas, sendo a mais verossímil de todas a da combustão espontânea. Se não foi isso, foi talvez o mau costume que têm todos os paços municipais de dormirem com luz e lerem até alta madrugada. O de Macacu parece que até fumava na cama. Imprudência que se não combina com a madureza própria de um paço municipal.

Seja como for, há de ser muito difícil achar agora os papéis do município, e fica truncada a história de Macacu. Também a história é tão loureira, tão disposta a dizer o sim e o não, que o melhor que pode acontecer a uma cidade, a uma vila, a uma povoação qualquer, é não a ter absolutamente; e para isso a maior fortuna seria aplicar o niilismo aos documentos. Entreguemos os sábios vindouros ao simples recurso da conjetura; aplicação higiênica, algo fantástica, e sobretudo pacífica.

Não sei se o paço municipal estaria seguro em alguma companhia. Pode ser que não. Eu inclino-me a crer que devíamos segurar tudo, até as casacas, sobretudo as carteiras e algumas vezes o juízo. Um paço municipal entra no número das primeiras: é a casaca do município. Se a de Macacu já estava sebenta, não era isso razão para que o município fique agora em mangas de camisa; é mais fresco, mas muito menos grave.

V

Sucessos em terra, sucessos no mar. Voa um prédio; inaugura-se a linha de navegação entre este porto e o de Nova York. No fim de uma coisa que acaba, há outra que começa, e a morte paga com a vida: eterna ideia e velha verdade. Que monta? Ao cabo, só há verdades velhas, caiadas de novo.

O vapor é grande demais para estas colunas mínimas; há muita coisa que dizer dele, mas não é este o lugar idôneo. Tinha que ver se eu entrasse a dar à preguiça dos leitores um caldo suculento de reflexões, observações e conclusões, acerca da boa amizade entre este país e os Estados Unidos! Que o digam vozes próprias e cabais. Mais depressa lhes falaria do fonógrafo, se o houvera escutado. O fonógrafo... creiam que agora é que trato de suster o voo, porque estou a ver o fim da lauda, e o fonógrafo era capaz de levar-me até o fim da edição. Virá dia em que o faça com descanso.

Que os Estados Unidos começam de galantear-nos, é coisa fora de dúvida; correspondamos ao galanteio; flor por flor, olhadela por olhadela, apertão por apertão. Conjuguemos os nossos interesses, e um pouco também os nossos sentimentos; para estes há um elo, a liberdade; para aqueles, há outro, que é o trabalho; e o que são o trabalho e a liberdade senão as duas grandes necessidades do homem? Com um e outro se conquistam a ciência, a prosperidade e a ventura pública. Esta nova linha de navegação afigura-se-me que não é uma simples linha de barcos. Já conhecemos melhor os Estados

Unidos; já eles começam a conhecer-nos melhor. Conheçamo-nos de todo, e o proveito será comum.

VI

E agora um traço negro. Registrou a semana um fato triste e consolador ao mesmo tempo. Morreu um homem, que era inteligente, ilustrado e laborioso; mas que era também um homem bom. Os qualificativos estão já tão gastos que dizer homem bom, parece que é não dizer nada. Mas quantos merecem rigorosamente esta qualificação tão simples e tão curta? O grande assombra, o glorioso ilumina, o intrépido arrebata; o bom não produz nenhum desses efeitos. Contudo, há uma grandeza, há uma glória, há uma intrepidez em ser simplesmente bom, sem aparato, nem interesse, nem cálculo; e sobretudo sem arrependimento.

Era-o o dr. Dias da Cruz; e se a sua morte foi um caso triste, o seu saimento foi um caso consolador, porque essa virtude sem mácula pôde subir ao céu sem desgosto: levou as lágrimas dos olhos que enxugara.

Eleazar
O Cruzeiro, 2 de junho de 1878

Aquele pobre Gomes

I

Aquele pobre Gomes, que se confessa materialista e se mata para ir saber "o que aquilo é", não é mais do que um produto fatal do retalho de ciência. Imaginação impressionável, verdura de anos, também ali as houve; mas o funesto retalho foi que o levou ao uso dessa triste liberdade de morrer, que a natureza só ao homem conferiu, e que, aliás, o elegante Garção dizia ser a mais perfeita e inviolável.

Retalho de ciência, retalho de arte, retalho de literatura, retalho de política, eis os perigos de uma juventude, mais cobiçosa de devassar do que paciente em discernir. O *pouco mais ou menos* é um triste mal. Pobre Gomes! Foste pedir à ciência alguma coisa que supunhas superior ou melhor do que as crenças da tua meninice; e, em vez da vida, em vez da consolação que elas te deram, achaste o desvario e a morte. É isso a razão humana: uma luz melindrosa, que resiste muita vez ao vendaval de um século, e se apaga ao sopro de um livro.

II

Lembram-se de haver ardido o paço municipal de Macacu? Dizer-se agora que o incêndio não foi devido à combustão espontânea, nem à imprudência do paço, mas só e somente a oculto propósito! De quem e para quê? Sobre esse ponto, acrescenta-se que as duas parcialidades políticas da vila se acusam mutuamente do desastre; não sei com que razões, mas acusam-se; é o que se diz. O caso seria gravíssimo, se fosse verdadeiro, porque indicaria a introdução de uma nova arma no arsenal dos partidos: o petróleo. A realidade, porém, é outra: a causa é toda pessoal, simpática e santa.

Em primeiro lugar, o paço municipal de Macacu não ardeu. Supôs-se que ardera, por não ser encontrado, de manhã, no lugar do costume. A suposição era verossímil, conhecidos os hábitos sedentários do paço, e o amor que dedicava à vila natal; mas, força é dizer que houve precipitação em afirmar uma hipótese, apenas verossímil, e de nenhum modo averiguada.

Que destino teria, entretanto, o paço? Para este ponto chamo eu a atenção das almas sensíveis. Saiba-se que esse paço, másculo na aparência, tinha conseguido até hoje dissimular o sexo, pois era e é nada menos que uma bela quadragenária. A fim de se poupar às seduções e consequentes perigos, disfarçou os encantos sob a estamenha de uma municipalidade interior. Nunca, em tão largos anos, pôde ser suspeitada a dissimulação. Os gamenhos de Macacu, baldos às vezes de corações disponíveis, mal suspeitavam que ali palpitava um, e vasto, e virgem. Os partidos revezavam-se sem dar pela coisa; e a bela incógnita parecia destinada ao eterno mistério.

Ultimamente, por motivos que não vêm ao caso narrar, o paço municipal de Macacu sentiu em seu ser uma grande revolução: era mãe! Não se descreve a dupla sensação que esse fato lhe produziu. Júbilo, primeiramente; depois terror. Complicação do natural com o social. Que admira? A vila é recatada e de bons costumes; o paço, pela austeridade de seu proceder, granjeara a universal estima. Ameaçava-o agora a execração universal. Sob a impressão do primeiro momento, o paço teve ideia de atirar-se ao rio; venceu porém, o instinto materno; essa quase Medeia por antecipação (como os leilões) fez-se uma simples Agar.

Como se aproximasse o termo da gestação, urgia buscar um sítio ermo, secreto, remoto, sem curiosidades nem murmúrios, onde a criança pudesse nascer tranquilamente. Com tais requisitos, o mais próprio lugar era a nossa rua do Ouvidor. Essa rua chega a irritar um homem pelo excesso de descuriosidade. Nenhum dos seus transeuntes quer saber nada de nenhuma outra criatura humana; nunca ali circula o mínimo boato, e quando se inventa alguma coisa é sempre um rasgo de virtude. Tem acontecido dizer-se de dois cônjuges separados, que são o mais unido casal do mundo, e de um gatuno, que é cópia fiel de são Francisco de Sales. Os olhos andam pregados no chão; ninguém perscruta os pés das moças e suas imediações. O todo da rua dá ideia de um corredor de convento.

Uma noite, o paço municipal saiu de Macacu, envolvido no capote menos municipal que encontrou à mão, com um chapéu derrubado, e umas barbas postiças, e encaminhou-se para esta corte, onde aliás não pôde chegar; a criança nasceu no meio da jornada. Pessoa que a viu diz que é singularmente robusta.

O incêndio era pois, uma calúnia, um aleive, uma *inverdade*, se me é lícito usar esse barbarismo. Era uma maneira de julgar pelas aparências; era mais alguma coisa. Se delato o erro da infeliz, é porque há fortes esperanças de o santificar pelo matrimônio. Assim, não prejudico a situação profundamente municipal do paço, e arredo de sobre a cabeça dos partidos a suspeita de terem traduzido em macacuense as doutrinas da comuna. As fraquezas do coração pode absolvê-las a Igreja; a história é que não tem bênçãos para o erro político. Sabia-o Macacu; saiba-o o universo inteiro.

III

Mal se falou numa comissão para rever o projeto do Código Civil, começaram a afluir de todas as partes indicações e designações ao sr. ministro da Justiça. Cada manhã traz nas asas úmidas um jurista apropriado ao mister. *Prenez mon ours* é o dito invariável dos recadinhos que s. excia. recebe antes do almoço; e não escritos por mão dos próprios, senão de outros, porque há sempre amigos anônimos, dedicações obscuras, corações serviçais.

Pela minha parte, dispenso a intervenção de ninguém; apresento-me eu próprio; disposto a cortar na ampla toga de Nabuco um colete para uso da minha glória pública e doméstica. Coletes de fazenda vulgar, qualquer os pode ter, à sua custa; mas um bom colete de seda é privilégio dos talentos másculos. *Prenez mon ours*. Talvez não haja extraordinário mérito em construir um Código Civil. Combinar as regras do direito universal com as do pátrio costume, congregar o disperso, consubstanciar ideias modernas com princípios clássicos, organizar, dividir, ligar as partes todas de um sistema racional e apropriado, não sei que isso seja um trabalho de Hércules. Também não digo que rever isso, preencher as lacunas, eliminar as aparas de uma obra incompleta, não digo que seja meter uma lança em África. Meu intento é outro; não pretendo corrigir o voo da águia; sou apenas a mosca do fabulista. *Prenez mon ours*.

IV

Heu, Chique-Chique! Desta vez desapareces da face da terra. Após largos séculos de intervalo, reproduz-se o caso de Troia, sem um Homero que o cante para deleitação dos vindouros; mas em todo o caso com um intrépido Besout. O Besout de quem trato, aliás anônimo, possui o gênio da aritmética, além de grande tranquilidade de ânimo. No meio do combate levado à pobre vila (dizem) por um bacharel e gente armada, no meio do fogo, da assolação, do terror, do sangue derramado, das imprecações e dos clamores, esse gélido calculista contava os tiros trocados, e afiança que foram mais de 15 mil. Vejam bem: 15 mil, nem um tiro menos. Nenhuma paixão política, nenhuma afeição doméstica, nada pôde perturbar o consciente narrador. Quanto ao caso em si, (se a política o não exagera) excede a alçada da crônica; são coisas de lágrimas; não as lágrimas assim chamadas, sinal da humana fraqueza, diante do infortúnio, que o coração não logra vencer ou dominar; mas lágrimas de filósofo, austero confrangimento do sábio, que antes lastima do que condena essa violência partidária, essa explosão de ódio recíproco, fruto de interesses, a que a política empresta o nome, e nada mais.

 A primeira vez que assisti a uma sessão do Parlamento era bem criança. Recordo-me que ao ver um orador oposicionista, após meia hora de um discurso acerbo, inclinar-se sobre a cadeira do ministro, e rirem ambos, senti uma espécie de desencanto. Esfreguei os olhos; não lhes podia dar crédito. Era tão diferente a noção que eu tinha dos hábitos parlamentares! A reação veio; e então compreendi que a mais bela coisa das lutas partidárias é justamente a estima das pessoas, de envolta com as dissensões de princípios, espírito de tolerância que não conhecem ainda as povoações rústicas. A esse respeito, contam estas a mesma idade que eu tinha, quando pela primeira vez pus os olhos, no Parlamento. Meninice social.

V

Mas o caso verdadeiramente curioso foi o que aconteceu, há dias, à nossa edilidade.

 Ia a edilidade em seus trabalhos, quando entrou na sala das sessões o fiscal da Candelária, trazendo pela mão um cavalheiro de ar complicado e nariz interrogativo. O fiscal apresentou-o com todas as formalidades usuais. O nariz da edilidade não ficou menos interrogativo que o do cavalheiro, que era nem mais nem menos um problema jurídico.

 — Trata-se disto, começou o problema.

 Há de saber que houve um incêndio na galeria das Mil Colunas, cujo verdadeiro número não excede a vinte e quatro. Ficou ali uma grande porção de gêneros, que, depois de se corromperem a si próprios, corromperam o ar ambiente e entraram a corromper os pulmões da vizinhança. O aroma desses restos só difere do da água-de-colônia no único ponto de ser totalmente outro. O meu nobre amigo, aqui presente, compreendendo que a porção de munícipes a seu cargo mal poderia sofrer a vizinhança de tais restos, foi ter com os respectivos donos e intimou-os a removê-los dali; os donos responderam que haviam passado essa obrigação às companhias de seguros. Sem perda de tempo, dirigiu-se o meu nobre amigo às companhias de seguros, e delas ouviu que nem tinham recebido semelhante obrigação, nem sequer a conheciam de vista; que, naturalmente, a obrigação ficara com os donos dos gêneros. Voltou o meu nobre amigo aos donos, que o remeteram outra vez para elas, e elas para eles, até que, insistindo eles e elas no mesmo propósito, achou-se o meu nobre amigo diante de um problema, que sou eu, a saber:

 — A quem pertence a obrigação de remover os restos corruptos? *It is the rub.* Resolve-me ou devoro-te.

 A edilidade, que tem notícia de Œdipo, enfiou ao ouvir as últimas palavras do problema; mas dissimulou como pôde, fê-lo sentar, mostrou-lhe uma litografia, leu-lhe o tratado de santo Stefano, recitou-lhe a *Lua de Londres*; em seguida, elogiou-lhe o padrão das calças. Esgotadas todas essas diversões, sem que o problema parecesse disposto a sair, a edilidade coligiu todas as forças, encarou-o com solenidade e disse:

— Não é fácil nem difícil o que me propõe; todavia é uma e outra coisa. Talvez a obrigação pertença unicamente aos donos, porque são donos; mas não é fora de propósito que pertençam às companhias, que já lhes pagaram. O meio infalível de saber a qual das duas partes corre o dever de que se trata, é indagar a qual delas não incumbe. Nesse ponto a negativa de ambas é assaz enérgica.

— Mas em suma — interrompeu o problema —, a quem pertence a obrigação?

— Penso que ao bei de Túnis. Não vejo outra pessoa; é, na verdade, o único a quem se pode razoavelmente imputar a obrigação de remover os detritos, que estão envenenando a vizinhança da galeria das Mil Colunas. O bei, na qualidade de infiel e gentio, tem parte nos flagelos com que a Providência castiga os homens. O incêndio é um de tais flagelos; o das Mil Colunas entra nessa categoria. Nada temos, pois, com as companhias, nem com os donos; mas tão somente com o bei. Se não é a esse que incumbe a obrigação, então não precisa ir mais longe, não dê tratos à cabeça, não cogite um instante mais: a obrigação é do cardeal camerlengo, cujas orações deveriam ter afastado da galeria das Mil Colunas o aludido flagelo e conseguintemente preservado os gêneros da podridão, e a vizinhança do tifo.

O problema declarou-se satisfeito com esse modo de ver, e levou o cavalheirismo ao ponto de oferecer-se para pagar os telegramas; a edilidade, porém, retorquiu dizendo que, pelos regulamentos em vigor, não podia entender-se diretamente com o bei nem o cardeal; e acrescentou que o melhor modo de remediar a dificuldade era arquivá-lo, a ele, problema. Este rejeitou o alvitre como ofensivo da dignidade de todos os problemas; e, convertendo-se em dilema, sacou uma pistola do bolso e apontou-a ao peito da edilidade. Nessa apertada situação, a edilidade não teve outro recurso mais do que confiá-lo ao seu advogado, que irá pleitear o caso nos tribunais. Quanto aos detritos...

VI

Se eu pedir, você me dá? é o título de uma polca distribuída há algumas semanas. Não ficou sem resposta; saiu agora outra polca denominada: *Peça só, e você verá*. Esse sistema telefônico, aplicado à composição musical não é novo, data de alguns anos; mas até onde irá é o que ninguém pode prever. Chegará talvez à correspondência política e particular, aos anúncios do Holloway, à simples e nacional mofina. *Que se pode esperar de tão bárbaro governo?* valsa em dois tempos. *A oposição delira*, polca a quatro mãos. *Sr. dr. chefe de polícia, lance suas vistas para as casas de tavolagem*, fantasia em lá menor, por um que sabe. *Descanse um que sabe; a autoridade cumpre o seu dever*, variações para piano. Teremos a perfeição do gênero no dia em que o compositor responder a si próprio. Exemplo: *Onde é que se vende o melhor queijo de Minas?*, melodia. *No beco do Propósito nº 102*, sonata.

Não levantem os ombros com desdém. Um povo musical, como é o nosso, pode chegar a substituir a prosa pela solfa, sem prejuízo do pensamento, e até com algum encanto. Quem sabe se os nossos netos, candidatos a um lugar na Câmara, não serão compelidos a dar dois dedos de flauta aos eleitores? A zabumba, simples metáfora quando não figura nos batalhões, receberá o seu alvará de capacidade. Os instrumentos serão o distintivo dos partidos no Parlamento; a uns a clarineta, que é áspera, impertinente e fanhosa; a outros a flauta e a guitarra. O apito passará a ser o cetro presidencial; o aparte terá um forte substituto no assobio. Quanto aos oradores, haverá a escala inteira, desde a harpa eólia até o realejo napolitano.

VII

Foi-se-me o espaço, e, porventura, em coisas de menor tomo. Poucas linhas bastam, entretanto, para dizer que toda a gente leu com prazer a narração da visita de sua majestade ao primeiro vapor da linha de Nova York. "A maior honra da minha vida é o privilégio que hoje me é concedido de receber vossa majestade a bordo deste vapor", disse o comandante, e tais palavras, não as lemos somente como justa homenagem ao primeiro magistrado deste país, mas também, e, por isso mesmo, como manifestação de obséquio e consideração à pátria do imperador.

A imprensa americana reproduzirá com prazer a saudação do digno marítimo; pode acrescentar os nossos sentimentos de fraternidade.

Somos os dois principais países do continente; a natureza, separando-os, facilitou a aliança dos dois povos, que nenhum interesse divide no presente, nem provavelmente no futuro. Um potentado africano, recebendo exploradores portugueses, pediu-lhes que não ficassem vizinhos, mas remotos — condição para mais perfeita amizade; e figurou melhor o seu pensamento mostrando o mar que ali bramia raivoso na costa, por estar tão à beira dela. O João de Barros diz a coisa mais elegantemente; mas eu não tenho à mão o João de Barros, e o prelo aguarda esta última folha.

Eleazar
O Cruzeiro, 9 de junho de 1878

Estrugiram os últimos foguetes de Santo Antônio

I

Estrugiram os últimos foguetes de Santo Antônio; não tarda chegar a vez de São João e de São Pedro. O último desses santos, com ser festivo, não o é tanto como os dois primeiros, nem, sobretudo, como o segundo. Deve-o talvez à sua qualidade especial de discípulo, e primaz dos discípulos. Não o era o Batista, aliás precursor e admoestador, e menos ainda o bem-aventurado de Pádua.

Indague quem quiser o motivo histórico deste foguetear os três santos, uso que herdamos dos nossos maiores; a realidade é que, não obstante o ceticismo do tempo, muita e muita dezena de anos há de correr, primeiro que o povo perca os seus antigos amores. Nestas noites abençoadas é que as crendices sãs abrem todas as velas. As consultas, as sortes, os ovos guardados em água, e outras sublimes ridicularias, ria-se delas quem quiser; eu vejo-as com respeito, com simpatia, e se, alguma coisa, me molestam é por eu não as saber já praticar. Os anos que passam tiram à fé o que há nela pueril, para só lhe deixar o que há sério; e triste daquele a quem nem isso fica: esse perde o melhor das recordações.

II

Venhamos à boa prosa, que é o meu domínio. Vimos o lado poético dos foguetes; vejamos o lado legal.

Os dias passam, e os meses, e os anos, e as situações políticas, e as gerações e os sentimentos, e as ideias. Cada olimpíada traz nas mãos uma nova andaina do tempo. O tempo, que a tradição mitológica nos pinta com alvas barbas, é pelo contrário um eterno rapagão, rosado, gamenho, pueril; só parece velho àqueles que já o estão; em si mesmo traz a perpétua e versátil juventude.

Duas coisas, entretanto, perduram no meio da instabilidade universal: — 1º a constância da polícia que todos os anos declara editalmente ser proibido queimar fogos, por ocasião das festas de São João e seus comensais; 2º a disposição do povo em desobedecer às ordens da polícia. A proibição não é simples vontade do chefe; é uma postura municipal de 1856. Anualmente aparece o mesmo edital, escrito com os mesmos termos; o chefe rubrica essa chapa inofensiva, que é impressa, lida e desrespeitada. Da tenacidade com que a polícia proíbe, e da teimosia com que o povo infringe a proibição, fica um resíduo comum: o trecho impresso e os fogos queimados.

Se eu tivesse a honra de falar do alto de uma tribuna, não perdia esta ocasião de expor longa e prudhommescamente o princípio da soberania da nação, cujos delegados são os poderes públicos; diria que, se a nação transmitiu o direito de legislar, de judiciar, de administrar, não é muito que reservasse para si o de atacar uma carta de bichas; diria que, sendo a nação a fonte constitucional da vida política, excede o limite máximo do atrevimento empecer-lhe o uso mais inofensivo do mundo, o uso do busca-pé. Levantando a discussão à altura da grande retórica, diria que o pior busca-pé não é o que verdadeiramente busca o pé, mas o que busca a liberdade, a propriedade, o sossego, todos esses pés morais (se assim me pudesse exprimir), que nem sempre soem caminhar tranquilos na estrada social; diria, enfim, que as girândolas criminosas não são as que ardem em honra de um santo, mas as que se queimam para glorificação dos grandes crimes.

Que tal? Infelizmente não disponho de tribuna, sou apenas um pobre-diabo, condenado ao lado prático das coisas; de mais a mais míope, cabeçudo e prosaico. Daí vem que, enquanto um homem de outro porte vê no busca-pé uma simples beleza constitucional, eu vejo nele um argumento mais em favor da minha tese, a saber, que o leitor nasceu com a bossa da ilegalidade. Note que não me refiro aos sobrinhos do leitor, nem a seus compadres, nem a seus amigos; mas tão somente ao próprio leitor. Todos os demais cidadãos ficam isentos da mácula se a há.

Que um urbano, excedendo o limite legal das suas atribuições, se lembre de pôr em contacto a sua espada com as costas do leitor, é fora de dúvida que o dito leitor bradará contra esse abuso do poder; fará gemer os prelos; mostrará a lei maltratada na sua pessoa. Não menos certo é que, assinado o protesto, irá com a mesma mão acender uma pistola de lágrimas; e se outro urbano vier mostrar-lhe polidamente o edital do chefe, o referido leitor aconselhar-lhe-á que o vá ler à família, que o empregue em cartuchos, que lhe não estafe a paciência. Tal é a nossa concepção da legalidade; um guarda-chuva escasso, que não dando para cobrir a todas as pessoas, apenas pode cobrir as nossas; noutros termos, um pau de dois bicos.

Agora, o que o leitor não compreende é que esse urbano excessivo no uso das suas atribuições, esse subalterno que transgride as barreiras da lei, é simplesmente um produto do próprio leitor; não compreende que o agregado nada mais representa do que as somas das unidades, com suas tendências, virtudes e lacunas. O leitor (perdoe a sua ausência) é um estimável cavalheiro, patriota, resoluto, manso, mas persuadido de que as coisas públicas andam mal, ao passo que as coisas particulares andam bem; sem advertir que, a ser exata a primeira parte, a segunda forçosamente não o é; e, a sê-lo a segunda, não o é a primeira. Um pouco mais de atenção daria ao leitor um pouco mais de equidade.

Mas é tempo de deixar as cartas de bichas.

III

Uns devotos riem, enquanto outros devotos choram.

A Providência, em seus inescrutáveis desígnios, tinha assentado dar a esta cidade um benefício grande; e nenhum lhe pareceu maior nem melhor do que certo gozo superfino, espiritual e grave, que patenteasse a brandura dos nossos costumes e a graça das nossas maneiras: deu-nos os touros.

Talvez poucas pessoas se lembrem que há bons vinte e cinco anos ou mais, creio que mais, houve uma tentativa de tauromaquia nesta cidade. A tentativa durou pouco. Uma civilização imberbe não tolera melhoramentos de certo porte. Cada fruto tem a sua sazão. O circo desapareceu, mas a semente ficou, e germinou, e brotou e cresceu, e fez-se a magnífica árvore, a cuja sombra se pode hoje estirar a nossa filosofia.

Na verdade, os prazeres intelectuais hão de sempre dominar nesta geração. Atualmente, é sabido que o teatro, copioso, elevado, profundo, puro Sófocles, tem enriquecido quarenta e tantas empresas, ao passo que só quebram as que recorrem às mágicas. Ninguém ainda esqueceu os ferimentos, as rusgas, os apertões que houve por ocasião da primeira récita do *Jesuíta*, cuja concorrência de espectadores foi tamanha, que o empresário do teatro comprou, um ano depois, o palácio Friburgo.

Faltavam-nos os touros. Os touros vieram, e com eles toda a fraseologia, a nova, a elegante, a longa fraseologia tauromáquica; enfim, veio o bandarilheiro Pontes. Não tive a honra de ver este cavalheiro, que os doutores da instituição proclamam artista de alta escala; mas ele pertence ao número das coisas, em que eu creio sem ver, digo mais, das coisas, em que eu tanto mais creio quanto menos avisto. Porque é de saber que, em relação a essa nobre diversão do espírito eu sou nada menos que um patarata; nunca vi corridas de touros; provavelmente, não as verei jamais. Não é que me falte incentivo. Em primeiro lugar, possuo um amigo, espírito delicado, que as adora e frequenta; depois, sempre me há de lembrar santo Agostinho. Conta o grande bispo que o seu amigo Alípio, seduzido a voltar ao anfiteatro, ali foi de olhos fechados, resoluto a não os abrir; mas o clamor das turbas e a curiosidade os abriram de novo e de uma vez, tão certo é que esses espetáculos de sangue alguma coisa têm que fascinam e arrastam o homem. Pode ser que algum dia também eu vá atirar lenços e charutos aos pés de algum bandarilheiro célebre; pode ser...

Por ora, não estou entre os inconsoláveis admiradores do Pontes, que lá se vai, mar em fora. Perdão, do artista Pontes. Sejamos do nosso século e da nossa língua. No tempo em que uma vã teoria regulava as coisas do espírito, estes nomes de *artista* e de *arte* tinham restrito emprego: exprimiam certa aplicação de certas faculdades. Mas as línguas e os costumes modificam-se com as instituições. Num regime menos exclusivo, essencialmente democrático, a arte teve de vulgarizar-se: é a subdivisão da moeda de Licurgo. Cada um possui com que beber um trago. Daí vem que farpear um touro ou esculpir o *Moisés* é o mesmo fato intelectual: só difere a matéria e o instrumento. Intrinsecamente, é a mesma coisa. Tempo virá em que um artista nos sirva a sopa de legumes, e outro artista nos leve, em tílburi, à fábrica do gás.

IV

Nesse tempo não viverá, decerto, um pobre velho que veio ontem lançar-se a meus pés. Mandei-o levantar, consolei-o, dei-lhe alguma coisa, um níquel, e ofereci-lhe o meu valimento, se dele necessitasse.

— Agradeço os bons desejos, disse ele; mas todos os esforços serão inúteis. Minha desgraça não tem remédio. Um bárbaro ministro reduziu-me a este estado, sem atenção aos meus serviços, sem reparar que sou pai de família e votante circunspecto; e se o fez sem escrúpulo, é porque o fez sem nenhuma veleidade de emendar a mão. Arrancou-me o pão, o arrimo, o pecúlio de meus netos; enfim, matou-me. Saiba que sou o arsenal de marinha. O ministro tirou-me as bandeiras, sob pretexto de que eu exigia um preço excessivamente elevado, como se a bandeira da nação, esse estandarte glorioso que os nossos bravos fincaram em Humaitá, pudesse decentemente custar 7$804, ainda sendo de dois panos! Era caro o meu preço, é possível; mas o pundonor nacional, não vale alguma coisa o pundonor nacional? O ministro não atendeu a essa grave razão, não atendeu ao decoro público. Tirou-me as bandeiras. Não tente nada, em meu favor, que perde o tempo; deixe-me entregue à minha desgraça. Esta nação não tem ideal, meu senhor; não tem coisa nenhuma. O pendão auriverde, o nobre pendão, custa menos do que um chapéu de sol, menos do que uma dúzia de lenços de tabaco; sete mil e tanto: é o opróbrio dos opróbrios.

V

Não menor opróbrio para a ciência foi a prisão de Miroli e Locatelli. Descanse a leitora; não se trata de nenhum tenor nem soprano, subtraído às futuras delícias da *fashion*. Não se trata de dois canários; trata-se de dois melros.

Não é melro quem quer. O primeiro daqueles merece dois dedos de admiração. Sucessivamente médico, domador de feras, volantim, mestre de dança, e ultimamente adivinho, não se pode dizer que seja homem vulgar; é um fura-vidas, que se atira à *struggle for life* e com unhas e dentes, sobretudo com unhas. De unhas dadas com a dama Locatelli, fundou uma Delfos na rua do Espírito Santo, e entrou a predizer as coisas futuras, a descobrir as coisas perdidas, e a farejar as coisas vedadas. O processo era o sonambulismo ou o espiritismo. Os crédulos, que já no tempo da Escritura eram a maioria do gênero humano, acudiram às lições de tão ilustre par, até que a polícia o convidou a ir meditar nos destinos de Galileu e outras vítimas da autoridade pública.

Pior que tudo é que, se a polícia os castiga neste mundo, o demo os castigará no outro; e aqui chamo eu a atenção do leitor para a estrita realidade da poesia. O famoso casal ficou neste mundo de cara à banda, como há de ficar no outro, segundo a versão dantesca; lá aos adivinhos como Miroli, torcem o nariz para trás, e os olhos choram-lhes pelas costas:

> ... ch'el pianto degli occhi
> Le natiche bagnava per lo ferro.

VI

Anuncia-se um congresso agrícola, um congresso oficial, presidido pelo ministro da Agricultura, reunião que não tratará de coronéis, nem de eleições, mas de lavoura, de máquinas e de braços. A crônica menciona o fato com prazer; e atreve-se a manifestar o desejo de que seja imitado em análogas circunstâncias. A administração não perde nunca, antes ganha, quando entra em contacto com as forças vivas da nação; ouvir diretamente uma classe é o melhor caminho para conhecer as necessidades dela e provê-la de modo útil.

Só poderia haver um receio; é que os interessados não acudissem todos ao convite. Mas além de ser gratuito supor que o doente se esquive a narrar o mal, podemos contar com o elemento paulista, que há de ser talvez o mais numeroso. Não é menos importante a lavoura fluminense, nem a das outras províncias convocadas; mas os homens que as dirigem são mais sedentários; falta-lhes um pouco de atividade *bandeirante*. Agora, porém, corre-lhes o dever de se desmentirem a si próprios.

Venhamos à política prática, útil, progressiva; metamos na alcofa os trechos de retórica, as frases feitas, todos os fardões da grande gala eleitoral. Não digo que os queimemos; demo-lhes somente algum descanso. Encaremos os problemas que nos cercam e pedem solução. Liberais e conservadores de Campinas, de Araruama, de Juiz de Fora, batei-vos nas eleições de agosto com ardor, com tenacidade; mas por alguns dias, ao menos, lembrai-vos que sois lavradores, isto é, colaboradores de uma natureza forte, imparcial e céptica.

Eleazar
O Cruzeiro, 16 de junho de 1878

Somos entrados na quadra dos prodígios

I

Somos entrados na quadra dos prodígios.

Tivemos há dias um cavalo de oito pernas que seguiu, no *Maskelyne*, para a Europa, ao passo que nos veio o homem-peixe e um homúnculo sem braços. Juntem a isso a chegada da Companhia Lírica (de cuja existência algumas pessoas entravam a duvidar), e o italiano que veio da Bahia, por terra, no "ônibus das duas". São prodígios às rebatinhas. Temo-los para todos os paladares. O vulgar, o reles, o ramerrão, ameaçava-nos da pior das mortes, que é a vida sem peripécias, sem novidade, sem esse relâmpago do inesperado, com que a fortuna sabe quebrar a monotonia de um céu pasmadamente azul. Dir-se-á que também nos cerca o monstro e o aleijão? Mas o aleijão é necessário à harmonia das coisas; o monstro é o complemento da beleza. Os antigos, que entendiam do riscado, casaram Vênus a Vulcano; e a lenda cristã reuniu a beleza física à fealdade moral, na pessoa do anjo réprobo.

Sobre o cavalo de oito pernas, nada há que dizer, salvo se é exata esta sentença hípica: — "o cavalo está na origem de todos os progressos sociais", sentença que li há dias, em um dos artigos do nosso laborioso Jacome, naqueles ou em análogos termos. Se é exata, podemos crer que a sociedade está prestes a uma grande evolução, desde que os cavalos começam a ter oito pés; e se ao lado desse melhoramento hípico, houver também um aumento humano, nos meios naturais de locomoção, então é certo que iremos todos, de um lance, à perfeição das coisas. Galoparemos na estrada do progresso. Já não haverá Estados, mas Jockey Clubs independentes; e das duas metáforas — "nau do estado" e "carro do estado" — triunfará definitivamente a segunda.

II

Mas o cavalo foi, e ficou o homem-peixe — um cavalheiro, que se propõe a entrar na água, como Jonas no ventre da baleia, ou como o vilão por casa de seu sogro, isto é, sem pedir licença nem misericórdia. Ao contrário dos neutros da política, que não são peixe nem carne, o nosso hóspede possui uma e outra natureza: condição esta que, se o não faz neutro, pode fazê-lo outra coisa, também política, como se disséssemos pau para toda a obra, paletó de duas vistas, hipopótamo ou simples morcego; principalmente morcego, animal que alega as asas ou os pés à feição do meio em que se acha:

Je suis oiseau: voyez mes ailes!
Je suis souris: vivent les rats!

Esta virtude de ser duas coisas, segundo a situação, é dos maiores benefícios que a natureza pode conferir a um homem, porquanto o alivia do ônus de uma pérfida e enfadonha uniformidade. Assim é que o nosso hóspede, quando estiver em terra, para lisonjear as vacas, trincará uma posta de tainha; entrando no mar, comerá à vista das tainhas um naco de vaca. O meio certo de obter a adesão das vacas e tainhas é devorá-las imparcialmente, sem exclusões odiosas nem preferências mal cabidas.

Errou, todavia, o novo rival de Leandro e Byron, no ponto de se não mostrar verdadeiramente peixe; veio a bordo de um navio, quando era mais correto vir por baixo d'água. Querer a reputação de espadarte e as comodidades de um simples algibebe, não digo que seja meter dois proveitos num saco; é justamente o contrário, é perder um deles, porque faz desconfiar de suas faculdades ictiológicas. Que peixe és tu, tão pródigo, que, podendo economizar algumas libras esterlinas, atiras com elas às ondas do mar, sob o frívolo pretexto de que adoras o enjoo? Esta pergunta é a que faz toda a gente amadora de prodígios, todos os crentes dos pintos de três pés e dos poetas de cinco anos. Apesar desses e outros delíquios da confiança pública, há grande ansiedade por vê-lo no reino de Netuno, entre as nereidas que o romantismo aposentou sem honras nem ordenado.

Que se apresse esse homem singular em receber os últimos aplausos dos outros homens. Que se apresse, porque não tarda o tempo em que a sua façanha seja a ação mais ordinária do mundo. O padre Oceano está perdendo todo o prestígio que lhe haviam dado a poesia e a superstição; hoje é apenas um *repórter*, bravio às vezes, mas fidelíssimo — di-lo a agência Havas. Dia virá em que algum americano pertinaz descubra a vara de Moisés; nesse dia o oceano será uma simples avenida; e se lhe puserem um *tramway*, fio que os passageiros levarão vida mais tranquila do que os da linha de São Cristóvão, que aliás gozam da inestimável vantagem de ter uma cópia do Cabo das Tormentas, por dois tostões.

III

Quanto ao homúnculo sem braços, é um anão da Libéria, achado em um saco de café da mesma origem. O grão de café é tamanho e o anão é tamaninho, que facilmente puderam entrar no mesmo saco. Mostra as suas habilidades em uma casa da rua do Ouvidor, ao som de um piano, que, ouvido cá de fora, parece tocado pelos pés do próprio anão; e, em tal hipótese, descontado a coriza de que o instrumento padece, não se pode negar que a execução é admirável. O anão dizem que trabalha, come e escreve com os pés; e, porque não faz essas coisas de graça, pode-se dizer, sem metáfora, que mete os pés nas algibeiras do espectador. Custa quinhentos réis. A negrinha-monstro, uma virago célebre, que há uns vinte anos esteve em exposição naquela mesma rua, custava dois mil-réis. É instrutiva a comparação dos dois preços; quer dizer que o progresso econômico vai tornando o aleijão acessível a todas as bolsas. Quasímodo não custaria hoje mais de cinco tostões, e Polifemo talvez se mostrasse por simples amor da arte.

Feliz Hélade! Bons ventos os que dobravam a vaga iônia! Tão normal era a beleza humana que Sócrates, ao passo que nos transmitiu as suas ideias, transmitiu-nos também o seu nariz, aquele nariz que tinha tanto de grego, como o de Cleópatra tinha de escandinavo: um nariz que, se hoje não incorre em nenhuma incapacidade eleitoral ou social, naquele tempo devia ser bem triste do admitir-se entre os olhos de um cidadão. Pois esse nariz veio até nós como um exemplo de exceção na regularidade nasal dos gregos. Feliz Hélade, onde os olhos encontravam na figura humana a simples, a adorável elegância da linha dórica, e a graça da ornamentação coríntia; onde quase que era preciso inventar o monstro.

IV

Não vão agora supor que tenho a mínima intenção de magoar as damas e o tenor da Companhia Ferrari, vindos anteontem do Rio da Prata. Não sei se são bonitos; mas os retratos, há já muito expostos na Confeitaria Castelões, dizem que o são excepcionalmente, e eu creio nos retratos, às vezes mais ainda nos retratos que nas pessoas.

Não alcanço, todavia, o motivo por que, inventada a fonografia, que pode transmitir as vozes dos cantores, as empresas hão de continuar a usar da fotografia, que apenas transmite as caras, com as quais nada têm os nossos ouvidos. Isso é o que aparece do primeiro relance; atentando bem, é óbvio que as empresas têm razão. Na verdade, um belo rosto predispõe um bom coração; facilmente se perdoa aos olhos de uma ninfa a ausência da voz de filomela. As espáduas, quando expressivas, podem cantar com pouca expressão; mas se juntarem à correção das linhas tal ou qual método, é evidente que o valor musical se multiplica pelas graças da pessoa. É como o artifício do vaso que torna a flor mais aprazível: ou, como dizia um nosso clássico, tratando do estilo, "o que eu comparo à boa ou ruim letra" que aclara ou escurece o sentido da oração.

Talvez algum diletante, do gênero grave, me argua de amparar, com a autoridade da minha razão, argumentos de ordem baixamente sensual, e portanto indignos da atenção do sábio e menos atribuíveis a um público ilustrado e superior. Respondo com duas pedras na mão; e seja, a primeira, que ao diletante sabe-lhe melhor o seu vinho velho em taça de cristal do que em canjirão de barro; e a segunda, que a música, excetuadas algumas obras, alguns gênios e alguns amadores, é um prazer puramente sensual. Que não? Há de ser muito difícil convencer-me de que uma boa parte da gente vai às óperas para outra coisa que não seja gozar um espetáculo que dispensa a mentalidade de cada um, ao passo que permite desabrochar o corte audacioso do colete. Ocorre-me até que um personagem da minha estima detestava a música, desde que era preciso ouvi-la mais de um quarto de hora, e, não obstante, era assinante do Teatro Lírico, e assíduo nas récitas. Um dia perguntei-lhe por que razão pagava tão caro um aborrecimento, se efetivamente o era; retorquiu-me que, sendo adverso à pena de morte, não hesitaria em assistir à execução de um réu, na qualidade de juiz criminal; e concluiu: "No juiz, o bom-tom é fitar a ação do carrasco; no homem da sociedade, é entregar ao carrasco o próprio colo, com o sorriso nos lábios e o binóculo na mão". Que há de querer um homem desses, se não que lhe compensem, pelo lado da *plumage*, tudo quanto a *ramage* lhe faz doer aos nervos?

Viva portanto o Ferrari e mais as suas fotografias. Prestes as damas e os cavalheiros, e mais que prestes o ilustre cabo, só nos resta tomar uma boa sede de música, para o conforto dos nervos enlanguescidos. Já se não passa pela porta das modistas, sem ver um ou dois cupês, cujos elegantes conteúdos sobem a provar as toaletes e a discutir com as madamas as melhores cores e os mais pertinentes ornatos. Qualquer que seja o mérito da companhia, não perderá o tempo quem lá for; ao menos, gozará o espetáculo da beleza feminil, realçada pela arte graciosa da tesoura.

V

Não direi palavra da ação policial do cabo submarino, exercida, há dias, dentro de um paquete, em Pernambuco, entre várias pessoas que se destinavam a uma excursão científica à Noruega. Há casos em que a indignação silenciosa é o mais eloquente comentário. A suspeita de que alguns credores ficaram a ver navios, ou mais propriamente a ver o navio, é simplesmente inepta. Primeiramente, é desastre que jamais ocorreu a nenhum credor; em segundo lugar, quem quer subtrair-se a obrigações de qualquer natureza, não o faz ao lusco-fusco, mas à luz do meio-dia, com anúncios nos jornais; é uso, é preceito de quem, ainda obrigado a um eclipse mais ou menos parcial, não quer perder a estima dos concidadãos e os aplausos dos homens esclarecidos. Pelo contrário, uma expedição científica exige tal ou qual surdina nos movimentos e um programa de cautelas, cujo efeito principal é ir dar com os fenômenos da natureza, antes que eles pressintam os expedicionários. De outro modo seria frustrar os interesses da ciência. Daí vem que nenhuma expedição anuncia o dia em que sai, e algumas têm chegado ao extremo de não tirar passaporte. Tais são os hábitos científicos; se a polícia os ignora, o que lhe cumpria era informar-se, antes de reduzir o cabo submarino à triste contingência de transmitir outra coisa de que não sejam aquelas hipóteses vagas, mas dúbias, sobre sucessos que improvavelmente se darão ou talvez nunca, conforme os fatos anteriores induzem levemente a suspeitar, sem aliás prejulgar ocorrências presumíveis e não improváveis, conquanto incoercíveis até o presente. Desculpe o cabo se lhe copio o estilo.

VI

Falei no telégrafo e no fonógrafo; é ocasião de dizer que também eu trabalho em um invento que deitará por terra todos os anteriores. Provavelmente o leitor já teve notícia do microfone, um instrumento que dá maior intensidade ao som e permite ouvir, ao longe, muito longe, até o voo de um mosquito. Leram bem: um mosquito. Não tarda outro que nos faça ouvir o germinar de uma planta e até o alvorecer de uma ideia. Talvez cheguemos à perfeição de escutar o silêncio.

Ora bem, o meu invento se o concluir, é tão sutil como esses, e muito mais útil. Ouvir o voo do mosquito pode ser uma recreação aceitável, mas não dá o ínfimo proveito; é indiferente à moral, e pode ser até que ao progresso científico. O instrumento da minha invenção serve para a conversação, não remota, senão próxima; aplica-se ao coração dos outros, dos amigos, por exemplo, e, ao passo que a gente vai ouvindo as expressões da língua, o instrumento vai transmitindo as expressões do músculo. O resultado é muita vez a mais formidável cacofonia.

Um exemplo:

Pela boca: — Deixa-te disso; bem sabes que entre ti e o Palha não posso nem devo hesitar: seria esquecer a tua velha amizade.

Pelo instrumento: — Vale tanto um como outro; e bem tolo fora eu.

Pela boca: — Quando quiseres, escreve-me um bilhete, duas linhas. Vai jantar comigo amanhã, sim? Vai; quero tomar uma barrigada de riso; lembras-te? Pois é verdade; fia-te em mim...

Pelo instrumento: — E não corras.

Pela boca: — Adeus; lembranças à família. Olha lá, vê se te esqueces agora da carta... adeus!

Pelo instrumento: — Uf!

Dei a ideia do instrumento. Bem aplicado, forra-se um homem a delongas e desencantos; separa o trigo do joio; vê os que o amam e os que o empulham; e em relação a estes, faz uma de duas coisas: ou lança-os de si, o que é ridículo, ou empulha-os também, o que é imoral. *Choisis, si tu l'oses.* Aplicado ao amor, esse instrumento é a última palavra; pode ser também empregado nos negócios, na propaganda política, em tudo o que traga relações pessoais. Palpita-me que vou fazer uma revolução.

Eleazar
O Cruzeiro, 23 de junho de 1878

A SOCIEDADE FLUMINENSE

I

A sociedade fluminense atravessa um período de inaugurações. Temos amanhã a do Skating-rink, depois de amanhã a da Câmara municipal. Ontem foi a do homem-peixe; há dias a do Cassino e a do Jockey Club; em breve a da Companhia Ferrari. Se é lícito lembrar outras coisas mínimas, direi que inauguro hoje uma dispepsia, e que o meu vizinho fronteiro inaugura o uso de não pagar o bonde pelos outros: lição de estômago e de passageiro. Vivemos num longo pórtico, entre infinitas estreias.

De todas estas, a mais importante é a da Câmara municipal. Sabe-se que não só a Câmara é diferente da outra, mas até de si mesma. Vereador, que o era há dois meses, não passa de um modesto contribuinte; contribuinte, que o era, acordou há dias vereador. Ali há choro e ranger de dentes; aqui, um riso da bem-aventurança. *Sorrisos e lágrimas*, como diria um vate piegas, se não preferisse dizer *lágrimas e sorrisos*, que é absolutamente a mesma coisa.

A Câmara velha quis fazer as coisas fidalgamente; mandou dar uma mão de cal à sala das sessões, espanar as janelas, deitar meia dúzia de pontos às cortinas. Há nisso mais cortesia do que sagacidade. Eu, no caso da Câmara velha, recebia a nova com as mesmas teias de aranha e dedadas dos contínuos, como se lhe dissesse: — Veja vossa ilustríssima a virtude espartana que deve ter um vereador; é obrigado a meditar um contrato e catar uma pulga, a diminuir as despesas dos calçamentos e o lustro do calçado. Todo o sebo que poderia adquirir a consciência, aqui ficou colado a esta mesa de pinho. Não lhe importe cair dessa cadeira velha; é o meio de não cair da opinião pública. Em vez disso, a Câmara velha prefere dar à nova um espécimen do palácio de Armida, alguma coisa semelhante ao luxo do califa de Bagdá. É polido, mas impolítico.

II

Não tarda, pois, que as ilustríssimas cadeiras, assim repintadas, recebam galantemente os novos vereadores; e eu seria o último dos cidadãos e o menos zeloso dos munícipes, se lhes não lembrasse dois fatos capitais: *primo*, que o erário municipal se acha necessitado de um forte peitoral de cereja; *secundo*, que de nenhum modo convém dar-lhe o peitoral de Ayer, bebida infecta e pobre de substâncias restauradoras e confortivas, mas só e somente o xarope Alvear, o mais enérgico e substancial de todos os que conhece a farmácia moderna.

Com efeito, li em jornais desta semana que, achando-se o erário municipal de Buenos Aires nas mesmas ou análogas condições do nosso, um certo Alvear, membro da edilidade portenha, depois de consultar todos os livros da ciência fiscal, tratou de tirar de seu próprio cérebro alguma ideia útil e capaz de restaurar o enfermo, de um modo pronto, científico e perpétuo. Não se demorou em acudir aos gritos da necessidade; revolveu os miolos, deu um forte sacudimento às faculdades inventivas, e ao cabo de algum tempo de concentração, sacou um imposto capaz de restituir a vida a um moribundo. Trata-se nada menos que de uma taxa anual de 5 pesos, sobre todos os habitantes ou transeuntes do município, sem exceção do sexo, que contarem de 10 a 70 anos de idade.

Confesso que essa ideia tem um forte cheiro de opereta, e que à primeira vista parece copiada de Offenbach. Vou além; cheguei a imaginar que os jornais faziam confusão de notícias; que se tratava efetivamente de uma ópera-cômica. Direi tudo: com os poucos indícios que tinha à mão, construí a peça, qual me pareceu que devia ser, e dei-lhe um título, talvez improvável, mas eminentemente possível. Chamei-lhe *D. Ana Covarrubias ou um vereador original*; dividi-a em três atos, e supus-lhe os personagens seguintes: o Erário; Primus Inter Pares; o Coletor dos Impostos; um Vereador, extremamente original; Pico de la Mirandola; o Congresso de Berlim; Procusto; um Cálculo Biliário; o dr. Ruibarbo; d. Ana Covarrubias, filha do Coletor; Buena Sera, mulher de Erário. Lugar da cena: Ilhas Malvinas.

Ato I — Primus Inter Pares calca o botão do tímpano; aparece-lhe o Coletor dos Impostos, a quem ele pergunta se há numerário disponível para comprar um lenço de tabaco. Consternação do coletor, que lhe responde com lágrimas nos olhos:

> Não, para um lenço de tabaco,
> Tabaco, baco,
> Não há um só real no saco,
> No saco, saco.

A rima não é rica (diria ele em prosa), mas *richesse ne fait pas le bonheur*. Contestação do Primus, cuja felicidade naquela ocasião seria justamente a riqueza do erário; consequentemente, replica dizendo que é preciso um imposto novo, rendoso, universal, e portanto igual para todos. O Coletor aflito propõe que sejam consultados os outros edis. Entram os edis a passo de cão. Um deles jura que possui uma ideia nova na ciência financeira. — Uma ideia nova! exclama o Coletor, abanando as orelhas. — Novíssima! bradam todos os outros edis, depois de ouvirem a ideia.

os edis

Novíssima,
Raríssima,
Riquíssima,
Com que pode vossa ilustríssima
Encher o erário municipal. (bis)

o coletor

Na verdade, é originalíssima,
Sim, senhor, é original.

Infelizmente, aparece a filha do coletor, d. Ana Covarrubias, debulhada em lágrimas, ajoelha-se, e roga ao pai que não cobre nunca o terrível imposto. O coletor começa a fraquear; mas os edis sacam as varas municipais, e juram sobre elas que, ou o imposto há de ser cobrado, ou eles hão de verter a última gota de sangue. O coletor desmaia; passa ao fundo a sombra de Nino. Cai o pano rapidamente.

Ato ii — Em casa do Erário. O dr. Ruibarbo toma o pulso ao doente e receita-lhe um passeio ao mais alto pico do Monte do Socorro. Enquanto o doente discute com o médico a oportunidade do remédio, entram os edis e declaram achar-se votado um novo imposto, extremamente original. Explicam-lho; o Erário cai das nuvens nos braços dos vereadores; dá graças aos deuses, e promete-lhes um edil de cera, se o imposto for levado a cabo. Nisso, Buena Sera, esposa do Erário, que tem espreitado a conversa, entra impetuosamente, e jura que o imposto não se há de cobrar nunca. Estupefação do Erário e dos vereadores. Um desses, com a franqueza que o caracteriza, pondera que a vida do ilustre enfermo depende do novo imposto — imposto ou morte! Antes a morte, brada a matrona. O Erário empalidece, gargareja uma imprecação, e sai fortemente apoiado na maioria.

Sobrevém d. Ana Covarrubias, e propõe a Buena Sera uma aliança ofensiva e defensiva contra os cinco pesos. Confessam uma à outra que amam um guapo mancebo desapatacado, e que esse seria compelido a mudar de terra, se o imposto fosse convertido em lei. Efusão de sentimentos, fusão de interesses, profusão de volatas. Vão a sair; mas um coronel de dragões, peitado pelos vereadores, apodera-se de ambas; elas resistem e cedem enfim protestando solenemente à face da Europa contra essa violação domiciliária e pessoal.

Ato III — Um café. Pico de la Mirandola, Procusto, o Congresso de Berlim, e um Cálculo Biliário conversam alegremente dos sucessos do dia. Sabe-se, pelo que dizem, que o guapo mancebo amado pelas damas é o mesmo e único indivíduo, um estrangeiro, um Tártaro, talvez emético, que viaja para conhecer os costumes dos povos cultos. Sabe-se mais que, por motivos particulares, o digno estrangeiro não entra na peça. O imposto está em execução: já se tem cobrado 4.000.000.000.000 de pesos. O Erário está ameaçado de obesidade; o Coletor morreu; d. Ana Covarrubias e Buena Sera morreram; o coronel dos dragões morreu; o Tártaro, cada vez mais emético, morre à última hora. Os quatro personagens resolvem acabar a peça, com um brinde; não o permitindo a hora adiantada da noite, cai o pano.

III

Sucedeu à corrida de cavalos outra corrida de homens, com o acréscimo dos "saltos", que os cavalos obrigam a dar, mas não dão eles próprios. Nada posso dizer do novo torneio, porque escrevo estas linhas, na ocasião justamente em que ele começa; mas posso julgá-lo pelo do ano passado, e creio que será delicioso... para os espectadores.

Essa usança, que parece ser também um gosto, é companheira daquele bife cru, de que tratei na minha crônica do dia 2 do corrente, com uma diferença, e é que, se o bife entrou nos nossos costumes, a usança não entra, embora sejam um e outro venerados pelos dignos bretões. Quando uma raça se nutriu durante três séculos com a bela goiabada de Campos, precisa de mais três séculos de carne sangrenta para apostar corridas e saltos. Somos demasiado melífluos para tão aspérrima canseira. Acresce que não estou perfeitamente convencido de que um bom banho frio, longos passeios, forte ginástica, e alguns jogos de força, sejam exercícios inferiores a deitar os bofes pela boca fora. Opinião de homem débil.

Em todo caso, antes ver correr os homens que ver brigar os galos, uso que floresceu com igual vida em Atenas e na Gamboa, do mesmo modo que floresce às margens do Tâmisa — ou Tamesis, como escrevia o Garrett. Donde se conclui que o homem é um animal eternamente brigão.

IV

Lastimei as desgraças de Chique-Chique: não me atrevo a lastimar a 2ª edição das de Macaúbas. Começo a suspeitar que a luta travada nessas duas vilas é uma simples metáfora de estudantes de retórica. É sabido que, em geral, quando um correspondente escreve estas solenes palavras "a província está ardendo", quer dizer simplesmente que foram demitidos dois subdelegados; e quando diz "o povo dorme tranquilo à sombra da paz", anuncia, de um modo poético, a nomeação de outros dois.

A "tribuna parlamentar", que é uma simples poltrona de mogno, deve abrir-nos os olhos. A metáfora é um abscesso nas organizações políticas;

convém rasgá-lo ou resolvê-lo, e voltarmos à frase sadia e nua: pão, pão; queijo, queijo.

V

Melhor notícia do que essa é a de ter sido aprovada, na Bahia, uma senhora que fez exame de dentista. Registro o acontecimento, com o mesmo prazer com que tomo nota de outros análogos; vai-se acabando a tradição, que excluía o belo sexo do exercício de funções, até agora unicamente masculinas. É um característico do século: a mulher está perdendo a superstição do homem. Tomou-lhe o pulso: compreendeu que se ele fez a guerra de Troia, e, se serviu quatorze anos a Labão, foi unicamente por causa dela; e desde que o reconheceu, subjugou-o.

No entanto, se aprovo que as senhoras façam concorrência ao Napoleão Certain, acho perigoso que as outras senhoras entreguem a boca aos dentistas do seu sexo. Em primeiro lugar, há de ser preciso muita e rígida virtude para que uma mulher não despovoe a boca de outra, quando lhe vir uns dentes de pérola, que obscureçam os seus; em segundo lugar, quem os trouxer postiços arrisca-se a ver o caso denunciado nos mais discretos salões. Imagine-se o caso de rivalidade amorosa...

VI

Fio-me muito mais na discrição de uma casa da rua do Ouvidor, que anuncia um "sabão nupcial", acrescentando, entre parênteses "inédito!". Nupcial deu-me trinta minutos de reflexão; inédito, levar-me-á com certeza ao fim da vida. Ao pé desse sabão, há um "leite de Aspásia", destinado a amaciar a pele; e ainda mais abaixo, umas "pastilhas de Vesta", que quando acesas deitam "azuladas nuvens de incenso, perfumadas de ambrosia, semelhantes às que as vestais respiravam nos templos de Corinto!"

Última utilidade da história: ensaboar os anúncios.

VII

Não se fechou a semana sem que a agência Havas nos desse uma notícia lúgubre. Dessa vez foi a morte súbita de d. Mercedes, a jovem rainha de Espanha. Não lhe resvalou a coroa da cabeça, foi ela que se subtraiu ao peso desse diadema difícil, levando consigo as venturas todas de um mancebo, que o coração e a política lhe haviam deparado, como um penhor de felicidade doméstica e de paz pública. A morte, de parceria com a estrela de Espanha, empenha-se em fazer essas súbitas mudanças de cenários.

De outra parte, não é a morte, é a filosofia de um doutor de trinta anos que não encontra no arsenal da liberdade melhor arma do que um revólver. Parecia que esse velho recurso do fanatismo político estava para sempre embotado e inútil; e jamais podíamos contar que ele nos saísse agora de uma universidade alemã. Pois, saiu; e, nem por ser mais científico, se tornou mais sensato... nem mais útil. Pobre filosofia! pobre filosofia!

VIII

Pobre folhetim!

Eleazar
O Cruzeiro, 30 de junho de 1878

Hoje é dia de festa cá em casa

I

Hoje é dia de festa cá em casa; recebo Luculo à minha mesa. Como o jantar do costume é rústico e parco, sem os requintes do gosto nem a abundância da gula, entendi que, por melhor agasalhar o hóspede, devia imitar o avaro de uma velha farsa portuguesa: mandar deitar ao caldeirão "mais uns cinco réis de espinafres". Noutros termos, enfunar um pouco o estilo. Não foi preciso; Luculo traz consigo os faisões, os tordos, os figos, os licores, e as finas toalhas, e os vasos murrinos, o luxo todo, em suma, de um homem de gosto e de dinheiro.

É o caso que tenho diante de mim o relatório do diretor das escolas normais de uma das nossas províncias, cujo nome, aliás, não digo, por não ofender a modéstia daquele cavalheiro. Não havia nada que saborear num relatório, se o de que trato fosse parecido com os outros, seus anteriores e contemporâneos. Mas não; o distinto funcionário entendeu, e entendeu muito bem, que lhe cumpria temperar o estilo oficial com algumas especiarias literárias. Na verdade, o estilo oficial ou administrativo é pesado e seco, e o tipo geral dos relatórios poderíamos figurá-lo bem em um sujeito pautado, gravata de sete voltas, casacão até os pés, bota inglesa, sobraçando um guarda-chuva de família. Não foi esse o modelo do diretor das escolas normais. Escritor ameno, imaginoso, erudito, deu um pouco mais de vida ao tipo clássico; atou-lhe ao pescoço um lenço azul, trocou-lhe o casacão em fraque, substituiu-lhe o guarda-chuva por uma bengala de Petrópolis. Ao peito pôs-lhe uma rosa fresca. Talvez não agrade tanto aos pés de boi da administração: não faltará quem lhe ache um ar pelintra, nos ademanes de *petit crevé*. É natural, e até necessário. Nenhuma reforma se fez útil e definitiva sem padecer primeiro as resistências da tradição, a coligação da rotina, da preguiça e da incapacidade. É o batismo das boas ideias; é ao mesmo tempo o seu purgatório.

Isto dito, intercalarei nesta crônica de hoje algumas boas amostras do documento de que trato, impresso com outros submetidos ao presidente; e para em tudo conservar o estilo figurado das primeiras linhas, e porque o folhetim requer um ar brincão e galhofeiro, ainda tratando de coisas sérias, darei a cada uma de tais amostras o nome de um prato fino e especial — *um extra*, como dizem as listas dos *restaurants*.

Sirvamos o primeiro prato.

Línguas de Rouxinol

Vassalo das normas legais e regulamentares, tenho a honra de vir, tirando forças da minha fraqueza, cumprir esse meu embargoso dever, depondo nas amestradas mãos de v. ex.ª, pelo ilustre veículo, que me é prescrito (a laureada diretoria de instrução pública), o fruto desenvolvido das emendas do meu secretário, esse tributo obediencial, que compete a v. ex.ª

...assim, pois, com a paciência com que a misericórdia sói acompanhar a justiça, em sua marcha salutar, espero v. ex.ª, para compreender-me, me siga pelos andurriais por onde, perdido de monte em monte, serei forçado a peregrinar.

II

Não há patinação, não há corridas de cavalos, não há nada que nestes dias possa dominar o sucesso máximo, o sujeito que em Caravelas, na Bahia, deu à luz uma criança. Quando eu era pequeno, ouvia dizer que o galo, chegando à velhice, punha ovos, como as galinhas; não o averiguei mais tarde, mas já agora devo crer que o conto não era da carocha, senão pura e real verdade.

O sujeito de Caravelas é um quadragenário, que tinha cor de icterícia, e padecia há muito uma forte opressão no peito. Ultimamente, di-lo o médico, sentiu uma dor agudíssima na região precordial, movimentos desordenados do coração, dispneia, forte edemacia em todo o lado esquerdo. Entrou em uso de remédios, até que, com geral surpresa, trouxe a este vale de lágrimas uma criança, que não era exatamente uma criança, porque eram as tíbias, as omoplatas, as costelas, os fêmures, trechos soltos da infeliz criatura, que não chegou a viver.

A mitologia deu-nos um Baco meio gerado na coxa de Júpiter; e da cabeça deste fez nascer Minerva armada. Eram fábulas naquele tempo; hoje devemos tê-las por simples realidade, e, quando menos, um prenúncio do nosso patrício. Assim o creio e proclamo. E porque não suponho que o caso de Caravelas deve ser o único, acontece-me que não posso ver agora nenhum amigo, opresso e pálido, sem supor que me vai cair nos braços, a bradar com um grito angustioso: "Eleazar, sou mãe!". Esta palavra retine-me aos ouvidos, e gela-me a alma... imaginem o que será de nós, se tivermos de dar à luz os nossos livros e os nossos pequenos; gerar herdeiros e conspirações; conceber um plano de campanha e Bonaparte.

Imaginem...

Coxinhas de Rola

Digitus Dei. As feridas abertas em minha alma precisavam do doce lenitivo desse bálsamo metafísico, superior em propriedades aglutinadoras aos mais afamados de Fioravanti.

III

Dize-me se patinas, dir-te-ei quem és. Tal será dentro de pouco tempo o mote da suprema elegância. As corridas de cavalos correriam o risco de ficar por baixo, e até perecer de todo, se não fora a *poule*, tempero acomodado ao homem em geral, e ao fluminense em particular. Digo fluminense, porque essa variedade do gênero humano é educada especialmente entre a loteria e as sortes de são João: e a *poule* dá as comoções de ambas as coisas, com o acréscimo de fazer com que um homem ponha toda a alma nas unhas do cavalo.

Não é nas unhas do cavalo que havemos de pô-la quando formos ao Skating-rink, mas nas próprias unhas, ou melhor dito, nos patins que as substituem. No Prado Fluminense a gente faz correr o seu dinheiro nas ancas do quadrúpede, e por mais que se identifique com este, o amor-próprio só pode receber alguns arranhões, mais ou menos leves. Na patinação, a queda orça pelo ridículo, e cada sorriso equivale a uma surriada. Sem contar que não se arrisca somente o amor-próprio, mas também o pelo, que não é menos próprio, nem menos digno do nosso amor.

E daí, não sei por que não se há de introduzir a *poule* na patinação. É um travozinho de pimenta. Aposta-se no vestido azul e no chapéu de escumilha, e perde o último que chegar ou o primeiro que cair. Será mais um campo de rivalidade entre os vestidos e os chapéus... os chapéus de escumilha, entenda-se.

Quanto à Emília Rosa... Interrompamo-nos; chega outro pratinho.

Peito de Perdiz à Milanesa

Não passarei adiante, sem lembrar a v. ex.ª que a nova organização dada ao curso pelo último dos regulamentos, tendo feito passar disciplinas do 2º para o 1º ano, e vice-versa, obrigou os normalistas que iam concluir seu tirocínio a frequentarem em comum com os que o começavam, as aulas dessas disciplinas transplantadas, fazendo destarte o que em linguagem coreográfica se chama *laisser croiser.*

IV

Emília Rosa é uma senhora, vinda da Europa, com a nota secreta de que trazia um contrabando de notas falsas. *Rien n'est sacré pour un sapeur*; nem as malas do belo sexo, nem as algibeiras, nem as ligas. A polícia, com a denúncia em mão, tratou de examinar o caso. Desconfiar com mulheres! O Tolentino contou o caso de uma que dissimulou um colchão no toucador. Onde entra um colchão, podem entrar vinte, trinta, cinquenta contos. A polícia esmiuçou o negócio como pôde e lhe cumpria; esteve a ponto de fazer cantar a passageira, a ver se lhe encontrava as notas falsas na garganta. Afinal, a denúncia das notas era tão verdadeira como a notícia das cabeças a prêmio, em Macaúbas, onde parece que apenas há um mote a prêmio, e nada mais: o mote eleitoral.

Trata-se, não de notas falsas, mas de salames verdadeiros, ou quaisquer outros comestíveis, que a passageira trazia efetivamente por contrabando. A diferença entre um paio e um bilhete do banco é enorme, posto que às vezes os bilhetes do banco andem nas algibeiras dos "paios", donde passam para o toucador das senhoritas. Valha-nos isso; podemos dormir confiados na honestidade das nossas carteiras.

Isto de notas falsas, libras falsas, e letras falsas, creio que tudo vai entroncar-se numa palavra de Guizot: *Enriquecei*! palavra sinistra, se não é acompanhada de alguma coisa que a tempere. Enriquecer é bom; mas há de ser a passo de boi, quando muito a passo de carroça d'água. Não é esse o desejo das impaciências, que nos dão libras de metal amarelo; o passo que as seduz é o dos cavalos do Prado — o da *Mobilisée*, que se esfalfa para chegar à raia. Vejam o *Secret*, seu astuto competidor. Esse deixa-se ficar; não se fatiga, à toa, imagem do ambicioso de boa têmpera, que sabe esperar. Talvez por isso o desligaram da *Mobilisée*, nas corridas de hoje. Esta radical não quer emparelhar com aquele oportunista.

Sinto um cheiro delicioso..

FAISÃO ASSADO
   Declaro a v. ex.ª algum tanto aflato de amor-próprio, que nenhum fato agraz perturbou durante o ano letivo a disciplina e boa ordem dos dois estabelecimentos a meu cargo. Diretor, professores, alunos e porteiros, todos souberam respeitar-se mutuamente. V. ex.ª não ignora que o respeito é a base da amizade.
   Como Cícero, sou um dos mais ardentes apologistas da lei natural, da equidade; como ele, entendo que a lei é a equidade; a razão suprema gravada em nossa natureza, inscrita em todos os corações, imutável, eterna, cuja voz nos traça nossos deveres, de que o Senado não nos pode desligar, e cujo império se estende a todos os povos; lei que só Deus concebera, discutira e publicara.

Partindo deste cantinho das minhas crenças, proponho a v. ex.ª que faça submeter o sr. professor do 1º ano a exame de uma junta médica...

V

Se achares três mil-réis, leva-os à polícia; se achares três contos, leva-os a um banco. Esta máxima, que eu dou de graça ao leitor, não é a do cavalheiro, que nesta semana restituiu fielmente dois contos e setecentos mil-réis a Caixa da Amortização; fato comezinho e sem valor, se vivêssemos antes do dilúvio, mas digno de nota desde que o dilúvio já lá vai. Não menos digno de nota é o caso do homem que, depois de subtrair uma salva de prata, foi restituí-la ao ourives, seu dono. Direi até que este fica mais perto do céu do que o primeiro, se é certo que há lá mais alegria por um arrependido do que por um imaculado.

Façam de conta que este último rasgo de virtude são uns óculos de cor azul para melhor encararmos a tragédia dos Viriatos. Hão de ter lido que esses malfeitores entrincheiraram-se em uma vila cearense, aonde o governo foi obrigado a mandar uma força de 240 praças de linha, que a investiram à escala vista; muito fogo, mortos, feridos; prisão de alguns, fuga dos restantes. Há revoluções na Bolívia que não apresentam maior número de gente em campo; digo de gente, sem me referir aos generais. Pobre Ceará! Além da seca, os ladrões de estrada.

Está-me a cair da pena um rosário de reflexões acerca da generalidade e da coronelite, dois fenômenos de uma terrível castelhana; mas iria longe...

Prefiro servir-lhes uns pastelinhos.

PASTELINHOS

A hipocrisia não tem um leito de flores no regaço da minha alma.

Sempre as finanças da província!... eterno clarão das almas timoratas!

As finanças e sempre as finanças, esse hipogrifo que...

...preferirá ver lacradas as portas das escolas primárias a ver sentados nas espinhosas cadeiras do magistério indivíduos cujos corações não foram cuidadosamente arroteados, antes de lhes acenderem almenaras em suas cabeças.

...o mestre, esse grande Davi da lira psíquica da infância...

VI

Parece que o *Primo Basílio*, transportado ao teatro, não correspondeu ao que legitimamente se esperava do sucesso do livro e do talento do sr. dr. Cardoso de Meneses. Era visto: em primeiro lugar, porque em geral as obras, geradas originalmente sob uma forma, dificilmente toleram outra; depois, porque as qualidades do livro do sr. Eça de Queirós e do talento deste, aliás fortes, são as mais avessas ao teatro. O robusto Balzac, com quem se há comparado o sr. Eça de Queirós, fez má figura no teatro, onde apenas se salvará o *Mercadet*; ninguém que conheça mediocremente a história literária do nosso tempo, ignora o monumental desastre de *Quinola*.

Se o mau êxito cênico do *Primo Basílio* nada prova contra o livro e o autor do drama, é positivo também que nada prova contra a escola realista e seus sectários. Não há motivo para tristezas nem desapontamentos; a obra original fica isenta do efeito teatral; e os realistas podem continuar na doce convicção de que a última palavra da estética é suprimi-la. Outra convicção, igualmente doce, é que todo o movimento literário do mundo está contido nos nossos livros; daí resulta a forte persuasão em que se acham de que o realismo triunfa no universo inteiro; e que toda a gente jura por Zola e Baudelaire. Este último nome é um dos feitiços da nova e nossa igreja; e, entretanto, sem desconhecer o belo talento do poeta, ninguém em França o colocou ao pé dos grandes poetas; e toda a gente continua a deliciar-se nas estrofes de Musset, e a preferir *L'Espoir en Dieu* a *Charogne*. Caprichos de gente velha.

Compota de Marmelos

Era assim preciso; os recursos do regulamento isolavam, não atraíam. Mais tarde, entendo-me particularmente com os deputados, deram-me eles duas pequenas maçanetas para embutir nas portas das escolas; o § 8º do art. 1º da resolução nº 1.079, e o § 8º do referido artigo.

...a instituição que, devidamente reparada da terrível exaustão da vida que tem sofrido desde o seu primeiro instante, pode se dizer sem medo de errar, é o palácio da grandeza moral e da opulência material da pequena província que, em face do velho Atlântico, embriagada de perfumes, circundada de luzes, ergue para Deus, donde há de vir sua prosperidade, os olhos prenhes de esperança.

VII

Reúne-se amanhã o congresso agrícola; e folgo de crer que dará resultados úteis e práticos. Conhecida a nossa índole caseira, a tal ou qual inércia de espírito, que é menos um fenômeno da raça, que da idade social, a afluência dos lavradores parece exceder à expectação. A obra será completa, se todos puserem ombros à empresa comum.

BRINDE FINAL
Aqui tenho a honra de concluir, fazendo votos para que, afeiçoando as ideias que, não edulcoradas para perderem o ressábio da origem, aí ficam mal expostas, digne-se tirar-lhes os ácidos...

VIII

Mas eu seria injusto, se não fechasse estas linhas notando um ato benemérito do digno diretor, que o confessa no relatório; tem auxiliado com dinheiro seu a matrícula de estudantes. Vê-se que é um entusiasta da pedagogia; e, se lhe recusarem o estilo, não lhe dão de recusar a dedicação. Há muitos estilos para relatar; há só um para merecer.

Eleazar
O Cruzeiro, 7 de julho de 1878

O TÓPICO ESSENCIAL DA SEMANA

I

O tópico essencial da semana foi o congresso agrícola. Não trataram de outra coisa os jornais, nem de outra coisa se falou nos bondes, nas ruas, nas lojas, onde quer que três homens se reuniam para matar o bicho da curiosidade.

Era natural o alvoroço; vinha da novidade do caso e da importância do objeto, que congregou no salão da Tipografia Nacional os lavradores de quatro províncias, sem contar os representantes domiciliados nesta corte, e por último, os espectadores que, no primeiro dia, eram em largo número. Antes e depois das sessões, viam-se na rua os fazendeiros atirando lentamente os pés, a comparar as vidraças das lojas com as várzeas das suas terras, e talvez a pedir um Capanema, que dê mate à saúva do luxo. Um Capanema ou um cônego Brito: porque o agricultor desse nome declarou, em pleno congresso, que há já muitos anos sabe fabricar um formicida, e que o privilégio dado no formicida Capanema é nada menos que uma iniquidade. Nada menos.

Não sendo a saúva a principal causa da decadência da lavoura, o congresso tratou de outros formicidas menos contestados; e, no meio de algumas divagações, apareceram ideias úteis e práticas, umas de aplicação mais pronta, outras de mais tardio efeito, podendo-se desde os primeiros dias conhecer a opinião geral da Assembleia acerca de vários pontos. Uma voz apenas se manifestou em favor da introdução de novos africanos; mas, a unanimidade e o ardor do protesto abafou para sempre essa opinião singular. Discursos houve de bom cunho, e trabalhos dignos de nota. Uma circunstância, sobre todas, não escapou à minha intenção: reunidos os paulistas na noite de segunda-feira, até tarde, em comício particular, apresentaram na sessão de terça-feira um longo trabalho refletido e metódico. Ingleses não andariam mais depressa.

E a Assembleia correspondeu ao exemplo. Em só cinco dias de sessão, trabalhou muito, expendeu muito, discutiu muito com serenidade, segundo a exata observação do sr. presidente do conselho. Nem tudo seria pertinente; não o podia ser, não o é geralmente, quando uma reunião de homens trata de examinar questões complexas e difíceis; mas alcançou-se o principal.

Não pude assistir a nenhuma das sessões; não posso dar, portanto, uma ideia da fisionomia da sala, o que incumbe especialmente à crônica — aonde ninguém desce a buscar ideias graves nem observações de peso. A crônica é como a poesia: ça *ne tire pas à conséquence*. Quem passa por uma igreja, descobre-se; quem passa por um botequim, não se dá a esse trabalho; entra a beber uma xícara de café ou um grogue; pede duas lérias aos amigos, quer ouvir morder na pele do próximo; exige cócegas, pelo menos. É assim a crônica. Que sabes tu, frívola dama, dos problemas sociais, das teses políticas, do regime das coisas deste mundo? Nada; e tanto pior se soubesses alguma coisa, porque tu não és, não foste, nunca serás o jantar suculento e farto; tu és a castanha gelada, a laranja, o cálice de *Chartreuse*, uma coisa leve, para adoçar a boca e rebater o jantar.

II

Nem sempre. Os acontecimentos entrelaçam-se, uns fúnebres, outros alegres, outros nem alegres, nem fúnebres, mas sensivelmente graves. Tratemos de rir, dizia um moralista, para que a morte nos não apanhe sem havermos rido alguma vez. De acordo; mas não há meio de rir diante da morte, e a crônica também tem o seu obituário.

Há alguns anos ninguém poderia crer que tão cedo fosse roubado ao mundo o bispo de Olinda, cuja robustez física ia de par com a energia moral. Está ainda na memória de todos a figura do jovem prelado; lembramo-nos ainda dessa bela cabeça, que a gravura fazia austera, mas na realidade parecia mais do século que do claustro. Grave era a compostura de dom frei Vital, de uma gravidade serena, algo desdenhosa, certa de si. A vestidura episcopal assentava-lhe bem; era antes um complemento do que um ornato. Ao vê-lo assim, no verdor dos anos, repleto de vida, de ardor e de futuro, mal se poderia supor tão próximo desfecho.

Curto foi o episcopado do moço capuchinho; teve apenas o tempo necessário ao início, desenvolvimento e conclusão de uma luta com o poder civil. Terminada a luta, pareceu terminada a missão do prelado; a doença entrou a miná-lo, até que o arrebatou às esperanças de uns e à estima de todos.

Digo à estima de todos, porque ninguém houve, nos arraiais contrários ao do finado bispo de Olinda, que deixasse de reconhecer nele certo cunho de personalidade. Esse Benjamim do episcopado brasileiro trazia em si o ímpeto dos anos, o zelo nutrido no claustro, a fidelidade a uma causa, tanto mais forte, quanto mais combatida. Faltava-lhe, porém, o temperamento político, o tato dos homens, a habilidade tolerante e expectante; era voluntarioso; levava a coerência até à obstinação, e a fidelidade até o fanatismo; tinha orgulho do seu credo e do seu báculo; via atrás de si, na galeria da história, uma longa série de bispos, que foram a honra da Igreja; e porventura cobiçava cingir, como eles, a palma da adversidade e do triunfo.

Dom frei Vital vinha de um mundo, onde se afirma e se combate a fé, com tal ou qual ardor e resolução, e achou-se diante de uma sociedade, onde a crença é mais tíbia e o ceticismo mais pacato. Nenhuma afirmação violenta, nenhuma hostilidade aberta. Não era ele feito para o governo próspero e repousado; opunha-se-lhe o temperamento, não menos que a convicção. Veio então o conflito. Os acontecimentos desmentiram a dom fr. Vital. Terminado o conflito, tornamos ao ponto em que nos achávamos anteriormente, sem quebra da Igreja nem do Estado, ambos os poderes concordes em cumprir mutuamente os deveres que se impuseram, mediante garantias recíprocas. Que faria o bispo se vivesse? Talvez a morte colaborou nos seus planos; mais de uma vez correu o boato de que ele resignava a mitra, e a verossimilhança da notícia dava-lhe crédito.

Dotado de inteligência viva e, tanto quanto pode julgar um profano, nutrida de boas letras canônicas, dispondo de um estilo veemente, por vezes místico, menos largo, menos elegante, menos correto que o do seu competidor de luta, o finado bispo de Olinda punha em suas pastorais a imagem de seu espírito tumultuoso, mas sincero.

III

O que é a reforma judiciária? Um escritor de Porto Novo do Cunha, em artigo publicado esta semana, diz que é a "Popeia incasta que oscula o sicário e o estimula ao delito". Há já alguns meses que eu suspeitava isso mesmo. Vindo uma noite do teatro, descobri junto às grades do largo de São Francisco um vulto feminino trajado à romana, osculando um gatuno e dando-lhe uma chave falsa. Não pude distinguir as feições; vejo agora que era a reforma judiciária, a quem daqui aconselho que se não entregue a tão deploráveis exercícios.

IV

Distribuamos a censura e o louvor; façamos a alta justiça da cidade.

Sim, digno empresário da patinação, tu andaste bem, dando agora um regulamento ao teu negócio. O uso de se apresentarem os fregueses com as camisas por fora das calças, e as calças arregaçadas, era pelo menos uma capadoçagem. Que um homem viva à fresca, no seio da família, onde há sempre algum calor; que se não penteie nem lave as mãos, vá lá; é uma das liberdades constitucionais, a primeira delas, como a família é a primeira das instituições. Mas ir assim ao *rendez-vous* da *high-life*, economizar os fraques, as meias e os óleos de Lubin, excede os limites de uma razoável independência civil e política.

Mas não fizeste tudo, empresário. Dizendo no teu art. 3º "Observar-se-á a maior decência possível no vestuário dos concorrentes", deixaste larga margem à interpretação. Para uns, a decência possível é a carência da gravata; para outros, é o uso das chinelas de tapete. No teu caso eu distribuía um figurino, termo mínimo da decência legal, o estritamente necessário para um homem ver cair os outros e cair com eles, de maneira que ficassem excluídas a arazoia dos cambioás e as tíbias do rei Príamo.

Contra os gatunos há o art. 10: "É proibido levar os patins ou escondê--los". Tem só um defeito; é já estar no Código Criminal. Verdade é que não se perde por mais uma lição, visto que a do código não traz seguras as nossas carteiras. Com que então, os fregueses costumam levar para casa os patins? Escondem-nos nas abas da casaca, os que têm casaca? Galante exemplo de costumes! Amanhã são capazes de levar os pratos dos hotéis, as árvores do passeio público e as damas do Alcazar. É um vício detestável, cujo exercício vedaste com muito tato. Quem quiser exercê-lo tem cá fora um campo largo, desde as calçadas da rua do Hospício até as joias da rua do Ouvidor, cujas casas não têm regulamento, o que quer dizer que permitem tal ou qual elasticidade aos costumes, aos antojos da alma...

Não menos razoável é o art. 5º, que proíbe aos patinadores empurrarem-se uns aos outros e portarem-se de modo reprovado na sociedade. Efetivamente, é oportuno fechar a porta ao uso do pontapé e da rasteira, ao assobio e à vaia; são excessos reprováveis. A rasteira traz até o inconveniente de dispensar os patins, o que de algum modo faz concorrência ao estabelecimento. É exercício nacional, bem sei; mas o amor da pátria tem limites; não é essencial demonstrá-lo com o nariz no chão.

Gosto imenso do art. 6º, que é político; é um aviso aos candidatos eleitorais: "Nenhum patinador poderá interromper de modo algum as corridas dos outros patinadores". Há nessas palavras do simpático estrangeiro um simbolismo profundo. Interromper a corrida quer dizer cortar os votos, peitar os eleitores dos outros, pôr as convicções do adversário pela rua da Amargura, pintá-lo como escravo do poder ou iconoclasta das instituições, segundo o ponto de vista do interruptor. Trata-se pois de uma exortação e não de uma imposição do regulamento; é um pouco de cor local, uma atenção de cavalheiro para com o país que lhe abre, amplamente, os braços e as algibeiras.

V

O pior é que a administração não quer estilo. Soube ontem que o diretor das escolas normais, o autor daquelas iguarias com que presenteei os meus leitores na semana última — Luculo, enfim — está demitido desde o ano passado. Demitiram o adjetivo, demitiram o tropo; ficaram com o gerúndio seco e peco. Voltam a dizer simplesmente a "alma" em vez de "lira psíquica", que é mais bonito e parece verso; "matricularam-se na escola", em vez de "sentaram-se legalmente nos bancos", que é mais nobre. Ó força do costume! ó poder da rotina!

VI

O costume é tudo. Toda a população está já tão afeita ao vinho que absorve, qualquer que seja a bebida assim nomeada, que não pode ler sem mágoa o ato da comissão a que preside o dr. Carlos Costa. Essa comissão coligiu algumas amostras do vinho para examinar se efetivamente é vinho ou outra coisa. Não chego a entender o fim desta resolução. Custa-me a crer que o dr. Costa finja assim tão inimigo dos seus conterrâneos, porque não há maior inimizade do que tirar-nos uma ilusão deliciosa, e geralmente barata. Que lucraremos nós se amanhã o dr. Costa vier demonstrar-nos, quimicamente, que bebemos pau-campeche?

Há cerca de um ano disse-se que os canos de chumbo envenenavam a água, e uma comissão foi incumbida de examinar essa denúncia química. Era justo; e enquanto a comissão não dava o seu parecer definitivo, entendi que me não devia envenenar provisoriamente; mudei de água. A comissão, composta de pessoas competentes, terminou os seus trabalhos esta semana; e ficou decidido que os canos não envenenam a água; mas que os reservatórios de chumbo envenenam e não envenenam; isto é, houve dois ou três votos restritivos. O caso não constrange menos que o primeiro, apesar da dubiedade da solução. Envenenar-se um homem, com restrições, equivale a quebrar uma perna, podendo ter quebrado as duas, o que é um grande consolo para a outra perna, maior para os braços e infinito para os espectadores.

VII

No meio disso, sabe-se aqui que uns oitenta russos, comprometidos com a província do Rio Grande, por motivo de algumas quantias que lhe devem, trataram de fazer uma retirada honrosa, e sobretudo noturna, para o Estado Oriental. Já pisavam terra nova, quando a autoridade de cá obteve que a autoridade de lá os repassasse, o que prontamente se fez.

Segundo estou informado, o que aconteceu foi justamente o contrário daquilo. Esses russos pertencem a uma seita, a qual tem um decálogo, no qual há um mandamento, que diz que as dívidas se devem pagar, ainda à custa de sangue. Cansados de perseguir o presidente da província, para lhes receber o dinheiro, resolveram compeli-lo a isso, armaram-se de rebenques e foram à noite cercar o palácio. O presidente, acordado pelo ajudante de ordens, viu que o mais decoroso era a fuga, e saiu da capital para Jaguarão, com os russos atrás de si, porque estes o pressentiram e não o deixaram mais. Dali passou à vila de Artigas; mas os russos, a quem o desespero da honra deu forças novas, foram arrancá-lo de lá, e apresentaram-lhe aos peitos um bom par de contos de réis. O presidente rendeu-se e passou recibo; os russos queimaram, em efígie, o pecado do calote.

Era tempo.

VIII

Agora uma notícia que os há de espantar, como me espantou. No meio de tantas ruas Vieira Bastos, Matos Cardoso e outros nomes, mais sonoros do que ilustres, e todos perfeitamente nacionais, descobri que há na Gamboa uma rua Orestes. Não a vi, bem entendido; mas li-lhe o nome nos jornais. Rua Orestes! Quem seria o helenista que presenteou a sua cidade com essa recordação de escola?

Outra coisa não menos espantosa é o jornal cearense que tenho diante de mim: *O Retirante, órgão das vítimas da seca*. A primeira necessidade de uma vítima da seca parece que é pão e água; seu principal órgão, é naturalmente o estômago. Quando eu lhes disser que há na quarta página da folha um anúncio de "dois delirantes bailes, para distrair da seca", com a cláusula de que "as gentis teodósias terão entrada grátis e os cavalheiros lascarão dois bodes", terei dado ideia da urbanidade e do zelo do nosso colega.

Cordiais felicitações.

Eleazar
O Cruzeiro, 14 de julho de 1878

UM RECENTE LIVRO ESTRANGEIRO

I

Um recente livro estrangeiro, relativo ao nosso Brasil, dá-me ensejo para dizer aos leitores que, se eu datei do Rio de Janeiro a minha última crônica, se faço o mesmo a esta e às futuras, é porque esse é o nome histórico, oficial, público e doméstico da boa cidade que me viu nascer, e me verá morrer, se Deus me der vida e saúde. O viajante estrangeiro, referindo-se ao erro que deu lugar ao nome desta cidade, admira-se de que haja sido conservado tão religiosamente, sendo tão simples emendá-lo. Que diria ele, se pudesse compreender a carência de eufonia de um nome tão áspero, tão surdo, tão comprido? Infelizmente, e nesta parte engana-se o viajante, o costume secular e a sanção do mundo consagraram de tal modo este nome, que seria bem árduo trocá-lo por outro, e bem audaz quem o propusesse seriamente.

Pela minha parte, folgaria muito se pudesse datar estas crônicas de Guanabara, por exemplo, nome simples, eufônico, e de algum modo histórico, espécie de vínculo entre os primeiros povoadores da região e seus atuais herdeiros. Guanabara tem, é certo, o pecado de cheirar a poesia, de ter sido estafado nos octossílabos que o romantismo expectorou entre 1844 e 1853; mas um banho de boa prosa limpava-o desse bolor, enrijava-lhe os músculos, punha-o capaz de resistir a cinco séculos de uso quotidiano. O ponto era acostumar-se a gente a lê-lo com solenidade, num título científico ou num edital de arrematação; porque o costume, leitor amigo, é metade da natureza. Só o uso do ouvido nos faz suportáveis ou indiferentes à *baba de moça* e ao *coco de catarro*.

II

Ou Guanabara ou Rio de Janeiro, a cidade está ainda hoje debaixo de uma grande impressão de espanto, por motivo de um caso extraordinário, *la chose la plus extraordinaire et la plus commune, la plus grande et la plus petite*, para usar a linguagem da mulher que mais se carteou, desde que há mulheres e cartas.

Com efeito, o anão da Libéria deu uma canivetada no contrato, deixando-se raptar, como qualquer sabina. Ou inclinação pessoal, ou capricho, ou simples rebelião das potências da alma, qualquer que fosse o motivo secreto da ação, o fato é que o homúnculo mostrou de modo afirmativo que um filho da Libéria deve amar, antes de tudo, a liberdade. Questão de cor local. Entendeu o anão, sir Nathan Burraw, que o fato de não ter braços não lhe tira a qualidade de homem, a qual reside simplesmente nas barbas, que o dito anão espera vir a ter em tempo idôneo, e sabe lá, se barbas azuis, como as do marido de sete mulheres. Por enquanto, não muda de mulheres, mas de contratantes; e, preço por preço, inclina-se aos minas, que são seus malungos. Podemos dizer que é alma de Bruto no corpo de Calibã.

Agora, como se operou o rapto, é o que até hoje ninguém sabe. Dizem uns que ele foi arrebatado como uma simples ilha de Chipre, mediante um tratado secreto; e há quem queira ver no ato dos pretos-minas uma imitação do velho Disraeli. É exageração; o mais que eu poderia admitir seria um pequeno reflexo. Outros dizem que não houve tratado, mas escada de seda, como num rapto de ópera-cômica. Qualquer que fosse o modo, a verdade é que com o empresário do anão, deu-se o inverso do que usualmente acontece. Há homens que deixam o ofício; aqui foi o ofício que deixou o homem. Vejam que triste exemplo deu a Pati! Todas as galinhas dos ovos de ouro querem agora pôr os ovos para si. No fundo deste incidente há uma questão social.

III

Mal convalescia o espírito público do abalo que lhe causou a notícia do rapto, surgiu o caso das coletorias de Minas, apostadas em roer algumas aparas do orçamento; caso triste, por qualquer lado que o encaremos, e sobre o qual pertence a palavra à autoridade pública.

Concorrentemente, quatro coletores da província do Rio de Janeiro deixaram as casas por motivo de lacuna nos cofres. Enfim, um empregado de uma casa desta corte, indo levar ao Tesouro certa quantia — 20 contos — desapareceu com eles.

Quanto a esta notícia, é incompleta. O negociante, estando ontem a almoçar, recebeu vinte cartões de visita; eram os 20 contos que voltavam por seu pé. Um dos contos referia-lhe então que o caixeiro, ao chegar à rua, os convidara a entrar no Tesouro, ao que se opuseram 5 contos, e logo depois os restantes. Não querendo acompanhar o empregado, apesar dos mais incríveis esforços, este os deixou sozinhos, no meio de uma rua, que supõem ser a Ladeira do Escorrega, sítio nefasto aos contos. Então um deles propôs que voltassem para casa; teve a proposta 15 contos a favor e 5 contra, os mesmos 5, que primeiro se tinham oposto à entrada no Tesouro, os quais declararam que eram livres, em face dos princípios da revolução de 89.

O comerciante ouviu comovido esta narração dos acontecimentos, apertou as mãos de todos os contos e protestou sua adesão aos princípios de 89; acrescentando que, se haviam procedido mal, recusando entrar no Tesouro, tinham expiado a culpa, regressando voluntariamente ao casal paterno, donde aliás deviam seguir amanhã para o primeiro destino.

— Nunca! bradou um dos contos.

E sacando uma pistola, suicidou-se. Foi sepultado ontem mesmo. Um regimento de quatrocentos mil-réis a cavalo prestou as últimas honras ao infeliz suicida.

IV

Saibam, agora, que a Câmara resolveu autorizar o tesoureiro a comprar uma arca forte para recolher nela as suas rendas. Cáspite! Esta notícia derruba todas as minhas ideias acerca das rendas do município. A primeira convicção política incutida em meu espírito foi que o município não tinha recursos, e que por esse motivo andava descalçado, ou devia o calçado; convicção que me acompanhou até hoje. A frase — escassez das rendas municipais — há muito tempo que nenhum tipógrafo a compõe; está já estereotipada e pronta, para entrar no período competente, quando alguém articula as suas ideias acerca dos negócios locais. Imaginei sempre que todas as rendas da Câmara podiam caber na minha carteira, que é uma carteirinha de moça. Vai senão quando a Câmara ordena que se lhe compre uma arca, e recomenda que seja forte, deita fora as suas muletas de mendiga, erige o corpo, como um Sisto V, e, como um primo Basílio, tilinta as chaves da burra nas algibeiras. Diógenes batiza-se Creso; a cigarra virou formiga.

E notem que a riqueza da Câmara tende a crescer, à vista da proposta de um comerciante, que oferece ministrar todo o papel, apenas, tintas e mais artigos necessários às eleições (excluídas as cabeçadas), 30% menos do preço por que tais artigos têm sido fornecidos até hoje. Até hoje, quer dizer desde que há eleições, o que não sei se abrange também os pelouros do Antigo Regime. Se a

Câmara lhe aceita a proposta, esse homem acaba estendendo a mão à caridade pública. Trinta por cento menos, é impossível que lhe não dê um prejuízo certo de outros quinze; salvo se os antecessores ganhavam demais.

V

Parece que se trata de organizar uma sociedade tauromáquica. Nada direi a tal respeito; os leitores conhecem as minhas ideias acerca da tauromaquia; ideias, digo mal; conhecem os meus sentimentos. Acho que é um dos mais belos espetáculos que se podem oferecer à contemplação do homem; e que uma sociedade já enfarada de tantas obras de arte, de um teatro superior, quase único, de tantas obras-primas do engenho humano, uma sociedade assim, precisa de um forte abalo muscular, precisa de repousar os olhos num espetáculo higiênico, deleitoso e instrutivo. Nem vejo motivo para que adotado o cavalo no Prado Fluminense, não se adote o boi em qualquer outro sítio. O boi não é tão épico nem tão elegante como o cavalo; mas tem outras qualidades próprias. Nem se trata do merecimento intrínseco dos dois quadrúpedes; trata-se da graça relativa dos dois divertimentos; e, a tal respeito, força é dizer que de um lado, o cavalo pleiteia com o cavalo, ao passo que de outro, o boi luta com o homem — a força com a destreza, a inteligência com o instinto. Juntem a estes méritos a vantagem de enriquecer o vocabulário com uma chusma de expressões pitorescas, tais como a pega de cara, a pega de cernelha e outras, incluídas no novo método, e ver-se-á que a luta dos touros não é somenos à corrida de cavalos.

Para quem nada queria dizer, aí fica um período assaz longo e não menos entusiástico. Caiu da pena, e já agora não o risco porque tenho pressa de chegar ao meu propósito, que é fazer uma barretada aos jesuítas. Já daqui estou a ver franzidas as sobrancelhas liberais do leitor, não mais liberais do que as minhas, que o são, e de bom cabelo; mas enfim, pode-se ser liberal e justo. Uma coisa implica a outra.

Que os espanhóis são doidos por touros ninguém há que o ignore, e ainda há pouco tivemos notícia da magnífica tourada de Madri, por ocasião do consórcio da malograda esposa do rei. O touro nivela todas as classes da Espanha; nos dias de tourada, só há uma entidade superior a todos os espanhóis, é o capinha ou como, melhor nome haja, sujeito que, em chegando à celebridade, fica sendo o beijinho de todas as duquesas de Castela, ombreia com todos os Olivares e Osunas, e em certos dias reúne em si todas as forças vivas da razão. Nem lhe serão adversos os cônegos e monsenhores; os quais, não sei se ainda hoje, mas no século XVII, eram grandemente assíduos naquelas tremendas festas, não obstante uma bula papal de excomunhão.

Neste ponto é que eu tiro o meu barrete aos jesuítas. Um velho escritor inglês, lorde Charendon, que historiou a revolução de Cromwell, conta que as arquibancadas do clero e da Inquisição estavam sempre cheias de espectadores, sem contar os frades, que lá iam com seus hábitos. Só não iam os jesuítas, os quais (conta o lorde) marcavam sempre para aqueles dias algum solene exercício, que os obrigava a estar incorporados — *that obliges their whole body to be together*. Não se pode pintar mais vivamente a sedução das touradas e a habilidade da Ordem. Esta sabia qual era a influência do meio social e a atração do exemplo, e vencia-as a seu modo, sem imposição. Digam-me se não é caso de lhe tirar o meu barrete.

Tirá-lo e copiá-lo. Nos dias de tourada, se o meu olho piscar de curiosidade, se o meu pé palpitar de impaciência, reúno-os a todos eles, olhos, pés e braços, em um exercício qualquer, quando mais não seja, em examinar as causas de um singular fenômeno: o das desarmonias da Sociedade Filarmônica, que, depois de dar o seu concerto no Conservatório, vem dar na imprensa um charivari.

VI

O sonambulismo tem sido aplicado à cura de moléstias, e ultimamente à busca das coisas perdidas e à predição do futuro, o que aliás a nossa polícia contestou de um modo formal e urbano. Faltava aplicá-lo à política dos Estados; é o que acaba de fazer o governo argentino. O governo argentino mandou, por descuido, o orçamento ao Senado, devendo mandá-lo à Câmara; o Senado, não menos sonâmbulo que o governo, pôs o orçamento em discussão. A Câmara estranhou esses dois cochilos; mas não podendo ser excluída da virtude sonambúlica, é muito provável que adormeça também, e vote a lei, com os olhos fechados. Resta que os contribuintes, ainda mais sonâmbulos do que os dois poderes, paguem a si mesmos os impostos; o que permitirá ao governo remeter então o orçamento ao congresso literário; e, caso este recuse, à biblioteca de Alexandria.

Generalizado o sistema, ninguém pode prever onde chegarão as nações mais policiadas do globo. Veremos os embaixadores fumarem as credenciais e apresentarem um charuto aos governos, darem satisfação a si mesmos dos insultos que houverem praticado, comerem com a mão e darem o garfo a apertar aos seus convivas. Nas câmaras, os deputados deixarão o recinto quando se discutirem os projetos, e entrarão unicamente para votá-los: coisa que só se pode explicar no estado de sonambulismo. Tais e quejandas serão as consequências do sistema, se ele passar de Buenos Aires ao resto do mundo: o que Deus não permita, ao menos nestes séculos mais próximos.

VII

Não é de pequena gravidade a notícia, chegada esta semana, de que na ilha de Itaparica duas parcialidades se acham em armas e em guerra, tendo já havido mortos e feridos. Disse-se a princípio que a causa do litígio era a posse das influências locais, como se influir em Itaparica fosse coisa tão superfina, que levasse um homem a perder as orelhas, as costelas, e, quando menos, a vida. Ainda se o vencedor pudesse ficar dono único da ilha, como Robinson, compreendo a fúria dos habitantes, não porque fosse mais nobre possuir algumas jeiras de terras sem gente, mas porque seria menos árduo. Antes Robinson que Sancho, que ao cabo de dez dias de governador, voltou desencantado a pôr a albarda no seu ruço. Nada; não há de ser isso; o motivo deve corresponder ao perigo e ao esforço; deve ser talvez o trono de Marrocos, vago esta semana, ou coisa assim.

E daí pode ser que o motivo do litígio seja este recente problema — Quem quebrou o braço da menina Luzia? —, o qual parece destinado a quebrar por sua vez todas as cabeças pensantes. O congresso de Berlim destrinchou mais depressa a questão turca, do que nós veremos resolver este caso, essencialmente nebuloso; salvo se aceitarem a minha solução, que combina todas as versões opostas: foi o tamanco e só o tamanco que quebrou o braço. Porquanto, só um tamanco podia ter a crueldade de bater numa criança, ao sair de um hospital. Nem seria acertado esperar caridade dos tamancos: não é esse o seu forte; outros dirão que não é o seu fraco.

Eleazar
O Cruzeiro, 21 de julho de 1878

A SEMANA COMEÇOU COM ROTHSCHILD

I

A semana começou com Rothschild e acaba como Poliuto, um judeu e um cristão, ambos dignos do nosso respeito, e certamente não fáceis de imitar. Não é vulgar morrer hoje pela fé; nem vulgar, nem raro. Quanto a emprestar um milhão de libras esterlinas, sem ônus, e ir jogar o *whist* no clube, tomar chá e dormir, como faria qualquer outra pessoa que acabasse de emprestar cinco mil-réis, é tão raro como o caso de Poliuto. E foi o que fez o banqueiro. Abriu-nos o crédito a sorrir, sem se lhe alterar uma fibra do rosto; desmentiu Shylock e todos os seus correligionários, e deixou-se estar na impassibilidade olímpica de um Creso. Já vale alguma coisa ser judeu... e rico.

Pode ser que a coisa lhe não fizesse mossa; a nós fez-nos muita, lisonjeou-nos o amor-próprio nacional. É uma prova de confiança no nosso país; e os louvores dados à operação e ao sr. ministro da Fazenda, que a realizou, são de todo o ponto merecidos. O dinheiro é um termômetro; cumpre ter os olhos nele, a ver se valemos deveras alguma coisa. E se ele é o deus do nosso tempo, e Rothschild seu profeta — como já dizia H. Reine —, alegremo-nos com a confiança do profeta; é o caminho da graça divina.

II

Mas ao passo que lá de fora nos vem a confiança, cá dentro reina outra coisa diversa. Cada casa do Rio de Janeiro é hoje uma redução da Torre de Babel: confusão e divisão das línguas. Como nos campos de Senaar, a família carioca edificara uma torre, dentro da qual tomava chá e biscoitos, jogava o voltarete ou o siso, acalentava os pequenos, lia os folhetins e as cotações, bocejava harmonicamente e dormia com o mesmo advérbio. Era um gosto ver como se ajustavam as índoles avessas. Nenhum desacordo; uma fusão perfeita de corações e vontades. O marido era consultado acerca do mínimo incidente, a escolha de uma fita ou de um chapéu, e dava a sua opinião, sempre conscienciosa, embora nem sempre adequada. Em compensação, não ia a um espetáculo, a um passeio, a um sarau, que a mulher não decidisse primeiro, e lucrava o Cassino ou a Fênix, conforme a senhora se inclinasse à *Casadinha de fresco* ou ao *Demi-monde*. Podia acontecer alguma vez que ele tivesse calos e ela nervos, que são os calos das damas; mas a varinha da concórdia domava imediatamente esses dois flagelos.

Durou essa situação até há poucos dias, creio que até segunda-feira ou terça, dia em que deu começo a confusão de todas as coisas e línguas. O marido desprezou a espadilha; a mulher abriu mão das aventuras contadas no rodapé das gazetas, e não quer mais saber se a Luciana casará ou não com o Alfredo. Que se casem, que os leve o demo ou um anjo; que se façam mendigos ou simples cobradores das rendas públicas, é o que não importa à leitora. Quanto ao leitor, se o vejo daqui a roer as unhas, a contar as tábuas do teto, a receber bilhetinhos noturnos e lacônicos, vejo-o sobretudo desgraçado, porque nem entende a consorte, nem a consorte o entende. Tinham uma só língua, um só costume, um só parecer; unidade que se rompeu, indo as partes componentes em direções opostas.

Musa, lembra-me as causas desta discórdia doméstica. Duas são: urnas e divas. A população do Rio de Janeiro vivia há meses, como a dama de uma cantiga peregrina, a esperar do alto de uma torre a Companhia Lírica e as eleições. As eleições têm data fixa, circunstância, que, se elimina as ânsias da incerteza, aumenta a impaciência da espera; o Ferrari, porém, não tinha tempo marcado:

Il reviendra — z'à Pâques,
Mironton, miriton, mirontaine;
Il reviendra — z'à Pâques
Ou à la Trinité!

Passou Páscoa, e nada. Crescia a incerteza; felizmente um pouco compensada pela esperança. Veio ele, e veio só; depois vieram os cantores, e os coros, e o cenário, e estreou tudo esta semana, no meio da mais formidável expectação pública. Pública, entendamo-nos; a maior parte cabe às damas, porque os homens desta vez (ao menos os homens públicos) têm os olhos fitos noutra ópera, e daí vem o contraste das preocupações. Que vestido há de levar a leitora ao *Profeta*? Que adereço aos *Huguenotes*? Quem entrará na chapa? Questão grave a última, e ainda assim menos grave do que esta: quem não entrará na chapa? Preocupações diferentes, opostas, inconciliáveis, e tanto mais terríveis quanto que o *Profeta* está à porta, e já começamos a sentir ao longe o troar do 5 de agosto.

Por enquanto, há a *Traviata*, e o 28 de julho, que é hoje; mas uma *Traviata* que encheu o vasto bojo do teatro, como não era capaz de encher daqui a uma semana; sinal evidente de que o empresário possui a ciência dos homens, a mais difícil, abaixo do espiritismo. Tanto a possui, que já se desculpou, acenando-nos com uma "ópera de maior aparato". Qualquer leitor menos advertido poderá supor que se trata de alguma coisa musicalmente profunda, ou brilhante, ou inspirada, ou científica. *Corrigez cette façon de parler* — trata-se do "aparato", que, no estrito sentido, quer dizer outra coisa, como, por exemplo, marchas e contramarchas, bandeiras, tropas, recepções; pode ser também que um navio; e, se puder ser, um dromedário. A vista faz fé. Não basta adular o ouvido; convém recrear os olhos.

O nosso patrício Antônio José, que também compôs óperas — as óperas do Judeu —, já compreendia no seu tempo esta necessidade de as enfeitar; pôs exércitos em cena a pelejar, fez voar mulheres sobre nuvens e transformou homens em árvores, além de uma "sala empírea" na corte de Júpiter. Ou no Bairro Alto, ou em outras partes, o aparato há de ser sempre uma boa isca de curiosos; e o Ferrari que o sabe, não se limita a dar-nos uma seca e magra *Traviata*. Bem entendido, não me refiro à prima-dona. Para o diletante, a *Traviata* é uma modinha sentimental; e, modinha por modinha, antes as dos nossos Almavivas de violão.

Ora, pois! Estamos com dois meses e meio, ou três, diante de nós, oitenta a noventa dias de boa música — as férias latinas do nosso espírito enfastiado. Agora já a existência começa a ter um motivo, uma explicação; as horas vão abrir todas as asas, os dias vão ser azuis, como os olhos da miss, as noites velozes, como os anos da juventude. Quanto ao coração das leitoras duvido que haja nele menos alegria do que nas gavetas de Notre Dame, oito dias antes de chegar a companhia. Há talvez mais; há, pelo menos tanta, e muita mais pura. Já têm um lugar certo onde encontrar todas as suas mais adoráveis inimigas, duas vezes por semana, para matá-las ou perdoá-las. Pode também contemplar a admiração ou a inveja alheia; enfim, pode ouvir uma vez ou outra, um retalho de música.

III

Um distinto candidato, em circular apresentada esta semana, fundamenta os seus títulos nos serviços que tem prestado à província natal; serviços de boa nota, entre os quais um, que me causou algum espanto, a princípio, mas que, refletindo bem, é dos de maior volume: o candidato tem falado da província "nas palestras".

Não digo que esse serviço seja difícil, nem dispendioso; não nego que um homem pode prestá-los, até como exercício higiênico, fazendo o quilo, ou no intervalo de dois atos de ópera, no trajeto do Catete à cidade, à porta do Bernardo ou no Café de Londres. Também não contesto que se pode prestá-lo durante uma vida inteira, até convertê-lo em simples amolação. Tudo isso, é verdade; mas nem por isso o serviço deixa de ser importante. A palestra é a imprensa falada; tratar nas palestras é o mesmo que tratar em escritos, com a diferença que os escritos podem não ser lidos, ou ser lidos até o meio, ou só bocejados; ao passo que nas palestras ouve-se até o fim, ingere-se o discurso inteiro, quando muito, sem pausas, o que é mais persuasivo. Há nisso um horizonte novo para os nossos homens públicos.

Tão novo, que se o uso se generalizasse veríamos... nem o leitor imagina o quê; veríamos acabado o déficit e encerrarem-se os exercícios com saldos. Porquanto, se os filhos de cada província tratarem dela nas palestras, e só nas palestras, eliminando o sistema de opúsculos, artigos e outras despesas, fariam uma economia pecuniária, que podemos calcular, termo médio, 50$000 anuais por cabeça. Orçando a população masculina, livre e maior, em 3.000.000 de indivíduos, conta redonda, e multiplicando os 50$000 por esse número, chegávamos à gentileza de 150.000:000$000 de economia por ano. Ora, como a riqueza pública é composta das riquezas particulares, podemos concluir com segurança que esse acréscimo de capital privado daria o meio de saldar com sobras os exercícios financeiros. *Quod erat demonstrandum.*

IV

Esta semana presenciou um caso sintomático: o da casa-forte da Caixa da Amortização. A teima da fechadura em se não deixar abrir é um ato aparentemente vulgar, mas profundamente expressivo. A probidade parece querer residir agora nas fechaduras; é melhor. No dia em que as casas-fortes, burras, caixas e simples gavetas adquirirem hábitos de resistência e defenderem com todas as forças os capitais e o pudor, diminuirá o número dos Tarquínios, e consequentemente o das Lucrécias, que serão Lucrécias até o fim, em vez de o serem até ao meio. É precária a virtude dos homens; está sujeita a toda sorte de avarias e abalroamentos. Nem todos resistem ao espetáculo de um vizinho pecunioso, cuja berlinda atrai os olhos, cuja esposa cega a gente com diamantes da melhor água. Já as burras não correm esse perigo: são modestas, austeras, sem necessidades fictícias, nem invejas, nem tentações.

No caso vertente, a probidade da fechadura era desnecessária, porque lá estavam os distintos funcionários do estabelecimento; mas que vantagem se o exemplo for imitado por outras fechaduras! que descanso para as libras! que cadeado para as consciências! Sim, honestas fechaduras, vós representais a moral de ferro que não cede a nada, nem à ação do azeite. Untam-se as mãos; não consta que se untem as fechaduras... moralmente.

Quererá isso dizer que eu prefiro um cadeado de segredo a um princípio? Não; mas não é inoportuno conjugar os princípios e os cadeados de segredo, porque há princípios impacientes, que se fatigam de esperar pelo fim, princípios que não toleram o freio muito tempo e disparam por essas ruas até esbarrar em Catumbi. Dizem de um grande frade, que jogando cartas, com senhoras e a tentos, não deixava nunca de embaçar as parceiras; eram as moscas da tentação que mordiam as orelhas do princípio e o obrigavam a sacudir a cabeça com raiva. Nunca dos cadeados se disse coisa análoga ou semelhante; e se um princípio, já frouxo, o não vai abrir, o costume é conservar-se fechado.

V

Houve nesta semana vários embarques e desembarques. São candidatos que correm ao prélio eleitoral. Um só embarcou sem esse motivo, foi o visconde do Rio Branco, que seguiu para a Europa, e teve uma despedida adequada aos seus elevados merecimentos. Talvez antes de terminada a semana, que ora começa, siga também para a Europa o meu velho e talentoso Quintino Bocaiúva. Os mais cá ficam dentro do nosso país, onde espero que a boa sorte os proteja a todos, ou pelo menos aos mais dignos, porque não é de brincar esta situação de candidatos. Se para uns o caso é líquido, para outros é gasoso, estado terrível na química eleitoral.

Esta agora é a semana em que se armam os cavaleiros, afiam as espadas, e juram por Santiago de Compostela ou são Jorge, que hão de prostrar o adversário. Sábado que vem, todos se recolhem às tendas, para saírem, na madrugada de domingo, lança em riste, fogo no cérebro e esperança no coração.

Uso esta metáfora para ver se levanto um pouco os costumes, que orçam ainda pela cabeçada e faca de ponta; e, certo de que a metáfora é metade da civilização, não desespero de substituir os atuais processos, sem aliás desconhecer o seu caráter mais peremptório que racional. Também não nego que a cabeçada é uma maneira literal e direta de persuadir. Em vez de levar um argumento pela língua, leva-se pela testa, supondo-se que a língua fala somente ao ouvido, e o ouvido vai ter ao estômago. O que não é exato. Um pouco de anatomia pode substituir com vantagem a eleição direta.

Como antecipação do pleito eleitoral, temos hoje as corridas do Jockey Club; e Deus me livre de trazer para esta página as bolorentas comparações entre as duas coisas; limito-me a dizer que há hoje uma lição de paciência aos candidatos que forem vencidos: há um prêmio de consolação. Sobe a quatrocentos mil-réis; o dos candidatos subirá a quatrocentos mil diabos.

Eleazar
O Cruzeiro, 28 de julho de 1878

Hoje, sim; posso pôr as manguinhas de fora

I

Hoje, sim; posso pôr as manguinhas de fora. Sendo positivo que nenhum cidadão correto almoça agora como nos demais dias, conto não ser lido com o repouso do costume. Na verdade, mal se pode crer que o leitor tenha tempo de tomar o seu banho frio, beber às pressas dois goles de café, enfiar a sobrecasaca, meditar a sua chapa de eleitores, e encaminhar-se às reuniões. Pode ser que leia antes, às carreiras, o jornal que lhe for mais simpático; mas, uma vez feita essa oração mental, nenhuma obrigação mais o retém fora da arena, onde os partidos vão pleitear amanhã a palma do triunfo.

Que monta uma página de crônica, no meio das preocupações de momento? Que valor poderia ter um minuete no meio de uma batalha, ou uma estrofe de Florian entre dois cantos da *Ilíada*? Evidentemente nenhum. Consolemo-nos; é isto mesmo a vida de uma cidade, ora tétrica, ora frívola, hoje lúgubre, amanhã jovial, quando não é todas as coisas juntas. Sobretudo, aproveitemos a ocasião, que é única; deixemos hoje as unturas do estilo; demos a engomar os punhos literários; falemos à fresca, de paletó branco e chinelas de tapete.

Que ele há de levar umas férias para nós outros, beneditinos da história mínima e cavouqueiros da expressão oportuna. Vivemos seis dias a espreitar os sucessos da rua, a ouvir e palpar o sentimento da cidade, para os denunciar, aplaudir ou patear, conforme o nosso humor ou a nossa opinião, e quando nos sentarmos a escrever estas folhas volantes, não o fazemos sem a certeza (ou a esperança!) de que há muitos olhos em cima de nós. Cumpre ter ideias, em primeiro lugar; em segundo lugar, expô-las com acerto; vesti-las, ordená-las, a apresentá-las à expectação pública. A observação há de ser exata, a facécia pertinente e leve; uns tons mais carrancudos, de longe em longe; uma mistura de Geronte e de Scapin, um guisado de moral doméstica e solturas da rua do Ouvidor...

II

...Uma coisa semelhante à situação recente de Campos. Campos reuniu duas coisas raras e não incompatíveis; deu-se ao tumulto e à goiabada. Ao passo que nós gastamos a semana a recear alguma coisa para amanhã, Campos iniciou a agitação no domingo último, e fê-lo de um modo franco, largo e agreste. Campos disse consigo que a reputação da goiabada é inferior a uma nobre ambição política, e que a gratidão do estômago, posto seja ruidosa, é por extremo efêmera; dura o espaço de um quilo, menos do que as estafadas rosas de Malherbe. Campos entendeu que lutar com a goiabada de Jacobina e a compota da Europa não satisfaz a vida inteira de uma cidade, e que era tempo de lançar o cacete de Breno na balança dos seus destinos.

Isto disse Campos; dizê-lo e atirar-se ao pleito eleitoral foi obra de um momento. Então começou uma troca de finezas extremamente louvável; capangas austeros começaram a distribuir entre si os mais sólidos golpes de cacete; e assim como Sganarello se fez médico a pau cada um deles buscou doutorar os outros na mesma academia. Antes do exemplo, poder-se-ia crer que as mãos habituadas a remexer o açúcar nos tachos não chegariam a praticar uma ação tão demonstrativa; erro manifesto, porque nenhuma lei divina ou humana impede cuidar, com igual mérito, da gulodice e dos direitos do homem.

A interferência da atriz Helena Balsemão, segundo o telegrama, é que tornou um pouco enigmática a agitação eleitoral de Campos. A atriz Helena, se tinha opiniões políticas, eram singularmente cambiantes, mudáveis e indecisas, visto que nunca as expôs (creio eu) de um modo formal. No mesmo caso estava o ator Rodrigues, que, se alguma vez representou Richelieu ou Bolingbroke, nunca ficou com a pele do personagem, a ponto de entranhar em si mesmo as opiniões de cada um deles. Quanto ao ator Roland, que, com os outros dois, deu lugar à suspensão do espetáculo, o único vestígio político que lhe podíamos atribuir era o nome, nada mais. Não obstante esses antecedentes, o telegrama deu-os a todos três como órgãos e pacientes de opiniões contrárias. Verdade é que acrescentou serem ciúmes as causas da agitação dos três; mas ninguém ignora que os telegramas são dados ao eufemismo, à antinomia, à simulação; divergência é o que ele quis dizer.

Felizmente, o temporal foi dissipado, mediante uma brisa de conciliação. Os partidos chegaram a acordo. Cada um deles resolveu dar certo número de eleitores; e duvido que as urnas não correspondam fielmente a estas intenções pacíficas. De maneira que a atriz Balsemão foi a única que perdeu no jogo. *Qu'allait-elle faire dans cette galère?*

Cá pela corte estivemos toda a semana em simples preparativos.

Reuniões, sim, e de todos os partidos, inclusive o republicano, reuniões noturnas, sucessivas e até simultâneas. Naturalmente as de uns eram vigiadas por outros, tal qual como nos exércitos, que se espiam mutuamente. Há ardor e resolução; e, se nem todos os costumes eleitorais me agradam, antes esse ardor do que apatia.

Há ânimos generosos que presumem sermos chegados a um tempo em que a política é obra científica e nada mais, eliminando assim as paixões e os interesses, como quem exclui dois peões do tabuleiro do xadrez. Belo sonho e deliciosa quimera. Que haja uma ciência política, sim; que os fenômenos sociais sejam sujeitos a regras certas e complexas, justo. Mas essa parte há de ser sempre a ocupação de um grupo exclusivo, superior ou alheio aos interesses e às paixões. Estes foram, são e hão de ser os elementos da luta quotidiana, porque são os fatores da existência das sociedades. O contrário, seria supor a possibilidade de convertê-las em academias ou gabinetes de estudo, suprimir a parte sensível do homem, coisa que, se tem de acontecer, não o será antes de dez séculos.

Vejo que o leitor começa a cabecear. Este período engravatado tem-lhe ares de mestre-escola.

Naturalmente, prefere saber alguma coisa das chapas eleitorais. Dir-lhe-ei somente que os operários de Niterói apresentam uma, declarando no cabeçalho, que é indispensável derrubar os casacos. Havendo, entre os candidatos dessa lista, dois tenentes, dois capitães e um major da guarda nacional, devo concluir que, em geral, ou os majores e capitães não trajam casaca, ou que os escolhidos eliminaram esse vestido. Único modo de explicar o programa dos autores e a presença dos majores. Quanto ao programa em si, parece um pouco fantástico, e é nada menos que naturalíssimo: é o sentimento das aparências. A casaca, por ser casaca, não faz mal nem bem; a culpa ou a virtude é dos corpos, e menos dos corpos que das almas. Tempo houve em que se fez consistir o civismo em uma designação comum: cidadão; ao que acudiu um poeta com muita pertinência e tato:

Appelons-nous messieurs et soyons citoyens.

III

Houve e há muita agitação nos assinantes da série ímpar do Teatro Lírico, que estão profundamente ressentidos, mas de um ressentimento que nada tem com a política, e tem tudo com o calendário e a aritmética.

Com efeito, o empresário Ferrari — ou o diabo por ele — teve notícia de que Josué mandara parar o sol, e quis enriquecer o nosso tempo com outro milagre análogo: decretou que a récita 6ª antecedesse a récita 5ª, a despeito do Laemmert, do Besout, do Observatório Astronômico e da Câmara Eclesiástica. Isto feito, deu aos assinantes da récita 6ª a primazia dos *Huguenotes* e a estreia da Mariani e outras, e declarou que os assinantes da récita 5ª teriam os sobejos dos seus colegas.

Era muito; era levar a audácia a um limite desconhecido de todos os sátrapas do Oriente; era manifestar que nenhuma consideração lhe merece este povo, o mais meigo de todos os povos. A razão, insinuada por ele, de que os assinantes da série par também são filhos de Deus e podem gozar uma ou outra estreia, revela da parte do Ferrari tendências enigmáticas. Acresce que é uma razão ridícula; o Ferrari não pode ignorar que o número ímpar é o número da perfeição. Mas se esta consideração não bastasse, poderíamos recordar que a série ímpar está toda assinada, ao passo que a série par apenas conta algumas raras assinaturas; prova evidente de que há na série par, um princípio mórbido, uma feição sepulcral, que arreda daí a maior parte da gente. Consequentemente, se o maior grupo é o ímpar, ao outro grupo, que é o menor, só poderá caber, quando muito, o terço eleitoral.

Talvez o Ferrari imagine que, sendo igual o preço, iguais devem ser as vantagens; mas esse erro do empresário origina-se na persuasão de que ele fez um contrato igual e perfeito com todos os assinantes. Não fez. A igualdade única é a do preço; no mais, quem lhes sustenta a empresa são os assinantes da primeira série — o maior número. Nem o preço serviu nunca de bitola à distribuição das vantagens. No Antigo Regime, o terceiro estado pagava o imposto e não comandava os regimentos. Ora, esse sistema, se foi momentaneamente excluído da constituição dos Estados, não o foi nem o pode ser das organizações líricas; é até a graça especial delas.

Ao passo que a série ímpar, justamente magoada, protesta contra a escamoteação das estreias, a série par exulta de contentamento. Compreende-se; há felicidades que excedem o limite das esperanças quotidianas; tal é a dos assinantes que ouvem a primeira representação de uma ópera, em vez de ouvir a segunda; que assistem na quinta-feira a um espetáculo, que só lhes dariam dois dias depois. Meu Deus! os assinantes pares bem sabem que a ópera é a mesma, e os mesmos os cantores; mas que diferença entre a quinta-feira e o sábado! e sobretudo, que homenagem nessa transposição de números! Imaginem qual seria o prazer dos perus, se os preferissem aos pavões? Pois é a mesma coisa; com o simples acréscimo de que a empresa não faz acepção de aves, uma vez que lhe deixem as penas.

Se me permitem um conselho, direi que é conveniente a cada uma das partes ceder alguma coisa. A empresa deve atender um pouco mais à maioria, e a maioria deve fechar os olhos a uma ou outra facilidade da empresa. Ao cabo, é o único meio de ter uma companhia por ano. O Ferrari não é decerto o Messias da arte lírica, alguns querem até que seja o diabo, como já se disse nestas colunas; e confesso que, por certos indícios, começo a suspeitar que efetivamente o verdadeiro Ferrari ficou no mosteiro dos capuchos, onde continua a pregar aqueles sermões sobre o demo e suas pescarias. Mas permitam-me os tubarões que lhes diga: agora não tem remédio; fechem os olhos a alguma coisa menos aprazível, ou desistam de ouvir cantar, ao menos uma vez por ano. O melhor de tudo seria inventar um Ferrari de engonço alheio e superior aos interesses da caixa. Mas, por enquanto, não há remédio senão aceitar este, que é de carne e osso, como nós.

Quanto às novas estreias, parece que a mais estrondosa foi a plástica da Fiorio. Ao passo que a Mariani deixou a voz na mala (dizem-no os entendidos), a Fiorio trouxe-a nas formas: é o seu único algodão. Acrescentam os entendidos que a Vênus de Médicis, se cantasse, cantaria do mesmo modo que essa gentil contralto. Creio, porque ainda a não vi. E acho que não é caso de lástima. A empresa obrigou-se a dar-nos os produtos de uma arte; se acrescenta a esses os produtos da escultura, tem ido além da sua obrigação: é benemérita.

IV

Nada direi das corridas de domingo, para não cair na repetição. A vida fluminense compõe-se agora de óperas, corridas, patinação e pleito eleitoral; é um perpétuo bailado dos espíritos. Felizes as províncias, onde há sempre um macróbio notável, uma correria de índios, um produto vegetal, qualquer coisa que matize a uniformidade da vida; quando menos, um retirante que gerou quarenta e dois filhos, como aquele de Jaguará.

Dizer que as corridas estiveram chibantes, e que a *poule* foi concorridíssima, é repetir o comentário feito a todos esses espetáculos; é perder o tempo e os leitores. Desta vez houve só dois episódios novos: o gatuno, que arrebatou um prêmio de seiscentos mil-réis, sem ser a unhas de cavalo; e o cavalo, que ganhou um prêmio de quinhentos, correndo sozinho. *À vaincre sans péril, on triomphe sans gloire*, dizia o poeta, é o caso do cavalo e não o do gatuno.

A patinação, que eu disse acima ser parte componente da nossa vida atual, começa a adicionar alguns *hors-d'oeuvre*, como a ondina, moça que respira debaixo d'água. Não gosto de ver esta ondina enrodilhada com a patinação; cheira-me aos saraus dançantes do Clube Politécnico, duas coisas bem pouco conciliáveis. Bem sei que é um tempero a ondina; e, a dar crédito ao retrato que anda aí exposto na rua do Ouvidor, um tempero de algum sabor, mas, enfim, é um tempero. Voltemos às comidas simples.

Eleazar
O Cruzeiro, 4 de agosto de 1878

Supôs-se por muito tempo

I

Supôs-se por muito tempo que o Camões inventava a ilha dos Amores. Aqueles costumes, aquela corrida de ninfas e soldados, principalmente a do Leonardo, com a dama que lhe coube em sorte, e os famintos beijos na floresta, e o mimoso choro que soava, tudo aquilo fazia crer que se tratava de uma pura imaginação do poeta. Descobriu-se agora que a ilha dos Amores é nada menos que a ilha de Paquetá.

Entendamo-nos; não digo que em Paquetá haja Leonardos, nem que ali vá ter a caravela de nenhum Gama. Há um falar e dois entenderes. O que digo é que, no ponto de vista eleitoral, a nossa ilha vale a de Camões. Cá na cidade houve um ou outro desaguisado, duas ou três cabeças quebradas, várias contestações, enfim as competências do costume; não muitas, nem tais como faziam recear os espíritos medrosos. A profecia dos timoratos também falhou em relação ao interior, onde houve alguns conflitos, é certo, mas em raros pontos. O pior, e o mais recente, foi o de Irajá. Paquetá, entretanto, coroou-se de mirtos; fez-se a mais luminosa das auréolas.

Muito antes de começarem os trabalhos eleitorais, já os votantes de todos os credos políticos estavam na matriz. A manhã era linda; o mar espreguiçava-se sonolento, e o céu, um céu grego ou toscano, azulava-se a si e à consciência paroquial. A brisa que soprava parecia a respiração da própria Vênus. Dissera-se que não era Paquetá, mas Chipre ou Quio ou Tênedos, alguma daquelas ilhas que a natureza emergiu para eterna saudade da imaginação. Com um pouco de fantasia, poder-se-ia supor que a barca da carreira da corte era um navio do porto de Pireu, e que o cabo da guarda era o próprio Temístocles.

Reunidos os votantes no adro da igreja, entretiveram-se num fadinho neutro. Umbigos liberais tocavam os umbigos conservadores, ao som da viola republicana: era a fraternidade política e coreográfica. Fatigados da dança, e não tendo chegado a hora legal, um dos votantes sacou do bolso os *Incas* de Marmontel; ideia engenhosa, mas não única, porque outro votante tirou a *Marília de Dirceu*; ao que se seguiu uma longa troca de cortesias e finezas, querendo o primeiro que se lesse o livro do segundo, e o segundo que se lesse o do primeiro. Um mesário combinou os dois opostos desejos, propondo que em vez de um e outro livro, averiguassem amigavelmente um grave ponto histórico, a saber, se o eclipse de 1821 foi anterior ou posterior a Henrique IV.

Aceita a ideia, ocuparam-se os votantes em agradável palestra, que durou meia hora, ficando afinal unanimemente resolvido que, sendo Henrique IV anterior ao eclipse de 1821, este, quando muito, podia ser seu contemporâneo. Um dos votantes declarou que concedia a última hipótese, unicamente para o fim de se não quebrar a harmonia em que ali se achavam, mas que em consciência não podia admitir a contemporaneidade dos dois fenômenos. Todos os outros lhe agradeceram essa delicada atenção.

Aproximando-se a hora eleitoral, foi servido um lauto almoço, composto de iguarias, que não eram peixe nem carne: ervas, frutas, ovos, leite, confeitos e pão. Brindaram-se a todas as harmonias, desde a harmonia das esferas até a dos corações; leram-se madrigais; glosou-se o mote: *Hei de amar-te até morrer*. Seguiram-se as chamadas do costume, ao som de lindas peças executadas pela banda da sociedade particular Flor Paquetaense. Cada votante, por uma delicada competência de generosidade, votava nos candidatos do partido adverso. Esta competência repetiu-se na apuração; os escrutinadores, por efeito da mais honesta perfídia, liam nas listas dos candidatos do seu credo os nomes dos do credo oposto, donde resultou estabelecer-se a anterior proporção dos sufrágios. Acabada a apuração, todos os eleitos protestaram contra o resultado, declarando que, em consciência, os eleitos eram os outros. Não consentindo os outros, propôs um mesário anular o trabalho e votarem de novo em candidatos que não residissem na paróquia. O que se fez prontamente com o resultado seguinte:

Barba-Roxa	47 votos
João Sem Terra	47 votos
Nostradamus	45 votos
Gregório de Matos	45 votos
Pausânias	44 votos
Maragogipe	44 votos
Rui Blas	41 votos

Logo que este resultado foi conhecido, houve em toda a Assembleia os mais estrondosos aplausos, a que se seguiu um amplexo universal e único.

Retiraram-se todos para suas casas, debaixo do mesmo céu — toscano ou grego — e ao som dos mesmos suspiros do mar, tranquilo como um sepulcro. Paquetá dormiu o sono das consciências virgens.

Ri-se o leitor? Espanta-se talvez desta narração, que lhe parece fantástica? Não sei, entretanto, se poderá explicar de outro modo o fato de ter o subdelegado de Paquetá promovido a retirada da força que para lá fora. Quando a autoridade pública, no interesse da ordem, buscava auxiliar as mesas eleitorais, armando-as com os meios de dominar qualquer tumulto, sempre possível no estado de exaltação em que se achavam os ânimos, Paquetá declarou dispensar a força que lhe mandaram, certa de fazer uma eleição pacífica. Este procedimento faz crer que Paquetá é o seio de Abraão, a morada da concórdia pública, o primeiro centro de uma forte educação política.

Cá na cidade, na freguesia da Glória, não correram as coisas inteiramente assim; deu-se um distúrbio, talvez dois; a mesma coisa aconteceu no Engenho Velho e em São José. Quanto à primeira dessas paróquias, houve duas mesas, uma interior e outra exterior, uma congregada, outra dispersa e errante: pequena imagem da Igreja, ao tempo em que existiam duas cúrias, a de Roma e a de Avinhão. Qual das duas mesas fosse a de Avinhão, era o que nenhum estrangeiro estudioso poderia saber ao certo, pois a opinião variava de homem a homem. Quanto ao caso de Irajá, esse ataque de cem homens armados e entrincheirados contra doze praças que voltavam de cumprir o seu dever foi simplesmente uma crueldade sem explicação.

Vem a propósito dar um conselho aos futuros legisladores. Provavelmente, teremos uma reforma eleitoral, em breves dias, reduzindo a um grau o sistema de grau duplo: sistema mais complicado que necessário. Penso que é a ocasião de retirar as eleições das matrizes, pois que inteiramente falhou o pensamento de as tornar pacíficas pela só influência do lugar. Já o finado senador Dantas, que sabia dar às vezes ao pensamento uma forma característica, dizia em pleno Senado: "Senhores, convém que as coisas da igreja não saiam à rua, e que as coisas da rua não entrem na igreja". Referia-se às procissões e às eleições.

Que as procissões saiam à rua não há inconveniência palpável; mas que os comícios sejam convocados para a igreja, eis o que é arriscado, e em todo o caso ocioso. Na igreja reza-se, prega-se, medita-se, conversa a alma com o seu Criador; as paixões devem ficar à porta, com todo o seu cortejo de causas e fins, e os interesses também, por mais legítimos que sejam.

II

Desta vez parece que o Partido Republicano fez uma entrada mais solene no pleito eleitoral; lutou sozinho em alguns pontos; em outros, lutou com alianças; resultando-lhe dessa política algumas vitórias parciais.

O Partido Republicano, não obstante as convicções dos seus correligionários, nasceu principalmente de um equívoco e de uma metáfora: a metáfora do poder pessoal; e a este respeito contarei um apólogo... persa.

Havia em Teerã um rapaz, grande gamenho e maior vadio, a quem o pai disse uma noite que era preciso escolher um ofício qualquer, uma indústria, alguma coisa em que aplicasse as forças que despendia, arruando e matando inutilmente as horas. O moço achou que o pai falava com acerto, cogitou parte da noite e dormiu. De manhã foi ter com o pai e pediu-lhe licença para correr toda a Pérsia, a fim de ver as diferentes profissões, compará-las e escolher a que lhe parecesse mais própria e lucrativa. O pai abençoou-o; o rapaz foi correr terra.

Ao cabo de um ano, regressou à casa do pai. Tinha admirado várias indústrias e profissões; entre outras, vira fazer chitas, as famosas chitas da Pérsia, e plantar limas, as não menos famosas limas da Pérsia; e destas duas ocupações, achou melhor a segunda.

— Lavrar a terra, disse ele, é a profissão mais nobre e mais livre; é a que melhor põe as forças do homem paralelas às da natureza.

Dito isto, comprou umas jeiras de terra, comprou umas sementes de limas e semeou-as, depois de invocar o auxílio do sol e da chuva e de todas as forças naturais. Antes de muitos dias, começaram a grelar as sementes; os grelos fizeram-se robustos. O jovem lavrador ia todas as manhãs contemplar a sua obra; mandava regar as plantas; sonhava com elas; vivia delas e para elas: — Quando as limeiras derem flor, dizia ele consigo, convidarei todos os parentes a um banquete; e a primeira lima que amadurecer será mandada de presente ao xá.

Infelizmente os arbustos não se desenvolviam com a presteza costumada; alguns secaram; outros não secaram, mas também não cresceram. Estupefação do jovem lavrador, que não podia compreender a causa do fenômeno. Ordenou que lhe pusessem dobrada porção d'água; e vendo que a água simples não produzia efeito, mandou enfeitiçá-la por um mago, com as mais obscuras palavras dos livros santos.

Nada lhe valeu; as plantas não passaram do que eram; não vinha a flor, núncia do fruto. O jovem lavrador mortificava-se; gastava as noites e os dias a ver um meio de robustecer as limeiras; esforço sincero, mas inútil. Entretanto, ele lembrava-se de ter visto boas limeiras em outras províncias; e muitas vezes comprava excelentes limas no mercado de Teerã. Por que razão não alcançaria ele, e com presteza, a mesma coisa?

Um dia, não se pôde ter o jovem lavrador; quis, enfim, conhecer a causa do mal. Ora, a causa podia ser que fosse a falta de alguns sais no adubo, ares pouco lavados, certa disposição do terreno, pouca prática de plantador. O moço, porém, não cogitou em nenhuma dessas causas imediatas; atribuiu o acanhamento das plantas... ao sol; porque o sol, dizia ele, era ardente e requeimava as plantas. A ele, pois, cabia a culpa original; era ele o culpado visível, o sol.

Entrando-lhe esta convicção no ânimo, não se deteve o rapaz; arrancou todas as plantas, vendeu a terra, meteu o dinheiro no bolso, e voltou a passear as ruas de Teerã; ficou sem ofício.

Conclusão: se soubéssemos um pouco mais de química social...

III

Ao que parece, negreja um grande temporal no horizonte lírico. Sobre a cabeça da empresa, aglomeram-se pesadas nuvens, não tarda roncar a Tijuca e a pateada. Esta semana trouxe novos vendavais, cujo desencadeamento será terrível, se o não conjurar algum deus benévolo.

Pobre Ferrari! Bem pouco durou a tua realeza. Há dois anos entraste aqui como uma espécie de Messias da fé nova. Tinhas inventado a Sanz, os maiores olhos que jamais vi, e que a faziam semelhante a Juno, a Juno dos olhos de boi, como diz Homero, ou olhitoura, como traduz o Filinto. Tinhas inventado a Visiack, uma artista, a Rubini, uma graça, e o Gayarre, um rouxinol. Acrescia que chegavas depois de um longo e impaciente jejum de música, porque o governo retirara, há muito, a subvenção ao Teatro Lírico; e neste assunto estávamos reduzidos a intermitências do Lelmi, a uma ou outra Parodi adventícia. Vieste; abrimos-te os nossos corações, cobrimos-te de flores, anagramas e assinaturas. Estas, a princípio, foram pagas à vista; e depois, antes da vista. Então começou a tua decadência; prometeste mundos e fundos, ficaste com os fundos, sem nos dar os mundos; perdeste a nossa estima, estás a pique de perder a nossa misericórdia.

A larguez pública, entretanto, foi condigna do nosso nome. Ninguém regateou os preços, que ao parecer de quase todos eram mais que razoáveis. Trazer bons cantores, boas óperas, bons coros e bons cenários, trazê-los a este recanto da América, revelar-nos a *Aída*, não era tarefa que se pagasse com pouco; era justo. Demais, sabe toda a gente que, abaixo do doce de coco, o que o fluminense mais adora é a boa música. Haverá, e não raros, que jamais possam suportar uma cena do *Cid* ou um diálogo do *Hamlet*, que os achem supinamente amoladores, tanto como os antigos dramalhões do Teatro de São Pedro; mas nenhum há que se não babe ao ouvir um dueto. E isto vem desde a infância; nas escolas aprende-se a ler a carta de nomes cantando; e ninguém ignora que a primeira manifestação do menino carioca é o assobio.

Ora, o Ferrari deve ter aproveitado esta nossa disposição, em vez de fiar-se na benevolência pública, que é limitada como uma companhia inglesa. Que lhe pedíamos nós? Simplesmente o que nos deu há dois anos, quando lhe não pedimos nada. Ninguém exigia a Patti nem o Nicolini, o que seria caro, nem somente um dos dois, o que seria ainda mais caro, cruel. Mas entre a Repetto e a Patti não haverá um termo médio? Dizem que o Ferrari não está menos desgostoso do que nós; murmura-se que foi embaçado. Acresce que os cantores não estão em excessiva harmonia com ele; e já ameaçam lavar os calções na rua; ameaça, a que o Ferrari retorquiu, desafiando-os. Vamos ter uma pega de cernelha.

IV

Pega de cara é o que se está dando com a questão da praça do mercado, que renasce, complicada de umas unturas políticas.

No Skating houve esta semana grande pega de pé, uma brilhante corrida, que congregou, no recinto do estabelecimento, a fina flor da nossa sociedade; concorrência de quatro mil pessoas, pelo menos. O grande prêmio coube ao jovem filho de um estadista. Noto que, por ora, o belo sexo é avaro das suas graças na patinação. Salvo algumas meninas de cinco a onze anos, creio que nenhuma dama, ou rara, desceu à arena. Pois era o meio de lhe comunicar um pouco mais de elegância e correção.

V

Da semana só me restaria falar da cabeça original, que se mostra na rua do Ouvidor, a tanto por entrada. Veda-mo a ideia de que o empresário quer apenas caçoar conosco, fazendo crer que uma cabeça original é objeto tão curioso, entre nós, que se pode mostrar por dinheiro. Não, especulador! não possuirás o meu estilo.

Eleazar
O Cruzeiro, 11 de agosto de 1878

A VIDA HUMANA

I

A vida humana oferece singulares mutações à vista. Não há imaginação de dramaturgo nem arte de maquinista que as faça mais súbitas nem mais completas. O grande mestre é exímio nesses saltos violentos; passa de uma tenda na Síria à galera de Pompeu, e do jardim de Capuleto à cela do pio frade. Não é ele o asno ordeiro e regrado, que obedece às posturas e ao chicote; é o cavalo de Jó, impetuoso como o vento. Pois nem Shakespeare era capaz de imaginar coisa análoga ao caso de Macaúbas.

Com efeito, um homem, um capitão, o capitão Porfírio, era ali há meses delegado de polícia; hoje investe as fazendas à frente de um grupo de homens armados. Tem-se visto naufrágios de virtudes; mas o caso do capitão Porfírio é diferente de um naufrágio; é o pescador que passa a fazer ofício de tubarão. O relatório oficial, agora publicado, é positivo, claro, minucioso; conta as aventuras do capitão com a seca singeleza de um relatório. Vê-se o ex-delegado opondo-se a ceder o lugar ao sucessor, ajuntando gente, abrindo a cadeia, voltando a Macaúbas, sitiando as casas, travando combates, ferindo, ensanguentando, fugindo enfim para iniciar outra profissão, que é justamente o contrário da que exercera até há pouco.

O romantismo deu-nos alguns casos de homens que se desligavam da sociedade por motivo de amor; mas, por motivo de uma vara policial, só a realidade era capaz do invento. Defender o código em novembro e desfeiteá-lo em março, abraçar a lei na quinta-feira e mandá-la à tábua no domingo, e isso sem gradação, mas de um salto, como se muda de sobrecasaca, é um fenômeno curioso, digno da meditação do filósofo.

Porquanto, não consta que o capitão, durante o exercício da delegacia, deixasse de cumprir os seus deveres policiais, perseguindo os malfeitores; donde se poderia inferir que não era uma vocação subjugada. O ex-delegado aterrava os gatunos e faquistas, devassava as casas de jogo, encarcerava os criminosos, punia os maus, salvava os bons, tal qual um quinto ato de melodrama. Nunca jamais lhe descobriram tendência de talar os quintais alheios ou pôr em risco a vida do próximo. Comia os seus próprios cambucás. Pode ser que devastasse algum coração e matasse muitas saudades; mas fora esses pecados veniais, não previstos no código, o capitão Porfírio foi sempre um modelo de virtudes policiais e humanas. Macaúbas vivia à sombra de uma administração pacífica; o seu nome era inteiramente desconhecido nos conselhos da Europa. Que importavam a Macaúbas as convulsões do século? Vivia como um rebanho, aos pés do seu pastor, único e bom, que, se jogava, era o gamão, com o padre vigário ou o farmacêutico da vila, para matar as horas e nada mais. Tal era o distrito; tal era o delegado.

Vai senão quando chega a Macaúbas a notícia da mudança política de janeiro último. Naturalmente houve regozijo de um lado e consternação de outro; é a ordem das coisas humanas. O capitão Porfírio, que era somente delegado, não filósofo, e menos ainda político, não soube cair com sisudez e graça; sentiu morder-lhe no coração alguma coisa semelhante à cólera romana; e disse consigo que não entregaria o poder nem ao anjo Gabriel. Daí a complicação, a batalha e a recente vocação do capitão Porfírio.

Ora, o que não disse o relatório submetido ao governo, o que talvez escapou e escapará a mais de um leitor desatento ou incrédulo, é que a alma do capitão Porfírio é nem mais nem menos a alma de Coriolano, transmigrada; descoberta que explica o procedimento do herói de Macaúbas. Coteje o leitor o relatório com o livro de Plutarco; verá as semelhanças dos dois capitães. Porfírio irrita-se com a ameaça de perder a delegacia, Coriolano por não ser eleito cônsul; ambos, inflexíveis e ásperos, não podem suportar friamente a injúria. Um é demitido, outro banido; um e outro vão armar gente e invadem Roma e Macaúbas.

Isto posto, tudo se explica; e o que nos parecia absurdo, é simplesmente natural. Desde que Porfírio não é Porfírio, mas sim a alma do famoso herói, que transmigrou de corpo em corpo, até meter-se na pele do ex-delegado, cessa todo o motivo do ódio e toda a causa do pasmo. Um delegado que, depois de ensanguentar o seu distrito, para não entregar a vara policial, vai entreter os ócios em talar as fazendas alheias, é tão absurdo, que passa de cruel a ridículo; mas se o delegado não faz mais do que repetir Plutarco, acomodá-lo ao menos aos nossos costumes, se ele não é ele, mas outro, que já não é outro, então demos graças aos deuses, que nestes tempos de vida pacata nos consentem uma nesga do céu heroico, uma ressurreição do antigo brio.

A única diferença entre as duas formas do célebre herói é que a segunda acaba um pouco menos heroicamente do que a primeira, e, se for capturada, achará, em vez de um Plutarco, um escrivão. Coisas do tempo. O Coriolano de Macaúbas sabe que não achará prontamente um aliado estrangeiro, como o de Roma, e sabe mais que em um século industrial, atacar a fazenda é ferir o coração da sociedade; daí, essa diversão pelos estabelecimentos agrícolas, levado de um sentimento vingativo, romano e gastronômico.

II

Enquanto o capitão Porfírio lança o terror no sertão do alto São Francisco, trata-se aqui na corte e na província de organizar o escrutínio prévio para a escolha dos candidatos à deputação. Os eleitores vão eleger os elegíveis. Corre isso de boca em boca, escreve-se nos jornais, e pela minha parte (se em tais coisas pode ter voto um mau cronista) acho a ideia útil. Nem sempre, nem em toda a parte, nem em todas as ocasiões poderá ser aplicado esse meio de consulta prévia; mas onde e quando for possível, convém empregá-lo; é liberal, e resolve a dificuldade das competências; acresce que afeiçoa o eleitor ao seu papel e à sua responsabilidade.

Que as candidaturas possam ser excessivas, e haja mais de uma problemática, é a coisa mais natural do mundo; são os bilhetes brancos da loteria; com a diferença que antes de correr a roda, todos os bilhetes são suscetíveis de prêmio, ao passo que antes de correr a urna prévia, há já candidaturas duvidosas, enfermas, necessitadas de um forte caldo de consolação. Não importa; acho que devem concorrer todos. Muita coisa duvidosa, chega a ser certa, pelo único motivo de persistir. Canivetinho também corta; água mole em pedra dura; todos os adágios populares favorecem essa política de obstinação.

Abaixo das duvidosas, há ainda as candidaturas que absolutamente o não são, mas por um motivo contrário ao das candidaturas certas; quero dizer, há as inteiramente perdidas. São as que se inventaram para desenfadar os eleitores; aquelas a que um eleitor, se for compadre do candidato, pode dar francamente o seu voto, sem quebrar a unidade do partido, escapando assim à indisciplina e à amolação.

Último grau das candidaturas: as perdidas, que se sabem tais. São as que se contentam em ser candidaturas, sem nenhuma pretensão de vitória: basta-lhes a glória de penetrar na urna com alguns votos, reluzir nas colunas dos jornais e nas palestras do Castelões. Porque, em suma, há certo lustre em ser julgado apto por vinte dos meus concidadãos, e ninguém me pode impedir de crer que toda a sabedoria política, senso prático, elevação de ideias e ânimo incorruptível, todas as virtudes públicas estão concentradas nesses vinte votos das Termópilas: é uma convicção higiênica, saudável, confortativa.

Quanto às candidaturas sólidas e naturais, estão seguras de si, o que não obsta que trabalhem, porque o eleitor tem às vezes singulares caprichos, semelhantes aos daquele vigário de Itambé que, zangado com a gente do seu partido, foi presidir uma duplicata do partido contrário. O precioso vigário é para mim um pasmoso fenômeno. De ordinário, quando um homem se aborrece dos correligionários, faz-se misantropo, retrai-se, vai curtir as desilusões; e, se muda, é mais tarde, quando a reflexão já fez o seu trabalho íntimo. Outras vezes, não são os homens que fazem rejeitar as ideias que se substituem por um trabalho interior e fatal, que a paixão política não conhece. Nada disso aconteceu ao precioso vigário. Acérrimo defensor dos princípios azuis às dez horas da manhã, fez-se às duas da tarde defensor implacável dos princípios amarelos. Explique quem quiser esse fato; quanto a mim, é assombroso.

Já conjeturei se seria a camisa do vigário. Talvez o partido adverso peitasse o criado ou o sacristão, dando-lhe uma camisa impregnada dos princípios que o vigário execrara em toda a sua vida. O infeliz transpirava, entrou para fazer um *petit bout de toilette*. O criado apresenta-lhe a camisa.

— Tibúrcio — disse o vigário —, cheira-me a amarelo.
— Pode ser; talvez seja da casa do vizinho.
— Que pensas tu dos princípios azuis, Tibúrcio?
— Penso que são admiráveis.
— No superlativo, Tibúrcio, no superlativo!

Vestiu a camisa e estremeceu; fez-se um clarão na consciência do vigário. O azul apareceu-lhe como a cor do inferno; o céu mostrou-lhe um magnífico tom de laranja. Um minuto bastou para resgatá-lo do erro de suas deploráveis convicções.

Sobre o uso da duplicata, não quero outra opinião que não seja a de um correspondente do Norte que textualmente declara serem as duplicatas "um pronto alívio"; e "benfeitor da humanidade aquele que as inventou". Coincide esta opinião com o que me dizia há quatro anos um antigo cabalista de Pernambuco: "Lá no Norte, já se vai perdendo o costume de ensanguentar as eleições, faz-se duplicata e está acabado".

Não obstante algumas que se fizeram desta vez, houve eleições sangrentas, segundo as notícias que vão chegando do interior. Repito o que já disse: antes animação do que apatia; mas, enfim, sangue é sangue, quase tão precioso como as libras esterlinas; talvez tanto...

III

A prova é esta: — quem é que diz que o contribuinte é um animal esquivo e noturno? Tivemos esta semana uma prova esplêndida do contrário.

Sabe o leitor, se leu os jornais, que a província argentina de Corrientes fez uma revolução e aclamou um governador provisório, o cidadão Pampin. Esse novo governador é um taumaturgo. Mal empunhou as rédeas da administração, o povo correu em massa ao tesouro para pagar os impostos; alguns cidadãos chegaram a querer "pagá-los adiantadamente". Assim dizem as últimas notícias; e, não podendo supor meios entusiasmos em situações daquelas, não me admirarei se nos disserem que têm havido rixas, cabeças partidas, contusões, à porta do tesouro provincial.

Ora, se por um lado é certo que o contribuinte é animal esquivo e bravio, por outro lado numerosas experiências têm verificado que o contribuinte voluntário equivale ao cisne preto e ao melro branco: *rari avis*. Para domesticar alguns tem-se reconhecido que só o pau meirinho, do gênero das *admoestacias*, árvore oriunda da praça da Constituição, próximo ao hotel dos Príncipes. Tal é o estado da ciência; tal era ao menos até o advento do cidadão Pampin, que veio transtornar todas as ideias recebidas acerca do imposto.

Porquanto, se a revolução fosse um fenômeno desconhecido naquelas regiões, poder-se-ia supor que a mudança violenta operada em Corrientes excitara tal ou qual momentâneo entusiasmo, que produziu a confiança do dinheiro e a mansidão do contribuinte. Mas não; as revoluções ali são como as nossas trovoadas de outro tempo; têm quase período certo. Conseguintemente, os cidadãos sabem que os governos novos são tão precários como os antigos, e que o dia da vitória de um é a véspera da sua derrota. Não obstante que fazem os contribuintes do cidadão Pampin? Vão pagar-lhe os impostos; alguns instam para pagar adiantadamente; não faltará quem se proponha a pagar dobrado. Conclusão: o que excita o contribuinte é o simples fato do transtorno político.

Generalizando o caso, indico a todos os governos do universo esse meio eficaz de cobrar os impostos, diminuindo as despesas do fisco. Quando o contribuinte começar a mostrar-se remisso, o governo manda recolher as tropas a quartéis. No dia seguinte, antes do almoço, saem as tropas à rua e fazem um pronunciamento em favor de um amigo, ao qual são logo entregues as rédeas da administração. Entrados os impostos, as tropas restabelecem o governo anterior.

IV

Não sei se o que acabou foi o dia da Glória ou a minha mocidade. Talvez acabou a festa, como têm acabado muitas outras devoções populares, meio religiosas, meio recreativas. O elemento estrangeiro é aquele bife cru, de que falei numa destas crônicas; transforma os costumes. Hoje há muito sapato inglês, muita patinação, muita opereta, muita coisa peregrina, que tirou à nossa população a rusticidade e o encanto de outros tempos. Quanto a mim, creio que a última festa da Glória, a última genuína, foi a da Lucíola, que nos descreveu o Alencar.

Também é certo que as coisas passam menos do que nós passamos, e que a velhice delas é muita vez o cansaço dos nossos olhos. Questão de óculos. A adolescência usa uns vidros claros ou azuis, que aumentam o viço e o lustre das coisas, vidros frágeis que nenhum Reis substitui nem conserta. Quebram-se e atiram-se fora. Os que vêm depois são mais tristes, e não sei se mais sinceros...

V

Se não ponho cobro à pena, acabo falando em verso, a pior de todas as soluções em tempos eleitorais. Venhamos à prosa aguada, como a chuva que molhou a festa da Glória, a ponto de fazer transferir o fogo de artifício. Há umas festas só populares, outras só elegantes; a da Glória tem o dom de reunir os diversos aspectos; trepam a ladeira, a roçar um por outro, o vestido de seda e o de chita; lá se vê o toucado da moça *fashionable*, levando atrás de si a trunfa da preta baiana. Uns vão de cupê, outros de bonde, outros a pé; e sobe e desce o rio de gente variegada, salpicada, misturada; pequena imagem do vale de Josafá.

O pior é que mais de uma moça tinha os olhos no baile da Secretaria de Estrangeiros, e fatigou-os em vão. Nem baile nem simples partida familiar. Para as moças é grave o assunto; é grave e tétrico. A vida, ao parecer dessa encantadora porção da humanidade, é um perpétuo *en avant deux*, com intervalos de valsa de Strauss, um cotilhão e chocolate no fim. Intervalem esse trabalho com um pouco de ópera e outro pouco de passeio: eis resolvido o problema da existência humana, quer venhamos do barro de Moisés, quer do macaco de Darwin. E que outra coisa poderemos exigir das moças? Para as doutoras, tenho o horror de Proudhon; a mãe dos Gracos morreu; e a Teixeira Lopes ficou em Paris.

Posso falar assim, sem medo, agora que as mais belas da cidade estão no Teatro Lírico, a ouvir a Aída, a ópera que mais caiu no coração fluminense. É a primeira exibição este ano; estreiam dois cantores; casa cheia, toaletes únicas; uma festa de estrondo.

VI

Não é meu costume falar de livros nesta crônica; abro uma exceção, aliás três. A primeira é para mencionar uma publicação dos acadêmicos de São Paulo, *Direito e Letras*, revista do Ateneu Jurídico e Literário, a cuja frente vejo dois nomes dos mais esperançosos. Tristão da Fonseca e Afonso Celso Júnior. O corpo da redação corresponde aos distintos diretores. O primeiro número revela talento e estudo; e parece ser um prenúncio de vida, de cuja falta aliás se queixa um dos colaboradores, lastimando a apatia acadêmica. Não há apatia onde se pode empreender um trabalho desta ordem.

Vem igualmente de São Paulo o outro livro, o *Marido da doida*, drama de um distinto escritor, o dr. Carlos Ferreira, já representado nesta corte, com aplauso do público e da imprensa. Não obstante as incertezas próprias de um talento, que não chegou ainda à inteira maturidade, é trabalho de merecimento e de esperanças... De esperanças, para quê? O dr. Carlos Ferreira cultiva um gênero que pouco tem vivido, e ora parece morto. Diz-se que o francês não tem *la tête épique*; pode dizer-se que o brasileiro não tem a cabeça dramática; nem a cabeça nem o coração. Tempo houve em que puderam aparecer e ser louvados alguns dramas e comédias; mas, a espaços, por motivos de ocasião. Por agora, a ocasião passou.

Resta dizer aos leitores que já temos um começo de *Dicionário universal*, em nossa língua pelo plano do de Larousse; é editado em Lisboa, pelo sr. Francisco de Almeida, que o dirige e coordena, e atualmente se acha nesta corte. A primeira caderneta pareceu-me revelar uma obra completa. Assim persevere o diretor da empresa e não o abandonem os estudiosos.

Eleazar
O Cruzeiro, 18 de agosto de 1878

Esta foi a semana militante

I

Esta foi a semana militante; outra será a triunfante; e essas duas fases da Igreja ficam assim reproduzidas na vida civil. Já o domingo último amanheceu nebuloso com a notícia do conflito entre dois poderes constitucionais, assunto que me escapa, por não ter nenhum lado recreativo por onde lhe pegue. É dos que ficam muito acima do alcance da nossa mão. Nisso se parece a crônica com a Turquia de hoje: tem limites apertados.

Há outro ponto em que o cronista se parece com os turcos; é em fumar quietamente o cachimbo do seu fatalismo. O cronista não tem cargo d'almas, não evangeliza, não adverte, não endireita os tortos do mundo; é um mero espectador, as mais das vezes pacato, cuja bonomia tem o passo tardo dos senhores do harém. Debruça-se, cada domingo, à janela deste palacete, e contempla as águas do Bósforo, a ver os caíques que se cruzam, a acompanhar de longe a labutação dos outros.

Isso quer dizer, em bom português, que o cronista não pleiteou candidatura, não se mediu com o Battaglia nem pretende figurar na regata de Botafogo; fica alheio a todas as lutas, ou sejam de força, ou de destreza, ou de ambas as coisas juntas. Simples e honesto *mironi*. A semana foi militante; mas o cronista foi expectante; seja dito por amor da rima. Claro é que não lutou nem luta na questão dos chalés da praça do Mercado, essa fênix renascida de um incêndio, mandado talvez pela Providência para exterminá-la de todo, o que não conseguiu; não restando agora mais do que a esperança de um terremoto.

II

Deixemos a ordem cronológica, e venhamos à primeira das lutas da semana — a luta do escrutínio prévio —, sobre a qual se falou muito, em todos os sentidos, antes, durante e depois, e creio que ainda se falará até o dia 5 de setembro.

A luta era complexa e formidável; lutavam os candidatos entre si, e os eleitores com a sua consciência, com os seus amigos, com as suas simpatias, com a sua razão, com os seus empenhos. Nada disso era imprevisto ou novo; o escrutínio prévio tinha justamente a vantagem de apurar alguma coisa fixa do combate de tantas competências.

A manhã de quinta-feira foi assinalada por uma copiosa geada de mofinas, bilhetes amorosos, outros arrufados, alguns totalmente brancos. Começaram as constipações prévias, acompanhadas de tosse, tremuras de frio, dores pela espinha; eram as bronquites eleitorais. Os eleitores — digo os que eram simples mercês — sentiram-se excelentíssimos a cada esquina, a cada cartão, à porta do Castelões, do Bernardo e à do Conservatório; e não se sentiram mal, tão certo é que as fórmulas valem muito. Quanto a almoçar ou jantar, foi operação que se não fez com sossego; debicou-se, quando muito, uma fruta, uma ou duas gramas de filé, umas migalhinhas de pão. Nos hotéis, quem tinha o seu zurrapa disponível, vendeu-o por superior falerno, e ninguém deu pela troca. Soou, enfim, a hora fatídica; os eleitores correram ao lugar do escrutínio, e começaram os trabalhos.

Que o exemplo era bonito, disse-o com muita razão o ilustre chefe liberal que inaugurou os trabalhos da Assembleia; era bonito e útil, porque as competências reproduziam-se, e aos eleitores cabia escolher e combinar.

Não sendo eleitor, não pude assistir à operação; mas a aurora seguinte trouxe-me nas asas úmidas os nomes mais votados pela Assembleia. Trouxe-me os nomes acompanhados de uma charada — a charada de Campo Grande. Esta paróquia, na qualidade de roceira, não quis vir à corte; tem medo à vermelhinha, ao calor e à patinação; votou lá mesmo a sua lista e mandou-a por cópia à Assembleia; uma lista composta de liberais, sendo os eleitores... conservadores.

Esqueceu-se dizer quantas sílabas tinha a charada, razão pela qual ainda não pude dar com a decifração. Parece que a Assembleia também se achou nos mesmos apuros, porque resolveu não inserir o produto de Campo Grande na apuração geral do município. De maneira que os campo-grandenses perderam o seu latim e os seus algarismos. Talvez que o vigário de Itambé os entenda com mais prontidão visto que também praticou a sua charadinha eleitoral, em sentido inverso.

A guerra, que durou muitos dias, teve a sua última batalha de cinco horas. Quero crer que seria muito mais interessante, mais viva, e, direi até, mais sumária, se em vez de ficar no domínio das cartas e das visitas, se travasse diante dos próprios eleitores reunidos, por meio de discursos e dos indispensáveis copos d'água. Uma coisa é a carta, outra coisa o discurso. Para uma Assembleia, a língua há de ser sempre mais persuasiva do que o papel; e desde que cada candidato expusesse as suas ideias perante os eleitores, estes podiam escolher os que melhor correspondessem ao sentimento da maioria. Uso excelente, que ainda não possuímos, *et pour cause*, mas chegaremos a aprender, com o andar do tempo. Roma não se fez num dia; adágio que se deve entender, não só no sentido arquitetônico, mas também no sentido político.

Hão de dar-me alguma coisa pela reflexão que aí fica, porque eu não acompanho um distinto candidato, que declarou em circular, publicada esta semana, não ter ainda fixado o seu programa de ideias, mas poder afiançar desde já que dispensa o subsídio. A intenção do candidato é, decerto, reta e pura; revela um sentimento econômico; mostra que ele desdenha o vil metal; mas em suma, trabalhar de graça não é uma ideia, ou é uma triste ideia. Um deputado pode ser excelente, sem ser gratuito. Creio até que as leis saiam mais perfeitas quando o legislador não tenha de pensar no jantar do dia seguinte. Vou mais longe; uma boa audição musical, um bom almoço no Hotel da Europa, fortalecendo o organismo, dão melhor direção ao voto parlamentar; o que aliás não aconteceria, se o deputado tivesse de recorrer, nos intervalos, a alguma escrituração mercantil para ir almoçar ao Hotel de Santo Antônio. Imaginemos o suplício de uma Câmara, que, votando a isenção de direitos sobre a graxa, olhasse para os seus sapatos desengraxados. Seria uma Câmara de Tântalos.

E daí, pode ser que a ideia do candidato seja alcançar indiretamente a conciliação dos partidos. Na Câmara dos comuns, quando os deputados saem para a sala de jantar, formam uma coisa a que chamam casais, isto é, ajustam-se um *whig* e um *tory*, obrigando-se um e outro a não voltar sozinho à sala das sessões. Talvez a ideia do candidato seja obter a formação dos mesmos casais, e até de quatro e cinco juntos, para o fim de comer baratinho; fim este que levaria a outro, ao da aliança dos pareceres, pela simples razão de que o piquenique é a tríplice fusão das algibeiras, dos estômagos e dos corações. Dize-me com quem comes, dir-te-ei com quem votas.

III

Antes de quinta-feira tivemos o caso do atleta Battaglia, que é digno de ser posto em letra de impressão, para eterna memória dos homens. Efetivamente, esse nosso hóspede não é um alfenim; é um descendente de Hércules, um seu rival pelo menos. Tinha confiança nas suas forças. Com o fim de no-las mostrar meteu-se num paquete, atravessou o oceano, desembarcou, apresentou-se ao empresário de patinação. Dali deitou um cartel ao mundo fluminense; ofereceu uma quantia grossa a quem fosse tão rijo que o derrubasse. Surgem-lhe sete competidores. Battaglia ri-se, contempla-os com uma polidez sarcástica, aperta-lhes as mãos, dispõe-se a cobri-los de vergonha. Poucos minutos depois, jazia estatelado no chão.

Explicou-se o atleta com um adágio; disse que escorregar não é cair; adágio falso, como muitos outros, e em todo o caso sem aplicação. É falso o adágio, porque escorregão é eufemismo de queda. Não foi outra coisa o escorregão de Helena, nem outra coisa o de Eva. Escorrega o cavalheiro, quando corrige o seu orçamento pessoal com um descrédito extraordinário ou somente suplementar; escorrega a dama quando recruta um soldado mais do que lhe permite a sua lei de forças. Esses escorregões são quedas, umas vezes mortais, outras vezes vitais; mas são quedas. Em todo caso, errou o atleta em aplicar o rifão ao seu desastre;

e a menos que não prove a presença de uma casca de banana, no terreno do combate, a verdade é que legitimamente caiu.

Dois fatos singulares observo eu nesse desastre do atleta estrangeiro. É o primeiro que ele parece desconhecer as tramoias deste mundo e nada sabe dos inestimáveis serviços que pode prestar um compadre. Battaglia devia começar por alguns combates aparentes, nos quais derrubasse os mais musculosos indivíduos necessitados de uma nota de vinte mil-réis. Feito isso, era duvidoso que se lhe atrevesse ninguém. Poeira nos olhos é a regra máxima de um tempo que vive menos da realidade que da opinião. Não nego que a candura é o corolário da força; mas o triste exemplo de Sansão é bastante para mostrar que um pouco de velhacaria não fica mal aos valentes.

O segundo fato que me assombra é a existência, nesta cidade, de sete Hércules dispostos a lutar com o adventício, e tão Hércules que logo o primeiro o derrubou; sem que aliás nenhum deles haja nunca anunciado as suas valentias. Há portanto músculos nesta sociedade; estamos longe da anemia e da debilidade que nos atribui o pessimismo de alguns misantropos. Possuímos, nós somente, todos ou quase todos os Hércules das mitologias; de maneira que, se apenas um deles, o grego, fez os doze trabalhos de que nos falam os poetas, nós com os sete podemos terminar, quando menos, o pleito da Copacabana. O que já não é pouco.

IV

Luta de atletas, luta de pés, luta de cavalos. Agora, vamos ter uma luta de escaleres, uma regata em Botafogo, à maneira inglesa. Acrescente-se a isso uma nova companhia equestre, *Combination Equestrian Company*, composta de 100 artistas, 60 cavalos, 1 mula e 2 veados, e mais a *Princesa Azulina*, mágica, os *Sinos de Corneville*, 85ª representação, e o Teatro Lírico, e digam-me se essa população não está ameaçada de morrer de uma indigestão de prazeres. Não há tempo sequer de ficar doente. Come-se na copa do chapéu. Dá-se de quando em quando uma chegadinha à casa; vive-se na rua, nos teatros, nos circos; um turbilhão.

E notem que não mencionei, entre as lutas, a do Teatro Lírico, mais pacífica, mas não menos interessante do que as outras. Trata-se ainda da questão das séries, a questão do terceiro estado musical. Que é o terceiro estado? Nada. Que deve ele ser? Tudo. Esta velha fórmula de 89 ressurgiu agora, como *pizzicato*, e a série par tomou a Bastilha da pública consideração, porque se tem portado com certo tino político. Soube, por exemplo, que o tenor De Sanctis desagradara à série ímpar; coroou-o de palmas na seguinte noite. Sem pau, nem pedras, com luvas.

Se há razão para desdenhar De Sanctis, é o que ignoro. Há quem o prefira ao Tamagno; outros continuam a dar a este a primazia; o que me faz crer que não está longe mais uma batalha — a dos sanetistas e tamagnistas. Provavelmente, quando o campo ficar alastrado de mortos, o Ferrari mete na mala a ilha de Chipre, sob a forma portátil de uma letra de câmbio, e, orgulhoso de imitar o autor de *Tancredo*, vai descansar no remanso de suas rendas. *Felix possidentis!* como dizia há pouco o chanceler dos teutões.

Mas, se as duas séries lutam no Teatro Lírico, unem-se no Skating-rink, onde houve anteontem outra corrida de gâmbias, perante um auditório distinto, numeroso e curioso. Isso na rua do Costa; imaginemos o que seria no largo de São Francisco. Os alípedes eram em larga cópia resolutos, picados de brio e metralhados por oito milhares de olhos. Renascem a Grécia e uma parte dos jogos olímpicos. Alvoroça-me a ideia de que vou encontrar Hesíodo ou Péricles, aí na primeira esquina; que a mulher que passa, às tardes, pela minha rua, guiando um carro descoberto, é uma hetaira de Mileto, trazida por um mercador de Naxos; que o que chamamos Alcazar é simplesmente o jardim dos peripatéticos. Verdade seja que as nossas ridículas calças...

V

A concórdia, entretanto, continua a morar em Paquetá. Exilada do resto do globo, elegeu ali um abrigo seguro, à maneira de Robinson, menos a solidão. Ultimamente, terminado o pleito eleitoral, manifestou-se de outro modo. A população da ilha reuniu-se, pôs uma banda de música à frente, e caminhou para a porta de uma casa, em que reside temporariamente um cidadão. Nenhuma divisão de partidos; o pistão liberal acompanhava o fagote conservador; os pés monarquistas iam a compasso dos pés republicanos. Chegaram à porta, detiveram-se; veio o cidadão; ofertaram-lhe flores e cumprimentos; depois retiraram-se em plena harmonia, moral e instrumental.

Não se tratava de um general vitorioso, nem de um político eminente; era um velho, um simples velho, um homem que aplicou as eminentes faculdades que Deus lhe deu em estudar e conhecer o corpo humano; era o velho Valadão. Paquetá sentiu a honra que lhe deu o ilustre hóspede, e manifestou-lha de um modo popular, singelo e tocante, sem copo d'água, sem discursos, sem perus trufados, sem menu, sem nenhum outro acepipe mais do que a admiração, o respeito e a alegria — uma alegria sã e cordial. Chamem-me piegas; mas eu acho esta manifestação muito preferível à que se encomendasse ao Hotel da Europa, lardeada de adjetivos e imagens literárias. É menos ruidosa, mas não é menos tocante.

Não serei eu quem venha dizer agora o que é o barão de Petrópolis; o seu elogio maior está na admiração constante dos seus colegas e discípulos. Ainda ontem a ciência e a política perderam um homem notável, que aliás o foi mais na primeira que na segunda, e a *Gazeta de Notícias* recordou o concurso em que esse médico, o senador Jobim, foi vencido por Valadão, jovens ambos, mas o primeiro oriundo da Faculdade de Paris, regressando daquela grande oficina de ciência, enquanto o segundo era filho da nossa própria Faculdade. A nossa não lhe podia fazer maior honra.

VI

Já falei na morte do senador Jobim. O obituário da semana conta mais dois nomes distintos: outro senador, o conselheiro Figueira de Melo, e um pintor, o lente da academia Agostinho da Mota. A vida do primeiro foi acidentada, a espaços tumultuosa, vida de lutas políticas, sobretudo as de 1848. A do outro passou no remanso da paz, do trabalho obscuro e lento.

Não é este o lugar de aferir o merecimento de um e de outro; nem a pena que traça estas linhas possui a autoridade necessária para escrever essas duas vidas, a segunda das quais não pode, aliás, competir com a primeira, por isso mesmo que esta se desenvolveu em mais aparente plana. Cumpro somente a obrigação de registrar os dois óbitos, nesta última lauda, imitando a vida, que acaba pela morte.

Eleazar
O Cruzeiro, 25 de agosto de 1878

O FATO CULMINANTE DA SEMANA

I

O fato culminante da semana foi talvez a proposta feita, anteontem, na Câmara municipal, pelo sr. conselheiro Saldanha Marinho. Propôs o digno vereador a nomeação de uma comissão para examinar os atos em que a mesma Câmara tem sido despida de atribuições suas, e indicar medidas tendentes a restaurar as coisas, bem como um plano de reforma para aquela instituição, restituindo-se-lhe a força e o prestígio que perdeu. A proposta foi aprovada; e, posto me pareça que o seu resultado não pode corresponder ao pensamento que a formulou, acho que tanto a Câmara, como o eminente cidadão, procederam com intenção reta e animados de sentimentos liberais.

Não me obriguem os leitores a pôr os colarinhos do estilo grave, dizendo os graves motivos do meu parecer. Entende-se que daquelas colunas para baixo só podemos curar de minúcias, e este caso municipal é dos de máxima ponderação. Verdade é que, assim como a vida é entremeada de reflexões e pilhérias, também o folhetim pode, uma vez ou outra, sacudir a sua tosse parlamentar e deitar ao mundo uma ou duas observações de calibre sessenta. Vá que seja: imitemos a vida, por dois minutos.

Qualquer que seja a aquiescência dos poderes executivo e legislativo, acho que a proposta não terá o desejado efeito, e isto por um motivo estranho aos intuitos da Câmara e do governo. Que seria útil e conveniente desenvolver o elemento municipal, ninguém há que o conteste; mas os bons desejos de alguns ou de muitos não chegarão jamais a criar ou aviventar uma instituição, se esta não corresponder exatamente às condições morais e mentais da sociedade. Pode a instituição subsistir com as suas formas externas; mas a alma, essa não há criador que lha infunda.

Não há muito quem brade contra a centralização política e administrativa? É uma flor de retórica de todo o discurso de estreia; um velho bordão; uma perpétua chapa. Raros veem que a centralização não se operou ao sabor de alguns iniciadores, mas porque era um efeito inevitável de causas preexistentes. Supõe-se que ela matou a vida local, quando a falta de vida local foi um dos produtores da centralização. Os homens não passaram de simples instrumentos das coisas. É o que acontece com o poder municipal; esvaiu-se-lhe a vida, não por ato de um poder cioso, mas por força de uma lei inelutável, em virtude da qual a vida é frouxa, mórbida ou intensa, segundo as condições do organismo e o meio em que ele se desenvolve. É o que acontece com o direito de voto; a reforma que reduzir a eleição a um grau será um melhoramento no processo e por isso desejável; mas dará todas as vantagens políticas e morais que dela esperamos? Há uma série de fatores, que a lei não substitui, e esses são o estado mental da nação, os seus costumes, a sua infância constitucional...

Lá me ia eu resvalando neste declive das ponderações graves, que só a espaços, e ao de leve, podem ser lícitas à mais desambiciosa das crônicas deste mundo. Encerremos o período, leitor; e passemos a assunto menos crespo, um assunto de comestíveis.

II

Porquanto, a dita Câmara municipal, perguntando-lhe o procurador se podia mandar fornecer jantar ao Tribunal do Júri, quando as sessões se prolongassem até tarde, respondeu que não, visto que tal despesa não se acha autorizada em lei.

Teve razão a Câmara, e teve-a duas vezes; a primeira, porque a lei o veda, e a obediência à lei é a necessidade máxima; a segunda, porque o jantar é, de certo modo, um agente de corrupção. Não me venham com sentenças latinas: *primo vivere, deinde judicare*. Não me venham com considerações de ordem fisiológica, nem com rifões populares, nem com outras razões da mesma farinha, muito próprias para embair ignorantes ou colher descuidados, mas sem nenhum valor ou alcance para quem olhar as coisas de certa altura. A questão é puramente moral; e a presença do rosbife não lhe diminui nem lhe troca a natureza. Não me venham também com o jantar na política; porque, em certos casos, não há incompatibilidade entre o voto e o prato de lentilhas; e, politicamente falando, o paio é uma necessidade pública. O caso dos jurados é outra coisa.

A primeira e inevitável consequência do jantar aos jurados seria a condenação de todos os réus, não porque o quilo implique severidade, mas porque induz à gratidão. Como se sabe, absolvidos os réus, paga a municipalidade as custas; não é crível que um tribunal de homens briosos e generosos condene a mão que lhe prepara o jantar. Convém contar com o pudor dos estômagos. Acresce que a digestão é variável em seus efeitos. Umas vezes inclina ao cochilo, e não se pode calcular que inúmeros erros judiciários sairão de um tribunal que dorme a sesta; outras vezes, o organismo precisa de locomoção, e as sentenças cairão da pena, como frutas verdes que um rapaz derruba. Não cito o caso dos que fazem o quilo entre a espadilha e o basto, e ficariam impacientes por sair; caso verdadeiramente assustador, visto que a maior das nossas forças sociais é o voltarete.

Cotejem agora as inconveniências do jantar com as vantagens do jejum. O jejum, um estado de graça espiritual, é uma das formas adotadas para macerar a carne e seus maus instintos. A satisfação da carne torce a condição humana, igualando-a à das bestas; ao passo que a privação amortece a condição bestial e apura a outra; fortifica, portanto, o ser inteligível, aclara as ideias, afina e eleva a concepção da justiça. A sopa tem suas vantagens; o assado não é, em si mesmo, uma abominação; pode-se almoçar e querer bem; não há incompatibilidade absoluta entre a virtude e a couve-flor. A justiça, porém, requer alguma coisa menos precária, mais certa; não se pode fiar de hipóteses, de casualidades, de temperamentos.

O que me admira, neste caso, não é a decisão da Câmara, que aplaudo, desde que é fundada em lei, e o respeito da lei é a primeira expressão da liberdade. O que me admira é que só agora reclame o júri um bocado de pão. Pois nunca pediu o júri uma verbazinha para os seus pastéis? Só agora há estômagos naquele tribunal? Só agora há processos longos e juízes famintos? Tanto pior; se esperam tantos anos, podem esperar alguns mais.

III

Dizem os alemães que duas metades de cavalo não fazem um cavalo. Por maioria de razão se pode dizer que metade de um cavalo e metade de um camelo não fazem nem um cavalo nem um camelo. Isto, que parecerá axiomático aos leitores, é nada menos que um absurdo aos olhos dos partidos de uma das paróquias do Norte, a paróquia de São Vicente; um absurdo, um paradoxo, uma monstruosidade.

Com efeito, os dois partidos daquela freguesia dividiram-se e trocaram as metades; feito o que, organizaram duas mesas, duas atas, duas eleições. Sendo por enquanto mui sumária a notícia, ignoro o modo pelo qual as duas metades dos dois programas foram coladas às metades alheias, e mais ignoro se fizerem sentido os períodos truncados. Há de ter sido muito difícil: talvez se reproduza o caso das duas notícias que apareceram ligadas, há anos, numa folha de Nova York. Tratava-se da prédica de um sacerdote e da investida de um boi.

> O rev. Simpson falou piedosamente dos deveres do cristão e das boas práticas a que está sujeito o pai de família; o auditório ouvia comovido as palavras do rev. Simpson, o qual,

investindo de repente contra todos, varreu a rua, derrubou mulheres e crianças, lançou enfim o terror em todo o bairro, até ser fortemente agarrado e reconduzido ao matadouro.

Verdade é que uma errata pode restituir o genuíno sentido dos dois programas, e estes aparecerão, reintegrados, na edição próxima. Se há uma arte para restaurar a primitiva escritura do palimpsesto, há outra para recompor devidamente os programas: questão de cola. O ponto mais obscuro deste negócio é a atitude moral dos dois novos partidos, a linguagem recíproca, as mútuas recriminações. Cada um deles vê no adversário metade de si próprio. O nariz de Aquiles campeia na cara de Heitor. Bruto é o próprio filho de César. Em vão busco adivinhar por que modo esses dois partidos singulares cruzaram armas no grande pleito; não encontro explicações satisfatórias. Nenhum deles podia acusar o outro de se haver ligado a adversários, porque esse mal ou essa virtude estava em ambos; não podia um duvidar da boa-fé, da lealdade, da lisura do outro, porque o outro era ele mesmo, os seus homens, os seus meios, os seus fins. Nunca vi mais claramente reproduzida a situação de Ximena, quando o amante lhe mata o pai; o partido que vencesse podia clamar como a namorada de Cid:

La moitié de mon âme a mis l'autre au tombeau.

IV

Ao que parece, não pega muito o espetáculo do soco inglês — o boxe — exercício inventado pela Sociedade Protetora dos Farmacêuticos; o que realmente me admira, porque o boxe é uma forma de luta romana inaugurado pelo professor Battaglia, tendo, além disso, a circunstância de ser nova entre nós, e a virtude de dar extração à arnica, "a grande arnica" — como dizia o finado Freitas. Pois não é que o soco seja um espetáculo desdenhado, quando no-lo dão casualmente aí nas ruas; acrescendo que, em tais casos, é irregular e sem método, ao passo que no estabelecimento da rua do Costa está sujeito a certas fórmulas e regras de alta filosofia. Ao cabo é a mesma luta romana. Uma leva ao chão; outra leva aos narizes; é toda a diferença. Substancialmente, são duas ocupações recreativas e morais.

Que se perca o boxe! Cá nos fica o professor Battaglia, que padeceu, nesta semana, a sua segunda derrota, a dar crédito ao adversário, e ao público, ou mais uma vitória a dar-lhe crédito, a ele. O certo é que protestou e veio à imprensa desafiar o adversário para outra batalha decisiva, mediante condições magnânimas. O adversário afirmou o seu triunfo, mas recusou o repto. Acho que fez bem; se é certo que o professor caiu por engano, podia acontecer à mesma coisa ao seu vencedor, que perderia assim, de um lance, o prestígio e os quinhentos mil-réis.

Não obstante as derrotas, os reptos do professor Battaglia continuam a levar milhares de espectadores ao estabelecimento da rua do Costa. Milhares:

é a soma dos concorrentes nos grandes dias de patinação. Não esqueçam que a rua do Costa é excêntrica, sobretudo para um povo, como somos, dado à pachorra e ao cansaço. Verdade é que a faculdade de conservar o chapéu na cabeça e o charuto na boca torna mais fácil e mais cômodo o acesso, e mais persuasivo o espetáculo.

Digo que continuaram os reptos, e devo incluir entre eles o do primeiro vencedor do Battaglia, que, animado com a vitória, também desafiou dali aos valentes que queiram pleitear com ele, mediante um prêmio de cem mil-réis. Foi o Hércules recente que lhe despertou esta ideia, a qual faz lembrar o caso dos sujeitos que começam a tratar pessoalmente dos seus processos, e tal gosto lhes acham, que acabam procuradores de causas. Não sei se teve adversários; é de crer que sim. Corre atualmente um frêmito de guerra pela espinha dorsal da sociedade.

Ignoro também se os noventa artistas, se os sessenta cavalos, as duas mulas, os dois veados e o asno da "Companhia Equestre de Combinação" têm correspondido à pompa dos seus anúncios. Dizem que sim; acrescenta-se que os espectadores, também aos milhares, têm aplaudido toda aquela arca de Noé. Parece que os artistas são habilíssimos, os cavalos educados, o asno um poço de sabedoria e um espelho de paciência.

V

Talvez o leitor lastime não ver em toda essa enfiada de recreios públicos alguma coisa que entenda com a mentalidade humana. Não a havemos de ir procurar no Teatro Lírico, aonde, em geral, só vão os dois primeiros sentidos. Nos teatros dramáticos encontraríamos essa coisa, se na maior parte não se compusessem de mágicas aparatosas, operetas medíocres, e o melodrama intenso, inofensivo e sepulcral. Danças, vistas, tramoias, tudo o que pode nutrir a porção sensual do homem, nada que lhe fale a essa outra porção mais pura; nenhum ou raro desses produtos do engenho, frutos da arte que deu à humanidade o mais profundo dos seus indivíduos.

Pobre espírito! Quem pensa em ti, nessa dança macabra de coisas sólidas? Quem oferece alguma coisa ao paladar dos delicados, não corrompido pelo angu do vulgo? Ninguém; tu és, não digo o réprobo — seria supor que existes, pobre espírito! —, tu és como que uma velha figura de retórica, um velho par de sapatos... Talvez lastimes isso, leitor, mas tens o meio de o lastimar, sem nada perder ou pouco. Recolhe-te, de quando em quando, fecha a tua porta, abre a tua despensa intelectual, e saboreia sozinho o manjar dos deuses. Agora, sobretudo, nestas noites de chuva ou de frio, é uma deliciosa volúpia. Goza e vinga-te, diria o padre Vieira, parodiando-se a si próprio.

VI

Que nos divirtamos de um modo ou de outro, o dr. Barbosa Rodrigues ocupa os seus lazeres em procurar um antídoto ao *curare*, e achou-o afinal, onde não supunha havê-lo. Fizeram-se no domingo as primeiras experiências, e continuam hoje, em presença de notáveis médicos, que afirmam ter o sal produzido todo o efeito que lhe atribui o jovem naturalista. Foi grande a satisfação, exceto nos porquinhos-da-índia, animais escolhidos para ensaiar o veneno e o remédio. É o destino dos fracos; servem de experiências aos mais fortes, quando lhes não servem de nutrição.

Pela minha parte, dou os parabéns ao dr. Barbosa Rodrigues, e folgarei se a tal descoberta ficar ligado o nome brasileiro. Resta que o não deixemos eliminar por descuido ou outra coisa; e que alguma revista, como indicarei adiante, não faça grandes recomendações do antídoto, sem citar o inventor e sua nacionalidade.

VII

Vão os hóspedes saindo do banquete, à proporção que outros chegam e ocupam o seu lugar; é a perpétua substituição de convivas. Esta semana viu sair um, assaz venerando e digno das lágrimas que arrancou: monsenhor Reis.

Monsenhor Reis era um dos sacerdotes mais populares, entre nós; ele, o Mont'Alverne, monsenhor Marinho, frei Antônio, o franciscano, foram os nomes que a nossa infância ouviu pronunciar com mais frequência e veneração, sem esquecer o bispo, o excelso conde de Irajá. Quase todos se foram, por aquela mesma e única porta. O que se retirou esta semana honrou o hábito que vestiu e a Igreja de que foi ornamento e lustre. Soube ser caridoso e útil, pacífico e bom.

Não fica eterno o nome de monsenhor Reis; mais duas gerações, e ele cairá no perpétuo esquecimento. A humanidade conhece Caco, lembra-se de Cômodo, sem contar os malfeitores que o poeta florentino meteu entre as flamas eternas de seu verso; mas esquece os obscuros benfeitores, como este, que soube evangelizar, no sentido divino e no sentido humano, com a esmola e com a educação.

VIII

Enquanto morre um padre, ressuscita um artista: o Mesquita, que obteve nesta semana uma esplêndida manifestação do pessoal da Fênix, a que se associou o público. Trazem os jornais a narração dessa homenagem ao talentoso regente da orquestra, cujo brilhante talento de compositor há longos anos merece a estima e aplauso do povo fluminense. O Mesquita esteve às portas da morte; padeceu longamente, mas triunfou, enfim, não quis deixar tão cedo a sala da vida, onde é de desejar se demore longos anos.

A festa dizem que foi esplêndida; e tanto honra ao festejado como aos festejadores; prova certa de que se estimam e se merecem. Era esta a ocasião de dizer muita coisa do talento do Mesquita, de suas finas qualidades de compositor, se o espaço me não estivesse a fugir debaixo da pena, e o tempo no mostrador do relógio. Não faltará ensejo; e até lá não há de diminuir nem a vontade nem a admiração.

IX

Pois que falo de artistas, direi que, se o leitor tem aí, sobre a mesa, a *Revue des Deux Mondes*, folheie as páginas dos anúncios no fim, e leia o que se refere à *Primeira missa no Brasil*, quadro do nosso Vítor Meireles, cuja cópia se vende em Paris.

Leia, e há de espantar-se de uma lacuna. O anúncio diz que o assunto "é o mais belo que até hoje tem aparecido"; que a cena "é uma das mais grandiosas do mundo"; que a reunião de trinta cinco cores faz com que "o quadro deixe a enorme distância de si tudo o que em tal gênero se tem obtido até agora". Diz tudo; só não diz o nome do autor, como se tal nome, nos termos do anúncio, não tivesse logo por si a imortalidade. Verdade é que o França Júnior nos disse ter achado a mesma lacuna no *Fígaro*, onde aliás lhe não aceitaram a notícia, que voluntariamente lhe foi levar. Tão certo é que até o merecimento precisa um pouco de rufo e outro pouco de cartazes. Ainda assim, antes a modéstia; é menos ruidosa, mas mais segura.

Já agora acabarei com uma sombra do sol: um *calembour* de Victor Hugo. Essa triste forma de espírito teve a honra de ser cultivada pelo grande poeta; e quando? e donde? em Paris, por ocasião do cerco. Di-lo o *Temps*, que tenho à vista; e basta ler a estrofe atribuída ao poeta, para ver que é dele mesmo: tem o seu jeito de versificação. Um dia — diz o jornal — que alguns ratos, apanhados nas casas vizinhas, deram elementos para um pastel, o poeta improvisou este *calembour* metrificado:

> *O mes dames les hétaires,*
> *À vos depens je me nourris;*
> *Moi, qui mourais de vos sourires,*
> *Je dois vivre de vos souris.*

Cai-me a pena das mãos.

Eleazar
O Cruzeiro, 1º de setembro de 1878

Direção editorial
Daniele Cajueiro

Editores responsáveis
Janaína Senna
André Seffrin

Produção editorial
Adriana Torres
Laiane Flores
Bárbara Anaissi
Laura Souza

Revisão
Alessandra Volkert
Letícia Côrtes
Mariana Bard
Rita Godoy

Capa
Mateus Valadares

Diagramação
Henrique Diniz

Este livro foi impresso em 2021
para a **Nova Fronteira**.